BASTEI
LÜBBE

Die Insel Zalys

JONATHAN WYLIE

Das Echo der Flammen

Roman

Ins Deutsche übertragen von Annelie von Könemann

BASTEI LÜBBE

BASTEI LÜBBE TASCHENBUCH
Band 20 354

Erste Auflage: März 1999

Deutsche Lizenzausgabe 1999 by
Bastei-Verlag Gustav H. Lübbe GmbH & Co.,
Bergisch Gladbach
Originaltitel: Echoes of Flame
Lektorat: Alexander Huiskes / Stefan Bauer
Titelbild: Geoff Taylor
by arrangement with Corgi Books /
Transworld Publishers Ltd, London
Umschlaggestaltung: QuadroGrafik, Bensberg
Satz: Fotosatz Steckstor, Rösrath
Druck und Verarbeitung: 45438
Groupe Hérissey, Évreux, Frankreich
Printed in France
ISBN 3-404-20354-2

Der Preis dieses Bandes versteht sich einschließlich der gesetzlichen Mehrwertsteuer

Prolog

Am letzten Tag seines Lebens erwachte Admiral Iayn Barvick und fragte sich, worauf er sich da eingelassen hatte. Inzwischen, nach einem fünfzig Jahre währenden Leben, hatte er die Sache mit dem Stolz doch wohl hinter sich? Was mußte er noch beweisen? Warum hatte er sein behagliches Heim in Brighthaven verlassen, um diese Mission persönlich anzuführen?

Die Erinnerung überkam ihn, und obwohl er sich ermahnte, sich ihr nicht zu ergeben, konnte er sich ihrem Reiz nicht entziehen. Als junger Seemann hatte er die halbe Welt bereist und ein Leben geführt, das voller Abenteuer und prächtiger Gelegenheiten gewesen war. Er hatte viele Male die Insel Zalys besucht, doch sowohl Ort als auch Volk hatten ihn nicht sehr beeindruckt. Zalys war nur einer von vielen Außenposten des riesigen Xantischen Reiches, auch wenn seine strategische Bedeutung jedem Kind ein Begriff war. Dadurch, daß Zalys weit vor der Küste, fast in der Mitte des Larenischen Meeres lag, war die Insel ein Knotenpunkt für viele lebenswichtige Handelsrouten zwischen dem Reich und den westlichen Ländern geworden und damit auch militärisch von höchster Bedeutung. Doch der Hauptgrund für die Wichtigkeit der Insel war die Tatsache, daß sie der verläßlichste Fundort von Amberinkristallen für das gesamte Reich war. Diese geheimnisvollen Steine dienten den telepathischen Fernrufern des Reiches dazu, ihre Botschaften ohne Verzögerung zu übermitteln, manchmal über große Entfernungen. Niemand wußte tatsächlich, wie genau die Steine funktionierten, doch sie waren ein akzeptierter und lebenswichtiger Bestandteil des imperialen Lebens.

In Barvicks Flotte gab es drei Fernrufer – einen auf

dem Flaggschiff, der *Flamme des Südens*, die beiden anderen auf zwei Schiffen, die je ein Geschwaderkommandeur befehligte. Man benutzte die Fernrufer, damit sie sämtliche neuen Nachrichten vom Festland aufnahmen und über den Erfolg von Barvicks Mission berichteten.

In letzter Zeit war der Bedarf an telepathischen Fähigkeiten noch gestiegen, daher brauchte man ständig weitere Kristalle, da immer neue unentwickelte Talentierte zum Dienst gezwungen wurden. Ohne das riesige Kommunikationsnetz wäre das Xantische Reich in einem desolaten Zustand gewesen. Barvick war sich, wie die meisten intelligenten Menschen, die ein paar der Tatsachen kannten, sehr wohl bewußt, daß das Reich unter starkem Druck stand und seinen weitreichenden Einfluß nur durch steigende Wachsamkeit und den Einsatz seines finanziellen und militärischen Potentials aufrechterhalten konnte. Das Reich vermochte ohne die Fernrufer nicht zu funktionieren, und so war die Nachricht, daß sich das Volk von Zalys in einer Revolte erhoben hatte, in der Tat sehr ernst. Die Anweisungen, die der Admiral von Kanzler Verkho persönlich erhalten hatte, unterstrichen dies noch. Ein Teil der Nachricht hatte gelautet: »Die Bevölkerung von Zalys muß streng bestraft werden. Alle Anführer und aktiv Beteiligte an der Revolte sollen hingerichtet werden.«

Es war schwer zu sagen, ob die Rebellion Erfolg gehabt hatte – Kontakt mit Zalys war nicht mehr möglich –, aber Barvick war gezwungen, das Schlimmste anzunehmen. Er hatte mit zwei vollen Geschwadern der Südflotte Segel gesetzt, alles in allem fünfzig Schiffe, aber viele von ihnen mit weitaus mehr Truppen besetzt als üblich. Unter Bavericks Kommando standen mehrere Tausend Mann, mehr als genug, um die Insel zurückzuerobern, falls sie tatsächlich in die Hände der Feinde gefallen war – und um die notwendigen Strafmaßnahmen einzuleiten. Doch Verkho hatte nicht gesagt, wer die Verantwortung für die Flotte übernehmen sollte. Das war allein Barvicks Entscheidung gewesen – und zwar eine, die er inzwischen bereute. Unter günstigem Wind war die Reise von Brighthaven nach Zalys in sieben oder acht Tagen zu schaffen, doch der Wind blies sanft und gleichmäßig aus Westen, wie es für diese Jahreszeit – kurz nach Mittsommer – üblich war. Die Flotte mußte also gegen den Wind kreuzen, und heute, fünf Tage nachdem sie den Hafen verlassen hatten, war noch nicht einmal die Hälfte der Strecke geschafft. Der Admiral wurde allmählich unruhig, und obwohl er die Gelassenheit eines erfahrenen Seemanns zeigte, wie er ohne Probleme über das schwankende Deck schritt, wurden seine Beine doch langsam müde, und er schlief schlecht. Jeden Tag stand er weit vor Tagesanbruch auf und war noch vor Sonnenaufgang an Deck, weil er die ungewohnte Enge seiner Kabine nicht mehr ertragen konnte.

Warum war er hergekommen? Diese Mission war wichtig – aber in der Vergangenheit hatte er andere Männer mit ähnlich wichtigen Missionen betraut. Viele seiner jüngeren Offiziere waren vollkommen dazu in der Lage, diese Aufgabe erfolgreich durchzuführen.

Wollte er etwa – aus irgendeinem ihm selbst unbekannten Grund – versuchen, Verkho zu Gefallen zu sein? Der Kanzler war der mächtigste Mann im Reich, gefürchteter als Imperator Southan selbst, doch Barvick verspürte keine besondere Ehrfurcht vor dem Mann, der die Hauptstadt niemals verließ. Der Admiral war ein Veteran zahlloser Schlachten, und auch wenn der Aufstieg in seine gegenwärtige Position es mit sich gebracht hatte, daß er ein wenig über die undurchsichtige Welt der Politik lernte, so hatte er doch keine Zeit zum Ränkeschmieden. Seine Ziele hatte er alle erreicht.

Die letzten vier Jahrzehnte seines Lebens hatte er im Dienst der imperialen Marine verbracht. Er hatte als einfacher Kabinensteward angefangen und war durch eine Mischung aus Fleiß, Intelligenz und Glück schnell aufgestiegen, bis man ihm fünf Jahre früher als üblich das

Kommando einer der drei großartigsten imperialen Flotten übertragen hatte. Er hatte sich in Brighthaven niedergelassen, einem Hafen in der westlichen Provinz von Nadal, jenem Land, das im Südwesten an das xantische Mutterland angrenzte. Die Stadt war düster und langweilig und strafte ihren Namen Lügen, doch Barvick hatte sich ein hübsches Haus mit großem Grundstück ausgesucht, um dem Meer für immer zu entsagen – das hatte er zumindest geglaubt.

Seit der Übernahme des Kommandos hatte er Schlachten ganz anderer Art gekämpft – Schlachten um Männer, Geld und Vorräte –, um die Südflotte in beständiger Bereitschaft zu halten. In seinen jüngeren Jahren war das Reich noch tatkräftig gewesen und hatte sogar einige neue Regionen erobert, und die Marine hatte in vielen Feldzügen an vorderster Front gekämpft und sich als ernstzunehmende Macht erwiesen. Doch inzwischen mühte sich Xantium verzweifelt, die Grenzen zu halten und wurde von vielen Seiten von barbarischen Völkern bedroht, die dem Reich sein Land und seinen Reichtum neideten. Und noch schlimmer war es für Barvick, daß die Südflotte ganz langsam und unaufhaltsam zerfiel.

Vielleicht ist es das, sagte er sich nachdenklich. *Ich will sie noch einmal im Einsatz sehen, solange man noch stolz auf sie sein kann.*

Der Admiral sah sich auf seinem Schiff um und wußte, daß es immer noch Ruhm zu erringen gab durch die Geschwindigkeit und Effektivität, mit der seine Männer zuschlugen, auch wenn sie bei diesem Einsatz nur auf eine Schar schlecht ausgebildete Bauern treffen würden. Diese Mission würde sein letzter Schachzug sein, das Epitom militärischer Präzision.

Barvick hatte das Herz eines Kriegers, und jetzt, als er auf dem Vordeck seines Flaggschiffes stand, schlug es ein wenig schneller. *Noch einmal bevor ich sterbe, wird mein Schwert in Blut getränkt sein,* schwor er sich ins geheim.

Zumindest damit hatte er recht.

Das erste Vorzeichen des Kommenden, war ein tiefes, hohles Grollen, das aus den Tiefen des Meeres selbst aufzusteigen schien. Niemand an Bord hatte je so etwas gehört, und als das Dröhnen verebbte, wirkte die folgende Stille um so unheimlicher. Das Plätschern und dumpfe Schlagen der Wellen und das Kreischen von Holz und das Knattern von Segeltuch verhallte in der bedrückenden Stille, und alle Männer warteten schweigend.

Die Mittagssonne brannte weiter aus einem ruhigen blauen Himmel, die Bewegungen des Meeres waren unverändert, und dennoch schien sich die ganze Atmosphäre irgendwie verwandelt zu haben. Der Tag fühlte sich kälter an. Die Offiziere auf dem Kommandodeck der *Flamme des Südens* wechselten Blicke, aber niemand sagte etwas. Selbst Barvick fand nicht die zuversichtlichen Worte, die nötig gewesen wären, um seine Leutnants zu beruhigen. Doch es dauerte nicht lange, bis eine Stimme von unter Deck verkündete, daß die Fernruferin eine Nachricht empfing, und der Admiral befahl, die Telepathin an Deck zu bringen.

Die Fernruferin, eine junge Frau namens Sonnenblume, brauchte Hilfe von einem jüngeren Offizier, weil sie, wie viele ihrer Art, durch die Sucht nach Nektar geschwächt war, eine Droge, die ihre natürlichen Talente verstärkte. Sonnenblume war in den vergangenen drei Jahren Barvicks persönliche Assistentin gewesen, jedoch noch nie zuvor zur See gefahren, und die ungewohnten Schiffsbewegungen steigerten ihre Beschwerden nur noch. Dennoch war der Admiral entsetzt, als er sah, wie krank sie wirkte. Sie trug um die Stirn ein weißes Band, in dessen Falten ein Amberinkristall eingenäht war, doch ihr Gesicht wirkte noch blasser als der Stoff, und ihre Augen zeigten unbestimmte Angst.

»Und?« fragte Barvick.

»Es ist von der *Wellenbrecher*, Sir«, erwiderte der junge Offizier. Die *Wellenbrecher* war das erste Schiff des

Geschwaders am Kopf der Armada. »Aber Sonnenblumes Worte scheinen keinen Sinn zu ergeben.«

»Wiederhole die Nachricht, Sonnenblume«, sagte Barvick freundlich, aber bestimmt.

Die Lippen der Fernruferin teilten sich, und eine bleiche Zunge war zu sehen, doch Sonnenblume gab keinen Laut von sich. Der Admiral wurde langsam ungeduldig, als ihn ein dringender Ruf vom Ausguck des Schiffes hoch oben im Krähennest ablenkte. Es dauerte ein paar Augenblicke, bis die Worte in sein Bewußtsein drangen, doch dann war auf allen Gesichtern Entsetzen zu sehen, und aller Blicke wandten sich in eine Richtung, um die Wahrheit mit eigenen Augen bestätigt zu sehen.

Die *Wellenbrecher* war gekentert.

Barvick bellte Sonnenblume an.

»Kontakte die *Wellenbrecher*. Finde heraus, was passiert ist.«

In den großen braunen Augen der Fernruferin flackerte hilfloses Entsetzen auf, und sie schrie und bedeckte ihre Ohren und zitterte, als habe sie einen Fieberanfall. Barvick war aufs äußerste beunruhigt. Er hatte Sonnenblume noch nie derartig reagieren sehen, und er wußte, daß jeder Versuch, sie zu zwingen, sinnlos war. Er wandte sich wieder nach vorn. Was konnte ein gutes Schiff bei ruhiger See zum Kentern bringen? Das ergab keinen Sinn, und spürbares Entsetzen erfüllte allmählich die Luft. Aber das war erst der Anfang.

Noch während sie zusahen, kenterten in schneller Folge drei weitere der Führungsschiffe, zwei neigten sich gen Backbord, eines gen Steuerbord. Dennoch blieb der Himmel klar und der Wellenschlag normal ruhig. Es gab keinerlei Anzeichen für plötzliche Wasserhosen oder Wirbel, die die Katastrophe erklären konnten.

In diesem Augenblick sah einer der Offiziere mit scharfem Blick – oder glaubte zumindest, es zu sehen –, wie sich irgend etwas über den vom Schicksal gebeutelten Schiffen bewegte. Er holte tief Luft, doch wagte er nicht zu sprechen, diesen absurden Gedanken in Worte zu fassen. Und doch ließen sich die Bilder nicht verscheuchen.

»Was siehst du, Mann?« knurrte Barvick schließlich.

»Es sieht aus ...«, begann der Offizier, »es sieht aus, als würden sie von riesigen Vögeln angegriffen.«

Einmal mehr fehlten dem Admiral die Worte.

Und dann überschlugen sich die Ereignisse. Zuerst kam der Bericht des Ausgucks, daß Schiffe am äußersten Rand der Flotte in Schwierigkeiten waren. Innerhalb weniger Augenblicke kenterten mehr als ein Dutzend von ihnen, und der Lärm der Zerstörung – splitterndes Holz und die Schreie von Männern – wurde über die Wellen bis zur *Flamme des Südens* getrieben. Dann schrie der Seemann im Ausguck auf, er klang wie wahnsinnig vor Angst, und zeigte auf die Stelle, wo die *Wellenbrecher* inzwischen sank.

Dann sahen sie die ersten grauen Schatten über dem Wasser, zunächst ganz klein in der Ferne, doch sie wurden mit erstaunlicher Geschwindigkeit immer größer.

»Was ist das?« keuchte jemand.

Was es auch war, und es waren viele, sie kamen direkt auf das Flaggschiff zu.

»Gefechtsposition!« brüllte Barvick und zog sein Schwert. »Macht euch bereit, das Schiff zu verteidigen. Die Bogenschützen sollen sich fertig machen. Sofort!«

Seine Mannschaft hatte bald die ordnungsgemäßen Positionen eingenommen. Barvick wandte sich an den Steuermann.

»Haltet direkt auf sie zu«, befahl er. »Ich will nicht, daß sie uns von der Breitseite erwischen.«

»Aye, aye, Sir.«

Während die *Flamme des Südens* sanft herumschwenkte, blieben die meisten Augen auf die sich nähernden Kreaturen geheftet. Sie waren jetzt so nahe, daß man ihre starken, langsamen Flügelbewegungen erkennen konnte, mit denen sie die Wellen zum Schäumen brachten. Gleichzeitig erfüllte ein wütendes Kreischen die Luft, das ständig höher und lauter wurde.

»Das sind keine Vögel, Sir«, berichtete der scharfsichtige Offizier ungläubig. »Sie sehen aus wie ...« Er hielt mit offenem Mund inne.

»Wie, Mann?« schnauzte Barvick ihn an.

»Rochen, Sir. Riesige Mantarochen.«

»Unmöglich!« Doch selbst der Admiral konnte jetzt die Ähnlichkeit erkennen.

Und dann blieb ihnen plötzlich keine Zeit mehr für Spekulationen. An Backbord der *Flamme des Südens*, nur ungefähr zweihundert Schritt entfernt, begann die Oberfläche des Meeres zu kochen. Drei riesige Rochen brachen durch die Wasseroberfläche, einer nach dem anderen, begleitete von schimmernden Gischtkaskaden. Der Donner ihres Aufstiegs wurde von einem grimmigen hohen Kreischen überlagert, als die Wesen nicht wieder zurück ins Wasser fielen, sondern weiterflogen. Massive dreieckige Flügel schwangen gleichmäßig auf und ab, Doppelhörner traten an jeder Seite ihres Mundes hervor, und lange dünne Schwänze zischten wie Peitschen hin und her.

Sie flogen mit unglaublicher Geschwindigkeit direkt auf das Flaggschiff zu.

»Beidrehen!« rief Barvick, während alle anderen um ihn herum vor Entsetzen wie gelähmt waren.

Doch es war zu spät. Der Steuermann hatte kaum Zeit zu reagieren, so schnell waren die Ungeheuer über ihnen. Die Spannweite des größten von ihnen war so breit wie das Schiff. Ein Wesen dieser Größe hätte soviel wiegen müssen wie dreißig Männer – und dennoch flog es!

Auch ohne ihre furchterregende Größe und die schrecklichen Schreie umgab die Rochen eine kalte, blinde Bösartigkeit, die die meisten Männer lähmte. Die Kreaturen bewegten sich zielstrebig vorwärts, als würde ihre Bosheit von einem höheren Instinkt geleitet, und bevor die Männer überhaupt wußten, wie ihnen geschah, donnerten die drei Ungeheuer gegen die Masten des Schiffes. Die *Flamme des Südens* legte sich bedenklich auf die Seite, doch sie konnte sich gerade noch fangen und wieder aufrichten. Aber sie war schwer beschädigt. Die beiden kleineren Masten waren restlos zerschmettert worden, Ladebäume und Takelage stürzten auf die Männer nieder, die noch nicht über Bord gegangen waren. Alle Gedanken an Verteidigung waren vergessen; man konnte nur noch auf das Überleben hoffen.

Barvick war hart auf die Planken geschleudert worden, doch er konnte sich festhalten und hielt sein Schwert umklammert, wild entschlossen zu einem letzten Akt des Widerstands. Verzweifelt kämpfte er sich auf die Füße und sah die verrenkten Umrisse von Sonnenblume zu seinen Füßen liegen. Das Schiff unter ihm erzitterte, als zwei der monströsen Angreifer am Bug und am Heck gegen die zerschmetterte Takelage flogen. Ein plötzlicher Impuls ließ ihn nach oben sehen.

Über ihm verdunkelte der größte der Rochen den Himmel. Barvick erhob sein Schwert gegen den grauen, kreischenden Boten des Todes, der mit der Wucht einer Lawine über das Schiff kam. Für einen winzigen Augenblick spürte er, wie seine Klinge ihr Ziel traf, und übelriechende Flüssigkeit ergoß sich über ihn, doch dann erfaßte ihn die volle Wucht des Rochen und schleuderte ihn durch das zerschmetterte Deck hinab bis tief hinein in die Eingeweide des zerstörten Schiffes.

Der Admiral war auf der Stelle tot, und so blieb ihm der Anblick des nun folgenden Gemetzels erspart, als Dutzende weitere der unglaublichen Untiere aus dem Meer emporstiegen. Jedes einzelne der fünfzig Schiffe wurde von den rasenden Kreaturen angegriffen, und fast alle gingen unter. Diejenigen, die nicht untergingen, dümpelten als nutzlose Wracks auf den Wellen, die überlebenden Mannschaften verbargen sich wahnsinnig vor Angst in den Trümmern, ohne Hoffnung, jemals wieder

Land zu sehen. Alle, die noch an Deck standen, waren der wahnsinnigen Schlächterei der restlichen Tiere ausgeliefert, die offenbar immer wieder mit dem Ziel herabstießen, niemanden am Leben zu lassen. Mächtige Schwingen zerschmetterten ihre Beute oder schleuderten sie ins Meer. Hörner und unnatürliche Fänge gruben sich in weiches Fleisch, und die sichelartigen Schwänze häuteten ihre Opfer ab. Und auch im Wasser, wo die Männer ohnehin verzweifelt darum kämpften, nicht zu ertrinken, waren sie nicht sicher vor den wilden Angriffen.

Auch die Rochen erlitten Verluste, denn viele von ihnen wurden von den Wrackteilen zerschnitten oder aufgespießt – offenbar waren sie nur allzu bereit, sich selbst zu töten, um ihre Opfer zu zerstören. Doch viele von ihnen überlebten, und schließlich war ihre Blutgier gestillt, und sie kehrten in ihr natürliches Element zurück. Mit flachen Schwingen, die einen Donnerhall über die Wellen schickten, stürzten sie ins Meer und schwammen davon in unbekannte Tiefen.

Von weit unten erklang wie zur Antwort auf ihre Rückkehr ein weiteres langgezogenes, tiefes Grollen, das den Ozean auf viele Wegstunden zum Erzittern brachte und das Ende dieser einseitigen Schlacht verkündete.

Kapitel eins

Weit droben lasse ich die Würfel der Vorsehung rollen. Doch sind es nicht meine Hände. Diese Hände sind jung und unschuldig, unbeschwert trotz der schweren Last des Schicksals. Es sind sieben Würfel, vier rote, drei weiße. Die weißen fallen zuerst. Drei beinerne Schädel – sie stehen für Tod und Gefahr. Von den roten zeigt einer den Stern der Liebe, der außerdem auch für das Unbekannte stehen kann, einer den »Imperator«, die Krone sterblicher Macht, und zwei zeigen die Sichel für die Vergänglichkeit der Zeit. In Blut geritzte Symbole, sie vergehen wie Jahreszeiten und schwinden aus der Erinnerung. Und der Traum verweht.

Ich schlage die Augen auf, und die Würfel sind verloren in einem brennenden Irrgarten. Meine Hände sind wie Rauch.

Aus der Zelle ertönte ein weiteres qualvolles Heulen. Eismann tobte herum und schnitt Grimassen, dann sprang er zur Tür und starrte wütend durch die Gitterstäbe. Die Beobachter zuckten angesichts des zwanghaften Hasses in seinen kalten brennenden Augen zusammen. Dem Blick eines ehemaligen Fernrufers zu begegnen hieß, dem Wahnsinn die Tür zu öffnen.

»Wir müssen doch *irgend etwas* für ihn tun können«, flüsterte Fen Amari. Obwohl Eismann ein Diener ihres schlimmsten Feindes gewesen war, konnte Fen nicht anders, als Mitgefühl für das Elend des jungen Mannes zu empfinden.

»Er bezahlt den Preis dafür, daß er für Farrag gearbeitet hat«, erwiderte Dsordas Nyun mitleidlos. »Falls er überlebt, könnte er für uns ganz nützlich sein. Falls nicht . . .« Er zuckte die Achseln.

Dsordas und Fen waren Mann und Frau, nur den

Namen teilten sie nicht. Rein äußerlich waren sie das genaue Gegenteil – Dsordas hatte dunkle Haut und schwarzes Haar, während Fen blond war, blasse Haut und irritierend grüne Augen hatte. In Nkosa waren sie als Hell und Dunkel bekannt. Auch ihr Temperament war sehr unterschiedlich. Fen war leidenschaftlich und impulsiv, während Dsordas ruhig und beinahe zwanghaft rational war. Irgendwie ergänzten sie sich beinahe perfekt, sowohl körperlich als auch emotional, und sie waren unzertrennlich.

»Nektar!« schrie Eismann plötzlich, so daß beide zusammenzuckten. Schließlich verwandelte sich die Wut des Gefangenen in mitleiderregende Unterwürfigkeit. »Bitte gebt mir etwas«, winselte er. »Ich brauche das. Ich *brauche* das. Ich tue alles, was Ihr wollt.«

»Götter!« flüsterte Dsordas angewidert. »Ich wünschte fast, Natali hätte ihn nicht aufgeweckt.«

Sechs Tage waren seit der Revolte vergangen, die – zumindest vorübergehend – die Insel Zalys von der Tyrannei durch das Xantische Reich befreit hatte. Viel war in dieser Zeit geschehen, wobei Eismanns Erwachen, zu den bemerkenswerteren Ereignissen gehörte.

Bei der Planung der Revolution war es das erste Ziel der Untergrundorganisation der Insel – bekannt als *Kinder von Zalys* – gewesen, die Fernrufer der Garnison gefangenzunehmen oder zu töten. Beinahe hätten sie damit Erfolg gehabt, doch einer – Eismann – war entkommen und hatte Xantium von dem Aufstand in Kenntnis gesetzt. Als Anführer der *Kinder* verursachte Dsordas dieses Versagen zahlreiche schlaflose Nächte, und auch jetzt hielten Posten ständig am östlichen Horizont nach den ersten Anzeichen der Imperialen Flotte Ausschau. Nur wenige bezweifelten, daß sie bereits unterwegs war, um Rache zu üben.

Als der Komplex der Fernrufer innerhalb des Hauptquartiers der Garnison gestürmt worden war, fand man die Telepathen entweder tot oder in tiefer Bewußtlosigkeit vor. Einige Zeit später entdeckte man Eismann in den persönlichen Quartieren von Marschall Farrag, dem verhaßten Zauberer, dessen üble Machenschaften der Revolte den letzten Anstoß gegeben hatten. Auch Eismann lag im Koma. Nachdem die *Kinder* die Kontrolle über die Inselhauptstadt Nkosa und später auch über ganz Zalys erlangt hatten, hatte es mehrere erfolglose Versuche gegeben, die phlegmatischen Fernrufer zu aktivieren. Doch als die Tage vergingen, wurden alle Telepathen schwächer und siechten dahin. Die Ärzte und Kräuterkundigen der Insel waren ratlos und hatten aufgrund der grausamen Nachwirkungen des Krieges ohnehin wenig Zeit. Selbst Dsordas, der widerwillig zugab, über einige nicht genauer definierbare und instinktive Heilkräfte zu verfügen, konnte keine Reaktion in den bewegungslosen Körpern hervorrufen, und wußte nur, daß sie dazu verdammt waren, ganz allmählich dahinzusiechen.

Der Durchbruch kam höchst unerwartet. Der drei Jahre alte Natali, jüngstes der sechs Amari-Kinder, beharrte so fest darauf, »den-der-nicht-mehr-spricht« zu sehen, daß seine Mutter Etha und seine ältere Schwester Fen ihn gewähren ließen. Der Junge führte sie zum Fournoi-Platz, dem Zentrum der Stadt, und von dort zu der Zelle, in der Eismann lag. Der dort postierte Wachmann wollte sie zunächst nicht einlassen, doch Fen konnte ihn schließlich überreden. Natali ging direkt zu dem Fernrufer hinüber, stieß ihn sanft am Arm an, dann ein wenig fester – aber vergeblich. »Wach auf!« sagte er ungehalten.

»Er kann nicht, Kleiner«, erklärte ihm seine Mutter. Etha war außergewöhnlich nervös. Sie hatte ihren Mann Antorkas während der Kämpfe verloren, und sie war von den Ereignissen erschöpft. Es gab so viel, das sie nicht verstand. Sie wollte nichts weiter, als zu ihrem ruhigen, geordneten Leben zurückkehren – aber sie wußte, daß das unmöglich war. Eine Frau mit geringerer innerer Stärke wäre vielleicht unter dieser Bürde zusammengebrochen, doch Etha war unverwüstlich – ein Charakterzug, der sich in dem festen Blick ihrer grünen Augen zeigte, ein Erbe ihrer nördlichen Herkunft, das sie auch an einige ihrer Kinder weitergegeben hatte. Dennoch machte sie sich Sorgen um ihre Familie, ganz besonders um Natali. Er hatte eine wichtige Rolle in den mysteriösen Ereignissen der letzten Tage gespielt – trotzdem war er noch ein kleiner Junge.

»Er will aber«, beharrte Natali und stupste den Fernrufer wieder an.

»Wir versuchen, ihm zu helfen, Natali«, setzte Fen an. »Niemand ...«

»Rolle drei Schädel, Eismann«, wisperte ihr Bruder unerwartet – und unter dem erstaunten Blick der Erwachsenen öffneten sich schließlich die Augenlider des Fernrufers. Der junge Mann setzte sich ganz langsam und unter Schmerzen auf. Hunger brannte in seinen Augen, als er sich in seiner Zelle umsah, als suche er etwas. »Nektar«, krächzte er.

Etha zog Natali fort, und Fen lief Dsordas zu suchen, und sie verspürte eine Mischung aus Aufregung und Unbehagen. Seit diesem Zeitpunkt – der erst wenige Stunden zurück lag – hatten sie nichts weiteres erfahren. Natali hatte keine Ahnung, woher ihm die Schlüsselworte zugeflossen waren und Fen meinte, er müsse sie wohl zufällig mitgehört haben, als Farrag Natali zusammen mit den anderen Kindern der Insel als unfreiwilligen telepathischen Spion benutzt hatte. Der Satz hatte auf die anderen fünf Fernrufer keinerlei Wirkung, und zwei waren bereits gestorben. Die anderen würden ihnen bald folgen, da weder Natali noch jemand anderes wußte, wie man sie aufwecken sollte.

Eismann hatte lediglich seinen Namen bestätigt und mit wachsender Heftigkeit und Verzweiflung nach »Nektar« verlangt oder besser, darum gebettelt. Der Nektar war, so wurde den Inselbewohnern bald klar, jene Droge aus den giftigen Sekreten von Riesenkröten, die die natürlichen telepathischen Kräfte der Fernrufer verstärkte. Man hatte einige dieser widerwärtigen Kreaturen in einem kleinen, abgeschlossenen Garten in Farrags Quartier gefunden. Es war ein abstoßender Ort. Der Gestank nach Verwesung und das Sirren der Insekten erfüllte die stinkende Luft hinter den Doppeltüren. Farrag hatte die Droge offenbar selbst benutzt, um seine eigenen Zauberkräfte zu verstärken – der Grund für seine widerwärtige schwarzgefleckte Zunge. Doch letztlich hatte man ihn überwältigt, und sein eigenes dunkles Feuer war von noch größerer Magie ausgelöscht worden. Und dann hatte Dsordas' Schwert sein gemeines Herz für immer zum Stillstand gebracht.

Auch die Zunge von Eismann war verfärbt, wenn auch nicht im selben Ausmaß, und man nahm an, daß er das Gift ebenso benötigte wie den Amberinkristall – den man ihm abgenommen hatte –, um seine Arbeit als Fernrufer wirkungsvoll zu verrichten. Dennoch weigerte sich Dsordas strikt, ihm etwas von der Droge zu geben, denn er scheute instinktiv davor zurück, einen Menschen derart zu mißbrauchen. Jetzt fragte sich Fen, während sie den bemitleidenswerten jungen Mann beobachtete, ob es nicht besser gewesen wäre, ihn sterben zu lassen.

»Aber er ist unsere einzige Chance auf unseren eigenen Fernrufer«, sagte sie mehr zu sich selbst. »Du weißt, wie wertvoll das sein könnte.«

»Vielleicht.« Dsordas klang nicht sehr überzeugt. »Aber wie sollen wir ihm vertrauen können?«

In der Zelle winselte Eismann unzusammenhängendes Zeug, und sein ganzer Körper zitterte. Auf dem Flur erklangen Schritte, und Fen und Dsordas wandten sich um. Es war Foran Guist, ein Arzt und alter Freund der Familie. Er sah müde aus und sehr viel älter, als er war, eine Folge der unermüdlichen Anstrengungen in den letzten Tagen. Er begrüßte sie mit schwachem Lächeln und einem leichten Winken.

»Ihr wollt über ihn reden?« fragte Dsordas ohne lange Vorrede.

»Ja. Er geht ihm immer schlechter, das wißt Ihr.«

Dsordas nickte.

»Die Sucht nach Nektar spielt seinem Körper übel mit«, fuhr Foran fort. »Wenn er jetzt so abrupt damit aufhört, wird er sich vielleicht niemals wieder erholen. Habt Ihr schon daran gedacht, ihm nur eine kleine Dosis zu geben und sie dann allmählich zu verringern?«

Sofort war Eismanns Stimme aus der Zelle zu hören.

»Ja, ja. Ich muß etwas haben!« flüsterte er eindringlich. »Ich will es ...«

»Nein«, erwiderte Dsordas resolut. »Es würde die Krankheit nur verlängern. Dieses Zeug ist unvorstellbar übel. Ich habe gesehen, was es mit Fen gemacht hat, habt Ihr das vergessen?«

Fen war gezwungen worden, von dem Gift zu trinken, als Farrag sie kurz vor der Revolte erwischt hatte. Sie war dem Tode nahe gewesen und in einer Leere versunken, die ihr die einzige Zuflucht vor den unerträglichen Schmerzen bot, als Dsordas sie fand. Zum ersten Mal in seinem Leben hatte er sich entschlossen, seine ihm angeborenen Heilkräfte zu nutzen, und er hatte sie gerettet. Es war eine Erfahrung gewesen, die ihn bis auf die Grundfesten seiner Existenz erschüttert hatte.

»Fen war den Genuß von Nektar nicht gewohnt«, beharrte Foran. »Eismann schon. Sein Körper ist offensichtlich in gewissem Ausmaß immun, allerdings kann er sein Verlangen nicht kontrollieren.«

»Nein«, wiederholte Dsordas nachdrücklich.

Aus der Zelle erklang jämmerliches Winseln und Weinen, doch Dsordas gab nicht nach.

»In Ordnung«, lenkte Foran ein. »In diesem Fall hat Habella vielleicht noch eine Alternative.«

»Wie geht es ihr?« fragte Fen schnell.

»Ihr Gesicht schmerzt immer noch sehr, und das wird auch noch eine Weile so bleiben«, antwortete der Arzt ernst. »Und es werden Narben zurückbleiben. Aber das hält sie nicht auf – sie arbeitet so hart wie wir alle.«

Bei diesen Worten sah Dsordas weg, denn ihm war offenbar unbehaglich zumute, doch Foran sagte nichts weiter. Fen ahnte, wie verlegen ihr Geliebter war und tat ihr Bestes, damit dieser Augenblick schnell vorüberging.

»Ich bin froh, daß sich Habella wieder erholt«, sagte sie. Habella Merini, eine geachtete Kräuterkundige, war kurz vor dem Aufstand von einem Imperialen Soldaten brutal ins Gesicht geschlagen worden. Ihr einziges Verbrechen war es gewesen, daß sie versucht hatte, dem verkrüppelten Nias Santarsieri zu helfen, dem Patriarchen von Zalys, der von Farrags Peitschenhieben zu Boden gestreckt worden – und der vor zwei Tagen gestorben war.

»Was ist das für eine Alternative?« fragte Dsordas mit unbewegtem Gesicht.

»Sie will Eismann untersuchen. Sie vermutet, daß die Droge wie eine erzwungene allergische Reaktion wirkt. Falls sie unter ihren Arzneien ein natürliches Gegenmittel findet, können sie ihn vielleicht beruhigen und schließlich ganz von dem Zeug runterbringen.«

Obwohl Foran leise sprach, hatte Eismann offensichtlich gelauscht. Sein Gehör war so gut wie immer.

»Nichts anderes! Nichts anderes! Nein!« weinte er. »Ich muß Nektar haben. *Gebt ihn mir*!« Seine Stimme wurde zu einem hysterischen Schreien, und die anderen zogen sich zurück.

»Sagt ihr, sie soll herkommen«, entschied Dsordas. »Einen Versuch ist es wert.«

»Ihr könnt sie unmöglich allein zu Eismann hineinlassen«, forderte Foran.

»Natürlich nicht. Ich werde dafür sorgen, daß ein paar Männer ihn unter Kontrolle halten. Hat sie eine Ahnung, wie lange das Ganze dauern wird?«

»Mehrere Tage mindestens.« Dsordas zuckte die Achseln.

»In diesem Fall wird es wohl nicht viel nützen. Dank ihm werden wir dann vermutlich schon angegriffen.«

Kapitel zwei

In jenem düsteren Labyrinth, das wir den menschlichen Geist nennen, gibt es verschiedene Bedeutungs- und Sinnebenen. Dem einen bedeutet Feuer Gefahr, dem anderen Trost. Risiko wird ausgeglichen durch die Aussicht auf Belohnung. Aber wer vermag schon zu sagen, wann der Spieler mehr riskiert als das, was vordergründig auf dem Spiel steht?

Ja, in jenem Irrgarten gibt es viele Abzweigungen. Und viele Sackgassen. Das ganze Leben ist ein Spiel. Aber wer legt die Gewinnchancen fest?

Seit seinem hart erkämpften Sieg über die Imperialen Kräfte, die es so lange unterdrückt hatte, befand sich das Volk von Zalys (und von Nkosa im besonderen) in einem Wettlauf gegen die Zeit. Als allererstes mußten die Verwundeten versorgt, die Obdachlosen untergebracht und die Hinterbliebenen getröstet werden. Die letzte Schlacht der Revolution war zufällig mit einer regelrechten Sturmflut zusammengefallen. Angetrieben von der unerwarteten Heftigkeit eines Oststurmes hatte sie die verletzbare, von Kanälen durchzogene Stadt überrollt und großen Schaden angerichtet. Nkosa war in den letzten Jahren ohnehin immer häufiger überschwemmt worden, doch niemand hatte jemals eine Flut wie diese erlebt. Dennoch hätte ihre Lage ohne den Sturm noch schlimmer sein können, denn die Inselbewohner hatten die Wassermassen in einer Flutwelle von der schnell ansteigenden Lagune zur Kaserne der Garnison geleitet. Die Taktik war von zerstörerischer Wirkung gewesen, doch die unvorhergesehene Heftigkeit hatte neben zahlreichen Feinden auch einige Freunde das Leben gekostet.

Dies und die Wunden der Schlacht hielten alle Bürger

mit Heilkenntnissen sehr beschäftigt. Vielen Menschen konnte nicht mehr geholfen werden, und fast jede Familie trauerte um einen oder mehrere Verwandte, und insofern waren sie alle gleich betroffen und gleichgestellt. Doch in ihren Kummer mischte sich die Hoffnung auf eine neue Zeit. Freiheit – auch falls sie nur kurz währen sollte – ließ die Inselbewohner aktiv werden, so daß ihnen die Pflicht zu teilen zur Freude wurde, und waren Nahrung und Unterkünfte noch so knapp. Wie groß die Unterschiede vor der Revolte auch gewesen sein mochten, jetzt war das Volk von Zalys vereint – und die meisten richteten ihre Hoffnungen auf Dsordas, dessen bislang geheime Rolle als Anführer der *Kinder von Zalys* nun offenlag und den sie nun darum als ihren neuen Führer betrachteten. Er wiederum schwor öffentlich, alles zu tun, was Zalys von ihm verlangte, doch im Augenblick waren die Nöte seiner Familie überwältigend, und er überließ die Organisation der Hilfsmaßnahmen seinen Stellvertretern. Dsordas verbrachte den ersten Tag der neuen Zeit mit Fen, trauerte mit ihr um den Verlust ihres Vaters und teilte mit ihr die Freude über die Wiedervereinigung ihrer bemerkenswerten Familie.

Danach ließ er sich (unter anderem von Fen) dazu überreden, seine neuentdeckten Heilkräfte zu nutzen. Zunächst war er nur widerwillig dazu bereit gewesen, doch in letzter Zeit hatten sich so viele Kräfte in die Belange von Zalys eingeschaltet, die er nicht verstand, daß er schließlich einwilligte. Tatsächlich gelangen ihm ein paar kleinere Erfolge – seine Berührung linderte den Schmerz vieler Leidender, ohne daß er verstand, was er da tat –, und sein Ruf als Volksheld wuchs.

Doch Dsordas selbst war abgelenkt. Er wußte, daß er nur oberflächliche, wenn auch willkommene Ergebnisse erzielte, und er erwartete förmlich jeden Augenblick den Geist seiner Mutter auftauchen zu sehen – wie sie ihm erschienen war, als er Fen dem Tode entrissen hatte. Er glaubte, ohne ihre Unterstützung keine langfristigen

Ergebnisse erzielen zu können. Erfahrenere Ärzte als Foran ermutigten ihn weiterzumachen, und so fuhr Dsordas unbeirrt fort. Schließlich mußte er einen alten Mann behandeln, dessen Wunden zwar nicht tief waren, der sich jedoch eine Infektion zugezogen hatte, nachdem er in einen Kanal gefallen war. Dsordas nahm die schwieligen Hände in die seinen und merkte überrascht, daß sie trotz des Fiebers, das in den wässrigen Augen des Mannes glänzte, kalt und feucht waren. Er versuchte sich zu entspannen, schloß die Augen und ließ sein Bewußtsein instinktiv ausschwärmen, und Bewußtseinsranken wuchsen und suchten nach der Krankheit. Zunächst spürte er, wie bei Fen, daß seine Finger heiß wurden, spürte den Schmerz des alten Mannes wie seinen eigenen und wirkte dem langsamen Vordringen entgegen. Doch dann passierte etwas, und Dsordas geriet unter plötzlichem Schwindelgefühl ins Taumeln. Es war, als habe sich unter ihm ein dunkler Wirbel geöffnet, der ihn hinabzuziehen drohte. Kalte Angst ergriff ihn, und obwohl er nicht verstand, was da geschah, kämpfte er weiter. *Hilf mir, Mutter*! flehte er lautlos, doch es kam keine Antwort, und Dsordas wurde immer weiter in die wirbelnde Tiefe gerissen. Er war außerstande sein Vorgehen länger zu kontrollieren, er war hilflos und verlor jedes Gefühl für die eigene Existenz.

Laß mich! Die Stimme war brüchig und voller Schmerz. *Ich will gehen.*

»Nein!« weinte Dsordas, doch er konnte dem Druck nicht mehr standhalten.

Irgendwo, in einer anderen Welt, löste jemand seine verkrampften Hände, schüttelte ihn sanft an den Schultern und flüsterte ihm etwas ins Ohr. Als er die Augen aufschlug, sah er durch den Schleier seiner Tränen Habellas zerschundenes Gesicht, ihre sorgenvollen Augen.

»Er ist tot, Dsordas«, sagte sie leise. »Er ist tot. Ihr könnt nichts mehr für ihn tun.«

Dsordas sah den alten Mann an, der jetzt ganz still dalag. Friedlich. *Ich will gehen.*

»Ich kann das nicht mehr«, sagte er mit ausdrucksloser Stimme. »Es ist wider die Natur.«

Ohne ein weiteres Wort ging er hinaus und nach Hause. Danach konnte ihn niemand, auch Fen nicht, dazu überreden, es noch einmal zu versuchen. Die Erfahrung hatte ganz klar traumatische Auswirkungen auf ihn, doch der Schmerz ging viel tiefer. Es ging nicht nur um den Verlust eines Patienten, und erst nach beträchtlichen Überredungsversuchen versuchte er schließlich, es Fen zu erklären.

»Er wollte meine Hilfe nicht, das hat er mir gesagt. Ich habe ihm nur den Weg versperrt, seine Todesqualen verlängert.«

»Du hast bloß versucht, ihm zu helfen.«

»Ich weiß, aber das war falsch.« Er klang sehr überzeugt.

»In diesem einen Fall. Andere ...«

»Vergiß es. Ich tue es nicht mehr.«

»Du hast es für mich getan.«

»Das war etwas anderes«, widersprach er und sah ihr zum ersten Mal in die Augen. »Ich hätte mein Leben für dich gegeben. Und meine Mutter war da und half mir. Sie wußte, daß es richtig war. Ich kann nur denen helfen, für die ich zu sterben bereit bin.« Seine eigenen Worte hatten ihn aufgewühlt.

»Dann brauchst du die anderen lediglich gehen zu lassen«, schlug Fen ruhig vor. »Wenn du sonst nichts tun kannst.«

»So einfach ist das nicht.« Er erschauerte. »Er hätte mich beinahe mitgerissen!«

»Du meinst ...?« Fen konnte ihr Entsetzen nicht verbergen.

»Ja«, sagte er leidenschaftlich. »Ich konnte mich gerade noch zurückziehen – oder ich wäre mit ihm gestorben.«

Danach bedrängte Fen ihn nicht weiter, obwohl sie nicht ganz einsah, wie er sich dessen so sicher sein konnte. Doch auch nur die anderen Nachwirkungen waren für sie schon verwirrend und schließlich sogar unerträglich genug. Dsordas war zutiefst verunsichert und deprimiert und scheute aus irgendeinem Grund vor jedem Risiko zurück, wie inständige die Bitten seiner Stellvertreter bei den *Kindern* auch wurden. Fens Kummer um ihn war groß – auch um die Veränderung in dem Mann, den sie leidenschaftliche liebte –, und sie konnte seine Lethargie nicht verstehen.

Schließlich gab sie auf und nahm die Angelegenheiten selbst in die Hand.

Den zweiten Lauf gegen die Zeit mußte Zalys natürlich bei der Errichtung von Verteidigungsmaßnahmen gegen die erwartete Ankunft der xantischen Flotte austragen. Da der Plan, alle feindlichen Fernrufer gefangenzunehmen und damit zu verhindern, daß Xantium informiert wurde, gescheitert war, blieb nur noch wenig Zeit. Falls die Imperialen Streitkräfte sofort Segel gesetzt hatten, konnten sie möglicherweise innerhalb von acht Tagen eintreffen. Die Inselbewohner hofften, daß das Reich länger brauchen würde, um die nötigen Schiffe und Truppen zusammenzuziehen, doch sie waren auf das Schlimmste vorbereitet.

In Dsordas' Abwesenheit war die Leitung der *Kinder* auf seine drei überlebenden Stellvertreter übergegangen. Jeder einzelne von ihnen kannte sich auf irgendeinem Gebiet besonders gut aus und war sich des Respekts der meisten Bewohner Nkosas sicher, doch niemand verfügte über Dsordas' Organisationstalent. Es gab so viel zu tun, daß es manchmal hoffnungslos schien, alles erledigen zu können, und die fehlende strategische Weitsicht führte dazu, daß doppelt soviel Mühen nötig waren und viele Ressourcen verschwendet wurden. Als Fen um ein Treffen mit den drei Männern bat, stimmten diese gerne zu, weil sie glaubten, sie würde ihren Anführer mitbringen. Doch Fen kam allein, und ihr hübsches blasses Gesicht wirkte entschlossen.

»Dsordas kommt nicht«, verkündete sie, bevor sie irgend jemand danach fragen konnte. Ihr Tonfall signalisierte ihnen, daß sie die Geduld mit ihm verloren hatte. »Ihr werdet mit mir vorlieb nehmen müssen. Wenn wir ihn nicht dazu bringen können, Entscheidungen zu treffen, dann muß ich es tun.«

»Du?« Yeori Alektora war offensichtlich überrascht. Er war ein kleiner Mann, außergewöhnlich stark und ein Experte in sämtlichen Kampftechniken. Seine speziell ausgebildeten Kämpfer hatten in der letzten Schlacht an vorderster Front gekämpft.

»Warum nicht?« In den goldgefleckten Augen Fens blitzte die Herausforderung auf. »Ich kenne Nkosa und ihr Volk – und die Gefahren, die uns bevorstehen – ebenso gut wie er. Mein Arm, der das Schwert hält, ist vielleicht nicht so stark wie seiner – doch das ist es nicht, was wir zur Zeit brauchen. Richtig?«

Die drei Männer starrten sie an. So hatten sie Fen noch nie erlebt. Innerlich bebte sie, doch sie hatte in ihrem ganzen Leben noch nie mehr Entschlossenheit verspürt, und sie mußte lächeln, als ihr der Gedanke durch den Kopf schoß, wie sehr sie sich jetzt gerade wie ihre Mutter angehört hatte. Wenn es Etha all die Jahre gelungen war, mit einem liebevollen, aber gelegentlich närrischen Ehemann und sechs stürmischen Kindern fertigzuwerden und alle im Zaum zu halten, dann hatte Fen sicher ein wenig von ihrem Talent geerbt. *In dir steckt viel aus dem Norden, Fen,* hatte ihre Mutter zu ihr gesagt. Zwar war Fen auf Zalys geboren, doch manchmal dachte sie, daß sie ein wenig von der Unverwüstlichkeit und der Unabhängigkeit der Menschen des fernen Heimatlands ihrer Mutter mitbekommen hatte. Doch erst diese verzweifelte Situation war nötig gewesen, um ihre Fähigkeiten zu enthüllen.

Sie holte tief Luft.

»Wir haben keine Schiffe, um ihnen auf See zu begegnen«, begann Fen. »Wir müssen also auf *unserem* Territorium kämpfen, auf unserer Insel. Wir brauchen ein regelmäßiges Ausgucksystem entlang der Küste und Leuchtfeuer, damit jede Sichtung gemeldet werden kann. Wir können nicht wissen, aus welcher Richtung sie kommen werden.«

Die Männer wechselten Blicke.

»Doch sicher aus dem Osten?« sagte Yeori. »Die Südflotte liegt in Nadal.«

»Nicht unbedingt«, entgegnete Skoulli Visakia. »Fen hat recht. Sie könnten die Insel umschiffen, um uns zu überrumpeln.« Skoulli war eines der scharfsinnigsten Mitglieder der Gruppe, und seine Fähigkeit, mit Worten und Menschen umzugehen, qualifizierte ihn am besten dafür, die Kommunikation zu koordinieren. »Leuchtfeuer sind auch eine gute Idee – wir sollten sie überall dort plazieren, wo eine Landung möglich wäre.«

»Gut. Könnt ihr das arrangieren?« Fen fühlte sich schon viel besser.

Skoulli nickte.

»Nkosa ist allerdings immer noch das wichtigste Ziel«, warf Yeori skeptisch ein.

»Natürlich. Aber sie können uns hier nicht direkt angreifen. Ich nehme an, kein Imperialer Kommandant wäre närrisch genug, mit seiner Flotte direkt in die Lagune zu segeln. Und wenn, dann hätten wir ein paar Überraschungen für ihn, was, Maus?«

Yani Paphos, den alle nur »Maus« nannten, grinste und nickte.

»Das wäre leicht«, sagte er zuversichtlich. »Die beiden Zufahrten sind nicht breit genug für mehr als zwei Schiffe gleichzeitig, und wir könnten sie von beiden Seiten angreifen. Wenn sie erst einmal drinnen sind, wären sie ein leichtes Ziel für Brandpfeile. Und die Hälfte von ihnen würde vermutlich sowieso auf Grund laufen, so wie die Kanäle verschlammen und in Bewegung sind.«

Maus war Baumeister von Beruf und außerordentlich praktisch veranlagt. Er war dafür verantwortlich gewesen, daß die Flutwelle kanalisiert und die Imperialen Kasernen zerstört wurden. »Diesen Weg werden sie nicht nehmen«, schloß er, »es sei denn, sie wären unglaublich dumm.«

»Wo werden sie also am wahrscheinlichsten landen, und wie können wir uns schützen?« fragte Fen. Langsam bekam sie Spaß an der Sache.

Die nächsten Tage lagen wie hinter dichtem Nebel. Fen arbeitete unaufhörlich und war ständig in Nkosa und Umgebung unterwegs. Sie erlebte den Bau von Befestigungsanlagen mit und sah, wie man die Anlagen auf den Sandbänken rund um die Lagune, in den Hafenanlagen der Stadt und entlang des Flusses verbesserte. Sie sah, wie geschützte Verteidigungspositionen in der Nähe der Strände und überall dort errichtet wurden, wo die Imperialen Truppen landen könnten. Gemeinsam mit Skoulli beobachtete sie, wie das System der Leuchtfeuer rund um die gesamte Insel getestet wurde. Wo immer sie hinkam, redete sie, hörte sie zu und sprach den Menschen Mut zu, und überall – auch wenn die Leute manchmal annahmen, daß sie als Dsordas' Stellvertreterin kam – wurde sie mit Freude empfangen. Ganz Zalys wußte, welche Rolle ihre Familie bei der Revolution gespielt hatte und von dem großen Leid, das sie ertragen mußte, und Fens ungewöhnlich gesunder Menschenverstand und ihre offensichtliche Entschlossenheit in diesem blassen, schlanken Körper machten beträchtlichen Eindruck. Es dauerte nicht lange, bis sogar Yeori, der anfänglich von allen der skeptischste der drei Stellvertreter gewesen war, sie ohne Zögern um Rat bat.

Eine dieser Diskussionen drehte sich um die bevorstehende Ankunft eines großen Handelsschiffes, der *Eisstern,* ungefähr drei Tage nach dem Aufstand. Skoulli hatte in Dokumenten aus Farrags Quartier entdeckt, daß der Kapitän des Schiffes ein Freund des verstorbenen

Marschalls gewesen war und häufig besondere Frachtgüter für ihn transportiert hatte. Daher mußten sie auf mögliche Feindseligkeiten vorbereitet sein, auch wenn es kein imperiales Schiff war und für sich genommen nur eine geringe Gefahr darstellte. Fen schlug vor, daß Yeori seine Männer darauf einstellte, das Schiff nötigenfalls mit Gewalt einzunehmen, doch zunächst anzubieten, auf freundschaftlicher Basis weiter Handel zu treiben. Welche Fracht die *Eisstern* auch transportierte, es war so gut wie sicher, daß Zalys dafür Verwendung haben würde. Doch der Zufall wollte es, daß die Angelegenheit durch die Mannschaft des Schiffes entschieden wurde – sehr zu Fens Erleichterung.

Als sie in Nkosa vor Anker gingen, bemerkte der Kapitän sehr schnell, daß sich die Verhältnisse geändert hatten und versuchte, sofort wieder Segel zu setzen. Dadurch beschwor er eine spontane Meuterei der ohnehin schon verstimmten Mannschaft herauf, in deren Verlauf der Kapitän getötet wurde. Selbst wenn die neuen Behörden in Nkosa den Mörder hätten bestrafen wollen, hätten sie Schwierigkeiten gehabt, ihn zu identifizieren. Er wurde durch das konspirative Schweigen seiner Gefährten geschützt. Yeori wiederum freundete sich mit dem ersten Maat an, einem Mann namens Bark Madden, der mehr als bereitwillig mit ihm handeln wollte. Yeori hatte Verstand genug zu erkennen, daß vielleicht einmal eine Zeit kommen könnte, wo Zalys ein gutes Schiff brauchen konnte, und trotz der unsicheren Lage brauchte er nur wenig Überredungskunst, um sicherzustellen, daß die *Eisstern* im Hafen liegenblieb, während die Mannschaft einen seltenen Landurlaub genoß.

Es war auch Yeori, der Fen unangenehmere Nachrichten überbrachte. Nias Santarsieri, der Patriarch der Insel, starb einen Tag, nachdem die *Eisstern* in den Hafen eingelaufen war. Er war zwar schon ein sehr alter und kranker Mann gewesen, als Farrag ihn geschlagen hatte, so daß die Nachricht wenig überraschend kam, aber dennoch stimmte sie Fen traurig. Nias war eine ehrwürdige Gestalt gewesen, innig geliebt und weithin respektiert, obwohl er unter der imperialen Regierung praktisch machtlos gewesen war. Man würde ihn nur schwer ersetzen können. Zumindest hatte er noch vor seinem Tod sein lebenslanges Ziel erreicht. Er hatte Zalys nach vielen Jahrzehnten der Tyrannei frei gesehen. Jetzt würde die Insel einen neuen spirituellen Führer brauchen – aber das mußte warten. Es gab so viel anderes zu tun.

Fen zog aus ihrer Arbeit große Befriedigung, dennoch hing eine dunkle Wolke über ihr. Nachts kehrte sie nach Hause zu ihrer Familie zurück und zu Dsordas, der immer noch in tiefer Depression versunken war. Obwohl Fen ihm alles erzählte, was geschehen war, schien er nur wenig Interesse für ihre Erfolge zu haben, und seine ständige Lustlosigkeit machte ihr Angst. Seine dauernde Abwesenheit machte die anderen *Kinder* nachdenklich – obgleich sie ihre Ängste Fen gegenüber niemals aussprachen –, und sie fragten sich, ob Dsordas kränker war, als sie zugeben wollte. Tatsächlich beklagte er sich ständig über Kopfschmerzen und Müdigkeit, doch Fen war die meiste Zeit über selbst viel zu erschöpft, um mehr tun zu können, als ihn zu trösten. Sie liebte ihn so leidenschaftlich wie immer und verteidigte ihn heftig, wenn irgend jemand andeutete, daß er mehr tun sollte, doch Dsordas war nicht mehr derselbe Mann. Und sie fragte sich, ob der echte Dsordas jemals zu ihr zurückkommen würde.

Kapitel drei

An mein Leben als Kind kann ich mich nicht erinnern. Ob ich wohl schon alt geboren wurde? Voll erblüht zur Existenz gebracht? Hat mein Feuer jemals so hell gebrannt wie ihre Flamme in der Ferne?

Wer könnte ihrem Locken widerstehen? Dennoch fliege ich auf uralten Schwingen, und ich werde müde. So entsetzlich müde.

Während Fen sich in die Arbeit stürzte und Dsordas sich verkroch und kaum noch sein Zimmer verließ, machte der Haushalt der Familie Amari so gut es ging weiter. Alle mußten sich noch an Antorkas' Tod gewöhnen, und niemand spürte seine Abwesenheit so stark wie seine Witwe Etha. Nach mehr als zwanzig Jahren Ehe machte sie sich keine Illusionen mehr über ihren Mann. Er war ein gutaussehender und imposanter Mann, doch trotz seiner unzweifelhaft vorhandenen Ausstrahlung und Liebe zum Leben mitunter auch eitel, aufgeblasen und impulsiv gewesen. Etha war die praktischere von beiden gewesen, sowohl privat als auch im Juwelengeschäft, mit dem Antorkas den Lebensunterhalt verdient hatte. Dennoch vermißte sie ihn schrecklich, und in ihrem Herzen breitete sich eine furchtbare schmerzende Leere aus. Wie es für sie typisch war, reagierte sie darauf, indem sie sich selbst bis zur Erschöpfung antrieb, und sich nicht nur um die eigene Familie kümmerte, sondern auch vielen anderen in Nkosa half, die der Hilfe bedurften.

Ihre Kinder taten alles, was sie konnten, um sie zu trösten, jedes auf seine eigene Weise. Antorkas junior, den alle Anto nannten, mit siebzehn der älteste ihrer drei Söhne, hatte viel vom Charakter seines Vaters und dessen gutes dunkles Aussehen geerbt, doch mit seinen grünen Augen und in der ernsten Art, mit der er versuchte, die Rolle des Mannes im Hause auszufüllen, ähnelte er mehr seiner Mutter. In ruhigeren Zeiten – falls es jemals wieder welche geben sollte – würde Anto das Geschäft der Familie übernehmen. Er war sich seiner Stellung in der Familie übermäßig bewußt, ganz besonders, weil Dsordas in seiner selbstgewählten Isolation verharrte, und seine manchmal unsicheren Bemühungen hätten lustig gewirkt, wenn sie nicht so traurig gewesen wären.

Anto fühlte sich noch immer schuldig am Tod seines Vaters. Er war an seiner Seite in den Kampf gezogen, aber im Chaos am Fournoi-Platz von ihm getrennt worden. Zwar wußte sein Verstand, daß ihn keine Schuld am Tod des Vaters traf, doch sein Gefühl war davon nicht überzeugt. Dennoch war die Ernsthaftigkeit, mit der er seine neuen Pflichten wahrnahm, ein Trost für Etha – auch wenn sie und die anderen ihn manchmal als ein wenig herrisch empfanden.

Zwei der jüngeren Kinder waren gefühlsmäßig stark aufgewühlt: Tarin, eine ernste Zehnjährige, die ebenfalls das Aussehen des Vaters geerbt hatte, und Ia, mit sieben das jüngste der Mädchen und die einzige mit dunkelbraunen Haaren. Sie schwankten zwischen hysterischem, von Schuldgefühlen erfülltem Lachen und heulendem Elend und suchten Zuflucht in der Welt der Fantasie. In Tarins Geschichten wimmelte es von Schlachten, Helden und Sühne, während Ia sich lieber in die Reiche der Zauberer, Geistern und Legenden flüchtete. Wie alle anderen wurden sie dazu angehalten, Etha und den anderen zu helfen – und das taten sie auch gerne, doch entzogen sie sich so schnell es ging wieder.

Sehr zur Erleichterung aller blieb Natali, der in einem Monat seinen vierten Namenstag feiern würde, so süß wie immer. Weder die Abwesenheit seines Vaters noch seine eigene außerordentliche Rolle in den Ereignissen der vergangenen Tage schienen ihn besonders zu beunruhigen. Als man ihm auf eine unschuldige Frage antwortete, sein Vater sei jetzt an einem anderen Ort und könne nicht zurückkommen, fiel Natalis Reaktion ganz typisch aus:

»Er kommt an meinem Namenstag zurück«, hatte der kleine Junge entschieden. »Dann weiß er, daß es uns gut geht.«

Natali war der einzige, der bei der Beerdigung seines Vaters nicht weinte, und obwohl die Tragödie der Familie nur eine unter vielen war, waren die meisten Zuschauer zu Tränen gerührt, als Natali am Grab seines Vaters lächelte und mit seiner kleinen Hand zum Abschied winkte, als er den Friedhof verließ.

Viele Menschen fanden es sonderbar, daß Natali so fröhlich blieb und sich wie üblich über so viele Dinge freute, und die meisten machten dafür sein mangelndes Verständnis für die Situation verantwortlich. Doch Gaye, die zweitälteste Tochter, die einige der letzten Abenteuer mit ihrem kleinen Bruder gemeinsam durchgestanden hatte und über besonderen Einblick in den Verstand des Kleinen verfügte, hatte eine andere Theorie. Sie glaubte, daß Natali weit besser als jeder andere verstand, was da vor sich ging, und seine heitere Gesellschaft tröstete sie.

Gaye hatte mehr Grund als die meisten, sich elend zu fühlen, doch sie hatte viel von der Charakterstärke ihrer Mutter geerbt und weigerte sich, deprimiert zu sein. Aus diesem Grund machte sie sich vielleicht mehr Sorgen als alle anderen über Dsordas' Rückzug, und nach mehreren Tagen der Unentschlossenheit entschied sie, mit ihm zu reden, während Fen unterwegs war.

Auf ihr Klopfen an der Schlafzimmertür kam keine Antwort, doch sie ging trotzdem hinein.

»Dsordas? Bist du da?« Er antwortete nicht, doch Gaye konnte das Geräusch seines Atems hören. Sie ging vorsichtig hinüber zu seinem Bett und setzte sich am Fußende nieder, und sie spürte, wie sich die Matratze bewegte, als Dsordas sich vor ihr zurückzog.

»Du tust dir jetzt ein wenig zu lange leid«, sagte sie frei heraus. »Du hast versprochen, Zalys zu helfen.«

Sie hielt inne und wartete auf eine Antwort.

»Geh weg«, flüsterte er schließlich.

»Das werde ich nicht tun«, sagte sie fest. »Nicht, bis du Vernunft angenommen hast. Weißt du nicht, daß Fen, Mutter, Anto und sogar Tarin dort draußen alles tun, was getan werden muß? Und ich würde es auch tun, wenn ich nicht blind wäre.«

Gaye hatte ihr Augenlicht verloren, als Farrag sie mit einem magischen Blitz niedergestreckt hatte, an jenem Tag, als sie ihre Jugendliebe Bowen Folegandros hatte heiraten wollen. Derselbe Angriff hatte ihr blondes Haar auf einen Schlag weiß werden lassen. Die Hochzeit hatte nicht stattgefunden. Bowen war verbannt worden, ausgewählt von Farrag als Geisel für Xantium, um seinen Bruder zu ersetzen, der anscheinend entkommen war. Sagar Folegandros war neun Jahre zuvor mitgenommen worden, als er noch ein Kind gewesen war. Es war üblich im Xantischen Reich, den Gehorsam der eroberten Nationen dadurch zu sichern, daß man die Kinder wichtiger Familien entführte.

»Wie lautet deine Entschuldigung?« fuhr Gaye fort. »*Du* bist der Grund dafür, daß Zalys frei ist. Und gerade du solltest dafür sorgen, daß es auch so bleibt! Seit ich dich kenne, bist du von dem Gedanken besessen, uns vom Reich zu befreien. Warum willst du das jetzt aufgeben?« Sie hielt inne und holte noch einmal tief Luft. »Wir brauchen dich.«

»Ich bin nutzlos«, flüsterte er leise und jämmerlich. »Ich habe getan, was ich konnte.«

»Aber du hast gerade erst angefangen!« rief Gaye aus. »Warum solltest du dein ganzes Lebenswerk aufgeben? Nur weil du einmal versagt hast?«

»Du weißt nicht, wie das ist«, erwiderte er ärgerlich.

»So?« explodierte sie. »Ich weiß das nicht? Glaubst du denn, du bist der einzige, der Dinge durchgemacht hat, von denen die anderen nichts wissen? Ich habe unverständliche Ratschläge von *Geistern* bekommen, zum Donnerwetter. Ich bin mit Fledermäusen geflogen und schließlich in der Arena gelandet.«

Gaye war aus ihrem Zuhause zu dem Ort gebracht worden, der Zalys' spirituelles Zentrum war, und zwar von einer Macht, die sie nur als magisch bezeichnen konnte. Natali hatte dasselbe erlebt, doch anders als seine ältere Schwester hatte er es ohne Schaden überlebt.

»Ich habe aus dem Nichts einen Sturm entfacht, nur, indem ich eine Geschichte erzählte!« Sowohl Sturm als auch Fledermäuse hatten eine wichtige Rolle beim Sieg der Revolte gespielt. »Und ich habe mit Menschen gesprochen, die gar nicht da sind und andere Welten jenseits unserer Vorstellungskraft gesehen. Glaubst du, daß das, was du durchgemacht hast, schlimmer gewesen ist?«

»Aber ich hätte getötet werden können«, protestierte er schwach. »Genau wie meine Mutter.« Sie war eine Heilerin gewesen und bei dem Versuch gestorben, jemanden zu retten, als Dsordas noch ein Jugendlicher gewesen war.

»Hast du so viel Angst vor dem Tod, daß du den Rest deines Lebens hier im Bett verbringen willst?« fuhr Gaye ihn geringschätzig an. »Ich dachte, du hättest mehr Mumm. Du hast in vorderster Front gekämpft.«

»Das war etwas anderes.«

»Weshalb?«

»Da habe ich mich dem Feind gestellt«, rief er hitzig. »Es war ein sauberer Kampf. Aber ich habe gesehen, was ich durch mein Einmischen anrichten kann, den Schmerz und das Leid, das ich damit verursachen kann – an meinem eigenen Volk!«

»Aber du hast ihm auch Gesundheit und Glück gebracht! Sieh dir Fen an!«

»Das war nicht ich«, murmelte er , »das war meine Mutter.«

»Geister *können* so etwas nicht tun. Ich habe mit ihnen gesprochen, vergiß das nicht.«

»Geh weg!« brüllte Dsordas sie an, und sein plötzlicher Wutausbruch ließ sie zusammenzucken.

»Und was, wenn ich nicht gehe?« stichelte sie. »Würdest du ein blindes Mädchen schlagen?«

Dsordas schwieg still und rührte sich nicht.

»Ich kenne dich besser«, fuhr sie leise fort. »Du bist der einzige, der deinen Wert nicht erkennt. Und niemand weiß warum.« Ihre Stimme klang jetzt traurig.

»Ich bin nutzlos«, wiederholte er. Er klang erschöpft. »Ich kann nichts tun. Laß mich in Ruhe.«

»Gib mir deine Hand«, forderte sie ihn auf.

»Warum?«

»Ich will dir etwas zeigen.« Gaye tat ihr Bestes, um zuversichtlich zu klingen. Sie spielte ein gewagtes Spiel, und sie konnte nicht sicher sein, daß sie es gewinnen würde. Sie streckte eine Hand aus und fühlte, wie Dsordas sie ergriff, spürte sein Mißtrauen. Ihre andere Hand steckte in ihrer Tasche und umschloß den Amberinkristall. *Alasia,* flehte sie innerlich, *hilf mir.*

»Schließ die Augen«, sagte sie.

Die Welt wurde zu einem unendlichen, chaotischen Flechtwerk aus glühenden Linien, die sich verschoben und wanden, ein merkwürdiges Kaleidoskop des Lebens – und zugleich auch des Todes. Sie hörte, wie Dsordas nach Luft schnappte und wußte, daß er die Vision ebenfalls sehen konnte.

»So sieht jetzt die Welt für mich aus«, erklärte sie ihm leise. »Die Grenzen von Raum und Zeit sind hier bedeutungslos. Alles ist hier. Gut und Böse, Wärme und Kälte, Liebe und Haß. Es ist real, und man muß nicht mehr Angst davor haben, als vor der Welt, die man mit seinen Augen sieht. Der alte Mann, der gestorben ist, ist hier.« Ein geisterhaftes Gesicht flackerte kurz in dem endlosen Netz auf. »Und es gibt Führer, die uns helfen.«

Das blasse Gesicht von Alasia, der Frau, die Gaye bei

ihren ersten zaghaften Schritten in diesem Unterreich geholfen hatte, erschien. Sie sah erschöpft aus, doch ihr Lächeln war strahlend, von innen erleuchtet.

Es zahlt sich nicht aus, mit einem Leuchtfeuer zu streiten, Heiler. Ihre Augen enthielten das Licht und die Farben eines klaren Wintertages, und während sie sprach, hielt sie ihren Blick auf Dsordas geheftet. *Schlage ihre Worte nicht in den Wind. Dein Feuer kann nicht ewig in der Dunkelheit verborgen bleiben.*

Als Fen an jenem Abend nach Hause kam, war sie überglücklich, daß Dsordas aufgestanden und angezogen war und begierig nach Neuigkeiten fragte. Sie verbrachten viele Stunden im Gespräch, und in der dunkelsten Stunde der Nacht liebten sie sich zum ersten Mal wieder, seit Beginn des Aufstands.

Am nächsten Morgen ging das Paar gemeinsam los, um die Fortschritte zu inspizieren. Dsordas' Stellvertreter hießen ihn voller Freude willkommen, und es dauerte nicht lange, und alles war so, als sei er nie fort gewesen. Fen trat bewußt in den Hintergrund und beobachtete mit gemischten Gefühlen, wie ihr Geliebter die Zügel übernahm. Sie war froh, daß er offenbar wieder ganz normal war, doch tief im Inneren war sie verstimmt, obwohl sie es nicht zugeben wollte. Zum ersten Mal in ihrem Leben hatte sie ihr Potential vollkommen ausgeschöpft. Aber jetzt . . .

So sehr Dsordas ihre Mühen auch lobte und seine Dankbarkeit betonte, sie konnte sich dennoch des Gefühls nicht erwehren, daß die letzten paar Tage für ihn gar nicht richtig existierten. Daß für ihn alles, was sie erreicht hatte, ganz von selbst geschehen war. Dennoch verbarg sie ihre Gefühle gut und freute sich mit den anderen, daß Dsordas wieder das Steuer übernommen hatte. Die nächsten paar Tage würden eine kritische Zeit in der Geschichte von Zalys werden – was am nächsten

Tag durch Natalis ungewollte Erweckung von Eismann noch unterstrichen wurde.

Aber dieser Tag war noch von einem weiteren unerklärlichen und weitaus unheimlicheren Ereignis gekennzeichnet. Kurz nach Mittag hörten alle, die sich innerhalb einiger hundert Schritte von der Ostküste befanden, ein tiefes, hohles Grollen, das aus dem Meer emporzusteigen schien. Irgendwann verebbte der Ton – um sich kurze Zeit später zu wiederholen und viele ängstliche Blicke auf das Wasser zu ziehen. Es war das letzte in einer langen Reihe von sonderbaren Vorkommnissen im Meer – Vorkommnisse, die dazu geführt hatten, daß viele Inselbewohner dem Meer, von dem sie abhängig waren, mißtrauten.

Kapitel vier

Mein Herz schlägt mit Schmetterlingsflügeln.

Im Land der Tunnel brennen schwache Lichtquellen, Glühwürmchen im Reich des Erdwurms. Soviel habe ich in einem Traum vorhergesehen, als ich noch fliegen konnte. Aber jetzt bin ich schwer.

Mein Herz schlägt wie ein Berg.

Der *Soldat* sah noch einmal zurück auf die brennenden Umrisse. Riesig und unverkennbar wanden sich unter dem Feuer und zeichneten sich hell vor dem Nachthimmel ab. Er hatte die Position gut gewählt, auf einem der höchsten Türmchen des Turmviertels, und betrachtete dieses Fanal, das von beinahe überall innerhalb der Mauern Xantiums gesehen werden konnte.

Der Anblick verschaffte ihm Befriedigung. Es war eine Geste, mehr nicht, doch vielleicht konnte sie als nützliche Ablenkung dienen. Denn gerade jetzt hatte er echte Arbeit zu erledigen.

Sagar Folegandros zitterte und spürte die Kühle der dunklen Zelle tiefer in sein Fleisch eindringen. Ihm war schwindlig und übel, und die abgestandene Luft kratzte in seiner Kehle. Seit nunmehr drei Tagen hatte er niemanden gesehen, weder Mensch noch Geist, und in dieser Zeit hatte er auch nichts gegessen. Seine dürftige Wasserration war schon lange aufgebraucht. Sein Schlaf war noch unruhiger geworden, und er war sich nicht mehr sicher, was realer war: die Bruchstücke von Fieberträumen oder das fensterlose Steinzimmer, in dem er lag.

Seinen eigenen ungenauen Berechnungen zufolge war

er seit mindestens zehn Tagen im Kerker, obwohl man ihm nie gesagt hatte, welches Verbrechen ihm zur Last gelegt wurde. Und jetzt, so schien es ihm, hatte man ihn vergessen und ließ ihn sterben.

Selbstmitleid überwältigte ihn. Sein Leben war ihm stets als sinnlose Übung vorgekommen, doch nicht einmal er hatte sich vorstellen können, daß es auf solch unerklärliche und ungerechte Art enden würde. Neun Jahre zuvor, im zarten Alter von dreizehn, hatte man ihn aus seiner Heimat Zalys als Geisel des Xantischen Reiches verschleppt. Seitdem hatte er ein eingeschränktes, aber nicht unbequemes Leben in einer streng bewachten Enklave innerhalb der Imperialen Stadt geführt. Sagar hatte niemals seine Sehnsucht nach Zuhause oder nach der Freiheit verloren, doch allmählich hatte er sein Schicksal akzeptiert und sogar gelernt, gewisse Aspekte davon zu lieben. Er war zu einem verschlossenen, gut gebauten Mann herangewachsen, der selbst mit den Mitgeiseln nur sparsam Freundschaft schloß und niemandem vertraute. Er gab seinen Wärtern keinen Grund, ihn zu bestrafen – oder seine Familie im fernen Zalys. Er war ein vorbildlicher Gefangener und hatte seine rebellischen Gedanken in seinem Herzen verschlossen. Seine gegenwärtige Situation war daher um so verblüffender und schwieriger.

Womit habe ich das verdient?

Tag und Nacht waren in dieser Zelle unter der Erde bedeutungslos. Für Sagar war Tageslicht eine Illusion, ein Trugbild, an das er sich nur noch schwach erinnerte. Die Zeit bemaß sich hier drunten nach den Besuchen des Gefängniswärters mit einer dürftigen Tagesration und nach den unmißverständlichen Signalen seines eigenen Körpers. Sein zungenloser Wärter war nicht wiedergekommen, seit er von Sagars letzter Besucherin verjagt worden war, einer winzigen Frau, die so blaß war, daß er sie zuerst für einen Geist gehalten hatte. Seiner eigenen Schätzung nach war das drei Nächte her. Er fühlte sich jetzt schrecklich schläfrig, obwohl sein leerer Magen heftig protestierte. Trotzdem kämpfte er darum, wach zu bleiben, aus Angst, er könnte die letzte Möglichkeit verpassen, sich selbst zu retten. Und er wußte, wenn er jetzt einschlief, würde er vielleicht nie mehr aufwachen. Dennoch konnte er nicht verhindern, daß ihm immer wieder die Lider zufielen.

Schließlich nickte er doch ein, wurde aber schlagartig wieder wach, als sich das dünne Lampenlicht, das durch die Gitterstangen der Tür hindurchschien, plötzlich veränderte. Er blickte empor und sah draußen ein Gesicht, dessen stechende schwarze Augen zu ihm hinein starrten. Es dauerte ein paar Augenblicke, bis ihm klar wurde, daß er das Geräusch von Riegeln hörte, die zurückgezogen wurden, eines Schlüssels, der im Schloß gedreht wurde. Sagar versuchte aufzuspringen, doch er taumelte, alles drehte sich, sein Herz pochte rasend. Seine Zunge wollte nicht gehorchen.

Die Tür schwang auf, und der Mann winkte ihn herbei.

»Sagt nichts. Kommt schnell.« Die geflüsterten Worte wurden zum Teil von einem Stück Stoff gedämpft, das über seinem Mund lag.

Sagar starrte ihn an und schwankte.

»Könnt Ihr laufen?« fragte der Mann besorgt. »Wir haben nicht viel Zeit.«

Irgendwie fand Sagar noch Kraftreserven, als sein verwirrter Verstand endlich erkannte, daß er hier eine Chance bekam dem Alptraum zu entkommen. Er brauchte keine zweite Aufforderung und torkelte zur Tür.

»Hier entlang«, drängte ihn der Fremde, nahm Sagars Arm und zerrte ihn tiefer in den Kerkerkomplex hinein. Er warf einen Blick über die Schulter zu der fernen Lampe, die nur im Korridor Licht spendete.

»Hier hinein.« Sagar wurde in eine andere Zelle gestoßen und verfiel kurz in Panik, doch der Mann folgte ihm eilig und zog die Tür zu. Sagar wartete im Stockdunkeln und hörte das Geräusch einer Metallklinge über die Steinmauer kratzen.

Es folgte ein helles Klirren, als das Messer die gesuchte Kerbe fand, und dann ein Knirschen. Lichtfetzen erschienen in der Dunkelheit und erweiterten sich, als ein Stück der Steinmauer sich quietschend wie eine Tür öffnete. Sagar folgte dem Mann durch die Öffnung und fragte sich, ob er träumte, ob er nun am Ende doch noch wahnsinnig geworden war. Hinter ihm schloß sich die massive Tür wieder mit einem schweren Knirschen.

»Von dieser Seite kann sie nicht geöffnet werden«, sagte der Fremde. »Kommt.«

Sie eilten einen schmalen Korridor hinunter, der von einem unnatürlichen Licht beleuchtet wurde. An manchen Stellen waren die Mauern und die unebene, tiefhängende Decke mit grünem Schleim bedeckt. Wasser tröpfelte herunter. Aus einem Seitentunnel kam das Geräusch von schlagenden Flügeln, als hätten sie den Brutplatz von Vögeln der Unterwelt gestört. Nachdem sie um mehrere Ecken gebogen waren, kamen die beiden Männer zu einer Treppenflucht, die nach oben führte.

»Wartet hier«, wies Sagars Retter ihn an und huschte fast geräuschlos die Treppe hinauf. Wenige Augenblicke später rief er von oben: »Kommt. Alles in Ordnung.«

Sagar lief so schnell er konnte hinauf, und seine Beine waren jetzt schon viel kräftiger. Er konnte sein Glück noch immer nicht fassen. Oben fand er eine offene Falltür vor. Der Mann war bereits hinaufgeklettert und streckte ihm helfend die Hand entgegen. Der Gefangene fand sich in einem staubigen Zimmer voller kaputter Möbel wieder, in einem dunklen, vergessenen Lagerraum.

»Wer seid Ihr?« krächzte er.

»Jetzt nicht«, sagte der Mann. »Erklärungen können warten, bis wir draußen im Ringviertel sind.«

Sagar war sich nicht sicher, was das bedeutete, doch er verspürte keine Lust, sich zu streiten. Gehorsam folgte er seinem Retter durch eine weitere Tür und ein paar baufällige Holztreppen hinunter in eine enge Gasse. Über ihm, unvorstellbar fern, leuchteten die Sterne und warfen ihr geisterhaftes Leuchten über alles, und Sagar bemerkte zum ersten Mal, daß die Klinge, die sein Gefährte trug, mit frischem Blut befleckt war.

»Achtet darauf, wo Ihr hintretet«, riet ihm der Mann. »Selbst im Ringviertel kümmern sich die Straßenreiniger nicht allzu oft um diese Seitengassen.« Er hatte seine Maske hinuntergezogen und zeigte einen kräftigen Kiefer und einen breiten Mund, den er zu einem Grinsen verzogen hatte.

»Bin ich außerhalb der Enklave?« fragte Sagar mit krächzender Stimme und kam sich plötzlich dumm vor. Einen Ort wie diesen gab es in der Enklave nicht.

»Sehr weit außerhalb«, lachte sein Gefährte. »Und schon bald werdet Ihr noch weiter weg sein. Kommt. Es ist nicht mehr weit, dann könnt Ihr Euch ausruhen.«

»Und etwas trinken?« fragte Sagar erschöpft.

»Selbstverständlich.«

Die Gassen, durch die der Fremde ihn führte, lagen zumeist verlassen da. Ein paar späte Wanderer waren noch unterwegs, doch sie kümmerten sich um ihre eigenen Angelegenheiten und achteten nicht auf die beiden Männer. Einmal allerdings zog sich der dunkeläugige Mann schnell in einen Torbogen zurück und zerrte Sagar mit sich, wo sie warteten, bis eine Patrouille vorbei war. Sagar hatte die Soldaten weder gesehen noch gehört, und er wußte, auf sich allein gestellt, wäre er hilflos. Die Soldaten wirkten müde und gelangweilt, als sie an ihnen vorbeimarschierten.

Endlich kamen sie zu einer größeren Durchgangsstraße, die in regelmäßigen Abständen von Fackeln und Ölleuchten erhellt wurde. Ein paar Schritte bergab führte die Straße unter einem Steinbogen hindurch, dessen hölzerne Tore offenstanden. Beiderseits standen Wachtposten.

»Noch sucht niemand nach Euch. Wir gehen einfach hindurch, in Ordnung? Versucht so auszusehen, als wüßtet Ihr, wohin Ihr wollt.«

Beinahe hätte Sagar gelacht. Er hatte noch nie größere Angst gehabt.

»Die Wachen stehen hier, um nach unerwünschten Elementen Ausschau zu halten, die *hinein* wollen«, erklärte sein Berater. »Sie werden sich nicht um uns kümmern. In Ordnung?«

Sagar nickte, denn das wurde offenbar von ihm erwartet, und innerlich lächelte er, als er daran dachte, daß er sie am ehesten dadurch verraten könnte, indem er in hysterisches Gelächter ausbrach. Er schluckte schwer und versuchte sich zusammenzureißen, und dann folgte er seinem Retter; sie schlossen sich einer Gruppe von Männern an – dem Aussehen nach zu urteilen Kaufleute –, die auf das Tor zuhielten und sich freundschaftlich kabbelten. Die Soldaten nahmen von keinem der Männer Notiz, und nach ein paar zielsicheren Schritten wurde Sagar von seinem Gefährten in eine andere Gasse gezogen und über einige weitere Straßen zu einem kleinen Platz gebracht.

»Willkommen im Ebenen Viertel«, brach der Mann das lange Schweigen. »Viertel der ungewaschenen Massen, Provinz des Mobs, des Pöbels und Abschaums von Xantium. Der Unterwelt-Misthaufen imperialer Existenz ... Euer neues Heim!«

Sagar wußte nicht, ob er lachen oder weinen sollte. *Früher oder später,* sagte er sich, *wird das alles einen Sinn ergeben. Mach einfach weiter.*

»Es ist so lange her ...« flüsterte er und sah sich ungläubig um. Gierig sog er all die weltlichen und doch plötzlich so magischen Einzelheiten in sich auf. Schmutzige, staubige Straßen, verbarrikadierte Häuser, eine tropfende Lampe, Rauch eines Feuers in der Ferne, der in seinen Nasenlöchern brannte. Das Geräusch von Gesprächen, Menschen, die ungehindert vorbeigingen, allein oder in Gruppen, eine betrunkene Stimme, die ein unmelodisches Lied sang. Kreischende Katzen, das ferne Bellen eines angeleinten Hundes.

»Ist das alles wahr?«

»Es nur *allzu* wahr«, erwiderte sein Gefährte und beobachtete die ehemalige Geisel leicht amüsiert. »Xantium in all seiner erbärmlichen Pracht. Kommt. Ein Freund von mir führt ein ... Etablissement, dort drüben. Dort können wir etwas zu trinken für Euch bekommen.«

Er ging voraus zu einer unscheinbaren Tür und klopfte. Mit lauten Knallen öffnete sich ein Guckloch.

»Die Mädchen sind alle beschäftigt. Kommt ...« Die barsche Stimme hielt abrupt inne. »Oh, Ihr seid's.«

Sie hörten, wie von innen Riegel zurückgezogen wurden, eine unheimliche Erinnerung an Sagars Gefangenschaft, und dann öffnete sich die Tür.

»Mein junger Freund hier braucht etwas zu trinken und ein ruhiges Plätzchen zum Schlafen. In dieser Reihenfolge.«

Der grauhaarige Mann an der Tür warf Sagar einen uninteressierten Blick zu.

»Kommt herein und seid willkommen«, sagte er und trat zur Seite.

Kurze Zeit später nippte Sagar vorsichtig an einem zweiten Krug wässrigen Bieres, nachdem er den ersten so schnell hinuntergeschüttet hatte, daß ihm der Kopf schwirrte. Er war völlig ausgehungert und fiel über eine Platte verkochten Gemüses mit Sauce her – das ihm trotz allem wie ein Freudenmahl mundete. Ihr Gastgeber hatte das Essen gebracht und sie dann in dem gemütlichen Zimmer allein gelassen.

»Immer langsam. Sonst müßt Ihr Euch übergeben.«

Sagar hielt einen Augenblick inne, spürte das gute Gefühl, das durch seinen Körper strömte, und sah seinen Retter an. Ruhige blaue Augen funkelten zurück, so dunkel, daß sie beinahe schwarz wirkten. Irgend etwas an dem Mann kam Sagar sonderbar vertraut vor.

»Wer seid Ihr?« wiederholte er.

»Die meisten Leute nennen mich Martyn.«

Die Neugier ließ Sagar seinen Hunger vorübergehend vergessen.

»Warum ...?« begann er, doch dann fehlten ihm die Worte.

»Warum ich Euch rausgeholt habe?«

Sagar nickte.

»Ich interessiere mich schon länger für Euch«, fuhr Martyn fort. »Als Ihr aus der Enklave verschwunden wart, dachte ich, es würde Zeit, etwas zu unternehmen.«

»Aber ... woher wußtet Ihr, wo ich war?« So viele Fragen waren noch offen. Sagar wußte nicht, wo er anfangen sollte.

»Alasia hat es mir erzählt.«

Sagar sah ihn ausdruckslos an.

»Eine sehr bemerkenswerte Dame. Klein und blaß. Sieht aus, als könnte ein Windstoß sie davonwehen.«

»Sie!«

»Ihr kennt sie?«

»Ich dachte, sie wäre verrückt!«

Martyn lachte.

»Das glauben die meisten Menschen.«

Ein weiterer Gedanke beschäftigte Sagar plötzlich.

»Ihr«, keuchte er und starrte ihn an. »Ihr seid ...«

»Jetzt nicht«, sagte sein Retter scharf und hob einen Finger an die Lippen, als sich die Tür öffnete und ihr Gastgeber eintrat. Er warf einen Blick auf die noch halbvolle Platte.

»Macht voran«, murmelte er. »Küchenjunge will nach Hause.«

»Ich werde mich um das Geschirr kümmern, Trestman«, sagte Martyn. »Laßt ihn gehen.«

Der Mann nickte, machte aber keine Anstalten zu gehen. Der wahre Grund für sein Kommen wurde bald klar.

»Habt Ihr schon die Neuigkeiten gehört?« fragte er.

»Welche Neuigkeiten?« fragte Martyn ruhig, während Sagar beunruhigt aufsah.

»Es heißt, der Hof sei in Aufruhr«, sagte Trestman. »Habt Ihr das riesige Schwert gesehen, das über dem Turmviertel brennt?«

»Ich habe es gesehen«, sagte Martyn gelassen.

»Das ist wieder ein Trick des *Soldaten*«, fuhr der ältere Mann eifrig fort. »Verkho spuckt Gift und Galle. Für das Schwert wird noch jemand bezahlen, denkt an meine Worte. Trotzdem muß ich darüber lachen. Was für eine Dreistigkeit! Wo es jeder sehen kann!«

»Ja, aber was will er damit erreichen?« fragte Martyn hartnäckig.

Trestman zuckte die Achseln und war enttäuscht, daß seine Gäste nicht genauso darüber lachen mußten wie er. Martyn wirkte gelangweilt, und der Neue starrte nur dümmlich vor sich hin, den Löffel auf halbem Wege zum Mund in der Luft festgefroren.

»Muß die Mädchen im Auge behalten«, murmelte Trestman niedergeschlagen, ging hinaus und schloß die Tür.

»Er ist ein schreckliches altes Klatschmaul, aber sein Herz hat er am rechten Fleck«, bemerkte Martyn.

»Ihr seid der *Soldat*, oder?« Es war eher eine Anschuldigung als eine Frage.

»Ja«, gab Martyn einfach zu. »Aber es wäre mir lieber, wenn es nicht alle wüßten.«

»Warum erzählt Ihr es dann mir?« Sagars Verwirrung wuchs mit jedem Augenblick.

»Ich habe es so eine Ahnung, daß Ihr es nicht besonders eilig habt, mich bei den Behörden anzuzeigen«, antwortete der Mann mit den dunklen Augen. »Ich weiß nicht, was Ihr getan habt, daß man Euch ins Gefängnis geworfen hat, aber ich wäre bereit, darauf zu wetten, daß Ihr nicht wieder zurück wollt. Verkho zeigt sich jenen gegenüber ziemlich hart, die seinen Fängen entkommen sind. Außerdem habe ich, das habt Ihr sicher schon erraten, nichts zu verlieren. Ich schätze, daß ich Euch vertrauen kann.«

»Es bleibt ein Risiko.« Sagars natürliche Vorsicht kehrte zurück.

»Das ganze Leben ist ein Risiko«, zitierte Martyn. »Ich habe Euch geholfen. Ich hoffe, Ihr wiederum werdet mir helfen.«

»Wie?«

»Dafür bleibt später noch genügend Zeit. Eßt!«

Reflexartig schaufelte sich Sagar noch einen Löffel voll Gemüse in den Mund und schluckte dann eilig, als ihm ein neuer Gedanke kam.

»Alasia hat mir gesagt, ich sollte auf Euch warten. Ich dachte, das wäre ein Witz.«

»Was Alasia sagt, *klingt* vielleicht witzig, doch ich glaube nicht, daß sie so etwas wie Witze überhaupt macht.«

»Ich dachte, Ihr wärt der Grund, warum ich da drin war«, brach es aus Sagar hervor. »Diese Nachricht, die Ihr mir geschickt habt . . .«

Der *Soldat* nickte mit jämmerlichem Gesichtsausdruck.

»Ja. Rückblickend war es ein Fehler«, gab er zu. »Aber ich war frustriert, daß ich so wenig Erfolg hatte und wollte es etwas direkter versuchen. Was hat Alasia noch gesagt?«

»Sie sagte, ich wäre frei!«

»Ich bin nicht sicher, daß sie in derselben Welt lebt wie wir anderen«, sagte Martyn nachdenklich. »Für sie verläuft die Zeit vielleicht anders. Vielleicht meinte sie, daß Ihr frei *werden* würdet. Oder sie hat von etwas ganz anderem gesprochen. Philosophie zum Beispiel. Ich habe es schon längst aufgegeben, Alasia verstehen zu wollen. Ich nehme einfach ihre Hilfe an. Sie ist ein ganz besonderer Mensch.«

»Sie hat mir auch gesagt«, fuhr Sagar fort, dessen Gedanken sich langsam klärten, »daß mein Bruder hierher kommen würde.«

Zum ersten Mal zeigte Martyn Überraschung.

»Weiter.«

»Ich habe gefragt, welcher meiner Brüder – ich habe zwei, Bowen und Nason – und sie sagte ›das Leuchtfeuer‹.«

»Wißt Ihr, was das bedeutet?«

Sagar schüttelte den Kopf.

»Außerdem sagte sie, er würde zwei Lasten tragen. Aber das ergab genauso wenig Sinn wie der Rest.«

»Das wird sich schon aufklären. Sagte sie, wann er ankommt?«

»Nein. Glaubt Ihr, daß es wahr ist?«

»Ja«, erwiderte der *Soldat* nachdenklich. »Wenn ich genauer darüber nachdenke, könnte das der Grund sein, warum man Euch eingesperrt hat. Vielleicht brauchte Verkho einen Vorwand, um Euren Bruder hierher zu bekommen, und wenn er Euch woanders hinschaffte, konnte er behaupten, Ihr wärt entkommen – und hätte damit die perfekte Entschuldigung, eine weitere Geisel von Zalys zu holen.«

»Aber warum sollte er meinen Bruder haben wollen?«

Martyn zuckte die Achseln.

»Wer kann das bei Verkho schon sagen?«

Sagar dachte nicht daran zu fragen, woher Martyn wußte, woher er kam, und jetzt ergriff eine neue Angst Besitz von ihm.

»Wenn sie von meiner Flucht erfahren, werden sie da die Insel nicht zur Rechenschaft ziehen?«

»Wenn Ihr noch in der Enklave wärt, ja. Aber jetzt? Ich weiß es nicht. Falls wir recht haben, habt Ihr Euren Zweck vermutlich schon erfüllt.«

Sagar zitterte, weil sein Gefährte so leidenschaftslos sprach.

»Es kam mir so vor, als hätten sie vergessen, daß ich existiere«, sagte er voller Hoffnung.

»Sie werden sich erinnern«, antwortete Martyn grimmig. »Ich mußte drei Wachen töten, um Euch da herauszuholen. Sie werden wissen wollen, was passiert ist.« Er stand abrupt auf und streckte sich. »Eßt auf und schlaft ein wenig. Ihr könnt hierbleiben – es ist verhältnismäßig sicher hier. Wir reden morgen früh weiter.«

»Laßt mich nicht allein!« Eine plötzliche Furcht ergriff Sagar.

»Ich bin ganz in der Nähe«, beruhigte Martyn ihn. »Bleibt in diesem Zimmer, bis ich zurückkomme. Ihr könnt Trestman rufen, falls Ihr etwas braucht.« An der Tür blieb er grinsend stehen. »Ich glaube, wir werden noch einige Abenteuer gemeinsam erleben, Ihr und ich. Schlaft gut, Sagar.«

Dann war er verschwunden. Sagar widerstand dem Impuls, seinem Beschützer zu folgen, aß das restliche Essen, obwohl sich sein Magen schon ganz aufgebläht anfühlte, ordnete dann die Kissen auf dem Boden und legte sich nieder. Er rechnete nicht damit, schlafen zu können, doch es kam ihm vor, als sei erst ein Augenblick vergangen, als das Sonnenlicht durch die Spalten in den Fensterläden sickerte. Bruchstückhaft erinnerte er sich eines Traums, in dem er ein neugeborenes Baby gewesen war. Alles hatte groß und furchterregend ausgesehen, und ihm war kalt gewesen. Er wollte zurück in den warmen Schoß seiner Mutter, doch sie war nicht mehr da. Dann hatte er Alasias Stimme gehört, die ihm sagte, er sei frei – und an mehr konnte er sich nicht erinnern.

Sagar sah sich in dem tristen Zimmer um, lauschte auf die Geräusche im Haus und versuchte nachzudenken. War seine Freiheit nur eine Illusion? Wer genau war der *Soldat*, und warum hatte er ihn gerettet? Brachte man seinen Bruder wirklich nach Xantium? Und würde er jemals nach Zalys zurückkehren können? Die Fragen nahmen kein Ende. Und zum ersten Mal in seinem Leben als Erwachsener befand er sich außerhalb des schützenden Schoßes der Enklave.

Die Freiheit fühlte sich kalt an.

Kapitel fünf

Knochen aus dem Grab tanzten in den Flammen, Schädel lachten über das Chaos der Lebenden. Blut, jetzt Rauch, schwebte über dem verschwenderischen Scheiterhaufen, die Luft war ein Leichennebel.

Schon damals war es ein Omen – für alle, die darin zu lesen vermochten. Bin ich die einzige mit diesem Wissen? War dieser bittere Geschmack Gift?

Der Traum spukte noch immer in Sagars Kopf umher, und er hatte kaum Zeit gehabt, sich zu sammeln, als die Tür mit einem Knall aufgerissen wurde. Er sprang auf, bereit, lieber zu sterben, als noch einmal das Grauen der dunklen Zelle zu durchleben. Aber es war Martyn, der mit jeder Hand ein Tablett balancierte.

»Tut mir leid, daß ich Euch aufgeschreckt habe«, sagte er, als er den ängstlichen Gesichtsausdruck Sagars bemerkte. »Hatte die Hände voll mit Frühstück. Hunger?«

Sagar merkte, daß er ausgehungert war und nickte. Während sein rasender Herzschlag sich allmählich beruhigte, fiel er über das Essen her, und der *Soldat* lehnte sich zurück, sah zu und kaute dabei nachdenklich auf einem Stück Brot.

Als Sagar seinen Hunger endlich gestillt hatte, sah er auf.

»Warum tut Ihr das für mich?«

»Ich habe einen Seelenverwandten gefunden.«

»Mich?« Dieser Gedanke kam ihm bestenfalls unwahrscheinlich vor.

»Ihr habt einen kühlen Kopf, verlaßt Euch nur auf Euch selbst – und habt jeden Grund, das Reich zu hassen«, erklärte Martyn.

Einige Augenblicke lang schwieg Sagar, doch war er alles andere als überzeugt. »Ich habe zurückgezogen gelebt«, stimmte er zu, »aber ich habe nichts *getan.*« Im Gegensatz zu Euch, deutete sein Ton an.

»Aus Angst davor, was dann mit Zalys passieren könnte?«

Die dunkle Wolke, die in all den Jahren drohend über Sagar gehangen hatte, sank tiefer. Er nickte wie betäubt und versuchte sich vorzustellen welche Schrecken über seine verlorene Heimat kommen konnten.

»Na schön, aber jetzt habt Ihr keine Wahl mehr.« Der Blick des *Soldaten* war hart wie Granit. »Ihr könnt nicht in die Enklave zurückkehren, Zalys wird sich um sich selbst kümmern müssen.«

»Wie könnt Ihr nur so grausam sein?« Für Sagar war die Logik des *Soldaten* schwer zu verkraften.

»Man muß damit zu leben lernen.«

»Man?«

»Auch ich war einmal eine Geisel.«

Als Sagar in die tiefblauen Augen blickte, die ihm wieder so sonderbar vertraut vorkamen, erinnerte er sich.

»Euer Name ist nicht Martyn«, rief er aus. »Sondern Guyland. Guyland Brak. Aber ...«

»Aber ich bin tot«, vollendete der *Soldat* den Satz für ihn.

Sagar fiel die Nacht des Feuers ein. Er war nicht direkt in Gefahr gewesen, aber mehrere Geiseln waren vorübergehend an einen anderen Ort geschafft worden, bis die Feuersbrunst in einer Sektion der Enklave unter Kontrolle gebracht war. Damals waren drei Geiseln und mindestens zwei Soldaten verbrannt. Eines der Opfer war Guyland Brak gewesen, ein dunkeläugiger Verrückter aus dem Norden, dem Sagar immer so gut es ging aus dem Weg gegangen war. Der Mann war ein Unruhestifter, der versucht hatte, die anderen zu Provokationen gegenüber den Wachen zu verleiten und ständig lautstark gegen seine Inhaftierung protestierte.

»Das Schöne an einem Feuer ist, daß, wenn man es richtig macht, ein Skelett aussieht wie das andere«, grinste der Nordmann. »So konnte ich ein neues Leben als Martyn Waysinger beginnen.«

Plötzlich war sich Sagar sicher, daß er keine Einzelheiten aus jener verhängnisvollen Nacht vor ungefähr drei Sommern wissen wollte. Es war mehr als klar, daß der *Soldat*, ganz gleich, welche Motive er hatte, äußerst rücksichtslos sein konnte.

»Natürlich sah ich damals ein wenig anders aus«, fuhr Martyn fort. »Schulterlanges Haar, ein Bart natürlich – und weil ich mich weigerte, die Kleider zu wechseln, hingen sie in Fetzen an mir herunter.« Er lächelte. »Damals war meine Erscheinung eine politische Aussage. Heute denke ich ein wenig praktischer.«

Sagar konnte nicht erkennen, wie ernst sein Retter es meinte, doch nichtsdestoweniger warf er einen Blick auf das kurzgeschnittene dunkle Haar und die ordentliche, unauffällige Tunika. Die Verwandlung war perfekt.

»Ihr müßt ein gutes Auge für Details haben, um mich überhaupt wiederzuerkennen«, fügte Martyn anerkennend hinzu.

»Eure Augen ...« begann Sagar schwerfällig.

»Ah! Die Augen des *Soldaten*!« Martyns Stimme wurde zu einem ehrfürchtigen Flüstern. »Sie hypnotisieren Euch, während seine Klinge Euer Herz durchschneidet.« Er lachte. »Gut, daß ich nicht alles glaube, was die Leute über mich erzählen.«

»Wenn Ihr vor drei Jahren entkommen seid«, fragte Sagar, der sich verzweifelt bemühte, diese neue Erkenntnis zu verarbeiten, »warum seid Ihr dann noch hier? Warum seid Ihr nicht nach Hause gegangen?«

»Weil es nichts gibt, wofür es sich lohnen würde, nach Hause zu gehen. Und weil Verkho hier ist.«

»Der Kanzler?«

»Das ist einer der Namen, die er trägt, aber nicht der, den ich wählen würde.«

»Ihr mögt ihn nicht?«

Der *Soldat* lachte über Sagars Untertreibung, doch die Heiterkeit erreichte seine Augen nicht.

»Sagen wir mal, ich hoffe, daß eine der Legenden über ihn stimmt. Daß er seine Seele *tatsächlich* für andere Kräfte eingetauscht hat. So kann er, wenn ich ihn töte, keine anderen Welten mit seiner Boshaftigkeit infizieren. Ich würde ihn gerne in ewigen Qualen sich winden sehen – falls das garantiert werden könnte –, aber ich würde mich zufriedengeben, wenn man ihn einfach auslöscht, auch wenn mir das zu gut für ihn erscheint.«

Die Worte schienen nur leicht dahingesagt, doch der unterschwellige Haß ließ Sagars Blut gefrieren. Dies war eine neue Facette des Wahnsinns. Er fragte nicht weiter, aber Martyn konnte es in seinen Augen lesen.

»Natürlich gibt es noch mehr Gründe«, sagte er. »Das Reich ist wie er geworden, eine boshafte, korrupte Kreatur, und Southan befolgt jedes Wort seines Kanzlers. Wenn Verkho stirbt, will ich sichergehen, daß das Reich mit ihm stirbt, daß niemand seinen Platz einnimmt. Dafür brauche ich jede Hilfe, die ich bekommen kann.« Er hielt inne und betrachtete den Inselbewohner näher. »Was sagt Ihr dazu, mein Freund? Sollen unsere Namen in die Geschichte eingehen, als die jener Männer, die ein mächtiges Reich in den Staub getreten haben?«

Innerlich verspürte Sagar eine Mischung aus unerklärlicher Erregung und verworrener Angst. Konnte er wirklich an die Vision dieses offensichtlich Wahnsinnigen glauben? Andererseits war dieser Verrückte, so ermahnte er sich, jener Mann, der ihn aus der Hilflosigkeit und möglicherweise vor einem qualvollen Tod errettet hatte. Er wußte nicht mehr, worin die Wahrheit lag. Sein Leben war zu sonderbar gewesen, seine Kindheit abrupt beendet, viele Jahre als machtlose Geisel. Und jetzt das. Er dachte an Zalys, an die scheinbar endlose Unterjochung und an sein eigenes kleines Leid, das um ein Hundertfaches übertroffen wurde. Plötzlich erschien ihm der

Untergang von Xantium das Erstrebenswerteste auf der Welt.

»Nichts würde mir besser gefallen«, sagte er leise.

»Gut!« Martyn spuckte in seine rechte Handfläche, beugte sich über den Tisch und hielt Sagar die Hand hin.

Sagar tat es ihm nach, und die beiden Männer reichten sich die Hände.

»Jetzt sind wir also Waffenbrüder«, sagte Martyn vergnügt. »Mit Spucke besiegelt. Nicht so schmerzhaft wie Blut und macht weniger Flecken – aber bindet genauso gut.«

Wieder war da dieser seltsam leichtherzige Tonfall, doch Sagar war sich bewußt, daß ihrer beider Zukunft von nun an unauslöschlich miteinander verbunden war. Der *Soldat* war kein Mann, bei dem man über Verrat auch nur nachdachte. Sagar dachte an die Skelette in der Asche des Feuers und an das Blut, das auf der Klinge geglänzt hatte.

»Waffenbrüder«, wiederholte er feierlich und fragte sich, wie er bei diesem Unternehmen von Nutzen sein konnte.

»Wir haben viel zu bereden«, begann Martyn.

»Sehr viel!« rief Sagar aus. »Ich bin neun Jahre lang da drinnen gewesen und habe immer nur gehört, was *die* wollten. Einige Nachrichten sind natürlich bis zu uns durchgesickert, aber wir konnten nie wissen, ob sie stimmten.« Seine Unwissenheit kam ihm plötzlich übermächtig vor. Wo sollte er anfangen?

»Haben Euch viele Gerüchte erreicht?« fragte Martyn unerwartet. »Die Stadt ist zur Zeit voll davon.«

»Ein paar schon, würde ich sagen«, erwiderte Sagar unsicher. »Aber ich habe ihnen nie viel Aufmerksamkeit geschenkt.«

»Wie habt Ihr Eure Zeit verbracht?«

Einen Augenblick lang war Sagar sprachlos. Womit hatte er die vergangenen neun Jahre ausgefüllt? Was hatte er erreicht? Am liebsten hätte er über diese Verschwendung geweint, doch er schob seine Gefühle beiseite.

»Ich habe viel gelesen«, brachte er hervor und fühlte sich lächerlich unzulänglich. »Habe soviel gelernt, wie ich konnte. Sprachen, Logik ... einfach alles. Geschichte ...«

»Zweifellos nur die genehmigte Fassung«, warf Martyn ein. »Indoktrination kann eine wunderbare Sache sein.« Der flapsige Tonfall seines Gefährten brachte Sagar wieder ins Wanken, und er zögerte.

»Was ist mit Gedichten?«

»Ein paar«, gab der Inselbewohner verlegen zu.

»Ich auch«, sagte Martyn und deklamierte in seinem eigenen gutturalen Dialekt des Nordens einen Vers aus einem dramatischen Epos. Bislang hatten beide automatisch die allgemein anerkannte Handelssprache benutzt.

»*Der Marsch von Pengarron*«, sagte Sagar lächelnd.

»Ihr kennt es!« rief Martyn entzückt aus. »Das ist ein Mann nach meinem Herzen. Dennoch sollte es besser nicht in der Öffentlichkeit zitiert werden. Die Geschichte ist in Xantium nicht allzu beliebt. Riecht nach Ungehorsam gegenüber dem Reich. Könnte ein paar Leuten Flausen in den Kopf setzen!«

Sagar war sich plötzlich sicher, daß er nie angenommen hatte, Martyn könne irgend etwas ernst meinen, hätte er nicht zuvor den Haß in seinen Augen aufblitzen sehen.

»Ich habe auch Recht studiert«, fügte Sagar hinzu, denn er wollte unbedingt noch etwas Besseres anbieten.

»Imperiales Recht! Der Grundstein, auf dem die Zivilisation gründet«, erwiderte sein Gefährte mit triefendem Sarkasmus. »Welch eine Schande, daß es fast nichts mit Gerechtigkeit zu tun hat. Wenn man genug Geld oder Macht hat, kann man das Recht auf den Kopf stellen. Ist man arm oder schwach, nutzen die Anwälte es, um dich festzunageln.« Er grinste spitzbübisch und wartete, daß Sagar weitersprach.

»Das war's eigentlich schon«, sagte dieser und war entsetzt über seine eigenen Worte.

»Keine Mädchen?«

Sagar spürte, wie er rot wurde und schüttelte den Kopf. Romanzen hatte er nicht zugelassen.

»Kluger Mann. Sie machen immer Schwierigkeiten – obwohl die Frauen hier Euch das eine oder andere beibringen könnten.« Er grinste. »Ihr habt also andere Möglichkeiten gefunden, Euch in Form zu halten. Auf mich wirkt Ihr ziemlich fit.«

»In den letzten paar Jahren habe ich jeden Tag Sport getrieben.« *Bis man mich ins Gefängnis warf.*

»Und Ihr habt einige Zeit in schweigender Kontemplation verbracht.«

»Wenn ich konnte«, stimmte der Inselbewohner zu und war einmal mehr überrascht. Wie konnte er solche Dinge wissen? »Sonst wäre ich verrückt geworden.« Ganz plötzlich rebellierte Sagars Verstand. Was dachte er sich nur? Er wollte keine Zeit damit verschwenden, über sich selbst zu reden! Aber er hatte noch nicht einmal seine erste Frage formuliert, als es an der Tür klopfte.

»Herein«, rief Martyn.

Die Tür wurde geöffnet und Trestman trat ein.

»Will die Tabletts holen«, murmelte er und schlurfte durch das Zimmer. »Wollt Ihr noch was?«

Martyn warf Sagar einen fragenden Blick zu, bevor er ablehnte. Trestman brauchte endlos, um die Teller zusammenzustellen, und dann sah er den Inselbewohner an.

»Gut geschlafen?«

»Ja«, erwiderte Sagar und wünschte bei sich, der Mann würde gehen.

»Laßt Euch durch uns nicht von der Arbeit abhalten«, fügte Martyn hinzu.

»Bleibt Ihr heute nacht noch hier?« erkundigte sich ihr Gastgeber.

Sagar antwortete nicht und sah seinen Gefährten an.

»So dumm ist mein Freund nicht.«

»Die Betten oben sind bequem«, beharrte Trestman hartnäckig.

»Ganz ohne Zweifel«, sagte Martyn geduldig. »Aber wir ziehen weiter.«

Der ältere Mann wollte offenbar immer noch nicht gehen.

»Es geht ein Gerücht über einen Aufstand auf irgendeiner Insel«, bemerkte er. »Verkho hat die Flotte runtergeschickt, um ihn niederzuschlagen. Das Reich wird langsam brüchig, wenn Ihr mich fragt.«

»Wißt Ihr, welche Insel?« fragte Martyn, als sei diese Sache ohne Bedeutung.

»Zalyn oder Zalyk oder so.«

»Zalys?«

Sagar hatte sein Bestes getan, um nicht zu reagieren, doch er wußte, daß sein Gesichtsausdruck ihn verraten haben mußte. Doch Trestman blieb unerschütterlich.

»Die war es«, nickte er. »Weiß gar nicht, warum darum so viel Geschrei gemacht wird. Sieht so aus, als hätten wir hier genug Probleme.«

»Wohl wahr«, stimmte Martyn ruhig zu. »Trestman, wir haben Geschäfte zu besprechen. Ungestört.«

Dieses Mal verstand der Überbringer des Tratsches den Wink und zog sich zurück. Inzwischen hatten sich die Fragen in Sagars Kopf vervielfacht. Diese neueste Information hatte ihn endgültig umgehauen.

»Sieh so aus, als hätten wir Euch gerade rechtzeitig rausgeholt«, bemerkte der *Soldat*. »Verkho wird darüber nicht sehr begeistert sein!«

»Die anderen Geiseln!« keuchte Sagar entsetzt. »Wir müssen sie rausholen.« In der Enklave gab es noch mehrere weitere Gefangene aus Zalys, einige von ihnen waren noch Kinder. Der Gedanke an die mögliche Rache des Kanzlers war entsetzlich.

»Bleiben wir doch realistisch, ja?« erwiderte Martyn scharf. »Es ist vermutlich schon zu spät. Und bei den gegenwärtigen Ereignissen gibt es keine Chance zu einer Massenflucht. Seid einfach dankbar, daß Ihr der Gefahr entkommen seid.« Sagar sagte nichts. »Und denkt mal weiter«, fuhr der *Soldat* fort, und jetzt war er todernst. »Falls der Bericht stimmt, könnte Zalys frei sein. Eure Familie, Euer Volk. Wenn ein paar wenige leiden müssen, damit viele gerettet werden, ist es das nicht wert?«

Sagar fand keine Worte. Das alles war viel zu verwirrend.

»Es ist ein weiteres Zeichen«, fuhr Martyn fort. »Das Reich bricht zusammen – selbst ein alter Narr wie Trestman kann das erkennen. Und *wir* können den Prozeß beschleunigen. Verkho ist der einzige, der das alte verrottete Gebäude zusammenhält, er und sein verfluchtes Geheimdienstministerium, seine Fernrufer und Spione. Wenn wir das durchbrechen, ist Zalys nicht mehr die einzige freie Provinz – und dann könnt Ihr nach Hause gehen. Wir alle können das.«

Nach Hause. Sagar konnte nur schwer glauben, daß es einen solchen Ort tatsächlich gab – und noch schwerer fiel ihm die Hoffnung, daß er ihn jemals wiedersehen könnte.

Doch die Inbrunst in den Worten seines Gefährten hatte eine Saite in ihm zum Klingen gebracht.

»Ich kann momentan ohnehin noch nicht nach Hause gehen«, sagte er leise. »Einer meiner Brüder ist auf dem Weg hierher.«

»Macht Euch um ihn keine Sorgen«, erwiderte Martyn eifrig. »Ich werde mit Alasia reden und herausfinden, was sie gemeint hat. Vielleicht kämpft Ihr Seite an Seite, wenn die Zeit gekommen ist.«

Sagar wurde klar, daß er gezwungen war, den Mann, der sich selbst als *Soldat* bezeichnete, ständig neu einzuschätzen. Wie viele seiner Worte waren wahr und wieviel war nur Träumerei? Es war lächerlich, auch nur mit dem Gedanken zu spielen, das Xantische Reiche zu stürzen. Und kämpfen? Sagar hatte noch nie ein Schwert auch nur in der Hand gehalten – abgesehen von einem hölzernen Spielzeug in seinem früheren Leben in Nkosa.

»Ich werde tun, was ich kann«, schwor er und war sich dabei nicht sicher, worauf er sich einließ.

»Gut. Eure offizielle Ausbildung war gründlich genug. Jetzt bringen wir Euch mal etwas über das richtige Leben bei.«

Sagar fühlte sich außerordentlich schlecht für das richtige Leben ausgerüstet, aber er hatte keine andere Wahl, als es einfach zu versuchen.

Kapitel sechs

Es gibt einen Tempel, weit entfernt von hier, zusammengedrängt auf einer Felsspitze. Er ist aus Erinnerungen aufgeschichtet, nicht aus Stein. Seine Wahrheiten sind in den Stoff des Ortes eingewebt, nicht vom fernen Pantheon gewünscht.

Die Geschichte wird der Richter sein, sagt man. Aber wem soll man die Schuld geben – dem Folterknecht oder seinem Herrn? Wer ist schuldig – der Befehlshaber, der die Unsäglichkeiten von weitem anordnet, oder der Soldat, der gehorcht?

Und wer wird die ultimative Rache zu ertragen haben?

Den Rest des Morgens versuchte Martyn sein Bestes, Sagars riesige Wissenslücken zu füllen. Er schilderte ihm die jüngste Geschichte des Reiches und erklärte, daß die Expansionen nun zum Stillstand gekommen waren und wie der Druck an fast allen Außengrenzen zunahm. Er erzählte ihm, wie Verkho, der ehemalige Starez oder selbsternannte Heilige Mann, an die Macht gekommen war und wie er seine Position aufrechterhielt, indem er sein außerordentliches Talent für Kommunikation, Intrigen und den trefflichen Einsatz militärischer Macht ausnutzte.

Sagar hörte begierig zu und war überrascht, wieviel davon sogar bis in seine abgeschlossene Welt der Geiselenklave vorgedrungen war – wenn auch in leicht verdrehter Form. Doch die Ereignisse der letzten paar Tage und die Gerüchte, die zur Zeit in der Stadt kursierten, waren ihm natürlich völlig unbekannt, und er hing förmlich an den Lippen seines Lehrers.

»Es ist eine schwere Zeit für unsere geliebte Kaiserin Ifryn«, bemerkte Martyn sarkastisch. »Sie hat vor elf Tagen den lange erwarteten Sohn geboren – Southan

Azari. Den neuen Thronerben. Sicher habt Ihr davon gehört?«

»Ich wußte, daß die Geburt bevorstand. Aber ungefähr um diesen Zeitraum herum wurde ich eingesperrt.«

»Ein paar Tage später ist ihr Vater gestorben«, fuhr Martyn ohne eine Spur von Mitleid in der Stimme fort. »Doch Verkho hat zweifellos bereits für einen Nachfolger in Idiron gesorgt. Dann gab es natürlich noch den zehnten Hochzeitstag des Kaiserpaares und die freudigen Feierlichkeiten. Davon habt Ihr sicher auch nicht viel gesehen.«

»Nein.« Sagar schluckte schwer. »Ich wußte, daß sie stattfinden würden, aber ...«

»Also wißt Ihr auch nicht, daß man an jenem Bankett erfolglos versuchte, Azari zu vergiften oder Ifryn oder beide – je nachdem, welche Version der Geschichte man glauben will. Irgend etwas ist geschehen, das wissen inzwischen alle, ebenso die Tatsache, daß angeblich ich dahinterstecke!«

»Aber Ihr wart es nicht?« fragte Sagar unsicher.

»Ich muß doch sehr bitten! Ich verfüge schließlich noch über etwas mehr Selbstachtung.« Der *Soldat* wirkte ob dieser Unterstellung ehrlich verletzt und gab sogar seinen üblichen zynischen Tonfall auf. »Gifte sind eher Verkhos Waffe als meine«, sagte er ernst, »ganz besonders, da er selbst dagegen immun ist.«

»Wirklich?« Sagar hatte solche Behauptungen über den Kanzler schon gehört, aber er hatte nie gewußt, ob er sie glauben sollte.

»Anscheinend ja«, gab Martyn widerwillig zu. »Eines Tages werden wir erleben, ob er auch immun gegen ein Schwert an der Kehle ist.« Bei diesem Gedanken verzog sich sein Gesicht. »Außerdem, was wäre gewonnen, wenn Ifryn oder Azari getötet würden? Sie war schon immer ungefährlich, nicht an Macht interessiert. Sie hat zumindest ihre Pflicht getan und nach zwei nutzlosen Töchtern einen Sohn geboren, also zieht sie sich jetzt womöglich noch tiefer in die Schatten des Palastes zurück. Und der Junge ist erst ein paar Tage alt.«

»Und wer *ist* nun dafür verantwortlich?«

»Wer weiß?« Martyn lachte. »Vielleicht eine eifersüchtige Hofdame, die glaubt, eine bessere Kaiserin abzugeben. Vielleicht Verkho, aus irgendwelchen hinterhältigen Gründen. Vielleicht niemand?«

»Niemand?«

»Das Ganze könnte ein ausgeklügelter Trick gewesen sein, damit ich schlecht dastehe«, erklärte Martyn.

Damit meinte er es offenbar todernst, und Sagar war nicht sicher, was er davon halten sollte. Konnte das wahr sein? Oder war die Erhöhung seiner Person Teil des komplizierten Bildes, das der *Soldat* abgeben wollte? Es war Sagar unmöglich, das zu beurteilen.

»Wie auch immer«, fuhr Martyn fort, »die ganze Sache führte zu den unvermeidlichen Gerüchten über die Gesundheit von Ifryn und dem Baby, ganz besonders, da sie sich tagelang nicht in der Öffentlichkeit zeigten. Doch die meisten dieser Befürchtungen wurden durch ihr Erscheinen zwei Tage später beschwichtigt«, fügte er hämisch hinzu. »In der Zwischenzeit wurde das Geheimnis noch komplizierter, als General Kerrell verschwand. Seit drei Tagen hat niemand mehr etwas von ihm gehört oder gesehen.«

»Kerrell? Der Kommandeur der Imperialen Armee?« Er kannte den Ruf dieses Mannes. Daß er einfach so verschwunden sein sollte, kam ihm bestenfalls unwahrscheinlich vor.

»Genau der«, bestätigte Martyn, der dieses komplizierte Intrigengeflecht offenbar genoß. »Es gibt alle möglichen Arten von Klatsch über ihn. Einige Leute halten ihn für tot, glauben, er hätte einen Streit mit Verkho gehabt oder sei ihm in die Quere gekommen. Vielleicht stimmt das sogar. Andere bringen ihn mit dem Attentatsversuch in Verbindung – was äußerster Blödsinn ist – und wieder andere schätzen, daß er mit mir im Bunde steht!« Er ahnte die Frage seines Gefährten voraus und fügte hinzu: »Soviel Glück habe ich leider nicht.« Auf seinem breiten Gesicht zeigte sich ein Ausdruck des Bedauerns.

»Ihr bewundert ihn?« fragte Sagar vorsichtig.

»Er ist der beste Soldat, den ich kenne«, erwiderte Martyn prompt. »Das kann ich bewundern, sogar bei einem Feind. Das Reich wäre ganz anders, wenn er Southans engster Berater wäre und nicht Verkho.«

»Könnte er sich nicht aus ganz persönlichen Gründen zurückgezogen haben?« schlug der Inselbewohner vor.

Der *Soldat* lächelte.

»Eure Ausbildung in Logik war offenkundig nicht umsonst«, bemerkte er. »Genau das haben auch einige andere Leute gesagt, aber der einzige Grund, den sie finden konnten, lautet, er sei Ifryns Geliebter. Absolut lächerlich! Das zeigt nur, in welchem Zustand Xantium sich befindet, wenn das Volk einen solchen Unsinn glaubt. .« Er schüttelte ungläubig den Kopf.

»Wie könnt Ihr so sicher sein, daß es Unsinn ist?« fragte Sagar unschuldig.

»Aus demselben Grund, aus dem ich weiß, daß er nicht der Attentäter ist. Kerrell Adjeman ist der letzte einer alten Familie von eingefleischten Dienern des Kaisers. Ihr müßt in Euren Geschichtsbüchern von ihnen gehört haben. Loyalität gegenüber dem Thron liegt ihnen im Blut und reicht Dutzende von Generationen zurück. Ein solcher Verrat wäre unvorstellbar.«

»Aber er ist auch nur ein Mensch. Und Ifryn ist angeblich eine attraktive Frau. Kerrell könnte seine Vertrauensposition mißbraucht haben.«

»Nein.« Martyn reagierte heftig. »Er zumindest ist ein Mann von Ehre. Anders als die meisten anderen. Es würde mich nicht überraschen, wenn das alles zu einem hinterhältigen Plan von Verkho gehören würde, sich selbst zum Kaiser zu machen – das ist so widerlich, daß man es sich gar nicht vorstellen möchte! Er würde sich vermutlich den Status eines Gottes verschaffen, wie die Kaiser früherer Zeiten. Er ist jetzt schon schlimm genug, doch dann wären seiner Bosheit keine Grenzen mehr gesetzt.« Er erschauerte.

»Falls Ihr das beweisen könntet«, schlug Sagar vor, »würde Kerrell sich uns vielleicht als Verbündeter anschließen – sofern er noch lebt.«

»Das wäre vielleicht tatsächlich möglich.« Der *Soldat* hielt nachdenklich inne. Sagar wartete ab und fragte sich, welche Ideen gerade hinter diesen unheimlichen Augen bedacht wurden – und welche kleine Rolle er in dem sich abzeichnenden Drama spielen sollte. Doch als Martyn weitersprach, brachte er ein ganz anderes Thema auf den Tisch.

»Zu allem Überfluß wimmelt es in der Stadt von Geistern. Sie sind überall. Niemand kann verstehen, warum es so viel mehr sind als sonst. Das verursacht mir eine Gänsehaut.«

Sagar teilte die instinktive Reaktion des Nordmannes auf Phantome nicht. Er wußte, daß die Lebenden von den Toten nichts zu befürchten hatten und hatte sich als Kind auf Zalys an ihre freundliche, unaufdringliche Gegenwart gewöhnt. In den Jahren in Xantium hatte er nur wenige Geister gesehen, doch die Nachricht von der geisterhaften Heimsuchung brachte die Erinnerung an seine jüngste Begegnung während der Inhaftierung zurück.

»Ein Geist hat mich in meiner Zelle besucht. Er hat offenbar versucht, mir etwas zu sagen. Und später habe ich ihn mit Alasia gesehen.«

»Sie kennt viele von ihnen bekannt.« Martyn lächelte. Er mochte diese exzentrische Frau offenbar.

»Sie *spricht* mit ihnen?« fragte Sagar ungläubig. Dabei hatte er gelernt, daß eine Kommunikation zwischen den Welten unmöglich war.

»Ich vermute es. Vielleicht wußte sie daher, wo Ihr wart. Auf jeden Fall wette ich, daß Verkho dahintersteckt. Es ist allgemein bekannt, daß er geheime Experimente macht.«

Sagar sah davon ab zu erwähnen, daß er selbst einiges über okkulte Themen gelesen hatte, denn aus Gründen, die er selbst nicht genau beschreiben konnte, wollte er ein paar Geheimnisse für sich behalten.

»Es war vor ein paar Tagen beim alten Tempel«, erzählte Martyn. »Dort sind auch die ersten Geister erschienen.«

»Welcher Tempel?«

»Die Ruine auf dem kleinen Hügel im Ebenen Viertel«, erklärte Martyn, doch Sagar blieb verblüfft. »Ich hatte vergessen, wie wenig die Geiseln über Xantium wissen«, fuhr sein Lehrer fort. »Wenn Ihr Euch unter uns frei bewegen und uns von Nutzen sein wollt, müßt Ihr Euch hier auskennen. Es würde Jahre dauern, bis Ihr diese Stadt richtig kennt, aber die wichtigsten Dinge könnt Ihr ziemlich schnell lernen, und ganz zufällig ...« Mit dem Gesichtsausdruck eines Zauberers brachte er ein gefaltetes Pergament aus seiner Tunika zum Vorschein und breitete es auf dem Tisch aus. »... habe ich eine Karte der Stadt dabei. Sie ist schon etwas älter, aber die wichtigsten Dinge haben sich nicht geändert.«

Die zerknitterte Karte zeigte den unregelmäßigen Kreis der Stadtmauern, die in einer langen Schleife des zu Recht so genannten Braunen Flusses erbaut waren, der mit Ausnahme der südlichen Gebiete Xantiums parallel zu den Mauern verlief. Sagar hatte diese Mauern nur einmal gesehen, nach einer alptraumhaften Reise durch die staubige, kahle Wüste der Deadlands, die die Stadt viele Wegstunden weit nach allen Seiten umschloß. Obwohl dies das Ende seiner erzwungenen Reise von Zalys und er damals sehr jung gewesen war, konnte er sich noch deutlich daran erinnern. Die Stadtmauern, erbaut aus blassem grauem Stein, der im Sonnenlicht funkelte, waren ihm unglaublich hoch erschienen. Mit ihren Türmen und Zinnen bildeten sie ein erstaunliches

Zeugnis für die Arbeit der Männer, die sie Jahrhunderte zuvor erbaut hatten. Sie waren ein Beweis für die Entschlossenheit des Menschen, seine Umwelt zu kontrollieren.

Sagars Konvoi war aus Südwesten gekommen, und so brauchten sie keine der beiden massiven Brücken zu überqueren, die den Fluß im Nordwesten und im Osten der Imperialen Hauptstadt überspannten. Beide führten direkt zu einem der Großen Tore der Stadt. Die neue Geisel war hingegen einfach durch das nächstgelegene Tor in die Stadt gebracht worden. Das vierte Tor ging gen Süden und war nicht weit entfernt.

Als der junge Sagar erst innerhalb der Stadtmauern war, hatte er in dem Irrgarten aus Straßen bald jedes Gefühl für Orientierung verloren, er hatte leidglich undeutlich bemerkt, daß seine Reise leicht bergauf führte. Man hatte den Geiseln mit Absicht den Aufbau von Xantium verschwiegen, daher studierte Sagar eifrig die Karte. Zunächst kam ihm die Stadt wie ein unbegreifliches, kompliziertes Durcheinander vor, doch dann setzte Martyn ihn genauer in Kenntnis, und die Stadt nahm vor seinen Augen Gestalt an. Sein Lehrer erklärte, daß Xantium auf einem konischen Hügel erbaut worden war, dessen Abhänge immer steiler wurden, je näher man dem Zentrum kam, und daß die Bewohner, grob gesagt, um so wohlhabender wurden, je höher man kam. Alles gipfelte in einer Reihe ringförmiger Terrassen, die jede ihre eigene Außenmauer hatten.

»Das alles«, Martyn zeigte auf die äußersten Gebiete, also auf den größten Teil der Stadt, »nennt sich das Ebene Viertel. Dort sind wir im Augenblick.« Ein Zeigefinger deutete auf den nordöstlichen Teil der Stadt. Er wies auf andere wichtige Orte innerhalb des Ebenen Viertels hin: Tempel, Stadion, die Große Würfelhalle und die riesigen Zisternen, die Wasser aus dem Fluß ableiteten.

»Die meisten Menschen in Xantium leben im Ebenen

Viertel, aber wenn man Geld hat – oder die richtige Abstammung –, hat man vielleicht Glück und bekommt ein Haus im Ringviertel.« Er zeigte auf den inneren Ring. »Kaufleute, kleinerer Adel, solche Leute.« Er klang verächtlich. »Das da drinnen ist das Staatsviertel. Dort liegt der größte Teil der städtischen Garnison ebenso wie die Kontore aller Schreibtischtäter – diejenigen, die dafür sorgen, daß der ganze gewaltige Apparat des Xantischen Reiches weiterläuft. Die Geiselenklave liegt innerhalb des Staatsviertels, hier.«

Sagar betrachtete den kleinen Bereich, der neun Jahre seines Lebens seine Welt gewesen war.

Er lag hoch auf der östlichen Seite des Hügels, und sein äußerer Rand stieß gegen die Außenmauer des nächsten Rings.

»Ihr wußtet es zwar nicht«, fuhr Martyn fort, »aber genau über Euch lag der Imperiale Hof, wo Southan, Ifryn, ihre Berater und die hochrangigen Adligen in luxuriöser Pracht leben.«

»Und das hier?« Sagar zeigte auf den kleinen Kreis, der den Gipfel des Hügels markierte. Dieser Bereich war mit einem Spinnennetz aus Gassen und Gebäuden überzogen.

»Das ist das Turmviertel. Darüber braucht Ihr Euch keine Gedanken zu machen. Dort leben nur Fledermäuse. Es ist ein verrückter Ort, voller merkwürdiger Schatten und Gestalten. Irgendein wahnsinniger Kaiser hat ihn vor langer Zeit erbaut, und niemand hat es je für nötig gehalten, ihn abzureißen, daher verfällt er langsam.«

»Dort habt Ihr das brennende Schwert postiert.«

»Ja.« Der *Soldat* grinste.

»Warum habt Ihr das getan?«

»Ich halte sie im Alarmzustand. Zeige ihnen, daß ich noch da bin.«

»Das ist ein gefährliches Spiel.«

»Zumindest spiele ich nach meinen eigenen Regeln.«

»Wie seid Ihr dort hineingekommen?« fragte Sagar fasziniert.

»Da gibt es schon Möglichkeiten. Der Hügel ist praktisch wie ein Ameisenbau mit Tunneln durchzogen. Einige davon habt Ihr selbst gesehen. Kaiser sind eine argwöhnische Sorte Menschen, sie suchen immer nach Schlupflöchern. Davon kenne ich vermutlich mehr als jeder andere, außer Verkho. Sein Quartier liegt übrigens hier.« Martyn fuhr mit dem Finger einen keilförmigen Bereich entlang, der sowohl den Hof als auch das Staatsviertel durchschnitt und außerdem im Norden an die Geiselenklave grenzte. »Dort solltet Ihr am besten nicht herumlaufen.«

»Ich werde mich bemühen!« versprach Sagar. »Ist dort ...?«

»Ja. Die Kerker liegen unter den Büros des Geheimdienstministeriums.«

Ihr Gespräch über den Kanzler erinnerte Sagar an etwas, das zuvor gesagt worden war und das Martyn nicht erklärt hatte.

»Warum gibt es nichts, wofür es sich für Euch lohnt, nach Hause zurückzukehren?« fragte er leise.

Eine ganze Weile antwortete der *Soldat* nicht.

»Zufällig«, sagte er schließlich, »wurde meine Heimat gerade zu dem Zeitpunkt vom Reich geschluckt, als Verkho Kanzler wurde – und er hatte offenkundig das Gefühl, daß er seinem neuesten Territorium einen Vorgeschmack seiner Macht geben müsse.« Martyns Tonfall war bemüht leichtherzig, doch seine dunklen Augen wirkten gehetzt. »Er statuierte ein Exempel an uns. Ich wurde als Geisel genommen, andere hatten nicht so viel Glück.« Er schwieg erneut. »Belassen wir es dabei, in Ordnung?!«

Sagar starrte wie gebannt auf die Karte und wünschte sich, er hätte nicht gefragt. Martyns Schmerz war noch so stark wie ehedem. Kein Wunder, daß er der Unruhestifter der Enklave gewesen war. Er war damals halb wahnsinnig vor Kummer gewesen – und war es vielleicht noch immer.

Mit äußerster Willenskraft schob der Nordmann seine Erinnerungen beiseite.

»Genug gelernt!« rief er launig aus. »Vom Lernen hattet Ihr mehr als genug für ein Leben. Es ist Zeit, daß Ihr die richtige Welt kennenlernt.«

»Wird man mich nicht erkennen?« Plötzlich hatte Sagar Angst. War es dort draußen sicher für ihn?

»Haltet Ihr Euch für so außergewöhnlich?« Martyn grinste. »Geiseln wissen nichts über das Leben außerhalb der Enklave, und umgekehrt haben nur wenige Leute von draußen jemals die Geiseln gesehen. Hier jedenfalls ganz sicher nicht. Xantium ist stets voller Fremder, und selbst wenn die Soldaten nach Euch suchen würden, würde es Monate dauern, auch nur das Ebene Viertel zu durchkämmen.«

Trotz dieser beruhigenden Worte hatte Sagar Bedenken – doch sein Gefährte ließ ihm keine Wahl und drängte ihn aus dem Zimmer.

Als sie aus der Tür traten, spürte Sagar zum ersten Mal seit zwölf Tagen die Wärme der Sonne auf seiner Haut.

»Damit beginnt also Euer neues Leben«, bemerkte Martyn und sprach die Gedanken des Inselbewohners aus.

Kapitel sieben

Denjenigen, der die Zeit nicht als das sieht, was sie ist, betrügt sie. Das Leben gerät in eine Falle, Gedanken werden gefangengenommen, und das Schicksal wird zu einem unentrinnbaren Kreis. Nur die Liebe kann sie nicht einschränken.

Rebellion beginnt im Herzen.

Für Kanzler Verkho Yulsare war es eine schlechte Nacht gewesen. Zuerst die ungeheuerliche Herausforderung durch das brennende Schwert, bald daauf auch noch die Nachricht von der Revolte auf Zalys, all das hatte ihn immer mehr in Wut versetzt. Jetzt, im kalten Licht des Morgens, vermochte er seine Reaktionen wieder mit der üblichen intriganten Intensität zu planen. Vielleicht würde sich schließlich doch noch alles zu seinem Vorteil wenden.

Seine erste Reaktion auf die Nachricht von der Insel – eine Reaktion, die zu ändern er keine Veranlassung sah – war der Befehl an Admiral Barvick gewesen, eine Flotte zu entsenden, um Zalys zurückzuerobern und zu bestrafen. Der Auftrag war einfach genug, aber seine Durchführung war absolut notwendig. Mehr Sorgen bereitete Verkho die Tatsache, daß der Aufstand symptomatisch für ein größeres Problem war: die Macht des Reiches war nämlich langsam überdehnt. In den nächsten paar Monaten würde die Flottenpräsenz im Süden ein wenig dünner gesät sein – und sollte diese Information entlegenere Territorien erreichen, könnten auch sie versucht sein, eine Rebellion zu starten. Daher waren einige Ablenkungsmanöver erforderlich.

Die hellgrauen Augen des Kanzlers, funkelten beinahe wie Silber, als er damit begann, Intrigen für die ferneren

Gebiete zu spinnen. Ein Mordanschlag hier, eine unerklärliche Mißernte dort, blutige Überfälle durch geheimnisvolle Banditen auf beiden Seiten einer wichtigen Grenze, die plötzliche Senilität eines Landesherrschers ... Verkho schmunzelte über seinen eigenen Erfindungsreichtum, und von Zeit zu Zeit rief er *das Herzstück* herein, um ein paar weitere geheime Anweisungen durchzugeben. Seine Assistentin war eine sehr talentierte Telepathin, die als Hauptverbindung zwischen dem Kanzler und den vielen aktiven Fernrufern in Xantium und daher dem ganzen Reich fungierte. *Das Herzstück*, deren eigenen Namen schon lange niemand mehr kannte, galt als einfaches Mädchen, bedingungslos gehorsam und überaus effizient, aber ohne eigenen Willen oder eigene Persönlichkeit. Wie alle Fernrufer trug sie einen Amberinkristall in ihrem Stirnband, und ihre Zunge war unangenehm schwarz-blau gefleckt.

Als Verkho endlich mit seinen Arrangements zufrieden war, wandte er sich wieder Zalys zu. Diese Sache mochte größer sein, als auf den ersten Blick erkennbar war. Mit etwas Glück hatte ein Teil der Imperialen Garnison überlebt und konnte vielleicht weitere Informationen liefern – obwohl man seit Marschall Farrags empörender Bitte von letzter Nacht keine Sendungen von Fernrufern erhalten hatte. Falls Farrag noch lebte – und das hoffte Verkho inständig –, würde er viele Fragen zu beantworten haben. Der Kanzler freute sich darauf, die Vernehmung selbst zu führen.

Trotz all seiner Stümperei war Farrag offenbar kurz davor gewesen, einen interessanten und potentiell wichtigen Durchbruch bei der Benutzung der Telepathen zu machen. Seine genauen Worte waren gewesen: »Neueste Entdeckungen bei der Manipulation überschüssiger Energien von Fernrufern werden von größtem Wert für das Reich sein.« Die Arroganz des Mannes war inakzeptabel, doch seine Behauptungen schienen durch einen unabhängigen Bericht über Fernrufer in Xantium bestätigt zu werden, die nach den letzten Kontakten mit der Insel ungewöhnlich erschöpft gewesen waren. Im gegenwärtigen unsicheren Zustand des Reiches war Macht der ultimative Preis – ganz gleich, aus welcher Quelle sie kam –, und daher konnte man die Behauptung des Marschalls nicht ignorieren.

Verkhos eigene Forschungen über okkulte Kräfte waren gerade in letzter Zeit sehr vertieft worden, wobei er sich die große Anzahl von Talentierten und Ermittlern im sogenannten Geheimdienstministerium zunutze gemacht hatte. Seine Experimente verliefen gut, wenn auch für den Geschmack des Kanzlers nicht schnell genug. Dennoch war einer seiner jüngsten Versuche, Theorie in Praxis umzusetzen, von spektakulärem Erfolg gekrönt gewesen. Und es bestand die Möglichkeit, daß ein weiterer, noch größerer Triumph gelingen würde, wenn in wenigen Tagen ein bestimmter Talisman in der Stadt eintreffen würde. Daß dieser Gegenstand über Zalys herbeigebracht worden war und mit ihm eine Gruppe vielversprechender Talente der Insel – unter ihnen ein Bowen Folegandros –, war die Art von Ironie, die Verkho ganz besonders liebte.

Der Kanzler hatte schon lange gewußt, daß bestimmte Gegenstände Informationen aus der Vergangenheit gespeichert hielten, und in manchen Fällen verfügten sie sogar selbst über gewisse Kräfte. Falls man über genügend Talent und Willen verfügte, konnte man beides aus dem Gegenstand herausziehen. Er selbst hatte die Geister der Toten gerufen, indem er Artefakte aus ihrem Leben in dieser Welt benutzt hatte. Nutzbare Kräfte auf diese Weise zu rufen, war weitaus schwieriger, aber Verkho setzte große Hoffnungen in das Potential des Talismans. Doch seine Forschungen erstreckten sich auf viele Gebiete. Er würde keine Möglichkeit außer acht lassen.

In der Zwischenzeit stellte sich dem Kanzler das faszinierende Problem, was er mit den Geiseln aus Zalys machen sollte. Ihm fielen mehrere verlockende Alternativen ein. Öffentliche Folter und Hinrichtung waren die eindeutigsten Möglichkeiten, und eine ebenso zufriedenstellende Wirkung würde es haben, wenn er den Geiseln anderer Länder gestattete, Beschreibungen davon an ihre Heimat zu schicken. Andererseits könnte sich das schlichte Verschwinden der Geiseln – und die darauf folgende Unsicherheit und die Gerüchte – als ebenso wirkungsvoll erweisen. Außerdem war zu überlegen, daß einige der Inselgeiseln mindere Talente waren – zum Teil hatte man sie aus diesem Grund als Geisel ausgesucht – und man sie auf interessante Weise ausnutzen könnte, jetzt, da sie entbehrlich waren.

Verkho hatte soeben entschieden, daß dieses angenehme Problem weiteres Nachdenken verdiente und er im Augenblick nicht mehr zu tun brauchte, als die Geiseln in die Kerker zu schicken, als ihm einfiel, daß eine Geisel bereits dort war. Sagar Folegandros brauchte man jetzt nicht mehr zu verstecken. Sein Elend konnte im Gegenteil sogar dazu benutzt werden, sich die Zusammenarbeit seines talentierteren Bruders zu sichern. Verkho war zu der Überzeugung gelangt, daß Sagar unausstehlich langweilig war, ohne Esprit und irgendein esoterisches Potential, doch jetzt konnte er vielleicht für ein wenig Unterhaltung sorgen. Mehrere Tage in einer dunklen, einsamen Zelle hatten ihn möglicherweise ein wenig aufgerüttelt. Verkho beschloß, sofort mit dem Gefangenen zu sprechen und schickte einen Diener hinunter, damit er Sagar ins Arbeitszimmer des Kanzlers brachte.

Doch als der Mann zurückkam, erkannte Verkho an seinem nervösen Blick, daß etwas nicht stimmte. Er stand auf und sah dem Boten direkt in die Augen. Der Kanzler war groß und breitschultrig und bot mit seinem glänzenden schwarzen Bart und den langen Haaren einen imposanten Anblick, und er wußte das auch. Der bannende Blick seiner Augen und die unverkennbare

Aura der Macht sorgten dafür, daß jeder, der ihn kennenlernte, sofort erkannte, warum er der am meisten gefürchtete und einflußreichste Mann im ganzen Reich war.

»Nun?« fragte er knapp.

»Er ist weg, mein Lord«, erwiderte der Diener, denn er wußte, jede Verstellung war zwecklos. »Entkommen.«

Verkho hielt seine Wut nur mühsam im Zaum. Was er am allerwenigsten tolerieren konnte, war Inkompetenz seiner Untergebenen.

»Warum hat man mich nicht früher davon informiert?« fragte er kalt.

»Die Leichen der Nachtwachen sind erst vor kurzem entdeckt worden«, erwiderte der Mann und mied den Blick seines Herrn. »Beim Wachwechsel. Sie sind alle tot. Danach wurden die Zellen abgesucht, um sicherzugehen, daß der Gefangene tatsächlich vermißt wurde.« Alles an der Haltung und dem Tonfall des Mannes schien zu schreien: *Es ist nicht meine Schuld*!

»Schickt den Käpt'n der Kerkerwachen zu mir«, sagte Verkho tonlos. »Sofort.«

Der Bote eilte davon, erleichtert, daß ein anderer die Wucht der furchterregenden Mißbilligung seines Herrn abkriegen würde. Der Kanzler fand jedoch, daß er bemerkenswert ruhig geblieben war. Es gab genug zu tun. Er hatte keinerlei Zweifel daran, wer für Sagars Entkommen verantwortlich war, und er schwor, alles in seiner Macht stehende zu tun, damit der Übeltäter teuer dafür bezahlte. Verkho hatte auf vielerlei Weise stets Spaß an ihrem Spiel gehabt, aber diesmal war der *Soldat* zu weit gegangen.

Kaiserin Ifryn blickte hoch, als sich die Tür zu ihrem Gemach öffnete, und kurz flackerte in ihren Augen Hoffnung auf. Ihr Mann trat ein und umarmte sie, aber sein Gesicht war ernst und besorgt. Doch selbst in seinen

Armen fühlte sich Ifryn ganz weit weg und konnte nicht reagieren.

»Es gibt noch immer keine Neuigkeiten von Kerrell, meine Liebe«, sagte Southan leise und ließ sie los.

Ifryn nickte. Sie hatte nichts anderes erwartet, und ihre letzten Hoffnungen schwanden dahin. Es war jetzt drei Tage her, und die Bürde ihrer unterdrückten Gefühle war immer schwerer zu tragen. Southan war sich ihrer Qualen bewußt, doch wie immer war er nicht sicher, wie er sie trösten sollte. Die imposante Erscheinung des Kaisers verschleierte ein mitfühlendes, aber emotional unausgereiftes Wesen. Er liebte seine Frau und seine Kinder von Herzen, aber er verstand sie nie so recht, und dieser Mangel an Selbstsicherheit hatte sich stets auch in der Öffentlichkeit gezeigt. Ohne es richtig zu merken, war er immer mehr unter den Einfluß von Verkho geraten, der ihm an Intellekt und Gerissenheit weit überlegen war.

Ifryn ihrerseits schätzte die Eigenschaften ihres Mannes, wurde sich aber auch immer stärker seiner Fehler bewußt. Seit sie zehn Jahre zuvor in Xantium angekommen war, als verwirrte achtzehnjährige zukünftige Braut, hatte sie sich in zunehmendem Maße auf Kerrell verlassen, der eher in ihrem Alter war und mit dem sie viel leichter reden konnte, als mit dem Vater ihrer Kinder.

Auf der Reise zur Hauptstadt des Reiches hatte Kerrell, damals ein junger Kommandant, der bereits für höhere Aufgaben bestimmt zu sein schien, zu ihr gesagt: »Auf meine Freundschaft könnt Ihr zählen, solange ich lebe.« Er hatte sein Wort gehalten, und obwohl Ifryn in der Politik des Hofes absichtlich in den Hintergrund trat, weil sie wußte, daß dies ihren Horizont überstieg, war es stets Kerrell gewesen, der sie durch schwierige Zeiten begleitet hatte. Trotz ihrer engen Freundschaft war und blieb ihre Beziehung von einem strikten Gefühl für Anstand geleitet, das durch Southans absolutes Vertrauen in sie beide noch verstärkt wurde. Erst seine Krise war nötig gewesen, damit die Kaiserin auch vor sich selbst ihre wahren Gefühle für Kerrell eingestehen konnte. Sie liebte ihn mit einer Leidenschaft, die ihr Angst machte – doch jetzt sah es so aus, als würde mehr als nur das Gefühl für Schicklichkeit dafür sorgen, daß ihre große Liebe niemals erfüllt werden würde. Ifryn glaubte – hoffte –, daß Kerrell es ihr gesagt hätte, wenn er aus eigenem Entschluß untergetaucht wäre. Daher glaubte sie, daß man ihn entführt hatte – oder getötet. Aber dieses wahre Ausmaß ihres Elends mußte sie für sich behalten.

Southan betrachtete traurig das schöne Gesicht seiner Frau und sah hilflos den Schmerz in den sanften braunen Augen.

»Diese Sache mit dem *Soldaten* hat zu neuen Gerüchten geführt«, sagte er verlegen, »aber die werden bald verstummen. Am besten machen wir weiter, als wäre nichts geschehen. Sie werden bald sehen, daß das alles Unsinn ist.«

Ifryn glaubte, ihren Ohren nicht zu trauen. *Als wäre nichts geschehen?* Ihr Gesicht mußte ihre Gedanken verraten haben, denn Southan konnte ihrem Blick nicht standhalten.

»Es wird vorbeigehen, meine Liebe«, brachte er hervor. »Dir und Azari geht es gut – das ist die Hauptsache. Und Verkho hat die Kontrolle über die Armee übernommen.«

Soll ich mich jetzt etwa besser fühlen? fragte sich Ifryn ungläubig. Mit Kerrell teilte sie ein tiefes Mißtrauen gegenüber den charismatischen Kanzler, und erst in letzter Zeit war ihr klargeworden, wie abhängig ihr Mann von Verkho war. Southan war schon immer unfähig gewesen, und jetzt war es offenbar seine Hauptsorge, den äußeren Schein aufrechtzuerhalten. Ifryn hätte ihn am liebsten geschüttelt, damit er sah, wie verzweifelt sie ihn brauchte, um Kraft zu schöpfen – doch er wirkte noch zurückgezogener als sonst, und sie zog sich daraufhin selbst zurück. Doch tief in ihrem Herzen spürte sie die ersten Anzeichen von Rebellion. *Wenn ich nicht ihn dazu bringen kann, mir zu helfen, muß ich es eben allein tun.* Erste zaghafte Lösungsansätze formierten sich in ihrem Bewußtsein.

»Ich weiß, daß nichts deinen Vater zurückbringen kann, meine Liebe«, fuhr Southan fort und versuchte immer noch, sie zu trösten, »aber Idiron ist jetzt in sicheren Händen, und deine Mutter wird schon bald hier sein.«

König Fyles Geist war in der Nacht seines Todes seiner Tochter kurz erschienen. Er war gekommen, um Lebewohl zu sagen, doch Ifryn war zu verblüfft gewesen, um zu reagieren, und die Tatsache, daß sie sich nicht angemessen verabschiedet hatte, verschlimmerte ihren Kummer noch. Seit ihrer Hochzeit hatte sie ihre Eltern nicht sehr oft gesehen, und sie war niemals nach Idiron zurückgekehrt. Jetzt merkte sie, daß sie sich nach der tröstenden Gegenwart ihrer Mutter sehnte – bis ihr klar wurde, daß auch die Königin trauerte und selbst Zuspruch brauchte. Gab es denn nirgendwo Trost? Eisern schob sie das Selbstmitleid beiseite, blickte in das nervöse Gesicht ihres Mannes und zwang sich zu einem Lächeln. Southans Erleichterung war greifbar.

»Und wir haben auch noch uns«, sagte er.

Mit den Jahren hatten sich Ifryns Gefühle für den Kaiser von Angst zu Akzeptanz, dann von Toleranz zu einer stillen, anspruchslosen Form der Liebe gewandelt. Daher konnte sie zustimmend nicken und den größten Teil der nächsten Stunde über nebensächliche Themen reden und so tun, als teile sie Southans aufrichtige Freude über die Mätzchen ihres kleinen Sohnes. Sie spielte die pflichtbewußte Ehefrau, doch die ganze Zeit haderte sie im stillen mit ihrem Schicksal.

Schließlich mußte Southan gehen, und sie war erleichtert, sich wieder natürlich benehmen zu können. Sie brachte Azari zurück zu seiner Wiege und legte ihn sanft hinein.

»Wenn du nur wüßtest«, erzählte sie ihm leise, und

plötzlich spürte sie eine Woge des Beschützerinstinkts für ihn. Ihren Kindern durfte nichts geschehen. Aber wie sollte sie dafür sorgen? Vrila und Delmege, ihre Töchter, waren lediglich bewegliches imperiales Eigentum und noch nie bedroht worden, doch Azari war der neue Erbe, ein mächtiges Symbol der Macht – und daher viel verletzlicher. Seit dem Bankett und den furchterregenden Ereignissen jener Nacht hatte Ifryn manchmal Angst, ihr Baby zu füttern, weil sie ihrem eigenen Körper nicht vertrauen mochte. Obwohl sie kein Gift zu sich genommen hatte, fühlte sie sich besudelt und wollte davon befreit werden. Zwar wußte sie, daß dieses Gefühl irrational und lächerlich war, dennoch konnte sie es nicht abschütteln. Alasia hatte ihr versichert, daß es dem Jungen gutging – und Ifryn hatte allen Grund, ihrer exzentrischen Freundin in solchen Dingen zu vertrauen –, doch selbst das reichte nicht aus. Emotional lebte sie auf der Kippe.

Ifryn ging hinüber zum offenen Fenster und blickte über die Stadt und die dahinterliegenden Deadlands. Ihre Gemächer lagen hoch auf der westlichen Seite des Hofes und grenzten an das Turmviertel. So hatte sie den Blick nur nach Westen frei, eine Tatsache, die der Kaiserin immer schon bedeutsam erschienen war, denn genau entgegengesetzt lag ihre alte Heimat. Es schien ihr die permanente Trennung von ihrem alten Leben zu symbolisieren. Idiron war jetzt Welten von ihrem Leben entfernt, sowohl was Entfernung als auch Zeit anging. Ifryn würde nie wieder die unschuldige Einfachheit ihres Lebens als Prinzessin dort wiedergewinnen, ein Leben, das aus politischer Notwendigkeit von einer arrangierten Heirat zerstört worden war. Einige Augenblicke lang versuchte sie, sich vorzustellen, was sie jetzt tun würde, wenn sie nie nach Xantium gekommen wäre, doch ihre Fantasie versagte hoffnungslos.

Die Tagträume der Kaiserin wurden von Doneta unterbrochen, jenem Mädchen, das sie aus Idiron begleitet hatte und seitdem bei ihr geblieben war. Sie war nur wenige Tage jünger als Ifryn und zu einer attraktiven, dunkelhaarigen Frau herangereift, die bisher allen romantischen Versuchungen widerstanden hatte. Doneta bewies eine Loyalität, die ihre Herrin zwar unnötig fand, für die sie aber dennoch dankbar war.

»Möchtet Ihr etwas essen, meine Lady?«

»Nein, danke, Doneta. Ich habe keinen Hunger.«

»Es ist schon nach Mittag«, protestierte das Mädchen nachsichtig. »Ihr solltet schon allein ihm zuliebe bei Kräften bleiben, nicht nur um Eurer selbst willen.« Sie nickte in Richtung Wiege. »Und heute morgen habt Ihr nichts gegessen.«

»Also schön, in Ordnung«, gab Ifryn nach. »Ihr seid schlimmer als meine Mutter. Nur der Himmel weiß, wie ich es überleben soll, wenn sie hier ist und auch noch an mir herumnörgelt.«

Die beiden Frauen grinsten sich an, und Doneta ging hinaus, um das Essen zu holen. Dann ließ sie ihre Herrin wieder allein. Ifryn nahm ein paar Bissen und gab es dann auf, ihre Gedanken kehrten immer wieder zu Kerrell zurück. Sie hatte immer noch keine Ahnung, ob er ihre Gefühle erwiderte. Ihre Freundschaft stand außer Frage, aber konnte jemals mehr daraus werden? Sicher – wenn die Umstände andere wären. Ifryn verfluchte den eisernen Griff der Konventionen, die dafür gesorgt hatten, daß sie ihre Gefühle und Worte im Zaum halten mußte. In den vielen Jahren, die sie sich kannten, hatte Kerrell niemals ihren Namen ausgesprochen, sondern sie immer »meine Lady« genannt. Die abscheulichen Gerüchte über den Grund für das Verschwinden des Generals klangen dadurch unerträglich ironisch. Es sei denn natürlich, schon die Andeutung einer unschicklichen Beziehung, verbunden mit Kerrells Liebe zu ihr, reichten aus, einen ehrbaren Mann untertauchen zu lassen. Dieser Gedanke war fast allzu schmerzlich.

Und jetzt, war es zu spät? Es war gut möglich, daß sie ihn nie wiedersah, oder daß er sogar tot war. Einen flüchtigen Augenblick lang fragte sich Ifryn, ob sein Geist, wenn er tot wäre, sie so besuchen würde wie der Geist ihres Vaters – und sie wünschte sich diesen flüchtigen Kontakt sogar. Schließlich riß sie sich, entsetzt über diesen Gedanken, zusammen und holte tief Luft.

»Ich werde ihn finden«, sagte sie laut. »Jawohl.«

Sie hatte keine Ahnung, wie sie das anstellen sollte, doch sie blieb fest entschlossen. Sie hatte Alasia bereits um Hilfe gebeten – ihre blasse Freundin wußte Dinge ohne jede erkennbare Informationsquelle –, doch bislang ohne Ergebnis. Wen gab es noch? Ifryn dachte eine Weile nach, dann hob sie ihre Stimme.

»Doneta! Kommt einen Augenblick her.«

Kapitel acht

Weit entfernt von hier, in einem schneebedeckten Land, das ich nie gesehen habe, fliegt ein Rabe im Schatten der Vergangenheit. In seinem Schnabel trägt der Vogel der Vorhersehung drei Würfel, und im Wald wartet das Orakel, lauscht dem Lied der Blätter.

Der Rabe gleitet auf leisen Schwingen vorbei, und die Würfel fallen auf die gefrorene Erde. Ein Schädel für Tod und Gefahren, ein Stern für die Liebe und das Unbekannte, und ...

Der letzte Würfel torkelt und rollt weiter, tief hinein in die Schatten. Die tanzenden Schatten von Bäumen.

Das Schwerste, was Kerrell je hatte tun müssen, war, seine Augen zu öffnen, und es gelang ihm nur mit großer Mühe. Seine Träume ließen ihn nur widerwillig gehen, und sie riefen ihn zurück in den Schlaf, in die schmerzlose Dunkelheit. Doch er bestand darauf zu gehen, und endlich konnte er sich umsehen.

Im hellen Sonnenlicht wirkte sein Schlafzimmer unwirklich. Die Bücherregale glühten, die polierten Holzmöbel funkelten, und der Baldachin über seinem Bett erstrahlte in einem bunten Muster. Alles war strahlend und perfekt – wie neu gemacht.

Wie lange habe ich geschlafen?

Durch die offenen Läden war der klare blaue Himmel des Mittags zu sehen. Auf dem Tisch stand eine halbleere Karaffe Wein und ein sonderbar geformtes Glas. Dennoch konnte sich Kerrell nicht erinnern, vor dem Schlafengehen etwas getrunken zu haben. Er stützte sich auf die Ellbogen auf, schüttelte den Kopf, als wolle er ihn durchlüften, doch das Bild änderte sich nicht.

Abrupt warf der General die Bettdecke von sich,

schwang die Beine über die Bettkante – und erstarrte. Seine Haut war plötzlich naßkalt, sein Herz klopfte heftig. Die Bettdecke hatte kein Geräusch von sich gegeben. Die Matratze quietschte nicht. Kein Geräusch drang durch die offenen Fenster. Vögel, die Stadt, sogar der Wind – alles war still. Er war von absoluter Stille umfangen.

»Was soll das?« murmelte Kerrell.

Seine Zunge bewegte sich, seine Stimmbänder vibrierten – doch es war nichts zu hören. Überhaupt nichts.

Kerrell schrie auf. Und die Leere schluckte seinen Schrei.

Er sah hinunter zu seinen Füßen, und die Welt geriet ins Wanken. Der Boden unter seinem Bett war verschwunden. Statt dessen war dort nur eine bodenloser Abgrund. Das Zimmer um ihn herum begann sich zu drehen und aufzulösen. Die Wirklichkeit löste sich auf. *Nichts davon ist hier.*

Das verbogene Glas hatte er vor Monaten zerbrochen. Der Tisch war nagelneu, ohne Zeichen von Kratzspuren, die von langen Arbeitsstunden verursacht waren. Das ganze Zimmer war ein Flickwerk aus Teilen seiner Erinnerung, eine Vision, die sein eigener Verstand ihm vorspielte, weil die Realität ihn dem Wahnsinn preisgeben würde. Aber jetzt waren Risse darin aufgetreten, und nichts konnte die Auflösung aufhalten.

Bald war alles fort, verschwunden in ein weißes, neutrales Nichts, ein leeres flatterndes Laken wie eine unendliche Wolke. Kerrell war schwerelos, konnte sich nur noch in Beziehung zu sich selbst bewegen. Seine eigenen Hände fühlten sich real an, doch es gab nichts, das er hätte greifen können, nichts, um sich festzuhalten. Er schwebte dahin in einem unmöglichen, stillen Reich, wo nur er existierte.

Jetzt wußte Kerrell, warum das Aufwachen ihm so schwer gefallen war. Er wünschte, er hätte auf seine Träume gehört.

Martyn warf die beiden letzten Würfel, und es fielen einen Schädel und ein Stern. Gemeinsam mit den drei Halbmonden und den beiden Schädeln, die er bereits hatte, ergab das genug, um die drei Sterne und drei Laternen seines Gegners zu schlagen.

»Ich wünschte, ich hätte den Einsatz nicht erhöht«, resignierte der Mann und schob seinen Haufen kleiner Münzen zu Martyn.

»Die Chancen standen gut für Euch – beinahe«, bemerkte Martyn. Wie sein Gegner hatte er gewußt, daß ein Würfel des letzten Paares keinen Halbmond hatte. Auf jedem der sieben Würfel, die die Spieler benutzten, fehlte eines der sieben Symbole.

»Das scheint keine Rolle zu spielen, wenn man gegen Euch spielt«, sagte der andere Mann ohne Groll. »Das reicht mir für heute.«

Als sein geschlagener Gegner ging, wandte sich Martyn an Sagar und lächelte selbstzufrieden.

»Nun können wir uns einen weiteren Tag warmes Essen leisten«, bemerkte er.

Die beiden Männer hatten den ganzen Abend in der Taverne verbracht, die wie die meisten öffentlichen Orte in Xantium eine große Auswahl an Glücksspielen bot. Glücksspiel war eine verbreitete Sucht in der Stadt, was Sagar zwar gewußt, doch natürlich noch nie mit eigenen Augen gesehen hatte. Martyn hatte die meiste Zeit damit verbracht, die eine oder andere Version eines komplizierten Würfelspiels mit Namen *Das Vermögen des Kaisers* zu spielen. Es sah so aus, als würde er genauso viele Runden verlieren wie gewinnen, doch da er besonders gewitzt wettete, wurde sein Stapel Münzen immer höher, während der seiner Gegner dahinschmolz. Als Zuschauer wurde Sagar von den meisten Spielern ignoriert, und er war es zufrieden, einfach nur zuschauen zu können.

Zwei Tage in Freiheit ließen ihn fast schwindelig werden. Xantium war für jeden Neuankömmling verwirrend, ganz besonders für jemanden, der ein so eingeschränktes Leben geführt hatte. Sagar war dankbar, daß Martyn nur selten von seiner Seite gewichen war. Er hatte Sagar die kniffligen Benimmregeln der Straße gezeigt und wie man sich Geld, Essen und Unterkunft besorgte.

Martyn kannte offenbar jede Menge Leute und stellte die meisten Sagar vor, dem den Namen Folly – Narretei –verpaßt hatte – was Martyn ziemlich lustig fand. Nur wenige achteten auf den ruhigen Fremden und akzeptierten ihn als einen weiteren aus dem endlosen Strom an Neuankömmlingen in ihrem Stadtviertel, und Sagar war es zufrieden, so unauffällig wie möglich zu leben. Er konnte es immer noch kaum fassen, so frei zu leben. Es kam ihm schon wie ein Akt kühnster Provokation vor, einfach nur bei hellem Tageslicht über die Straße zu gehen. Es stimmte, daß die Anzahl der Wachtposten in der Gegend erhöht worden war, und daß sich im Ebenen Viertel Gerüchte über Verkhos Spione häuften, doch Martyn ging den Soldaten mit beinahe verächtlicher Leichtigkeit aus dem Weg und zog die Geschichten über ein Netz aus Informanten ins Lächerliche.

»Hier draußen ist es nicht wie bei Hofe«, hatte er gesagt. »Dort könnte man niemandem vertrauen, aber Xantium ist einfach zu groß. Selbst Verkho könnte Tatsachen nicht von erfundenen Geschichten unterscheiden. Sicher, es gibt ein paar Leute, die würden für ein paar Münzen ihre eigenen Kinder verkaufen«, gab er zu, »aber sie erzählen für ihren Profit sehr wahrscheinlich eher ein paar Lügen als etwas Wissenswertes, selbst wenn sie tatsächlich etwas wüßten.«

»Wie viele Menschen wissen, wer Ihr wirklich seid?« hatte Sagar gefragt.

»Ein Dutzend.« Martyn zuckte die Achseln. »Mehr nicht.«

»Vertraut Ihr ihnen?«

»Die meisten sind wie Ihr«, hatte der *Soldat* zufrieden

geantwortet. »Sie haben gute Gründe, mich nicht zu verraten.«

Im Laufe der Zeit übernahm Sagar allmählich ein winziges Stück von Martyns Zuversicht – schließlich hatte sich niemand nach der verschwundenen Geisel erkundigt –, doch gab es weiterhin vieles, was ihn verunsicherte. Wenn der *Soldat* wirklich vorhatte, das Reich zum Einsturz zu bringen, dann wählte er eine sonderbare Vorgehensweise. Und Sagar hatte immer noch keine Ahnung, warum Martyn ausgerechnet ihn gerettet oder welche Rolle er ihm zugedacht hatte. Er war durch und durch verwirrt und zu der Meinung gelangt, daß Martyn nicht unbedingt einen stabilen Charakter hatte. Seine Stimmungen änderten sich schnell, doch er blieb nie lange ernst, und alles, was er tat, tat er offenbar aus einer Laune heraus. Es war gut möglich, daß Sagars Befreiung aufgrund einer solchen Tollheit zustande gekommen war – und daß der *Soldat* selbst nicht sicher war, warum er es getan hatte oder was Sagar jetzt tun sollte. Dennoch hatte Sagar keine Eile, sich zu beweisen. Alles war noch zu neu – und, das mußte er zugeben, vergnüglich. Er konnte nicht mehr tun, als hinter seinem Führer herzulaufen und zu versuchen selbständig zu handeln und so viel wie möglich zu lernen. Die Zukunft würde sich dann schon von selbst erledigen.

Eine Sache allerdings machte ihm Sorgen, und das war die Möglichkeit, daß einer seiner Brüder nach Xantium kam. Der Gedanke, daß Bowen oder Nason vielleicht schon in der Stadt waren, machte ihn nervös und unglücklich, und die Hoffnung, irgendwelche Neuigkeiten von ihnen oder von Zalys zu hören, war einer der Gründe, warum er so begierig auf jeden Klatsch in den Straßen des Ebenen Viertels lauschte. Im Augenblick war er allein mit seinem Führer, da Martyn gerade keine Mitspieler mehr fand, die er hätte herausfordern können, und ihr Gespräch wandte sich weltlicheren Themen zu.

»Wollt ihr etwas trinken?«

»Nein, danke.« Sagar hatte noch nie viel getrunken und konnte Alkohol nicht vertragen. Er wollte bei klarem Verstand bleiben.

»Dann Essen«, beschloß Martyn. »Aber nicht hier. Das Fleisch hier ist zäher als meine Stiefel. Wir gehen zu *Myla*.«

Genau in diesem Augenblick öffnete sich die Tür und eine außergewöhnliche Gestalt trat ein. Der Mann war beinahe so breit wie groß und füllte die untere Hälfte des Türrahmens aus. Seine Glieder waren kurz und dick, und ein verfilztes Nest aus braunem Haar bedeckte seinen Kopf und den größten Teil seines Gesichts, so daß Mund und Ohren praktisch unsichtbar waren. Links und rechts seiner riesigen, platten Nase spähten tiefliegende Augen in die von Lampen erhellte Düsternis. Ein langes Messer hing von seinem soliden Ledergürtel, der anscheinend das einzige war, das seine verschmutzte und fadenscheinige Tunika zusammenhielt.

Der Blick des Mannes fiel auf Martyn, und sofort hielt er auf seinen Tisch zu. Sagar warf einen Blick auf seinen Gefährten und stellte erleichtert fest, daß er lächelte.

»Guter Treffpunkt, Martyn«, knurrte der Mann. »Kauft Ihr einem Mitleidenden einen Krug von der Pisse, die man hier Leichtbier nennt?«

»Ich habe sicher genug gewonnen«, erwiderte Martyn und bedeutete dem Mann, sich zu setzen. »Folly, das hier ist Grongar. Noch einer, der aus dem Norden hierher verschlagen wurde. Laßt Euch nicht von seinem ekelhaften Äußeren abschrecken – unter dem Schmutz steckt die Seele eines Poeten.«

Grongar grunzte, als Martyn aufstand, um ein Bier zu holen. Sagar und der Mann beäugten einander vorsichtig.

»Ihr spielt?« fragte Grongar und zeigte mit einem schwieligen Finger auf die Würfel.

Sagar schüttelte den Kopf.

»Nein, das überlasse ich Martyn.«

»Mein Spiel ist *Labyrinth*«, sagte Grongar. »Für *Das Vermögen des Kaisers* braucht man für meinen Geschmack zu viel Glück. Trotzdem, wo ich schon mal hier bin ...« Er nahm einen Satz Würfel und wog sie prüfend in der Hand.

Martyn kam mit den Maßkrügen zurück.

»Denkt nicht einmal daran, mit diesem Mann um Geld zu spielen, egal welches Spiel«, riet er Sagar mit einem Grinsen. »Selbst ich bin nicht so dumm.«

Grongar warf seinem Gefährten aus dem Norden einen finsteren Blick zu, dann nahm er sein Leichtbier und schluckte die Hälfte in einem einzigen lautstarken Zug hinunter. Schaum schmückte seinen Schnurrbart, als er den Krug wieder hinstellte.

»Prima, das habe ich gebraucht!« seufzte er. »Hört der Sommer in dieser verdammten Stadt denn niemals auf?«

»Ihr sehnt Euch nach den schneebedeckten Hügeln, stimmt's?« erkundigte sich Martyn.

»Das ist so lange her, daß ich schon vergessen habe, wie es zu Hause aussieht.« Grongars Tonfall war so trübselig, daß Martyn lachen mußte.

»Hört zu, Mann!« rief er aus. »Hier zu sitzen ist ja ganz schön, aber ...« Er wandte sich an Sagar. »Ob Ihr es glaubt oder nicht, mein Freund hier hat seine eigenen Gemächer im Staatsviertel, jawohl. Und er ist der Führer der Imperialen Hunde, also bekommt er ein kleines Vermögen dafür bezahlt, daß er nichts tut.«

»Jagdhunde!« korrigierte ihn Grongar. »Es sind Jagdhunde, Ihr ignoranter Misthaufen.«

»Ach ja«, antwortete Martyn sarkastisch. »Ihr geht ja auch so häufig auf die Jagd in den Deadlands.«

»Das ändert nichts.« Grongar klang bekümmert.

»Wie auch immer«, fuhr sein Peiniger grinsend fort. »Grongar hier ist der einzige, der sich in die Nähe dieser Biester wagen kann. Und die meiste Zeit ist er auch der einzige, der das will.«

»Ich bin nicht hergekommen, um zu hören, wie Ihr

meine Freunde beleidigt«, sagte der Hundeführer mürrisch, machte aber keine Anstalten zu gehen. Er steckte einen krummen Finger in eines seiner versteckten Ohren und drehte ihn heftig herum.

»Nein«, stimmte Martyn zu. »Ihr seid hergekommen, um kostenlos Bier zu trinken.«

»Könnt Ihr Euch einen besseren Grund vorstellen?« Grongars Augen funkelten.

Während des gesamten Wortwechsels hatte Sagar versucht, sich unsichtbar zu machen. Grongar war ein Diener des Reiches und lebte im Staatsviertel! Die frühere Geisel konnte sich nicht erinnern, jemals Kontakt zu diesem haarigen Nordmann gehabt zu haben, und es gab auch keinen Grund, warum dieser jemals in der Enklave gewesen sein sollte.

Doch Sagar war immer noch nervös, obwohl Martyn ziemlich gelassen wirkte.

»Laßt Euch von Grongar nicht zum Narren machen«, sagte Martyn gerade. »Er behauptet, ein Barbar zu sein, der hier sein Glück machen wollte, doch ich schätze, er ist hergekommen, um irgendeinem eifersüchtigen Ehemann zu entkommen. Er mag häßlich sein, aber er ist dennoch ein Wüstling ...«

»Und ein sehr erfolgreicher dazu!« behauptete Grongar. »Jede Frau mit ein wenig Geist interessiert sich bei einem Mann für mehr, als man auf den ersten Blick sehen kann.« Er begann sich für das Thema zu erwärmen und fügte hinzu: »Habe ich Euch schon mal erzählt ...«

»Jetzt nicht«, unterbrach ihn Martyn lachend. »Wollt Ihr meinen unschuldigen Freund hier verderben?«

»Ein Freund von *Euch* unschuldig?« fragte der selbsternannte Barbar ungläubig.

Unschuldiger, als Ihr Euch vorstellen könnt, dachte Sagar und hoffte, daß die schummrige Beleuchtung sein Unbehagen versteckte.

»Welche Neuigkeiten gibt es?« lenkte Martyn lässig ab. »Irgendeine Spur von unserem geschätzten General?«

Grongar kippte den Inhalt seines Kruges hinunter und rülpste zufrieden.

»Niemand hat auch nur ein Haar von ihm gesehen. Oder zumindest gibt es niemand zu. Sein Verschwinden ist jedoch immer noch rätselhaft, und die Gerüchte werden mit jeder Minute wilder.«

»Zum Beispiel?« hakte Martyn neugierig nach.

»Irgendein Genie hat entschieden, daß Azari eigentlich Kerrells Sohn sei, nicht Southans«, erwiderte Grongar. Er brauchte nur wenig Ermunterung, den Klatsch zu verbreiten, den zu verachten er sich immer den Anschein gab. »Also hat man sich Kerrells entledigt, um sicherzustellen, daß er niemals die Wahrheit aufdeckt. Nach dieser langen Wartezeit wird Southan nicht seinen Erben aufgeben – ganz gleich, wie er gezeugt wurde. Das ist natürlich verdammter Müll, aber Ihr wißt, wie sehr die Leute einen guten Skandal lieben.«

»Wenn das stimmt, wie wollen sie dann sichergehen, daß Ifryn schweigt?« fragte Martyn. »Es wäre doch immerhin möglich, daß sie eine Ahnung hat, wer der Vater ist.« Grongar lachte in sich hinein.

»Man kann einer Kaiserin nicht einfach die Kehle durchschneiden«, klärte er sie weise auf. »Das entspricht nicht der Etikette. Tatsächlich – so ist die allgemeine Meinung – kann man ihr nichts tun, oder es kommt raus. Ihr Ruf muß geschützt werden, zumindest eine Zeitlang. Und selbst *wenn,* ihr etwas zustoßen sollte, müßte es wie ein Unfall aussehen. Eine Krankheit oder so.«

»Gift?« schlug Martyn leichthin vor.

Mit einem Mal wich jeglicher Humor aus Grongars haarigem Gesicht. Beide Männer kannten Verkhos Ruf als Experte für alle Arten von Gift.

»Nur, wenn es natürlich aussieht«, stellte Grongar fest. Dann fügte er mit gezwungener Flapsigkeit hinzu: »Selbst Southan könnte etwas vermuten, wenn sie plötzlich dunkelrot anläuft, sich an die Kehle greift und zu Boden sackt.«

»Was ist mit dem Gerücht, daß der Wein bei dem Bankett gar nicht vergiftet war?« hakte Martyn nach. »Was hat Euer Freund Corton dazu zu sagen?«

Ein kurzes Zögern verriet Grongars wachsendes Unbehagen. Corton war der Kellermeister am Imperialen Hof und Grongars engster Freund. Der Nordmann hatte schon bei einer früheren Gelegenheit zuviel zu diesem Thema gesagt und würde seinen Fehler nicht wiederholen.

»Er hat keine Ahnung«, versuchte er lässig zu klingen. »Er hat keine Gelegenheit gehabt, ihn zu kosten.«

Tatsächlich hatte Corton seinem Freund anvertraut, daß der Wein wirklich nicht vergiftet gewesen war – im Gegensatz zu Verkhos Behauptung – und machte sich nun Sorgen, daß er möglicherweise in die Machenschaften hineingezogen werden konnte. Selbst Sagar konnte erkennen, daß Grongar nicht die ganze Wahrheit sagte und war überrascht, als Martyn nicht weiter darauf einging.

»Was glaubt *Ihr*, wo Kerrell ist?«

»Tot«, erwiderte Grongar prompt und war froh, daß er jetzt weniger gefährliches Terrain betrat. »Das muß er. Aber die Götter wissen warum.«

»Hat man schon einen Ersatz ernannt?«

»Nein. Verkho läßt sich von den hohen Beamten direkt Bericht erstatten.«

»Was für eine Überraschung!«

»Also, Martyn«, rief Grongar in gespieltem Erstaunen aus. »Ich bekomme ja den Eindruck, als würdet Ihr unseren großen Kanzler nicht angemessen schätzen.«

»Alles weist auf ihn hin, oder?« Martyn zuckte die Achseln. »Wer sonst zieht einen Nutzen aus Kerrells Verschwinden?«

»Welchen Nutzen?« konterte der Barbar. »Er hat doch wohl schon alle Macht, die er haben will?«

»Nein. Er wird nie genug haben.«

»Ich würde Euch zustimmen, daß man Verkho nicht

trauen kann«, fuhr Grongar fort, »aber warum sollte er sich eines wertvollen Verbündeten berauben, der dem Reich ergeben ist? Es ist doch wahrscheinlicher, daß es fremde Agenten waren – Xantium hat Feinde genug, das wissen die Götter. Oder was ist mit dem *Soldaten*?«

»Dieser Scharlatan«, erwiderte Martyn mit unglaublicher Geringschätzung. »Der ist doch nur gut für hübsche Feuer und ein bißchen Ärger.«

»Doch das belebt die Sache ein wenig, oder?«

»Manchmal«, gab Martyn zu.

Kapitel neun

Ein steinerner Kater streift über den Horizont. Nicht nur der Geist des Mannes, der ihn gemeißelt hat, lebt in ihm, sondern auch der Geist des Wesens, das ihn inspiriert hat. Viele Male habe ich sein Fell aus Granit gestreichelt und ihn aus dem Schweigen erlöst. Sein Ruf hallt wider in der von Sternen erleuchteten Halle, Warnung und Anspruch zugleich. Wer würde in sein Territorium eindringen – wenn er nicht von seinem Schnurren geladen würde?

»Warum bist du so traurig, Mami?«

Delmeges riesige Augen blickten mit der unschuldigen Entschlossenheit einer Siebenjährigen zu ihrer Mutter auf.

»Bin ich nicht, Schatz«, erwiderte Ifryn.

»Bist du doch«, beharrte ihre Tochter. »Du lachst gar nicht mehr.«

Götter, bin ich so leicht zu durchschauen, dachte die Kaiserin verzweifelt, *daß ich meine Gefühle nicht einmal vor meinen Kindern verbergen kann?*

»Und du ißt auch nicht genug«, schalt Vrila sie. »Das hat Doneta gesagt.« Sie bemühte sich, wie eine Erwachsene zu klingen, obwohl sie nur anderthalb Jahre älter war als ihre Schwester.

»So?« Ifryn konnte nicht anders, sie mußte über diese neue umständliche Taktik ihres Dienstmädchens lächeln. »Ich esse, was ich will«, sagte sie zu ihren Töchtern. »Ihr wollt doch nicht, daß ich fett werde, oder?«

»Du beantwortest meine Frage nicht«, beharrte Delmege entrüstet.

Ifryn gab nach.

»Ich bin traurig, weil Kerrell fort ist und niemand

weiß, wo er ist«, gab sie zu. »Ich bin aber sicher, daß er bald wieder hier sein wird.« Wenn sie das doch nur selbst glauben könnte!

»Warum findet Paps ihn nicht?« wollte Vrila wissen. »Kaiser können alles.«

»Nicht alles, meine Süße. Euer Vater versucht zu helfen, aber er ist ein sehr beschäftigter Mann.«

»Du liebst Kerrell, oder?« fragte Delmege ernst.

Ifryn schluckte schwer und bemühte sich verzweifelt weiterzulächeln und mit leichter Stimme zu reden.

»Ja. Er ist ein sehr guter Freund«, sagte sie vorsichtig. »Wie der Bruder, den ich nie hatte.«

»Wie wir und Azari!« rief Vrila aus. Sie freute sich über diesen Gedanken.

»Er ist noch kein richtiger Bruder«, erklärte Delmege. »Er ist zu klein.«

»Ist er nicht«, gab ihre Schwester zurück und richtete ihre blauen Augen – so blau wie die ihres Vaters – auf Ifryn, damit sie ihre Worte bestätigte.

»Er ist euer Bruder, ganz gleich, wie groß er ist«, sagte die Kaiserin. »Jetzt ist er noch winzig, aber eines Tages ist er vielleicht größer als ihr beide.« Die beiden Mädchen dachten sorgfältig über diese Aussage nach und waren beide nicht ganz überzeugt, doch bevor sie antworten konnten, klopfte es an der Tür und Doneta sah herein.

»Der Herr, den Ihr sprechen wolltet, ist hier, meine Lady«, verkündete das Mädchen. »Soll ich ihn bitten, draußen zu warten?«

»Ja, bitte«, erwiderte Ifryn. »Und dann kommt wieder und bringt diese beiden ins Bett.« Sie hob die Stimme, um die enttäuschten Klagen zu übertönen. »Es ist schon spät, und wenn ihr lieb seid, erzählt Euch Doneta noch eine Geschichte. Und jetzt fort mich euch!«

Die Mädchen ließen sich durch dieses Versprechen beschwichtigen und gingen hinaus. Als Delmege ihrer Mutter einen Gutenachtkuß gab, flüsterte sie ihr ins etwas ins Ohr. »Ich wette, Alasia könnte ihn finden.«

Alasia war bei den Mädchen sehr beliebt, weil sie das Unerwartete geschehen lassen konnte – und Ifryn fiel wieder ein, wie Alasia mit ihren Heilkräften Vrila das Leben gerettet hatte.

»Das ist eine gute Idee, meine Kleine«, antwortete sie. »Ich werde sie darum bitten.« Ifryn war gerührt über Delmeges offenkundigen Kummer., aber sie hatte Alasia ja bereits um Hilfe gebeten – ohne Erfolg. Jetzt mußte sie neue Wege gehen.

Die Kaiserin ging ins Vorzimmer, als Doneta den Mädchen folgte.

»Habt Ihr Wein bereitgestellt?« fragte sie im Vorbeigehen.

»Auf dem Tisch«, erwiderte das Dienstmädchen und fügte dann bedeutungsvoll hinzu: »Auch etwas zu essen, falls Ihr Hunger bekommt.«

»Danke sehr. Ich bin sicher, mein Gast wird das zu schätzen wissen.«

Doneta warf Ifryn einen kurzen Blick zu und ging dann ihrer Wege.

Der Besucher stand auf, als die Kaiserin eintrat, und verbeugte sich, doch sagte er nichts.

»Ich bin froh, daß Ihr kommen konntet, Baylin.«

»Ich fühle mich geehrt, Euch zu Diensten sein zu dürfen, Eure Majestät.« Seine Stimme klang charmant, aber ernst.

»Bitte, ich habe diesen Titel schon immer gehaßt. Nennt mich Ifryn. Und wenn Ihr Euch dazu nicht überwinden könnt, reicht auch meine Lady.«

»Wie Ihr wünscht, meine Lady.« Ebenso wie Kerrell würde er niemals ihren Namen benutzen.

Ifryn winkte ihn zu einem Stuhl, setzte sich auf die andere Seite des niedrigen Tisches und goß Wein ein.

»Man hat mir viel von Euch erzählt«, sagte sie, während sie ihm einen Kelch reichte und dachte, daß dieser Mann sich erkenntlich zeigen würde. Sein Gesicht kam ihr vertraut vor, doch sie konnte nicht sagen, wann oder wo – oder ob überhaupt – sie ihn schon mal gesehen hatte. Er war gut gekleidet, ohne in irgendeiner Form zu protzen, und wirkte insgesamt unauffällig. Doch sie wußte, daß in diesem Fall das Äußere täuschte. Sie erinnerte sich, wie Kerrell erzählt hatte, daß Baylin ein Meister der Verwandlung sei, der seine nichtssagenden Gesichtszüge jeder Rolle anpassen könne.

»Wenn das so ist«, erwiderte er, »bin ich überrascht, daß Ihr mich trotzdem sehen wolltet.« Er lächelte flüchtig. Seine warmen braunen Augen beobachteten sie mit unverhohlenem Interesse. Ifryn fiel eine weitere Beschreibung von Kerrell ein: daß Baylin als einziger Mann Verkho in die Augen sehen und ihm direkt ins Gesicht lügen konnte. Offenbar konnte ihn nichts aus der Ruhe bringen.

»Ihr tut Euch selbst Unrecht, Sir.«

»Wohl kaum. Ich bin ein Reisender, der hin und wieder ganz nützlich sein kann. Mehr nicht.« Trotz dieser Worte umgab ihn ein Selbstvertrauen, das auf einen Mann hindeutete, der sich selbst gut einzuschätzen vermochte. Manche Leute hätten das für Arroganz gehalten, doch Ifryn fühlte sich sogleich von ihm eingenommen.

»General Kerrell hielt mehr von Euch als das.«

»Er und ich sind seit vielen Jahren befreundet, meine Lady. Seine Loyalität hat offenbar dazu geführt, daß er meine Qualitäten ein wenig übertrieben hat.« Baylin klang jetzt ein wenig steif, und sein Blick war bewölkt, die ersten Anzeichen dafür, daß er sich unwohl fühlte.

Ifryn holte tief Luft.

»Habt Ihr irgendeine Ahnung, wo er sein könnte? Was mit ihm geschehen sein könnte?«

»Nein, meine Lady. Ich wünschte, ich wüßte es.« Er war jetzt ganz ernst. »Ich suche ihn, seit ich die Nachricht gehört habe, aber erfolglos.«

»Erzählt mir, was Ihr getan habt.«

Baylin beschrieb seine endlosen Runden, bei denen er alle Lieblingsplätze von Kerrell aufgesucht hatte, einschließlich einiger Orte, die die beiden Männer inkognito besucht hatten, Orte, von denen nur er wußte. Überall hatte er alle befragt, die etwas wissen konnten, doch nirgendwo hatte er Glück gehabt.

»Ich habe so gut wie alle Möglichkeiten ausgeschöpft«, gab er schließlich zu. »Ich weiß nicht, was ich noch tun kann. Es suchen noch andere nach ihm, die weitaus mehr Möglichkeiten haben als ich, und auch sie hatten bislang kein Glück.«

»Vorausgesetzt, sie wollen ihn wirklich finden«, sagte Ifryn leise.

Baylin starrte sie schweigend an und wußte nicht, wie er reagieren sollte. Zum ersten Mal hatte sie ihn überrascht, und Ifryn merkte das sehr wohl. Sie konnte ihm nicht verdenken, daß er ihr gegenüber vorsichtig war. Sie befanden sich schließlich auf gefährlichem Territorium. Doch da sie schon damit angefangen hatte …

»Darf ich offen sprechen?« fragte sie.

»Ich würde Euer Vertrauen niemals mißbrauchen, meine Lady«, antwortete er eilig. »Bei meiner Ehre …«

Instinktiv vertraute sie ihm. Kerrell hatte gesagt, Baylin sei einer seiner besten Männer – und sie brauchte jetzt einen vertrauenswürdigen Freund.

»Ihr habt sicher von einigen Gerüchten über mich und Kerrell gehört. Ihr müßt außerdem wissen –«

»Daß sie unwahr sind!« schnitt er ihr heftig das Wort ab. »Nur ein Narr würde etwas anderes glauben.«

Die Kaiserin senkte dankbar den Kopf, obwohl sie wußte, daß Baylins Gewißheit eher auf seiner Vertrautheit mit Kerrell beruhte als auf seiner Meinung über sie. Dennoch freute sie sich darüber.

»Stellt niemals meine Freundschaft zu Kerrell in Zweifel«, fuhr sie fort. »Aber unser Umgang ist zu jeder Zeit von Anstand geleitet worden.«

»Natürlich.« Baylin wirkte verwirrt. »Aber was hat das …?«

»Warum sind jetzt solche Gerüchte entstanden? Waren

sie der Grund für sein Verschwinden oder das Ergebnis?«

»Der Grund?« Der Gedanke war ihm offensichtlich noch nicht gekommen, und wütend verwarf er ihn. »Niemals! Vor solch offenkundig falschen Anschuldigungen würde er niemals fliehen.«

»Da stimme ich Euch zu.« *Zumindest hoffe ich das.* »Was ist also der Grund? Könnte es mit der Geburt meines Sohnes zu tun haben? Könnte es sein, daß Kerrell herausgefunden hat, warum man versucht hat, den Thronerben zu vergiften? Und daß man Maßnahmen ergriffen hat, um der Bestrafung zu entgehen?«

»Als Theorie ist das so plausibel wie alle anderen«, antwortete Baylin nach kurzem Nachdenken. »Doch wer könnte den General so schnell und effektiv verschwinden lassen?«

»Dieselbe Person, die die Macht hat, dafür zu sorgen, daß nicht offiziell nach ihm gesucht wird«, kam sie zu ihren vorherigen Ausführungen zurück.

»Der Kanzler?« Die Wendung des Gesprächs war Baylin eindeutig unangenehm. Sie brachten sich beide jetzt ganz deutlich in Gefahr. Es gab kein Zurück mehr.

»Ich bin sicher, Kerrell hat Euch nicht verheimlicht, daß er Verkho nicht mochte«, fuhr Ifryn fort. »Daß er sein Können und Wissen bewunderte, aber seinen Motiven mißtraute. Einige seiner Vorbehalte teile ich. Kerrell war zu diskret, um darüber zu sprechen, aber ich nehme an, Ihr empfindet genauso.«

Baylin senkte in stummer Zustimmung den Kopf.

»Was wäre, wenn Verkho mit seiner Macht als Kanzler nicht zufrieden wäre, sondern auch die Armee anführen wollte – wie er es jetzt ja anscheinend tut?« Ifryn fühlte sich beinahe leichtsinnig, als die verschwörerischen Worte über ihre Lippen kamen und ihr ein Gefühl der Erleichterung vermittelten, das sie seit Tagen nicht gespürt hatte.

»Für solche Anschuldigungen brauchtet Ihr handfeste

Beweise, meine Lady«, sagte der Reisende nüchtern. »Habt Ihr sie?«

»Nichts, außer meiner Angst. Aber falls mein Verdacht sich bestätigt, gibt es nur noch eine einzige Sache für Verkho zu tun.«

Ein paar Minuten saßen sie schweigend da. Beide kannten den nächsten Schritt. Das würde Verrat in bis dahin unbekanntem Ausmaß bedeuten – doch bislang war alles nur Theorie.

»Was soll ich tun?« fragte Baylin schließlich. »Ich bin wohl kaum dafür qualifiziert –«

»Wenn wir Kerrell nicht finden können«, unterbrach ihn Ifryn, »können wir vielleicht jemanden finden, der uns *helfen* kann.«

»Wen?«

»Den *Soldaten*.«

»Aber er ist derjenige, der nach Ansicht der meisten Leute versucht hat, Euch zu töten!« Einmal mehr war es Ifryn gelungen, ihn in Erstaunen zu versetzen.

»Genau. Falls er tatsächlich mein Feind ist, erweisen wir dem Reich einen großen Dienst, wenn wir ihn finden – und mir auch. Falls er es nicht ist, scheint es um so wahrscheinlicher, daß Verkho der Feind ist.«

»Und der *Soldat* ist der Todfeind des Kanzlers.« Langsam dämmerte Baylin, worauf Ifryn hinauswollte.

Ifryn nickte.

»Er könnte sich als perfekter Verbündeter herausstellen«, bemerkte sie.

Baylin stand auf und wollte gehen.

»Er wird nicht leicht zu finden sein, meine Lady. Aber ich werde dafür sterben, wenn es sein muß.«

»Ich verlasse mich darauf, daß das nicht nötig sein wird«, sagte sie mit einem dankbaren Lächeln.

»Ich lasse Euch über Euer Mädchen in Kenntnis setzen«, schloß der Reisende. »Ich habe das Schwert im Turmviertel brennen sehen. Vielleicht ist es ein Zeichen, daß er gefunden werden *will*.«

Die Dunkelheit verwandelte das Turmviertel in die Landschaft eines Alptraums. Das Licht des Mondes erweckte die Wasserspeier und andere Statuen zum Leben, und die steinernen Linien wanden sich, als seien sie lebendig. Gezahnte Spitztürme, mit Zinnen versehene Türme und fremdartige Türmchen wetteiferten miteinander um die Gunst der fernen Sterne, während weiter unten der bizarre Irrgarten aus Fußwegen, Tunnels und Brücken versunken in der Dunkelheit lag, weit entfernt von den lichterfüllten Gebäuden der Stadt, die sich als fantastische Linie am Horizont entlangzogen. In diesem anarchischen Labyrinth aus Stein gab es ungeschützte Klippen, abschüssige Brücken spannten sich über von Menschen gemachte Abgründe, und sinnlose Wendungen, Abbiegungen und Sackgassen verwirrten sogar den aufmerksamsten Wanderer. An manchen Stellen war ein großer Teil der Bauten durch die Klauen von Zeit und Wetter verwittert und gefährlich brüchig geworden. Dennoch fühlte sich der *Soldat* hier genauso zu Hause wie in den anderen Teilen der Stadt.

Hier fand er Unterschlupf vor dem Lärm und der Hektik der Stadt, und seine katzenhaften Sinne führten ihn an Stolperstellen vorbei. Diesen Ort teilte er nur mit brütenden Vögeln und dem stets gegenwärtigen Flattern in der Kolonie der Fledermäuse, die in tausend Höhlen und Vertiefungen das Untergehen der Sonne erwarteten. Hier traf er sich auch mit Alasia. Ein sechster Sinn teilte ihm mit, wann die Zeit gekommen war und führte ihn zu ihr – oder sie zu ihm, das hatte er noch nicht herausgefunden. Er verpaßte selten eine Gelegenheit, mit der einzigen Person zu reden, die sich in dem schon lange verlassenen Turmviertel aufhielt. Es war Alasia, die – wie nur wenige wußten – zu besonderen Ereignissen in einem der Türme die uralten Glocken läutete. Viele Legenden rankten sich um diese unheimlichen Töne, doch Alasia machte sich darüber keine Gedanken. Sie wußte, daß sie lediglich eine heilige Pflicht verrichtete.

Die meisten Menschen hielten Alasia für verrückt und mieden sie, denn ihr sonderbares Äußeres und ihr exzentrisches Verhalten machten sie nervös. Ein paar wenige wußten es besser und genossen ihre natürliche Warmherzigkeit, ihre Liebe und ihr Wissen. Manchmal sprach sie ziemlich altmodisch, oft klang sie oberflächlich betrachtet unsinnig, doch immer voller unerwarteter Weisheit – für jene, die zuhören wollten. Sie wirkte bar jeder Farbe, ihre weiche Haut war beinahe durchsichtig, ihr feines Haar weißblond, und ihre Augen leuchteten in allerhellstem Blau; sie war winzig klein und erschreckend dünn, wie ein schlecht ernährtes Kind, so daß sie den meisten Menschen wie ein Geist erschien.

Als der *Soldat* sie diesmal fand, saß sie wie üblich am Rande einer ihrer turmhohen Horste, und ihre spindeldürren Beine baumelten über dem Abgrund. Alasia litt nicht unter Höhenangst. Unter ihr breiteten sich die Lichter der Stadt wie ein riesiger, von Sternen erleuchteter Baldachin aus, und die Luft war erfüllt mit den dunkleren huschenden Schatten von Myriaden von Fledermäusen.

Das Mondlicht ließ Alasia fast noch unwirklicher erscheinen, als könnte sie davonschweben, vom Wind getragen wie ein Nebel.

Alasia lächelte, während sie der Annäherung des Fremden lauschte. Sie hatte seine Schritte erkannt. Außer ihnen kam sonst niemand hierher. Sie hielt die Hand hoch, und er nahm und küßte sie sanft. Nur wenige Dinge im Leben machten Alasia so viel Freude wie die Höflichkeiten des Fremden. Sie faltete die Hände sorgsam in ihrem Schoß und wartete auf seine Fragen.

»Geht es Euch gut?« fragte der *Soldat*.

»Die Nacht ist gut zu mir. Meine Freunde sind hier. Ist Euer Blick klar?«

»So klar er nur sein kann. Darf ich Euch noch einmal um Eure Hilfe bitten?«

Alasia nickte, und ihr Blick ging weiter in die Ferne.

»Erinnert Ihr Euch an Sagar Folegandros? Ihr habt mir gesagt, wo er war.«

»General Adjeman hat ihn zuerst gesehen.«

Der *Soldat* war für einen Augenblick verdutzt. Das war in der Tat eine Enthüllung.

»Kerrell war in den Kerkern?«

»Nein. Sein Vater«, korrigierte Alasia ihn tadelnd.

Das also war der Geist, dachte er. Coulson Adjeman war viele Jahre zuvor gestorben, als sein Sohn noch ein kleiner Junge gewesen war. Jetzt ergab Sagars Beschreibung einen Sinn.

»Wißt Ihr, wo Kerrell ist?«

»Nein.«

Es war ganz ungewöhnlich, daß Alasia eine derart eindeutige Antwort gab. Der *Soldat* wartete, daß sie ihre Worte weiter ausführte, und das tat sie schließlich auch – auf gewisse Weise.

»Es gibt Löcher in der Zeit«, sagte sie ernst. »Selbst meine Freunde können nicht in sie hineinsehen. Dort gibt es keine Geräusche.«

»Lebt er?« fragte Martyn in der Hoffnung auf genauere Hinweise.

»Welche Seiten zeigt ein Würfel?« fragte Alasia zurück. »Die oberste oder die auf dem Tisch verborgenen?«

Martyn konnte mit ihren Worten nichts anfangen, doch er wußte, daß er gar nicht nachzufragen brauchte. Statt dessen kam er auf seine ursprüngliche Frage zurück.

»Sagar ist jetzt frei«, erzählte er ihr.

»Das war er schon immer«, erwiderte sie ruhig.

»Ihr habt ihm gesagt, sein Bruder komme.«

»Das Leuchtfeuer. Ja.«

»Was meint Ihr mit Leuchtfeuer?«

»Ein Feuer, das leuchtet«, erwiderte Alasia freundlich, als spreche sie mit einem minderbemittelten Kind, das ihr gerade eine sehr einfache Frage gestellt hatte.

Der *Soldat* verdrängte seine Frustration.

»Ist das alles?« wagte er einen weiteren Vorstoß.

»Ist das nicht genug?« Jetzt klang Alasia ungläubig. »Aus diesem Schatten heraus zu leuchten?«

»Hat er einen Namen?«

»Zuerst waren es zwei«, bemerkte sie und ignorierte seine Frage, »aber man hat sie getrennt. Sie lernen gerade, wie man fliegt.« Ihre blassen Augen flackerten hin und her, als sie den Flug der Fledermäuse beobachtete.

Martyn versuchte es von einer anderen Seite. Er wußte bereits, daß Sagar zwei Brüder hatte – falls Alasia das tatsächlich meinte.

»Wann wird er hier ankommen?«

»Bevor der Mond sich dreht.«

Der *Soldat* blickte hinauf zum Himmel. In vier oder fünf Tagen war Vollmond. Endlich hatte er ein paar handfeste Informationen!

»Ihr sagtet, er trage zwei Lasten«, gab er ihr das nächste Stichwort.

»Seinen Verlust und seinen Schatten«, antwortete Alasia, als sei das doch offensichtlich.

»Was genau sind sie?« beharrte Martyn, doch er hatte kaum noch Hoffnung.

»Eine ist eine Träne der Macht.« Alasia hielt inne und überdachte ihre Worte. »Die andere enthält das Schicksal der ganzen Welt.«

Kapitel zehn

Wein ist sonderbar.

Wie kann er soviel mehr scheinen, als er ist? Wie kann er nach der Sonne schmecken, nach dem Duft eines Sommertages, nach dem Leuchten in den Augen der Geliebten? Wie kann er aus niederen Männern Herren machen und aus Adligen Schweine, wie kann er Wahrheit auf die Lippen der Lügner bringen und ehrliche Schwüre in reine Falschheit verwandeln?

Solche Alchimie liegt jenseits einfacher Magie. Sie ist so real wie Blut.

Ein tiefes Grollen, wie ein Donnern in der Ferne, hallte durch das Hauptzimmer in Corton Magnas Wohnung.

»Tut mir leid«, murmelte Grongar und tätschelte seinen Bauch. »Ich habe den ganzen Tag noch nichts gegessen.«

Corton sah seinen Gast mit gequältem Gesichtsausdruck an, sagte aber nichts. Alles im Zimmer spiegelte die anspruchsvolle Persönlichkeit des Kellermeisters wider. Die Ausstattung war geschmackvoll, die Möbel von bester Qualität, ohne protzig zu wirken, und das elegante Geschirr und vornehme Besteck lagen akkurat auf dem Tisch. Der Mann selbst war dünn, hatte kurzgeschnittenes graues Haar und war untadelig, aber einfach gekleidet. Er hatte sein ganzes Leben in Xantium verbracht, war unverheiratet und schien keinerlei Interesse an Romanzen zu haben. Seine Arbeit war seine Leidenschaft, und er erachtete nur wenige andere Dinge für ebenso wichtig. Die Kunst der Wortschmiede, Maler und Musiker verschaffte ihm nur am Rande Vergnügen, und er wußte gutes Essen vor allem deshalb zu schätzen, weil er es passend zu seinen Weinen auswählen konnte.

Corton und Grongar hätten kaum gegensätzlicher sein können, sowohl was das Äußere als auch was ihr Wesen anging, und für ihre Bekannten war es eine ständige Quelle der Verwunderung – und vielleicht auch für die beiden Männer selbst –, daß sie so enge Freunde blieben, die anscheinend nur durch ihre Begeisterung für das Brettspiel Labyrinth vereint wurden. Doch selbst dabei waren sie ganz unterschiedlich. Corton analysierte jede Stellung der komplizierten Schlacht eine Zeitlang und traf nur langsame wohlüberlegte Entscheidungen. Grongar hingegen spielte impulsiv und verließ sich auf seinen Instinkt und seine natürliche Aggression. Corton konnte nie verstehen, warum sein Gegner derart viele Spiele gewann.

Der Barbar fühlte sich im Haus seines Freundes nicht ganz wohl. Er war nur selten dorthin eingeladen worden – normalerweise spielten sie ihre endlose Serie von Spielen in einem abgelegenen Lagerraum –, und er fühlte sich immer eingeengt, als würde er schon durch sein Atmen etwas zerbrechen. Schon Grongars Gegenwart allein genügte, um in dieser eleganten Umgebung einen sonderbar unordentlichen Akzent zu setzen. Jetzt war er nur dort, weil Corton wider besseres Wissen die Hoffnung nie ganz aufgegeben hatte, daß er dem Nordländer vielleicht doch noch ein paar Feinheiten der Zivilisation beibringen konnte.

»Das Essen ist bald fertig«, sagte er jetzt und ging hinaus in seine winzige Küche.

Die Zutaten für dieses Mahl hatte er schon seit einiger Zeit hier und da besorgt, und er wollte sich genug Zeit nehmen, ein Essen zu bereiten, das zu den guten Weinen paßte, die er ausgewählt hatte. Ein Essen solcher Qualität zu kochen, erforderte ausgeprägte Findigkeit, denn die meisten Waren in Xantium mußten aus der Ferne importiert werden, und frisches Obst und Gemüse waren daher sehr gefragt – doch Corton war sicher, daß es ihm gelungen war. Bei Gelegenheiten wie dieser wünschte er sich manchmal andere, vornehmere Gesellschaft, doch sein überaus guter Ruf und seine scharfe Zunge führten dazu, daß er nur wenige enge Freunde hatte. Ihn ergriff eine undeutliche, sehnsüchtige Traurigkeit, als er darüber nachdachte, doch er hatte sein Leben so gewählt, ermahnte er sich, und er war entschlossen, diesen Tag in vollen Zügen zu genießen.

Größter Stolz auf dem Tisch waren die beiden Weine, die er für diesen besonderen Abend ausgewählt hatte. Den einen, ein dunkler aromatischer Rotwein, hatte er in eine Glaskaraffe dekantiert, die in der Mitte des Tisches stand und verführerisch im Licht der Lampe funkelte. Der andere war von klarer goldener Farbe und befand sich immer noch in der Flasche, die er erst vor kurzem aus dem kühlen, dunklen Keller geholt und in einen Steinguttopf gestellt hatte, um ihn so kühl wie möglich zu halten. Grongar hatte eingewilligt, wenn auch mit offensichtlichem Widerwillen, auf sein übliches Leichtbier zu verzichten und mit dem Gastgeber den Wein zu teilen, und obwohl Corton wußte, daß sein Gefährte diesen Wein nicht würde zu schätzen wissen, war er doch froh, nicht allein trinken zu müssen.

Corton kehrte zurück mit zwei Platten Fleisch in einer fetten, würzigen Sauce, wunderbar duftigem Reis und anderen Beilagen. Eine davon stellte er vor seinen Gast hin und setzte sich dann selbst und griff nach der Karaffe. Er goß den Wein mit größter Ehrerbietung in die Pokale und achtete sorgfältig darauf, nicht einen einzigen Tropfen zu verschütten. Er schob einen Kelch zu Grongar, nahm seinen eigenen hoch, sog so tief das Aroma ein, und schloß voller Vorfreude die Augen, wobei er die diversen Schlürfgeräusche von der anderen Seite des Tisches ignorierte. Er nippte vorsichtig, ließ den Wein langsam im Mund herumrotieren, dann schluckte er und genoß jede Sekunde davon – den Geschmack und den Geruch flüssiger Perfektion.

Als er die Augen öffnete, um zu sehen, ob Grongar das

Essen schmeckte, sah er völlig verblüfft, daß der Teller des Freundes leer war. Der Magen des Barbaren knurrte noch einmal, obwohl Grongar versuchte, es zu unterdrücken und den Mund mit einer knubbeligen Hand bedeckte. Dunkle Saucentröpfchen funkelten in seinem Bart. Er griff gerade nach seinem Kelch, als er merkte, daß Corton ihn anstarrte. Er zögerte.

»Sehr gut ...« erklärte er schuldbewußt. »Köstlich ... genau das habe ich gebraucht.«

»Du kannst es noch nicht einmal geschmeckt haben!« erklärte Corton mit beißender Stimme. »Das Essen hat auf dem Weg nach unten vermutlich kaum die Magenwände berührt!«

»Ich hatte Hunger«, verteidigte sich Grongar murmelnd.

»Offensichtlich.« Die erste Reaktion des Kellermeisters war ein unwillkürlicher Anflug von Ärger gewesen, doch war er schnell verflogen. Er erwartete wohl zuviel, wenn er hoffte, den Barbaren ändern zu können. Corton lächelte. Er wußte, daß *er* das Essen genießen würde! »Es freut mich, daß es dir geschmeckt hat«, sagte er nachsichtig. Grongar entspannte sich.

»Noch etwas?« fragte er hoffnungsvoll.

»Nein.« Corton konnte sich kaum das Lachen verkneifen. »Ich nehme doch an, daß es dir nichts ausmacht, auf den nächsten Gang zu warten, während *ich* esse?«

Grongar nickte, denn die Aussicht auf noch mehr Essen erfreute ihn.

»Probier den Wein«, schlug sein Gastgeber vor. »Aber bitte, nicht in einem Zug. Man sollte ihn nippen und genießen.«

Der Nordmann tat sein Bestes, zu tun wie ihm geheißen, obwohl nach dem ersten »Nippen« ein Drittel des Kelcheinhalts verschwunden war. Einige Augenblicke später grinste er.

»Nicht schlecht«, verkündete er. »Besser als das Zeugs sonst. Hat richtig einen Körper, der hier.«

Corton war entzückt. Das war ein Durchbruch!

»Es besteht noch Hoffnung für dich. Ich bin froh, denn heute ist ein besonderer ...«

Doch die offensichtliche Freude seines Freundes hatte Grongar inspiriert. Er schwenkte den Wein unter seiner Knollennase herum, inhalierte tief, wie er es bei Corton gesehen hatte, und nippte erneut.

»Ah!« stieß er und spuckte Tröpfchen von Wein herum. »Körper ohne Speck, eingehüllt in dunkle Schleier von Gewürzen, Damaszenerpflaumen und Brombeeren vielleicht.« Er machte eine theatralische Pause. »Sehr gut gekleideter Wein, tatsächlich. Voll angezogen. Ja.« Er nahm noch einen Schluck.

»Treib es nicht zu weit«, lachte Corton. »›Er schmeckt mir‹ wäre völlig ausreichend.« Von niemand anderem hätte er eine derartige Verulkung, ein solches Sakrileg geduldet.

»Er schmeckt mir«, gehorchte Grongar feierlich.

Corton goß ihm nach und fühlte sich heiter und milde gestimmt.

Einige Zeit später, das Essen war vorbei und der meiste Wein getrunken, ruhten die beiden Männer zufrieden auf ihren weichen Stühlen. Der weiße Wein hatte Grongar weniger gemundet als der Rote – obwohl er ein wenig davon getrunken hatte, um seinem Freund eine Freude zu machen –, und jetzt hielt er einen Krug Leichtbier vor sich. Corton goß den Rest des Weines in seinen eigenen Kelch und betrachtete bedauernd die leere Flasche. An diesem Abend hatte er soviel getrunken wie lange nicht mehr und fühlte sich warm, schwindelig und angenehm gesättigt.

»Heute ...« begann er.

»... ist etwas Besonderes«, vervollständigte Grongar den Satz für ihn. »Warum?«

»Heute ist etwas Besonderes«, wiederholte Corton, und er mußte sich sehr auf seine eigenen Worte konzentrieren, »weil heute mein vierzigster Namenstag ist.«

Das haarige Gesicht des Barbaren teilte sich zu einem breiten Grinsen.

»Ich trinke auf deine vierzig Jahre!« schrie er und erhob seinen Krug. »Und auf die nächsten vierzig!« Er nahm einen langen Schluck und trank geräuschvoll, bevor er hinzufügte: »Ich hätte nie gedacht, daß ich einen Mann ausnutze, der alt genug ist, um mein Vater zu sein.«

»Lügnerische Kröte!« rief Corton aus. Grongars Alter war ein Geheimnis – sogar für ihn selbst –, aber Corton bezweifelte, daß sein Freund viel jünger war als er. »Wie kommt es, daß du so ein *knorriger* junger Mann bist?«

»Wir Barbaren werden schnell groß«, erwiderte sein Gast salbungsvoll. »Das müssen wir. Warte!« Er hievte sich hoch und schwankte unsicher zur Tür.

»Wohin gehst du?«

»Gleich zurück«, murmelte Grongar und war verschwunden.

Kurze Zeit später kehrte er mit einem Gegenstand zurück, der in ein Stück Stoff gehüllt war.

»Das ist für dich.«

»Ein Geschenk?«

»Ja. Herzlichen Glückwunsch zum Namenstag.«

Corton blieb die Sprache weg.

»Ich wollte dir das schon lange geben«, fügte Grongar hinzu, »aber es scheint fast, als hätte ich nur bis heute warten wollen.«

Corton entfernte vorsichtig den Stoff. Darunter fand er hölzernes Schnitzwerk von der Länge einer Weinrebe. Die außerordentlich detaillierte Darstellung von Blättern und Trauben ließ das Holz beinahe echt wirken, und das blasse, gleichmäßig gemaserte Material fühlte sich unter den langen Fingern des Kellermeisters glatt und kühl an. Er war bezaubert.

»Danke«, sagte er mit erstickter Stimme. »Es ist wunderschön. Woher hast du das?«

»Ich habe es gemacht.«

»Du hast es selbst geschnitzt?«

»Ja.«

Corton sah seinen Freund mit ganz neuen Augen an. Also gab es *doch* eine Seele unter dem ungeschlachten Äußeren. Die Schnitzerei zeugte von handwerklicher Geschicklichkeit und einem guten Auge für Einzelheiten, doch auch von einer schlecht zu beschreibenden Eigenschaft, die er nur Liebe nennen konnte. Der Kellermeister war beinahe zu Tränen gerührt, doch er zwinkerte sie fort und kam sich närrisch vor.

»Ich werde es stets in Ehren halten«, sagte er.

Grongar sank auf seinem Stuhl zurück und sah zufrieden aus.

Sie redeten bis tief in die Nacht hinein und sprachen dabei unvermeidlich – obwohl sie das Thema einige Zeitlang umgehen konnten – auch über Xantium. Acht Tage waren seit dem angeblichen Vergiftungsversuch beim Imperialen Bankett vergangen, und immer noch hatte niemand daran gedacht, Corton über den angeblich vergifteten Wein zu befragen. Allmählich war er Grongars Meinung, daß bei den vielen Ereignissen – Intrigen und Gegenintrigen, Gerüchte innerhalb der Gerüchte – sich niemand um ihn kümmern würde. Kerrells Verschwinden war nur eines von mehreren sonderbaren Vorkommnissen in einem Netz aus Intrigen. In ihrem betrunkenen Zustand kam den beiden Freunden der neueste Klatsch faszinierend vor – selbst sie fanden einen großen Teil davon zum Lachen.

»Lächerlich«, rief Corton einmal als Reaktion auf eine mehr als absurde Spekulation aus. »Warum erfinden die Menschen nur solchen Unsinn?«

Grongar rülpste feierlich.

»Das wäre anders, wenn Xantium im Norden wär'«, stellte er fest. »Zu kalt da oben, um solche Fieberfantasien zu bekommen.«

»Sehnst du dich nach dem einfachen Leben unter Schweinen?« neckte Corton.

Irgend etwas an der Frage erinnerte Grongar an ein früheres Gespräch, doch in seinem leicht beduselten Zustand konnte er sich nicht genau erinnern.

»Ich wette, der *Soldat* is' ein Nordmann«, behauptete er.

»Wie kommst du darauf?«

»Ein gewisser Stil, ein inneres Leuchten«, erwiderte der Barbar. »Niemand von Eurem Schlag hat das.«

»Das einzige Leuchten, das er zustande gebracht hat, war das Licht im Turmviertel«, sagte Corton und lachte unbescheiden über seinen schwachen Witz.

»Ach, das war doch nur eine List«, sagte Grongar triumphierend. »Um seine wahren Absichten zu verschleiern.«

»Und die wären?«

»Hast du nicht gehört? Gestern abend wurden drei Kerkerwachen getötet. Die offizielle Geschichte lautet, sie hätten sich gestritten, doch wer soll das glauben?« Grongars höhnische Stimme wurde leiser, als er sich vorbeugte und vertraulich flüsterte: »Ich hörte, daß Verkho eine der Geiseln dort verborgen hielt, und jemand hat ihr geholfen zu entkommen. Wer hätte das sonst tun können außer dem *Soldaten*?«

»Der Mann ist gefährlich«, entschied Corton. »Es ist Wahnsinn, Verkho zu provozieren.«

Grongar nickte weise, dann wurde er plötzlich still.

»Narretei!« rief er aus und lachte.

»Was?« Corton war verblüfft, daß es seinem Freund ganz offenbar an Verstand mangelte.

Grongars Verstand hatte einen dieser unerklärlichen, intuitiven Schlenker gemacht, die ihm so oft beim Labyrinth-Spiel zur Hilfe kamen. Er lächelte, als ihm das zufällige Treffen vom Abend zuvor wieder einfiel.

»Ich weiß, wer der *Soldat* ist«, sagte er.

Kapitel elf

Der Verstand läßt sich narren, Bewegung zu sehen, wo keine ist. Das Schicksal hält nicht, wie Würfel oder Karten, unendliche Chancen bereit. Wer kann die Vorzeichen auf den Waagschalen der Menschen wiegen? Oder die Zukunft mit einer eisernen Stange ertasten? Nur Götter und Narren treiben mit der Prophezeiung ihr Spiel.

Ich spüre, wie die ganze Welt in sich zusammenfällt, aber ich sehe keine Bewegung.

»Hast du den Verstand verloren, Bruder?«

Clavia Bhazak hatte sich Zutritt zu Verkhos Arbeitszimmer verschafft. Und sie war auf Konfrontation aus. Denn in letzter Zeit hatte er sie ignoriert – und die Halbschwester des Kanzlers verlangte eine bessere Behandlung.

»Was ist aus deinen Plänen geworden?« fuhr sie ätzend fort. »Azari vergiften, den Imperialen Thron für dich beanspruchen. Schon vergessen? Du solltest lieber noch einmal darüber nachdenken, *liebster* Bruder, denn auch wenn du deine Ziele vielleicht erreicht haben magst, so sind meine Wünsche noch längst nicht erfüllt!«

Der Kanzler blickte von seinem Schreibtisch hoch.

»Es ist immer noch alles möglich«, sagte er milde. »Ich hatte andere Dinge zu bedenken, doch sei versichert, unsere Pläne sind nicht vergessen.«

»Andere Dinge?« rief sie wütend und ungläubig aus. »Welche anderen Dinge?«

»Die Nebensächlichkeit, ein Reich zu führen«, erwiderte er ruhig.

»Also kommst du ohne Kerrell nicht klar?« spie Clavia

aus. »Vielleicht sollte ich ihn wieder freilassen, vielleicht brauchst du ihn *doch.*«

»Das würde ich dir nicht raten«, sagte Verkho kalt.

»Dann gib mir, was ich will!« fuhr sie ihn an. »Wozu haben wir ihn verschwinden lassen, wenn du nichts *tust*?« Ihre grünen Augen blitzten auf, als sie ihre blaßrote Haarmähne zurückwarf. Clavia war einmal wunderschön gewesen, doch die langen Jahre des Ränkeschmiedens und der Unzufriedenheit hatten sich in ihr Gesicht gegraben, und ihre einst gertenschlanke Figur schlug längst nicht mehr alle Männer in ihren Bann. »Ich werde nicht länger warten«, fauchte sie.

»Willst du mir drohen?« fragte Verkho leise und wurde ganz ruhig. Clavia schenkte den Warnzeichen keine Beachtung. Ihre Beziehung zu ihrem Halbbruder war schon immer sehr stürmisch gewesen. Obwohl sie Verkho bei seinen verschiedenen politischen Manövern gelegentlich sehr von Nutzen gewesen war, hatte er immer die Oberhand in ihrer intrigenreichen Beziehung gehabt – ob Clavia sich dessen bewußt war oder nicht.

»Southan wäre sicher nicht besonders erfreut zu erfahren, daß sein Kanzler seinen obersten General entführt hat«, fuhr sie fort. »Du vergißt, daß ich weiß, wo Kerrell ist.« Sie war sogar der Köder gewesen, mit dem Verkho Kerrell in die Falle gelockt hatte.

Ihr Halbbruder lächelte geringschätzig.

»Ich glaube nicht, daß du das weißt. In gewissem Sinne weiß nicht einmal *ich,* wo er ist, denn er ist nirgendwo – zumindest nicht in dieser Welt. Das war einer der offenkundigeren Erfolge meines Forschungsprogramms, ein Erfolg, den sogar du würdigen kannst. Ich sage dir das in aller Aufrichtigkeit, Schwester. Wenn du jetzt versuchen würdest, ihn zu finden, würdest du dein eigenes Leben riskieren und ihn erst recht nicht freibekommen. Und Southan wird deiner aberwitzigen Geschichte ohne Beweise kaum Glauben schenken.« Verkhos Lächeln war konstant und freundlich, doch seine Augen funkelten in tödlicher Kälte. Clavia unzweifelhaften Nutzen, den sie in der Vergangenheit unter Beweis gestellt hatte, wurde inzwischen durch ihre Verbitterung bei weitem aufgehoben. Er mußte es beenden. »Was deine Ambitionen angeht«, fuhr er gönnerhaft fort, »habe Geduld. Ich stehe kurz davor, einiges zu entdecken – Dinge, die uns helfen werden. Oder willst du ein Reich regieren, das in Trümmern liegt? Was können ein paar Tage mehr uns schon bedeuten?«

Clavia tat ihr Bestes, um angewidert und gar nicht überzeugt zu wirken, doch für den Augenblick war ihr Groll verflogen – und sie hatte Verkhos Stimmung bemerkt. »Setzt du nicht zuviel Hoffnung in diesen Talisman?« fragte sie jetzt unterwürfig.

»Es ist nur eine von vielen Facetten im Juwel unserer Pläne«, erwiderte er lässig. »Doch selbst wenn er die einzige wäre – hast du nichts von dem verstanden, was ich dir gesagt habe? Du selbst hast gesehen, wie ich die Geister der Toten mit Gegenständen aus ihrem Leben erweckt habe. Und der Talisman war einst der Schatz eines Gottes. Eines Gottes! Eines der Götter aus dem alten Pantheon. Hast du überhaupt eine Vorstellung davon, was das bedeutet?«

»Woher willst du wissen, daß das Pantheon noch existiert?« Clavia versuchte, abfällig zu klingen, doch die tiefe Überzeugung in der Stimme ihres Bruders machte sie unsicher. »Ich jedenfalls habe sie in letzter Zeit nicht sehr oft hier gesehen.«

»Götter sind von Natur aus unsterblich«, antwortete er. »In zwei oder drei Tagen wirst du nicht mehr so schnippisch sein.«

»So bald schon?« Die ganze Angelegenheit machte Clavia nervös. Geister waren eine Sache, Götter eine andere – und ihrer Meinung nach hatte Verkhos Besessenheit zu einer Einschränkung seines Urteilsvermögen geführt. »Falls solch eine Macht existiert, woher weißt du dann, daß du sie kontrollieren kannst?«

»Oh, und ob sie existiert«, erwiderte er zuversichtlich. »Kontrolle, wie du ganz richtig sagst, wird der Schlüssel sein. Ich bin mir bewußt, daß ich vorsichtig vorgehen muß, aber ich habe keinen Zweifel, daß es mir gelingen wird. Meine Erfahrung mit diesen Dingen ist bereits größer als die eines jeden anderen Menschen, der je gelebt hat.« Jetzt glühte in seinen Augen ein Feuer. Der Wahnsinn, der direkt unter der Oberfläche schlummerte, hatte stets zu Verkhos überwältigender Persönlichkeit beigetragen, und seine offenkundige Erregung grenzte jetzt an fanatische Intensität. »Hier in Xantium haben wir bereits die größte Ansammlung von Talentierten, die die Welt je gesehen hat«, fuhr er leidenschaftlich fort. »Telepathen, jene, die andere Welten ›sehen‹ und die vielleicht auch in der Lage sein werden, ungehindert mit Geistern zu reden. Und wir verfügen noch über andere Kanäle der Macht, wir können Bilder der Vergangenheit durch die resonanten Erinnerungen von Gegenständen leiten. Wir haben Heiler und ihre Gegenspieler, die durch bloße Berührung verstümmeln oder töten können. Männer und Frauen, die von der anderen Seite des Raumes aus Gegenstände zerstören oder brennbares Material mit einem einzigen Blick in Flammen aufgehen lassen können. Die Liste ist endlos, und wir lernen jeden Tag dazu. Wenn wir diese Bereiche des Wissens vollends verstehen, kann es für unsere Ziele keine kleinlichen Begrenzungen mehr geben. Mit so viel Macht kann ich dafür sorgen, daß das Reich auf ewig Bestand haben wird.«

»Auf ewig?«

Entgegen ihrem Willen hatte Verkhos Leidenschaft Clavia mitgerissen.

»Auf ewig«, wiederholte er. Er war jetzt wieder ganz ruhig und lächelte, während er zusah, wie sein Halbschwester sich an diese Vorstellung gewöhnte. »Und falls wir über die Fähigkeiten eines Gottes verfügen«, fügte er hinzu, »wer behauptet dann noch, daß wir nicht lange genug leben, um es selbst mitzuerleben?«

»Unsterblichkeit?« flüsterte Clavia mit weit aufgerissenen Augen.

»Der ultimative Preis«, nickte Verkho. »Ist er es nicht wert, um ihn zu spielen?«

Captain Ofiah befahl seinen Männern, vom Pferd zu steigen und sah dann zu, wie sie ihren widerstandslosen Gefangenen Bowen Folegandros vom Pferd zerrten. Sie hatten am späten Nachmittag die Wechselstation am Südrand der Deadlands erreicht, doch waren sie klug genug, nicht sofort weiterzureiten. Die kahle Landschaft, die sie erwartete, bot nichts weiter als trockene, rote Erde und die anscheinend endlose Hitze und den Staub des Sommers. In dieser von Menschen gemachten Wüste wuchs nichts mehr: es gab keine Ansiedlungen, die letzten Häuser waren schon lange verfallen und lagen wie ausgebleichte Skelette aus Holz und Stein in der riesigen Ödnis. Wenn sie sich beim ersten Licht des Tages auf den Weg machten, brauchten sie mit ein wenig Glück nur eine Nacht dort draußen in der ausgedörrten und tödlichen Wildnis zu lagern – und das akzeptierten Offiah und seine Soldaten nur zu gerne, jetzt, wo sie wußten, daß der Luxus von Xantium nicht mehr weit war. Es bedeutete außerdem, daß sie vor der letzten Etappe ihrer Reise noch einmal gründlich ausruhen und gut essen konnten.

Seit sie Brighthaven, wo der Gefangene acht Tage zuvor an Land gegangen war, verlassen hatten, waren sie unerbittlich weitergeritten. Mit Kanzler Verkhos persönlichem Ermächtigungsschreiben, das ihnen frische Pferde und schnelle Bedienung an allen Imperialen Wechselstationen zusagte, lagen sie außerordentlich gut in der Zeit. Ihr wahnsinniger Gefangener hatte sie – zu ihrer Überraschung – kaum aufgehalten und sich als exzellenter Reiter herausgestellt. Dennoch hatten seine gelegentlichen Anfälle von Wahnsinn sie alle aus der

Ruhe gebracht, und selbst Ofiah, der viel toleranter war als die meisten seiner Männer, war froh, diese Verantwortung bald los zu sein. Und er war froh, auch seine andere Fracht abzugeben, eine versiegelte Schatulle, die groß genug war, den Kopf eines Menschen aufzunehmen, und die für Verkho persönlich bestimmt war. Die Bedeutung sowohl des Gefangenen als auch der Schatulle standen für Ofiah ohne jeden Zweifel fest, und diese doppelte Verantwortung lastete schwer auf ihm. Er hatte einen Schlüssel zu der Kiste, doch hatte er seine natürliche Neugier an der kurzen Leine gehalten. Es gab keine Möglichkeit, die Schatulle zu öffnen, ohne das Siegel zu beschädigen und damit seine Tat zu verraten, und der Captain war gewiß nicht dumm genug, Verkhos Mißfallen zu erregen. Was die Schatulle auch enthielt, Ofiah war froh, wenn es das Geheimnis des Kanzlers blieb.

Bowen nahm das ungewöhnlich frühe Ende der Tagesreise mit gleichgültigem Schweigen hin, und seine Augen blickten leer und lustlos, als er sich für die Nacht zu einer gesicherten Zelle führen ließ. Sein Geist war wie immer ganz woanders.

Als Farrag seine lange erwartete Hochzeit mit Gaye unterbrochen hatte, war etwas in Bowen ausgerastet. Seit jenem Mittsommertag lebte er in einem Alptraum aus Schuldgefühlen, Wut und Verzweiflung. Seine Erinnerung zeigte ihm Bilder seiner Geliebten, wie sie hinfiel, immer und immer wieder, während er fortgezerrt wurde und hilflos protestierte. Diese sich ständig wiederholenden Visionen brachten Bowen näher an die Realität als alles andere. Manchmal kapselte er sich vollkommen von der Welt ab, doch wenn der Sturm der Gefühle überhand nahm, schrie und kreischte er und mußte gefesselt werden. Häufig verlor er das Bewußtsein. Die unberechenbare Mischung aus stummer Unterwürfigkeit und unzusammenhängender Raserei hatten zuerst die Seeleute und jetzt die Soldaten schier wahnsinnig gemacht, die seine Eskorte aus Zalys bildeten. Nur Ofiah verspürte ein wenig Mitleid mit dem jungen Mann, wenn auch durch die nötige professionelle Distanz abgeschwächt.

Als der Gefangene erst einmal in seiner sicheren Zelle eingeschlossen war, kam der Captain noch einmal zu ihm, die schwere Schatulle, die er niemals aus den Augen ließ, in einer Tasche um die Schulter gehängt. Er spähte durch die Gitterstäbe der Tür und sah Bowen, der zusammengerollt und bewegungslos in einer Ecke der kahlen Zelle lag. Ofiah wollte gerade wieder gehen, als der Inselbewohner aufblickte, und sein normalerweise unbeteiligter Gesichtsausdruck war einer schrecklichen, manischen Wachsamkeit gewichen – als erfasse er jede Einzelheit der Welt um ihn herum mit absoluter Klarheit. Es waren Augenblicke wie dieser, in denen Bowen am gefährlichsten war – nicht nur für sich selbst –, doch in der Zelle gab es nichts, das er als Waffe hätte benutzen können.

»Ihr seid von einem Nebel umgeben, wußtet Ihr das?« fragte der Gefangene ganz unerwartet.

»Was meint Ihr damit?«

»Ein flatterndes Tuch. Grau. Könnt Ihr es nicht spüren?« Bowens Blick ruhte offenbar auf der Tasche, die aus weichem braunem Leder gemacht war. »Warum habt Ihr keine Angst?«

»Angst wovor?«

»Dem grauen Leichentuch.«

Ofiah entschied, daß der Verstand des Gefangenen schon wieder abdriftete, und wollte sich abwenden, als Bowen erneut das Wort ergriff.

»Ich habe von Gaye geträumt«, sagte er und seine Angst wich dem Kummer. »Ich bin mit ihr und den Wächtern geflogen. Aber ich bin immer noch hier. Ist das gerecht?«

»In diesem Leben gibt es nicht sehr viel Gerechtigkeit«, bemerkte der Captain.

»Warum könnt Ihr mich nicht zu ihr zurückbringen?«

In Bowens Augen lagen kindliche Unschuld und Schmerz.

Ofiah lachte unbehaglich.

»Weil ich Euch und das hier«, er hob kurz die Schulter, über der die Tasche hing, »nach Xantium bringen muß. Es würde mich mehr als mein Leben kosten, würde ich nicht gehorchen.«

Da machte Bowen eine Bewegung, schneller, als es Ofiah je für möglich gehalten hätte. Er sprang auf und warf sich gegen die Tür, und ein Arm schnellte durch die Gitterstäbe, als sein Körper gegen Holz und Eisen krachte. Der Captain taumelte gerade rechtzeitig zurück, um dem Griff zu entgehen. Beinahe hätte er die Schatulle fallenlassen, und er mußte sich haltsuchend an die Wand auf der anderen Seite des Korridors lehnen.

»Wir werden alle sterben, wenn Ihr das Leichentuch nach Xantium bringt«, zischte Bowen, zog seinen Arm zurück und ignorierte das Blut, das aus Schnittwunden an Stirn und Ellbogen rann. Dann schrie er, legte die Hände auf seine Ohren, und verdrehte die Augen in einer schmerzerfüllten Grimasse. »Wir werden alle sterben!«

Ofiah zog sich aufgewühlt zurück, und er war mehr als erleichtert, daß diese Folter bald vorbei war. Als er hinausging, konnte er nicht umhin, sich zu fragen, was genau in der Schatulle war, das Bowen soviel Angst einjagte.

Der Inselbewohner kehrte in die Ecke seiner Zelle zurück, wo er sich so klein wie möglich machte und leise wimmerte. Die schreckliche dräuende Wesenheit, die ihn nun auch in seinen wachen Stunden heimsuchte, zog sich ein wenig zurück, doch sie war immer noch da, ein Leichentuch über der Welt.

»Für die Grabsteine im Himmel«, flüsterte er. Dann kehrte sein Verstand zu der endlosen Erinnerung an Gaye zurück, wie sie fiel, fiel, fiel ...

Noch lange nach Clavias Besuch war Verkho aufgewühlt. Er schritt ruhelos in seinem Arbeitszimmer auf und ab, zog Bücher aus den Regalen und stellte sie ungelesen wieder zurück, sein Geist in ständiger innerer Unruhe. Die Legenden über den Talisman waren ihm seit vielen Jahren bekannt, ein uraltes Relikt aus einem ursprünglicheren Zeitalter, und er konnte kaum glauben, daß er es bald in Händen halten würde. Angeblich war das Potential des Talismans unbegrenzt. Als seine Nachforschungen endlich Früchte getragen hatten und man ihm die Entdeckung des Gegenstands berichtete, hatten all seine Instinkte ihm gesagt, daß es sich tatsächlich um genau jenes Stück handelte, nach dem er gesucht hatte. Daraufhin hatte Verkho alle Schritte unternommen, um sicherzugehen, daß es nach Xantium gebracht wurde.

Der Kaufmann, der den Fehler gemacht hatte, das Stück zum höchsten Gebot zu verkaufen, hatte seinen Zweck erfüllt und war jetzt tot. Ebenso der Geheimdienstoffizier der Marine, der den Talisman auf Zalys identifiziert und zum Festland gebracht hatte. Verkho hatte beide töten lassen. Er wollte den Schatz ganz für sich allein haben.

Warum hatte er sich dann Clavia anvertraut? Er konnte ihr vertrauen – zumindest ihr Eigennutz würde dafür schon sorgen –, doch war es ein unnötiges Risiko gewesen. Ihre gegenwärtige Unzufriedenheit machte sie vielleicht ein wenig weniger verläßlich, aber sie war immer noch nützlich. Vielleicht sollte er vorbeugend ein paar Maßnahmen für sie ergreifen. Doch das war keine Antwort auf seine ursprüngliche Frage. Vielleicht hatte er ihr davon erzählt, weil er viel zu aufgeregt war, um zu schweigen, weil das Geheimnis viel zu groß war. Verkho verspürte selten das Bedürfnis zu prahlen – seine Macht und seine Erfolge sprachen für sich selbst –, doch schon als er Clavia zum ersten Mal gezeigt hatte, wie er die Geister herbeirufen konnte, war die Versuchung, sein nächstes großes Projekt offenzulegen, unwiderstehlich gewesen. Vielleicht war es ein Fehler gewesen, doch er war außerstande, ihn zu bereuen. Der Ausdruck auf ihrem Gesicht war unbezahlbar gewesen, und der Kanzler lachte bei dem Gedanken daran. Dann wurde er still und setzte sich wieder mit ernstem Gesicht an seinen Schreibtisch. Mit einer Sache hatte Clavia recht gehabt: es gab noch viel zu tun, bis der Talisman in seinen Händen lag. Er läutete die Glocke nach einem seiner Diener.

»Bringt Harios Kedhara her. Sofort.«

Als der Mann davoneilte, um seinen Befehl auszuführen, dachte Verkho über seine letzte Zusammenkunft mit Harios nach. Der Beamte trug die Verantwortung für den Umgang und die mögliche Kommunikation mit Geistern. Viele Leute betrachteten diese Bemühungen als sinnlos, doch der Kanzler war anderer Meinung. Beim letzten Mal hatte sich Harios um zwei Sachverhalte gesorgt – das um das zehnfache erhöhte Auftreten von Geistern in der Stadt und die beunruhigenden und sogar gewalttätigen Träume, die seine Talentierten befallen hatten. Verkho war neugierig zu erfahren, wie sich die Dinge in den letzten Tagen entwickelt hatten.

Harios trat ein und hielt wie üblich einen Haufen Notizen und Berichte in der Hand. Er war ein sehr gründlicher Mann.

»Fortschritte?« erkundigte sich der Kanzler ohne lange Vorrede.

»Das Niveau geisterhafter Erscheinungen hat sich stabilisiert«, berichtete der Beamte, »doch es ist immer noch sehr hoch, und es gibt keine Hinweise darauf, was sie hervorruft. Ich behalte die Sache natürlich weiterhin im Auge.«

»Habt Ihr die Talentierten auf mögliche Überlastung untersucht?« Darum hatte Verkho bei ihrem letzten Treffen gebeten.

»Natürlich, Kanzler. Es war so, wie ich befürchtet hatte. Es gibt schädigende Auswirkungen, wenn sie länger arbeiten, aber wir erfahren immer mehr. Hier ist mein Bericht.« Er legte einen Ordner auf den Schreibtisch.

»Bitte in Kurzfassung.«

»Ich habe vier Talente mit unterschiedlichen Fähigkeiten ausgewählt«, berichtete Harios, »und sie gezwungen, so gut wie unaufhörlich Kontakt zu halten. Die Ergebnisse waren bemerkenswert. Das Niveau der Kommunikation war höher als je zuvor, in beiden Richtungen, doch ergab nur wenig davon einen Sinn. Die Mitschriften liegen meinem Bericht bei.«

»Ich werde sie später durchsehen«, sagte der Kanzler. »Welche Nebenwirkungen gibt es?«

»Einer der Talentierten ist tot«, berichtete Harios ohne Gefühlsregung. »Plötzliche starke innere Blutungen im Kopf. Unappetitliche Angelegenheit.« Sein Gesicht spiegelte offensichtliches Mißfallen, als er an das Blut dachte, das dem Talent aus Ohren und Nase gelaufen war. »Die Ärzte konnten ihn nicht retten, aber sie erforschen jetzt die Todesursache. Er war der sensibelste der vier, also mußte man vielleicht damit rechnen, daß er so heftig reagierte. Eine andere, die am wenigsten talentierte, liegt allerdings im Koma. Anscheinend kann keiner der Heiler ihr helfen, und ich glaube, daß sie bald sterben wird. Ich habe mich gefragt, ob Ihr vielleicht nach ihr sehen wollt – falls Ihr Zeit habt ...«

»Vielleicht«, sagte Verkho unverbindlich. »Und die beiden anderen?«

»Sie zeigen Anzeichen von großem Streß, sowohl geistig als auch körperlich, doch sie arbeiten weiter. Im besten Falle sind sie reizbar, doch in letzter Zeit waren alle Talente aus dem Gleichgewicht, wie Ihr wißt.«

»Die Alpträume halten weiter an?«

»Ja. Sie werden sogar noch schlimmer. Und das betrifft alle, nicht nur die Talentierten in meiner Sektion. Ich habe die Ergebnisse aus allen Abteilungen zusammengestellt, wie Ihr es wünschtet«, fuhr Harios fort und legte einen weiteren Bericht auf den Schreibtisch, »allerdings fürchte ich, wir sind der Ursache für das alles keinen Schritt näher gekommen.«

»Aber es gibt Gemeinsamkeiten?«

»Ja. Es gibt sogar eine ganze Reihe von Beschreibungen, einige von ihnen ziemlich lebhaft.«

»Zum Beispiel?«

»Eine riesige graue Decke«, zitierte Harios. »Ein Meer aus Rauch; eine bleierne Wolke, die den Himmel erfüllt. Ein gigantischer Nebel. Eine Donnerwolke mit Flügeln ...«

»Beinahe poetisch«, grübelte Verkho. »Kommt es immer noch näher?«

»Das ist der allgemeine Eindruck, ja. Und alle haben immer noch Angst davor.«

Verkho nickte. Nur er war in der Lage, dieses Phänomen mit dem Näherkommen des Talismans in Verbindung zu bringen, und falls dies tatsächlich der Grund dafür war, bestätigten die Visionen die große Macht dieses Artefakts. Das einzig Geheimnisvolle war, daß *er* nichts davon spüren konnte. Der Kanzler verfügte schließlich selbst über einige Talente. Dann wurde ihm klar, daß er vielleicht doch etwas spürte. Aufregung und Impulsivität waren ebenso emotionale Reaktionen wie Angst – der einzige Unterschied lag im Wissen.

»Harios, Ihr wart wie üblich mehr als gründlich«, sagte Verkho. »Ihr dürft sicher sein, daß dieser Dienst belohnt werden wird.«

Der Beamte lächelte zufrieden und nahm das Lob seines Herren mit geneigtem Kopf entgegen.

»Darf ich fragen, wann das neue Talent von Zalys erwartet wird? Ich bin begierig darauf, ihn in meine Nachforschungen einzubeziehen.«

»In drei Tagen, vielleicht schon früher. Ich werde Euch in Kenntnis setzen, sobald er hier eintrifft. Bittet *das Herzstück* hereinzukommen, wenn Ihr geht.«

»Natürlich, Kanzler.«

Verkho sah ihm nach und warf dann einen Blick auf

die enggeschriebenen Berichte. Er würde sie später genauer durchgehen. *Das Herzstück* kam herein und wartete schweigend auf seine Anweisungen, und ihr Gesicht war ausdruckslos.

»Wie lauten die neuesten Nachrichten aus Zalys?«

»Immer noch kein Kontakt, Kanzler«, berichtete sie. »Zumindest ein Fernrufer lebt dort noch – wir haben ihn erst in der letzten Stunde erspürt. Aber er reagiert nicht auf uns. Wir sind nicht einmal sicher, daß er unsere Botschaften bewußt empfangen kann.«

Verkho dachte darüber nach. Bedeutete das, daß ein Teil der Imperialen Garnison noch aushielt? Oder war der letzte Fernrufer – immer vorausgesetzt, daß die anderen tot waren – von den Rebellen gefangen worden? Warum antwortete er nicht? Und lebte Farrag noch? Es gab keine Möglichkeit, das herauszufinden. Er würde auf Barvicks Bericht warten müssen.

»Versucht es weiter«, befahl er. »Informiert mich über jeden Fortschritt.« Als *das Herzstück* nickte, fuhr er fort: »Wie lautete die letzte Position der Flotte?«

»Sonnenblume berichtet, daß alles in Ordnung ist, doch das Wetter ist für ein gutes Fortkommen ungünstig. Sie schätzen, daß sie in ungefähr vier Tagen Zalys erreichen werden.«

»Ihr dürft gehen.«

Als Verkho wieder allein war, wandte er sich anderen Dingen zu. Er hatte einige Zeit nicht an den *Soldaten* gedacht. Nach seinem anfänglichen Wutanfall über das brennende Schwert und Sagars Flucht hatte der Kanzler Schritte unternommen, die Jagd nach seinem alten Gegner zu verstärken. Doch seitdem hatte er ihn praktisch vergessen. Für Verkho war der *Soldat* stets ein Aufwiegler gewesen, ein Unruhestifter, der für Unterhaltung sorgte und das Geheimdienstnetz des Kanzlers in Schwung hielt. Daß er ihnen so lange entkommen war, machte das Spiel um so interessanter, doch verglichen mit den anderen Entwicklungen war er nicht mehr als ein ärgerliches und schwer faßbares Insekt, das in der Stadt herumschwirrte. Zu gegebener Zeit würde Verkho ihn ins Jenseits befördern. Er nahm sich vor, seine höheren Beamten über das Ergebnis ihrer Suche zu befragen, und wandte sich dann interessanteren Dingen zu.

Aus einer Schublade seines Schreibtisches nahm er eine Kiste mit einem staubigen und brüchigen Stück einer verzierten Uniform. Es war ein Abzeichen einer Imperialen Militäruniform, und die roten und goldenen Fäden eines Generals waren noch deutlich erkennbar.

»Nun gut«, sagte Verkho laut und betrachtete seine erst kürzlich erworbene Reliquie. »Da Kerrell vorübergehend nicht zur Verfügung steht, sollte ich vielleicht einmal sehen, was sein Vater zu sagen hat.«

Kapitel zwölf

Dunkles Feuer, weißes Feuer.

Beider Flammen können die Flügel eines Schmetterlings versengen.

Ifryn hatte seit zwei Tagen nichts von Baylin gehört. Mit ihrer Suche nach Kerrell war sie keinen Schritt weitergekommen, und ihre Hoffnungen schwanden allmählich dahin. Um so glücklicher war die Kaiserin, als Alasia an einem weiteren jener warmen und schwülen Abende zu Besuch kam. Die winzige Frau erschien wie immer leise und ohne Vorankündigung in Ifryns Schlafzimmer. Sie war die einzige, die Donetas Wachsamkeit entgehen konnte.

Alasia machte vor der Kaiserin einen Knicks – eine Angewohnheit, die Ifryn ihr einfach nicht abgewöhnen konnte –, und sie tauschten Begrüßungsfloskeln aus. Ifryn lächelte und genoß die Warmherzigkeit ihrer blassen Freundin, und ihr wurde schmerzlich bewußt, daß sie in den letzten Tagen nur sehr wenig gelächelt hatte. Sie erkundigte sich ohne große Hoffnung nach Kerrell, doch Alasia konnte ihr nichts Neues sagen, und so versuchte es die Kaiserin anders.

»Weißt du, wo der *Soldat* ist?« fragte sie.

»Er besucht mich«, erwidert Alasia. »Er ist sehr höflich«, fügte sie anerkennend hinzu.

Ifryns Hoffnungen machten einen Freudensprung.

»Du kennst ihn? Wie lautet sein richtiger Name?«

»Richtig?« Alasia dachte offenbar darüber nach, als bedeute ihr der Begriff nichts. »In einem anderen Leben hieß er Guyland Brak.«

Ifryn kannte den Namen nicht, doch voller Hochstimmung über diesen kleinen unerwarteten Erfolg, merkte sie ihn sich gut.

»Wo kann ich ihn finden?« fragte sie schnell.

»Er ist ein Schmetterling«, erwiderte ihre Freundin. »Wer kann schon sagen, wohin er fliegt?«

»Aber wo lebt er?«

»In der Luft«, bemerkte Alasia mit fester Stimme.

»Aber er kommt dich besuchen?« versuchte es Ifryn verzweifelt.

»Ja.«

»Wo?«

»Oben, wo ich im Wind sitze.«

»Im Turmviertel?« riet die Kaiserin.

Alasia sagte nichts, und ihr blasser Blick huschte im Zimmer umher.

»Könnte ich mit dir kommen, wenn er dich das nächste Mal besucht?« fragte Ifryn. »Ich würde ihn gerne kennenlernen.«

Kaum hatte sie die Worte gesprochen, bekam sie Skrupel. Würde sie es wagen, Alasia ins Turmviertel zu folgen? Falls der *Soldat* wirklich ihr Feind war, welchen besseren Ort gäbe es dann für einen Mord? Aber Alasia wäre doch sicher nicht mit ihrem Feind befreundet? Sie beschloß, mit Baylin darüber zu reden, doch dann wurde ihr klar, daß er vermutlich an ihrer Stelle dorthin gehen wollte, und das wäre ein Vertrauensbruch gegenüber Alasia gewesen. Außerdem war es sicher klüger, an einem solchen sonderbaren und isolierten Ort keine Konfrontation zwischen den beiden Männern zu riskieren. Nein, sie mußte es selbst tun.

»Mein Freunde werden nach ihm Ausschau halten«, stimmte ihre Besucherin zu. Ifryn wußte, daß sie mehr nicht erwarten konnte.

Zumindest kenne ich seinen Namen, dachte sie und war froh, eine echte Auskunft für Baylin zu haben.

»Er wird Angst vor dir haben«, sagte Alasia unerwartet. »Und ich weiß nicht, wann er kommen wird.«

Angst vor mir? Es sollte doch wohl eher umgekehrt sein, doch Ifryn nahm an, daß Alasia damit meinte, er hatte Angst vor dem, was sie repräsentierte, Angst davor, sich kaiserlichen Augen zu zeigen. Sie wollte noch weitere Fragen stellen, als sie durch irgend etwas abgelenkt wurde.

Ein schwaches Flackern von Licht formte sich in der Ecke eines Raumes zu einem Umriß. Ein Geist nahm Gestalt an, doch er zitterte wie eine Spiegelung auf dem Wasser. Ifryns Herz setzte beim Anblick von Kerrells geisterhaftem Gesicht aus. *Götter*! klagte sie bei sich. *Er ist tot!* Dann sah sie die Qualen auf seinem Gesicht und wie sich seine Lippen bewegten, als wolle er ein Geheimnis verraten, und ihr Schmerz wurde noch größer. Sie konnte es kaum ertragen und wollte schon in Ohnmacht fallen, als sie spürte, wie Alasias schlanke Finger ihre Hand ergriffen und wie die Kraft in ihr wuchs. Sie sah ihre Gefährtin an, doch Alasia starrte zu dem Geist hinüber, und ihr kleines Gesicht bekam einen entschlossenen Ausdruck.

»Das wird nicht geschehen«, sagte sie und sprach offensichtlich das Phantom an. »Nicht alle Feuer sind dunkel, Coulson.«

Coulson? Ifryns Blick wanderte wieder zu dem Geist. *Coulson*? Das war der Name von Kerrells Vater, der einst Kommandeur der Imperialen Armee gewesen war, ein Mann, der gestorben war, noch bevor sie nach Xantium gekommen war. Sie betrachtete noch einmal das verzerrte Gesicht der Erscheinung und sah die eindeutige Ähnlichkeit – aber sie sah auch die verräterischen Unterschiede. Er hatte im Unterschied zu Kerrell eine Narbe im Gesicht, dafür war das Haar seines Sohnes stärker zurückgekämmt und Coulsons Uniform wirkte altmodisch. Ifryns Herz hatte wieder zu schlagen begonnen.

»Was geht hier vor?« Ihr war klar – selbst in ihrer Erleichterung darüber, daß dies nicht Kerrell war – daß etwas nicht stimmte. Alasia stand ganz steif da und hielt

Ifryns Hand fest umklammert. Sie antwortete nicht, und auf ihrem Hals und ihren Wangen bildeten sich Schweißperlen. Ihre Konzentration wirkte wild entschlossen, und die Kaiserin wagte nicht mehr zu reden.

Plötzlich verschwand der Geist, erschien wieder und verschwand erneut. Das ging einige Zeit so weiter, und das Bild flackerte so schnell hin und her, daß Ifryn beinahe schwindelig wurde. Während der ganzen Zeit litt Coulson offenbar furchterregende Qualen, als werde ein Kampf um sein Wesen ausgefochten.

Ein Tauziehen, dachte Ifryn. *Wer ist am anderen Ende*?

Endlich, es kam ihr wie Jahre vor, verblieb der Geist in ihrem Zimmer. Der Kampf war vorbei und jetzt war Coulson deutlicher zu erkennen, als sei sein Bild erst scharf eingestellt worden. Er lächelte, und seine Lippen formten schweigend Worte, die sogar Ifryn verstehen konnte. *Danke*. Dann drehte er sich um, ging durch die Wand des Schlafzimmers und verschwand außer Sicht.

Ifryn war sprachlos und konnte nicht verstehen, was sie soeben gesehen hatte. Alasias Hand hatte die ihre losgelassen. Sie war einfach in Ohnmacht gefallen, und ihr zerbrechlicher Körper war von einem dünnen Schleier aus Schweiß bedeckt.

»Doneta!« rief die Kaiserin. »Kommt schnell!«

Es kam keine Antwort, und Ifryn brauchte verzweifelt Hilfe. Sie machte es Alasia so bequem wie möglich und rannte hinaus ins Vorzimmer, doch ihre eilige Suche nach ihrem Mädchen führte zu nichts. *Wo war sie*?

Ifryn rannte zurück in ihr Schlafzimmer. Alasia war verschwunden.

Verkho starrte auf die letzten Flammen, die noch das Holz seiner Schreibtischplatte versengten. Er verspürte eine Mischung aus Verblüffung, Wut und eine winzige Spur von Furcht. Was war schiefgegangen? Von Anfang an hatte er Widerstand gespürt. Es war ganz leicht gewesen, Coulson herbeizuholen, der von seinem alten Abzeichen unwiderstehlich angezogen wurde. Doch sein Geist hatte ungeahnte Kräfte entwickelt, Kräfte, denen Verkho noch nie begegnet war, und der Kampf hatte sich zu einem Duell zweier Willen entwickelt. Der Geist war immer wieder flackernd in Verkhos Arbeitszimmer erschienen und wieder verschwunden, während der Kanzler vor lauter Anstrengung ins Schwitzen geriet. Endlich hatte Verkho ein brennendes Gefühl in der Hand verspürt, die den bestickten Stoffetzen hielt, und instinktiv hatte er das Abzeichen auf den Schreibtisch geworfen. Einen Augenblick später war der Stoff unter hörbarem Grollen in Flammen aufgegangen, und jetzt waren nur noch ein paar glühende, kaum erkennbare Aschereste übrig. Der Geist war verschwunden.

Der Kanzler blickte wütend auf die Überreste des Abzeichens, und sein Verstand beschäftigte sich bereits mit Racheplänen. Coulson, das wußte er, hatte eine Verbündete gehabt. Und Verkho hatte ihr Gesicht gesehen.

Kapitel dreizehn

Welche Bosheit kann diesen Zorn geboren haben?

Diese Vorzeichen sind eindeutig, geschrieben mit Blut. Ich sehe sie mit blinden Augen. Ich höre sie in der Stille meiner Träume. Es gibt kein Entkommen. Ihre Schreie hallen noch nach.

Anderthalb Tage waren vergangen, seit Alasia verschwunden war, und in dieser Zeit hatte niemand – soweit Ifryn wußte – ihre Freundin gesehen. Es gab immer noch keine Nachricht von Kerrell, und das Verschwinden von Alasia machte Ifryns Verzweiflung um so größer. Als Doneta ihr sagte, daß Baylin sie zu sehen wünsche, klammerte sich die Kaiserin an die Hoffnung, endlich gute Nachrichten zu hören. Doch als sie sich zu dem Reisenden im Vorzimmer gesellte, sagte sein Gesichtsausdruck alles und zerschmetterte ihre Hoffnungen.

»Es tut mir leid, meine Lady«, sagte er. »Es ist eine Sackgasse. Guyland Brak war einst Geisel hier, doch er ist vor drei Jahren gestorben. Falls Alasia recht hat, ist der *Soldat* ein Geist.«

Die letzten beiden Nächte hatte Kanzler Verkho nicht geschlafen. Seine eiligst organisierte, jedoch diskrete Suche nach Alasia war gescheitert, und er war sehr darüber verärgert, doch er sagte sich, daß er sie früher oder später schon finden würde. Sie war scheinbar weitaus mehr als nur eine harmlose Verrückte. Verkho hatte sie unterschätzt und freute sich auf ihr nächstes Zusammentreffen.

In der Zwischenzeit schien die Hitze des Tages alle Luft aus den Räumen zu ziehen. Verkho verlor langsam die Geduld. Als *das Herzstück* hereinkam, sah er erwartungsvoll hoch, doch seine Assistentin blickte ihn ausdruckslos an und ließ nicht erkennen, ob sie die einzige Nachricht brachte, die ihn im Augenblick interessierte.

»Und?« fragte er.

»Es gibt Nachrichten von Admiral Barvicks erstem Offizier, Kanzler«, berichtete die Fernruferin. »Es sieht so aus, als sei die gesamte Flotte zerstört.«

»Das kann nicht sein!« Verkho sprang in plötzlicher Wut auf, doch *das Herzstück* sprach ruhig weiter.

»Die erste Nachricht brachte einen Bericht vom Führungsschiff, der *Wellenbrecher,* die sich unter Beschuß befand. Der zweite kam wenige Augenblicke später und berichtete, die halbe Flotte sei bereits gekentert und die *Flamme des Südens,* das Flaggschiff des Admirals, sei zerstört und sinke. Dann wurde die Nachricht unverständlich, doch es hieß im wesentlichen, man werde von riesigen fliegenden Fischen angegriffen. Ungeheuer, hieß es. Es scheint, als wurde das Schiff entweder zerschmettert oder zum Kentern gebracht. Die letzte Nachricht brach ganz plötzlich ab, und seitdem konnten wir den Kontakt zu den drei Fernrufern der Flotte nicht wiederherstellen. Wir glauben, daß sie tot sind.«

Verkho hatte mit wachsendem Unglauben zugehört, und ein paar Augenblicke lang war er viel zu verblüfft, um zu reagieren. *Ungeheuer? Fliegende Fische?* Das war Wahnsinn. Doch welchen Grund sollten die Fernrufer haben, so etwas zu erfinden? Sie waren von Natur aus unfähig zu lügen, es sei denn, sie wurden von ihren Aufsehern dazu gezwungen. Doch Barvick war kein hysterischer Narr. Es ergab einfach keinen Sinn. *Die ganze Flotte zerstört?*

Schließlich faßte sein fieberheißer Verstand wieder einen klaren Gedanken, und er entließ *das Herzstück* mit der Anweisung, die Situation im Auge zu behalten. Nur langsam wurde ihm das ganze Ausmaß der Katastrophe bewußt. Es bedeutete nicht nur, daß Zalys im Augenblick ohne Strafe davonkam – er hatte nicht genügend Mittel im Süden, um eine zweite Flotte auszustatten –, sondern auch, daß der gesamte Süden des Reiches militärisch gefährlich unterbesetzt war. Zalys würde man irgendwann zurückerobern können – das mußte einfach gelingen! –, doch das mußte warten. Er würde all seine Fähigkeiten brauchen, um die Angelegenheit in den nächsten Monaten in die richtige Richtung zu lenken und zu versuchen, einen großen Krieg zu vermeiden.

In der Zwischenzeit konnte er nicht mehr tun, als ein einzelnes Schiff zu der Insel schicken, mit einem Vertrauten an Bord, der als Spion auftreten mußte, und mit einem Telepathen, der über seine Nachforschungen berichtete. Vielleicht entdeckten sie auf dem Weg dorthin sogar, welche Katastrophe über Barvicks Flotte hereingebrochen war. Sehr zu Verkhos Kummer konnte er im Augenblick nicht mehr tun, und er arbeitete den ganzen Nachmittag sehr geschäftig, um zu retten, was zu retten war. Er schwor sich, daß seine Rache an Zalys, wenn die Zeit gekommen war, blutig sein würde.

Und dann, als der Tag zur Nacht wurde, erreichte ihn eine Nachricht, die alles andere aus seinem Kopf verbannte.

»Hier ist ein Captain Ofiah, Kanzler«, meldete einer seiner Diener. »Er besteht darauf, Euch persönlich zu sehen, und sagt, er habe eine Lieferung, die er nur Euch übergeben dürfe. Er will mir nicht sagen –«

»Ja. Ja. Schickt ihn herein!« unterbrach Verkho. Er stand auf und hielt seine Gier nur mühsam im Zaum.

Der Talisman war da.

Kapitel vierzehn

Köstliche Blütenblätter schwimmen auf sonnenhellem Wasser, weiß und rosa. Die Geheimnisse des Himmels gehen über ins Prisma, für immer eingeschlossen in Glas. Um andere Rätsel zu lösen kocht die Blüte, und ihr Duft und Wesen verströmt sich in den wirbelnden Topf. Flamme wird zu Dampf, schlägt sich nieder im Faß.

Ich wünschte mir, der größte Schmerz würde sich dieses Mittels ergeben. Doch wenn eine Welt blutet, was vermag den Blutstrom aufzuhalten?

»Ich kann Euch Geheimnisse verraten«, flüsterte Eismann mit einem Seitenblick auf Habella.

»Welche Geheimnisse?« fragte die Heilerin ruhig. Sie konzentrierte sich auf ihre Aufgabe und schmierte winzige Tropfen verschiedener Flüssigkeiten auf den Arm des Fernrufers und beobachtete die Reaktion. Eismann war an den Armlehnen seines Stuhls festgebunden, und ein kräftiger Wachtposten stand hinter ihm und behielt jede seiner Bewegungen im Auge.

»Sie haben mit mir gesprochen«, vertraute Eismann ihr wissend an.

»Wer?« Habella wandte die Augen immer noch nicht von ihrer Arbeit ab, doch sie wußte, Dsordas wollte, daß sie so viel wie möglich erfuhr.

»Aus Xantium!« erwiderte er triumphierend und wartete auf ihre Reaktion.

»Was haben sie gesagt?« fragte sie gleichgültig.

»Das sage ich nicht!« schrie Eismann, und seine verschwörerische Stimmung schlug abrupt in Wut um. »Bringt den Dunklen her.« Damit meinte er Dsordas. »Er soll mir Nektar geben. Dann werde ich es erzählen!« Er war plötzlich ganz aufgewühlt und wehrte sich gegen seine Fesseln, doch sank er zurück, als der Wachmann ihm warnend eine Hand auf die Schulter legte.

Habella wischte die letzten Tröpfchen weg und begutachtete das Ergebnis. Auf der blassen Haut des Fernrufers waren zwei kleine rote Flecken zu sehen.

»Ich werde Euch etwas anderes geben«, sagte sie zu ihm. »Etwas viel Besseres.«

Die Stimmung des Fernrufers veränderte sich wieder ganz plötzlich, er begann mitleiderregend zu jammern.

»Nichts anderes. Nur Nektar. Nichts anderes. Ohne werde ich sterben!« Und mit einem wahnsinnigen Funkeln im Blick fügte er hinzu: »Ich werde sterben, und dann werdet Ihr meine Geheimnisse *nie* erfahren.«

Habella hätte beinahe gelächelt. Er sprach fast wie ein Kind. Doch sie hielt ihre Züge unter Kontrolle. Die häßlichen Schnitte, die es verunstalteten, heilten gut, doch taten sie immer noch weh, und sie würde ihr Leben lang entstellt bleiben. Dennoch bereute sie ihre Taten nicht.

»Ihr werdet nicht sterben«, sagte sie mit fester Stimme. »Dsordas wird Euch keinen Nektar geben, das wißt Ihr. Warum verratet Ihr mir Eure Geheimnisse also nicht?« Sie glaubte eigentlich nicht, daß er etwas Wichtiges zu sagen hatte. Es war lediglich seine letzte Taktik, um seine schreckliche Sucht zu befriedigen. Aber sicher konnte sie nicht sein.

»Ich hasse ihn!« zischte Eismann. »Wenn meine Freunde kommen, werden sie ihn umbringen.«

»Welche Freunde?« Habella sprach nicht mit erhobener Stimme, obwohl ihr Interesse wuchs. Falls Eismann wirklich etwas über die Kräfte wußte, die aus Xantium kamen ...

»Soldaten!« platzte er heraus, doch dann hielt er abrupt den Mund. »Ich sage nichts«, fügte er leise hinzu.

»Werden sie bald hier sein?« fragte sie lässig, während sie in ihren Kräutern, Pflanzen und Stärkungsmitteln herumsuchte.

Eismann schwieg weiter, ein kleines zufriedenes Lächeln auf den Lippen. Habella sah zu dem Wachmann auf, ob dieser einen Rat für sie hatte, doch er zuckte lediglich die Achseln. Die Inselbewohner wußten alle, daß Xantium von der Revolte in Kenntnis gesetzt worden war, und alle gingen davon aus, daß bereits eine Vergeltungsflotte unterwegs war. Möglicherweise wußte Eismann auch nicht mehr – man ging davon aus, daß er ohne Amberinkristall und Nektar nicht als Telepath arbeiten konnte. Die Kräuterkundige wählte drei winzige Phiolen aus ihrer Schatulle.

»Wir versuchen es zunächst mit diesen hier«, sagte sie wie zu sich selbst und hielt Eismann eine Phiole unter die Nase. »Riecht daran«, befahl sie.

Der Fernrufer blieb konsequent ungehorsam und hielt den Atem an. Habella wartete einfach, bis er rot wurde und sich zu winden begann. Dann ergriff der Wachmann Eismanns Ohren und hielt ihn fest. Eismann heulte auf, atmete heftig aus und schluckte Luft. Bei dem ganzen theatralischen Getue war es schwer zu beurteilen, doch Habella konnte keine besondere Reaktion auf die Dämpfe feststellen. Sie versuchte es mit einer anderen Flüssigkeit. Dieses Mal war er entgegenkommender – seine Ohren wurden immer noch festgehalten –, doch wieder zeigte sich keine Wirkung. Die dritte Flüssigkeit jedoch rief eine sofortige Reaktion hervor. Als der Duft in die Nasenlöcher eindrang, zuckte Eismann instinktiv zur Seite und riß unter Schmerzen seine Ohren frei, und sein Gesicht verzerrte sich.

»Hm. Interessant«, murmelte Habella zufrieden. »In diesem Fall können wir eine ganz neue Sequenz ausprobieren, aber wir werden hiermit anfangen.«

Auf Eismanns Gesicht spiegelte sich jetzt blanke Angst. »Ich werde sterben«, drohte er. »Ich werde sterben, und dann wird es Euch leid tun.«

»Niemand wird Zeit damit verschwenden, um Euch zu trauern«, sagte eine Stimme von der Tür her.

Der Gefangene machte ein finsteres Gesicht und spuckte schwach aus, als Dsordas nähertrat. Habella fragte sich, wie lange er wohl vor der Zelle gestanden und ihrem Gespräch gelauscht hatte.

»Fortschritte?« fragte er.

»Ein wenig. Zumindest ein Anfang. Ich werde es mit einer Infusion aus Zistrose und Edelkastanie probieren.«

»Das hier?« Dsordas streckte die Hand aus, und sie reichte ihm die Phiole. Ein paar Augenblicke lang blieb er still, als wiege er sie in seiner Hand, dann schnüffelte er vorsichtig daran. »Das ist noch nicht richtig«, urteilte er schließlich, »aber nahe dran.«

Habella betrachtete ihn nachdenklich. Sie wußte von Dsordas' angeborenen Heilfähigkeiten, doch sie wußte auch, daß sie ihn quälten, daher wählte sie ihre Worte sehr sorgfältig.

»Das alles würde viel schneller gehen, wenn wir zusammenarbeiten könnten.«

Dsordas schüttelte den Kopf.

»Ich kenne die Namen der Mittel nicht. Nur wenn ich sie berühre, bekomme ich ein Gefühl dafür. Außerdem habe ich keine Zeit.« Das war eine lahme Ausrede, und er wußte es.

»Ihr habt also keine Ahnung, was ihm helfen könnte?« beharrte die Kräuterkundige hoffnungsvoll.

»Nein. Dieses Zeug könnte die Wirkung für ein paar Stunden aufheben, aber dann könnte alles wieder von vorne anfangen. Ihr braucht etwas, das eine dauerhafte Wirkung erzielt.«

Habella nickte.

»Aber das hier ist nahe dran?«

»Ja.«

»Dann habt Ihr mir schon geholfen.« Sie wandte sich wieder ihrer Schatulle zu und hoffte auf neue Ideen.

»Kann ich kurz draußen mit Euch sprechen?« fragte Dsordas. Sie gingen hinaus auf den Flur, und als sie außer Hörweite waren, ergriff er das Wort. »Ich habe den letzten Teil Eures Gesprächs gehört mit diesem widerlichen kleinen ...« Er unterdrückte seinen Ekel. »Glaubt Ihr, daß er wirklich etwas weiß?«

»Vermutlich nicht«, erwiderte Habella, »aber wer kann schon sicher sein, was in diesem Hirn vor sich geht?« Sie schilderte Eismanns Behauptungen im einzelnen.

»Ist er gefährlich?« fragte Dsordas abrupt.

»Bis jetzt konnten wir ihn ganz leicht kontrollieren, aber er wird immer verzweifelter. Warum?«

»Natali will ihn unbedingt sehen. Die beiden hatten eine Art telepathische Verbindung, als Farrag sie kontrollierte, und ich habe mich gefragt, ob er uns vielleicht etwas sagen könnte.« Seine Zweifel waren deutlich zu hören.

»Es ist einen Versuch wert«, entschied Habella. »Natali hat in letzter Zeit ziemlich viel durchgemacht, aber er hat es unbeschadet überstanden. Ich glaube nicht, daß er hierdurch verletzt werden könnte.«

»Und womöglich ist Eismann bei ihm offener«, fügte Dsordas hinzu und klang, als versuche er sich selbst von seinen Worten zu überzeugen. »Schließlich war es Natali, der ihn aufgeweckt hat.«

»Vielleicht.« Habella hielt inne und blickte in seine sorgenvollen Augen. »Was ist mit Gaye? Auch sie hat offenbar ein Talent dieser Art.«

»Sie will ihn nicht einmal sehen.« Dsordas hatte das bereits versucht. »Sie hat einen Zipfel des Wahnsinns gesehen, den der Nektar verursacht, und ich würde niemanden dazu zwingen wollen.« Es war deutlich, wie tief seine Gefühle gingen.

Seit Etha Natali zu Eismann gebracht hatte, konnte sie das Bild des wiedererwachten Fernrufers nicht mehr aus ihren Gedanken verbannen. Die Götter wußten, sie hatte schon genug Verantwortung zu tragen, aber sie wurde das Gefühl nicht los, daß sie dem blassen jungen Mann irgendwie helfen sollte. Wenngleich ihr auch die Ereignisse der Vergangenheit schmerzlich bewußt waren, sah Etha doch das Leiden in seinen Augen, und sie entschied, ihn zu trösten, falls sich die Gelegenheit dazu ergab.

Ihre Instinkte wurden von ihrem jüngsten Sohn unterstützt. Natali sprach oft von Eismann und nannte ihn Freund, und offensichtlich sah er nichts Böses in ihm. Vielleicht war es nur kindliche Unschuld – schließlich war Natali nicht einmal vier Jahre alt –, doch war das für Etha nicht unwichtig. Sie ertappte sich, wie sie über die Geschichte des jungen Mannes nachdachte, über seine verlorene Familie. Woher kam er? Wie alt war er gewesen, als das Reich ihn versklavt hatte? Trotz der Aussichtslosigkeit und wider besseres Wissen hatte der drogenabhängige Junge ihre mütterlichen Instinkte geweckt.

Als Dsordas und Fen abends nach Hause kamen und sie fragten, ob sie bereit sei, Natali zu einem Besuch bei Eismann zu bringen, willigte sie ein, allerdings unter der Bedingung, daß sie ihren Sohn begleitete.

»Trägt er immer noch den Amberinanhänger bei sich?« fragte Dsordas.

»Ich habe ihn«, antwortete Etha. Der Gedanke, daß Natali ihn wieder trug, machte sie nervös, doch ihr war klar, daß es nötig war. »Er spielt noch immer gerne damit, aber er ist nicht mehr so sehr davon besessen wie früher.«

»Der Zwang ist vergangen, als Farrag starb«, sagte Fen. »Jetzt ist es nur noch ein Kristall.« Auch sie war nervös, doch sie erkannte, daß Eismann sehr wertvoll wäre, falls man ihn umdrehen konnte.

»Was sagt Gaye zu der ganzen Sache?« fragte Etha. »Sie würde wissen, ob es für Natali sicher ist.«

»Ich habe sie nicht gefragt«, gab Dsordas zu. »Ich glaube nicht, daß sie im Augenblick eine sehr hohe Meinung von mir hat«, fügte er kläglich hinzu.

»Unsinn«, sagte Etha scharf. »Geh und sprich mit ihr.«

»Ich werde gehen«, erbot sich Fen. »Wir haben schon eine ganze Weile nicht mehr miteinander geredet.« Sie war froh, sich für einen Moment aus der ständigen Mühsal zurückziehen zu können, und sie wußte, daß ihre Schwester gerne über die laufenden Ereignisse auf der Insel auf dem laufenden gehalten werden wollte. Sie ließ ihre Mutter und Dsordas zurück, die über Habellas Behandlung von Eismann sprachen, und erklomm erschöpft die Treppe.

»Du bist müde«, sagte Gaye, als Fen ihr Zimmer betrat. »Du arbeitest zuviel.«

»Es gibt soviel zu tun.« Fen wunderte sich immer wieder, wieviel ihre Schwester schon aus dem Geräusch sich nähernder Schritte herauslesen konnte. Einen geringeren Geist hätte dieses große Leid zerschmettert, doch Gaye hatte sich an ihre neuen Einsamkeit mit einer stetigen Entschlossenheit gewöhnt, die Fen nur bewundern konnte. Sie setzte sich auf die Bettkante neben den Stuhl ihrer Schwester und nahm Gayes Hand in die ihre. »Es geschieht so viel, daß ich gar keine Zeit habe, um müde zu sein«, log sie lächelnd.

»Erzähl mir davon«, bat Gaye neugierig.

Fen gehorchte und berichtete über den aktuellen Stand der Vorbereitungen zur Verteidigung und all dessen, was sie und Dsordas taten.

»Nichts von der Flotte zu sehen?« fragte Gaye.

»Nichts. Den Göttern sei Dank. Aber wir werden bereit sein, falls sie kommen.«

»Falls?«

»Wenn, meine ich.« Sie mußte sich wie alle anderen zwingen, nicht ungebührlich optimistisch zu sein. »Es gibt noch viel, was wir über die Funktionsweise des Reiches nicht wissen, aber ich kann nicht glauben, daß sie uns davonkommen lassen. Was wir wirklich wissen müssen, ist, wann, wo und wie viele kommen.«

Einige Augenblicke lang saßen sie schweigend da. Fen beobachtete das gelassene Gesicht ihrer Schwester, die blinden Augen bewegungslos, ihre Gedanken offensichtlich weit weg. Sie hatte gehofft, das Gespräch auf Eismann bringen zu können, doch Gayes Gedanken waren ganz woanders.

»Ich frage mich, wo er jetzt ist?« sagte sie leise. Seit Mittsommer hatte sie Bowen nur in ihren Träumen gesehen, und der Schmerz ihrer Trennung ging tief.

»Eines Tages wird er zurückkommen«, erwiderte Fen, eher als Ermutigung und aus Hoffnung, als aus Überzeugung.

»Er ist die Geisel für eine Insel, die sie nicht mehr unter Kontrolle haben«, fuhr Gaye fort. »Das macht ihn sehr verletzlich.«

Fen fiel keine Antwort ein. Ihre Schwester hatte natürlich recht. Bowen und alle früheren Geiseln waren in äußerster Gefahr, weshalb viele in Zalys Bedenken wegen des Aufstands gehabt hatten.

»Aber er lebt noch«, stellte Gaye ganz sicher fest. »Ich wüßte es, wenn er tot wäre.«

»Hast du wieder von ihm geträumt?«

»Nein. Ich weiß es einfach. Selbst jetzt, wo er weg ist.«

»Wie ein Fernrufer?« bohrte Fen vorsichtig nach.

»Nicht ganz«, erwiderte Gaye und erschauerte. »Sie sind beschmutzt.«

»Das liegt doch sicher an dem Nektar, nicht an den Fernrufern selbst?«

»Beide Dinge sind untrennbar, wenn das Reich damit zu tun hat.«

»Habella versucht, Eismann zu behandeln. Ihn von seiner Sucht zu befreien.«

»Er würde eher sterben«, antwortete Gaye leidenschaftlich.

»Habella ist davon nicht überzeugt. Und falls er tatsächlich über telepathische Fähigkeiten verfügt, die nicht von dem Gift abhängen, dann stell dir nur vor, wie wertvoll er für uns wäre! Er könnte sogar Neuigkeiten über Bowen bringen.« Fen fand es grausam, die Hoffnungen ihrer Schwester zu wecken, doch sie mußte es versuchen, und wenn es noch so weit hergeholt war.

Gaye schwieg verblüfft.

»Natali wird morgen zu ihm gehen«, beharrte Fen. »Um herauszufinden, ob er sehen kann, was in Eismanns Verstand vor sich geht.«

»Nein!« Auf Gayes Gesicht zeichneten sich Entsetzen und Zorn ab. »Hat Natali nicht schon genug durchgemacht? Wie kannst du so grausam sein?«

»Natali versichert, daß Eismann sein Freund ist.« Die Worte ihrer Schwester verletzten Fen, doch sie blieb standhaft. »Und wir werden dafür sorgen, daß ihm nichts geschieht.«

»Wie denn?« fragte ihre Schwester wütend. »Könnt ihr etwa sehen, was in seinem Kopf geschieht?«

»Kannst du es denn?«

Gayes Gesichtsausdruck verhärtete sich, dann richtete sie ihre blicklosen Augen anklagend auf die Schwester.

»Du machst das absichtlich, oder?« Sie klang verbittert. »Hat Dsordas dich darum gebeten?«

»Nein!« rief Fen aus, doch in ihrem Herzen wußte sie, daß es das war, was sie die ganze Zeit über beabsichtigt hatte. Vielleicht hatte Dsordas' Rücksichtslosigkeit auf sie abgefärbt. Das war kein angenehmer Gedanke, und einen Augenblick lang war sie froh, daß ihre Schwester ihr Gesicht nicht sehen konnte. »Es tut mir leid«, begann sie zögernd, »ich wollte nur ... Und es war meine Idee, nicht seine.«

Gaye hörte den Kummer in Fens Stimme, und ihre Wut verrauchte.

»Du tust nur das, was du für richtig hältst«, sagte sie sanft. Nach einer Weile fügte sie hinzu: »Wird Natali den Amberinanhänger tragen?«

»Ja.«

»Dann werde ich es auch tun. Natali und ich haben schon einmal zusammengearbeitet. Wir können es wieder tun.«

Kapitel fünfzehn

Der dunkle Feuersturm brennt jetzt. Ich sehe Streifen von Gelb in der Leere. Die ersterbenden Flammen aus Eis knistern und aus ihrer Mitte erblüht Hitze.

Sie rufen noch immer, es schmerzt in meinen Ohren, aber schon bald wird er ihnen gegenüber taub sein. Um zu hören, muß man zuhören wollen. Es sei denn, man hat, wie ich, keine andere Wahl. Werde ich jemals Stille erfahren?

Am nächsten Morgen suchte sich Gaye ihren Weg hinunter in die Küche und wies jede Hilfe zurück.

Die Stimmen ihrer Familie umfingen sie, und einer von ihnen zog einen Stuhl auf dem Steinfußboden zurück, so daß sie sich durch das Geräusch führen lassen konnte. Sie setzte sich und spürte die Spannung in der Luft.

»Du mußt das nicht tun, Gaye.« Es war Anto. Er war erst siebzehn, doch klang er sehr erwachsen und war sich offenkundig seiner nominellen Position als Kopf der Familie bewußt.

»Ich weiß«, erwiderte sie. »Aber mein Entschluß steht fest. Früher oder später muß ich es tun.«

»Soll ich euch etwas verraten?« piepste Natali, und seine hohe Stimme bildete einen starken Kontrast zu der düsteren Atmosphäre.

»Was denn, Kleiner?« fragte Gaye; sie wußte, daß er sie ansah.

»Ich habe meinen schönen Stein wieder«, erzählte er ihr stolz.

»Das ist fein.«

»Und weißt du, was noch? Wir besuchen meinen Freund. Den ich aufgeweckt habe.«

»Ich weiß«, lächelte Gaye über seine fröhliche Begeisterung. »Ich komme mit.«

»Willst du kein Frühstück?« fragte Etha.

»Nein, ich bin nicht hungrig.«

»Wir sind gleich soweit«, sagte ihre Mutter. »Sobald Natali aufgegessen hat.«

Der kleine Junge war an diesem Morgen der einzige mit ein wenig Appetit gewesen. Gaye war schon ein wenig zuversichtlicher und fragte sich kurz, ob das an ihrem kleinen Bruder lag, der bereits seinen Anhänger trug. Ob seine Stimmung sich auf sie übertrug?

»Wo ist der andere Stein?«

»Ich habe ihn«, sagte Fen. »Sag mir, wenn du ihn haben willst.«

Kurze Zeit später verließen sie das Haus. Gaye hatte sich bei Fen eingehakt, Natali saß fröhlich auf Dsordas' Schultern, und Etha folgte ihnen mit einem Korb voller Dinge, die sie für das Zusammentreffen eingepackt hatte. Anto blieb zu Hause und übernahm ein wenig unwillig die Aufsicht über die beiden anderen Kinder.

Sie nahmen das größte Boot der Familie und ruderten zu den Landungsstufen am Fournoi-Platz. Von dort aus überquerten sie den offenen Platz zu dem vom Wetter stark mitgenommenen Gebäude, das einmal das Hauptquartier der Imperialen Garnison gewesen war und das nunmehr viele neue Arbeitsstellen für jene beherbergte, die die Verwaltung der Insel übernommen hatten. Hier waren auch die Zellen, in denen die Fernrufer festgehalten worden waren. Foran und Habella begrüßten Etha und ihre Familie mit ernsten Gesichtern und der Neuigkeit, daß die letzten drei Fernrufer in der Nacht gestorben waren. Es wirkte fast, als hätten die Fernrufer eine schweigende Übereinkunft getroffen. Eismann war jetzt ihre letzte Hoffnung.

»Willst du mit Natali hineingehen?« fragte Fen.

»Nein«, erwiderte Gaye eilig. »Ich bleibe im Flur. Ich will nicht, daß er mich sieht.«

»Macht die Behandlung Fortschritte, Habella?« fragte Dsordas.

Die Kräuterkundige zuckte die Achseln.

»Es ist noch zu früh, das zu sagen. Wir hatten viele Schwierigkeiten, ihn zum Schlucken zu bringen, aber schließlich ist es uns doch gelungen. Heute morgen ist er sehr ruhig.«

»Was habt Ihr ihm gegeben?«

»Das hier.« Habella legte eine kleine Flasche in seine Hand und sah ihn erwartungsvoll an. »Und?«

»Ich bin nicht sicher«, murmelte er. »Was ist es?«

»Espe und Christophskraut.«

»Aber das ist Gift, oder?« rief Etha aus.

»Nicht in der richtigen Form und Menge«, beruhigte Habella sie. »Und es könnte seinem Körper helfen, sich an das Fehlen von Nektar zu gewöhnen.«

Inzwischen näherten sie sich der Zelle.

»Es ist vermutlich am besten, wenn Natali und ich zuerst hineingehen«, sagte Foran. »Wenn wir zu viele sind, könnte –«

»Ich komme mit!« unterbrach Etha mit fester Stimme. Niemand widersprach ihr.

»Er ist wach!« rief Natali plötzlich aus und rannte auf die Zelle zu. Etha und Foran hasteten hinter ihm her, doch sie mußten sich keine Sorgen machen. Die Zellentür war fest verschlossen, davor stand ein Wachmann.

»Was bedeutet das?« rief Natali und blieb verwirrt stehen.

»Was bedeutet was, Liebling?« fragte Etha schnell.

»Da spricht jemand. Sie ist wütend.«

»Was sagt sie, Natali?« drängte ihn Dsordas, der sie inzwischen eingeholt hatte.

»Das gefällt mir nicht«, jammerte der Junge kläglich. Die anderen wechselten Blicke.

»Gib mir den Kristall, schnell!« flüsterte Gaye Fen zu.

»Bist du sicher?«

»Ja!« Fen reichte ihn ihr, und Gaye erschauerte unwillkürlich, als ihre Finger sich um den kalten, glatten Stein schlossen.

»Was sagt sie, Natali?« wiederholte Dsordas.

Das Kind kniff die Augen zusammen und sprach dann mit einer Stimme, die kaum zu identifizieren war.

»Garnison Zalys, antworten. Dringend. Antworten.«

»Ich höre es auch«, stieß Gaye hervor. »Sie ist weit weg.« In ihrer Stimme lag großer Schmerz, und Fen hielt Gaye ganz fest und spürte ihre Abscheu.

»Es gefällt mir nicht!« weinte Natali.

Etha hatte genug gesehen und nahm ihrem Sohn entschlossen den Anhänger ab. Er versuchte vergeblich, ihn sich zu schnappen, dann gab er nach und wurde wieder der normale, fröhliche kleine Junge. Die Verwandlung kam so plötzlich und war so vollständig, daß alle überrascht waren.

»Können wir jetzt hineingehen?« fragte Natali.

Die ganze Gruppe stand immer noch draußen im Korridor. Alle zögerten einen kurzen Augenblick und wußten nicht so recht, was sie tun sollten. Doch da wurde ihre Aufmerksamkeit auf Gaye gelenkt, die mit verzerrtem Gesicht aufschrie. Fen versuchte, ihr den Amberin wegzunehmen, doch Gayes Faust umklammerte ihn fest, und ihre Muskeln zuckten.

»Sie sind tot!« keuchte Gaye. »Alle tot.« Ihre Augen starrten fürchterliche Szenen an, die nur sie sehen konnte. »Sonnenblume?«

Mit diesem unerklärlichen Ausruf fiel sie in Ohnmacht, und während die anderen sie stützten, nahm ihr Habella vorsichtig den Kristall aus der Hand.

Aus dem Inneren der Zelle war das keckernde Lachen von Eismann zu hören.

»Erzähl mir, was passiert ist«, beharrte Dsordas sanft. »Ich muß es ganz genau wissen.«

Seit Gaye wieder zu Bewußtsein gekommen war, hatte

sie nur ein paar unverständliche Sätze hervorgebracht, doch das hatte ausgereicht, die Bedeutung ihrer Erfahrung bewußt zu machen. Sie lag jetzt wieder in ihrem eigenen Bett und fühlte sich krank und müde, doch ihre Geschichte war zu unglaublich, als daß man sie jetzt hätte schlafen lassen können.

»Die Dinge, die Natali gehört hat«, begann sie erschöpft. »Die wütende Frau war eine von einer riesigen Menge von Fernrufern. Alle krank, alle vergiftet. Ihr habt ja keine Ahnung ...« Die Worte versagten, doch der Ekel stand ihr deutlich ins Gesicht geschrieben. »Sie waren sehr weit fort, aber ich habe sie deutlich gespürt.«

»Xantium?« gab Dsordas das Stichwort.

»Ich weiß es nicht.«

»Wo könnte es sonst gewesen sein?« Fen warf einen Blick auf ihren Geliebten.

»Weiter«, sagte Dsordas mit leichtem Achselzucken.

Gaye schluckte schwer und riß sich zusammen.

»Dann wurden sie immer hartnäckiger, aber anscheinend bekamen sie keine Antwort.«

»Also sind Eismanns angebliche ›Geheimnisse‹ vielleicht die Fragen, die sie ihm stellen«, schlug Dsordas vor. »Aber er konnte sie nicht beantworten?«

»Vielleicht«, sagte Gaye. »Wer es auch war, sie wollten verzweifelt wissen, wie die gegenwärtige Situation ist, und sie haben immer wieder dasselbe gefragt. Dann gaben sie offenbar auf. Und dann folgte ein paar Augenblicke Schweigen, bis sie sagte ›Ist Zalys für die Zerstörung der Flotte verantwortlich?‹ Und dann, nach einer Pause: ›Vielleicht wird das hier deine Erinnerung auffrischen.‹« Gaye zitterte wieder, als sie sich an die folgenden Geschehnisse erinnerte.

»Ruhig«, tröstete Fen sie. »Laß dir Zeit.«

»Plötzlich sah ich die Welt durch die Augen einer anderen Person«, fuhr Gaye fort, als sie sich wieder beruhigt hatte. »Sie war auf einem Schiff, doch alles war in wildem Durcheinander, und ich wußte nicht, was los war. Aber ich konnte überwältigende Angst spüren. Ich habe geschrien, glaube ich. Es gab laute krachende Geräusche, dann nichts mehr.«

»War sie diejenige mit dem Namen Sonnenblume?«

»Ja. Sie war eine Fernruferin – ich konnte das Üble spüren, das sie durchdrang. Und sie wußte, daß sie sterben würde, daß *alle* sterben würden. Das hat sie den anderen berichtet.« Gayes zögerte, dann sprach sie entschlossen weiter. »Aber es war wie eine Erinnerung, etwas aus der Vergangenheit. Jetzt sind sie alle tot.«

»Wie weit zurück in der Vergangenheit?« fragte Dsordas.

»Ich weiß es nicht«, erwiderte Gaye weinend.

»Und du bist sicher, es war die Flotte, die hierher unterwegs war?«

»Ich glaube. Es war alles so durcheinander.«

»Was hat die Flotte zerstört?« beharrte er und ignorierte den warnenden Blick von Fen.

»Sonnenblume wußte es nicht«, antwortete Gaye widerwillig. »Aber sie hat gehört, wie jemand darüber sprach ...« Ihre Stimme verebbte.

»Was?«

»Ungeheuer.«

An jenem Abend kehrte Etha, getrieben von einem Instinkt, den sie selbst nicht verstand, zu Eismanns Zelle zurück. Als sie dort eintraf, kamen Habella und der Wachtposten gerade heraus, nachdem sie ihrem gefangenen Patienten den letzten Trank verabreicht hatten.

»Was macht Ihr denn hier?« fragte die Kräuterkundige überrascht.

Ethas Antwort war ungewöhnlich unsicher.

»Ich ... ich habe für meine Familie getan, was ich konnte. Gaye schläft, und Natali geht es gut«, sagte sie. »Ich dachte, ich komme her und besuche ihn.« Als Habella die Augenbrauen hochzog, fügte Etha hinzu:

»Ich habe etwas Anständiges zu essen mitgebracht. Die Götter wissen, was er in letzter Zeit gegessen hat.«

»Das ist sehr freundlich.«

»Er ist krank«, antwortete Etha ein wenig verteidigend. »Er muß richtig essen, wenn er jemals wieder gesund werden soll.«

»Das ist wohl wahr«, stimmte Habella zu. »Er ist fast noch ein Junge, und er ist sehr schlecht behandelt worden. Vielleicht schuldet das Leben ihm ein paar Nettigkeiten.«

»Kann ich hinein?«

Die Heilerin nickte.

»Ich komme mit Euch«, sagte sie und wandte sich an den wartenden Wachtposten. »Kommt mit, Lesec. Nur für den Fall, daß er auf dumme Gedanken kommt.«

Der Wachmann schloß die Tür wieder auf, nachdem er durch die Gitterstäbe einen prüfenden Blick auf den Gefangenen geworfen hatte, und führte die beiden Frauen hinein. Eismann lag ausgestreckt auf seinem Strohlager, sein Blick war leer. Sein Körper sah aus, als seien all seine Muskeln erschlafft und seine Knochen zu Brei geworden.

»Ich habe Euch etwas zu essen gebracht«, sagte Etha.

Eismann reagierte nicht, doch als sie die Sachen aus dem Korb packte und allmählich der Duft nach frischem Brot, Suppe und Käse die Zelle erfüllte, sah er sich vorsichtig um. Sein Blick heftete sich ungläubig auf das Essen, und langsam setzte er sich auf und nahm ganz vorsichtig mit einer Hand den Deckel von einem Steinguttopf.

»Für mich?« fragte er ganz verwundert.

»Ja. Ich habe es selbst gekocht.«

Eismann zögerte immer noch, doch dann nahm er das Stück Brot. Vorsichtig brach er ein Stückchen ab und tunkte es in die dampfende Brühe. Er steckte es in seinen gefleckten Mund und behielt dabei die ganze Zeit über die Frau im Blick, als erwarte er eine Bestrafung. Als der

Geschmack des Essens seine Zunge berührte, verzog sich sein junges, blasses Gesicht in reinster Ekstase, und bald hat er alles bis auf den letzten Bissen vertilgt.

Etha beobachtete ihn, und Zufriedenheit durchströmte sie, doch Habella war erstaunt. Für einige Augenblicke wurde Eismann wieder zu einem menschlichen Wesen, kaum mehr als ein Kind. Hatte ihre Behandlung angeschlagen oder war Ethas einfache Großzügigkeit der einzige Grund dafür?

Als der letzte Krümel verschwunden war, sah Eismann auf. Er sagte nichts, doch die Dankbarkeit in seinen ehemals wahnsinnigen Augen war deutlich zu erkennen.

»Genau wie bei Mutter, was?« bemerkte Etha lächelnd. »Erinnert Ihr Euch an Eure Mutter?«

Eismann starrte seine Wohltäterin an.

»Sie hatte Haare wie Ihr«, sagte er. Dann brach er unvermittelt in Tränen aus.

Kapitel sechzehn

Selbst das irre Gerede eines Wahnsinnigen kann die kühnsten Wahrheiten enthalten. Doch die meisten Worte sind feige, die Resonanz des Nichts, Widerhall der Leere.

Die Welt ist voller Worte.

Der erste Inselrat seit Jahrzehnten drohte von Anfang an chaotisch zu verlaufen. Offizieller Anlaß war die Wahl eines neuen Patriarchen, des spirituellen Führers von Zalys, der Nias Santarsieri ersetzen sollte. Doch in diesen Zeiten wußte jeder, es würde um sehr viel mehr gehen. Dorfälteste und viele andere waren aus allen Gegenden der Insel nach Nkosa gekommen und bildeten eine Menschenmenge, die zum verabredeten Zeitpunkt sogar die riesigen Ausmaße des Fournoi-Platzes zum Überquellen brachte.

Der Lärm wurde immer lauter, je mehr Menschen kamen, und die Gespräche und der Klatsch wurden immer lebhafter. Aus offenkundigen Gründen war das Hauptthema ein möglicherweise bevorstehender Krieg. In den vergangenen beiden Tagen hatte sich die Nachricht von Gayes Visionen wie ein Waldbrand ausgebreitet und sowohl Hoffnung als auch Skepsis geschürt. Das blinde Mädchen war wegen der Rolle, die es bei der Rebellion gespielt hatte, bereits Mittelpunkt wilder Spekulationen gewesen, und die Meinungen darüber, ob ihre Geschichte die reine Wahrheit war, gingen auseinander. Doch ihre neuesten Erkenntnisse führten zu noch leidenschaftlicheren Stellungnahmen, und im Laufe des Vormittags gab es einige Momente, in denen sich die Gespräche zu regelrechten Streitereien entwickelten. Es drohte zu Gewalttätigkeiten zu kommen, und schon bald war die Luft von wilden Gerüchten und alten Streitigkeiten erfüllt.

Im Augenblick waren die Männer, die die *Kinder von Zalys* bildeten, so ziemlich das einzige, was man auf der Insel als Autorität bezeichnen konnte, und auf Dsordas' Anweisung hin mischten sie sich unter die Menge und versuchten, den Frieden wiederherzustellen und ein wenig Ordnung zu schaffen. Dsordas und seine Stellvertreter hatten lange darüber diskutiert, wie sie den Rat angehen sollten. Offiziell hatten sie in der Gemeinde keinen anderen Status als die gewöhnlichen Bürger, aber sie waren realistisch genug zu erkennen, daß sie die verschiedenen Gruppen der Insel vermutlich am ehesten vereinen konnten. Schließlich beschloß Dsordas, obwohl er es nur sehr ungern tat, von dem Balkon unter der uralten Sonnenuhr im ehemaligen Imperialen Hauptquartier aus zu den Menschen auf dem Platz zu sprechen. Er machte sich Sorgen, daß dadurch die üblen Erinnerungen an die früheren Besatzer aufkommen könnten, und daß man ihm sein Vorgehen als Arroganz auslegen könnte, doch er sah keine andere praktikable Alternative. Er war jedoch entschlossen, so vielen Leuten wie möglich Gelegenheit zum Sprechen zu geben, und um dieses Ziel zu erreichen hatte er vier Holzplattformen auf dem Platz aufstellen lassen, auf denen sie gesehen und gehört werden konnten. Er machte sich keine großen Hoffnungen, daß sich alle damit zufriedengeben würden, oder daß er dem Rat damit auch nur ein wenig Struktur würde verleihen können – doch es war besser als nichts.

Dsordas war mit seinen Stellvertretern einer Meinung gewesen, daß er allein auf dem Balkon auftreten würde und es ihnen überließe, wann sie auf dem Platz das Wort ergreifen wollten. Er wollte seine Rede auf ein Minimum beschränken und machte sich schon Stunden vorher Sorgen, was er sagen sollte – und was er besser ungesagt ließ. Doch nur Fen kannte das Ausmaß seiner Nervosität, und noch so viele vernünftige Argumente oder mitfühlende Versicherungen konnten ihn nicht davon überzeugen, daß sich alles zum Guten wenden würde. Schließlich war sie genauso nervös wie er. Jetzt, wo er sein Lebensziel erreicht hatte, war sich der Mann, dessen eiserner Wille und Entschlußkraft ihn dazu befähigt hatte, die lang erwartete Rebellion zu planen und durchzuführen, seiner Fähigkeiten nicht mehr sicher. Für Dsordas war es einfacher gewesen, sich der Imperialen Armee zu stellen als seinem eigenen Volk.

Fen verstand das verwirrende Gefühl, das er ob seiner Heilkräfte, und der Schuldgefühle hatte, die er noch immer über seine vorübergehende Zurückgezogenheit verspürte. Beides hatte einen Teil seines Selbstbewußtseins unterwandert, doch sie war sicher, daß er es bald zurückgewinnen würde. Sie hegte keinen Zweifel daran, daß die Bürger von Zalys Dsordas respektierten und wissen würden, was sie ihrem Geliebten schuldeten. Dennoch würde sie erst dann wieder froh sein, wenn dieser Tag vorüber war.

Fen küßte ihn impulsiv und ließ ihn dann allein zum Balkon hinauf gehen. Sie selbst gesellte sich zu ihrer Familie in der Menge auf dem Platz.

Als Dsordas auftauchte, dauerte es eine Weile, bis die Menge zur Ruhe kam, und während er wartete und sich selbst zur Geduld mahnte, sah er sich um, als sehe er den vertrauten Platz zum ersten Mal: das Rosa und Gelb der von der Sonne ausgebleichten Steine des Platzes, der unter der Flut von Menschen nahezu unsichtbar war und die hohen Gebäude zu allen Seiten, die gut zu sehen waren in ihrer verblichenen Pracht, und ihre Balkone und offenen Fenster voller neugieriger Zuschauer. Tavernen und Kaufläden säumten den Platz. Auf der anderen Seite führten Stufen zu dem Schutzwall hinauf, der den Platz vor den Flutwellen des Nkosa-Kanals dahinter schützte. Alle Anleger waren belegt, und auf dem schlammigen Wasser dümpelten Boote, die das Ufer nicht mehr erreicht hatten.

Endlich waren aller Augen auf Dsordas gerichtet, und der Lärmpegel senkte sich. Er holte tief Luft und hob die Stimme, so daß seine Worte für alle Menschen auf dem Platz zu hören waren.

»Meine Freunde, ich stehe hier, ohne dazu bevollmächtigt zu sein. Meine Stimme ist nur die eines Bürgers von Zalys, die Stimme eines unter vielen.«

Ein Raunen erhob sich, ob aus Zustimmung über seine Bescheidenheit oder aus Ungläubigkeit, doch Dsordas übertönte es.

»Ihr kennt mich«, rief er, »und wißt, was ich getan habe. Wenn Ihr mich für würdig haltet, werde ich noch mehr tun, ich werde alles, was in meiner Macht steht, wie jeder andere Mann und jede Frau hier es auch tun würde.«

Das Murmeln schwoll weiter an.

»Gemeinsam haben wir einen Sieg errungen«, fuhr er fort. »Aber es werden noch viele Schlachten zu schlagen sein. Das bedeutet ...«

Doch hier geriet er ins Stocken. Eine unhörbare Bemerkung von unten hatte die Zustimmung der Umstehenden erregt, und der Lärm wurde lauter und drängte den Sprecher, seine Botschaft unter einem größeren Publikum zu verbreiten. Dsordas sah zu, gefangen zwischen Hoffnung und Grauen, als man unter beifälligen Rufen einer alten Frau mit schwarzer Kapuze auf eine der Plattformen half. Sie wankte mit gebeugtem Rücken die letzten Stufen hinauf, doch als sie oben ankam, streckte sie sich und sah mit festem Blick aus ihren dunklen Augen zum Balkon hinauf. Die Versammlung kam zur Ruhe und wartete auf ihre Worte. Als sie mit ihrer hoher Stimme zu sprechen begann, die am Ende jedes ihrer Sätze ins Zittern geriet, hörten sie beinahe alle – und jene, die sie nicht hörten, wurden bald durch geflüsterte Zusammenfassungen in Kenntnis gesetzt.

»Ich kannte Euch schon als kleinen Jungen, Dsordas Nyun«, erklärte sie kämpferisch und rief damit ein paar gedämpfte Lacher hervor. »Ihr habt Euren eigenen Wert schon immer unterschätzt. Jeder hier kennt die Rolle, die Ihr bei unserer Befreiung gespielt habt. Bis ein besserer Mann vortritt – das würde ich gerne sehen«, fügte sie hinzu und sah sich skeptisch um, bevor sie sich wieder dem Balkon zuwandte, »– seid Ihr der Führer von Zalys, ob es Euch nun gefällt oder nicht!«

Gelächter und Zustimmung erfüllten die Luft und steigerten sich schnell zu brüllendem Beifall. Fen hörte es mit Erleichterung und Freude und sah lächelnd zu Dsordas auf. Er stand anscheinend verblüfft über diese unerwartete Wendung da und hatte die Arme in einer stummen Bitte um Ruhe erhoben. Schließlich erfüllte man ihm den Wunsch, und er ergriff erneut das Wort.

»Ihr vergeßt, daß wir hier zusammengekommen sind, um einen neuen Patriarchen zu wählen. Er und kein anderer kann der wahre Führer von Zalys sein – und ich komme wegen meines Alters und meines ... Charakters für diese Position nicht in Frage.«

Weiter kam er nicht.

»Dann überlaßt ihm das Wohlergehen unserer Seelen!« kreischte irgend jemand laut. »Doch arbeitet Seite an Seite mit ihm, als unser staatlicher Anführer.« Erneut brandete ein Chor der Unterstützung auf.

»Wünscht Ihr das alle?« fragte Dsordas schließlich.

Dieses Mal war die Welle der Hochrufe so laut, daß selbst Dsordas' tiefsitzende Zweifel beseitigt wurden. Er blickte nach unten und sah, wie Fen zu ihm hinauflächelte.

»Ich habe es dir ja gesagt«, formte sie mit den Lippen, und er konnte nicht anders und lächelte zurück.

»So sei es denn!« rief er, als der Tumult sich gelegt hatte, und seine Stimme überschlug sich im Aufruhr der Gefühle. Von diesem Augenblick an waren seine Worte von innerem Feuer erfüllt, und sie drangen ganz leicht bis zu allen Anwesenden. Dennoch war ihm ebenso wie den anderen klar, daß seine neu erworbene Autorität nicht alle Probleme lösen konnte, denen sie sich gegenübersehen würden. Dieser Tag war noch weit entfernt. Doch hatten sie einen vielversprechenden Anfang gemacht, und jetzt hatte er eine Basis, auf der er aufbauen konnte.

Als erstes war Nias' Nachfolger zu bestimmen, doch selbst das sollte Gegenstand erhitzter Debatten und Kontroversen werden – weniger über mögliche Kandidaten, als über die Art der Wahl. Noch bevor überhaupt Namen genannt werden konnten, erklomm ein älterer, respektierter Fischer namens Latchi Irini eine der Plattformen.

»Wir sollten uns in der Arena treffen, nicht hier!« rief er. »Dort wurden von jeher die Patriarchen ernannt – von den alten Geistern ebenso wie vom Volk.«

»Aber da ist doch nichts mehr«, rief irgend jemand.

»Weil wir den Ort vernachlässigen!« gab der alte Mann in gerechtem Zorn zurück. »Die Arena ist immer noch das Herz und die Seele von Zalys. Wir sollten dort sein!«

Wellenartig schwoll der Lärm wieder an. Beide Seiten fanden viele Fürsprecher. Selbst Fen hatte gemischte Gefühle bei dieser Sache. Sie wußte, daß Latchi die ergebnislose Debatte bei dem letzten Treffen in der Arena angezettelt hatte, ein paar Tage vor der Revolte, und daß sein Sohn daraufhin von Farrag hingerichtet worden war. Sie und Gaye waren in das kleine, von Felsbrocken übersäte Tal südlich der Stadt gegangen, hatten vergeblich auf ein Zeichen der Magie gehofft, und Dsordas hatte über diese falsche Hoffnung gespottet, hatte sie als Illusion bezeichnet, die sie von wichtigeren Dingen abhielt. Seit damals hatten er und einige andere sonderbare Vorgänge erlebt, die seinen Verstand auch für geheimnisvollere Möglichkeiten offener gemacht hatten, doch seine Hauptsorge galt immer noch der rationalen, natürlichen Welt. Fen sah zu ihm hoch, als er erneut versuchte, sich Gehör zu verschaffen. Schließlich gelang es ihm.

»Ich will die alten Sitten und Gebräuche nicht herabwürdigen«, erklärte er, »aber der Fournoi-Platz wurde ausgewählt, weil es einfach praktischer ist. Viele Leute hätten die Arena nicht erreichen können, während Nkosa das natürliche Zentrum von Zalys ist. Ohne Zweifel«, fuhr er beschwichtigend fort, »wird der neue Patriarch, wenn wir ihn erst einmal gewählt haben, die Arena besuchen wollen, gemeinsam mit allen, die ihn begleiten möchten, damit er in seinem neuen Amt bestätigt werden kann. Aber vor allem müssen wir uns beeilen. Es gibt noch viel zu tun. Jetzt sind wir hier – laßt diese Versammlung nicht ergebnislos verstreichen.«

Seine Bitte schien den Debatten ein Ende zu machen. Die Rufe der Befürworter und Gegner verebbten zu einem Murmeln, als alle zum unvermeidbaren Schluß kamen. Irgendwo gewann ein besonders kluger Kopf der Situation eine lustige Seite ab und verlieh seiner Meinung Ausdruck. Gelächter machte sich in einem Teil der Menge breit. Dsordas fühlte sich dadurch bestätigt und holte noch einmal tief Luft.

»Nias starb, ohne einen bevorzugten Nachfolger zu benennen«, begann er. »Daher müssen wir aus all den vielen würdigen Männern selbst einen erwählen. Ich denke da zwar an einen bestimmten, doch gibt es jemanden unter Euch, der einen Vorschlag machen möchte?«

Auf dem Platz wurde geflüstert, doch niemand ergriff das Wort. Viele waren schon in der Stadt als Kandidaten gehandelt worden, einige ernsthaft, andere aus Spaß, doch wollte sich kein eindeutiger Favorit herauskristallisieren. Und außerdem wollten alle zunächst Dsordas' Empfehlung hören.

»Dann nominiere ich Costa Folegandros«, stellte er fest.

Diese Worte riefen erneut lärmendes Gebrüll hervor, eine Mischung aus Zustimmung und Ablehnung, aber hauptsächlich war es Überraschung. Costa war das Oberhaupt einer der einflußreichsten Familien der Insel, ein reicher und respektierter Kaufmann, und trotz seiner weltlichen Geschäftstüchtigkeit ein Mann mit starken persönlichen Überzeugungen. Oberflächlich betrachtet wäre er also ein idealer Patriarch gewesen, doch Dsordas' Fürsprache kam für viele überraschend, weil Costa den Aufstand stets nur halbherzig unterstützt hatte – bis sein Erfolg außer Frage stand. Er hatte, anders als viele andere, viel zu verlieren, wenn er Xantiums Mißfallen erregte.

Das Gemurmel hielt an, bis der Kaufmann persönlich aus der Anonymität der Masse hervortrat und langsam auf eine der Plattformen trat. Er wirkte ernst und würdevoll und war sich seiner eigenen Bedeutung sowie der Tatsache bewußt, daß er jetzt, wenn auch widerwillig, Mittelpunkt der Aufmerksamkeit war. Er hob die Hände, um die Menge zum Schweigen zu bringen, und die Masse gehorchte fast augenblicklich.

»Ich fühle mich geehrt, daß mein Name genannt wurde«, begann er mit seiner tiefen vollen Stimme. »Aber leider muß ich ablehnen.« Er wartete, bis sich das folgende Gemurmel gelegt hatte. »Wie Ihr alle wißt, sind zwei meiner drei Söhne – Sagar und Bowen – Geiseln in Xantium. Jetzt, wo Zalys frei ist – und darüber freue ich mich mit euch allen – ist ihr Leben verwirkt. Vielleicht sind sie sogar schon tot, es sei denn, Sagar ist *tatsächlich* entkommen. Das lastet schwer auf mir, und bis die Angelegenheit geklärt ist, fühle ich mich nicht in der Lage, Zalys mit ganzem Herzen zu dienen, wie Ihr es verdient habt.« Jetzt hatte er Tränen in den Augen. »Vergebt mir.«

Mit diesen Worten verbeugte er sich zu Dsordas und ging zurück zu seiner Frau und seinem jüngsten Sohn Nason. Die Menge murmelte mitfühlend, selbst jene, die nicht viel von ihm hielten, denn sie erkannten seine Ehrlichkeit und seine schwierige Lage. Fen war über Dsordas' Wahl ebenso überrascht gewesen wie die anderen und fragte sich, welche Motive er dafür gehabt hatte – ganz besonders, weil es Costa gewesen war, der die Imperialen Soldaten zum Haus der Amari geschickt hatte. Alle Familien, deren Kinder in der Hauptstadt gefangengehalten wurden, machten sich natürlich große Sorgen um sie. Sie wußte, daß einige von ihnen die Art, wie Dsordas und die *Kinder* die Zwangslage der Geiseln bei der Revolte ignoriert hatten, verabscheuten. Vielleicht war es ein Friedensangebot gewesen. Die Geiseln stammten aus den reichsten und mächtigsten Familien, und Dsordas würde sie in Zukunft als Verbündete benötigen, ganz gleich, welches Schicksal die gefangenen Familienmitglieder erlitten.

In der folgenden Gesprächspause trat Skoulli Visakia auf die Plattform. Nach Dsordas war Skoulli der bekannteste und am meisten geachtete unter den *Kindern*. Alle wußten, daß man ihm besser zuhörte, denn er hatte Verstand und war beredt. Bei dieser Gelegenheit sprach er kurz und überzeugend, drückte zunächst sein Mitgefühl mit Costa und seiner Familie aus und nannte dann einen anderen Kandidaten. Er sprach sich für Nikolas Vavara aus, einen älteren Wanderer, der auf der ganzen Insel bekannt war. Sobald Nikolas' Name gefallen war, schien er allen sowohl wegen seiner sanften Philosophie als auch aufgrund seines gütigen Wesens die ideale Wahl zu sein. Dennoch ging die Debatte noch einige Zeit lang weiter, und in ihrem Verlauf wurden noch weitere mögliche Namen genannt. Doch das alles war eher ein Spiel, und als Nikolas schließlich überredet wurde, eine der Plattformen zu erklettern und ein wenig verschämt erklärte, daß er die Wahl annahm, war die Entscheidung des Volkes von Zalys ganz klar. Der alte Mann mit dem langen weißen Bart nahm die Bestätigung als Patriarch mit ruhiger Demut an und stand in seinem fadenscheinigen Gewand ganz still da, doch seine Augen leuchteten.

Danach erhob Dsordas wieder seine Stimme, begrüßte die Wahl und erbot sich, mit Nikolas zum Wohle des Ganzen zusammenzuarbeiten. Dann wandte er sich anderen Dingen zu, die, wie alle wußten, wichtig waren.

»Die meisten von Euch wissen von den letzten Ereignissen, die uns hoffen lassen, daß Zalys noch eine Weile den Vergeltungsmaßnahmen entgehen könnte«, begann er. Da er jetzt die volle Aufmerksamkeit der Menge besaß, beschrieb er Gayes Entdeckung, um den eher übertriebenen Gerüchten über den Zwischenfall ein Ende zu machen. Gaye selbst saß im Kreise ihrer Familie unter dem Balkon und lauschte schweigend und mit unbewegtem Gesicht. Sie war Gegenstand vieler neugieriger Blicke und nicht unerheblicher Ehrfurcht, doch außer mit Etha und Fen hatte sie noch mit niemandem geredet.

Bevor Dsordas weitersprechen konnte, erhob sich eine Stimme aus der Menge.

»Woher wissen wir, daß wir dieser Vision trauen können? Falls der Fernrufer darin verwickelt war, könnte es dann nicht ein Trick sein, um uns in Sicherheit zu wiegen?«

»Aber die Flotte wäre doch sonst sicher schon hier!« wandte ein anderer Mann ein.

»Nicht, wenn sie sich schon im Hafen verspätet hätte. Wer weiß schon, wie die Lage in Nadal ist?«

»Und das Wetter war auch nicht auf ihrer Seite«, fügte jemand anderes hinzu. Seit der Sturm in der Nacht der Schlacht nachgelassen hatte, blies der Wind stetig, aber sanft aus Westen.

Dsordas ging mit aller Macht dazwischen.

»Niemand kann sagen, was die volle Wahrheit ist, aber wir können hoffen, daß diese Vision in der Tat echt war, daß es die Flott *war*, die nach Zalys fuhr und daß sie völlig zerstört *wurde*. Aber selbst, wenn das der Fall ist, kann niemand sagen, ob Xantium nicht noch eine weitere Flotte schickt. Ich bin der Meinung, wir müssen weiterhin wachsam bleiben. Unsere Verteidigungsanlagen sind bereit, doch sie können noch weiter verbessert werden. Die Wachen müssen postiert bleiben. Das heißt, jeder von uns wird Opfer bringen müssen, aber ganz Zalys steht auf dem Spiel!«

Dröhnende Zustimmung erfüllte den Platz. Die Inselbewohner würden sich nunmehr nicht mehr selbstzufrieden zurücklehnen. Eines Tages würden sie ihren Platz in der Welt wiederfinden, doch bis dahin war ihre Wachsamkeit gesichert.

In diesem Augenblick stieg ein grobschlächtiger Dorfbewohner aus dem Süden der Insel auf die Plattform. Nur wenige Leute auf dem Platz erkannten ihn, doch erregte er gleich mit den ersten Worten ihre Aufmerksamkeit.

»Meine Freunde, ich bin Elias Frankista, Fischer aus Eouli. Ich habe nicht das zweite Gesicht, aber ich finde es ganz leicht, an die Zerstörung der Schiffe unserer Feinde zu glauben. Denn ich habe die Ungeheuer mit eigenen Augen gesehen.«

Kapitel siebzehn

Eine braune Fäule auf der Sonne wird das Zeichen sein, daß der lange Traum vorüber ist. So wurde es vor langer Zeit prophezeit, in Blut und Rauch, in dieser Welt und in anderen. Was wird dieses Erwachen bringen?

Ein grüner Himmel erfüllt meine Augen. Ich bin wieder blind.

Nach den Worten des Fischers legte sich atemlose Stille über den Fournoi-Platz, und Fen spürte, wie Gaye neben ihr unnatürlich ruhig wurde.

»Ich fürchte, daß diese Wesen eine noch größere Bedrohung als die Armeen Xantiums sein könnten«, fuhr Elias fort. »Denn obwohl sie wie Fische aussehen, sind sie doch so riesig wie in einem Alptraum, und sie fliegen durch die Luft.« Zwar hörte man allerorten, wie die Menschen tief Luft holten, doch seine Stimme klang so eindringlich, daß niemand seine offenbar absurden Worte verspottete. »Ich selbst und auch andere haben sie über das Meer fliegen sehen, mit weiten langsamen Flügelschlägen, wie verrückt gewordene Seefledermäuse. Und die Luft war erfüllt von ihren Schreien, so gellend, daß es in den Ohren schmerzte.«

Gaye japste unwillkürlich nach Luft, und ihre Bewacher wollten sie trösten, als sie wieder das Entsetzen auf ihrem bleichen Gesicht sahen.

»Seefledermäuse!« flüsterte sie. Ihre blinden Augen waren erneut Opfer von Visionen.

»Es ist gut«, beruhigte Fen sie. »Hier bist du sicher.« Aber sie erinnerte sich mit wachsendem Entsetzen, wie sie selbst Zeugin geworden war, als erst wenige Tage zuvor ein Mantarochen – oder eine Seefledermaus, wie die Inselbewohner sie nannten – einen der Taucher in den Haibecken getötet hatte. Die schreckliche Brutalität war verglichen mit der üblichen neugierigen Freundlichkeit der Tiere so fremdartig gewesen, daß Fen überaus entsetzt gewesen war. Jetzt kam ihr der Zwischenfall doppelt unheimlich vor.

»Zwei unserer Fischerboote sind spurlos verschwunden«, fuhr Elias fort, »und viele fürchten sich, aufs Meer hinauszufahren, aus Angst, daß auch sie Opfer dieser unnatürlichen Monster werden könnten.« Seine Enthüllung trat eine Lawine von weiteren erschütternden Erzählungen los.

»Ich komme auch aus dem Süden von Zalys!« rief ein Mann und erklomm eine andere Plattform. »Aber aus den Bergen, nicht von der Küste. Ich bin hergekommen, um von einem furchtbaren Mord zu berichten und um Gerechtigkeit zu bitten, aber jetzt kann ich den Grund dafür vielleicht erkennen. Vor drei Tagen wurden einige Leute in meinem Dorf durch fürchterliche Schreie aufgeweckt. Dunkle Schatten verdunkelten wie riesige Vögel die Sterne, und wir hatten schreckliche Angst. Aber es kam noch schlimmer. Am Morgen entdeckten wir einen Ziegenhirten, der die ganze Nacht im Freien verbracht hatte, und seine gesamte Herde war tot. Das Gesicht des Mannes war zerschmettert und aufgequollen von Gift, alle Tiere waren abgehäutet und als blutige Kadaver zurückgelassen. Man hatte kein Fleisch mitgenommen. Diese Morde waren reinste Bosheit.«

Als die Atmosphäre des Grauens sich verdichtete, erhoben sich immer mehr Stimmen, um von ähnlichen Ungeheuerlichkeiten zu berichten. Niemand sonst hatte die kreischenden Wesen gehört oder gesehen, aber viele Menschen waren Zeuge sonderbarer Ereignisse geworden. Aus den Dörfern im Inland kamen Berichte, daß die großen Fledermauskolonien in den Berghöhlen sich sonderbar verhielten und sogar bei Tageslicht flogen. Dabei machten sie unglaubliche Geräusche und terrorisierten jedes lebende Wesen. Doch die meisten Geschichten drehten sich um das Meer und kamen von den Bootsfahrern aus Nkosa und anderen kleineren Häfen. Das Meer war jetzt wärmer als je zuvor, und Seetang und andere Gewächse hingen an manchen Stellen in Klumpen im Wasser. Große leuchtende Flecken bewegten sich in den Tiefen, und das Wasser war voller unerklärlicher Geräusche und unvorhersehbarer Strömungen.

Und jede neue Flut brachte neue Gefahren – das beunruhigte alle vermutlich am meisten. Seit Jahren waren Nkosa und andere Küstenregionen in Gefahr, überflutet zu werden, da die Insel ganz langsam ins Meer absank. Man hatte große Mühen unternommen, um die Schäden auf ein Minimum zu begrenzen, doch ganz allmählich drohte man den Zermürbungskrieg zu verlieren. Einige Leute hatten an in die uralte Legende geglaubt, daß Zalys dazu verdammt sei, unter die Wellen zu gleiten, wenn die Insel sich nicht selbst von ihrer Unterdrückung befreie, und sie hatten natürlich erwartet, daß sich die Lage nach der Revolte entspannte. Doch seit dem letzten monatlichen Zenit war das Niveau des Wassers nicht so weit gefallen, wie man hatte erwarten dürfen.

»Wir sind frei, doch die Flut wird immer schlimmer!«

»Zalys sinkt sogar noch schneller.«

»Soviel zu den alten Geschichten!«

Dieser spöttische Ausruf wurde sofort von den Verteidigern der alten Werte beantwortet. Es war ein alter Streit, der aber neue Nahrung in den jüngsten Aufständen gefunden hatte. Eine Faktion vertrat die Ansicht, die Zwangslage der Insel könne nur durch eigene Bemühungen gelöst werden, durch praktische Taten. Bis vor kurzem war Dsordas selbst einer der lautesten Fürsprecher dieser Meinung gewesen. Eine andere Faktion meinte, nur die alten Götter könnten Zalys jetzt noch retten, und bestand darauf, die alten Gebets- und Verehrungsrituale wieder einzuführen. Latchi Irini ergriff wieder das Wort.

»Wir können viel aus den alten Geschichten lernen!« rief er. »Ihr tut nicht gut daran, sie zu verspotten. Es war Magie im Spiel, als wir von der Imperialen Garnison befreit wurden.« Die Geschichte, wie Gaye und andere den Sturm und die Ankunft der Fledermäuse heraufbeschworen hatten, war allen in Nkosa bekannt, und viele glaubten sie. »Woher kommt die Magie sonst, wenn nicht von den Göttern?«

»Das kann nur bedeuten, daß wir noch nicht wirklich frei sind«, stimmte ein ähnlich gesonnener Bürger ein. »Die Bedrohung durch das Reich dauert an.«

»Dann werden wir das Reich mit Pfeilen und Schwertern bekämpfen«, erklärte einer ihrer Gegner. »Nicht mit abergläubischem Unsinn.«

»Fragt die Geister.« Eine weitere Stimme erhob sich aus dem Stimmenwirrwarr. »Es sind mehr von ihnen da als je zuvor.«

Die meisten Blicke gingen zu dem Balkon auf der Ostseite des Platzes. Wie stets bei besonderen Anlässen war dieser Platz nicht von den Lebenden, sondern von den Geistern der Toten besetzt. Normalerweise betrachtete man sie als harmlos und bedeutungslos. Sie unterhielten sich offenbar nur untereinander – obwohl kein Geräusch die Ohren der Lebenden erreichte – und beobachteten interessiert die Vorgänge auf dem Platz. Heute war der Balkon stärker bevölkert als üblich, und auch in dem Zimmer dahinter konnte man wesentlich mehr Phantome sehen.

»Und sie sind nicht nur hier«, rief ein anderer Dorfbewohner. »Sie sind auf der ganzen Insel. Ihr Kommen muß etwas bedeuten!«

Der Streit zerfaserte in viele tausend Einzeldiskussionen, und die Menschen drängten jetzt auf die Plattformen zu und schrien sich an. Dsordas stand hilflos da und wußte nicht, wie er reagieren sollte. Unter ihm zitterte Gaye, die von ihrer Mutter und Fen fest im Arm gehalten wurde.

»Ich muß gehen«, flüsterte Gaye. »Bringt mich fort von hier.«

Nur allzu gerne kamen sie ihrem Wunsch nach.

Dsordas kam erst sehr spät nach Hause, er sah müde und erschöpft aus. Fen umarmte ihn und führte ihn in die Küche, wo er sich setzte und schweigend einen Becher Kräutertee nahm. »Was ist passiert?«

»Es ist noch schlimmer geworden«, berichtete er resigniert. »Bei so vielen Menschen ... es war hoffnungslos. Am Ende versprach Nikolas, die Arena zu besuchen und die alten Götter anzurufen. Das hat die meisten beschwichtigt, doch ich bezweifle, daß es viel nützen wird.«

»Das weißt du nicht«, sagte Fen. »Und Nikolas wird einen guten Patriarchen abgeben.«

»Das wird er«, stimmte Dsordas zu. »Ich war von Herzen dankbar für seine Hilfe.«

»Und sie haben deutlich gemacht, daß sie dich als Führer von Zalys wollen.«

Er nickte, doch sein Gesicht blieb unbewegt.

»Dann war der Tag nicht völlig umsonst«, lächelte Fen aufmunternd.

»Nein. Doch jetzt müssen wir uns um noch mehr Dinge kümmern. Alle Augen sind auf das Meer gerichtet und halten ebenso nach Ungeheuern Ausschau wie nach der Flotte.«

»Du glaubst diese Geschichten?«

Dsordas schüttelte verwirrt den Kopf.

»Ich weiß nicht«, seufzte er. »Es gibt zu viele Dinge am Meer, die eigenartig sind, aber ... Zalys ist *abhängig* vom Meer. Ohne Fischerei haben wir nur noch halb soviel zu essen, und früher oder später werden wir mit der Außenwelt Handel treiben müssen. Falls es dort Ungeheuer gibt, müssen wir uns ihnen stellen – auf die eine oder andere Art.«

In den nächsten Tage waren alle auf der Insel nervös. Man hielt gewissenhaft Wache, doch zu jedermanns Erleichterung war immer noch nichts von xantischen Schiffen zu sehen. Die Hoffnung wuchs weiter, daß tatsächlich keine kommen würden – ob die Flotte nun zerstört oder niemals ausgesendet worden war. Es gab keine weiteren Berichte von fliegenden Seefledermäusen, und mit jedem Tag, der verstrich, wirkte diese Vorstellung lächerlicher. Viele sagten schon, dabei habe es sich um Ausgeburten unzuverlässiger Phantasien gehandelt.

Nikolas Vavara löste sein Versprechen feierlich ein. Er und all jene, die noch immer in gewissem Maße an die alten Götter glaubten, trafen sich in der Arena. Fen und Gaye gingen hin, weil sie es für ihre Pflicht hielten, und zwar mit Dsordas' Zustimmung, obwohl er selbst sie nicht begleitete. Viele Leute in dem natürlichen Amphitheater beobachteten die beiden Schwestern, die durch ihr helles Haar auffielen. Doch Nikolas' Gebete riefen keine spürbare Reaktion hervor, und Gaye fühlte nichts. Der Geist des Ortes, die Seele von Zalys, wie manche es nannten, lag wie schon so oft im Schlummer, und die Geister, die Gaye an dem schicksalsschweren Abend des Sturms besucht hatten, blieben fern. Als sich die Versammlung auflöste, waren die Menschen enttäuscht, doch die meisten weigerten sich zu glauben, daß die Magie des Ortes tot war. Gaye, die jene Magie einmal ins Leben zurückgerufen hatte, teilte ihre Meinung, doch sie wußte genausowenig wie die anderen, wie sie es noch einmal schaffen sollte – oder zu welchem Zweck. Welche Geschichten auch unter den Steinen ruhten, welche Erinnerungen sie auch bargen, sie waren ganz tief vergraben. Das Steinerne Auge, der sonderbar geformte Felsen, der das Tal bewachte, war wieder blind.

Eine Tatsache stellte sich jedoch als unanfechtbar heraus: Abgesehen von der unerklärlichen Ausnahme der Arena gab es tatsächlich mehr Geister auf Zalys als je zuvor. Die stummen Phantome erschienen überall. In

Nkosa, in den Dörfern, auf den Feldern der Bauern und sogar an Bord einiger Boote, die sich auf das unberechenbare Meer hinauswagten. Besonders Gaye machte sich Gedanken um dieses Phänomen. Sie spürte ihre Gegenwart. Zwar sprach keiner der Geister mehr mit ihr so wie zuvor, aber sie konnte ihr vermehrtes Erscheinen ebenso wenig erklären wie alle anderen – bis zu dem Abend vier Tage nach dem Rat. Zu diesem Zeitpunkt war sie in ihrem Schlafzimmer und sprach mit ihrer Mutter, die von ihren letzten Besuchen bei Eismann erzählte.

»Er ist noch ein Junge«, sagte Etha. »Falls Habellas Mittel wirken, kann er ohne Sucht nach dem Gift leben, und vielleicht kommt sogar sein Gedächtnis zurück.« In ihrer Stimme schwang beinahe mütterlicher Eifer mit, als sie an die gelegentlich kurz aufblitzenden Erinnerungen an Eismanns früheres Leben dachte.

Gaye lächelte über die offenbar endlose Fähigkeit ihrer Mutter, sich um andere zu kümmern. Etha verfügte über eine unbeugsame Güte, die es anderen um so schwerer machte zu akzeptieren, daß sie in letzter Zeit so viel durchzumachen hatte. »Natali kann ihn offensichtlich auch gut leiden«, bemerkte Gaye.

»Ja. Er hat überhaupt keine Angst vor ihm.«

»Aber sei vorsichtig«, sagte Gaye plötzlich nervös. »Eismann war lange Zeit Farrags Kreatur, und das Böse ist vielleicht noch nicht verschwunden.«

»Ich bin vorsichtig«, versicherte ihre Mutter. »Wir sind nie mit ihm allein.« Sie hielt inne, und ihr Gesicht wurde streng. »Aber wenn ich mir vorstelle, was Farrag ihm angetan hat, dann werde ich wütend. Eismann hat doch sicher ein wenig Freundlichkeit verdient?«

»Ich frage mich, ob er sich an seinen richtigen Namen erinnert.«

»Wenn das geschieht, ist er geheilt. Ich ... Oh!«

»Was ist los?« Gaye war beunruhigt und spürte ein plötzliches Unbehagen, obwohl sie so gut wie sicher war zu wissen, was geschehen war.

»Er ist wieder da«, keuchte ihre Mutter. »Der Geist.«

»Der *Soldat*?«

Der geisterhafte Besucher, der altmodische Kleider und ein Schwert am Gürtel trug, hatte schon vor der Revolution mit Gaye gesprochen. Seine Warnung, daß Zalys in großer Gefahr sei und das Steinerne Auge wiedererweckt werden müsse, hatte damals keinen Sinn ergeben, doch später, als sie und Natali auf magische Weise zur Arena gebracht worden waren, hatten sie es verstanden.

Hört Ihr mich immer noch? Die stillen Worte erklangen nur in Gayes Kopf.

»Ja. Warum seid Ihr hier?«

Ich habe eine Botschaft für Euch.

»Lebt Bowen noch?« fragte sie schnell, denn sie konnte ihre Sehnsucht nicht bezähmen.

Er gehört immer noch zu Eurer Welt. Der Geist klang verblüfft, als sei dies ohne Bedeutung.

Gaye seufzte schwer. Sie wußte von früher, daß dies die einzige Information war, die sie über ihren Geliebten bekommen konnte. Es war nicht genug, nicht einmal annähernd, doch für den Augenblick mußte es reichen.

Wir machen uns Sorgen, fuhr der Besucher fort. *Deshalb sind so viele von uns hierher gerufen worden. Aus einem uralten Traum steigt große Macht wieder auf, und um sich ihr entgegenzustellen, muß die ganze Welt einen Kreis bilden. Aber der Kreis beginnt und endet auf Zalys. Vergeßt dies niemals.*

»Welche Macht?« fragte Gaye eilig – doch in diesem Moment wurde die Tür des Zimmers aufgerissen, und Nason Folegandros, Bowens jüngerer Bruder, rief atemlos aus: »Ist er hier? Ich bin so schnell gekommen, wie ich ... Oh!«

»Hinaus!« kreischte Gaye hysterisch. Es war zu spät. Der Geist war verschwunden, so schnell wie er gekommen war, und sie war um nichts klüger.

»Es tut mir leid«, sagte Nason jämmerlich. »Er ist wie früher zu unserem Haus gekommen, aber ...«

Etha legte die Arme um die verzweifelte Gaye.

»Geh hinunter in die Küche, Nason«, sagte Etha fest, aber freundlich.

»Ich habe versucht ...«

»Geh einfach!«

Gaye weinte leise, und ihr ganzer Körper zitterte. Nach einer Weile versiegten die Tränen und sie flüsterte: »Das ist nicht fair. Das kann er mir nicht schon wieder antun. Was soll ich denn *tun*?«

»Erzähl es mir«, sagte Etha sanft.

Gaye berichtete ihrer Mutter, was der Geist gesagt hatte, doch obwohl Etha mit ihr mitfühlte, konnte sie das verzweifelte Mädchen nicht beruhigen. »Ich bin so müde«, murmelte Gaye. »Warum macht mich das so müde?«

Etha hatte auch darauf keine Antwort, und sie brachte ihre Tochter zu Bett. Als Gaye sich hingelegt hatte, wurden Ethas Gedanken melancholisch.

»Bei all diesen Geistern hier«, sagte sie halb zu sich selbst, »ist es ein Wunder, daß Antorkas nicht zurückgekommen ist, um mich zu sehen.«

»Sie haben keine Wahl«, antwortete Gaye benommen. »Sie werden hergerufen.«

»Wer ruft sie denn?« wunderte sich Etha laut, doch sie bekam keine Antwort. Gaye war fest eingeschlafen.

Nachdem Nason so abrupt verbannt worden war, ging er hinunter in die Küche zu Fen und Dsordas, die durch seine lautstarke Ankunft von ihren eigenen Sorgen abgelenkt wurden.

»Was ist los?« fragte Dsordas.

Nason erklärte, daß der Geist ebenso aufgewühlt in seinem Haus erschienen war wie zuvor.

»Ich habe versucht, ihm zu sagen, wo Gaye ist, doch ich war nicht sicher, ob er mich verstanden hat. Dann ist er verschwunden, und ich rannte so schnell ich konnte hierher. Ich wollte ihn nicht verscheuchen.«

»Geht es Gaye gut?« wollte Fen wissen.

»Ich glaube ja. Deine Mutter ist bei ihr.«

Er klang so niedergeschlagen, daß sie Mitleid mit ihm bekam, ihn zu einem Stuhl führte und ihm ein paar Kekse holte. »Etha kommt sicher bald zu uns herunter«, sagte sie. »Sie kann uns dann davon erzählen. Wie geht es deiner Familie?«

Nason zuckte die Achseln.

»Wie immer«, erwiderte er und sah Dsordas an. »Warum hast du meinen Vater gebeten, Patriarch zu werden?«

»Er ist ein guter Mann, und sehr fähig.«

»Er wäre nutzlos gewesen«, stieß Nason angewidert hervor. »Er *tut* niemals etwas. Er hat nicht einmal gekämpft.«

»Dein Vater war in einer schwierigen Lage«, erinnerte Dsordas ihn. »Er ist kein schlechter Mann, nur weil er seine Söhne liebt.«

»Ich wünschte, Farrag hätte statt Bowen mich genommen!« rief der jüngste Bruder leidenschaftlich. »Zumindest wäre Gaye dann glücklich.«

»Wir können unser Schicksal nicht immer selbst bestimmen«, bemerkte Fen mit einem bedeutungsvollen Blick auf ihren Geliebten.

»Also, ich versuche das auf jeden Fall!« stellte Nason mit der angestauten Entschlossenheit eines Sechzehnjährigen fest.

»Da bin ich sicher«, antwortete Dsordas lächelnd. »Aber es ist immer gut, auch an andere zu denken.«

»Hast du mich deshalb belogen?« fragte der Junge ganz unerwartet.

Einige Augenblicke lang war ihnen nicht klar, was Vason gemeint hatte, doch dann kamen die Erinnerungen zurück.

»Wir haben gelogen, was die *Kinder von Zalys* anging, weil alles andere zu gefährlich gewesen wäre«, sagte Dsordas ernst. »Das verstehst du doch, oder?«

»Ja«, antwortete Nason zähneknirschend. »Ich verstehe schon lange, aber ich kann meinen Mund halten.«

Seine Prahlerei wurde von Etha unterbrochen, die mit ernstem Gesicht hereinkam.

»Geht es Gaye gut?« fragte Fen.

»Ja. Sie schläft jetzt.« Etha erzählte ihnen, was geschehen war.

»Ich wollte ihn nicht verscheuchen«, wiederholte Nason.

»Ich glaube nicht, daß du das getan hast«, sagte Etha betroffen. »Ich wüßte nicht, wieso ein Geist vor dir Angst haben sollte. Gaye war nur aufgebracht, das ist alles.«

»Ein Kreis, der auf Zalys beginnt und endet«, wiederholte Fen laut die Aussage der Geister. »Was soll das bedeuten?« *Und was,* so dachte sie im stillen weiter, *befindet sich im Zentrum dieses Kreises?*

Der nächste Morgen begann unheimlich, denn am späten Vormittag verdunkelte sich plötzlich die Sonne. Es gab Menschen auf der Insel, die die Sonne studierten, und sie wußten, daß die Sonnenfinsternis durch die nicht zu beobachtende Bahn des Mondes verursacht wurde, doch viele betrachteten diese unnatürliche Düsternis voller Aberglauben und unheimlicher Vorahnungen. Obwohl der längste Tag des Sommers inzwischen mehr als einen Monat zurücklag, drückte die Hitze der Jahreszeit immer noch aufs Land. Doch für ein paar Augenblicke war es auf Zalys kühl, während der Ring aus Feuer die Farben des Regenbogens an den schwarzen Himmel zeichnete. Doch die Menschen erzitterten nicht vor der Kälte, sondern aus Angst. Noch mehr Beunruhigung rief um die Mittagszeit die Sichtung eines Segels im Osten hervor. Doch schon bald war klar, daß es ein einzelnes Schiff war, und Bestürzung verwandelte sich in Aufregung. Ein solches Schiff brachte vielleicht Nachrichten aus dem Rest der Welt mit. Als es näherkam, wurde klar, daß es sich um einen Händler handelte und zudem die Flaggen eines Landes trug, das weit jenseits der Grenzen des Xantischen Reiches lag. Solche Kaufleute kamen nur sehr selten nach Zalys, und so erwarteten die Inselbewohner ihre Ankunft mit doppelter Neugier.

Yeori Alektora stand der Menge vor, die sich am Kai aufgebaut hatte, während das Schiff anlegte, und er war es, an Dsordas' Stelle, der den Kapitän begrüßte, eine riesige Gestalt, dessen funkelnde schwarze Haut ihn als Mann aus dem Süden auswies. Bald hatte man die Neuigkeiten ausgetauscht und begann, in einem Kauderwelsch aus vielen Sprachen zu handeln.

Beinahe unbemerkt ging in dem Durcheinander ein Passagier an Land, begleitet von einem Diener mit schwarzen Augen. Das Paar beteiligte sich nicht an dem hektischen Austausch zwischen den Inselbewohnern und der Mannschaft, sondern ging ohne Eile in Richtung Nkosa-Stadt. Die wachen Augen des Reisenden beobachteten alles, was um ihn herum vor sich ging, und er registrierte im Vorbeigehen mehrere Gespräche. Schließlich mietete er sich und seinen Diener in einer Taverne in einer Seitenstraße ein. Dort, in der Privatsphäre seines Zimmer, nahm er einen Streifen Stoff aus seinem persönlichen Gepäck. Zunächst versicherte er sich, daß der Amberinkristall noch sicher dort eingewickelt war und band den Stoff dann um den Kopf seines Begleiters.

»Der Himmel wird grün, Jäger.«

Auf die Worte seines Herrn wurde der Fernrufer, dessen Name Jäger lautete, plötzlich ganz lebhaft, und seine grauen Augen funkelten.

»Ich habe eine Nachricht für Xantium«, sagte der Mann ruhig.

»Ich bin bereit«, erwiderte Jäger.

Eine Stunde später kamen die Kreischer.

Kapitel achtzehn

In dem wimmelnden Labyrinth dort unten überschattet ein einzelner Alptraum Tausende von Träumen – eine so tiefe, wahnsinnige Besessenheit, daß nicht einmal Klänge ihrer Schlucht entkommen können, wo nicht einmal das stärkste Leuchtfeuer leuchten kann.

In den steinernen Welten darüber ist eine neue Unschuld, und sie ist allein dort droben – allein mit Ausnahme jener, die sie weder sehen noch hören kann.

Auch ich gehe gemeinsam mit den Dämonen.

»Also, war er es oder nicht?« Martyn war verständlicherweise aufgebracht.

»Ich bin nicht sicher«, antwortete Sagar. »Ich habe Euch gesagt, daß Bowen erst elf war, als ich fortgeholt wurde!«

»Es ist hoffnungslos«, schloß der Nordmann erschöpft.

Der Himmel des frühen Morgens war orange und grau gestreift, doch Sagar war viel zu beschäftigt mit den Ereignissen des vorhergehenden Abends. Seit Alasia Martyn erzählt hatte, daß der Bruder des Inselbewohners ankäme, »bevor der Mond sich wendet«, hatten sie für Wachen gesorgt, die die ankommenden Konvois aus den Deadlands beobachteten. Es gab viele Plätze auf den staubigen grauen Mauern, von denen aus man leicht Zugang zu den Zinnen bekommen konnte, ohne den Soldaten Unannehmlichkeiten zu machen – oder von ihnen Unannehmlichkeiten befürchten zu müssen –, die auf den Schutzwällen patrouillierten oder von den Türmen aus Wache hielten.

In den vergangenen beiden Tagen, als der Zeitpunkt immer näher rückte, hatten Martyn und Sagar von dem nahegelegenen südwestlichen Tor aus Wache gehalten, denn dort kamen die meisten Leute an, die aus Zalys herbeireisten. Sagar war erstaunt über die massiven Mauern gewesen und hatte Schwindelanfälle erlitten, und die nur zu verständliche Furcht, sich an solch einem auffälligen Ort aufzuhalten, war zurückgekehrt. Es war das erste Mal, daß er die Deadlands seit seiner Ankunft vor vielen Jahren wiedersah, und die endlose Wüstenei deprimierte ihn. Aus Xantium zu entkommen würde bedeuten, diese ungastliche Weite zu durchqueren, eine Aufgabe, die ihm unmöglich erschienen wäre, hätte es nicht die zahlreichen Konvois gegeben, die sie offenbar ohne Probleme bewältigten.

Bis zum Sonnenuntergang des vorherigen Tages hatte es keinerlei Berichte über irgendeine Person gegeben, die einem seiner Brüder auch nur im entferntesten ähnlich gesehen hätte. Dann hatten sie im Südwesten eine Gruppe von Reitern erspäht, die viel schneller ritten als die meisten Reisenden, und eine lange rote Wolke hatte ihre Spur nachgezeichnet. Als sie näherkamen, strengte Sagar seine Augen bis zum äußersten an und erkannte, daß einer der Reiter ein Gefangener war, die anderen aber Imperiale Soldaten. Martyn hatte das ebenfalls bemerkt und warf einen Blick auf seinen Gefährten.

»Kommt schon«, sagte der Nordmann, als er sah, daß Sagar viel zu angespannt war, um zu sprechen. »Gehen wir hinunter zum Tor, einen besseren Blick auf sie zu werfen.«

Sie erreichten das Tor noch vor den Reitern. Doch die Soldaten machten nicht am Tor halt, sondern verlangsamten lediglich auf Schrittempo, während die Wachtposten sie durchwinkten. Offensichtlich erwartete man sie. Sagar starrte den Gefangenen in ihrer Mitte an und sah einen kräftig gebauten jungen Mann mit dunkelbraunem Haar und braunen Augen. Aber da war eine schreckliche Trägheit in seinem Gesicht, als sei er nicht wirklich lebendig, die Sagar Übelkeit verursachte.

»Und?« flüsterte Martyn.

Sagar sagte nichts und starrte hinaus in den sich verdunkelnden Abend, während die Schatten neben der Brücke immer tiefer wurden. War das Bowen? Er hatte das richtige Alter und die richtige Haar- und Augenfarbe, und sein Gesicht kam Sagar irgendwie vertraut vor, aber ... Zumindest war es ganz gewiß nicht Nason. Als der Gefangene vorbeiritt, blickte er Sagar an, und für einen flüchtigen Moment trafen sich ihre Blicke. Da entschied Sagar für sich, daß er es sein müsse, das mußte Bowen sein, doch das Gefühl hielt nicht lange vor. Der Gesichtsausdruck des Mannes veränderte sich nicht. In seinen Augen leuchtete nicht der kleinste Funke von Erkennen auf. Dann polterte die Gruppe vorbei, und Martyn mußte Sagar am Ärmel ziehen, damit er mitkam.

Sie hatten Schwierigkeiten, mit den Reitern mitzuhalten. Der Captain war offensichtlich in Eile, doch wurde das Fortkommen der Truppe durch eine Gruppe von Kindern behindert, die jedem folgte, der reich genug aussah, ein paar Münzen erübrigen zu können – in der Hoffnung, daß ihr Störmanöver ihrer Bettelei mehr Erfolg bescheiden würde. Doch der Captain rief ihnen nur wütend etwas zu und schob sie zur Seite. Er drängte vorwärts, soweit es das Labyrinth der Gassen erlaubte, auf das Stadtzentrum zu. Als er das Kreisviertel erreichte, waren Sagar und Martyn ein ganzes Stück zurückgefallen. Auf jeden Fall konnten sie ihm nicht mehr so offen folgen.

»Ist es Euer Bruder?«

»Ich weiß es nicht.«

Da ging Martyn einfach fort, ohne Vorwarnung oder Erklärung, während Sagar weiter auf das leere innere Tor starrte, durch das die Reiter verschwunden waren. Als er merkte, daß er allein war, lähmte ihn die Panik beinahe, und es gelang ihm nur mit größter Mühe, zurück auf vertrauteres Gebiet zu finden. Während er lief, hielt jeder Schatten einen Alptraum für ihn bereit, war jeder Fremde ein Feind. Nach einer beinahe schlaflosen Nacht war Martyn mit der Neuigkeit zurückgekehrt, daß der Gefangene als wichtig genug erachtet wurde, um ihn bis zum Imperialen Hof zu bringen, und jetzt war er – vermutlich – in Verkhos Händen. Sagar war sich immer noch nicht sicher. War es möglich, daß sich zwei Brüder in neun Jahren so weit auseinander entwickelten? Sicher müßte es doch irgendeine Spur brüderlichen Verständnisses geben. Der Ankömmling hatte offensichtlich nichts gespürt – und Sagar war hoffnungslos verwirrt.

»Wir beobachten weiter«, sagte Martyn resigniert. »In der Zwischenzeit können wir nur versuchen, den Captain zu finden. Er wird wissen, wer der Gefangene war.«

Sagar konnte nur nicken. Nie hatte er sich verlassener gefühlt.

»Das ist unerhört!« Harios Kedhara bekam vor Empörung und Erschöpfung fast einen Anfall.

»Es tut mir leid. Die Anordnungen des Kanzlers waren eindeutig.« Verkhos Inspektor klang nicht im mindesten aufgeregt und betrachtete den wütenden Beamten kalt. »Niemand, absolut *niemand* darf ihn stören, bevor er fertig ist. Die Türen seines Arbeitszimmers sind von innen verriegelt. Ich würde Euch raten, nicht zu klopfen.«

»Was hat ihn dazu bewogen?« In letzter Zeit hatte Harios das Gefühl gehabt, von Verkhos bevorzugt zu werden, und jetzt, nach der entsetzlichsten Nacht seines Lebens, war er frustriert und fühlte sich verraten. Doch ganz gleich, wie sehr er auch bettelte – was seine Würde bereits arg angriff –, nichts konnte die Beschützer des Kanzlers erweichen. Die lebenswichtige Bedeutung der Nachrichten, die Harios brachte, war für sie ohne Belang. Er war verzweifelt.

»Der Kanzler hat letzte Nacht eine Lieferung aus Zalys erhalten«, erwiderte der Diener. »Worum es sich auch handelt, es erfordert seine ganze Aufmerksamkeit.« Falls er neugierig war, so war er klug genug, es nicht zu zeigen. Er freute sich nicht auf diesen Tag. Harios war nur der erste von vielen Bittstellern, mit denen er sich würde abgeben müssen. Verglichen mit einigen anderen war dieser selbstgefällige kleine Schreiber mit seinen Berichten und Tabellen sogar noch ein leichter Gegner.

»Zalys?« fragte der Beamte mit wachsendem Interesse. »War auch ein Gefangener dabei?«

»Ja. Ein Verrückter namens Bowen Folegandros«, erwiderte der Diener unbeteiligt.

»Ist er auch beim Kanzler?«

»Nein. Verkho hat kein Interesse an ihm. Er ist in der Untersuchungszelle, dort unten.«

»Dann werde ich mich um ihn kümmern«, entschied Harios und ergriff die Gelegenheit, seine Autorität zu unterstreichen. »Ich werde zwei Wachen benötigen, um ihn in meine Sektion zu bringen.« Zumindest würde ihn ein neues Projekt für die katastrophale Nacht entschädigen.

»Wie Ihr wünscht«, sagte der Inspektor mit deutlicher Apathie. Er war froh, Bowen loszusein. Niemand hatte gewußt, was mit dem Gefangenen geschehen sollte, nachdem Ofiah gegangen war, und Verkho hatte seine Gleichgültigkeit ganz deutlich gemacht. »Die beiden Wachen an der Tür werden Euch begleiten.«

»Gut. Bitte laßt es mich sofort wissen, wenn der Kanzler zur Verfügung steht.«

»Natürlich.« Der unveränderte Gesichtsausdruck des Dieners spiegelte seine Verachtung wider.

Als Harios auf die Zelle zuschritt, ließ ihn die Vorfreude beinahe die fürchterlichen Szenen vergessen, die am Abend zuvor begonnen und die ganze Nacht angehalten hatten. Innerhalb weniger Stunden waren Dutzende von Talentierten zusammengebrochen und hatten offensichtlich jeglichen Verstand verloren, und in vielen Fällen mußten sie gefesselt werden. Drei waren an diesen Anfällen gestorben, und viele andere standen kurz vor dem Tod. Das Chaos war in den Stunden der Dunkelheit immer schlimmer geworden, und jene Talente, die Schlaf fanden, wurden von übermächtigen Träumen gemartert, eine Gefahr für sich selbst und andere, als sie um sich schlugen. Harios hatte getan, was er konnte, um die Situation unter Kontrolle zu halten – obwohl seine Ressourcen restlos erschöpft waren –, doch gegen Morgen war er endgültig am Ende seiner Kräfte angelangt, und seine übliche methodische Ruhe hatte ihn verlassen, als er versuchte, einen Bericht für Verkho zusammenzustellen. Schließlich hatte er beschlossen, den Kanzler persönlich aufzusuchen – nur, um abgewiesen zu werden. Das war unerträglich. Sein einziger Trost lag darin, daß das Tageslicht ein wenig Aufschub gebracht hatte. Ob das nun daran lag, daß die Sonne die Träume oder den Grund dafür verscheuchte, oder daß die Talente einfach erschöpft waren, wußte Harios nicht. Das würde nur die Zeit zeigen. Und in der Zwischenzeit gab es Bowen Folegandros.

Obwohl die Untersuchungszelle nur spärlich möbliert war, wirkte sie weitaus bequemer als die Kerker – und war doch auf gewisse Weise schlimmer, denn das Echo der Angst hatte sich hier überall festgesetzt. Nur wenige, die hier festgehalten worden waren, um auf das Vergnügen einer Begegnung mit dem Kanzler zu warten, hatten dieses Erlebnis genossen – und selbst Harios konnte die Atmosphäre spüren.

Bowen schien jedoch ungerührt und lag flach auf dem Boden, seine Augen starrten blicklos an die Decke. In den äußersten Schichten seines Verstandes zirkulierten die sonderbarsten Gefühle und Gedanken, doch er hatte sich völlig von ihnen abgeschottet. Er hatte sich weiter als je zuvor zurückgezogen, ins tiefste Herz seines Wesens – eine dunkle, seelenlose Leere, die jetzt sein einziger Zufluchtsort war.

Harios blieb an der Tür stehen.

»Hat er Probleme gemacht?«

»Nein«, erwiderte der Wachmann schläfrig und unterdrückte ein Gähnen.

»Keine Vorkommnisse, keine Träume in der Nacht?«

»Nein.«

»Interessant«, flüsterte Harios neugierig. »Schließt die Tür auf und bringt ihn her.«

Bowen rührte sich nicht, als der Schlüssel im Schloß herumgedreht wurde, und er bewegte sich erst, als die beiden Soldaten seinen widerstandslosen Körper vom Boden hoben.

Ifryn schenkte Doneta ein mattes Lächeln, als sie das Kinderzimmer verließ. Das Mädchen saß im Schneidersitz auf dem Boden und spielte hingebungsvoll mit den beiden kleinen Mädchen, während Azari in seiner Krippe schlief. Ifryn hatte ihre beiden Töchter an jenem Morgen schon einmal zum Weinen gebracht, als sie sie wegen geringfügiger Streiche angefahren hatte, und sie brauchte ziemlich lange, um sie zu trösten. Endlich versiegten die Tränen, doch Delmege war ganz besonders verletzt und schmollte immer noch und sprach demonstrativ nur mit Doneta.

Draußen seufzte Ifryn schwer und haßte sich dafür, daß sie auch nur einen kleinen Teil ihrer Frustrationen an den unschuldigen Kindern ausließ, doch sie wurde einfach die Wut nicht los, die sie angesichts ihres Schicksals in den letzten Tagen verspürte. Zuerst war Kerrell, dann Alasia verschwunden, ihre besten Verbündeten, und sie hatten einen großen Teil ihrer Kraft und Liebe mitgenommen. Und die Suche nach beiden stellte sich als fruchtlos heraus. Sogar ihr Pakt mit Baylin hatte bislang nichts gebracht – außer einer neuen Freundschaft, die den Abgrund in ihr aber nur schwer füllen konnte.

Was jetzt? fragte sie sich. Selbst die anhaltende Jagd nach dem unfaßbaren *Soldaten* schien zum Scheitern verurteilt. Baylin war sicher gewesen, daß Guyland Brak tot war, aber der *Soldat* konnte nicht gut ein Geist sein. Geister konnten keine brennenden Zeichen im Turmviertel errichten, und sie konnten auch nicht die anderen Dinge tun, die man dem Gesetzlosen anlastete. Doch Alasia hatte gesagt: »In einem anderen Leben kannte man ihn als Guyland Brak.« Das deutete darauf hin, daß er tot war. Und das war unmöglich. Ifryn wußte, daß Alasia sie niemals belügen würde, aber konnte sie sich vielleicht geirrt haben? Oder waren Baylins Informationen falsch? Konnte die Geisel sowohl der Enklave als auch dem Feuer entkommen sein? Das erschien unwahrscheinlich.

Die Kaiserin hätte schreien mögen.

Statt dessen nutzte sie die Gunst der Stunde und Donetas Beschäftigung mit den Kindern, um einen ihrer immer seltener werdenden Ausflüge in die Gefilde jenseits ihrer Gemächer zu machen. Sie wußte durch diskrete Nachforschungen, wo sie Zugang zum Turmviertel erlangen konnte. Die meisten Eingänge waren zugemauert worden, um übermäßig abenteuerlustige Kinder davon abzuhalten, sich in den zerfallenden, gefährlichen Ruinen zu verletzen, doch ein paar geheime Wege gab es immer noch.

Ifryn versicherte sich, daß niemand sie beobachtete und verschwand dann in einem der geheimen Zugänge. Als sie aus dem verborgenen Tunnel wieder hervortrat, sah sie sich ehrfürchtig um. Von außen besehen wirkte das Turmviertel exzentrisch und sinnlos. Von innen wirkte der Ort bedrohlich und bedrückend. Keine Linie verlief gerade, und die Kaiserin bezweifelte allmählich ihren Sinn für die richtige Perspektive. Dennoch ging sie ganz vorsichtig weiter.

Eine Stunde später war sie lediglich so weit gekommen, daß sie sich zu Tode fürchtete. Sie hatte sich mehrere Male verirrt und war dann wieder plötzlich vor boshaft grinsenden Wasserspeiern oder unerwarteten Stolperstellen zurückgeschreckt. Selbst bei hellem Tageslicht war dieser Ort voller Gefahren und Monstrositäten. Bei

Nacht mußte er ein wahrer Hort des Grauens sein. Ifryn erschauerte bei dem Gedanken daran und lauschte auf das Flügelschlagen der Fledermäuse, dic sie unbeabsichtigt in einer dunklen Höhle aufgeschreckt hatte. Warum war sie hergekommen? Selbst, wenn Alasia tatsächlich hier war, würde sie sie niemals finden – es sei denn, ihre Freundin wollte gefunden werden. Und wenn das der Fall war, gäbe es keinen Grund für diese Suche.

Die Kaiserin entfloh dem steingewordenen Alptraum und kehrte ernüchtert zurück in ihre Gemächer. Wer war sie, daß sie das ertragen konnte? *Ich werde bald etwas sehr Dummes tun.* Da durchfuhr sie ein anderer, noch viel beunruhigenderer Gedanke. *Vielleicht ist es genau das, worauf Verkho wartet.*

Kapitel neunzehn

Vor langer Zeit, als es den Göttern noch beliebte, unter ihren Untertanen zu wandeln, leuchteten die Lampen der Tempel voller Anmut. Menschen auf der Suche nach Glück kamen herbei, um Kirschkerne auf den von Vertiefungen durchzogenen Altar der Zidon zu werfen, und ihre Priester, die nachts in hölzernen Särgen schliefen, lasen die Muster der Vorsehung und wählten dann diejenigen, die zur Reifung wachsen sollten. Die anderen wurden fortgenommen, um von Elcars Stichfeuer, dem Feuer der Wiedergeburt, verzehrt zu werden.

Und es gab noch drei andere, weniger hochstehende Mitglieder des Pantheons, die ebenfalls ihre Anhänger fanden.

Doch andere, kühnere Menschen beteten zu den Zwillingsgöttern, die im Augenblick ihrer Schöpfung auseinandergerissen worden waren, so daß jeder von ihnen mit nur einem Auge auf die Welt blickte. Meyu von der Sonne warf keinen Schatten, während Gar, der Wächter aller lebenden Wesen, den Wind und den Regen ausatmete. Alle, die die Gunst dieser beiden erlangen konnten, waren zweifach gesegnet – doch das Schicksal jener, die zu gierig waren, war schrecklichste Vernichtung, noch jenseits von Elcars Macht. So blieb es viele Menschenalter lang.

Dann kam die Spaltung.

Kaiser Southan III. kam mit dem Gefühl aus der eilig zusammengerufenen Ratssitzung, daß alles noch schlimmer geworden war. Die Situation war der reine Wahnsinn. Kerrell wurde vermißt, und jetzt hatte sich Verkho seit drei vollen Tagen eingeschlossen! Ganz plötzlich ruhten die vielen Probleme des Reiches allein auf den Schultern des Kaisers, und er hatte plötzlich erkennen müssen, wie wenig er auf dem laufenden war. Selbst eine oberflächliche Untersuchung brachte zutage, daß Xantium mehr Schwierigkeiten hatte, als er sich je hätte träumen lassen. In vielen abgelegenen Territorien gab es Unruhen und Gewalttätigkeiten, deren Gründe Southan zum Teil nicht einmal verstand oder erkennen konnte. Mit jeder Stunde kamen Berichte von Fernrufern herein, die Einzelheiten über neueste Entwicklungen brachten. Diese erforderten sofortiges Handeln. Es stimmte, daß die Stellvertreter des Kanzlers sich zur Zeit offenbar um wichtigere Dinge kümmerten, doch viele Dinge entgingen einfach ihrer Aufmerksamkeit, weil in Verkhos Abwesenheit niemand bereit war, die letzte Verantwortung für eine Entscheidung zu übernehmen. Daher die Ratssitzung.

Doch selbst dort lag über allem der Schatten des Kanzlers. Southan hatte am Tisch seinen Blick über die versammelten Männer schweifen lassen – von denen er einige kaum kannte – und sich gefragt, wo ihre Loyalität wirklich liegen mochte. Diese hohen Beamten, Berater und Armeeoffiziere hatten alle gemein, daß sie nur widerwillig ihr Wissen offenlegten, solange Verkho nicht anwesend war – selbst auf Befehl des Kaisers. Sie verschleierten ihr Zögern mit formellen, beschwichtigenden Worten, die abzuschmettern Southan nicht genügend Verstand hatte, die er aber dennoch als Vernebelungstaktik erkannte. Der so dringend benötigte Rat war nichts als heiße Luft gewesen.

Wie soll ich bloß mit all dem fertigwerden? fragte sich Southan ohnmächtig. Ohne Kerrell gab es niemanden, an den er sich wenden konnte. *Was macht Verkho nur? Worauf wartet er?*

Alasia bewegte sich unerkannt unter einer Vielzahl von Geistern. Sie hörte ihr Lärmen, ihre endlosen Fragen, doch es waren zu viele, ihre Bedürfnisse zu wirr, als daß sie auch nur den Versuch hätte machen können, sie zu beantworten. Dennoch nagte deren kollektive Angst beständig an ihr, und sie wünschte, ihre Freunde wären da. Doch sie wußte, daß die Fledermäuse tagsüber nicht fliegen würden, es sei denn, sie wurden durch höchste Not dazu gezwungen, und es dauerte noch mehrere Stunden bis Sonnenuntergang. Sie war seit sechs Tagen nicht mehr im Turmviertel gewesen – seit ihrem Kampf gegen Verkho um Coulson –, und sie fühlte sich heimatlos.

Der uralte zerfallene Tempel war erfüllt mit den Schatten der Toten, die durch ihre alten Loyalitäten und Echos ihrer früheren Ergebenheit hierher gezogen worden waren. Das schweigende Pantheon sah mit zersplitterten steinernen Augen zu, ungerührt vom Leiden der Bewohner beider Welten. Die Lebenden mieden den Tempel, und daher wußte Alasia, daß er für sie der sicherste Ort war, doch sie spürte schmerzlich, daß sie Ifryn im Stich gelassen hatte.

Nach dem Aufeinanderprall mit Verkhos Willen hatte sie keine andere Wahl gehabt als davonzufliegen, trotz ihrer Erschöpfung, und selbst jetzt – ganz besonders jetzt! – konnte sie nicht in den oberen Teil der Stadt zurückkehren. In den letzten Tagen war das gesamte spirituelle Gewebe dieses Ortes in Stücke gerissen und zu einem neuen Muster verwoben worden, das Alasia nicht mehr verstand. Zum ersten Mal in ihrem Leben erfuhr sie, was es hieß, wirklich Angst zu haben. Der klare Himmel über ihr spottete der Realität. Alasia wußte, daß Xantium unter einem riesigen, grauen Leichentuch lag.

Als der Bote Corton in dem riesigen kühlen Gewölbe der imperialen Keller aufstöberte, wurde der Kellermeister sofort nervös. Hatten die Intrigen von Xantium ihre Fühler nun auch nach ihm ausgestreckt? Er war sehr erleichtert, als er erfuhr, daß der Bote von Ifryn kam. Die Kaiserin hielt für Gäste einen eigenen privaten Vorrat an

Weinen in ihren Gemächern bereit und verließ sich bei ihrer Wahl natürlich auf Corton. Alle paar Monate besuchte er ihre Gemächer mit Listen und einigen sorgfältig ausgewählten Weinproben. Der Kellermeister freute sich jedesmal auf diese Besuche, denn er erkannte Ifryns persönliches Interesse und ihren exzellenten Geschmack ebenso an wie er ihre Eleganz und ihre kaiserliche Würde bewunderte. Zwar hätte er niemals, auch nicht für einen winzigen Augenblick, angenommen, daß ihre Beziehung etwas anderes als die zwischen Diener und Herrin war, doch trotzdem gab sie ihm das Gefühl, geschätzt zu werden. Daher erschien er zu verabredeten Stunde in fröhlicher Stimmung und in Begleitung von zwei vollbeladenen Assistenten.

Doneta führte ihn hinein, die Weinproben wurden vorbereitet und dann ließ man Corton allein. Die Kaiserin erschien wenige Augenblicke später und begrüßte den Kellermeister warmherzig, dennoch glaubte er für einen kurzen Moment einen gehetzten und zugleich bekümmerten Ausdruck in ihren sanften braunen Augen zu entdecken. Es überraschte ihn angesichts der beunruhigenden Ereignisse und boshaften Gerüchte, des letzten Monats nicht wirklich. Doch trübe Gedanken waren bei ihren Gesprächen über Cortons Stolz und Freude, den Wein, bald vergessen.

Als sich die Diskussion dem Ende zuneigte, war es, als spürten beide einen Widerwillen, sich zu trennen, und Ifryn entließ ihn nicht sofort. Der Raum war inzwischen mit einer reichen, wunderbaren Mischung auf Kopfaromen gefüllt, und Cortons Gaumen kitzelte immer noch bei der Erinnerung an den köstlichen Geschmack der Weine. Er fühlte sich zufrieden und entspannt – und so war die Wendung, die das Gespräch schließlich nahm, um so schockierender.

»Es gibt da etwas, das ich Euch schon lange fragen wollte, Corton.«

»Ja, meine Lady?«

»Diese Flasche Embarragio, die, mit der der *Soldat* mich vergiften wollte«, begann sie. »Habt Ihr sie gekostet?« Corton hatte seine Gefühle noch nie gut verbergen können, und seine Bestürzung spiegelte sich auf seinem Gesicht wider. Also griffen die Tentakel doch nach ihm. Das war der Augenblick, den er gefürchtet hatte – aber er war überrascht über die Quelle der Nachforschungen.

»Ich hatte keine Gelegenheit, ihn zu probieren, meine Lady«, sagte er nach anfänglichem Zögern. »Kanzler Verkho nahm sie nach dem Bankett an sich.«

»Aber habt Ihr nicht das Dekantieren beaufsichtigt?« Der gehetzte Blick war in ihre Augen zurückgekehrt, doch in ihren leise gesprochenen Worten lag Entschlossenheit.

»Ja«, gab Corton zu. »Dabei habe ich nichts Auffälliges bemerkt.«

»Ihr habt ihn nicht probiert?«

»Nein«, log er, und sein Gesicht war eine Maske des Unbehagens, nicht zuletzt wegen der vorgeblichen Schlamperei, derer er sich selbst und seine professionelle Integrität bezichtigte.

»Und niemand sonst hat Euch diese Frage gestellt?« Ifryn klang ziemlich überrascht.

»Nein, meine Lady.«

»Nicht einmal der Kanzler?«

»Nein, meine Lady.«

Einige Augenblicke lang sagte die Kaiserin gar nichts, doch ihr Gesicht schien zu fragen *Findet Ihr das nicht eigenartig?*

»Ich ... ich hatte angenommen«, stammelte Corton schließlich, »daß er, der Kanzler ... bereits wußte, was er wissen mußte ... Seine Fachkenntnis auf dem Gebiet der Gifte ist weithin bekannt.«

»In der Tat«, erwiderte Ifryn kühl.

»Ich bedaure diese Sache zutiefst«, begann Corton entschuldigend mit niedergeschlagenen Augen. »Mein Versagen –«

»Niemand gibt Euch die Schuld«, schnitt die Kaiserin ihm das Wort ab. »In dieser Welt gibt es viel Böses, aber nicht in Euch, das weiß ich.«

»Danke, meine Lady«, keuchte er dankbar und sah wieder hoch.

»Was wißt Ihr über den *Soldaten?«* fragte sie völlig überraschend.

Der Kellermeister war so überrumpelt, daß er erst einige Antworten verwarf, bevor er etwas erwiderte.

»Nur den allgemein bekannten Klatsch«, sagte er schließlich.

»Es würde mir sehr viel bedeuten, wenn man ihn finden würde«, fügte sie vorsichtig hinzu.

Corton wußte nicht, was er sagen sollte, daher sagte er gar nichts, doch sein Verstand kochte über beim Gedanken an die möglichen Folgen. Wußte Ifryn, daß der Wein nicht vergiftet gewesen war? Verdächtigte man Kanzler Verkho persönlich des Verrats? Konnte die Kaiserin Gründe haben, den *Soldat* finden zu lassen – andere Gründe als die Sicherheit ihres Sohnes? *Finden,* nicht *fangen.* Corton registrierte den Unterschied sehr wohl. War die Wahl ihrer Worte von Bedeutung? Und warum fragte sie *ihn*? Hatte sie irgendwie von Grongars Eingebung erfahren? Der närrische Barbar hatte doch wohl nicht schon wieder geplaudert! Corton spürte, wie sich die Tentakel um ihn schlangen und den Atem aus seiner Lunge preßten.

Plötzlich lächelte Ifryn, stand auf und signalisierte damit, daß die Audienz vorüber war. Corton rappelte sich hoch und konnte kaum glauben, daß die Folter zu Ende war.

»Danke, Corton.«

»Es war mir ein Vergnügen, meine Lady«, antwortete er und verbeugte sich. »Meine Assistenten werden den Wein abholen, und Eure Flaschen werden noch am Nachmittag geliefert.«

Mit diesen Worten zog er sich zurück. Als sich die

äußere Tür schloß, öffnete sich eine andere, und Baylin trat aus einem Nebenzimmer ein, von wo er, wie Ifryn wußte, das Gespräch durch ein geheimes Guckloch verfolgt hatte.

Es war eines von vielen solcher Löcher bei Hofe, Zeugnis des neurotischen Charakters aller Kaiser.

»Er lügt«, verkündete Baylin. »Zumindest zum Teil.«

»Ja«, stimmte Ifryn traurig zu. »Armer Mann. Er sah zu Tode verängstigt aus.«

Captain Ofiah war sternhagelvoll. Es war vier Tage her, seit er nach Xantium zurückgekehrt war, und daß er endlich die Pflichten seiner letzten Reise hatte niederlegen dürfen, hatte ihn vor lauter Erleichterung leichtsinnig gemacht. Zwar zwangen ihn seine militärischen Pflichten noch eine Zeitlang zu strengster Disziplin, doch jetzt hatte er einige Tage frei und sollte sich eigentlich entspannen. Trotzdem konnte er die Gedanken an den Gefangenen und den Inhalt der Schatulle nicht verbannen. Kanzler Verkho war ganz offenkundig sehr begierig auf die Schatulle gewesen, und seine außergewöhnlichen Augen hatten wie im Wahn gefunkelt, doch seitdem war nichts Besonderes geschehen. Tatsächlich war der Kanzler in den letzten Tagen so gut wie unsichtbar gewesen. Doch die wirren Worte des Gefangenen konnte Ofiah einfach nicht vergessen, und er hatte Trost im Trinken und der alles umschlingenden Leidenschaft der Stadt, dem Spielen, gesucht.

Martyn hatte einige Schwierigkeiten gehabt, ihn aufzuspüren, doch schließlich hatte er den Soldaten im südlichen Teil des Ebenen Viertels in einem Gasthaus nahe des Stadions gefunden. Während sich Sagar außer Sicht hielt, gesellte sich Martyn zur Gruppe des Captains und verleitete ihn schon bald zu einem Spiel *Vermögen des Kaisers*. Er gab vor, genauso berauscht zu sein wie sein Gegner und verlor die meisten der ersten Serien, und je mehr Leichtbier und stärkere Getränke flossen, um so lebhafter wurde das Spiel.

Als eine neue Runde begann, warf Ofiah seine sieben roten Würfel und schaffte viermal das Symbol für Wasser.

»Überreft dasma«, nuschelte er und blickte selbstgefällig hoch.

»Nich schlech für'n Anfang«, gab Martyn zu. »Das viele Wasser – Ihr müß' ein Reisender sein.« Er warf seine eigenen weißen Würfel und bekam lediglich zwei schwache Paare.

»Reisn gört zu meim Job.« Ofiah tippte mit unsicherem Finger auf sein Kapitänsabzeichen.

»Wo seid Ihr grad' gewesn?«

»Unnen im Sün«, erwiderte Ofiah und fügte mit übertriebener Sorgfalt hinzu: »Bright-ha-ven.«

»Dachte, Ihr seid Scholdat, nich Scheemann«, provozierte ihn Martyn absichtlich.

»Scheemann! Pah!« Ofiah fügte sehr zur Belustigung seiner Zuhörer noch ein paar beleidigende Ausdrücke hinzu. Martyn fragte, warum er in dem Hafen gewesen sei, und der Captain lachte, fletschte die Zähne und nahm noch einen Schluck, bevor er antwortete.

»Hab Kinnermädchn für ein verdammt'n Wahnsinnigen gespielt!« erklärte er bitter. »Aus Zalyss, ausgerechnet. Und«, fuhr er selbstgefällig fort, »hab' Lieferung für Verkho perschönlich gebracht.«

Dann wurde Ofiah dazu bewegt, alles über seinen letzten Gefangenen und die rätselhafte Fracht zu erzählen. Er kam dieser Aufforderung in aller Ausführlichkeit nach, wobei er die ganze Zeit protestierte, die Angelegenheit sei geheim, doch sehr zu Sagars Ärger nannte er keine Namen aus Zalys. Schließlich mußte Martyn ihn danach fragen.

»Seinname?« Ofiah wirkte einen Augenblick lang verblüfft, bevor er antwortete. »Bow-en Fol-e-gan-dros. Mögn die Götter ihm helfn. Jetzt hat Verkho ihn.«

Kapitel zwanzig

Wieviel Spannkraft ist noch vorhanden? Kann unsere Welt den eisernen Schlägen einer wilden Macht widerstehen, den grausamen Gewinden mechanischer Geräte? Kann sie der ätzenden Gewalt von Säure oder dem sengenden Zorn von Feuer und Eis standhalten?

Keine dieser Gefahren fürchte ich so sehr wie die Worte der Sterblichen.

Zwei Tage nach Southans fruchtlosem Versuche einer Ratssitzung tauchte Verkho ganz kurz aus seinem selbstgewählten Exil auf. Die vergangenen fünf Tage und sechs Nächte hatte er in totaler, manchmal ingrimmiger Konzentration verbracht. In dieser Zeit hatte er nur ein paar Bissen gegessen, die er bereits in seinem Arbeitszimmer hatte, nur abgestandenes Wasser getrunken und kaum geschlafen – und auch nur dann, wenn er den Erfolg seiner Bemühungen durch Erschöpfung und Halluzinationen gefährdet sah.

Als er das Siegel der Schatulle gebrochen und den Talisman in seinem schützenden Behälter zum ersten Mal angesehen hatte, hatte er erwartet, daß das Stück schon bald seinem Drängen nachgeben würde, doch das uralte Artefakt war widerspenstig und auf paradoxe Weise so unzugänglich wie all die Jahre zuvor geblieben.

Der Talisman selbst war kaum zu sehen, ein runder Umriß von der Größe einer Faust, eingehüllt in silbriges Metall. Gegenstand von Verkhos Untersuchungen waren zum größten Teil die sonderbaren Ätzungen auf dieser Hülle gewesen, doch bislang hatte er keine davon entziffern können. Auch die Sprache war ihm unbekannt – falls es tatsächlich eine Sprache *war*. Das Ganze war in eine Kugel von der Größe eines Männerkopfes eingebettet und bestand aus einem klaren Material, welches Glas ähnelte, jedoch wesentlich unverwüstlicher war. Die äußere Oberfläche war trübe und undurchsichtig, wie Glas, das viele Jahre im Meer gelegen hatte, doch ein kleines Stück war abgesprungen und gab die wahre Beschaffenheit des Materials preis.

Im Verlauf seiner anstrengenden Untersuchung war es dem Kanzler gelungen, einen großen Teil der äußeren Schicht zu entfernen und die undurchsichtige Haut abzuschälen, so daß der Schatz im Inneren deutlich zu sehen war. Doch seine Versuche, tiefer in die Kugel einzudringen, waren auf immer stärkeren Widerstand gestoßen. Direkte Gewalt, eine Auswahl an Werkzeugen, Säuren und anderen korrodierenden Substanzen sowie intensive Hitze und Kälte hatten zu nichts geführt. Das Kleinod blieb aufreizend weiter außer seiner Reichweite. Jetzt versuchte Verkho seine Ungeduld und Frustration so gut er konnte außer acht zu lassen und beschloß, es mit esoterischen Methoden zu versuchen. Seine riesige Bibliothek enthielt viele Bücher voller Geheimwissen, und mehrere dicke Bände lieferten versteckte Hinweise auf den Talisman und seine angeblichen Kräfte. Doch keines davon gab ihm – jedenfalls soweit er es bislang recherchiert hatte – irgendeinen Hinweis darauf, wie er ihn aus dem Kristall befreien konnte. Der Kanzler war mit jener Kraft, die die meisten Menschen Magie nannten, nicht unvertraut, doch seine eigenen Fähigkeiten stellten sich als wirkungslos heraus, und er hatte bereits geschworen, niemanden in dieses Geheimnis einzuweihen, wenn es nicht absolut unumgänglich war. Bislang hatte er im wahrsten Sinne des Wortes nicht mehr getan, als an der Oberfläche zu kratzen, doch es standen ihm noch andere Möglichkeiten offen.

Verkhos plötzliches Auftauchen versetzte seine Angestellten in große Panik, denn alle hatten Unmengen von Geschäften mit ihm zu besprechen. Doch der Kanzler machte bald deutlich, daß er nicht in der Stimmung war, eine Diskussion dieser Rückstände auch nur in Erwägung zu ziehen, und er ignorierte ihre Bitten und befahl ihnen einfach mit ein paar herrischen Worten, Essen, Wein und Wasser sowie weitere Bücher aus seinen Privatgemächern herbeizuschaffen. Als seine Bediensteten sein Arbeitszimmer betraten, und sahen, in welchem Zustand es sich befand, waren sie entsetzt, doch sie hatten Befehl erhalten, nichts zu verändern, und falls sich irgend jemand fragte, was unter dem Stück Stoff auf dem großen Schreibtisch liegen mochte, war er zumindest klug genug, nicht danach zu fragen.

Innerhalb einer Stunde, nachdem Verkho seine letzten Befehle erteilt hatte, mit denen er alle Entscheidungen auf seine Untergebenen übertrug, hatte er sich wieder in seine einsame Abgeschiedenheit zurückgezogen und die Türen verriegelt. Wer nach Ablauf dieser Stunde kam – unter ihnen Southan, Clavia und Harios – mußte mit leeren Händen wieder gehen und war noch nachdenklicher und wütender als zuvor.

Seit seinem Gespräch mit der Kaiserin hatte Corton wie auf glühenden Kohlen gesessen. Es wäre eine Untertreibung zu behaupten, daß seine Nerven zum Zerreißen gespannt waren. Wie Grongar es ausdrückte – womit er seinen Freund nicht gerade beruhigte – schienen sie von einem Ding mit sehr großen Zähnen in Stücke gerissen worden zu sein. Doch in den letzten beiden Tagen war kein Unheil geschehen, und der Kellermeister bereute bereits, eingewilligt zu haben, Grongar auf seiner gefährlichen und anscheinend schlecht durchdachten Expedition zu begleiten. Alles, was außerhalb Cortons eigener abgeschiedener Umgebung vor sich ging, verursachte ihm Unbehagen, und ganz besonders hatte er immer die schmutzige Atmosphäre und das lärmige Gewimmel des Ebenen Viertels verabscheut. Dennoch war er hier, auf dem Weg zu einer verrufenen Taverne, um den vielleicht gefährlichsten Mann der ganzen Stadt zu treffen!

Nach dem Gespräch mit Ifryn hatte sich Corton sofort Grongar anvertraut, und sein Freund hatte die Neuigkeit mit ungewohntem Ernst aufgenommen. Grongar hatte sich nicht über die vermutliche Identität des Soldaten geäußert, sondern war nach langem beschwerlichem Nachdenken zu dem Ergebnis gekommen, daß es ihn nichts anging. Die Heldentaten des Gesetzlosen wurden von vielen Menschen als unterhaltsam und in ihrer Kühnheit irgendwie bewundernswert betrachtet, und Grongar verspürte keinerlei Loyalität gegenüber Kanzler Verkho, dem Erzfeind des *Soldaten*. Dennoch: die Nachricht, daß Kaiserin Ifryn wünschte, daß man den Abtrünnigen finde – aus welchem Grund auch immer – und die Vermutung, daß Corton doch in die Intrigen des Hofes verstrickt sein könnte, hatte ihn nachdenklich gemacht. Er hatte sich entschlossen, Martyn zur Rede zu stellen. Falls er Recht hatte, würde der Nordmann erklären müssen, wo seine wahre Loyalität lag oder es riskieren, daß Grongar ihn entlarvte. Falls nötig, würde Grongar ihm ein Ultimatum stellen. Entweder verließ Martyn Xantium dann für immer oder Grongar würde ihn verhaften lassen.

»Bist du sicher, daß das klug ist?« fragte Corton erneut. »An einem so öffentlichen Ort?«

»Je öffentlicher, desto besser«, erwiderte der Barbar schroff. »Falls es zum Kampf kommt, will ich viele Zeugen haben. Und ich habe hier in der Gegend viele Freunde.« Er schien sich auf grimmige Art sogar auf die Begegnung zu freuen, doch Corton war dadurch keinesfalls beruhigt.

»Ich muß wahnsinnig sein!« murmelte er.

Grongar lachte.

»*In der Dunkelheit der Seele sehen nur Wahnsinnige klar*«, deklamierte er. »Du hast deine Augen geöffnet, das ist alles.«

»Eines dieser Sprichwörter aus dem Norden, ohne Zweifel«, erwiderte Corton sarkastisch. »In diesem Fall wäre ich lieber blind.«

»Mir wäre es lieber, wenn du jetzt die Augen offenhalten würdest«, bemerkte sein Gefährte. »Wir sind da.«

Er bog in die erleuchtete Tür einer schmuddeligen Taverne namens *Die Schweigende Frau* ein. Corton bemerkte gereizt, daß das Schild über dem Namen völlig leer war, ein Witz, den er überhaupt nicht lustig fand. Das war kein gutes Omen.

Der Innenraum war verräuchert und laut, und die meisten Gäste hatten sich um mehrere Glücksspiele geschart. Grongar hatte Martyn an einem kleinen Tisch in der Ecke auf der anderen Seite des Zimmers erspäht, wo er neben Folly saß, in letzter Zeit sein treuer Schatten. Martyn stand auf, als sie näherkamen, und grinste.

»Gut gemacht, Grongar. Und Master Corton, willkommen. Ich fürchte, dieses Etablissement bietet keinen Wein, der Euren Gaumen zufriedenstellen könnte.« Er betrachtete den unerwarteten Besucher neugierig, sehr zu Cortons Unbehagen.

»Es wird ihm guttun, zur Abwechslung mal was Richtiges zu trinken«, bemerkte Grongar boshaft.

»Ich habe Eure Nachricht erhalten«, fuhr Martyn fort. »Und ich konnte der Vorstellung von Freibier und guter Gesellschaft nicht widerstehen. Was feiern wir?«

»Später«, sagte Grongar. »Laßt mich erst die Krüge füllen.«

»Ich gehe«, erbot sich Sagar eilig. Auch er war nervös und freute sich über die Gelegenheit, sich zurückziehen und die Neuankömmlinge aus der Ferne beobachten zu können.

Grongar warf ein paar Münzen auf den Tisch, Sagar ging zur Theke, und die anderen setzten sich; während Sagar darauf wartete, daß die Krüge aufgefüllt wurden, betrachtete er das ungleiche Paar. Wußten sie möglicherweise etwas über Bowens Schicksal? Und wenn ja, wie sollte er es herausfinden? Seine eigenen Nachforschungen hatten nichts ergeben, und das Problem nagte an Sagars Herz. Bowen war einfach in den Eingeweiden des Hofes verschwunden, und Martyn hatte Alasia nicht finden und um Rat fragen können. Sagar stellte sich vor, wie sein Bruder im Kerker lag und gefoltert wurde, vielleicht war er sogar tot – und er fühlte sich erbärmlich. Falls die Möglichkeit bestand, daß Grongar oder Corton etwas wußten, dann würde er viel riskieren, um es ihnen zu entreißen. Doch warum mußten sie dann um dieses Treffen bitten? Ein einfaches geselliges Beisammensein war doch sehr unwahrscheinlich.

Es gibt nur eine Möglichkeit, das herauszufinden, sagte er sich, während er bezahlte und das Tablett nahm. Als er in die Ecke zurückging, sah er einen gebeugten alten Mann in den Kleidern eines Kaufmanns, der in die Taverne gewankt kam und sich an einen Tisch zwischen ihrem und dem Tresen setzte. Er schlug mit der Faust auf den Tisch und verlangte mit nörgeliger hoher Stimme nach Leichtbier. Eines der Barmädchen, das spürte, wenn ein Kunde reicher war als die anderen, eilte zu ihm, während die meisten anderen Gäste ihn nur gleichgültig ansahen und sich dann wieder um ihre eigenen Belange kümmerten.

Als Sagar das Tablett abstellte, diskutierten die Männer gerade die Taktik des Spiels Labyrinth. Corton sah seinen Bierkrug, an dessen Seite der Schaum herunterlief, mit einer Mischung aus Enttäuschung und Unglauben an.

»Ich werde dir helfen, wenn du es nicht schaffst«, erbot sich Grongar hilfsbereit und nahm Martyns Gehilfe das Wechselgeld ab. »Dank Euch, Folly ... oder sollte ich Sagar sagen?«

Alle vier Männer wurden ganz ruhig. Obwohl es um sie herum ungerührt weiterlärmte, wirkte der Raum plötzlich ganz still. Sagar konnte sein Herz pochen hören, und Martyn machte den Eindruck einer in die

Ecke getriebenen Schlange. Corton war wie versteinert und konnte es nicht verbergen. Nur Grongar blieb heiter – zumindest oberflächlich betrachtet. Er nahm seinen Krug zur Hand und schüttete lautstark die Hälfte des Inhalts in sich hinein. Seit ihrem letzten Treffen hatte er selbst ein paar Nachforschungen angestellt und hatte den Namen herausgefunden, den der Gefangene vermutlich trug, welcher aus Verkhos Kerker entkommen war. Die Reaktionen seiner Gefährten bestätigten seine Vermutung.

»Und Ihr«, fuhr Grongar leise an Martyn gewandt fort, »wenn ich mich nicht sehr irre, nennt Ihr Euch manchmal nach dem Träger Eurer Klinge.« Er wartete auf eine Reaktion, doch es kam nichts. Das Schweigen lastete immer schwerer auf ihnen. »Keine Worte? Das brennende Schwert im Turmviertel war beredt genug, nehme ich an. Obwohl ich Euch noch nie so sprachlos erlebt habe.«

»Was wollt Ihr?« fragte Martyn schließlich, doch er bestritt nichts und blieb weiterhin angespannt, bereit zu handeln.

»Antworten auf einige Fragen.«

»Wie kommt Ihr darauf, daß ich sie beantworten kann?«

»Intuition«, erwiderte Grongar. »Die Intuition eines Nordmannes.«

Da lächelte Martyn, doch in seinen Augen war keinerlei Heiterkeit zu finden. Sie brannten.

»Ihr habt Recht«, sagte er leise mit einer Stimme wie Stahl, und nach dieser Antwort mußten Corton und Sagar nach Luft schnappen. »Ich werde Eure Fragen beantworten, wenn ich kann. Im Gegenzug werdet Ihr mir einige Antworten geben. Daß Ihr hergekommen seid, ehrt Euch, aber paßt genau auf, was Ihr sagt. Ein falsches Wort, und Euer Leben ist verwirkt.«

»Ich werde Eure Fragen beantworten«, erwiderte der Barbar, »aber es geht dabei um unser Leben. Ein Blutvergießen wäre hier nicht angebracht«, machte er gelassen klar.

»Kein Gewinn ohne Risiko«, stellte Martyn fest, und die beiden Nordmänner sahen einander fest in die Augen, während Corton und Sagar nur hilflos bei diesem Duell zusehen konnten.

»Also abgemacht«, sagte Grongar schließlich. »Wahrheit gegen Wahrheit.« Er spuckte sich in die Handfläche und streckte die Hand aus. Martyn tat es ihm nach, und sie gaben sich kurz die Hand.

»Wahrheit gegen Wahrheit«, bestätigte Martyn.

»Seid Ihr für den Versuch verantwortlich, Ifryn und Azari zu vergiften?« fragte Grongar geradeheraus.

»Nein.« Es war eine glatte, nachdrückliche Verneinung. »Ihr wißt, wer in dieser Stadt der Fachmann für Gifte ist.« Im Gegenzug fragte er: »Habt Ihr sonst jemandem von unserer Identität erzählt?«

»Nein. Und das werde ich auch nicht, wenn es nicht nötig ist.« Der *Soldat* warf stolz den Kopf zurück, doch er sagte nichts dazu. »Seid Ihr wirklich ein Feind des Reiches?« fuhr Grongar fort.

»Ja. Das kann ich nicht leugnen. Mein größter Wunsch ist es zu sehen, wie es zu Staub zerfällt.«

»Warum?«

»Für alles, was es mir, meinem Land, meiner Familie angetan hat. Fragt nicht nach Einzelheiten. Aber wo liegt *Eure* Loyalität?«

»Ich stehe in Diensten von Southan und Ifryn«, sagte Grongar leichthin. »Sie haben meine persönliche Loyalität.«

»Und Verkho?«

»Er ist nicht Loyalität, sondern nur Angst wert.«

»Nicht einmal das«, flüsterte Martyn mit verächtlicher Stimme.

»Also ist der Kanzler das eigentliche Ziel Eurer Feindseligkeiten?«

»Ich werde nicht ruhen, bis er durch meine Hand

stirbt.« Martyn hielt inne, und Sagar nutzte die Gelegenheit, denn er konnte sich nicht länger zurückhalten.

»Wißt Ihr etwas über Bowen Folegandros, meinen Bruder?« drängte er. »Er wurde vor sechs Tagen hergebracht.«

Corton und Grongar wechselten einen raschen Blick.

»Wir wissen nichts von ihm«, erwiderte der Barbar. »Aber ich werde mich erkundigen.«

Sagar entspannte sich merklich, und Martyn stellte seine nächste Frage.

»Was wollt Ihr jetzt tun?«

»Wir glauben, daß Ifryn Euch sucht, aus Gründen, die nur sie allein kennt«, sagte Grongar unbeirrt. »Wäret Ihr bereit, ihren Vertreter zu treffen?«

»Unter bestimmten Bedingungen.«

»Wir werden es arrangieren.«

»Und sonst?«

»Wir erzählen niemandem davon.«

»Warum sollten wir Euch glauben?« brach es ängstlich aus Sagar heraus.

»In vielerlei Hinsicht verfolgen wir alle das gleiche Ziel«, sagte Grongar. »Kanzler Verkho hat sich jetzt seit mehreren Tagen nicht mehr blicken lassen.« Der Klatsch hatte sich bereits in den Straßen der Stadt verbreitet. »Sein Ränkeschmieden läßt für uns alle nichts Gutes ahnen, vielleicht auch für den Kaiser nicht.«

»Das reicht nicht!« rief Sagar aus.

»Mein Freund hat recht«, sagte Martyn ein wenig ruhiger. »Ihr habt uns in der Hand. Was könnt Ihr uns dafür bieten?«

»Mich«, sagte Corton plötzlich. »Ich werde Eure Geisel sein, bis wir Euer Vertrauen erworben haben.« Er zitterte, während er diese Worte sprach, doch er blieb fest.

»Nein! Ich habe mein Wort gegeben«, krächzte Grongar. Er war eindeutig entsetzt. »Das ist nicht nötig.«

»Was könnte sie sonst überzeugen?« fragte der Kellermeister zurück.

Zum ersten Mal war Grongar sprachlos, und Martyn sah die echte Besorgnis auf den haarigen Gesichtszügen des Barbaren. Corton bedeutete ihm offenbar sehr viel.

»Wir akzeptieren.«

Endlich nickte Grongar.

»Welche Bedingungen nennt Ihr für das Treffen?«

Am folgenden Morgen wurde in Ifryns Gemächern eine schriftliche Nachricht von einem anrüchig aussehenden Mann übergeben, der behauptete, der kaiserliche Hundeführer zu sein. Doneta ließ ihn draußen warten, wo Wachen in der Nähe waren, während sie den unbeholfen versiegelten Brief zu ihrer Herrin brachte. Bei Ifryn war Baylin, der ihr soeben erzählt hatte, daß sich seine genaue Beobachtung von Corton inzwischen ausgezahlt habe.

»Ihr wart nahe genug, um das alles zu hören, aber niemand hat Euch erkannt?« fragte die Kaiserin.

»Niemand«, bestätigte Baylin mit einem Lächeln. »Ich kann viel älter aussehen, als ich bin, wenn es nötig ist, und mein Gehör ist sehr scharf. Was sollen wir jetzt tun? Auf ihren Botschafter warten? Oder die Sache in die eigenen Hände nehmen?«

In diesem Augenblick kam Doneta herein und überreichte ihrer Herrin den Brief, und dabei beschrieb sie das schäbige Äußere des Überbringers.

»Sie sind sehr schnell«, bemerkte Baylin.

»Bittet ihn, im Vorzimmer zu warten« bat die Kaiserin das Mädchen, das gehorsam, jedoch mit mißbilligendem Gesicht hinausging. Ifryn öffnete den Brief und las ihn laut vor.

»Meine Lady, bitte vergebt mir, wenn ich mich in private Angelegenheiten einmische. Ich gestehe, daß ich bei unserem letzten Gespräch nicht ganz aufrichtig zu Euch war, und jetzt wünsche ich es wiedergutzumachen. Die Umstände erlauben es mir jedoch nicht, dies persönlich zu tun, daher bitte ich

Euch, meinen Freund und Kollegen Grongar zu empfangen. Er hat Informationen über den Soldaten, den Ihr, wie ich glaube, gerne finden würdet. Euer ergebener Diener, Corton Magna.«

Ifryn sah ihren Verbündeten an.

»Soll ich vom anderen Zimmer aus zusehen?« fragte dieser.

»Nein. Kommt mit. Bieten wir ihnen als Gegenleistung ein wenig Offenheit.« Die Kaiserin ging voran ins Vorzimmer.

Einige Zeit später, nachdem Grongar gegangen war, sprachen sie und Baylin weiter.

»Ihr werdet hingehen?«

»Ja. Genau das wollten wir schließlich.«

»Selbst unter diesen Bedingungen?«

»Für jemanden in seiner Lage«, sagte Baylin, »sind die Bedingungen wohl vernünftig. Ich werde meine eigenen Vorkehrungen treffen – und ich habe den Vorteil, daß ich bereits weiß, wer er ist.«

»Aber Ihr seid vorsichtig?« beharrte sie.

»Ich bin immer vorsichtig«, erwiderte er und fügte im stillen hinzu, *auf meine Weise.*

Kapitel einundzwanzig

Ein juwelenbesetztes Schwert, kleiner als die Feder eines Poeten, zeigt auf eine Tür in der Farbe eines anderen Himmels. Dahinter glüht die Dunkelheit. Es ist wie bei einer Kerze. Je heller sie brennt, um so eher wird sie erloschen sein. Sie verzehrt die eigene Substanz durch das Feuer ihres Lebens.

Für diese Kerze sind wir alle Motten.

Clavias Wut war nicht mehr nur bloßer Zorn, sondern zu etwas Kaltem und Scharfen gewachsen, ein stahlhartes, glänzendes Instrument der Bosheit. Nach einem weiteren fruchtlosen Versuch, Verkho zu besuchen, war sie fuchsteufelswild, und ihr ehemals schönes Gesicht war aufgedunsen und dunkelrot. Die Diener ihres Halbbruders waren ausgesucht höflich und zugleich unerbittlich gewesen – sie hatte ihrer Sache damit nicht weitergeholfen, daß sie schrie und fluchte und drohte. Jetzt, wo sie keine Soldaten fand, die bereit gewesen wären, sich Verkhos Zorn zuzuziehen, indem sie sich mit Gewalt einen Weg in sein Arbeitszimmer bahnten, gab es keine Möglichkeit, Kanzler Verkho zu sehen. Clavia konnte nur noch auf eine Quelle zurückgreifen, und sie beabsichtigte, ihre rachsüchtige Wut wie eine Klinge zu benutzen.

Southan empfing sie mit der lässigen Geringschätzung, für die sie ihn so brennend haßte.

Aber Clavia wurde die wunderbare Befriedigung zuteil, miterleben zu dürfen, wie sich seine Stimmung abrupt änderte, als sie den Grund für ihre Bitte um Audienz nannte.

»Mein Lord, ich habe herausgefunden, wo General Kerrell ist.«

»Er lebt?« Der Kaiser war jetzt ganz Ohr. »In Xantium?«

»Ja, aber er wird von Feinden des Reiches unter einem Zauberbann festgehalten.«

»Zauberbann?«

»Ja, mein Lord«, erwiderte Clavia und genoß sein plötzliches Erstaunen. »Aus diesem Grund müssen wir vorsichtig vorgehen. Ruft Eure Männer zusammen, und ich werde Euch zu ihm führen.«

Southan reagierte schnell und wies einen seiner Offiziere an, einen Trupp Männer zusammenzustellen und rief alle Beamten zusammen, die sich möglicherweise mit magischen Künsten auskannten. Alles war bemerkenswert schnell bereit. Clavia führte sie in Richtung ihrer eigenen Gemächer und dann zu einem nahegelegenen Lagerraum.

»Er ist hier?« fragte Southan. »So nahe?«

»So habe ich ihn gefunden«, log Clavia. »Ich habe seine Rufe gehört, aber ich hatte nicht den Mut, allein hineinzugehen.«

Southan wollte die Tür öffnen, doch sie war verschlossen, und er bedeutete seinen Soldaten, sie einzutreten. Eine Zeitlang hielt das kräftige Holz stand, doch schließlich gaben die Angeln nach, und die Tür fiel unter lautem Getöse nach innen. Der Raum dahinter war völlig leer, und die kahlen, weißgekalkten Wände und Holzbohlen wurden nur durch eine Öffnung in den Dachsparren erhellt. Clavia starrte gebannt hinein und konnte nicht glauben, was sie da sah, und erste echte Zweifel rührten an ihrem gerechten Zorn. Als die letzten Echos erstarben, bewegte sich niemand.

»Ist das ein Witz?« zischte der Kaiser kalt.

»Nein. Er ist hier!« rief sie. »Ich schwöre es.«

»Geht hinein und seht nach«, befahl Southan einem seiner Männer. »Nur um sicherzugehen.«

»Nein!« Clavia schubste sie beiseite, trat in die leere Tür und lehnte sich vor, um ins Zimmer zu spähen.

In diesem Augenblick erklang ein Donnerhall so laut, daß die Steine des kaiserlichen Hofes erzitterten, und einen Augenblick lang verschwand der Raum in einem weißen Glühen. Alle waren vorübergehend blind und taub, doch sie erholten sich schnell genug, um zu sehen, daß Clavia wie in Zeitlupe hintenüber fiel. Als sie steif zu Boden sank, starrten die Umstehenden sie fasziniert an oder wendeten den Blick zur Seite. Die vordere Hälfte von Clavias Gesicht war ordentlich abgeschnitten und brachte einen Teil weicher grauer Masse, sorgfältig abgetrennter Knochen und zerschnittenes Fleisch zum Vorschein, aus dem jetzt ein wenig Blut rann. Ihr Gesicht war verschwunden.

In Kerrells weißer Unendlichkeit erschien ein Gesicht, und er griff mit gekrümmten Fingern und aufheulenden Gedanken danach. Die Zeit existierte für ihn nicht mehr – wie auch alles andere –, aber das hier war die erste Abwechslung in seinem unendlichen Gefängnis, und er griff nach der Vision wie ein Ertrinkender nach dem Trugbild der Sonne.

Es war ein Gesicht, das er gut kannte, eines, das er verachtete und – wenn auch nur undeutlich – mit seiner gegenwärtigen Lage in Verbindung brachte. Aber irgendwie war das Gesicht nicht real. Es war eine Maske, tot, gefroren in Pergament, mit weitaufgerissenen, finster blickenden Augen. Und dennoch durchbrach es den Schleier seiner Hilflosigkeit, verursachte in der allumfassenden Leere ein paar Schwingungen, und er kämpfte mit all seinen geringen Waffen, die ihm noch zur Verfügung standen, darum, daß es nicht wieder verschwand.

Helft mir! schrie er tonlos, während er dem Bild mit den Augen folgte. *Helft mir!*

Es kam keine Antwort. Clavias Gesichtsausdruck veränderte sich überhaupt nicht, doch das körperlose

Gesicht kreiste in einer regelmäßigen Umlaufbahn um ihn herum, sah ihn stets an und blieb außer Reichweite.

Kerrell, der sich tapfer bemühte, keine neue künstliche Welt aus seinen eigenen Erinnerungen zu erschaffen – denn er wußte, das wäre die absolute Niederlage, der letzte Rückzug in unheilbaren Wahnsinn – konnte es nicht ertragen, der Bahn des Gesichts zu folgen, und doch konnte er seinen Blick nicht abwenden.

Ich bin verdammt, dachte er trostlos.

Er wußte, daß das tote Gesicht noch in seinen Träumen bei ihm sein würde.

In den vergangenen Tagen war Bowen von Wahnsinnigen umgeben gewesen, von Männern und Frauen, die regelmäßig Opfer von Alpträumen wurden und deren unberechenbare Talente Ausdruck in Wut- und Gewaltausbrüchen fanden. Er fühlte sich wohl dabei.

Das Ministerium lag im Chaos. Bei so vielen Insassen, die sich kaum noch wirkungsvoll überwachen ließen, war die Arbeit von Harios und den anderen Sektionsführern unmöglich geworden. Sie hatten trotz fehlender Anweisungen von ihren Vorgesetzten ihr Bestes getan, doch die Ärzte hatten die Situation nicht mehr im Griff, und selbst die Heiler unter den Talentierten waren inzwischen eine Bedrohung für sich und andere geworden. Verletzungen waren an der Tagesordnung, immer häufiger kam es zu Todesfällen. Es war zur Zeit nicht nötig, nach Geistern zu suchen, denn diese kamen von sich aus zu ihnen und überzogen die Gebäude mit einem sanften, unheimlichen Strahlen. Feuer flammten auf und erloschen wieder, alles Zerbrechliche war der Gnade jener ausgeliefert, deren jetzt in Unordnung gebrachtes Talent die Telekinese war. Alles war in Aufruhr.

Die Stimme erschien Bowen aus dem Nichts – die Stimme eines Mannes in Schwierigkeiten. Das war an diesem verrückten Ort nicht ungewöhnlich, doch Bowen wußte, daß es keiner der Talentierten war. Sein Elend übertraf das der anderen – und er war zu bemitleiden. *Helft mir!* Bowen versuchte, sich davor zurückzuziehen, weil er sich nicht in dieses grau-weiße, flatternde Tuch aus Schmerz hineinziehen lassen wollte, doch er konnte es nicht. Es gab noch ein anderes Gesicht, das einer toten Frau, das ihn anstarrte. *Helft mir*! Bowen versuchte entschlossen, auszubrechen und schloß den Hilferuf aus seinem Verstand aus, doch da erschien ein anderes Wesen. *Zeigt es mir,* verlangte es drängend. *Wo ist er*? Bowen öffnete ihm widerwillig seine Sinne und teilte sie mit ihm, dann spürte er, wie es sich ohne ein weiteres Wort wieder zurückzog. *Ich bin verdammt,* sagte die erste Stimme.

Da seid Ihr nicht der einzige, dachte Bowen. Und wie stets in Zeiten der Krise kehrten seine Gedanken zu Gaye zurück. *Da seid Ihr nicht der einzige.*

Alasia hatte gesehen und gehört. Sie hatte kaum bemerkt, wer ihr Führer gewesen war und wußte nur, daß er eine Tür geöffnet hatte, die sie selbst nicht hatte aufstoßen können, selbst als der Schlüssel durch den Tod eines Menschen herumgedreht wurde. *In der Zeit befinden sich Löcher*. Aber zumindest hatte sie jetzt einen von ihnen sehen können. Alasia wußte, wo – oder eher wann – Kerrell war.

Es wurde Zeit, ins Turmviertel zurückzukehren.

Baylin bedauerte es, Ifryn anlügen zu müssen, doch wenn er die Bedingungen des *Soldaten* annahm, mußte auch er selbst ein Risiko eingehen. Er verließ sich auf die Neugier des anderen und daß sie ihn am Leben erhielt, bis er Gelegenheit bekommen hatte zu sprechen. Sollten seine Worte ihren Zweck verfehlen, würde er danach sein Schicksal akzeptieren.

Warum er sich überhaupt entschlossen hatte, bei dieser

ausgeklügelten Scharade mitzumachen, war ihm selbst ein Rätsel. Er hätte genauso gut warten können, bis Martyn Waysinger ausfindig gemacht worden war und hätte ihn dann still und leise festnehmen können. Vielleicht war es die Sorge um Cortons Lage, vielleicht der Respekt vor Grongars Vertrauen. Oder vielleicht war es auch die irrationale Zuversicht, daß er es hier mit einem Mann zu tun hatte, der nach seinem eigenen Ehrenkodex lebte. Welchen Grund er auch hatte, Baylin war bereit, sein Leben aufs Spiel zu setzen.

Es war nicht das erste Mal, daß er dies für eine Sache tat, die es ihm wert schien.

Mit einer Geduld, die ein Leben auf Reisen mit sich gebracht hatte, saß er an einem Tisch vor der Tür, eine Schale Kräutertee unberührt vor sich, und wartete darauf, daß die Sonne unterging. Er war nicht bewaffnet, und trotz seiner Beteuerungen gegenüber Ifryn allein. Er war nicht einmal verkleidet.

Eine Stunde verging quälend langsam, und allmählich machte sich Baylin Sorgen. Hatte sich der *Soldat* letztlich doch gegen das Treffen entschieden? Da schlängelte sich ein kleiner Junge in zerrissenen Kleidern an seinen Tisch.

»Wollt Ihr einen Edelstein kaufen, Herr?«

»Was für Edelsteine hast du?« fragte Baylin neugierig.

»Schau.« Der Bengel streckte seine rechte Faust aus und öffnete die schmuddeligen Finger. In seiner Handfläche lag ein Miniaturschwert.

Baylin nahm ein paar Münzen aus seiner Börse und tauschte sie gegen das winzige metallene Ding.

»Woher hast du das?«

»Ich zeige es Euch. Kommt mit.« Das Kind machte sich sofort auf den Weg und winkte ihn über die Schulter zu sich. Baylin beeilte sich und war beeindruckt von der Taktik des *Soldaten*. Ohne Zweifel hatten seine Komplizen ihn einige Zeit beobachtet und würden jetzt darauf achten, daß er niemandem ein Zeichen gab oder daß niemand ihnen folgte. Er war froh, daß er allein arbeitete.

Der Junge führte ihn über eine gewundene Straße zur Einmündung einer kleinen Sackgasse.

»Geht zu der grünen Tür am Ende«, sagte er und zeigte mit dem Finger in die Richtung. »Klopft viermal. Sie werden Euch einlassen.«

»Sie?« Aber der Bengel zuckte nur die Achseln und hüpfte davon.

Baylin näherte sich vorsichtig der Tür und nahm jede Einzelheit um sich herum auf. Die Gasse lag ruhig da, und alle Fensterläden waren geschlossen. Er klopfte wie angewiesen, und sofort schwang die Tür auf. Drinnen lauerte die Dunkelheit, und aus der Dunkelheit erscholl eine Stimme:

»Kommt herein. Nur zu. Der Boden ist schmutzig, aber eben. Bleibt nach sechs Schritten stehen.«

Baylin tat wie ihm befohlen, und hinter ihm schloß sich die Tür. Für die Augen des Reisenden war das Zimmer stockdunkel, es roch staubig und unbenutzt. Um so besser. Er hatte keine Gesichter gesehen, und wenn irgend jemand hier später nach Spuren suchen sollte, würde man nur einen tristen, leeren Raum vorfinden. Das bedeutete, daß der *Soldat* zumindest in Betracht zog, seinen Besucher wieder freizulassen, wenn das Gespräch vorbei war.

»Man sagte mir, daß Ihr mich zu sprechen wünscht«, sagte eine neue Stimme, die Baylin als die Martyns identifizierte. »Warum?«

»Die Kaiserin und ich glauben, daß wir einen gemeinsamen Feind haben.«

»Verkho.«

»Genau. Und Euch stehen Wege offen, die wir nicht nehmen können.«

»Zum Beispiel?«

»Das muß ich doch sicher nicht extra erwähnen«, sagte Baylin gelassen. »Die Lage der Kaiserin ...«

»Was soll ich für Euch tun?«

Ganz ruhig, mit wohlüberlegten Worten, erklärte Baylin alles. Seiner Ansprache folgte Schweigen, und er wartete gespannt auf eine Antwort. *Entweder passiert es jetzt oder gar nicht,* dachte er und stellte sich vor, wie die Klinge zwischen seine Rippen glitt.

»Ich werde darüber nachdenken«, sagte der *Soldat* schließlich. »Ihr dürft gehen.«

Hinter Baylin öffnete sich kreischend die Tür und schwaches Licht drang in den Raum. Er drehte sich um und ging, ohne sich weiter in den tiefen Schatten umzusehen, hinaus, und mit jedem Schritt wurde sein Herz leichter.

Erst als er vor Ifryns Tür stand, um ihr Bericht zu erstatten, erfuhr er von Clavias schrecklichem Tod – und von den neuesten Spekulationen über Kerrells Schicksal.

Kapitel zweiundzwanzig

Sieben Götter, sieben Würfel. Sechs Kronen, eine Laterne. Mit diesem Wurf hätte Gar sein letztes Spiel gewinnen können. Aber er hatte, wie Meyu, seine göttlichen Kräfte für diesen Wettbewerb beiseite geschoben. Als Gar verlor, verlor er alles.

Kann die eine Lampe des Wissens inmitten der Macht von sechsen leuchten? Wir alle, Menschen wie Götter, warten darauf, daß das Siegel gebrochen wird.

Verkho wußte nicht, daß seine Halbschwester schon fast zwei Tage tot war, als ihm endlich ein Durchbruch bei seinen Bemühungen gelang, zu dem Talisman vorzudringen. Unter Zuhilfenahme von Kopien uralter Manuskripte vermochte er einen Bruchteil der geheimnisvollen Inschrift auf der Metallhülle zu übersetzen. In der schon lange ausgestorbenen Sprache Aedlerias hieß es: »Wirf den Würfel der Könige und enthülle das Verderben.«

»Gar war stets der rücksichtsloseste Spieler im Pantheon«, sagte Verkho laut und lächelte.

Verkho brauchte einige Zeit, um die wörtliche Übersetzung in eine genaue Anweisung zu übersetzen. Was genau waren »Würfel der Könige«? Zunächst fiel ihm ein Satz Würfel ein, wie sie für das Spiel *Vermögen des Kaisers* benutzt wurden. Das höchste Symbol – eine Krone – konnte genauso gut einen König bezeichnen, und schließlich war das Spiel uralt. Doch als Verkho mit sieben Würfeln neben der halsstarrigen Kugel würfelte, geschah nichts Ungewöhnliches. Er versuchte es kommentarlos mehrere Male und fragte sich im Stillen, ob es wohl nötig sei, eine bestimmte Würfelkombination zu erzielen. Danach versuchte er es mit anderen Würfeln:

mit einfachen numerischen Würfeln, mit vierseitigen Pyramiden, Metallsternen, sogar Fingerknöcheln – alles vergebens. Und dann, als seine Begeisterung langsam abflaute, kam ihm eine neue Idee.

»Enthülle das Verderben«, murmelte er vor sich hin. »*Äußere* das Verderben.«

Er wandte sich wieder seinen Unterlagen zu und kehrte schließlich mit neuem Optimismus zu der Kugel zurück. Er nahm die Würfel des Kaiserspiels auf und hielt sie kurz gegen die jetzt unebene Oberfläche der Kugel. Als fühle die glasähnliche Substanz seine Absicht, begann sie zu vibrieren und erfüllte das Zimmer mit einem sonoren Ton, als erklinge eine Kristallglocke. Begierig würfelte Verkho. Noch während sie fielen, murmelte er »Bera-rucht«, was – soweit er es beurteilen konnte – die korrekte Aussprache für das gedlerianische Wort für *Verderben* war. Als die Würfel fielen, war der Kanzler überhaupt nicht überrascht, daß sechs Kronen oben lagen. Der siebte Würfel, der keine Krone hatte, zeigte die Laterne des Wissens, das am wenigsten bedeutsame Symbol, doch darüber machte sich Verkho keine Gedanken. Sein Blick war fest auf die Kugel geheftet. Ein paar atemlose Augenblicke lang glühte sie silbrig-weiß auf, dann schmolz eine äußere Schicht einfach vor seinen Augen weg, und die Kugel wurde ein wenig kleiner, dafür aber absolut glatt und transparent. Endlich ein Fortschritt – dennoch blieb der eigentliche Talisman weiterhin außer Reichweite. Schnell versuchte es Verkho noch einmal auf dieselbe Weise, doch nichts geschah. Der alte Gott hatte offensichtlich nicht vor, alle Geheimnisse auf einmal zu enthüllen.

In diesem Augenblick bemerkte der Kanzler, daß die innere Metallumhüllung sich verändert hatte. Der kleine Teil der Inschrift, den er übersetzt hatte, verschwand, doch der Rest sah jetzt ganz anders aus. Neue Symbole, neue Worte, vielleicht sogar neue Sprachen waren erschienen. Das Spiel begann von neuem.

Verkho lachte laut auf – aus Bewunderung für seinen uralten Gegner, der diesen Test ersonnen hatte, aber auch für sein eigenes überragendes Können. Er hatte keine Zweifel, wie das Spiel ausgehen würde.

Doch offensichtlich würde diese Aufgabe mehr Zeit in Anspruch nehmen, als er erwartet hatte, und nach seinem ersten Erfolg wandten sich Verkhos Gedanken kurz der Welt außerhalb seines Arbeitszimmers zu. Er wagte es, eine kurze Bestandsaufnahme über die Lage im Reich zu erbitten und wurde mit Informationen und Bitten überhäuft. Er war entsetzt, als er erfuhr, wieviel Zeit seit Ankunft des Talismans vergangen war, doch das war nichts verglichen mit der Nachricht über die Zerstörung seiner Talentierten, die Unordnung in den Angelegenheiten des Reiches und ganz besonders den Tod Clavias. Der Kanzler verschwendete keine Zeit auf Trauer, denn er war der Meinung, daß Clavia ihren fürchterlichen Tod durch eigene Dummheit verschuldet hatte, doch war er zornig über ihren Verrat. Schlimmer noch: die Kräfte, die Kerrell gefangen hielten, waren ganz eindeutig außer Kontrolle geraten, und das ließ für die Zukunft nichts Gutes ahnen.

Tatsächlich war der Tag voller Vorzeichen. Am späten Vormittag verdunkelte eine partielle Sonnenfinsternis den Tag und führte dazu, daß sich in ganz Xantium Nervosität ausbreitete. Der Kanzler war sehr darauf bedacht, den Talisman nicht allzu lange allein zu lassen und arbeitete daher angestrengt und zügig, um so viele Probleme des Reiches wie möglich zu lösen. Alles wurde nur noch schlimmer, als am späten Nachmittag die erste Nachricht von Fernrufern von Zalys ankam, die berichtete, daß die rebellierenden Inselbewohner offenbar völlig die Kontrolle über die Insel übernommen hatten und weder von Farrag noch von der Imperialen Garnison etwas zu sehen wäre. Noch konnte Verkho nichts dagegen tun, und als der Abend anbrach, kehrte er in sein sicheres Arbeitszimmer zurück, erleichtert, daß er sich nicht noch ausgiebiger mit diesen zweitrangigen Belangen beschäftigen mußte.

Der Kanzler hatte wichtigere Dinge zu erledigen.

Die Sonnenfinsternis hatte die Luft unerträglich abkühlen lassen, und es kam Ifryn so vor, als sei dies ein weiteres Vorzeichen für eine Katastrophe. Als Southan am Tag zuvor mit der Nachricht von Clavias Tod zu ihr gekommen war und erzählt hatte, daß sie steif und fest behauptet hatte, zu wissen, daß und wo Kerrell unter einem Zauberbann lag, hatte Ifryn empört reagiert. Am liebsten wäre sie sofort zu dem angeblich verzauberten Ort gelaufen, doch ihr Mann hatte es ihr verboten und ihr mitgeteilt, daß der Ort nun abgeriegelt sei. Nach Clavias schrecklichem Ende erachtete man es als zu gefährlich, den Zugang zu erlauben, solange man nicht wußte, welches Grauen dort drinnen lauerte. In dieser Sache verließ sich der Kaiser – sehr zu Ifryns Bestürzung – auf den immer noch abwesenden Verkho, denn keiner der sogenannten Experten für Geheime Kräfte hatte auch nur ansatzweise eine Erklärung liefern können.

Die Tatsache, daß Clavia in die Sache verwickelt war, bestärkte Ifryn in der Ansicht, daß Verkho hinter Kerrells Verschwinden steckte, und sie verfluchte die Frau, daß sie sich hatte töten lassen, als sie vielleicht ein wenig Licht in das Geheimnis hätte bringen können.

Das alles beschäftigte sie zusätzlich zu Baylins Treffen mit dem *Soldaten* und der Unsicherheit, ob der Gesetzlose der Bitte nachkommen würde, und so fühlte sich die Kaiserin verwirrt und kläglich wie niemals zuvor. Sie tröstete sich ein wenig damit, daß Baylin unversehrt war, doch jetzt blieb ihr erneut nichts als das Warten und sich in ihre Hilflosigkeit zu ergeben. Immer wieder drehte sie das winzige Schwert zwischen den Fingern, das Baylin ihr gegeben hatte, und fragte sich, was wohl geschehen würde, jetzt, wo ihr die Initiative offenbar genommen war. Doch das alles änderte sich am späten Nachmittag. Ifryn stand, wie so oft, wenn sie nachdachte, am Fenster, als ein leises Geräusch hinter ihr sie erschreckte. Sie wirbelte herum. Mitten im Zimmer stand Alasia, und ihr blasses Gesicht leuchtete hell in den schräg einfallenden Strahlen der Sonne. Sie machte feierlich einen Knicks, doch Ifryn hatte jetzt keine Zeit für solche Formalitäten. Sie rannte durchs Zimmer, umarmte ihre Freundin stürmisch und war plötzlich von überschäumender Hochstimmung erfüllt.

»Oh, Alasia! Wo bist du gewesen?«

»Geflogen.«

»Ich bin so froh, daß du wieder da bist. Ohne dich war ich verloren!«

Ifryn ließ ihre Freundin los, und Alasia ordnete geziert ihr Kleid.

»Ich habe Kerrell gesehen«, stellte sie kühn fest.

»Was!« Das war mehr, als Ifryn gehofft hatte. Waren ihre beiden Verbündeten etwa zurückgekehrt? »Wo?«

»Die Frage muß lauten: Wann«, sagte Alasia.

»Was meinst du damit?«

»Er ist nicht in dieser Welt.«

»Tot?« Ifryns Hoffnungen schmolzen dahin wie Eis an der Sonne.

Alasia schüttelte den Kopf.

»Er wartet«, verbesserte sie.

»Wartet? Worauf?«

»Daß der Wahnsinn aufhört. Daß das Siegel gebrochen wird.«

Inzwischen war Ifryn kurz davor, sich das Haar zu raufen, und sie hätte ihre zerbrechliche Freundin am liebsten durchgeschüttelt, damit sie vernünftig sprach – aber sie wußte, daß sie nichts damit erreichen würde.

»Wo ist er?« flehte sie. »Hat es was mit dem Lagerraum zu tun, in dem Clavia getötet wurde?«

»Genau dort wird das Siegel in unsere Zeit eintreten«, erwiderte Alasia, als beantworte das die Frage.

»Sag mir, was ich tun soll«, bettelte die Kaiserin. Insgeheim dachte sie: *Was kann ich schon tun? Ich habe keine Zauberkräfte wie Alasia oder Verkho. Ich weiß nichts über solche Dinge. Wie kann ich gegen solche Zauberei, gegen solchen Wahnsinn ankämpfen?*

»Warte ab«, sagte Alasia einfach.

Ifryn hätte beinahe laut losgelacht. Das plötzliche Wiederauftauchen ihrer Freundin hatte soviel Hoffnung in ihr entfacht, doch jetzt sagte Alasia ihr, sie solle genau das tun, was sie ohnehin schon tat. Die Ironie schmeckte bitter.

»Ich kann nicht warten«, flüsterte sie. *Ich kann das nicht ertragen.*

»Ich muß jetzt gehen.«

»Nein!« Ifryn war sofort beunruhigt und griff nach Alasia, um sie festzuhalten, doch ihre Freundin entwand sich ihr ganz leicht.

»Der Fremde ruft mich«, fügte sie als Erklärung hinzu. »Willst du ihn kennenlernen?«

Meint sie den *Soldaten*? fragte sich Ifryn. *Was soll ich jetzt tun?*

»Du kannst nur warten. Wie Kerrell.«

Plötzlich verspürte die Kaiserin den Drang zu schreien und schüttelte unter quälender Unentschlossenheit den Kopf. Nichts lief so, wie es sollte. Das Kopfschütteln und ihre Tränen verschleierten kurz ihre Augen, und als sie wieder sehen konnte, war Alasia verschwunden. Das war unmöglich! Ifryn starrte im leeren Zimmer umher, und jede Faser ihres Körpers schrie ungläubig auf. Doch dann drehte sie sich mit plötzlicher Entschlossenheit auf dem Absatz um und verließ ihre Gemächer. Kurze Zeit später näherte sie sich den Wachen am Eingang zu dem verbotenen Flur.

»Laßt mich durch.«

»Meine Lady, der Kaiser hat jede . . .«

»Laßt mich durch, sage ich. Ihr wagt es, Eurer Kaiserin zu widersprechen?«

Die Soldaten hatten sie noch nie so aufgebracht gesehen. In ihren normalerweise sanften Augen funkelte es wild, und die aufrechte Haltung ihres schlanken Körpers in Verbindung mit den heftigen Worten, ließ die Entschlossenheit der Wachen ins Wanken geraten.

»Southan hat mir die Erlaubnis erteilt, den Ort zu besichtigen«, log sie. »Jetzt tretet beiseite.«

Als sie weitergehen wollte, wagte es keiner der Männer, sie aufzuhalten, und im letzten Augenblick traten sie beiseite. Ifryn ging weiter zu der zerstörten Tür und starrte in den leeren Raum dahinter.

Dort wird das Siegel in unsere Zeit eintreten.

Es gab nichts, was diesen Ort als Ort der Verzauberung oder des Todes kennzeichnete. Man hatte allergrößte Sorgfalt walten lassen, um den Steinfußboden des Korridors zu reinigen, nachdem Clavias Leiche fortgebracht worden war.

Du kannst nur warten. Wie Kerrell.

So sei es, beschloß Ifryn.

Und sie betrat das Zimmer.

Kapitel dreiundzwanzig

In der Dunkelheit sehen sie. In der Dunkelheit beschützen sie. Die Stimmen meiner Freunde haben Echos in der Welt gefunden. Wir brauchen solche Wächter jetzt.

Der erste Angriff der Kreischer auf Nkosa dauerte nicht lange, und nur ein kleiner Teil der Bewohner wurde Zeuge – doch der Schrecken ihres Kommens breitete sich immer weiter aus, je mehr Menschen die verstümmelten Opfer sahen. Und in den folgenden Tagen wurden die Angriffe zu regelmäßigen Ereignissen und brachten Furcht, Bestürzung und verblüfften Unglauben in die Hauptstadt der Insel.

Die unvorstellbaren Wesen flogen stets vom Meer herbei, und die Bewegung ihrer riesigen dreieckigen Flügel glichen auf groteske Weise ihrer normalen Bewegung unter Wasser. Lange Schweife peitschten hin und her, vor und zurück. Unnatürliche Zähne schimmerten zwischen den charakteristischen Hörnern vorne an ihrem Körper. Sie kamen in Gruppen, manchmal nur zu viert, manchmal so viele, daß niemand sie zählen konnte, doch wenn sie flogen, stieß jeder von ihnen ein hohes, nervenzerfetzendes Gekreische aus, das kaum zu hören war, solange die Heuler noch weit weg waren. Aber schon bald konnten alle Ohren diese Vorboten des Todes hören.

Die Ungeheuer stießen auf jeden ungeschützten Platz der Stadt hernieder: Plätze, Kanäle, sogar enge Gassen, in denen sie nur knapp ihre Schwingen ausbreiten konnten und ihre Schreie sich zu einem markerschütternden Brüllen steigerten. Jeder, der sich draußen aufhielt, war in Gefahr, und viele Menschen wurden von den mächtigen Schwingen beiseite geschleudert oder von suchenden Hörnern und Zähnen in Stücke gerissen. Fen wurde, wie viele andere auch, an die schrecklichen Verletzungen erinnert, die einige Tage zuvor ein Taucher erlitten hatte, doch nichts hätte sie auf diese Metzelei vorbereiten können. Sie fand es um so schlimmer, als sie als Kind oft mit den Seefledermäusen geschwommen war, die damals sanfte, freundliche und neugierige Kreaturen gewesen waren, deren breite Mäuler und sogenannten Hörner keinerlei Bedrohung darstellten. Jetzt war beides zu einem Alptraum mutiert. Die Zähne erinnerten eher an die eines großen Hais, und die »Hörner«, die einmal bloße Verlängerung der Finnen gewesen waren, bildeten fürchterliche Waffen, die die Kreischer mit grimmiger Gewalttätigkeit einsetzten. Um die Sache noch schlimmer zu machen, waren ihre langen Schwänze viel länger als natürlich gewesen wäre, und sie konnten damit Schnittwunden zufügen wie mit einer Peitsche – und zudem hatten sie in der Spitze ein tödliches Gift. Und als wäre auch das noch nicht schrecklich genug, wiesen einige der fliegenden Rochen zusätzlich lange spitze Stacheln auf, die sich wie Finnen über und unter ihrem Körper bewegten und knisternde blaue Funken erzeugten. Eine einzige Berührung mit einem dieser Stacheln reichte aus, einen erwachsenen Mann mehrere Schritt weit zu schleudern und ihn benommen und hilflos zu machen.

Die monströsen Angreifer kombinierten offenbar die barbarische Bedrohung eines tollwütigen Raubtieres mit der sinnlosen Bösartigkeit, die irgendein verachtenswerter Zauberbann hervorrief. Sie waren das personifizierte Böse, und es gab keine Verteidigungsmöglichkeit gegen sie. Da sie sich für Kreaturen dieser Größe mit einer erstaunlichen Geschwindigkeit bewegten, waren sie gegen alle Waffen der Inselbewohner immun. Nachdem der ersten Schock und die Panik abgeklungen waren, hatten einige der erfahrensten Bogenschützen der Stadt ihr Bestes versucht, doch nur wenige konnten einen solchen Feind mit sicherer Hand anvisieren, und selbst akkurate Schüsse richteten keinen wirklichen Schaden an. Die Kreischer ignorierten die Pfeile einfach, und mehrere tapfere Männer starben umsonst. Selbst Feuer schreckte die Ungeheuer offenbar nicht. Zunächst ließen Fackeln, Signalleuchten und flammende Geschosse die Kreaturen für einen Augenblick zögern, doch dann flogen sie achtlos weiter.

Die Menschen in Nkosa konnten sich nur noch verstecken. Ihre Feinde griffen selten Gebäude an, mit Ausnahme der schwach gebauten Holzkonstruktionen am Hafen und am Stadtrand. Diese blieben nach dem Ansturm zerschmettert zurück, doch die solideren Häuser erlitten nur kleine Schäden. Den einzigen Erfolg im Kampf gegen die Kreaturen – falls man es so bezeichnen konnte – verzeichneten die Inselbewohner, wenn ein Kreischer sich selbst in wahnsinnigem Zorn tötete, weil sein Opfer sich in einen solchen sicheren Hafen gerettet hatte. Er zerschmetterte sich selbst an dem unnachgiebigen Stein oder schlug auf dem Boden auf, wo er nicht wieder abheben oder zurück ins Wasser gleiten konnte. Doch selbst dann noch, verkrüppelt und in der Falle, dauerte es lange, bis die Ungeheuer starben, und sie hielten ihre tödlichen Bosheit bis zum Ende aufrecht. Der giftige Dreschflegel an der Schwanzspitze sorgte dafür, daß niemand, der ein wenig Verstand hatte, ihnen zu nahe kam, bis absolut sicher war, daß das Tier gestorben war. Dann jedoch entlud sich die Wut der Inselbewohner über den einseitigen Kampf an dem Tier, und sie hackten den Kadaver zornig in kleine Stücke. Und sogar dabei gab es noch Verluste. Das Gift tötete immer noch jeden, der zufällig damit bespritzt wurde, und die Stacheln verschossen ihre Funken noch lange, nachdem die trüben Augen gebrochen waren.

Dsordas und seine Gefährten taten, was sie konnten. Die Wachen wurden verdoppelt und Signale für sich nähernde Gefahr abgesprochen. Für alle, die sich draußen aufhalten mußten, wurden Unterschlupfe und

Fluchtrouten geschaffen, ganz besonders um die verwundbarsten Gebiete der Stadt herum – an der Lagune und im Hafen. Ansonsten konnten sie nur versuchen herauszufinden, wie sie ihren furchterregenden Feind besiegen konnten. Bislang hatte niemand eine durchführbare Idee gehabt. Selbst Maus war mit seiner Weisheit am Ende – im Augenblick.

Viele Menschen sahen die Kreischer als eine Art Strafe, als den letzten Beweis dafür, daß die Insel von den Göttern aufgegeben worden war, und ihre Forderungen, daß etwas getan werden müsse, wurden immer lauter. Einige meinten, Dsordas solle Gaye zur Zusammenarbeit zwingen, da sie schon früher einmal irgendeine Quelle verkümmerter Macht hatte kontaktieren können, doch er lehnte diesen Vorschlag ab. Er kannte Gayes Gefühle bezüglich der Kreischer, und er würde sie zu nichts zwingen, wenn es noch eine andere Möglichkeit gab. Er würde es tun, wenn es sein mußte, aber nur, wenn es absolut unvermeidbar war. Nikolas tat sein Bestes und verließ sich bei öffentlichen Gebeten und der Wiederbelebung der uralten Rituale auf seine eigenen Glaubensreserven. Man brachte Opfer, goß Gaben ins Meer und rief das Pantheon um Hilfe an – aber vergeblich. Zweimal begaben sich Nikolas und eine Gruppe von Gläubigen sogar bis in die Arena. Um den heiligen Ort zu erreichen, mußten sie sich gefährlich lange unter offenem Himmel aufhalten, und nur die wahrhaft Gläubigen waren bereit, ein solches Risiko einzugehen. Leider half ihnen das uralte Tal auch nicht weiter. Einmal mehr verschloß es seine Geheimnisse vor den Sterblichen. Dennoch waren einige Menschen durch die Bemühungen des neuen Patriarchen beschwichtigt – allerdings nicht die Mehrheit, die ihren ganzen Glauben in die alten Überzeugungen legte. Solange das Meer noch voller wütender Kreaturen war und das Hochwasser des kommenden Monats kurz bevorstand, hielten sie die alten Geschichten für wichtiger denn je zuvor.

Nur noch wenige Boote wagten sich aufs Meer hinaus, und mit jedem Tag wurden es weniger. Selbst die *Eisstern* und das Handelsschiff aus dem tiefen Süden blieben im Hafen, da sie sich selbst in einer belagerten Stadt sicherer fühlten. Von jenen Fischern, die kühn oder närrisch genug waren, Segel zu setzen, kehrten einige niemals zurück, und auch daß der Ozean immer noch außergewöhnlich trügerisch war, nahmen die meisten Menschen als Werk der Kreischer für gegeben. Die mögliche Gefahr durch die Imperiale Flotte war fast vergessen angesichts dieser neuen und viel fürchterlicheren Angriffe. Zwar beobachtete immer noch ein aufmerksamer Posten den Horizont, doch glaubte kaum noch jemand, daß die Xantische Flotte kommen würde. Die Kreischer waren eine neue Form der Unterdrückung, und einige Leute, die vergaßen, daß auch die Flotte ihr Opfer geworden war, nahmen an, es handele sich um eine neue Waffe des Reiches, um eine neue und bösartige Form der Kriegsführung.

Woher sie auch kamen oder welche Motive sie auch hatten, jetzt waren die fliegenden Rochen der Feind, und Dsordas und seine Stellvertreter versuchten, soviel wie möglich über sie zu lernen. Sie schienen unbesiegbar – es sei denn, man konnte sie alle in einen Selbstmord locken –, doch das Wissen über sie wurde kaum größer. Niemand wußte, in welchem womöglich winzigen Umstand vielleicht der Schlüssel zur Rettung der Insel liegen mochte. Bislang hatte man einfach noch zu wenig herausgefunden. Verständlicherweise war die Angst einer sorgsamen Sammlung von Informationen nicht gerade zuträglich, und nur wenige Menschen waren darauf erpicht, die Ungeheuer von Nahem zu betrachten.

Dennoch stellten sich zwei sonderbare Tatsachen heraus. Zum einen sah es so aus, als hätten die vielen und anscheinend sinnlos aufgetauchten Geister, die zur Zeit über die Insel wanderten, genauso viel Angst vor den Kreischern wie die Lebenden. Das schien absurd. Keine der beiden Seiten konnte der anderen etwas anhaben, und dennoch war die Besorgnis der Geister offensichtlich. Zum anderen wurde die eher praktische Tatsache beobachtet, daß bei Nacht keine Angriffe erfolgten. Das war schon für sich genommen ein Segen, doch niemand konnte es erklären. In den Stunden der Dunkelheit flogen die Kreischer zwar weiter – man hatte sie im Mondlicht viele Male über dem Meer gesehen –, doch keiner von ihnen näherte sich der Küste. Das einzige, was in Nkosa bei Nacht flog, waren die Fledermäuse – weit mehr als sonst. Und dieses Mal war Gaye nicht dafür verantwortlich.

Für Gaye war diese Zeit besonders quälend. Ihre Bewegungsfreiheit war stärker eingeschränkt als je zuvor, doch selbst in der relativen Sicherheit ihres Heims konnte sie die Kreischer vor allen anderen kommen hören. Das Geräusch war schon schlimm genug, doch ihre Lage wurde vollends dadurch unerträglich, daß alle anderen in Nkosa offenbar bei der Verteidigung der Stadt halfen. Selbst Natali beteiligte sich an Ethas Projekt, Eismann zu retten. Gaye hatte das Gefühl, nur sie sei nutzlos. Und zu allem Überfluß quälte sie weiterhin das unerträgliche Verlangen, mit Bowen zusammenzusein, zu wissen, wie es ihm ging, *wo* er war …

Und dann war da natürlich noch dieser geheimnisvolle Rat des Geistes, der ihr auf der Seele lag. Seine unverständliche Botschaft war offenkundig wichtig, doch niemand konnte sie richtig deuten. *Der Kreis beginnt und endet auf Zalys. Vergeßt dies niemals.* Als erstes hatte Gaye daran gedacht, Kontakt zu ihrer fernen Freundin und Führerin Alasia aufzunehmen. Vielleicht konnte sie ihr alles erklären. Der Amberinanhänger wurde auf Gayes eigenen Wunsch jetzt immer in ihrer Nähe aufbewahrt, und sie spürte ihn die ganze Zeit wie ein unsichtbares Leuchtfeuer, eine Quelle von Hitze und Macht –

aber allzu viele unangenehme Erfahrungen hatten sie vorsichtig gemacht, und sie berührte ihn nicht sehr häufig.

Das erste Mal versuchte sie Alasia am Tage der Sonnenfinsternis zu kontaktieren, am Tag, als zum ersten Mal die Kreischer kamen, und ihre Bemühungen waren durch dringendere Sorgen unterbrochen worden. Sobald sie den Stein berührte, spürte sie erneut das Böse, schrecklich nahe, und sie hatte sich schnell wieder zurückgezogen. Später, nach den ersten Angriffen, hatten alle Gedanken an Alasia ihren Geist verlassen. Doch sie versuchte es noch einmal am folgenden Tag. Das Böse war immer noch gegenwärtig, doch lag es jetzt ruhend da. Es war wie der widerwärtige Eindruck, den sie von den Fernrufern empfangen hatte, aber sie wußte, daß das unmöglich war. Alle Fernrufer auf Zalys waren tot, mit Ausnahme von Eismann, und dieser war jetzt ganz anders. Später sprach Gaye mit Fen und Dsordas über ihre Gefühle, nur für alle Fälle, aber im Augenblick ignorierte sie das Gefühl und rief nach Alasia.

Es dauerte einige Zeit, bis sich die Bilder in ihrem Geist gebildet hatten, und als es soweit war, wirkte das chaotische, unendliche Gewirr noch bedrohlicher als zuvor. Einige Stränge wirkten jetzt ganz verzerrt und falsch – obwohl Gaye nicht sagen konnte, warum –, doch von Alasia war nichts zu sehen. Gaye blieb trotz ihrer wachsenden Unsicherheit hartnäckig.

Und dann, als sie gerade aufgeben wollte, verschob sich die Außenwelt, die Linien und Umrisse schlingerten so sehr, daß ihr übel wurde, und ihre innere Sehkraft geriet beunruhigend ins Wanken. Auf einmal erfüllten Stimmen ihren Kopf, aber das einzige Gesicht, das sie sah, war tot, eingeschlossen in eine furchterregende Grimasse. Gaye war von einer absoluten weißen Leere umgeben, aber die Stimmen durchschnitten den Nebel mit feiner Dringlichkeit.

Gemeinsam! Gemeinsam! Es war Alasia, nicht zu sehen,

aber ganz unmißverständlich, selbst in ihrer ungewöhnlichen Dringlichkeit. *Nur gemeinsam könnt Ihr Erfolg haben!*

Es folgte Schweigen. Das tote Gesicht drehte sich langsam vor Gayes innerem Auge, und jetzt tauchten zwei weitere Menschen auf, ein Mann und eine Frau, die sich bei den Händen hielten und anscheinend in entgegengesetzte Richtungen zogen. Der Mann starrte auf das körperlose Gesicht, aber die sanften braunen Augen der Frau ruhten ganz allein auf ihm, und Angst und Leidenschaft vermischten sich in ihrem Blick.

Vergeßt sie, sagte Alasia. *Sie ist tot. Geht zu ihm ... Ja, zu ihm! Er ist das Zentrum des Kreises, der Bruch im Siegel. Beeilt Euch!*

Vertrau ihr, drängte die Frau. *Es ist unsere einzige Hoffnung.* Sie zerrte an ihrem unwilligen Partner und zog ihn auf einige Schwaden weißer, sengender Flammen zu.

Wir könnten hier bleiben ... zusammen ... sagte der Mann, und in seiner Stimme lagen Verlangen und Wahnsinn.

Nein!

Nein! wiederholte Alasia. *Hinaus. Hinaus. Schnell*! Jetzt klang Panik in ihrer Stimme durch, wachsendes Entsetzen und Müdigkeit. *Ich kann es nicht länger aushalten ...*

Gaye war von diesem Streit gefesselt, doch sie hatte das Gefühl, unbefugt zu lauschen. Dieses Treffen hatte etwas Privates, es war so sehr von Gefühlen durchwoben, und sie fragte sich, ob sie sich zurückziehen sollte. Aber genau in diesem Augenblick war hinter dem brutalen Glühen der Flammen, die immer heller wurden, eine Bewegung zu sehen – und in ihrer Mitte erhaschte Gaye einen kurzen Blick auf eine andere Gestalt, eine andere Figur in diesem bizarren Spiel.

Bowen! schrie sie. Sein Gesicht war schmerzverzerrt, er hielt seine Arme ausgestreckt, aber seine Finger griffen nach oben ins Leere. Das quälende Feuer verzehrte ihn. *Helft ihm, Alasia!*

Hinaus! schrie Alasia, und ihre Stimme war voller Wut und Verzweiflung.

Gaye zuckte unwillkürlich zusammen und schreckte vor den Bildern zurück, doch sie war nicht fähig, sich völlig zurückzuziehen. Sie war von Wut, Bosheit und Grauen umgeben, alles auf einmal. Gefühle von außen, die ihr Gefühl, ein Eindringling zu sein, noch verstärkten. Dennoch hing sie immer noch an Bowen. Aber trotz ihrer Bemühungen verschwand er schließlich. Sein Gesicht, seine Hände, das Feuer, der Mann, die Frau – alles verschwand ganz plötzlich, und Gaye stürzte in eine kalte Tiefe aus Angst und Verlust. Nur das tote Gesicht war noch da, das sich langsam drehte. Gaye ließ den Amberin fallen und kehrte in ihre eigene, blinde Welt zurück, und sie begann hilflos zu weinen.

Das war vor mehreren Tagen gewesen, und sie hatte nicht den Mut gefunden, es noch einmal zu versuchen. Jeder Gedanke daran, Alasia nach der Botschaft des Geistes oder gar nach den Kreischern selbst zu fragen, war vergessen. Gaye konnte den Anblick ihres gefolterten Geliebten in den grausamen Flammen nicht vergessen, und obwohl sie sich verzweifelt danach sehnte zu wissen, was mit ihm geschah, hatte sie zuviel Angst, um sich erneut diesen Todesqualen zu stellen.

Kapitel vierundzwanzig

Aus des dunklen Feuers Asche wird ein Kind geboren. Doch es lodern noch andere Flammen. Sie schreien weiter, ziellos, und schmerzen in meinen Ohren. Bin ich auf ewig dazu verdammt, ihrem Brennen zu lauschen, dem Knistern der Funken und dem Flüstern des Rauchs? Ich bin verloren in den Echos der Flammen.

»Sie reden nicht mehr mit mir«, sagte Eismann. Er klang gleichzeitig erleichtert und traurig.

»Tatsächlich?« Habella lächelte. Also keine weiteren Geheimnisse.

Die Kräuterkundige war davon überzeugt, daß ihre Behandlung und Ethas unermüdliche Pflege ein wenig zum Erfolg beitrugen. Eismann wurde weiterhin von seiner Sucht gepeinigt, doch milderte sie sich von Tag zu Tag mehr, und obwohl seine Stimmungen wild schwankten, gab er in seinen ruhigeren Momenten immer mehr von seiner Persönlichkeit preis. Habella glaubte, daß das an Etha lag, die ihn so oft als möglich besuchte und ihm Essen mitbrachte und fröhlich Gesellschaft leistete. Natali hatte seine Mutter mehrere Male begleitet, und die früheren unschönen Szenen hatten sich nicht wiederholt. Er und Eismann kamen gut miteinander aus und unterhielten sich, als wären sie ebenbürtig – beinahe wie Gleichaltrige. Habella fragte sich, ob Eismann, der seiner eigenen Kindheit beraubt worden war, sein Leben noch einmal neu begann. Seine Geschichte war sehr sonderbar, hatte aber jetzt, so glaubte Habella, eine Wendung zum Besseren genommen.

Falls die Insel standhielt, würde er ihnen eines Tages vielleicht sogar die ganze Geschichte erzählen können, doch im Augenblick kämpfte er sich noch mühsam durch seine Erinnerungsfragmente. Obwohl er sich kaum an sein früheres Leben erinnerte, hatte einmal die Erinnerung an schneebedeckte Berge in ihm aufgeblitzt, so daß Etha glaubte, er stamme möglicherweise genau wie sie aus dem Norden. Auch das bildete eine weitere zarte Verbindung zwischen ihnen.

»Sie haben sicher einen anderen gefunden, mit dem sie reden können«, sagte Eismann plötzlich.

Habella runzelte die Stirn. Meinte er jemanden hier? Auf Zalys?

»Wen?«

Aber Eismann zuckte nur die Achseln.

»Botschaft gesendet und erhalten«, sagte Jäger.

»Irgendein Anzeichen für eine Antwort?« fragte sein Herr.

»Nein.«

Der Spion, der sich auf dieser Mission Ranald Onar nannte, fluchte wütend. So ging das schon, seit sie auf Zalys angekommen waren. Warum antwortete Xantium nicht? Er hatte nichts als einfache Bestätigungen erhalten. Keine Antworten auf seine immer drängenderen Bitten, auch keine Fragen oder Bitten um weitere Informationen. Angesichts der Tatsache, daß seine Berichte sehr ernst und außergewöhnlich waren, war diese Reaktion nicht nur verwunderlich, sondern geradezu absurd. Was dachten sie sich nur dabei? Warum schickte ihm Verkho keine weiteren Anweisungen?

Ranald schätzte es überhaupt nicht, im Unklaren gelassen zu werden, ganz besonders nicht an diesem erschreckenden Ort, der durch die furchteinflößenden Angriffe der Kreischer noch schrecklicher wurde. Er war jetzt schon seit zehn Tagen in Nkosa! Zehn Tage ohne ein einziges Wort aus Xantium! Er hatte alles getan, was man von ihm verlangte, und nichts hatte er dafür bekommen.

Keine Dankbarkeit, keine besorgten Nachfragen, nichts. Ranald witterte Verrat und ahnte, daß er plötzlich ganz allein dastand, gefangen auf dieser gottverlassenen Insel, nur mit einem geistlosen Werkzeug als Gefährte. Wenn er nicht bald etwas von Verkho hörte, entschied er, würde er so schnell wie möglich hier verschwinden.

»Du wirst es früher oder später wieder versuchen müssen«, sagte Fen zu Gaye.

»Warum?« fragte ihre Schwester argwöhnisch. »Weil du und Dsordas wissen wollt, was in Xantium vor sich geht?«

»Nein.« Dieser Gedanke war Fen zwar gekommen, doch ihre wahren Motive lagen woanders. »Weil du dich selbst mit der Erinnerung quälst. Wenn du es nicht mehr versuchst, wirst du es nie verstehen.«

Gaye schwieg eine Weile, denn sie wußte, daß ihre Schwester recht hatte. Seit ihrem Versuch, mit Alasia Kontakt aufzunehmen, hatte sie immer wieder diese sonderbaren und furchteinflößenden Szenen vor sich gesehen, und sie hatte mit Fen und anderen darüber gesprochen. Das Bild ihres Geliebten in verzweifeltem Todeskampf würde nie mehr verblassen, und der Gedanke an einen zweiten Versuch ließ sie schaudern.

»Ich bin nicht einmal sicher, ob Alasia wußte, daß ich dort war«, sagte sie schließlich.

»Ich weiß. Darüber sprachen wir ja schon.«

»Es war so verwirrend. Hat sie mit mir gesprochen oder mit jemand anderem, als sie ›hinaus!‹ sagte?«

»Ich weiß es nicht«, erwiderte Fen geduldig. »Die einzige, die das beantworten kann, ist Alasia selbst. Dann wird es dir besser gehen. Vielleicht kann du nächstes Mal sogar selbst helfen – und ein paar Antworten finden, die gleichzeitig Zalys helfen können.«

»Dräng mich nicht!« rief Gaye anklagend.

»Das tue ich nicht«, sagte ihre Schwester sanft. »Diese

ganze Sache verzehrt dich doch. Ich liebe dich. Wir alle lieben dich – und wir wollen das Beste für dich.«

Da brach Gaye in Tränen aus, und Fen hielt sie im Arm, während Gaye ihren Tränen freien Lauf ließ. Fen war selbst todunglücklich über all das Elend, das ihre Schwester überkommen hatte, und sie war sich nur zugut bewußt, daß Augen, die nicht mehr sehen konnten, leider nur zu gut weinen konnten.

»Es tut mir leid, ich halte –« begann Gaye.

»Du mußt dich nicht entschuldigen«, unterbrach Fen sie heftig. »Es gibt nichts, was dir leid tun müßte. Tu einfach, was du für richtig hältst. Ich helf dir, so gut ich kann.«

»Bleib bei mir.« Gaye tupfte sich ohne großen Erfolg ihr feuchtes Gesicht ab.

»Natürlich.«

»Gib mir den Stein.«

»Jetzt?«

»Ja. Wenn ich es nicht bald tue, werde ich es niemals tun.«

Fen nahm die Kette mit dem Anhänger und legte sie in Gayes geöffnete Hand. Gayes Finger umschlossen den Stein, und ihre Knöchel traten weiß hervor.

»Halte meine Hand.«

Fen umfing mit ihren Händen die Faust ihrer Schwester und spürte, wie sie unvorstellbar heftig zitterte. Gaye wurde ganz still, doch wo sie sich jetzt auch aufhielt, Fen wußte, sie konnte diese Erfahrung nicht teilen. *In mir ist keinerlei Magie,* dachte sie. *Ich weiß nichts von solchen Dingen.* Dennoch blieb sie und spürte, wie die Hand ihrer Schwester heiß wurde und sah, wie ihre blinden Augen sich hinter den geschlossenen Lidern bewegten, als träume sie.

Gaye flog wieder. Umrisse verschmolzen und formten sich neu, Farben flackerten endlos in Tönen des Regenbogens, die Luft – falls es Luft war – war angefüllt mit Klängen, die man gerade so eben hören konnte. Entfernungen bedeuteten in dieser Welt nichts, doch innerhalb ihrer Grenzen war nichts unerreichbar – ganz gleich, wie gut oder übel es sein mochte.

Alasia, hilf mir.

Es kam keine Antwort. Gaye flog weiter und gewöhnte sich an den Flug, erspürte alles um sich herum, erkannte und löste Geheimnisse, jenseits von Zufriedenheit oder Furcht. Einige Augenblicke lang kannte sie nur Neugier.

Alasia, bitte, hilf mir.

Diesmal folgte eine kaum wahrnehmbare Verschiebung in der unendlichen Komplexität, und Gaye stieß instinktiv auf ihr Ziel hinab. Alasia erschien und brachte ein Gefühl von Frieden und Wohlergehen mit sich, obwohl sie müde und erschöpft aussah. Ihr blasses Gesicht wirkte unwirklicher als je zuvor, doch ihre Augen lächelten. Gaye war sicher, daß sie jetzt willkommen war.

Alasia, ist Bowen ...? Ich habe ihn gesehen –

In den Flammen, sprach ihre Führerin weiter für sie.

Ja. Ist er ...?

Dein Leuchtfeuer leuchtet noch immer, erwiderte Alasia.

Erleichterung durchflutete Gaye bei diesen Worten, so sehr, daß Fen spürte, wie sie sich entspannte, und so schöpfte auch Fen wieder neue Hoffnung.

Kann ich ihn sehen?

Ihr müßt gemeinsam fliegen.

Gaye wußte, daß Alasia damit meinte, ein solches Zusammentreffen liege in ihrer eigenen Verantwortung. Es lag jetzt an ihr. Sie widerstand der Versuchung, es sofort zu versuchen, sondern erzählte Alasia schnell von der Botschaft des Geistes und fragte, was sie bedeute. Die Antwort der Frau war nicht sehr eindeutig – das waren Alasias Antworten nie –, doch Gaye nahm sie dankbar an, denn sie wußte, irgendwann würde es einen Sinn ergeben.

Kreise haben viele Anfänge und viele Enden. Zalys ist nur

eine von vielen Möglichkeiten. Weissagung ist eine verfluchte Kunst. Ganz Xantium wird dir das sagen.

Ist das der Ort, wo du bist? Wo Bowen ist?

Xantium liegt im Zentrum vieler Kreise, erwiderte Alasia. *Falls ihr sie alle verstehen wollt, müßt ihr herkommen. Aber seid vorsichtig, auch diese Stadt hat ihre Kreischer.*

Du weißt von ihnen? Gaye war überrascht.

Ich muß jetzt gehen.

Nein, bitte. Ich ...

Fliege, sagte Alasia und war verschwunden.

Aber Gaye flog nicht mehr allein.

»Bowen«, flüsterte sie laut. Dann lachte sie, und ihr Gesicht wurde in seiner plötzlichen Fröhlichkeit wieder so schön wie früher.

Fen hörte sie und sah das Strahlen auf ihren Zügen, und sie nahm ihre Hände fort. Dies war eine Zusammenkunft, die nur Gaye allein gehörte, ganz gleich, wie unwirklich sie für Fens weltliche Augen auch sein mochte. Fen beobachtete mit gemischten Gefühlen das Verzücken ihrer Schwester, die Freudentränen auf ihren Wangen. Sie durfte Gaye diese wenigen Augenblicke der süßesten Gefühle nicht nehmen, doch sie wußte, daß ihr die Rückkehr in die wirkliche Welt hinterher um so schwerer fallen würde. Dennoch war sie nicht darauf vorbereitet, wie entsetzlich und doppelt grausam das Ende schließlich kam.

Gayes Gesichtsausdruck veränderte sich von einem Augenblick auf den nächsten von unwirklicher Freude zu häßlicher, furchterregender Wut. Sie sammelte all ihren Zorn in einen ohrenbetäubenden Schrei, der über die Tonhöhen der menschlichen Stimme hinausging. Als es vorbei war, war ihr Zorn noch nicht besänftigt.

»Geht weg!« kreischte sie und gestikulierte wild. »Geht weg!«

Der Amberinanhänger fiel ihr aus der Hand, und sie brach zusammen und reagierte nicht auf Fens Bemühung, sie aufzurichten. Einige Augenblicke später eilte Etha ins Zimmer und andere Familienmitglieder drängten sich in der Tür, und ihre Gesichter waren blaß vor lauter Sorge. Man schickte Ia, um Kräutertee und Weinbrand zu holen, und erst, als man ihr diese eingeflößt hatte, kam Gaye endlich wieder zu sich.

»Sind sie fort?« fragte sie benommen.

»Wer?« wollte Etha wissen.

Gaye hing noch ihren Erinnerungen nach und schluckte schwer.

»Sie haben ihn fortgeholt«, klagte sie. »Ich konnte nicht mehr fliegen.«

Fen und ihre Mutter wechselten nachdenkliche Blicke, doch bevor sie fragen konnten, was Gaye damit meinte, kam schwer atmend Dsordas herein. Sein Gesicht war unnatürlich blaß.

»Was ist hier geschehen?« drängte er. »Was hat sie getan?«

»Warum? Was ist geschehen?« fragte Fen.

»Zwei Kreischer sind direkt auf dieses Haus zugeflogen. Ich hatte nicht gedacht, daß ich es bis ins Haus schaffe. Dann hörte ich von hier Geräusche – und plötzlich drehten sie ab und flogen hinaus aufs Meer.«

Kapitel fünfundzwanzig

Nur die Menschheit verfestigt den Jahresrhythmus durch künstliche Merkmale. Den anderen genügt der Kalender der Jahreszeiten, doch die Menschen gehen wie immer ihren eigenen Weg. Im Laufe der Zeit schreiten einige zielgerichtet aus, während andere träumen und trödeln. Die meisten bemühen sich, vorwärts zu kommen, doch für einige wenige geht es von Geburt an nur bergab. Zwar ist dies der leichteste Weg, doch gibt es kein Zurück.

»Viel Glück zum Namenstag, Natali!«

Obwohl noch niemand Gayes traumatische Erfahrung vom Vortag vergessen hatte, versuchten alle tapfer, nicht andauernd daran zu denken, sondern Natalis viertes Jahr so zu feiern, wie er es verdiente. Die ganze Familie Amari und mehrere Freunde, junge wie alte, hatten den Kreischern getrotzt und sich am Nachmittag zu einem Fest mit einem ein wenig exzentrischen Menü – von Natali persönlich ausgesucht – versammelt: es bestand ausschließlich aus Dingen in seiner Lieblingsfarbe.

»Alles rot!« hatte er als Antwort auf die Frage seiner Mutter ausgerufen.

»So?« fragte Etha und hielt eine Tomate hoch.

»Ja!« Natali klatschte in die Hände.

Daher war der Tisch beladen mit Platten voller Paprika, roten Meerbarben, Suppe und verschiedenen Früchten, die alle mehr oder weniger Natalis Wunsch entsprachen. Etha hatte Habella wegen einiger unbedenklicher Farbstoffe befragt und daher einige entsprechend gefärbte Kuchen und Kekse herstellen können. Außerdem hatte sie ein paar Sachen vorbereitet, die sie diskret vor ihrem Sohn verbarg, nur für den Fall, daß irgend jemand diese Lebensmittel als allzu eingeschränkt empfinden sollte.

Der Ehrengast war gut in Form, er freute sich über die vielen Geschenke und darüber, Mittelpunkt des Geschehens zu sein, und war doch bereit, seine vielen neuen Spielzeuge mit seinen Freunden zu teilen. Auf sein Drängen hin war eine ganz besondere Person eingeladen worden. Eismann saß in einer Ecke der Küche zwischen Habella und Lesec, zusammen mit mehreren anderen, die – ganz besonders Dsordas – ein wachsames Auge auf ihn hatten. Etha war entzückt über die Gelegenheit gewesen, ihr adoptiertes Unschuldslamm aus der Zelle in ihre Welt zu holen, und sie hatte keinerlei Bedenken, daß er sich unter ihnen aufhielt. Der frühere Fernrufer machte große Augen und war offensichtlich verblüfft über das ganze Durcheinander, doch er aß mit Appetit und lächelte sogar, wenn Etha in der Nähe war.

Als sie zuende gegessen und die Erwachsenen ihren Wein ausgetrunken hatten – roten natürlich! –, verfügte Natali, daß er und alle Gleichaltrigen auf dem Boden sitzen und Spiele machen sollten. Die folgenden Balgereien verursachten noch mehr Chaos in dem überfüllten Zimmer, und nur durch viel Glück wurden die kleineren nicht von den größeren über den Haufen gerannt. Nachdem aber endlich alle ihre Plätze eingenommen hatten, sah sich Natali um und war offenbar noch immer nicht ganz zufrieden.

»Eis!« rief er und lockte seinen Freund zu dem Platz neben sich. »Eis!«

Eismann stand auf und zögerte, als er die fragenden Blicke auf den Gesichtern der weniger freundlichen Erwachsenen sah. Es war offensichtlich, daß er gerne mitspielen wollte, doch er hatte Angst. Etha nahm ihm die Entscheidung ab.

»Geh schon«, drängte sie ihn. »Du kannst dem Jungen, der Namenstag hat, nicht widersprechen.«

Ihr Lächeln war genau die Ermutigung, die Eismann

brauchte, und bald saß er auf dem Boden, irgendwie fehl am Platze, umgeben von Kindern, die nur ein Viertel so alt waren wie er, und brüllte mit den anderen und lachte über ihre Späße und seine eigene Ungeschicklichkeit bei ihren Spielen. Schließlich entspannte sich sogar Dsordas.

Einige Zeit später stand Natali plötzlich auf, den Kopf zur Seite gelegt, als lausche er auf etwas, das nur er hören konnte. Dann wandte er sich an Eismann, der immer noch im Schneidersitz auf dem Boden saß und dessen Gesicht daher auf gleicher Höhe mit Natali war.

»Mein Papa kommt«, verkündete er glücklich. »Willst du ihn kennenlernen?«

Als Eismann unsicher nickte, lächelte Natali und merkte nichts von der plötzlichen Stille in der Küche. Bis zu diesem Augenblick hatte niemand mehr an seine Behauptung gedacht, daß Antorkas an seinem Namenstag zurückkommen würde.

Jetzt legte sich ein kühler Hauch über die festliche Atmosphäre.

»Natali, Kleiner ...«, begann Etha, doch sie brach ab und schnappte erschreckt nach Luft, und alle anderen taten es ihr nach.

In der Tür schimmerte Antorkas' Geist. Diejenigen, die ihm am nächsten standen, wichen instinktiv zurück, doch niemand rührte sich.

»Papa, das hier ist mein Freund Eis«, verkündete Natali unerschüttert.

Die Lippen des Geistes bewegten sich, doch nur Gaye hörte die Worte. Sie hatte seine Ankunft erspürt, und sie mußte sich sehr anstrengen, beim Klang seiner vertrauten Stimme in ihrem Kopf nicht in Ohnmacht zu fallen.

»Ja«, erwiderte sie, und die Blicke der Anwesenden gingen zwischen ihr und dem geisterhaften Besucher hin und her. »Ja, ich werde es ihnen sagen«, fügte sie nach einer weiteren Pause hinzu. »Warum –?«

Antorkas sprach weiter und schnitt alle Fragen ab, dann sah er seine Familie an und verweilte für einen

Augenblick bei jedem Mitglied. Alle außer Natali hatten jetzt Tränen in den Augen.

»Was sagt er?« flüsterte Etha mit einem Kloß im Hals.

»Er sagt, er vermißt uns alle, aber es braucht uns nicht leid zu tun«, begann Gaye. Ihre Stimme schwankte bedrohlich. »Und daß er ...«, Sowohl der Geist als auch seine Übersetzerin richteten ihre Augen jetzt auf Etha. »... daß er dich immer lieben und auf dich warten wird, solange es das Schicksal will.«

Etha schluchzte heftig auf, und Foran, der neben ihr stand, nahm ihren Arm für den Fall, daß sie zusammenbrach. »Antorkas ...«, hauchte sie, doch was sie auch hatte sagen wollen, es war zu spät. Der Geist flackerte kurz auf, dann war er verschwunden.

»Ich habe euch ja gesagt, daß er kommt«, strahlte Natali, doch da fielen ihm zum ersten Mal die ernsten Gesichter auf, und er runzelte die Stirn und seine großen Augen wurden ernst.

»Hat er sonst noch etwas gesagt?« fragte Etha leise.

»Ja.« Gaye zögerte offenkundig widerwillig. »Er sagte, er habe den Ruf dieser Welt beantworten können, weil die Familie heute zum letzten Mal vollständig versammelt ist.«

An jenem Abend, als die Dunkelheit sich niedersenkte und die Bedrohung durch Angriffe der Kreischer nachließ, gingen Fen und Dsordas zu einem Treffen mit seinen Stellvertretern. Sie hatten eine Entscheidung getroffen, doch sie brauchten die Zustimmung ihrer Gefährten, bevor sie weitere Schritte unternehmen konnten. Skoulli, Maus und Yeori warteten schon in einem ruhigen Zimmer in der oberen Etage des alten Hauptquartiers der Garnison auf sie.

»Ich habe beschlossen, nach Xantium zu fahren«, stellte Dsordas ohne lange Vorrede fest, als er und Fen das Zimmer betraten.

»Was!« brach es aus Yeori hervor.

»Warum?« Skoulli blieb ruhig.

»Irgend jemand muß gehen, und ich trage für all das hier die Verantwortung«, erwiderte ihr Anführer. Sein Gesichtsausdruck und die Stimmlage verrieten, wie lange es gedauert hatte und wie schwer es ihm gefallen war, diese Entscheidung zu treffen. »Einige der Gründe kennt ihr. Andere sind erst jetzt ans Licht gekommen.«

»Die Familien der Geiseln würden das begrüßen«, warf Maus ein. »Sie bemühen sich verzweifelt herauszufinden, was mit ihren Kindern geschehen ist – und wollen ihnen wenn möglich helfen.«

»Das ist ein Grund«, stimmte Dsordas zu. »Der zweite ist, daß wir nur dann absolut sicher sein können, daß Xantium keine Flotte gegen uns richtet, wenn wir zum Festland gehen.«

»Aber war ist mit den Kreischern?« widersprach Yeori. »Sie sind im Augenblick eine größere Bedrohung als Xantium.«

»Ja, das stimmt. Aber der Gedanke, daß die Kreischer eigentlich Waffen des Reiches sind, klingt mir immer plausibler.«

»Das ist doch Unsinn!« rief Yeori aus. »Wie ...?«

»Farrag hat Zauberkräfte benutzt«, warf Fen ein. »Das habt ihr selbst gesehen. Wer weiß, welche bösen Kräfte Xantium zur Verfügung hat?«

»Wie sonst könntet ihr die Verwandlung der Seefledermäuse erklären?« fügte Dsordas hinzu.

»Aber sie haben die Imperiale Flotte versenkt!«

»Das wissen wir nicht genau«, erwiderte Dsordas. »Und selbst wenn, ist es immer noch möglich, daß sie Kreaturen des Reiches sind. Was, wenn die Kreischer die Flotte begleitet haben, als Teil der Streitkräfte, aber dann ist etwas schiefgegangen und sie haben sich gegen ihre Herren gewandt?«

»Das glaubst du?« fragte Yeori ungläubig.

»Ich ziehe diese Möglichkeit in Betracht, mehr nicht.

Und wie die Wahrheit auch aussieht, irgend jemand im Reich muß mehr über die Kreischer wissen als wir.«

Yeori gab auf.

»Was hätte Xantium gewonnen, uns diese Wesen zu schicken?« fragte sich Maus.

»Vielleicht sind sie die Strafe für die Rebellion? Oder sollen uns für ihre Armee weichklopfen?« Dsordas zuckte die Achseln. »Ich weiß es nicht.«

»Du glaubst also, Latchi und seine Leute könnten recht haben«, fügte Skoulli mit zaghaftem Grinsen hinzu. »Zalys ist immer noch unterdrückt, und deshalb sinkt die Insel immer weiter.«

»Du kennst meine Ansicht über die alten Geschichten«, erwiderte ihr Anführer ernst, »aber es bleibt die Tatsache, daß wir immer noch Gefahr laufen, überflutet zu werden und uns sogar noch der neuen Gefahr aus dem Meer gegenübersehen. Auf dem Festland könnten wir vielleicht etwas darüber erfahren.«

»Das Hochwasser des Monats ist in zwei Tagen fällig«, warf Maus ein.

»Und die Gründe, von denen wir nichts wissen?« gab Skoulli nach kurzem Schweigen das Stichwort.

Dsordas holte tief Luft.

»Gaye hat mit jemandem aus Xantium gesprochen«, sagte er. Mit Fens Hilfe erzählte er ihnen alles über Gayes neueste Erkenntnisse. Die Männer wußten bereits von der früheren Botschaft des Geistes, und diese Geschichte schien dazu zu passen.

»Xantium liegt im Zentrum vieler Kreise. Wenn ihr sie alle verstehen wollt, müßt ihr herkommen. Aber seid vorsichtig, auch diese Stadt hat ihre Kreischer«, zitierte Fen.

Die Stellvertreter hörten in respektvollem Schweigen zu und erinnerten sich an Gayes Beitrag zum Erfolg der Revolte – und an die Tatsache, daß ihre Taten auf einem Rat eben jenes Geistes basierten.

»Deshalb will Gaye sowohl aus persönlichen als auch aus Gründen, die die Öffentlichkeit betreffen, nach Xantium gehen«, schloß Dsordas. »Sie hat Recht. Und ich werde mit ihr gehen – falls ihr es erlaubt.«

Yeori warf einen Blick zu Fen.

»Was hältst du davon?«

»Ich werde sie begleiten«, erwiderte sie ohne Zögern.

»Nein! Das kannst du nicht. Das ist absurd.« Etha erstickte fast an ihren Worten. »Du gehst nicht!«

»Doch«, erwiderte Gaye ruhig. »Du kannst mich nicht aufhalten, niemand kann das.«

Etha sah von Gaye zu Fen und Dsordas.

»Also laßt ihr mich alle im Stich«, sagte sie anklagend. »Womit habe ich das verdient?«

»Wir müssen es tun, Mama«, antwortete Fen.

»Aber das ist Wahnsinn!«

»Vielleicht. Aber haben wir denn eine Wahl? Du hast die Gründe gehört. Es könnte unsere einzige Chance sein, Zalys zu retten. Und Gayes einzige Chance, wieder mit Bowen zusammenzusein.«

»*Du* mußt doch nicht mitgehen«, sagte Etha zu ihrer ältesten Tochter, doch sie klang nicht sehr überzeugt. Wenn Dsordas ging, würde Fen nicht zurückbleiben. »Wie wollt ihr vorgehen?« fragte sie schließlich.

»Yeori kommt mit uns«, sagte Dsordas. »Und du weißt, wie gut er ist.«

»Also wollt ihr vier euch mit dem ganzen Reich anlegen«, bemerkte Etha bitter.

»Wir suchen Informationen, nicht den Kampf.«

»Und wir haben mehr als genug Amberin, um uns den Weg bis zum Festland erkaufen zu können«, fügte Fen hinzu.

»Ich nehme an, ihr fahrt mit der *Eisstern*. Mit diesem Piraten.«

»Bark Madden mag vieles sein«, sagte Dsordas, »aber er wird uns fair behandeln.«

»Und was ist mit den Heulern?« griff Etha zu ihrer

letzten Waffe. »Vor ihnen könnt ihr euch nicht verstecken!«

»Wir hoffen, daß Gaye uns dabei helfen kann«, sagte Fen. »Du weißt, was sie gestern abend getan hat. Das ist ebenfalls ein Grund, warum sie mit uns kommt.«

Ihre Mutter wandte sich ab und verbarg ihr Gesicht.

»Antorkas wußte es, nicht wahr«, sagte sie mit grimmiger Stimme. »Wir werden nie wieder zusammensein.«

Die nächsten drei Tage versanken in einem Nebel aus hektischer Aktivität. Die Flut beanspruchte den größten Teil ihrer Aufmerksamkeit, und der Schaden für Nkosa war schlimmer als je zuvor. Dadurch wurde die Unterstützung im Volk für Dsordas' Versuch gestärkt, zwischen den Anhängern der alten Traditionen und den Pragmatikern zu vermitteln. Zumindest unternahm er etwas.

Aber schließlich war alles für die Reise vorbereitet. Dsordas hatte Skoulli bestimmt, in seiner Abwesenheit die Führung zu übernehmen, und er war es, der am Morgen vor ihrer Abreise einige beunruhigende Neuigkeiten brachte.

»Habella sagt, Eismann ist so gut wie sicher, daß noch ein Fernrufer auf Zalys ist, aber er weiß nicht, wie er ihn ausfindig machen soll.«

»Gaye hatte denselben Gedanken«, sagte Dsordas mürrisch. »Du glaubst also, daß Xantium uns erwartet?«

»Vorbeugen heißt vorbereitet sein«, erwiderte Skoulli.

»Hoffen wir es.«

»Auf jeden Fall könnten wir aus Eismann jetzt keinen Fernrufer mehr machen, selbst wenn wir wollten«, fügte sein Stellvertreter hinzu.

»Was meinst du damit?«

»Farrags Kröten sind alle verschwunden. Niemand weiß, wo sie sind.«

Endlich, einen Monat nach der Revolution, setzte die *Eisstern* Segel. Auf Dsordas' Anweisung hin kamen nur wenige Menschen ins Freie, um sie zu verabschieden, doch die vier Reisenden wußten, daß alle Gedanken auf Zalys bei ihnen waren.

In der Mannschaft hatte es ein wenig Unruhe gegeben, weil Frauen an Bord waren, doch als sie von den angeblichen Fähigkeiten des blinden Mädchens hörten, waren sie weniger störrisch und beinahe begierig, das offene Meer zu erreichen. Nkosas Freuden waren für solche erfahrenen Seeleute begrenzt, und sie hatten sich schon seit einigen Tagen verzweifelt danach gesehnt fortzukommen. Flucht war im Augenblick eine gute Aussicht, selbst wenn die Möglichkeit bestand, von den Kreischern angegriffen zu werden, und so akzeptierte man Fen und Gaye.

Doch die Inselbewohner waren nicht die einzigen zahlenden Passagiere. Ein Kaufmann namens Ranald Onar und sein Diener machten dieselbe Reise. Und es gab noch weitere Mitreisende. Zur Überraschung aller wurde das Schiff von einem großen Schwarm Fledermäuse aufs Meer hinaus begleitet, und ihre winzigen Schatten flatterten zwischen der Takelage hin und her.

Kapitel sechsundzwanzig

Eine Nachtwache beginnt.

Eine Liebe hält Wacht, eine andere verbirgt sich und enthüllt sich dadurch zugleich. Das laute Tosen des Sturms wird von den lautlosen Gebeten übertönt. Wer außer den Göttern kennt die Antworten?

Als man Southan erzählte, was Ifryn getan hatte, reagierte er zunächst mit Unglauben, dann mit Entsetzen, dann mit einem Wutanfall. Er raste durch die widerhallenden Korridore zu dem schicksalhaften Flur, wo sich jetzt mehrere Offiziere versammelt hatten.

»Wer hatte hier Wache?« Southan war ein großer Mann, und sein Zorn machte ihn noch imposanter.

Widerwillig traten zwei Soldaten vor und knieten mit gesenkten Köpfen vor dem Kaiser nieder.

»Was ist passiert?« fuhr er sie an, und sein ganzer Körper zitterte vor Wut.

»Die Kaiserin hat darauf bestanden, daß wir sie durchlassen, mein Lord«, erwiderte der erste. »Sie sagte, Ihr hättet es ihr gestattet.«

»Narr!« zischte Southan.

»Wir haben es nicht gewagt sie aufzuhalten, mein Lord«, jammerte der andere Wachmann. »Wir hatten keine Ahnung –«

Southan schlug ihn kräftig mit dem Handrücken, und der Mann ging der Länge nach zu Boden.

»Habt Ihr *meine* Befehle vergessen?« brüllte der Kaiser. Er behielt sich nur unter Schwierigkeiten in der Gewalt und wandte sich wieder an den ersten Posten. »Was ist dann passiert?«

»Sie ... die Kaiserin stand vor der Tür, dann trat sie

ein«, erwiderte der zitternde Soldat. »Es gab einen Lichtblitz, und sie ... sie verschwand völlig.« Er hielt den Kopf gesenkt und war schlau genug, nicht wie sein Gefährte seine Unschuld zu beteuern.

Southan starrte die beiden Männer einige Augenblicke lang an und wandte sich dann an einen der Captains.

»Schafft sie mir aus den Augen«, befahl er. »Laßt sie auspeitschen und dann in eine Zelle werfen.« Er warf einen Blick zurück auf die beiden kläglichen Wachen. »Betet, daß die Kaiserin sicher zurückkehrt. Falls ihr irgendein Leid zustößt, werdet Ihr sterben.«

Als die in Ungnade gefallenen Männer davongezerrt wurden, starrte Southan erneut auf die Tür. Der leere Raum dahinter schien seiner zu spotten.

»Laßt mich allein.«

Die andere zogen sich unauffällig zurück, und nur ein paar Männer blieben diskret in der Nähe, um vom Ende des Korridors aus aufzupassen.

Ifryn, warum hast du das getan? fragte sich Southan verzweifelt. Er war wahnsinnig vor Sorge und zutiefst verwirrt. *Ich hätte die Tür zumauern lassen sollen,* dachte er und hielt dann entsetzt inne. *Und Kerrell lebendig begraben?* Es erschien ihm möglich, daß jetzt sowohl der General als auch Ifryn dort drinnen waren. Der Raum wirkte zwar harmlos, doch Southan hatte gesehen, wie er Clavia tötete – und jetzt hatte er seine geliebte Frau verschlungen. Southan ging mehrere Male auf die Schwelle zu, doch konnte er sich nicht überwinden, die unsichtbare Barriere zu überschreiten. Ein Teil seiner Wut richtete sich gegen sich selbst, und er quälte sich mit seiner eigenen Feigheit. Er suchte Entschuldigungen, zählte seine Verantwortung gegenüber dem Reich und seinen Kindern auf, doch das war es nicht, was ihn wirklich zurückhielt, und das wußte er. Southan hatte Angst – vor dem Tod, vor der unbekannten Zauberkraft – und konnte sich nicht zum Handeln überwinden. Und er würde es auch niemandem befehlen. Tief in seinem Innern wußte er, daß die barsche Behandlung seiner Wachen unfair gewesen war.

Der Kaiser ignorierte die nervösen und aufmerksamen Soldaten und kniete sich schließlich auf den kühlen, harten Steinfußboden, blickte zu dem jetzt verdunkelten Raum und begann mit seiner Wache. Als sich die Nacht herniedersenkte, betete er zum ersten Mal in seinem Leben mit echter Inbrunst zu den alten Göttern.

In eben dieser Nacht brach erneut Chaos unter den Talentierten aus. Bowen konnte völlig unbehelligt umherlaufen, während Beamte und ihre Untergebenen erfolglos versuchten, mit den vielen Notfällen fertigzuwerden. Er sah ohne große Beunruhigung zu, wie auch der letzte Rest der Fassade aus Normalität zerbröckelte. Er hatte die wachsende Angst der Talentierten schon früher am Tag gespürt, die immer stärker werdende graue Macht, die sie alle zu zerschmettern drohte, doch für ihn selbst war das alles zu weit entfernt. Später hatte es erneut Schwingungen in dem psychischen Gewebe seines neuen Heims gegeben, doch Bowen hatte es absichtlich ignoriert, denn er wollte sich da nicht hineinziehen lassen. Er war zufrieden damit, einfach zuzusehen, was um ihn herum geschah. Zuhören war viel schwerer.

In jener Nacht sah er, wie Geister lebende Talentierte angriffen und sie mit ihren wahnsinnigen, aber unvermeidlich unwirksamen Angriffen in die Hysterie trieben. Er sah, wie Telepathen, die seit drei oder mehr Nächten nicht geschlafen hatten, wirres Zeug redeten und kurz vor dem Zusammenbruch standen, aber aus schrecklicher Furcht vor Alpträumen wach blieben. Er sah, wie ein Holztisch bei einem einzigen Wort in tausend Splitter zerbarst, die einen der Beamten erblinden ließen und mehreren Talentierten die Haut abschälten. Er sah, wie einer der Feuermacher seine geheimnisvolle Kraft ungewollt gegen sich selbst richtete und damit in seinem Körper eine Kettenreaktion hervorrief, die innerhalb weniger Momente sein Fleisch in Asche und seine Knochen zu schwarzen, qualmenden Stöcken vernichtete.

Das alles steckte Bowen spielend weg. Weitaus beängstigender waren für ihn die Stimmen in seinem Kopf, die ständig riefen, flehten und fragten. Gegen diese Angriffe kannte er keine Verteidigung, keine Antworten auf ihr Betteln. Er ließ die Worte durcheinanderpurzeln, so daß sie keinen Sinn ergaben, und versuchte, den Lärm zu ignorieren.

Tief in der Nacht führte ihn ein Instinkt, den er nicht verstand, in eines der inneren, dunklen Zimmer. Lampenbeleuchtung aus dem Korridor ergoß sich hinein, als er die Tür öffnete, und beleuchtete eine makabre Szene. Die Männer und Frauen, die auf dem Rücken auf erhöhten Steinpritschen lagen, waren alle jung und kamen ihm irgendwie bekannt vor. Ihren rechten Arm hatten sie in Richtung Zimmermitte ausgestreckt, und in jedem Handgelenk war ein Einschnitt zu sehen, aus dem das Blut langsam in flache Schalen tropfte und von dort über Steinrinnen zu einem zentralen Behälter lief, der ebenfalls aus Stein gehauen war. Dünne blaue Flammen flackerten über der blubbernden dicken Mischung aus Blut. Bowen wußte, ohne zu wissen woher, daß dies die Geiseln aus Zalys waren, alle in einem von Drogen hervorgerufenen Trancezustand, und ihr vergiftetes Blut war eine neue Quelle der Kraft. Kraft, die ihnen abgezogen wurde, um woanders von Nutzen zu sein.

Bowen zählte die Geiseln. Es waren elf. *Es sollten zwölf sein,* dachte er abwesend, doch dann fiel ihm ein, daß Sagar tot war. Das lenkte seine Gedanken wieder auf die quälend schmerzliche Realität, und damit kamen auch die Erinnerungen an Gaye zurück. Bowen fiel hin, genau wie sie, und stieß sich den Kopf an einem der Steintische. Er blieb dort liegen, so still wie tot, und langsam tropfte Blut aus einem Schnitt an seiner Stirn.

In derselben Nacht trafen sich auch Martyn und Alasia im Turmviertel, zwischen den windumtosten Steinzinnen hoch über der Stadt und über dem Lärm der Menschen. Nach ihrer üblichen höflichen Begrüßung kam Martyn direkt zur Sache. Zunächst brachte er seine eigenen Belange zur Sprache, dann jene, die Baylin ihm aufgetragen hatte.

»Sagars Bruder, Bowen, der, den Ihr Leuchtfeuer nennt. Wißt Ihr, wo er ist?«

»Im Wirbelwind unter der Erde«, erwiderte sie. »Die Tunnel hallen wider.«

»Er ist im Ministerium? In welchem Bereich?«

»Ein Leuchtfeuer leuchtet überall, wo es auch ist.« Alasia klang wie eine sittsame Lehrerin. »Wer sieht, der findet.«

Martyns Herz sank bei dem Gedanken daran, das riesige Gebiet des Geheimdienstministeriums zu durchkämmen. Er hätte auch ein bestimmtes Staubkorn in den Deadlands suchen können.

Aber er wußte, mehr würde er jetzt nicht aus Alasia herausbekommen. Warum konnte Bowen nicht irgendwo an einem einfachen Ort festgehalten werden, wie zum Beispiel in den Kerkern oder in der Geiselenklave? Der *Soldat* seufzte und wandte sich anderen Dingen zu.

»Wo ist Kanzler Verkho? Es geht das Gerücht, er sei seit einiger Zeit untergetaucht.«

Über Alasias blasses Gesicht lief ein leichtes Zucken.

»Er ist nicht zu fassen«, sagte sie. »Mehr als nur ein Schloß schützt sein Versteck. Denkt noch nicht daran, Euch ihm zu stellen.«

Diese Bemerkung ließ Martyn innehalten. Daß Verkho sich in seinem Arbeitszimmer verbarrikadierte, war nichts Neues – das hatte Martyn erwartet und erhofft –, doch kannte Alasia das Ziel des *Soldaten*?

»Ich denke nicht daran, mich ihm jetzt zu stellen«, sagte er vorsichtig, »aber ich möchte gerne mehr erfahren. Wie gelange ich in die privaten Gemächer des Kanzlers?«

Alasia nannte ihm die besten Möglichkeiten, und Martyn war darüber so erfreut, daß er am liebsten laut gelacht hätte. Konnte es wirklich so einfach sein?

»Vielen Dank.« Als er gerade gehen wollte, fügte er noch hoffnungsvoll hinzu: »Wißt Ihr, wo Kerrell ist?«

»Das Leuchtfeuer hat ihm geleuchtet«, antwortete sie. »Aber ich allein habe nicht die Kraft, das Siegel zu brechen.«

»Bowen?« riet Martyn aufs Geratewohl, und war einmal mehr verwirrt. »Ist Kerrell auch im Ministerium?«

»Er ist nirgendwo. Er hat diese Welt verlassen.«

Als Ifryn in das Zimmer trat, spürte sie nur ein Rauschen in den Ohren. Der leere Raum, schwach erleuchtet von der Lampe im Korridor, sah genauso aus, wie es von außen zu vermuten gewesen war. Doch dann merkte die Kaiserin, und ihr Herz begann schneller zu schlagen, daß sie keinen Schatten warf. Sie dachte sofort an Flucht und wandte sich zurück zur Tür, doch dann zögerte sie. Der Korridor wirkte irgendwie unscharf, wie eine undeutliche Erinnerung. Einem Impuls folgend sah sie hoch, und sie sah, daß das Zimmer keine Decke hatte, sondern Wolken. Ihre falsche Realität brach in sich zusammen – und das Zimmer verschwand.

Ifryn sah sich von durchsichtiger Weiße umgeben. In der Stille hatte die Angst sie fest im Griff. *Was habe ich getan?*

Dann sah sie ihn, ausgestreckt auf dem Nichts, die Augen geschlossen. Ihr Herz machte vor lauter Hoffnung und Entsetzen einen Satz.

»Kerrell!« Ihr Schrei erzeugte keinen Ton. Die kahle Leere schluckte seinen Namen, doch irgendwie hörte er sie und sah sich um. Seine Augen weiteten sich vor Unglauben und plötzlicher wahnsinniger Freude.

Ifryn! Seine Lippen bewegten sich, doch ihre Ohren waren taub. Sie hörte seinen Ruf nur im Geiste.

Sie bemühten sich verzweifelt, einander näher zu kommen, doch kamen sie auf dem blassen Nebel kaum vorwärts. Es gab nichts, wo sie sich hätten abstützen können, doch angetrieben von dem verzweifelten Verlangen, kamen sie einander langsam, aber unausweichlich näher, als treibe ihre eigene Sehnsucht diesen sonderbaren Flug voran. Endlich berührten sich ihre Fingerspitzen, ihre Hände ergriffen einander und unter einer Woge der Erleichterung und des wilden Glücks hielten sie sich in einer fieberhaften Umarmung umfangen.

Du bist es wirklich! hauchte Kerrell verwundert und wiederholte ahnungslos seine Worte aus ihrem Traum.

Was passiert hier? fragte sie. *Wo sind wir?*

Kerrell verschloß ihren Mund mit einem Kuß. Einen kurzen Augenblick lang war Ifryn viel zu überrascht, um zu reagieren, doch dann schmolz sie in der Hitze seiner Leidenschaft dahin. Lange, bevor ihre Lippen sich trennten, wußten beide, daß es noch nicht zu Ende war. Sie konnten ihre Gefühle, die sie so lange verborgen gehalten hatten, nicht länger unterdrücken, und jetzt hatten sie keine andere Wahl, als sie in einem Sturm zu entfesseln, der keine Hindernisse kannte und keine Tabus. Beide wußten auch ohne Worte, was in dem anderen vor sich ging. Es war nicht mehr eine Frage der Entscheidung, sondern der Notwendigkeit.

Die Kleider fielen wie von selbst herab, als wären sie schon zu lange ein Teil der Verschwörung gewesen. Fleisch traf auf Fleisch, erkundete, liebkoste, fand zueinander und schwelgte in der Berührung der Haut, dem Gefühl von Berührung und Geschmack. Miteinander lasen sie für einige zeitlose, aufwühlende Augenblicke das ganze Buch der Leidenschaft, formten jedes Kapitel und jeden Abschnitt durch ihre unerschütterliche Leidenschaft.

Erst als es vorbei war, als sie still nebeneinanderlagen

und sich in den Armen hielten, wurde ihnen klar, was sie getan hatten. Kerrell sah die Furcht auf Ifryns hübschem Gesicht und küßte sie fort.

Dies ist das einzige, was jetzt zählt.

Ifryn schloß Augen und Geist und ließ ihren Körper zustimmen.

Viel später, als ihre Leidenschaft vorübergehend besänftigt war, begannen sie ein sonderbares, stilles Gespräch.

Ich habe dich schon immer geliebt, begann Kerrell. *Seit ich dich das erste Mal gesehen habe. Es war grauenvoll, es dir nicht sagen zu dürfen, nicht zu wissen, wie du fühltest.*

Hast du meine Liebe bezweifelt? fragte sie.

Ich hoffte darauf, manchmal glaubte ich es, aber ...

Jetzt weißt du es besser. Ifryn lächelte. *Du hast den Beweis.*

Schuldgefühle waren an diesem Ort unmöglich, es gab nur Erleichterung, unaussprechlich süß. Sie hatten die Sorgen der echten Welt hinter sich gelassen.

Ich dachte, du wärst tot, sagte sie.

Das dachte ich auch.

Warst du die ganze Zeit hier? Du bist seit über zwei Wochen verschwunden.

Kerrells Erstaunen war unmißverständlich.

Die Zeit muß hier anders verlaufen, vermutete er zögernd. *Sonst wäre ich schon tot.* Er konnte sehen, wie die Angst in ihre Augen zurückkehrte.

Wie kommen wir hier raus? flüsterte sie.

Ich weiß es nicht, gab Kerrell zu. Sein Tonfall ließ darauf schließen, daß es ihm im Augenblick auch egal war.

Clavia wurde getötet, als sie versuchte ...

Ich weiß. Er drehte sanft Ifryns Schultern und zeigte ihr das tote Gesicht, das sich immer noch langsam drehte. Der Anblick verursachte Ifryn Übelkeit, und sie wandte sich vor diesen schrecklichen, blicklosen Augen ab.

Wie furchtbar.

Clavia war es, die mich hierher gelockt hat, erinnerte sie Kerrell.

Dann ist Verkho dafür verantwortlich, schloß Ifryn. *Das ist der Beweis, den wir brauchen. Falls wir jemals die Gelegenheit bekommen, ihn zu benutzen,* fügte sie ernst hinzu.

Um sich vom Grübeln abzuhalten, erzählte sie Kerrell soviel sie konnte über die Ereignisse, die in seiner Abwesenheit geschehen waren. Von ihrem Bündnis mit Baylin und dem *Soldaten,* von Alasias Kampf um Coulson gegen Verkho, von der selbst auferlegten Isolation des Kanzlers. Kerrell hörte ihr zu, doch offenkundig waren seine Gedanken ganz woanders, und schließlich fiel ihr nichts mehr ein. Der Blick in ihren Augen schien zu fragen, was sie jetzt tun konnten.

Kerrell küßte sie noch einmal.

Kapitel siebenundzwanzig

Der Kerze Zorn wirft ein verfluchtes Licht und schmilzt das tiefrote Wachs. Doch welche Umrisse böser Vorzeichen wird er enthüllen? Wenn unser Reich sich wieder abgekühlt hat, welche Vertiefungen werden dann gefüllt, welche Siegel vervollständigt sein?

Ich habe solche blutroten Zeichen schon gesehen.

Anders als sein geduldigeres Alter Ego war Martyn als *Soldat* jemand, der entschlossen vorging, und von seinem Treffen mit Alasia ging er direkt zu Verkhos Gemächern im Staatsviertel. Der Eingang war so leicht zu finden, wie seine Führerin gesagt hatte, und schon bald näherte er sich nach nur wenigen Augenblicken der Unsicherheit dem inneren Heiligtum. Die Gemächer des Kanzlers bestanden aus vielen Räumen für alle nur vorstellbaren Zwecke, doch einige waren angeblich nur für Verkho persönlich zugänglich – und vielleicht für ein paar handverlesene Gäste. Genau dorthin zog es den *Soldaten*.

Als er die äußeren Ringe erst einmal hinter sich gelassen hatte, traf er auf keine Wachen mehr. Entweder fühlte sich Verkho sicher, glaubte, niemand würde sich so weit vorwagen, oder diese Räume wurden auf andere, unauffälligere Weise überwacht. Tatsächlich wirkte der gesamte Komplex verlassen und totenstill. Nur ein paar Lampen brannten und tauchten die Flure in Halbdunkel. Keines der Zimmer war verschlossen.

Dennoch bewegte sich der *Soldat* vorsichtig weiter, huschte über die Teppiche und Läufer, die den Steinfußboden bedeckten, und suchte mit umsichtigem Blick nach verborgenen Gefahren. Doch er fand keine und kam zu dem Schluß, daß sich die Zuversicht des Kanzlers in Arroganz verwandelt hatte. Die Zimmer waren üppig eingerichtet, und manchmal mußte sich Martyn sehr zurückhalten, daß er nicht all die Schätze und Kunstwerke zerschmetterte, mit denen Verkho seine Gemächer geschmückt hatte. Aber er enthielt sich dieser Art billiger Rache, weil er wußte, daß der Grund für seine Anwesenheit dort weitaus wichtiger war. Und so kroch der *Soldat* mit dem Gefühl, eine sonderbar unbesiegbare Fliege zu sein, weiter auf die Mitte des Spinnennetzes zu. Und endlich fand er ein Zimmer, das nicht leer war. Als er die Tür lautlos öffnete, war von innen ein Rascheln zu hören.

»*Endlich*«, sagte eine Frauenstimme. »Ich dachte schon, Ihr hättet mich vergessen.«

Das Schlafzimmer war von zwei Lampen erleuchtet, deren Schein vom Tiefrot des Glasschirms gebrochen wurde und dem Raum eine schwüle Atmosphäre verlieh. »Ich trage Euer Lieblingskleid«, hauchte sie und verließ mit ausgebreiteten Armen das Bett, um ihn willkommen zu heißen.

Sie war nackt und trug nur goldenen Schmuck um Handgelenke, Knöchel und an den Ohren. Der *Soldat* reagierte nicht, sondern stand absolut bewegungslos da, und plötzlich wußte die Frau, daß sie sich in Gefahr befand. So schnell sie auch auf die Glocke zustürzte, die neben dem Kamin von der Decke hing, er war schneller. Mit einer Hand drückte er ihre Arme gegen die Wand, mit der anderen drückte er ihr ein Messer an die Kehle. Sein Gesicht war eine Maske kaltblütiger Feindseligkeit, so nah dem ihren, daß sie ihn nicht genau erkennen konnte.

»Ein Wort und Ihr seid tot«, flüsterte er barsch.

Sie wußte, daß sie in der Falle saß. Sogar ihre Beine wurden von ihrem Angreifer festgehalten, und sie verhielt sich absolut ruhig. Der *Soldat* spürte ihr Entsetzen und genoß es. Eine Frau, die bereit war, Verkhos Hure zu sein, verdiente es zu leiden.

»Wo sind die Privatgemächer des Kanzlers? Wo arbeitet er, wo schläft er?«

»Er schläft hier, wenn er möchte«, erwiderte sie, und in ihrer zitternden Stimme flackerte Stolz auf.

»Seine *Privat*gemächer«, zischte der *Soldat*, und das Messer drückte gegen ihren Hals.

»Ihr könnt dort nicht hingehen. Niemand kann das. Wer es doch tut, ist verflucht.« Sie glaubte ganz offenbar, was sie sagte, doch der Eindringling war nicht beeindruckt.

»Ich bin immun gegen Flüche«, sagte er. »Wo sind die Zimmer?«

»Durch die Tür dort hinten. In dem nächsten Zimmer und in dem dahinter bewahrt er seine Papiere auf.« Eilig fügte sie hinzu: »Tut mir nichts. Ich tue alles, was Ihr wollt.« Der *Soldat* warf ihr einen Blick tiefster Verachtung zu, dann stieß er ihr das Messer durch ihr Kinn mit einer heftigen Bewegung direkt ins Gehirn. Sie war bereits tot, als er sie auf den Boden legte.

Er wischte die Klinge am Bettzeug ab und ging zu der dunklen Nische, die sie beschrieben hatte. Die Tür dort war verschlossen, doch hing ein Schlüssel an einem Haken an der Wand. Er drehte sich leicht im Schloß, doch der *Soldat* zögerte bei jedem schwachen Klicken und wartete auf eine Reaktion. Nichts geschah. Er drehte den Knauf, schob die Tür mit dem Fuß auf und trat für den Fall eines Angriffs zur Seite. Das Zimmer dahinter blieb ruhig und stockdunkel.

Nach ein paar Sekunden nahm er die roten Lampen und trat ein. Die Flamme flackerte wild, als er das Zimmer betrat, und er spürte, wie ein sonderbares Kitzeln durch seinen Körper lief – doch hinderte ihn niemand am Weitergehen. Bei genauerem Hinsehen stellte er fest, daß das äußere Zimmer voller Bücher war, die sich auf Regalen, Tischen und sogar auf dem Boden stapelten. Nichts dort interessierte den *Soldaten*. Er ging vorsichtig weiter durch die offene Tür in den inneren Geheimraum.

In der Mitte dieses Arbeitszimmers stand ein riesiger Holztisch. Er war leer, doch seine Platte war verschrammt und mit Furchen überzogen, als sei sie bei den verschiedensten Gelegenheiten mit Klingen, Klauen und Feuer bearbeitet worden. Auf den Regalen an den Wänden standen noch mehr Bücher, andere lagen auf Stühlen im ganzen Raum verteilt. Keine Papiere, wie es die Frau versprochen hatte, doch hatte der *Soldat* im Grunde auch keine erwartet. Kurz warf er einen Blick auf die dicken Bände. Einer handelte von alten Religionen, ein anderer behauptete, magische Geheimnisse zu enthüllen, und ein dritter war an einer Stelle geöffnet, die einen mythischen Talisman beschrieb. Das alles war für den *Soldaten* der pure Unsinn. Da wurde seine Aufmerksamkeit von einem Schrank in der Ecke angezogen. Er zog die Doppeltüren auf und machte einen Satz rückwärts, als knisternde blaue Flammen aus dem Holz schlugen. In der bebenden Luft war ein saugendes Geräusch zu hören, als die Funken sich zu einem irisierenden Schutzschirm vor der Öffnung ausbreiteten. In dem Schrank konnte er nur mehrere Gläser und andere Gegenstände sehen, die zumeist nicht identifizierbar waren – doch auf einem Tablett auf dem untersten Brett lagen mehrere Reihen von Ringen, die alle unterschiedliche Insignien trugen. Daneben lagen Stücke von Siegelwachs.

Der *Soldat* schloß mit der Spitze seines Messers sorgfältig die Türen des Schrankes. Der blaue Schutzschirm verschwand hinter dem Holz außer Sicht. Als seine Augen sich wieder an das dämmrige rote Licht gewöhnt hatten, ging er hinaus und zog sich zurück. Martyn, nachdenklich, aber triumphierend, betrat das Ebene Viertel, als gerade die Sonne aufging.

Der Tagesanbruch brachte für Harios ein wenig Erleichterung. Als die Träume wichen, kehrte so etwas wie Ruhe im Ministerium ein. Er war die ganze Nacht wach geblieben und hatte vergeblich versucht, mit dem Chaos fertigzuwerden, und jetzt brauchte er dringend Schlaf, doch er beschloß, vorher noch einen Blick auf Bowen zu werfen. Der Inselbewohner hatte sich als große Enttäuschung herausgestellt. Offensichtlich hatte er viel Talent, doch war er bereits wahnsinnig und sprach selten zusammenhängende Sätze – dennoch war der Beamte nicht bereit, ihn so schnell aufzugeben. Er hatte bemerkt, wie ruhig Bowen blieb, während alle anderen in Hysterie – oder Schlimmeres – ausbrachen, und war entschlossen, sein Geheimnis zu lüften. Das Problem bestand darin, daß Bowen sich nicht aus der Reserve locken ließ. Nichts schien ihm etwas anzuhaben. Freundlichkeit und Drohungen ließen ihn gleichermaßen kalt. Daher wurde es Zeit für extremere Maßnahmen. Harios entschied, daß die Benutzung von Nektar ihm ein wenig Kontrolle über Bowen geben würde. Es war riskant, aber einen Versuch wert. Der Inselbewohner war in die Zelle zurückgekehrt, wo er normalerweise von zwei Assistenten von Harios bewacht wurde, die dadurch unter großem Druck standen. Er war immer noch bewußtlos, als der Beamte eine sehr schwache Lösung des Nektars zwischen seine Lippen träufelte und seinen Hals massierte, damit er schluckte.

Sobald die dunkle Flüssigkeit geschluckt war, kam Bowens Reaktion – unmittelbar und grauenerregend. Er setzte sich auf, seine Augen traten hervor, und er griff sich an die Kehle, als wolle man ihn strangulieren. Sein Atem kam in gepeinigten Stößen. Harios zog sich ängstlich zurück und wußte, daß er vermutlich einen Fehler gemacht hatte, doch aus Gewohnheit sah er weiter zu. Gesprenkelte, lilaschwarze Flecken erschienen auf der dunklen Haut von Bowens Armen und Beinen, und sie schlängelten sich über den Körper, als seien sie lebendig. Der Gefangene starrte mit wildem Blick auf diese obszönen Flecken und schrie.

Dann ging er in Flammen auf.

Wie immer schien die Sonne früh im Turmviertel. Aber während Alasia in ihrem hellen, vom Wind durchtosten Horst saß, war ihre Aufmerksamkeit ganz woanders. Sie hatte die Macht des weißen Feuers im *Leuchtfeuer* erspürt, und sie wußte, daß dies die einzige Chance war, ihn zu führen, ihn für ihre eigenen Zwecke zu benutzen. Er war derjenige, der die Tür öffnen, das Siegel brechen konnte – wenn sie nur die Kraft hatte, die Macht zu bezähmen.

Kerrell und Ifryn schwebten in der weißen Stille und hielten einander tröstend fest. Selbst ihre Gedanken waren jetzt still.

Plötzlich zog eine künstliche Helligkeit in diesem künstlichen Reich ihre Aufmerksamkeit auf sich. Weiße Flammen loderten wild und schnitten eine Hitzewelle durch den neutralen Nebel, der sie umgab. Beide starrten sie verständnislos, aber dennoch gebannt an. Da erklang Alasias Stimme, vertraut, aber angespannt – in ihren Köpfen. Sie war entsetzt und erstaunt gewesen, Ifryn dort bei Kerrell vorzufinden, doch sie besann sich schnell.

Geht auf die Flamme zu. Es ist Eure einzige Chance.

Ifryn kämpfte sich vorwärts und konzentrierte sich auf die Mühe für Körper und Geist, doch Kerrell zögerte und hielt sie zurück.

Denkt selbst, beharrte Alasia. *Benutzt Eure Gedanken.*

Dennoch arbeiteten die beiden gegeneinander. Ifryn sah Kerrell an und verstand seinen Widerwillen nicht. Gleichzeitig wurde ihr unangenehm ein weiterer Beobachter bewußt, blinde Augen, die aus der Ferne zusahen. Es war ein unheimliches und beunruhigendes Gefühl.

Gemeinsam! Gemeinsam! drängte Alasia. *Ihr könnt es nur gemeinsam schaffen!*

Doch Kerrell starrte auf Clavias sich langsam drehendes Gesicht und konnte sich nicht bewegen.

Vergeßt sie, befahl Alasia. *Sie ist tot. Geht zu ihm.* Inmitten des weißen Feuersturms erschien das gequälte Gesicht eines unbekannten Mannes. *Ja, zu ihm!* rief sie als Antwort auf Ifryns unausgesprochene Frage. *Er ist das Zentrum des Kreises, der Bruch im Siegel. Beeilt Euch!*

Vertrau ihr, flehte Ifryn. *Es ist unsere einzige Hoffnung.* Sie zog an Kerrells Körper, während all ihre Gedanken sich den Flammen zuwendeten.

Wir könnten hierbleiben ... zusammen ...

Ifryn sah das immerwährende Verlangen in seinen Augen, hörte den Wahnsinn in seiner Stimme.

Nein! rief sie und zerrte erneut an ihm

Nein! wiederholte Alasia. *Hinaus. Hinaus. Schnell! Ich kann es nicht länger aufrechterhalten ...*

Ifryn hörte die Beunruhigung und die wachsende Müdigkeit in der Stimme ihrer Freundin und verdoppelte ihre Bemühungen. Endlich gab Kerrell nach, ergab sich ihrem Willen und fügte seinen eigenen hinzu. Das Feuer kam näher, doch so langsam, daß sie bezweifelte, es jemals erreichen zu können.

Eine unbekannte Stimme in der Ferne schrie auf.

Bowen! Hilf ihm, Alasia!

Der Zwischenruf ließ Kerrell zusammenzucken, und er sah sich vergeblich um, doch Ifryn hatte keine Zeit für solche Dinge.

Hinaus! schrie Alasia noch einmal.

Mit plötzlicher Entschlossenheit wirbelte Ifryn herum, sah zum Gesicht des Mannes in den Flammen und sprach ihn direkt an. Seine Qualen waren so groß, daß sie zunächst befürchtete, er würde sie nicht bemerken. Da griff seine geisterhafte Hand nach der ihren, packte sie und zog sie zu sich. Mit ihrer anderen Hand hielt Ifryn Kerrell fest, während sie in das Feuer glitten und durch das Licht geblendet wurden.

Einen Augenblick später stolperten sie hinaus auf den Steinfußboden im Korridor. Vor ihnen kniete Southan und betrachtete sie abwechselnd mit einer Mischung aus

Erstaunen und Entzücken. Seine Gebete waren erhört worden. Der Kaiser erhob sich steif und starrte auf die beiden derangierten und verblüfften Wesen, die aus einem plötzlichen Blitz aufgetaucht waren.

Die wahre Welt stürzte über Ifryn und Kerrell zusammen, und als sie Southan gegenüberstanden, ließen sie sich instinktiv los. Der grauenvolle Feuersturm hatte ihnen keinen Schaden zugefügt, aber sie waren sprachlos. Scham war nur eines aus einer ganzen Flut von Gefühlen, die sie überschwemmte. Als Ifryn gehorsam in die Arme ihres Mannes vortrat, fragte sie sich, wie sie je wieder zur Normalität zurückkehren konnte. Sicher war das nicht möglich. Nicht nach allem, was geschehen war ...

Sie blickte über Southans Schulter, als er sie fest umarmte und voller Entzücken herumwirbelte und ihr etwas in ihr unempfängliches Ohr flüsterte. Kerrell sah sie an, sah das Flehen und den Schmerz in ihren Augen. Aber er blieb stumm, blieb gefesselt von den jahrhundertealten Traditionen von Ehre und Gehorsam. Jede Faser seines Körpers war angespannt, aber unter mörderischer Kontrolle. Er neigte den Kopf, unfähig, dieser kaiserlichen Wiedervereinigung zuzusehen. Ifryn wußte, daß ihre Chance vergangen war – unwiederbringlich –, und einen Augenblick lang wünschte sie, sie wären in ihrem falschen Paradies geblieben. Sie begann zu weinen und spürte, wie Kerrell vortrat, sich dann jedoch besiegt und gedemütigt zurückzog.

»Ich dachte, du wärst tot«, flüsterte Southan und lockerte ein wenig seine Umarmung, um sie anzusehen. Auch in seinen Augen standen die Tränen, obwohl er versuchte, sie zurückzuhalten. »Was sollte ich nur ohne dich tun?«

Ifryn dachte benommen, daß sie in gewissem Sinne tatsächlich tot war.

»Was ist dort drin geschehen?«

Mit schwankender Stimme beschrieb Ifryn ihr Erlebnis

so genau sie konnte – dabei ließ sie die Liebe, die sie mit Kerrell geteilt hatte, aus –, während die Umstehenden immer näherrückten, damit sie es auch hören konnten. Southan hörte bestürzt zu und wandte sich dann an Kerrell. Doneta, die am Ende des Korridors gewartet hatte, eilte herbei, um ihrer Herrin zu helfen, während der Kaiser und sein General sich umarmten.

»Willkommen daheim«, sagte Southan.

Kerrell fand keine Worte. Was es auch wäre, es würde ihn verraten. Immer mehr Leute standen um sie herum und wußten nicht, wann der Kaiser ihnen gestatten würden, sich mit ihm zu freuen. Dann trat ein Generalleutnant aus Kerrells Stab als Anführer einer Gruppe von Soldaten mit ernstem Gesicht vor.

»Eure Majestät«, begann er, »ich möchte diese glückliche Wiedervereinigung nicht stören, aber ich fürchte, ich muß es tun. Ich habe soeben Befehl von Kanzler Verkho erhalten, General Kerrell zu verhaften.«

Southan starrte den Eindringling wütend, ungläubig und zornig an.

»Mit welcher Begründung?«

»Verrat, mein Lord.«

Kapitel achtundzwanzig

Wie läßt sich Verrat messen? Tugend, Ehre, Loyalität ... gibt es ein Maß für solche Eigenschaften, eine Skala, auf der die Grenze der Schuld festgestellt werden kann? Wo ruht das Pendel in der Geometrie der Götter?

Liebe ist die reinste Form des Verrats.

»Das ist ungeheuerlich!« erklärte Southan wütend, während die Stimmung von Freude in Bestürzung umschlug.

»Das dachte ich auch«, erwiderte Generalleutnant Penderos düster. »Ich hätte sogar mein Leben darauf verwettet – bis ich das hier sah.« Er holte eine Pergamentrolle hervor und zeigte sie Kerrell. »Ist das hier Euer Siegel, General?«

Kerrell konnte immer noch nicht sprechen, sondern nickte nur, und instinktiv warf er einen Blick auf den Ring an seiner linken Hand. Er trug dasselbe Symbol. Das Wachssiegel war gebrochen, doch war seine Herkunft unmißverständlich.

»Was ist das?« verlangte Southan zu wissen.

»Ein Brief von General Kerrell an den Anführer der Barbaren, Haresh-al-Keth, mein Lord. Darin führt er aus, daß er und die verstorbene Lady Clavia ein Komplott schmiedeten, um Euch und Euren Sohn zu entthronen und das Reich zu übernehmen.«

»Das ist ja absurd!« rief Ifryn.

Southan sah sie an.

»Gebt mir das.«

»Warum verschwendest du auf einen solchen Betrug auch nur einen Gedanken?« wollte die Kaiserin wissen.

»Still!«

Er entrollte das Pergament und überflog seinen Inhalt, ganz besonders die Unterschrift darunter.

»Wie Ihr seht, mein Lord«, fuhr Penderos fort, »werden Haresh hier auch die Länder Idiron, Tilesia und Agrea als Gegenleistung für das Versprechen angeboten, daß seine Armeen nicht weiter gen Westen vorstoßen, und für seine Unterstützung gegen jegliche Angriffe aus dem Norden.«

Das Gesicht des Kaisers hatte sich verfinstert. Ifryn kochte vor Wut und Empörung und flehte Kerrell schweigend an, sich zu verteidigen, diese lächerliche Verleumdung zu entkräften, doch er war offenbar nicht mehr Herr seiner Sprache. Er wirkte elend und allein.

»Und?« Southan sah dem General geradewegs ins Gesicht.

Endlich ergriff Kerrell das Wort, und die Worte drängten sich über seine Lippen.

»Ich bin ... tatsächlich ... ein Verräter.«

»Nein!« schrie Ifryn.

Penderos zog sein Schwert, und mehrere Offiziere taten es ihm nach, während Southan ungläubig nach Luft rang.

»Ich muß Euch bitten mitzukommen ...« begann Penderos und trat einen Schritt vor.

Da setzte sich Kerrell in Bewegung, seine zusammengesunkene Gestalt wirbelte plötzlich herum. Penderos wurde blitzschnell ergriffen und zu Boden geschleudert, und sein Schwert fiel klappernd zu Boden. Er schlitterte auf die tödliche Tür zu und versuchte, sich irgendwo festzuhalten, doch er konnte nichts dagegen tun, daß sein Beine über die Schwelle ragten. Sie verschwanden in einem weißen Blitz, bevor er endlich den Türrahmen ergreifen und sich zurückziehen konnte. Der Generalleutnant schrie auf und fiel in Ohnmacht, als er sah, daß er statt Beinen nur noch sauber abgetrennte Stümpfe hatte. Gleichzeitig floh Kerrell den Korridor hinunter in die entgegengesetzte Richtung. Einen Augenblick lang rührte sich niemand, dann legte sich der Schock und mehrere Soldaten rannten dem flüchtenden General hinterher. Andere kümmerten sich um Penderos, und ein Offizier zog den angeschlagenen Kaiser beiseite.

»Überlaßt das uns, mein Lord. Dieser Korridor ist eine Sackgasse. Der Verräter wird nicht entkommen.«

Southan nickte.

Er war sprachlos. Schließlich wandte er sich wieder zu Ifryn, die in Donetas Armen auf einer steinernen Fensterbank saß. Sie merkte nicht, wie er sie ansah. Die Welt der Kaiserin war in sich zusammengefallen. Sie wußte, daß Kerrell seiner eigenen Ansicht nach tatsächlich des Verrats schuldig war, nicht jedoch für das Verbrechen, das ihm hier zur Last gelegt wurde.

Harios starrte seinen Gefangenen an und glaubte, seinen Augen nicht zu trauen. Das Feuer war erloschen und entließ ihn gereinigt, unverletzt, seine Haut ohne Schaden. Bowen lächelte, und seine Qualen waren nur noch Erinnerung, und er streckte Harios frech wie ein Kind die Zunge heraus. Selbst sie zeigte keinerlei Flecken durch den Nektar.

Erst am Abend wandelte sich Ifryns Welt wieder geringfügig zum Besseren. Sie hatte sich ins Bett zurückgezogen, weil sie total erschöpft war und ihr ganzer Körper noch in Erinnerung an die Freuden pochte, die jetzt zu Schmerz geworden waren. Doneta hatte den akuten Schmerz ihrer Herrin gespürt und sich um die Kinder gekümmert, doch dem Kaiser konnte sie den Zutritt nicht verwehren. Southan war zutiefst bekümmert, doch wie immer gab er sich besorgt und liebenswürdig, und Ifryn spürte ihren Verrat wie einen Stich. Dennoch konnte sie nicht anders; sie freute sich über die Neuigkeiten. Man hatte Kerrell trotz der Versicherungen des

Offiziers nicht gefaßt, und jetzt suchte man ihn in der ganzen Stadt.

»Du kannst doch nicht *wirklich* glauben, daß er schuldig ist?« sagte sie.

»Es ist schwer zu glauben«, erwiderte er traurig, »aber er hat es selbst zugegeben ...«

In der folgenden Stille wollte Ifryn ihrem Mann die Wahrheit sagen, ihm alles erklären – aber schließlich konnte sie es doch nicht.

»Und dieser Brief«, fuhr Southan fort. »Du hast das Siegel gesehen. Es gibt nur ein Exemplar von diesem Ring. Es ist seit Generationen im Besitz der Familie.« Er schüttelte den Kopf.

»Aber ...«

Southan brachte sie zum Schweigen, indem er ihr einen Finger auf die Lippen legte.

»Es sind traurige und gefährliche Zeiten. Aber jetzt mußt du dich ausruhen. Das sehe sogar ich.« Er küßte sie sanft und ehrerbietig auf die Stirn und zog sich zurück. Ifryn fand nicht die richtigen Worte, ihn zurückzurufen.

Corton hatte gerade ausgerechnet, daß er sich jetzt seit fünf Tagen in Gefangenschaft befand, als sie zu ihm kamen. Der kahle fensterlose Raum war recht bequem, und das Essen war angemessen gewesen, doch als Erwachsener hatte er noch nie so lange Zeit ohne Wein verbringen müssen. Langeweile war sein größter Feind. Keiner der maskierten Männer, die ihm das Essen brachten, hatte Lust, sich zu unterhalten oder eine Partie Labyrinth mit ihm zu spielen. Bücher hatten sie ihm auch nicht bringen können. Corton hatte die Zeit damit zugebracht, die Weinjahrgänge, die er in seiner Obhut hatte, und ihre jeweiligen Eigenschaften aufzuzählen und sich größte Sorgen darüber zu machen, ob seine Assistenten in seiner Abwesenheit alles richtig machten. Schließlich hatte er jedoch angefangen, sich über seine eigene Lage

Gedanken zu machen, und so war es für ihn eine große Erleichterung, als Martyn und Sagar kamen.

»Wir haben Botschaften, die Ihr Baylin bringen sollt.«

»Wem?«

»Fragt Grongar«, wies ihn Martyn an.

Corton erkannte erst jetzt, daß man ihn freiließ.

»Ich kann jetzt gehen?«

»Ja. Eure Freunde haben sich als vertrauenswürdig herausgestellt – bislang. Und ich bin bereit, ihr Ehrenwort zu akzeptieren.«

An Sagars Gesicht war abzulesen, daß er nicht derselben Meinung war, doch offenkundig hatte er bei der Sache kein Mitspracherecht.

»Was für Botschaften?« fragte der Kellermeister.

Martyn beschrieb seinen Ausflug und was er in Verkhos Privatgemächern gesehen hatte.

»Ich weiß, daß das noch nicht viel Sinn ergibt«, fügte er hinzu, »aber das ist erst der Anfang. Was Kerrell anbelangt, habe ich nichts erfahren.« Die Neuigkeiten über das Auftauchen des Generals und seinen Verrat sollte erst am nächsten Morgen allgemein in der Stadt bekannt werden. »Ich glaube, er ist tot«, schloß Martyn.

»Und Bowen?« erkundigte sich Corton.

»Das ist *unsere* Sache«, ergriff Sagar zum ersten Mal das Wort. Martyn lächelte nur.

Dann verband man Corton die Augen und führte ihn zu einigen Ställen – er konnte es an den Geräuschen und Gerüchen erkennen –, wo man ihm in einen geschlossenen Wagen half. Er fuhr sofort davon.

Einige Zeit später, nachdem sie auf unebenen Straßen mit Kopfsteinpflaster viele Male abgebogen waren und die Richtung gewechselt hatten, nahm man ihm die Augenbinde ab.

»Ihr könnt hier aussteigen«, sagte Martyn. »Sagt Grongar, daß ich mich auf ihn verlasse. Falls er mich enttäuscht, werdet ihr beide sterben.« Die Stimme des *Soldaten* war kalt.

Corton schluckte schwer und nickte. Er kletterte aus dem Wagen und sah mit zusammengekniffenen Augen zu, wie der Wagen davonrumpelte.

»Also, das war's. Nachricht überbracht«, sagte Grongar, als er Cortons kleine Wohnung betrat und sich auf einen Stuhl fallen ließ. »Was ihnen das nützen soll, weiß ich allerdings nicht.«

»Wir haben unseren Teil erledigt«, erwiderte Corton, und seine Erleichterung war offensichtlich. »Jetzt liegt es an ihnen.«

Der Kellermeister hatte den Rest des Tages in seinen Kellern verbracht und sichergestellt, daß alles in Ordnung war. Zu seiner großen Zufriedenheit hatte sich sein Assistent Leputs gut geschlagen und die unerwartete Abwesenheit seines Herrn mit einem Minimum an Durcheinander bewältigt.

»Ein Spielchen?« schlug Corton hoffnungsvoll vor, denn er wollte, daß wieder Normalität einkehrte.

Grongar blickte zweifelnd hoch und lächelte dann.

»In Ordnung, aber nur eins«, sagte er. »Ich treffe mich heute abend mit Mariella.«

»Wieder eine deiner Eroberungen?« Corton lächelte, doch er war ziemlich verletzt. An diesem Abend brauchte er Gesellschaft.

»Noch nicht«, grinste sein Freund affektiert.

»Warum bringst du sie nicht mit hierher – zumindest am frühen Abend?« schlug der Kellermeister vor.

Grongar wirkte überrascht, dann sah er jedoch die Vorteile eines solchen Arrangements.

»Auf diese Weise könnten wir ein oder zwei Spielchen machen. Bist du sicher, daß es dir nichts ausmacht?«

»Ganz und gar nicht«, erwiderte Corton. »Ich will heute abend nicht alleine trinken. Mag Mariella Wein?«

Grongars Lächeln wurde breit.

»Sie mag alles, solange ihr Kopf davon schwer wird.«

Ifryn hatte den ganzen Tag ihr Schlafzimmer nicht verlassen. Es kam ihr einfach sinnlos vor. Jedesmal, wenn ein Besucher kam, befürchtete sie, Nachricht von Kerrells Gefangennahme zu erhalten, aber dies war nicht der Fall, und als sie zu Bett ging, war sie zumindest dafür dankbar. Ihr ganzer Körper schmerzte und sie war sehr müde, doch als sie kurz davor war, in den Schlaf hinüberzugleiten, hörte sie in ihrem Zimmer ein leises Geräusch und war sofort hellwach.

Alasias blasses Gesicht schimmerte im schwachen Licht der Sterne, das durch die offenen Fensterläden hereinschien. Ifryn wollte sich aufsetzen, froh über das vertraute, angenehme Gefühl, das die Gegenwart ihrer Freundin ihr vermittelte, doch Alasia drückte sie sanft zurück in die Kissen und nahm ihre Hand. Die Kaiserin fragte sich kurz, ob die Heilerin ihr wohl sagen könnte, warum sie so müde war. Ihr nächster Gedanke jagte ihr mehr Angst ein – konnte Alasia sagen, ob sie wieder schwanger war? Doch ihre Besucherin sagte nichts und lächelte nur heiter und gelassen.

»Danke, daß du uns gerettet hast«, flüsterte Ifryn.

Alasia wirkte geringschätzig. Sie verlangte keinen Dank. Für sie war es einfach eine nötige und instinktive Tat gewesen, eine Pflicht, die sie erfüllen mußte.

»Weißt du, wo Kerrell ist?« fragte die Kaiserin voller Hoffnung.

»Wartet nicht.« Alasia lachte über ihren eigenen rätselhaften Witz. »Wartet nicht mehr.«

»Was meinst du damit?« Kerrell war doch sicher nicht aus der Stadt geflohen?

»Er ist sicher. Er wird morgen um diese Zeit zu dir kommen.«

Vor lauter Vorfreude wäre Ifryn beinahe in Ohnmacht gefallen.

»Das meinst du ernst?« rief sie aus. »Hierher?«

Alasia nickte.

»Er möchte mit dir und Baylin allein sprechen.«

»Oh.« Die hilflosen, liebevollen Gedanken verflüchtigten sich. Vielleicht konnte sich Kerrell selbst nicht trauen, wenn er mit ihr allein war. Vielleicht wollte er sich nur mit anderen Dingen beschäftigen. Aber sie konnten nicht mehr zurück! Sie konnten nichts ungeschehen machen. Oder doch?

»Warte im Vorzimmer auf ihn«, fuhr Alasia fort. »Laß weder Doneta noch sonst jemanden hier herein.«

»In Ordnung.« Langsam gewann Ifryn die Fassung zurück. Es war wundervoll, ihn einfach nur wiederzusehen. Und kompliziert.

»Du solltest jetzt schlafen«, sagte ihre Freundin. »Du brauchst Ruhe.« Sie streckte die Hand aus, doch die Kaiserin hielt sie zurück.

»Warum wurde ich nicht genau wie Clavia getötet?«

»Das Siegel blickte nur in eine Richtung. Es sollte nicht den Eintritt verhindern, sondern das Verlassen des Raums. Clavia machte diesen Fehler. Du bist weitergegangen.«

»Wer war der Mann im Feuer?«

»Ein Leuchtfeuer. Er brennt hell.«

Mehr wollte Alasia nicht preisgeben. Sie berührte mit den Fingern Ifryns Stirn, und dieses Mal versuchte die Kaiserin nicht, sie davon abzuhalten. Ein Gefühl inneren Friedens durchströmte sie, und sie schlief ein.

In ihren Träumen flog Alasia davon.

Kapitel neunundzwanzig

Im Grunde sind wir blind für Magie.

Wessen Augen können nach innen sehen? Welcher Geist kennt sein eigenes verborgenes Potential? In jedem von uns schlummern Kräfte, im unbekannten Raum, in der ewigen Tiefe. Aber uns fehlt die Entschlossenheit, in der Dunkelheit zu suchen und die Kräfte ans Licht zu bringen.

In ihrer Verzweiflung greifen einige zum Verderbten Konzept des Blutes. Aber die Wahrheit ist dünner als Blut, leichter als Luft. Magie, nicht die Menschheit, spricht mit der Zunge von Schmetterlingen.

»Wir müssen vorsichtig sein«, betonte Baylin. »Jetzt, wo der Klatsch Kerrell mit Clavia in Verbindung bringt, ist Schluß mit einigen Gerüchten über Euch.« Ifryn hielt seinem Blick nur mit äußerster Willensanstrengung stand. »Aber die Tatsache, daß Ihr bei ihm wart an diesem ...« Der Reisende hielt inne und suchte nach den richtigen Worten. »... an diesem *Ort*, führt dazu, daß einige Euch immer noch verdächtigen. Ich bin sehr umsichtig gewesen. Nur wenige Leute haben mich kommen sehen, doch meine Freundschaft zu Kerrell ist allgemein bekannt, daher sollten wir uns in Zukunft weniger häufig treffen. Wir können auch anders Botschaften austauschen.«

Ifryn nickte widerwillig. In den vergangenen Tagen war Baylin ein Fels in der Brandung ihrer turbulenten Welt gewesen, und obwohl sie wußte, wie berechtigt seine Vorsicht war, wurde ihr auch klar, wie unangenehm es sie überraschte, daß seine vormals unerschütterliche Zuversicht Risse bekommen hatte.

»Ihr könntet in Verkleidung kommen«, schlug sie vor.

»Auch das ist nicht ohne Risiko.«

Die beiden saßen im Vorzimmer der Kaiserin. Vrila und Delmege schliefen, und Doneta war woanders beschäftigt. Der Tag war vorbeigeschlichen – Ifryn wußte nicht, wie sie ihn überlebt hatte –, doch jetzt kam der verabredete Zeitpunkt näher, und sie war so nervös wie ein junges Mädchen, gefangen zwischen Vorfreude und Zweifeln.

Als endlich sachte die Tür des Schlafzimmers geöffnet wurde und Kerrell durch den Spalt spähte, sprang sie auf und wäre beinahe auf ihn zugestürzt. Doch seine Augen wanderten unruhig zu Baylin und wieder zurück, und es war eindeutig, daß er sie warnte. Ifryn hatte das Gefühl, als werde ihr Herz von Eis umfangen, und sie blieb abrupt stehen und wartete seine offizielle Verbeugung ab.

»Meine Lady ... Baylin.« Er hatte seine Stimme bei der Begrüßung fest unter Kontrolle und zeigte keinerlei Emotionen.

»Schön, daß wir uns treffen, Kerrell«, antwortete der Reisende und stand auf. Er hatte den schweigenden Blickwechsel zwischen den beiden bemerkt, doch er behielt das für sich.

Alle drei setzten sich, und Ifryn fragte sich, wie Kerrell in ihr Schlafzimmer gekommen war. Durch das Fenster? Über die geheimen Wege, die Alasia benutzte? Doch eigentlich spielte es keine Rolle, und sie war klug genug, nicht danach zu fragen.

»Wie konnte Euch die Flucht gelingen?« fragte sie.

Kerrell lächelte leicht.

»Ich habe als Junge dort Verstecken gespielt. Nur sehr wenige Sackgassen bei Hofe sind tatsächlich welche. Ich brauchte nur ein wenig Vorsprung.«

»Und ein bißchen Beweglichkeit«, bemerkte Baylin.

»Dafür sorgt die Verzweiflung.« Der General wirkte überrascht. »Ihr wißt von den Fledermaustunneln?«

»Ich bin ebenfalls hier aufgewachsen.« Baylin grinste.

»Wo seid Ihr gewesen?« fragte Ifryn Kerrell.

»Es ist besser, wenn Ihr das nicht wißt«, erwiderte er und legte eine weitere Schicht Eis um ihr Herz. »Aber ich konnte mich ein wenig umsehen. Doch das kann warten. Was habt Ihr herausgefunden? Verkho ist uns die ganze Zeit einen Schritt voraus – die Falle hat er sicher aufgestellt für den Fall, daß ich entkomme.«

»Gewiß«, stimmte Baylin zu. »Verkho muß sie in Kraft gesetzt haben, als er von Clavias Tod hörte, denn er saß gemütlich in seinem Arbeitszimmer, als Ihr und die Kaiserin entkamt.«

»Er konnte zwar nicht vorhersehen, daß Ihr in die Sache verwickelt werden würdet«, fügte Kerrell hinzu und wandte sich an Ifryn, »doch daß Southan dort war, hat ihm besonders gut in den Kram gepaßt.« Er warf einen argwöhnischen Blick auf seinen Ring. »Der Brief ist natürlich eine Fälschung, aber ich verstehe nicht, wie er das Siegel so perfekt hingekriegt hat.«

»Wir schon«, sagte Ifryn.

Baylin erzählte Kerrell, was der *Soldat* herausgefunden hatte, unter anderem auch von dem magischen Schrank, der eine Auswahl an Ringen und Siegeln enthielt.

»Aber wie hat er sie kopieren können?« wollte Kerrell wissen. »Dieser Ring steckt immer an meinem Finger.«

»Ich weiß es nicht«, antwortete sein Freund, »aber das Siegel ist da. Martyn hat es geschworen, und er hat keinen Grund zu lügen.«

»Ihr vertraut ihm?«

»In dieser Sache, ja.«

»Falls wir beweisen können, daß Verkho das Siegel nachgemacht hat, *muß* Southan uns glauben,« stellte Ifryn fest. »Ich kann nicht verstehen, wie er Euch überhaupt für einen Verräter halten kann. Er kehrt damit Jahrhunderten voller Vertrauen den Rücken.«

Kerrell sagte nichts, sondern sah sie nur traurig an, bis sie seinem Blick nicht mehr standhalten konnte. Sie sehnte sich danach, wieder in seinen Armen zu liegen, seinen Schmerz fortzuküssen, ihm zu sagen, daß ihre

Liebe alles überwinden würde, daß es *nicht* unmöglich war. Aber sie konnte nicht. *Ich bin ... wirklich ... ein Verräter*. Oh, wären diese schicksalsschweren Worte doch nie gesprochen worden. Oder wenn sie doch für Kerrell nicht wahr wären. Ifryn betrachtete eingehend ihre Hände, die sie im Schoß gefaltet hielt, und dachte, daß die früheren Gerüchte über ihre Unschicklichkeit jetzt eine Basis hatten.

»Kaiser müssen argwöhnisch sein«, sagte Baylin schließlich und beendete damit das Schweigen so taktvoll er konnte. »Was *wir* jetzt brauchen, ist, wie Ihr schon sagtet, ein Beweis.«

»Aber da Clavia tot ist, ist der einzige, der uns den Beweis liefern kann, Verkho selbst – und er wird uns vermutlich nicht entgegenkommen«, sagte Kerrell.

»Ihn können wir nicht erreichen«, sagte Baylin. »Er hat sich immer noch zurückgezogen. Southan hat heute nachmittag die Geduld verloren und wollte von ein paar Männern die Türen eintreten lassen, doch sie gaben nicht nach. Die Tür zum Arbeitszimmer des Kanzlers wird nicht nur von Holz und Eisen geschützt – und der Kaiser stand vor seinen Männern da wie ein Narr.«

»Dann also der Ring«, warf Ifryn ein. »Bringt Southan zu Verkhos Gemächern und zeigt ihm den Ring.«

»Das wird nicht so einfach sein. Eine von Verkho Gespielinnen ist ermordet aufgefunden worden, und seine Diener sind zu Tode verängstigt.«

»Martyn hat sie getötet?« rief Ifryn entsetzt aus.

»Das muß er wohl. Wir haben da einen gefährlichen Verbündeten. Jetzt sind überall in Verkhos Gemächern Wachen postiert – und dreimal dürft Ihr raten, wem ihre Loyalität gilt.«

»Southan kann ihnen doch sicher befehlen, Euch einzulassen!« widersprach Ifryn.

»Aber wer sollte ihn davon überzeugen, es zu versuchen?« fragte Kerrell. »Und wie? Wir können ihm kaum erzählen, woher Ihr von den falschen Siegeln wißt.« Er schwieg einen Moment. »Wir müssen es erst anders versuchen.« Er wechselte einen Blick mit Baylin.

»Ich könnte es tun«, sagte Ifryn leise. »Southan würde nachsehen, wenn ich es ihm sage.«

»Nein«, erwiderte Kerrell. »Wie würdet Ihr erklären, was Ihr mit dem *Soldaten* zu tun habt? Das wäre für ihn Verrat. Ihr könnt es Euch nicht leisten, da mit hineingezogen zu werden.«

»Beweist nicht die Tatsache, daß Verkho sich zurückgezogen hat, daß er nichts Gutes im Schilde führt?«

»Ganz ohne Zweifel wird er mit einer Geschichte aufwarten, die seine Zurückgezogenheit als absolut notwendig für das Wohlergehen des Reiches erklären wird«, erwiderte Kerrell zynisch. »Wir können nur abwarten.«

»Und Verkho hat mindestens die Hälfte der höheren Armeeoffiziere in der Hand«, sagte Baylin.

»Und selbst wenn nicht, wird man mir jetzt nicht mehr vertrauen«, fügte Kerrell verbittert hinzu. »Man wird meine Flucht als Eingeständnis meiner Schuld werten.«

»Warum *seid* Ihr denn fortgelaufen?« fragte Baylin leise.

Nach einer langen unbehaglichen Pause seufzte der General. »Ihr könnt Euch nicht vorstellen, wie es ist, so lange an einem solchen Ort zu sein«, sagte er verlegen. »Und als ich gerade von dort entkam, wegen Verrats verhaftet werden sollte, war dies auch nicht gerade das, was ich erwartet hätte. Ich habe einfach nicht klar denken können.« Er warf Ifryn einen Blick zu, doch sie hielt ihre Lider immer noch gesenkt, und ihm kam ein weiterer unangenehmer Gedanke. »Wie geht es Penderos?«

»Er lebt noch. Die Ärzte sagen, er könnte noch sterben.«

»Er war einmal ein guter Mann«, sagte Kerrell mürrisch.

»Kaikoura hat sein Kommando übernommen«, fuhr der Reisende fort. »Es ist die Rede von Krieg im Osten. Die Truppen sind bereits unterwegs.«

»Idiron?« fragte die Kaiserin und machte sich sofort Sorgen um ihre Heimat.

Baylin nickte.

»Die gesamte östliche Grenze. Aber Eure Mutter muß inzwischen schon fort sein. Und es gibt noch keine definitiven Nachrichten. Latif hat mit den Königen in Tilesia und Agrea gesprochen. Raamon und Besistral lassen sich nichts vormachen.«

»Aber Verkho können Sie nicht das Wasser reichen«, fügte Kerrell grimmig hinzu. »Ich würde wetten, daß er dafür verantwortlich ist, zumindest zum Teil.«

»In Süden brodelt es ebenfalls«, fuhr Baylin fort. »Es ist wirklich schlimm – alle möglichen Händel, doch noch ist keine Regelmäßigkeit auszumachen. Und da ein großer Teil der Südflotte verloren ist . . .«

»Was!« brach es aus Kerrell heraus, und sein Freund legte ihm die Einzelheiten dar. »Götter«, keuchte der General. »Ich wußte nicht einmal von Zalys Rebellion. Was geht dort vor?«

»Wir haben genug Probleme in Xantium«, erinnerte Ifryn ihn wütend. Welche Bedeutung hatten da die Angelegenheiten einer entlegenen Insel?

»Das stimmt«, bemerkte Baylin.

»Wir werden tun, was wir können«, versuchte Kerrell sie zu beruhigen.

Aber was kann ein Mann tun, der untergetaucht ist? fragte sie sich. *Und was soll* ich *tun?*

»Ich gehe jetzt besser«, sagte Kerrell. »Ich bin schon zu lange geblieben.«

»Wann werde ich Euch wiedersehen?« fragte sie eilig.

»Alasia wird es Euch wissen lassen. Ich bleibe mit ihr in Verbindung.« Aus seinen entschlossenen Worten waren Widerwillen und Schmerz herauszuhören.

»Weidmannsheil«, sagte Baylin.

Kerrell stand auf. Ifryn wollte ihm folgen, doch sein Blick hielt sie zurück.

»Lebt wohl, meine Lady.«

Er ging zurück ins Schlafzimmer und schloß sorgfältig die Tür hinter sich, doch er sah sich nicht um. Ifryn blieb wie festgewachsen sitzen.

»Ich sollte jetzt auch gehen«, sagte Baylin. »Macht Euch nicht zu viele Sorgen.«

Sobald der Reisende gegangen war, rannte Ifryn in ihr Schlafzimmer, in der Hoffnung, Kerrell würde dort auf sie warten. Aber er war verschwunden.

In jener Nacht gelang es Harios und den anderen Sektionschefs endlich, die Kontrolle über die Talentierten im Ministerium zu erlangen. Dazu waren harte und in manchen Fällen brutale Maßnahmen nötig gewesen – doch der Bruch dauerte schon allzu lange an. Bevor die Alpträume angefangen hatten, waren die meisten Talente zur Zusammenarbeit bereit gewesen – viele waren sogar nur allzu glücklich gewesen, ihre übernatürlichen Kräfte gegen ein bequemes Leben verleihen zu können –, und so hatte man ihnen innerhalb ihrer Quartiere ein gewisses Maß an Freiheit zugestanden. Die paar Unwilligen mußten hinter Schloß und Riegel gehalten und auf verschiedene Art und Weise *ermutigt* werden, doch die Mehrzahl war dankbar für die Chance, gut leben zu können und für Fähigkeiten gelobt zu werden, deretwegen sie in der Außenwelt nur allzu leicht hätten verfolgt werden können.

Doch das alles war jetzt ganz anders. Die Talentierten wurden wie Gefangene behandelt, in Zellen gehalten und, wenn nötig, gefesselt. Einige der verrückteren Talente wurden bei Nacht unter Drogen gesetzt. Und natürlich waren viele von denen, die für komplizierte Experimente benutzt worden waren – welche Verkho persönlich überwacht hatte – inzwischen völlig unsensibel und selbst für Alpträume kaum noch zu erreichen. Bowen war hingegen sehr still gewesen, seit die weißen Flammen ihn umfangen hatten – Flammen, die ihm nicht einmal Haare oder Kleider versengt hatten. Er folgte weiterhin seinem eigenen exzentrischen Weg und hatte sich demütig und kooperativ gezeigt. Jetzt lag er in seiner Zelle in, wie es aussah, tiefer, selbsterzeugter Trance. Seine Wachen waren überzeugt, daß sie ihn allein lassen konnten; sie hatten schon genug zu tun. Harios war klar, daß seine Probleme nicht gelöst waren, doch zumindest hatte er sie jetzt unter Kontrolle. Hätte es den *Soldaten* nicht gegeben, hätte er recht behalten.

Martyn hatte den Fehler begangen anzunehmen, daß bei Nacht weniger Wachen im Ministerium postiert waren, und als Folge davon hatte er entschieden, trotz der Größe des labyrinthähnlichen Komplexes nur Sagar mitzunehmen. Sie wollten Bowen ausfindig machen und wenn möglich herausholen, und verließen sich dabei eher auf Schnelligkeit und Heimlichkeit als auf die Kraft von Waffen. Falls nötig, konnten sie später mit mehr Männern wiederkommen. In vielerlei Hinsicht hätte Martyn lieber allein gearbeitet, aber Sagar ließ sich nicht abwimmeln.

»In Ordnung«, hatte Martyn nachgegeben, »aber überlaßt das Kämpfen mir – es sei denn, Ihr habt keine andere Wahl.«

Die äußeren und oberen Etagen des riesigen Ministeriums waren leicht zu erobern, doch enthielten sich nichts von Interesse. Um zu den Talentierten zu gelangen, war es nötig, zum Kern von Verkhos monolithischer Kreation vorzudringen. Das erste Anzeichen dafür, daß sie sich ihrem Ziel näherten, war sein kaum mehr menschlich zu nennendes Jammern und hysterisches Gelächter, das in den Tunneln widerhallte – und zu diesem Zeitpunkt trafen sie auf die ersten Wachen. Die beiden Männer starben so leise und schnell durch die Hände des *Soldaten*, daß Sagar sprachlos war. Entsetzt, aber voller Bewunderung. Seine eigenen Hände waren ganz verschwitzt, als er sein bislang unbenutztes Messer umfaßte, während Martyn die beiden Leichen so gut es ging versteckte. Sehr zur

Erleichterung der Ex-Geisel gelang es ihnen, die nächsten beiden Male den Wächtern zu entgehen und dadurch Gewalttätigkeiten zu vermeiden, doch jetzt war der *Soldat* wütend.

»Was geht hier vor?« flüsterte er, als sie sich in einer dunklen Nische verbargen. »Es ist, als erwarteten sie uns.«

»Alle Gefangenen waren sehr ruhelos«, machte ihn Sagar aufmerksam. »Vielleicht sind deshalb so viele Wachen hier.« Sie waren inzwischen an mehreren besetzten Zellen vorbeigekommen und hatten viele aufgewühlte und sogar wahnsinnige Gesichter gesehen. Von Bowen war nichts zu sehen.

»Bei dieser Geschwindigkeit schaffen wir nicht einmal die Hälfte aller Räume«, sagte sein Gefährte. »Es ist Zeit für ein paar Ablenkungsmanöver.

»Was ...?« begann Sagar, doch der *Soldat* war bereits weitergegangen.

In der nächsten Zelle saß ein Gefangener, der ruhelos auf und ab schritt und murmelnd mit sich selbst sprach. Jedesmal, wenn er an der Tür ankam, sah er mit wahnsinnigen roten Augen durch die Gitterstäbe, und weil er nichts sah, drehte er sich wieder um. Der Schlüssel steckte im Schloß, und bevor Sagar den *Soldaten* aufhalten konnte, drehte dieser den Schlüssel um und stieß die Tür auf. Als der Gefangene das nächste Mal zur Tür kam, schritt er direkt hinaus in den Korridor und achtete dabei überhaupt nicht auf die Eindringlinge. Ein wenig weiter den Flur hinunter hing eine Öllampe an der Wand. Der Mann starrte sie einen kurzen Augenblick lang an, und das Flämmchen geriet ins Flackern. Das Öl lief über und entzündete sich, und die Flammen hüpften über die Wand und den Steinfußboden.

»Das ist schon besser so!« sagte der *Soldat* mit funkelnden Augen. »Kommt!«

Sie ließen den Talentierten zurück, der die Ergebnisse seiner Kunst begutachtete und rannten weiter, wobei sie eilig in alle Zellen sahen. Im Vorbeilaufen öffnete der *Soldat* mehrere Türen, doch zu Sagars Erleichterung blieben sie nicht stehen, um sich die Insassen genauer anzusehen. Im nächsten Flur wären sie beinahe mit zwei Beamten zusammengestoßen, die auf das Licht und den Lärm des Feuers zurannten. Martyn tötete einen von ihnen im Handumdrehen, doch den Tod des anderen konnte Sagar verhindern. Als der entsetzte Mann mit einem Messer an der Kehle zu Boden ging, mischte der Inselbewohner sich ein.

»Wartet!« zischte er und kniete sich nieder. »Wo ist Bowen Folegandros?« Obwohl die Lippen des Mannes zitterten, antwortete er nicht.

»Bowen Folegandros«, schnarrte Martyn. »Wo ist er?«

»Ich ... ich ... weiß es nicht.«

»Er ist eine Geisel von Zalys«, fügte Sagar verzweifelt hinzu. »Vor ein paar Tagen angekommen.«

»Der?« Der Beamte bekam große Augen.

»Ja. Wo ist er?«

»Harios' Sektion ... zweiter ... nein, dritter Korridor rechts, die Treppe runter nach links, dann ...«

»Kommt.«

»Eine der Zellen dort unten ... weiß nicht, welche ...« sprudelte es aus dem Mann hervor, bis Martyn ihn für immer zum Schweigen brachte.

Sagar war übel, als er seinem grausamen Verbündeten hinterher lief und sich immer weiter von dem Tumult entfernt. Sie fanden die Treppe und gelangten ohne weiteren Widerstand an ihren Fuß, doch da hörten sie das Geräusch vieler Stiefel über den Korridor eilen. Martyn fand eine Seitentür, öffnete sie und schob Sagar vor sich hinein.

»Still«, hauchte er.

Im Halbdunkel hörten sie, wie die Soldaten vorbeimarschierten. Als ihre schweren Schritte die Treppe hinauf verschwanden, wartete Martyn noch eine Weile und sah sich in der Zelle um. Als seine Augen sich langsam an das Dunkel gewöhnt hatten, erkannte er die liegenden Gestalten zweier Frauen, die auf einem Holztisch lagen. Ihre linken Hände waren in der Mitte des Tisches zusammengelegt, und etwas, das wie ein riesiger silberner Nagel aussah, war durch beide Hände hindurchgetrieben, so daß sich das Blut der Frauen in einer Lache zwischen ihren Fingern fing. Ihre Gesichter waren ziemlich träge, die Augen waren offen, aber blicklos, und beide atmeten kaum noch.

»Das ist ja ekelhaft«, sagte Martyn.

Er streckte eine Hand über eine der Frauen aus und ergriff das Metall, er ignorierte Sagars warnenden Schrei völlig. Als seine Finger sich um den Nagel schlossen, schossen blaue Flammen durch die Faust des *Soldaten,* und er japste nach Luft, ließ jedoch nicht los. Er zog solange, bis der Nagel sich löste, und warf ihn beiseite. Die beiden blutigen Hände hatten sich durch sein Zerren voneinander gelöst, und jetzt zuckten sie ganz schwach und blieben schließlich still liegen, und langsam gerann das Blut.

»Sie sind tot«, flüsterte Sagar ein paar Augenblicke später. »Ihr habt sie getötet.«

In den Privatgemächern des Kanzlers, hoch über ihren Köpfen, begann in einem Zimmer, das nicht einmal Verkhos engste Diener betreten durften, ein Holzschrank zu kokeln. Nach einer kleinen Weile schwangen die Türen von allein auf. Der blaue Schutzschirm war verschwunden, ebenso die Gifte, die Siegel und die Ringe. Jetzt befand sich in diesem Schrank nichts mehr außer Asche.

»Besser tot als so zu leben«, sagte Martyn mit deutlicher Abscheu. »Gehen wir. Bowen muß hier irgendwo sein.«

Sagar folgte ihm in der Hoffnung, daß sein Bruder es besser getroffen hatte als diese beiden Frauen. Während seines langen Aufenthaltes in der Geiselenklave hatte er so viel über Geschichte und Theoretische Magie gelesen wie er konnte, und obwohl er genug gelernt hatte, um zu erkennen, daß er selbst über keine erkennbaren Talente verfügte, hatte ihn dieses Thema doch sehr fasziniert. Er wußte, daß das Blut, obwohl es sehr verehrt wurde, nur ein Kanal dieser Kräfte war, nicht ihre Quelle. Die geheimnisvollen Energien, die die Menschen Magie nannten, lagen in ihrem Geist verborgen und waren nur sehr wenigen zugänglich. Das Blut der beiden Frauen zu verbinden, war eine äußerst barbarische Möglichkeit, ihren Geist zu vereinen, aber es war schwer zu sagen, zu welchem Zweck es geschehen war.

Kurz darauf fanden sie Bowen. Er saß still auf einem Strohlager und starrte auf seine Hände, die er wie bittend vor sich ausgestreckt hielt. Er reagierte nicht, nicht einmal, als Sagar seinen Namen rief oder Martyn die Tür aufschloß und öffnete.

»Überlaßt ihn mir«, sagte Sagar und schubste seinen Begleiter vor Eile beinahe beiseite. Er kniete sich neben seinen Bruder und sah ihm in die leeren Augen. »Bowen? Ich bin es, Sagar. Dein Bruder.« Der Gefangene zuckte nicht einmal mit den Wimpern, sondern starrte weiter in seine hohlen, leeren Hände.

»Kommt schon. Weckt ihn auf. Wir haben nicht den ganzen Tag Zeit!« Martyn stand an der Tür und hielt nach weiteren Wachen Ausschau.

»Er schläft nicht.«

»Also, dann schüttelt es aus ihm raus, ganz gleich, was es ist.«

Sagar zögerte immer noch und spürte einen riesigen, unerklärlichen Widerwillen, als könne eine falsche Bewegung so tödliche Folgen haben wie die Entfernung des Nagels aus den Händen der beiden Frauen. Wenn er doch nur wüßte, was hinter diesen blicklosen Augen vor sich ging. Ganz vorsichtig streckte er die Hand aus, um die Finger seines Bruders zu berühren, doch da begann

Bowen mit flacher, emotionsloser Stimme zu sprechen, eine Stimme, die beunruhigender war als ein Schrei.

»Durchbrecht nicht den Kreis.«

Sagar erstarrte.

»Welchen Kreis?«

»Hört auf zu plappern!« fuhr Martyn ihn an. »Wir haben keine Zeit für sowas.«

»Wir müssen es zum Schweigen bringen«, stellte Bowen fest.

»Was?«

»Das graue Leichentuch«, erwiderte er genauso monoton und unbeweglich. »Über der Stadt.«

»Ich verstehe nicht.«

»Das flatternde Tuch«, sagte Bowen teilnahmslos. »Niemand kann es hören, wenn es nicht spricht. Meine Freunde ...«

»*Kommt* endlich!« zischte Martyn. »Soldaten kommen hierher.«

Sagar erschauerte. Er wußte nicht, wovon sein Bruder redete, doch er war sicher, daß es wichtig war – und das erfüllte ihn mit Grauen.

»Ich ...« begann er, doch der *Soldat* war jetzt wütend, ergriff Bowens Hände und versuchte, ihn hochzuziehen.

»Nein!« Sagar versuchte, ihn daran zu hindern, doch es war zu spät. Als Bowen vom Bett gezerrt wurde, kehrte er in die Realität zurück, und sein Gesicht verzog sich vor lauter Furcht.

»Der Kreis ist durchbrochen«, jammerte er.

»Ich breche gleich mehr als einen *Kreis*, wenn Ihr Euch nicht in Bewegung setzt«, knurrte der *Soldat*.

Doch Bowen brach zusammen, sein ganzer Körper wurde schlaff, und er sackte zu Boden, als Stiefel in den Korridor marschierten. Der *Soldat* fluchte unterdrückt.

»Laßt ihn liegen«, befahl er. »Wir haben zu kämpfen.«

An einem viel höher gelegenen Ort in Xantium saß Verkho in seinem Arbeitszimmer bei Hofe und starrte auf seinen widerspenstigen Gegner. Trotz all seiner Anstrengungen war er nicht weitergekommen, und sein Gehirn fühlte sich an, als sei es voller Dunst. Jetzt klärte sich ganz abrupt der Nebel. Er fühlte sich verjüngt und war wieder voller Gier und warf einen Blick auf die Abschriften, die er von den neuesten Markierungen auf dem Talisman gemacht hatte.

»Natürlich!« rief er laut aus. Warum hatte er das nicht schon vorher gesehen? Das Symbol war die alte Form des Buchstaben *Keer*, in der uralten Klostersprache, die auch als »die Sprache der Schmetterlinge« bekannt war. Verkho stand auf, um den Band zu suchen, den er jetzt brauchte. Er war sich jetzt sicher, daß er schon bald die zweite Schicht der schützenden Kugel des Talismans entfernt haben würde.

Erst viel später fragte er sich, was genau diese plötzliche Wende seines Glücks verursacht hatte.

Kapitel dreißig

Der Preis für Magie ist hoch, er liegt jenseits der üblichen Raten von Gold und Silber. Es gibt keine Verteidigung gegen diesen verderblichen Einfluß, keine Immunität.

Der rote Vollstrecker verbirgt sich unter einer einfachen Kapuze – aber er wird seinen Preis einfordern.

»Die Sprache der Schmetterlinge« stellte sich als ebenso schwer faßbar heraus wie die Wesen, nach der sie benannt war. Verkho brauchte bis tief in die Nacht, bis er den kurzen Abschnitt übersetzt hatte, und selbst dann war es wieder nur ein Rätsel. »Ruhet in den Tränen der Jungfrau ...« Die wörtliche Übersetzung lautete Unschuld. »... die ihr Gesicht wendet, aber sich nicht umdreht. Laßt Knochen stürzen und bietet Gold in Silber.«

Nach seinem ersten Erfolg mit den Würfeln ging Verkho davon aus, daß sich die stürzenden Knochen vermutlich auf Fingerknöchel bezogen. Jetzt hatte er einen Satz davon auf dem Tisch vor sich liegen, und er war bereit, die goldene Kette und die Münzen zu opfern, die neben dem Talisman lagen. Aber warum hieß es »Gold in Silber«? Kein Juwelier würde das teurere Metall in dem billigeren verstecken. Während ein Teil seines Verstandes sich mit diesem Problem herumschlug, wandte sich der Kanzler wieder dem ersten Teil der Anweisung zu. Er hatte schon daran gedacht, nach einer Jungfrau zu schicken, doch diesen Gedanken hatte er als allzu einfach wieder verworfen. Auf jeden Fall blieb das Problem, wie er – auch wenn er problemlos Tränen provozieren konnte – in ihnen ruhen sollte?

Schließlich brachte ihn eine vage Erinnerung an sein

früheres Leben auf die Lösung. Er hatte einige Monate lang in einem entlegenen Kloster in den Bergen gelebt, und einige der Mönche hatten sonderbare, aber äußerst faszinierende Theorien über die Sicht am Nachthimmel geäußert. Verkho fiel ein alter Wahnsinniger ein, der ihm versichert hatte, der Mond bestehe aus den Seelen aller, die als Kind gestorben waren. Er hatte sogar behauptet, er könne den Geist seiner eigenen Nichte erkennen.

»Die Jungfrau, die ihr Gesicht wendet, aber sich nicht umdreht« war sicher der Mond, der jeden Monat von hell nach dunkel wechselte, doch dem Beobachter immer nur dieselbe Seite zeigte. Und so waren die »Tränen« das Mondlicht. *Silbernes* Mondlicht.

Verkho öffnete die Läden vor einem seiner Fenster und wurde durch den Blick auf die Mondsichel belohnt, die ein schwaches Licht auf den Boden seines Arbeitszimmers warf. Vorsichtig nahm er den Talisman auf, stellte ihn in die Mitte des beleuchteten Bodens und legte das Gold daneben. Er holte tief Luft und warf die Fingerknöchel auf den Boden. Sein versunkener Gesichtsausdruck wurde zu einem frohlockenden Grinsen, als sie in der höchstmöglichen Position zu liegen kamen.

Das silberne Leuchten war auf einmal viel heller, und Verkho mußte mit der Hand seine Augen abschirmen. Als er wieder hinsah, war eine weitere Lage der Kugel verschwunden – ebenso das Gold. Es war ein geringer Preis, und er bezahlte ihn nur zu gerne. Der Kanzler war in Hochstimmung, fühlte sich aber plötzlich sehr müde, nahm den Talisman auf und stellte ihn zurück auf den von der Lampe beleuchteten Schreibtisch. Wie erwartet, hatte sich die Beschriftung auf der inneren Ummantelung wieder geändert. Das Spiel ging weiter.

Verkho war selbst überrascht, daß er den Rest der Nacht und bis weit in den nächsten Morgen hinein tief und fest schlief. Doch als er erwachte und sich alles andere als erfrischt fühlte, war sein ganzer Körper müde und steif, und der Gedanke an die nächste Etappe der Rätsellösung erfüllte ihn mit Schrecken. Er verfügte über genügend Erfahrung, um zu wissen, daß weitere Zauberkunstgriffe nur zu einem hohen Preis zu bekommen waren, und er fragte sich, ob der Talisman seinem Geist und Körper möglicherweise zwar größere Opfer abverlangte, ihn aber dem letzten Geheimnis gar nicht näherbrachte. Falls das der Fall war, mußte er vorsichtig sein. Er war es nicht gewohnt, seine eigenen Schulden zu bezahlen – dafür hatte er die Talentierten – und es wäre unentschuldbar, jetzt aufgrund von Erschöpfung zu versagen.

Der Kanzler löste vorübergehend das Siegel, das sein Arbeitszimmer schützte, und rief nacheinander das Herzstück und seine höheren Angestellten herein, um sich informieren zu lassen und Anweisungen zu erteilen. Sie waren klug genug, ihre Befehle nicht mit anderen zu besprechen und gingen ihren Aufgaben ruhig und effektiv nach. Insgeheim waren alle von dem plötzlichen Auftauchen ihres Herrn geschockt gewesen. Seine funkelnden Augen wirkten jetzt trüber und waren tief in die Augenhöhlen gesunken, und er bewegte sich langsam und hielt die meisten dieser Einsatzbesprechungen von seinem hastig zurechtgemachten Bett aus. Hätten sie es nicht besser gewußt, hätten sie Verkho womöglich für krank gehalten.

Ifryns Mutter, die noch vor kurzem Königin von Idiron gewesen war, kam am nächsten Tag in Xantium an. Southan kondolierte ihr zu ihrem Verlust und hieß sie willkommen, und dann zogen die beiden Frauen sich zurück. Sie sprachen lange über Fyles und die Ereignisse, die seinem Tode gefolgt waren. Sie weinten und lachten über ihn, und Zephia freundete sich erneut mit ihren Enkelinnen an, die sie mehrere Jahre lang nicht gesehen hatte. Und sie lernte Azari kennen. Es war Tag des

Gefühls, und wie sehr Ifryn auch von ihren eigenen Sorgen gequält wurde, so konnte sie sich doch nicht überwinden, ihre trauernde Mutter mit ihren Nöten und Ängsten zu belasten. Doch Zephias letzte Worte, bevor sie sich ins Bett zurückzog, lösten in Ifryn eine noch stärkere Ahnung einer bevorstehenden Katastrophe aus.

»Weißt du, Latif ist ein guter Junge«, hatte sie gesagt, »aber er wird niemals auch nur halb so sehr Mann sein wie dein Vater. Idiron liegt mitten in einer Region, die nun schon seit Jahren auf Messers Schneide balanciert, und wenn wir nicht einen starken Führer aus Xantium bekommen, wage ich nicht an die Folgen zu denken.«

Am nächsten Morgen gab Verkho Southan Nachricht, daß er eine private Besprechung wünsche, und der Kaiser kam schnell zu ihm, obwohl er wußte, daß eigentlich er selbst solche Zusammenkünfte einberufen sollte. Als er das Arbeitszimmer des Kanzlers betrat, sah er entsetzt, daß Verkho in Decken gehüllt im Bett saß.

»Vergebt mir, daß ich nicht aufstehe, Eure Majestät«, sagte Verkho. »Wie Ihr seht, vermag ich es zur Zeit nicht.«

»Seid Ihr krank?«

»Man hat mich vergiftet.«

Dann erzählte der Kanzler dem erstaunten Kaiser, daß seine angebliche Immunität nicht hundertprozentig wirke. Man habe ihm genug Gift verabreicht, um ein Dutzend Männer zu töten, doch er hatte überlebt – um Haaresbreite.

»Das Gift war sehr ungewöhnlich«, fuhr er fort. »Deshalb habe ich es zu spät bemerkt, und was das Schlimmste ist, es hat zu einer ansteckenden Reaktion geführt, die alle betroffen hätte, die mir zu nahe kamen. Daher war ich gezwungen, mich zurückzuziehen, bis ich sicher sein konnte, daß ich niemanden mehr anstecke.«

»Ist so etwas möglich?« fragte Southan erstaunt.

Verkho sah tatsächlich krank aus, doch es war kaum zu glauben, daß ein solches Gift existierte. Dennoch mußte es wohl stimmen – warum sonst sollte Kanzler Verkho sich auf derart unerklärliche Weise verhalten haben? Und das führte zu der unvermeidbaren Frage: »Wer hat das getan?«

Verkho setzte sich ein wenig anders hin und stöhnte auf, als habe er Schmerzen.

»Könnt Ihr Euch das nicht vorstellen?« fragte er. »Ein solcher Verrat ist schwer zu verstehen, geschweige denn zu ertragen.«

»Kerrell?«

»Und meine verfluchte Schwester!« Verkho verzog das Gesicht. »Sie haben sich gegen mich gewendet, als ich ihr Komplott aufdeckte, Azari zu vergiften.«

»Aber Ihr sagtet, es sei der *Soldat* gewesen!« rief Southan aus und stürzte in neue Tiefen der Verzweiflung.

»Das war nur eine List, mein Lord. Wißt Ihr nicht mehr, wie Kerrell beim Bankett das Wort ergriff? Schon da hätte ich erkennen müssen, daß er schuldig ist, aber ich konnte es noch nicht beweisen.« Verkho setzte Southan die Einzelheiten der Verschwörung auseinander, indem er zwei weitere Briefe zum Vorschein brachte, die Clavias Siegel trugen und Kerrells Anteil an diesem Verrat bestätigten.

»Jetzt mußte ich hören, daß der General seinen Verrat zugegeben hat und um sein Leben rennt«, schloß der Kanzler. »Ich hätte nicht gedacht, daß ich auch Feigheit auf die Liste seiner Untaten setzen müßte.«

»Offenbar habe ich ihn nicht so gut gekannt, wie ich dachte«, erwiderte Southan traurig und fragte sich, wie diese neuesten Enthüllungen auf Ifryn wirken würden.

»Das ist wahr«, stimmte Verkho zu. »Man wird ihn ergreifen und schließlich zur Verantwortung ziehen, aber in der Zwischenzeit, da ich mich bereits auf dem Wege der Besserung befinde, haben wir viel zu tun.«

Die beiden Männer sprachen über den Zustand des

Reiches, und Southan akzeptierte Verkhos Vorschläge in allen Punkten. Als er ging, war er viel zu aufgewühlt, um klar denken zu können.

In den nächsten Tagen gestaltete sich der Tagesablauf des Kanzlers wieder normal, und seine Angestellten und die Militärs waren sehr erleichtert, daß sie ihn wieder zu Rate ziehen konnten. Generäle umrissen in groben Zügen mögliche Verteidigungsstrategien und berichteten über kleinere Scharmützel an den Grenzen. Harios und andere hohe Beamte legten ihre Berichte vor und ließen sich von der unerschütterlichen Haltung ihres Herrn bezüglich ihrer Rückschläge beruhigen. Und das Herzstück brachte weiterhin Berichte aus dem ganzen Reich – einschließlich mehrerer Berichte des Spions auf Zalys. Verkho las sie mit Interesse, doch erfuhr er nichts, was neu oder von ausreichender Wichtigkeit war, um zu antworten. Die Ironie des Schicksals amüsierte ihn, daß diegleichen Kreaturen, die anscheinend Barvicks Flotte zerstört hatten, sich nun ausgerechnet gegen die Inselbewohner wendeten, die sie mit ihren früheren Taten gerettet hatten.

Die meiste Zeit blieb Verkho bei diesen Beratungen im Bett, und manchmal sah er sich gezwungen, sich wieder zurückzuziehen, um sich auszuruhen – wie er behauptete. Doch diese Unterbrechungen waren nicht weiter von Bedeutung, und das Xantische Reich schien sich wieder zu beruhigen.

Ifryn hatte seit ihrem Treffen mit Baylin weder etwas von Kerrell gehört noch gesehen, und als die Tage sich hinzogen und sie nichts hörte, versank sie immer tiefer in Sorge und Schwermut. Ihr einziger Trost war, daß es keine Nachricht über seine Festnahme gab. Doch auch der *Soldat* schien wie vom Erdboden verschluckt, Alasia war nicht zu ihr gekommen und Baylin wußte nicht, wie er ihr helfen konnte. Selbst Zephia, die mittlerweile ein wenig von der komplizierten Politik in Xantium und von den Sorgen ihrer Tochter mitbekommen hatte, war keine große Hilfe. Der Lebensmut schien sie völlig verlassen zu haben, und sie hatte schlechte Laune und war gereizt und brachte nur wenig Begeisterung für etwas anderes als ihre Erinnerungen auf. Selbst ihre Enkelinnen merkten bald, daß es besser war, ihr möglichst aus dem Weg zu gehen. Daher war Ifryn nicht überrascht, als ihre Mutter in Tränen aufgelöst zu ihr kam und wütend beklagte, daß sie ihr Medaillon mit ein paar Strähnen von Fyles' Haar verloren hatte.

»Es ist weg«, weinte sie hysterisch. »Einfach verschwunden!«

»Es kann nicht weit sein«, tröstete Ifryn sie. »Wir werden es wiederfinden.«

Aber sie fanden es nicht. Das Medaillon war nirgends zu finden, und als sie die Suche einstellten, bestand Zephia darauf, die Dienerschaft zu befragen und konnte sich gerade zurückhalten, sie nicht des Diebstahls zu bezichtigen – und sie erreichte nichts weiter, als sich immer unbeliebter zu machen. Ifryn tröstete sie so gut sie konnte, doch ihre Geduld wurde auf eine harte Probe gestellt.

Als Verkho das dritte Rätsel löste, verspürte er eine Woge der Zufriedenheit und Erregung. Es war wirklich eine schwierige Aufgabe – andererseits war er aber auch außerordentlich befähigt dazu, sie zu lösen.

In den geometrischen Schriftzeichen der Wüstennomaden von Montecrocia lautete der Hinweis: »Wählt das Wesen, das Hände, aber keine Finger hat. Mein Äußeres für Eures. Spaltet beide oder keine. Ist dies getan, ruft einen schweigenden Wanderer und laßt ihn lebendig begraben.« Der erste Teil war leicht. So leicht, daß Verkho die Lösung zunächst bezweifelte, doch schließlich entschied er, es könne sich nur um ein Kartenspiel handeln. Glücksspiel war in den Antworten, die er suchte, häufig vertreten. Danach kam die Anweisung, sich in die eigene Haut zu schneiden, um eine weitere Schicht der schützenden Lage um den Talisman zu »spalten«. Vermutlich brauchte er für den nächsten Schritt Blut, um einen Geist zu rufen – einen schweigenden Wanderer, wie die Nomaden Geister nannten. Der Kanzler wußte nicht, wie man einen Geist ›lebendig begraben‹ konnte, doch lag das anscheinend nicht in seiner Verantwortung. Er mußte lediglich den Geist herbeischaffen – und er wußte genau, wer es sein sollte.

Die Vorbereitungen dauerten eine Weile, doch schließlich war alles bereit. Verkho teilte sorgfältig den Stapel Karten und legte seine gewählte Karte mit dem Bild nach oben auf den Tisch. Es war passenderweise der Rote Henker, die höchste Karte im Spiel. Als nächstes nahm er ein scharfes Messer und schnitt sich entschlossen in die linke Handfläche. Blutstropfen fielen auf die Karten, als er die Faust ballte, und färbten die Axt des Henkers rot. Dann öffnete Verkho das gestohlene Medaillon, nahm das Haar zwischen Daumen und Zeigefinger der rechten Hand und konzentrierte sich. Fyles hatte keine andere Wahl, als dem Ruf zu folgen, doch er kam nur widerwillig und kämpfte die ganze Zeit dagegen an. Verkho blieb hartnäckig und hatte Erfolg – doch gegen Ende war er schweißgebadet. Der alte König stand flackernd vor ihm, und sein Gesicht spiegelte Zorn und Furcht, und er schrie lautlose Worte in die Leere zwischen den Welten.

Und jetzt? fragte sich der Kanzler. Er hatte alles getan, was von ihm verlangt wurde. Er konnte doch sicher nicht versagt haben?

Jetzt zitterte Verkho, und der Schmerz und die Strapazen verursachten ihm Schwindelgefühle. Seine verletzte Hand zuckte, und Blutstropfen spritzten in alle Richtungen. Einige landeten auf der Kugel und riefen eine sofortige Reaktion hervor. Die äußere Schicht der glasähnlichen Substanz begann zu leuchten, doch statt einfach zu verschwinden, *schwebte* sie wie klares, geschmolzenes Metall. Als sie sich in Bewegung setzte, rührte sich auch Fyles. Sein Geist wurde zur Kugel gezogen, und seine Gestalt verzerrte sich, als sei auch er eine Flüssigkeit, die durch einen Trichter gesogen wurde. Es folgte ein Blitz, eine kurze Verschiebung der Realität, und dann verschwand der Geist – mit einem letzten stummen Schrei. Der geschmolzene Kristall formte sich zu einem Tröpfchen, glitt über die Schreibtischplatte und umhüllte die blutbefleckte Karte.

Dann rollte die kleine Kugel langsam über den Tisch. Gefangen in der rotgefleckten Substanz war, wie ein Insekt in Amberin, der Rote Henker. Doch das Bild der Karte hatte sich verändert, und der Mann, der die blutige Axt schwang, hatte das Gesicht eines toten Königs.

Verkho fing die Kugel auf, starrte seinen auf ewig erstarrten Feind an und lachte.

Der Kanzler ließ verlauten, daß er an Erschöpfung leide und als Folge der langfristigen Nebenwirkungen des Giftes einen Rückfall befürchte. Dennoch bestand er darauf weiterzuarbeiten und die Staatsangelegenheiten heroisch weiterzuführen, wie nur er es konnte.

Inzwischen war in der Stadt allgemein bekannt, daß Kerrell ein Verräter war – eine Geschichte, die die meisten Leute glaubten – und es tröstete fast alle, einschließlich Southan, daß Verkho wieder die Fäden in der Hand hielt. Der Kanzler fand seinen erzwungenen Rückzug in seine Gemächer frustrierend und sehnte sich danach, seine richtigen Aufgaben wieder zu übernehmen, doch er kannte seine Grenzen. Seine letzten Bemühungen hatten ihn geschwächt und ermüdet, und es würde noch einige Zeit dauern, bis er seinen nächsten Angriff starten konnte. In der Zwischenzeit begnügte er sich mit anderen Aufgaben und dem Gedanken, daß ihm bald die Geheimnisse des Talismans offenbart würden.

Kapitel einunddreißig

In den Legenden heißt es, daß die Götter aus dem Meer kamen und die Menschheit in ihrem Kielwasser folgte. Doch anders als die Götter können wir nicht dorthin zurückkehren. Wer kann also die Tiefen der See ermessen, ihre unbarmherzigen Fluten überreden umzukehren, ihre Strömungen, nicht zu fließen? Wir berühren nur ihre oberste Schicht, ohne die Geheimnisse darunter anzutasten, dort unten, wo nur die Toten sind.

Zwar war noch keiner der Reisenden von Zalys mit einem so großen Schiff aufs Meer hinaus gefahren, doch sie alle waren mit Booten vertraut, und zur Enttäuschung der Mannschaft wurde niemand durch das Schwanken des Schiffes in Verlegenheit gebracht. Ganz besonders die blaßhäutige Gaye schien eine Kandidatin für Seekrankheit zu sein. Doch obwohl ihre Beweglichkeit natürlich begrenzt war, blieb sie ganz gelassen, und das überraschte die Seeleute offensichtlich sehr. Zwar sprachen sie normalerweise in ihrer eigenen schroffen Sprache, doch manchmal benutzten sie auch die offizielle Handelssprache, und die Passagiere schnappten Worte auf wie »die blinde Hexe«, die in allen Tonlagen zwischen Verachtung und Verwunderung ausgesprochen wurden. Zuerst war Gaye sehr verletzt, doch bald nahm sie solche Worte mit Humor und nutzte sie zu ihrem Vorteil, als sie erfuhr, welche Mannschaftsmitglieder sie mit nervöser Ehrfurcht betrachteten. Sie ließ sie verschiedene Dinge für sich erledigen und drohte ihnen furchtbarste Strafen an, falls sie ihr nicht gehorchten.

Einer der jüngsten Matrosen, ein Kabinensteward, der ihnen das Essen brachte, gab sich den beiden Frauen gegenüber grundsätzlich grob, wenn Dsordas und Yeori nicht da waren. Offensichtlich wollte er damit seine älteren Gefährten beeindrucken – trotzdem war er eindeutig immer noch ängstlich. Schließlich versprach ihm Gaye, sie würde ihn in eine Kröte verwandeln, wenn er sich nicht höflich zu betragen wüßte, und ihre Stimme klang so streng, daß er erbleichte und eilig hinauslief. Sobald er die Tür hinter sich geschlossen hatte, brachen Fen und ihre Schwester vor Lachen zusammen, und der Junge hatte es möglicherweise sogar gehört. Dennoch verhielt er sich von da an höflich und lächelte sogar schüchtern, und schließlich freundeten sie sich mit ihm an. Er erzählte ihnen, sein Name sei Rekyar, er fahre seit seinem neunten Lebensjahr zur See, und auf der *Eisstern* sei es jetzt viel besser, seit Bark Madden der Kapitän war – aber er zeigte keinerlei Neugier auf Ziel und Absicht der Inselbewohner.

»Ihr seid anders«, gestand er bei einer Gelegenheit zu. »Die meisten Mädchen sind auf See nutzlos. Ihnen wird schlecht – genau wie diesem empfindlichen Kaufmann.«

Fen gefiel es, wieder Mädchen genannt zu werden.

»Ranald?« fragte sie aus bloßer Neugier.

»Yeah. Er und sein dummer Diener sind bis jetzt noch nicht mal aus der Kabine gekommen«, erwiderte Rekyar, und seine Verachtung für diese Landratten war klar erkennbar.

»Vielleicht ist sein Magen nicht so kräftig wie unserer«, schlug Gaye vor.

»Er ist so empfindlich«, blieb der Junge hart. »Einmal bin ich reingegangen, und der Diener hatte eine Bandage um den Kopf. Wozu soll das gut sein?«

»Was für eine Bandage?« fragte Fen eilig.

»Einfach eine Bandage. Und nicht einmal besonders gut gemacht, denn es war ein Knubbel drin.«

Ranald hatte so verzweifelt nach einer Möglichkeit gesucht, Zalys zu verlassen, daß er das Risiko mitzufahren eingegangen war, obwohl er wußte, wer sonst noch an Bord war. Er wußte von Dsordas, Fen und Yeori und ihrer Stellung auf der Insel, und er kannte Gayes Ruf. Doch da sie offenbar der Grund waren, aus dem die *Eisstern* Zalys verließ, hoffte er später behaupten zu können, sich den Anführern der Insel an die Fersen geheftet zu haben, falls jemand behaupten sollte, er habe seine Mission im Stich gelassen. Er hatte jedoch nicht vor, sein Schicksal herauszufordern, und am leichtesten konnte er ihnen aus dem Weg gehen, indem er Seekrankheit vortäuschte und in seiner Kabine blieb.

Es war nicht nötig gewesen, weitere Berichte nach Xantium zu schicken – er hatte einfach nicht vorgehabt, jemanden von seiner Abreise in Kenntnis zu setzen –, und so hatte er Jäger hin und wieder Kontakt zur Stadt aufnehmen lassen, nur für den Fall, daß jemand ihn zu erreichen versuchte. Aber das war nicht der Fall gewesen. Inzwischen, zwei Tage, nachdem die Fledermäuse sie aus dem Hafen von Nkosa hinausgeleitet hatten, ging ihm die Enge des kleinen Raumes, nur in Gesellschaft des teilnahmslosen Fernrufers, allmählich auf die Nerven.

»Ich mache einen Spaziergang an Deck«, beschloß Ranald. »Bleibt in der Kabine.«

Jäger nickte lustlos.

»Gib mir einen Anhänger«, bat Gaye, sobald Rekyar sie verlassen hatte.

Fen gehorchte und sah, wie sich das Gesicht ihrer Schwester voller Abscheu verzog, als sie den Stein berührte.

»Ist es . . .?«

»Es schlummert, aber er ist krank. Schrecklich krank.« Sie ließ den Anhänger angewidert fallen.

»Ein Fernrufer? Ich muß es Dsordas sagen.« Fen lief aus der Kabine und ließ Gaye mit ihren Sorgen allein.

Dsordas stand am Bug des Schiffes und starrte auf den Horizont im Osten, und seine dunklen Locken kräuselten sich in der Morgenbrise. Auf Fens Ruf hin wandte er sich um und eilte ihr entgegen, denn er spürte ihre Aufregung.

»Was ist los?«

»Ranalds Diener ist ein Fernrufer«, berichtete Fen atemlos. »Gaye hat seine Krankheit erspürt, den Nektar. Weißt du, wo ihre Kabine ist?«

»Ja.« Dsordas war bereits unterwegs.

»Sei vorsichtig!« rief Fen und rannte hinter ihm her. »Wo ist Yeori?«

Dsordas achtete nicht auf sie und verschwand unter Deck. Fen wollte ihm folgen, doch er hängte sie mit Leichtigkeit ab. Er zog sein Messer, als er zur Kabine des Kaufmanns kam, und warf sich mit voller Wucht gegen die Tür. Das Schloß zersprang splitternd, und sie gab ganz leicht nach und fiel nach innen. Dsordas duckte sich, bereit zum Angriff, doch der einzige Anwesende war Jäger. Er lag in einer Koje und zwinkerte ob dieses plötzlichen Eindringens nur träge mit den Augenlidern. Dsordas packte ihn am Hemd und zog ihn hoch.

»Zeigt mir Eure Zunge!« schrie er.

In Jägers Augen glomm Angst auf, als er erkannte, in welcher Gefahr er sich befand, doch er hing schlaff in der Faust seines Angreifers.

»Zeigt sie mir!«

Als Jägers Mund sich öffnete und eine lilaschwarze Zunge zum Vorschein kam, knurrte Dsordas wütend und angewidert auf und stach einmal mit dem Messer zu. Die Klinge drang tief in das Herz des Fernrufers. Da hörte er Fen rufen, zog das Messer aus der blutüberströmten Brust, ließ die Leiche fallen und wandte sich der Tür zu. Als er auf den Flur trat, hörte er Fen schreien und rannte hinaus. Gerade als er um die Ecke bog, sah er, wie seine Geliebte von Ranald festgehalten wurde, ein Messer an der Kehle. Dsordas erstarrte, als Yeori hinter ihm auftauchte.

»Was geht hier ...« begann sein Stellvertreter, doch er verstummte, als er Fen sah.

»Kommt näher und sie stirbt«, drohte Ranald.

Fen wagte es nicht, sich zu wehren. Sie sah in Dsordas' braune Augen und hatte furchtbare Angst. Es war, als wären sie zu Stein geworden.

»Zurück«, befahl der Kaufmann. »Weg von meiner Kabine. Ich glaube, es wird Zeit, einen Bericht über Eure kleine Expedition nach Xantium zu schicken.«

Dsordas und Yeori schoben sich langsam rückwärts, die Augen stets auf Fen geheftet. Dsordas war so angespannt, daß er fast nicht begriffen hätte, was Ranalds Worte bedeuteten – doch er hatte verstanden. Falls der Fernrufer Xantium noch nicht informiert hatte, hatten sie noch die Chance, das Festland und später die Stadt unbemerkt zu erreichen. Aber zuerst mußte er einen Weg finden, Fen zu retten. Wenn Ranald den toten Jäger fand ...

Der Spion schubste seine Geisel vorwärts, während die Männer sich langsam zurückzogen. Da bewegte sich in dem dunklen Flur hinter Ranald ein Schatten. Dsordas konnte ihn kaum sehen, doch seine Hoffnung wuchs wieder, und er tat sein Bestes, ihren möglichen Verbündeten nicht zu verraten. Statt dessen versuchte er, Ranalds Aufmerksamkeit auf sich selbst zu lenken.

»Tut ihr etwas an und Ihr werdet sterben«, sagte er kalt.

»Tapfer gesprochen – aber was Ihr auch tut, sie wird um so mehr leiden. Sie und ich werden die Kabine teilen, bis wir das Festland erreichen. Dann ...«

»Manchmal müßt Ihr auch schlafen«, machte ihm Dsordas klar. Der Schatten kam näher.

»Da gibt es andere Möglichkeiten«, sagte Ranald verächtlich. »Weiter.«

Dsordas erhaschte einen kurzen Blick auf eine Eisenstange im Schatten, und er betete, daß der Seemann, der mit ihr ausholen würde, ausreichend Schwung holte. Ein ungeschickter Schlag wäre Fens Todesurteil.

Der Schatten schlug zu. Es gab ein dumpfes Knirschen, als Metall auf Knochen traf, und Ranalds Messer fiel ihm aus den kraftlosen Fingern. Fen stolperte vor, als ihr Peiniger zusammenbrach und zu Boden fiel. Dsordas fing sie auf, ließ sein Messer fallen und drückte sie an sich. Die Eisenstange fiel klappernd zu Boden, und ihr Retter hielt sich die zitternden Finger vor sein Gesicht, als sehe er seine Hände zum ersten Mal.

»Ich ... ich habe ihn getötet«, stammelte er.

Es war Nason Folegandros.

»Es war unglaublich dumm, sich als blinder Passagier an Bord zu schleichen«, schalt Yeori. »Aber ich bin sehr froh, daß du es getan hast.«

Die fünf Inselbewohner hatten sich in einer Kabine versammelt. Nason hatte sich schon wieder ein wenig erholt und zitterte nicht mehr. Als ihm klargeworden war, was er getan hatte, fühlte er sich kalt und krank – doch er bereute es nicht. Ranald und Jäger waren jetzt Fischfutter. Eine Durchsuchung ihrer Kabine hatte das Stirnband mit dem Amberin zu Tage gefördert, sonst gab es jedoch nichts von Interesse.

»Das sind wir alle«, stimmte Gaye zu. »Aber warum hast du das getan?«

»Meine Eltern hätten mich niemals gehen lassen. Und ihr auch nicht, wenn ich euch gefragt hätte.« Niemand machte sich die Mühe, das abzustreiten. »Also *mußte* ich mich an Bord schleichen. Es sind meine Brüder«, fügte er trotzig hinzu.

»Wir könnten umkehren«, sagte Dsordas streng.

»Aber das werdet ihr nicht.« Nasons Stimme klang nur ein ganz klein wenig unsicher.

»Nein. Du hast dich entschieden. Nun mußt du mit

den Folgen leben.« Dsordas wandte sich an seinen Stellvertreter. »Komm, Yeori. Wir müssen mit Bark reden.« An der Kabinentür blieb er stehen und wandte sich noch einmal an Nason. »Danke«, sagte er leise. »Ich stehe in deiner Schuld.« Als die beiden Männer gegangen war, senkte sich verlegenes Schweigen über die Kabine.

»Deine Eltern werden wahnsinnig vor Angst sein«, sagte Gaye. »Ich hoffe, du weißt, was du tust.«

»Und *du*?« fragte Nason herausfordernd.

»Ein Punkt für dich«, erwiderte Fen. »Diese Reise ist so, als ...«

»Als würde der Blinde den Blinden führen?« schlug Gaye lächelnd vor.

»Ich wollte es ein wenig taktvoller ausdrücken.« Fen war froh, daß ihre Schwester über ihren Zustand lachen konnte.

»Mach dir um mich keine Sorgen«, fuhr Gaye fort. »Alle guten Hexen haben Sinn für Humor.«

Nason sah von einer Schwester zur anderen und fragte sich, welche von beiden nun verrückt geworden war.

»Hat Ranald gefragt, wo wir hinwollen?«

»Ja«, erwiderte Bark. »Ich sagte ihm, irgendwo in die Nähe von Brighthaven.«

»Nichts Genaueres?« fragte Yeori.

»Nein.«

»Aber wir laufen Brighthaven gar nicht an, oder?« hakte Dsordas nach.

Es folgte eine Pause.

»Hört zu«, erwiderte Bark. »Es wäre mir lieber, wenn Ihr das jetzt nicht der Mannschaft erzählen würdet, aber ich bin nicht sicher, wo *genau* wir auf die Küste stoßen. In Navigation war ich noch nie so gut wie der alte Kapitän. Ich komme zurecht, aber bis wir Land sehen, weiß ich nicht, wo wir sind. Doch was sind ein paar Wegstunden unter Freunden, he?« Der Seemann lachte.

»Sorgt einfach dafür, daß wir nicht aus Versehen in Brighthaven einlaufen«, grinste Yeori. »Ich glaube nicht, daß wir auf die Reste der xantischen Marine treffen wollen.«

»Kein Problem«, versicherte Bark.

»Wann, glaubt Ihr, erreichen wir die Küste?« fragte Dsordas.

»In ungefähr drei Tagen«, erwiderte der Kapitän. »Solange der Wind aus Westen kommt – und wir nicht gegen Kreischer kämpfen müssen.«

»Wurden welche gesichtet?«

»Nicht seit den paar Tieren, die wir in der Nähe von Zalys gesehen haben. Ich schätze, sie haben das Interesse an uns verloren.«

»Hoffen wir es«, fügte Yeori hinzu. »Wir könnten auf dieser Reise ganz gut ohne weitere Aufregungen auskommen.«

Kapitel zweiunddreißig

Es fließt in mir wie eine ewige Woge, ein Fluß des Lebens. Dennoch fließen verborgene Gefahren darin mit. Wie zerbrechlich das Gleichgewicht ist, wie verletzbar. Wer kann sagen, welche Ungeheuer in uns selbst lauern, welche kleinen Dinge das Blut anfachen? Gedanken können sich ihre Sensibilität nicht aussuchen. Die Körper der Menschen leben wie die Welt mit ihren eigenen Abneigungen.

Bark Maddens Vorhersage stellte sich als korrekt heraus. Das Festland kam drei Tage später in Sicht, und nachdem man es als die Küste ein paar Wegstunden südlich von Brighthaven identifiziert hatte, setzte man Kurs auf den kleinen Hafen Slope. Er lag in einer natürlichen schmalen Bucht, die zwar gut geschützt war, aber nur flaches Wasser führte, so daß die *Eisstern* in der Bucht ankerte und die Reisenden an Land gerudert wurden. Als die Inselbewohner den Kai erreicht hatten, wo es nach Seetang und vergammeltem Fisch roch, verabschiedeten sie sich von Bark und seinen Männern und machten sich auf den Weg in die Stadt. Es war ein sonderbares Gefühl, wieder festen Boden unter den Füßen zu haben. Sie hatten nicht die Absicht, an diesem Nachmittag weit zu laufen, und Dsordas beschloß, ein Gasthaus zu suchen und sich den Rest des Tages um den Ankauf von Pferden zu kümmern. Sie hofften, am nächsten Morgen nach Xantium aufbrechen zu können. Dabei wollten sie über Brighthaven reisen – die Stadt konnten sie von Slope aus unauffällig betreten –, wo sie die Wahrheit über die Flotte herausfinden wollten.

Sie wählten eine der unauffälligen Tavernen. Obwohl der Gastraum dunkel und schmuddelig war, war der

Preis für die beiden überraschend sauberen Schlafzimmer angemessen.

Als sie ausgepackt hatten, wollten Dsordas und Fen mit ihren Nachforschungen fortfahren, und sie überließen es Yeori, Gaye Gesellschaft zu leisten und auf ihre Sachen aufzupassen. Nach einem kurzen Wortwechsel, bei dem Nason berechtigterweise anführte, daß er mehr über Pferde wußte als alle anderen, kam man überein, daß er mitkommen sollte. Auf Anraten ihres liebenswürdigen Vermieters gingen sie in die nördlichen Außenbezirke der Stadt, wo mehrere Viehhändler ihre Tiere auf den Markt brachten. Sie nahmen ein paar kleine Stücke Amberin und ein wenig Geld mit. Die benötigten Reittiere waren schnell gefunden, doch mußte noch eine ganze Weile gefeilscht werden. Dsordas war bereit, einen guten Preis zu zahlen, doch wollte er nicht durch überteuerte Preise unnötig die Aufmerksamkeit auf sich ziehen. Schließlich einigte man sich auf den Erwerb von fünf Tieren und verabredete für eine Nacht die Unterbringung im Stall.

Nur Nason war ein versierter Reiter, doch außer Yeori – der seine völlige Unkenntnis auch zugab – hatten alle zumindest schon einmal auf einem Pferd gesessen. Gaye würde jedoch nicht so leicht allein reiten können, aber wenn nötig, konnte sie mit Nason gemeinsam auf einem der größeren Tiere reiten und ihr Pferd als Lasttier zur Verfügung stellen.

Auf dem Rückweg zur Taverne wurden sie von vier Imperialen Soldaten in schlampigen Uniformen überholt, die die Straße hinunterschlenderten. Zwar nahmen die Wachen keine Notiz von ihnen, doch die Reisenden waren trotzdem nervös und mußten sich sehr zusammenreißen, ihre Gefühle nicht zu zeigen.

»Daran müssen wir uns gewöhnen«, sagte Dsordas, als die Soldaten verschwunden waren. »Selbst wenn Ranald Xantium über unser Kommen in Kenntnis gesetzt hat, werden sie hier doch kaum nach uns suchen.«

»Die sahen so aus, als könnten sie nicht mal ihre eigene Gürtelschnalle finden«, bemerkte Nason mit jugendlicher Geringschätzung.

»Die Garnison hier ist offensichtlich nicht die Elite der Xantischen Armee«, sagte Dsordas trocken.

»Trotzdem«, warf Fen ein, »sollten wir den größten Teil des Amberins in Imperial eintauschen. Einige der Pferdehändler haben sich über die Steine gewundert, und falls wir weiter damit bezahlen, ließe sich unsere Spur leicht zurückverfolgen.«

Dsordas nickte.

»Auf dem Hauptplatz habe ich ein paar Juwelenhändler gesehen«, sagte er. »Wir versuchen es hier.«

»Und wir sollten uns ein paar neue Kleider kaufen«, fügte Fen hinzu. »Unsere stammen ganz offensichtlich nicht von hier.« Sie wollte nur zu gern zum Erfolg der Mission beitragen, und so war sie sehr froh, als Dsordas wieder nickte.

Dsordas, von Beruf Juwelier, hatte eine ziemlich genaue Vorstellung über den Wert ihrer Steine, und er und Fen waren ein gutes Handelsgespann, aber trotzdem bekamen sie schließlich nur zwei Drittel des tatsächlichen Wertes. Doch es war genug. Danach kauften sie einfache, aber gute Kleider, die auch zum Reiten bequem genug waren, und als sie am frühen Abend zurück zum Gasthaus kamen, waren sie mit ihren Bemühungen zufrieden. In dem Haus ging es bereits recht lebhaft zu. Der Gastraum war zur Hälfte mit Gästen besetzt, die ihr Abendessen einnahmen, und Dienstmädchen brachten aus der Küche volle Tabletts herbei. In einer Ecke spielten zwei Musikanten. Die Inselbewohner hatten inzwischen alle Hunger, und so zogen sie sich um und gingen hinunter. Das Eintreffen von zwei wunderschönen blonden Frauen konnte nicht unbemerkt bleiben – ganz besonders, weil eine von ihnen offensichtlich blind war –, und so fielen einige Bemerkungen, doch gingen sie in der allgemeinen

Geschäftigkeit unter. Die Reisenden suchten sich einen Tisch im Dunkeln, und als sie erst einmal aßen, nahm niemand mehr Notiz von ihnen. Die Musik spielte weiter, die Getränke flossen in Strömen und die gelegentlichen Gesänge wurden immer heiserer, doch die Atmosphäre blieb freundlich. Das sollte sich später am Abend jedoch drastisch ändern.

Fen hatte gerade vorgeschlagen, daß sie sich zurückziehen sollten, da sie am nächsten Morgen früh aufbrechen wollten, als die Tür aufgerissen wurde und vier Soldaten hereinströmten und lautstark nach Leichtbier verlangten. Einer von ihnen zerrte eine bemitleidenswert aussehende Kreatur hinter sich her, der ein Seil um die Handgelenke geschlungen war. Der Junge humpelte, und seine Haut war rissig und fleckig. Er war in Lumpen gehüllt, und sein Gesicht zeigte den gleichgültigen, leblosen Ausdruck eines Menschen, der die schlechte Behandlung als Schicksal akzeptiert hatte.

»Was geht dort vor?« flüsterte Gaye.

Fen beschrieb leise die Männer und empfand Mitgefühl für den Gefangenen und Abscheu ob seiner Behandlung. Die Soldaten schubsten den Jungen auf einen Stuhl und banden ihn fest, dann hoben sie den Stuhl hoch und stellten ihn auf einen Tisch. Sie waren offensichtlich schon angetrunken und lachten brüllend, als einer von ihnen das Gleichgewicht verlor und hinfiel. Inzwischen beobachteten alle Anwesenden sie mit einer Mischung aus Unbehagen und übelgelaunter Neugier. Sogar die Musiker hörten zu spielen auf, als einer der Soldaten sie anschrie.

»Ich bringe Euch ein Wunderding!« verkündete der Anführer. »Ewwas, was Ihr noch nie gesehn habt. Wer wettet mit mir, dassich den Kopf von diesn Jungn so groß machen kann wie ... groß wie ...« Seine Phantasie versagte, und so hielt er die Hände weit auseinander. »So groß.«

»Unsinn!« rief irgend jemand.

»Und wie wollt Ihr das machen?« kreischte ein anderer zweifelnd.

»Magie«, rief der Soldat aus. »Mei' eigene schön' Magie!«

»Ein halber Imperial, daß Ihr es nicht könnt«, rief einer der trinkenden Gäste.

»Ein halber Imperial!« rief der Anführer spöttisch aus. »Ein *halber*? Mit so armseligen Summ' gebe ich mich nich' ab. Offenbar sin' hier keine Spieler.«

Das war eine Herausforderung und Beleidigung, die nirgendwo im Kaiserreich ohne Wirkung blieb, und das wußte der Soldat. Schon bald nahmen er und seine Gefährten geschäftig Wetten entgegen, während der verzagte Junge dasaß und von dem Aufruhr, den er verursachte, keine Notiz nahm. Schließlich war der Anführer mit den Einnahmen zufrieden und wandte sich an den Gastwirt.

»Bringt mir eine Schüssel von Euren besten Krabben.«

Bei diesen Worten gab der Gefangene zum ersten Mal ein Lebenszeichen von sich. Seine Augen weiteten sich vor Angst, sein Mund formte einen stummen Schrei und entblößte dabei mehrere abgebrochene Zähne, und er versuchte verzweifelt, aber vergeblich, sich von seinen Fesseln zu befreien.

»Götter«, stöhnte Dsordas mit gedämpfter Stimme. »Wir müssen dem ein Ende bereiten.«

Fen spürte, wie die Anspannung in ihm wuchs und seine Wut anschwoll, doch sie wußte, daß er sich zusammenreißen mußte.

Das letzte, was sie brauchten, war Ärger mit Imperialen Soldaten.

»Das kannst du nicht tun«, flüsterte sie. »Er kann das doch sowieso nicht ernst meinen.«

Dsordas bedachte sie mit einem gehetzten Blick.

»O doch, das kann er«, stieß er hervor.

Inzwischen waren die Krabben gebracht worden, und alle beobachteten, wie der Anführer auf einen Stuhl stieg.

»Sieh her, Aad«, sagte er und brachte die anderen Soldaten zum Lachen. »Dein Lieblingsessen.«

Der Junge schloß den Mund und schüttelte heftig den Kopf, und beinahe wäre er mit dem Stuhl umgekippt. Die anderen Soldaten hielten ihn fest, und einer zog den Kopf des Jungen an den Haaren zurück. Obwohl Aad alles tat, um die Krabben nicht schlucken zu müssen und das meiste auch wieder ausspuckte, wurde er schließlich gezwungen, einige der kleinen rosa Dinger hinunterzuwürgen. Der Anführer lächelte und trat einen Schritt zurück.

»Seht her!« rief er.

Dsordas beugte sich vor, den Kopf in die Hände gestützt, aber die anderen konnten ihre Augen nicht von dem Jungen abwenden. Er war jetzt ganz steif, nur seine entsetzten Augen bewegten sich noch, und sein Atem kam in immer kürzeren, zischenden Stößen. Ganz langsam, dann immer schneller wurde die Haut im Gesicht und am Hals dunkler durch das aufsteigende Blut. Und vor den faszinierten Augen der Zuschauer blähte sein Hals sich auf. Schreie des Abscheus und des Erstaunens entrangen sich den Kehlen der Anwesenden, als die Schwellung immer größer wurde und sich auf Kopf und Gesicht ausdehnte. Wangen und Lippen nahmen groteske Formen an, die Stirn trat hervor, und das unregelmäßig geschnittene Haar stellte sich auf. Die entsetzten Augen verschwanden beinahe in der aufgeblähten Fleischkugel, die jetzt beinahe so breit war wie die Schultern des Jungen und die Behauptung des Soldaten bestätigte. Blut tröpfelte aus den erweiterten Rissen in der gräßlich entstellten Haut des Jungen.

Die Soldaten lachten und sammelten ihre Gewinne von den eingeschüchterten Zuschauern ein und verlangten danach Unmengen von Leichtbier. Der Junge, Aad, hatte seinen Zweck erfüllt, und hing, vergessen von seinen Peinigern, zusammengesunken auf seinem Stuhl und zitterte schwach. Sein übergroßer Kopf rollte hin und her, und sein Atem kam schnell und flach. Um ihn herum wurde es immer lauter. Die Vorführung war vorbei. Fen fehlten die Worte. Sie glaubte, niemals etwas so Abstoßendes, so Grausames gesehen zu haben, und ebenso wie Dsordas war ihr vor Zorn ganz schlecht. Ein schneller Blick zu Yeori und Nason sagte ihr, daß sie genauso empfanden. Gaye, der das fürchterliche Spektakel erspart geblieben war, spürte den Schmerz ihrer Gefährten und war ebenso berührt. Einige Zeitlang rührte sich niemand, doch schließlich brach Dsordas das Schweigen, und er klang, als spüre er große Schmerzen.

»Verschwinden wir hier.«

Niemand widersprach ihm, und sie marschierten hinauf in ihre Zimmer und versuchten zu schlafen. Irgendwann kam der Schlaf, doch tief in der Nacht erwachte Fen und sah, wie Dsordas leise das Zimmer verließ. Sie hörte, wie er Yeori aus dem Zimmer holte, das dieser mit Nason teilte, dann hörte sie die beiden die Treppe hinuntergehen. Sie war versucht, ihnen zu folgen, denn sie konnte ihr Ziel erahnen, doch sie wollte Gaye nicht allein lassen. Statt dessen lag sie wach und machte sich Sorgen.

Ungefähr eine Stunde später kehrte Dsordas zurück und glitt neben sie ins Bett.

»Ist alles in Ordnung?« flüsterte sie.

»Ja.« Er klang, als grinse er, bitter, aber zufrieden. »Schlaf weiter.«

Nason weckte sie früh am nächsten Morgen.

»Yeori ist verschwunden!« rief er atemlos.

»Ich weiß«, gab Dsordas schläfrig zurück. »Mach dir keine Sorgen. Er ist bei den Pferden. Wir treffen ihn dort.«

Sie zogen sich an, packten ihre wenigen Habseligkeiten zusammen und gingen nach unten. Der Gastwirt und die Angestellten räumten gerade den Unrat vom letzten Abend fort.

»Ihr solltet Euch besser auf den Weg machen«, riet der Wirt und zeigte auf eine Ecke, in der die vier Soldaten schnarchend auf einem Haufen lagen. »Die haben gestern abend zuviel getrunken, und nachdem sie umgekippt sind, haben einige Diebe ihnen ihren ganzen Gewinn geklaut. Und der Junge ist abgehauen.« Er grinste Dsordas an. »Sie sind bestimmt nicht besonders fröhlich, wenn sie wieder zu sich kommen.«

»Ein paar Bier bringen sie wieder in Stimmung«, schlug Dsordas lächelnd vor.

»Vielleicht.« Der Gastwirt klang nicht besonders beunruhigt. Er war in seinem Leben offensichtlich schon mit schlimmeren Gästen fertiggeworden. »Lebt wohl und gute Reise.«

»Ich nehme nicht an, daß du etwas damit zu tun hast?« fragte Fen, als sie das Gasthaus verlassen hatten.

»Vielleicht haben wir vorgeschlagen, dem Bier der Soldaten ein paar Sonderzutaten beizugeben«, gab er zu. »Sie werden einen ganz schönen Kater haben.«

»Und hast du sie auch ausgeraubt?«

Dsordas sah verletzt aus.

»Nein. Das haben wir den Fachleuten überlassen – von denen offensichtlich eine ganze Reihe dort waren.«

»Und Aad?«

»Jetzt nicht. Wir müssen uns auf den Weg machen.«

Bei den Ställen stellte sich heraus, daß eines der größten Pferden verschwunden war. Nach einigen eiligen Versuchen beschloß Gaye, daß sie sich sicherer fühlte, wenn sie nicht allein ritt, und so erbot sich Nason freiwillig, ihr Pferd mit ihr zu teilen. Dsordas und Fen nahmen ihr eigenes und luden ihre Packtaschen auf das vierte. Dann machten sie sich auf den Weg über die Küstenstraße und ritten gen Norden nach Brighthaven.

Sie hatten erst eine halbe Wegstunde zurückgelegt, als sie am Wegrand Yeori und sein Pferd trafen. Es überraschte Fen nicht im geringsten zu sehen, daß Aad, in Nasons alte Kleider gehüllt, neben dem stämmigen Inselbewohner saß. Kopf und Hals des Jungen hatten wieder ihre normale Größe angenommen, und im Licht der Morgensonne wirkte seine Haut weniger fleckig. Als die Reiter sich näherten, blickte er hoch und lächelte, und als Dsordas aus dem Sattel stieg, sah Fen, wie Aad ihn voller unverhohlener Bewunderung beobachtete. Als sie alle abgestiegen waren, ging Dsordas zu dem Jungen hinüber und nahm seine Hände.

»Wie fühlst du dich?«

»Viel besser. Dank Euch.«

Die Berührung des Heilers führte offenbar zu demselben Ergebnis, denn Dsordas ließ Aads Hände los und nickte. Aad wandte sich an Fen.

»Er ist ein wundervoller Mann«, sagte er. »Er hat mir meine Schmerzen genommen und meinen Atem zurückgebracht.«

Dsordas zuckte die Achseln und grinste Fen verlegen an. Sie konnte sich nicht vorstellen, ihn jemals mehr geliebt zu haben als in diesem Augenblick.

Kapitel dreiunddreißig

Er hält einen Spiegel an das Licht des Leuchtfeuers. Er ist blinder als sie, aber doppelt gesegnet. Er hört nur die Echos, er ist immun gegenüber dem Schreien des weißen Feuers und spürt nur die Wärme.

Sein Spiegelbild wird in dieser Dunkelheit willkommen sein, seine Prophezeiung ein leuchtendes Gegenstück zu der meinen.

In den folgenden Tag erwies sich Aad als unschätzbare Hilfe und setzte sie über viele Aspekte des Landes in Kenntnis, durch das sie reisten, und als er keine Anstalten machte, sie zu verlassen und in sein Heim zurückzukehren, akzeptierten sie ihn nur zu gerne als ihren Führer. Die Soldaten hatten ihn offensichtlich schon einige Zeitlang in den Fingern gehabt – wenn er auch nicht darüber redete –, doch davor hatte er einen großen Teil der Küstenregion von Nadal durchstreift und kannte viele der Straßen, Städte und Gasthäuser. Freundlichkeit war das beste Heilmittel für ihn, und seine Gesundheit besserte sich schnell, doch Dsordas betrachtete er weiterhin voller Demut und Dankbarkeit.

Brighthaven war ihr erster Halt auf dem Weg nach Norden. Während die anderen in den Außenbezirken der Stadt blieben, machten sich Dsordas, Fen und Aad daran, das Schicksal der Südflotte zu erkunden. Es gelang ihnen herauszufinden, daß die Flotte kurz nach der Revolte Segel gesetzt hatte und nach Zalys ausgelaufen war, doch über das, was seitdem geschehen war, gingen die Meinungen auseinander. Massenmeuterei, ein heftiger Sturm, Kämpfe gegen unbekannte Feinde und Seeungeheuer wurden vermutet, doch ganz gleich, was wirklich geschehen war, es war ganz eindeutig, daß den Schiffen etwas zugestoßen war. Es sah also sehr zu ihrer Erleichterung so aus, als sei Zalys außer Gefahr – zumindest im Augenblick. Weitere Seestreitkräfte waren nicht nach Zalys geschickt worden. Hocherfreut über die Nachrichten kehrten sie zu den anderen zurück. Sie wollten ihre Reise nun unbedingt fortsetzen.

Als sie Aad von ihrem Ziel erzählten, zeigte er weder Überraschung noch Sorge, sondern setzte einfach voraus, daß er mit ihnen gehen würde.

»Wollt ihr wegen des Großen Turniers dorthin?« fragte er.

»Was?« fragte Yeori verwirrt.

»Ihr habt doch sicher davon gehört?« rief Aad aus. »Alle wissen es.« Er erklärte, daß die Stadt jedes Jahr mehrere Tage im Spätsommer in eine wahre Glücksspielorgie ausbrach, und zwar zeitgleich mit einem riesigen Karneval, gegen den der Rest des Jahres vergleichsweise zahm wirkte – sogar an diesem fernen und sagenhaften Ort. Aad hatte es noch nie selbst erlebt, aber der Ruf des Großen Turniers war legendär. Allen war sofort klar, daß sie damit den perfekten Vorwand hatten, falls irgend jemand sie fragte, warum sie nach Xantium reisten.

»Es wird Zeit und Geld kosten, dorthin zu reisen«, sagte Aad, »und die Stadt selbst ist schrecklich teuer. Womit verdient ihr euer Geld?«

Dsordas erzählte von dem Amberin und zeigte ihm einige der verbliebenen Steine. Aad pfiff anerkennend.

»Wunderbar! Dann ist Geld kein Problem. Habt ihr damit die Pferde gekauft?«

Dsordas erzählte ihm, wie er bezahlt hatte und wieviel er von den Juwelieren bekommen hatte. Aad wirkte bestürzt.

»Ihr braucht wirklich meine Hilfe!« rief er aus. »Die sind doch viel mehr wert.«

In der nächsten einigermaßen großen Stadt bewies er es ihnen, indem er für einen einzigen Stein einen Preis erzielte, den Dsordas in Slope für zwei bekommen hatte. Als Aad Dsordas die Münzen übergab, lächelte er stolz.

»Euer Problem ist, daß ihr in Preisen denkt, die auf Zalys gelten. Je näher ihr Xantium kommt, um so teurer wird das Zeug. Und die Kaufleute erkennen, daß ihr nicht von hier seid. An der Küste sind wir an alle möglichen barbarischen Akzente gewöhnt.«

»Barbarisch? Wir?« Fen zog ein Gesicht und die anderen lachten, aber Aad war vorübergehend sprachlos. Dann lachte er unbehaglich und war sich nicht sicher, ob er vielleicht in ein Fettnäpfchen getreten war.

»Ich wollte nicht ...«

»Achte nicht auf sie«, grinste Dsordas. »Sie konnte ihre nordische Herkunft noch nie verbergen.«

Fen stieß ihm in die Rippen.

Sie setzten ihre Reise so schnell sie konnten fort und wurden auf Kosten von steifen Knochen und aufgescheuerter Haut mit jedem Tag bessere Reiter. Sie waren sehr bestrebt, ihr Ziel bald zu erreichen, und so oft sie konnten, nahmen sie die direkte Route nach Nordosten und Xantium und hatten schon bald eine Gegend erreicht, in der sich Aad nicht mehr auskannte. Dennoch kam er mit den meisten Situationen bestens zurecht, und die anderen ließen so viel wie möglich von ihm erledigen. Die Straßen waren gesprenkelt mit Dörfern und Städtchen, und es war nur selten ein Problem, ein Bett für sich und einen Stall für die Pferde zu finden. Die einzigen Schwierigkeiten hatten sie durch ihren verständlichen Widerwillen, in oder in der Nähe von befestigten Imperialen Wagenstationen zu nächtigen. Doch alles in allem verlief ihre Reise bemerkenswert ereignislos – bis Gaye einige Tage, nachdem sie Slope verlassen hatten, beschloß, Kontakt zu Alasia aufzunehmen.

Sowohl Nason, der immer noch mit ihr gemeinsam ritt, als auch Aad fühlten sich mittlerweile als Beschützer des blinden Mädchens, und es war Aad, der ihr auf ihren Wunsch hin den Amberin brachte. Er berührte die Kristalle gerne und so oft er konnte und wartete neugierig, als Gaye ihm den Stein abnahm. Die anderen, die mit Gayes Last besser vertraut waren, sahen voller Besorgnis zu, bereit, ihr zu helfen, falls es nötig wurde.

Schweigend saßen sie eine Weile da, und plötzlich zeigte Gayes Gesicht ein rasches Wechselspiel aus Lachen, Ekel und Unverständnis. Aber das alles überdeckende Gefühl, das sie bis zum Schluß begleitete, war Angst.

»Das werde ich. Das werden wir«, brach es drängend aus Gaye hervor. Dann ließ sie den Stein fallen und kehrte in die Welt der anderen zurück.

Da waren Fen und Nason bereits an ihrer Seite und hielten sie fest. Aad dagegen starrte voller Erstaunen seine eigenen Hände an.

»Wie hast du das gemacht?« fragte er mit ungläubigem Lächeln. »Du hast meine Hände zum Kitzeln gebracht.«

Dsordas sah den Jungen an, doch seine Hauptsorge galt Gaye.

»Was ist passiert?« fragte Fen leise. »Was hast du gesehen?«

»Schreckliche Dinge ...« flüsterte ihre Schwester. »Dinge, die ich nicht einmal verstehe ... geschehen in Xantium. Und Bowen ist mittendrin.« Ihr Gesicht war schmerzverzerrt. »Er braucht mich. Alasia sagt das. Wir müssen uns beeilen. Oder es ist zu spät.«

»Zu spät wofür?« fragte Dsordas.

»Für alles.«

Danach reisten sie so schnell sie konnten, und ihr Unbehagen wuchs. Gaye hatte ihre Eindrücke nicht klar einordnen können, sondern wußte nur, daß Bowen in Gefahr war und sie die Stadt so schnell wie möglich erreichen mußten. Niemand wagte ihr zu widersprechen. Ihre Vorahnungen waren stets zu stark.

Weissagung ist eine verfluchte Kunst, zitierte Fen im stillen. *Ganz Xantium wird dir das sagen.* Und sie wußte, daß auch ihre Schwester ihr zustimmen würde.

Aad war durch Gayes Kummer ganz niedergeschlagen, ganz besonders, weil er seine eigene Freude nicht hatte verbergen können. Während sie in dieser anderen Welt gewesen war, hatte er Wärme und Freude verspürt, die von ihr und dem Amberin abstrahlten. Es hatte ihn glücklich gemacht, und sein Hände hatten ganz wundervoll gekribbelt. So etwas hatte er noch nie gespürt, doch als er den anderen davon erzählte, konnte niemand erklären, was da passiert war – abgesehen von Yeoris witzelnder Bemerkung, daß er offensichtlich nicht nur auf Krabben reagierte. Für Aad ergab das keinen Sinn. Beide Reaktionen trennten Welten. Und worauf hatte er hier überhaupt reagiert?

Gaye für ihren Teil sehnte verzweifelt das Ende der Reise herbei, und sie spürte eine Last auf ihren Schultern, die mit jeder Wegstunde schwerer wurde. Alasia hatte müde und unruhig geklungen, doch sie hatte nichts gesagt, was ihren früheren Worten widersprochen hätte, an die Gaye sich mit fieberhafter Hoffnung klammerte. *Eure Leuchtfeuer leuchten noch.* Jetzt war für Gaye nichts wichtiger, als nach Xantium zu kommen – und zu Bowen.

Die Reisenden waren der Erschöpfung nahe und hatten sich im Sattel wundgerieben, als sie endlich den Rand der Deadlands erreichten. Hier waren sie gezwungen, in einem Dorf Rast zu machen, in dem es eine Imperiale Wegstation gab, doch niemand achtete auf sie. Zu viele Reisende wollten in die Stadt und zum Großen Turnier, das in zwei Tagen beginnen sollte.

Am nächsten Morgen folgten Dsordas und seine Begleiter der breiten Staubspur der Reisenden, die vor ihnen aufgebrochen waren, durch die ehrfurchtgebietende riesige Ödnis der roten Wüste. Obwohl sie reichlich Vorräte dabei hatten, gaben ihnen die Deadlands das Gefühl, verletzbar und unbedeutend zu sein. Dsordas litt unter stechenden Kopfschmerzen, die mit jedem Schritt schlimmer wurden, doch sie eilten weiter, so schnell es ihre müden Pferde zuließen.

Spät am zweiten Abend erhaschten sie ihren ersten kurzen Blick auf Xantium, als die exzentrischen Umrisse des Turmviertels am Horizont auftauchten. Je näher sie kamen – immer in der Hoffnung, es bis zum Einbruch der Nacht bis zu den Toren zu schaffen –, um so mehr wurde von der Stadt sichtbar. Als die Mauern vor ihnen lagen und im letzten Tageslicht funkelten, hielten sie an, um diesen erschreckenden Anblick zu überdenken.

In Fen erweckte die Stadt eine sonderbare und unerklärliche Mischung aus Gefühlen. Viele Ängste und Unsicherheiten über ihre Beteiligung an dieser Reise meldeten sich zurück – und das Gefühl, den Boden unter den Füßen zu verlieren. Doch gleichzeitig hatte sie das Gefühl, als habe sie niemals etwas so Schönes gesehen. Mitten in der kahlen Ebene wirkte Xantium wie eine magische Schöpfung, voller Wunder und verborgener Zauber. Ohne genau zu wissen woher, wußte sie, daß das Schicksal sie an genau den richtigen Ort geführt hatte. *Aber seid vorsichtig,* zitierte sie im stillen, *auch diese Stadt hat ihre Kreischer.*

Auch Gaye dachte an etwas, das Alasia gesagt hatte. *Xantium liegt im Zentrum vieler Kreise. Falls ihr sie alle verstehen wollt, müßt ihr herkommen.* Sie saß auf ihrem Pferd und hielt sich an Nason fest, während die anderen die Stadt betrachteten, und sie wußte zum Teil, was sie sahen.

Also, ich bin da, dachte sie, als die Pferde weitertrabten, auf das Herz des Reiches zu. *Und jetzt*?

In das Schweigen mischte sich wie eine Antwort der ferne Laut von läutenden Glocken.

Kapitel vierunddreißig

Es heißt, Wut sei kurzlebiger Wahnsinn. Aber im Wahnsinn liegt Macht – ob gut oder böse.

Es heißt, die Farbe der Wut sei rot, wie Blut und Feuer. Aber der Wahnsinn enthält einen doppelten Regenbogen. Welche Bilder können mit solch einer Palette gemalt werden?

»Du verstehst *überhaupt nichts*!« rief Ifryn.

Southan hatte seine Frau noch nie so erlebt, und ihre heftige Anschuldigung machte ihn sprachlos.

»Meine Liebe ...« begann er.

»Laß das!« warnte sie ihn. »Wenn du mich lieben würdest, dann würdest du nicht versuchen, mich mit schönen Worten abzuspeisen.«

Die Kaiserin hatte endgültig die Geduld verloren. Ihre eigene Ohnmacht, das Verschwinden ihrer Verbündeten und Southans schwächliche Ergebenheit in Verkhos Willen hatten sie zu diesem Ausbruch getrieben. Seit sie Kerrell zum letzten Mal gesehen hatte, wußte sie nicht mehr, wie viele Tage vergangen waren. Baylins Nachrichten waren ungenau und erforderten keine Antwort. Alasia war verschwunden, und Ifryn war allein mit dem endlosen Lamentieren ihrer Mutter. Eine Zeitlang schien ihr sämtlicher Lebensmut verloren und jeglicher Tatendrang verpufft – doch jetzt war sie zumindest entschlossen, es zu versuchen. »Kerrell ist kein Verräter«, stellte sie unverblümt fest. »Du warst ein Narr, daß du das überhaupt geglaubt hast, und du bist ein noch größerer Narr, wenn du jetzt daran festhältst.«

Southan kämpfte die Wut nieder, die in ihm aufstieg, wenn man so mit ihm redete, und er versuchte wie immer, ruhig zu bleiben.

»Ich weiß, daß das schwer zu glauben ist«, sagte er vernünftig. »Ich würde niemals …«

»Du siehst ja noch nicht einmal, was direkt vor deinen Augen liegt«, fuhr sie ihn an.

»Das sagst ausgerechnet du?« Jetzt war der Kaiser wütend. »*Du* bist doch diejenige, die vorsätzlich blind ist. Kerrell hat seine Schuld *zugegeben*. Du hast es gehört. Und du hast den Brief gesehen, der ihn belastet, in seiner eigenen Handschrift.«

»Beides ist falsch!« erklärte sie.

»Wie könnte es? Du läßt dein Urteilsvermögen von deinen Gefühlen leiten.«

»Meine Gefühle sind verläßlicher als deine *Beweise*«, erwiderte sie trotzig und legte alle Verachtung in das letzte Wort. »Kerrell liebt dich. Er liebt mich.« Nach kurzem Zögern fuhr sie fort. »Er liebt das Reich. Warum sollte er sich gegen etwas wenden, wofür er sein ganzes Leben gegeben hat, gegen seinen einzigen Grund zu leben?«

»Warum hat er dann seine Schuld zugegeben, warum ist er fortgelaufen?« fragte Southan, der inzwischen sehr aufgebracht war.

»Er war *so* lange in diesem bösen Zauber gefangen. Ich habe es nur kurze Zeit erlebt, doch das war schon schlimm genug. Du hast ja keine Ahnung, wie es dort drinnen war. Der Schock der Befreiung war zu groß. Als Penderos ihn beschuldigte, wußte er nicht, was er sagte.«

»Nein.« Southan klang gleichermaßen bestimmt. »Der Kerrell, den ich kannte, wäre geblieben und hätte sich verteidigt.«

»Und hätte sich für ein Verbrechen hinrichten lassen, das er nicht begangen hat?«

Jetzt war der Kaiser überzeugt, daß mehr dahinter steckte, als auf den ersten Blick zu sehen war.

»Es gibt immer noch den Brief«, sagte er ruhig. »Er hat sein eigenes Siegel identifiziert.«

»Es ist eine Fälschung.«

»Das ist absurd. Es gibt keinen anderen ähnlichen Ring – und er trägt ihn immer noch.«

»Es *gibt* einen anderen.«

»Was meinst du damit?«

Inzwischen war Ifryn zu weit gegangen, um einen Rückzieher zu machen. In gewisser Weise war es ihr jetzt auch gleichgültig.

»Verkho hat eine Kopie«, behauptete sie. »*Er* ist der wahre Verräter.«

Das brachte Southan für einige Augenblicke zum Schweigen.

»Woher weißt du das?« fragte er schließlich gefährlich ruhig.

Ifryn war verzweifelt und suchte panisch nach einer Antwort, die ihre Komplizenschaft nicht verraten würde.

»Clavia hat es mir erzählt«, brach es aus ihr heraus.

Jetzt machte sich Southan ernsthafte Sorgen um die geistige Gesundheit seiner Frau.

»Sie ist tot«, stellte er gelassen fest.

»Ihr Gesicht ist in diesem Zimmer«, behauptete die Kaiserin. »Und sie kann immer noch sprechen.« Sie sprach eilig weiter, um ihm keine Gelegenheit zum Nachdenken zu lassen. »Sie hat mir erzählt, daß Verkho vorhatte, Kerrell des Verrats zu beschuldigen, indem er ein Duplikat des Ringes benutzt, hergestellt durch Zauberkräfte. Und es war Verkho, der verantwortlich für den Zauberbann war, der Kerrell verschlungen hat. Wer sonst hätte das tun können? Dafür benutzt er die vielen Talentierten, die im Ministerium gefangen sind. Zauberei! Und irgendwann wird er sie dafür benutzen, das Reich für sich selbst zu beanspruchen. *Er* ist der Verräter, den du fürchten solltest, nicht Kerrell.«

Southans Blick war bei ihren Worten immer kälter geworden, und obwohl sein Gesichtsausdruck nichts verriet, spürte Ifryn seine Wut und seine Sorge und fürchtete plötzlich, daß sie zu weit gegangen war.

»Warum hast du mir das nicht schon früher erzählt?« fragte er leise.

»Es hätte eigentlich nicht nötig sein sollen. Es erschien mir unmöglich, daß du Kerrell für einen Verräter hältst – und ich habe immer gehofft, daß er zurückkehrt und alles aufklärt. Außerdem ...« Ifryn zögerte. »Ich habe gedacht, du würdest mir nicht glauben.«

»Aber jetzt erwartest du von mir, daß ich dir glaube?«

»Ja.«

»Wo soll also die magische Kopie von Kerrells Ring sein?« fragte er bitter. Er beschloß, ihr ihren Willen zu lassen und diesem Unsinn ein für allemal ein Ende zu setzen.

»In Verkhos Privatgemächern im Staatsviertel.«

»Dann gehen wir hin und sehen nach.« Southan wandte sich zur Tür. »Komm.«

Während Verkho sich allmählich von seinem dritten und mühsamsten Erfolg mit dem Talisman erholte, hatte er viel Zeit, über die jüngsten Ereignisse nachzudenken. Seine Beschäftigung mit seinem neuen Schatz hatte ihn allzu blind gemacht, doch jetzt, von seinem Krankenbett aus, konnte er alles in die richtige Perspektive rücken. Kerrells Flucht aus dem Zauberbann war unerwartet gekommen, doch durch seine Voraussicht hatte der Kanzler sogar diesen Zwischenfall zu seinem Vorteil wenden können. Daß man den General noch nicht wieder gefangen hatte, war ärgerlich, doch zumindest bedeutete es, daß es auch nicht zu einer direkten Konfrontation kam. Verkho glaubte, daß Kerrell die Stadt vermutlich inzwischen verlassen hatte.

Der Mord an der Geliebten des Kanzlers hatte für zusätzliche Verwirrung gesorgt. Zwar war sie recht angenehm gewesen, doch konnte sie leicht ersetzt werden. Verkho ärgerte sich vielmehr über die Tatsache, daß irgend jemand – vielleicht Kerrell – in seine Privatgemächer hatte eindringen können. Er hatte Maßnahmen ergriffen, um sicherzugehen, daß so etwas nicht noch einmal geschehen konnte, und die Wachen, die für die Sicherheit zuständig waren, hatte er angemessen gemaßregelt.

Und dann waren da natürlich noch die sonderbaren Zwischenfälle, von denen Harios berichtet hatte. Die Kämpfe im Ministerium hatten mehrere Tote gefordert und zur Flucht von Bowen Folegandros und dem Verlust der Schutzschicht vor seinem Privatschrank geführt. Letzteres war nicht schwerwiegend, er mußte die Beweise ohnehin beseitigen – nichtsdestoweniger war es lästig.

Verkho wollte den Schuldigen finden, ganz gleich, wer es war. Vielleicht Kerrell? Oder vielleicht der Bruder dieses Gefangenen, Sagar, der zuvor entkommen war, vermutlich mit Hilfe des *Soldaten*? Oder gar Alasia, unter Benutzung einer bis dahin unbekannten Facette ihrer magischen Fähigkeiten? Wie auch immer, die Familie Folegandros wurde allmählich zum Ärgernis, und falls man keinen von ihnen wiederfand, schwor Verkho, würde er sie für ihre Unverschämtheit bezahlen lassen. In der Praxis hatte der Angriff dazu geführt, daß noch mehr Soldaten den Komplex bewachten und Harios angewiesen worden war, ein Auge auf gewisse Experimente zu haben.

Außerdem wurden Kerrell, der *Soldat* und Alasia von den Männern des Kanzlers gesucht, doch selbst seine Mittel waren begrenzt. Die Gesuchten waren seinen Jägern bislang entkommen, was zu der Vermutung führte, daß sie zusammenarbeiteten. Das, so entschied Verkho, wäre wirklich interessant. Derartige Spekulationen waren eine Wonne für den Kanzler, und eine Zeitlang wünschte er sich sogar, die Intrigen in Xantium zu seiner Hauptaufgabe zu machen – doch das war unmöglich. Der Talisman erforderte seine ganze Aufmerksamkeit. Obwohl das Lösen der Rätsel weitaus mehr Zeit in

Anspruch nahm, als er vermutet hatte, blieb noch ein wenig Zeit für andere Spiele.

Jetzt, wo Clavia aus dem Weg war, waren ihre Pläne, den kaiserlichen Thron für sich zu beanspruchen, nicht mehr ganz so dringend, ganz besonders, da Southan sich als kooperativ erwiesen hatte. Und Verkho wußte, daß solche Dinge ohnehin irrelevant waren, wenn er erst einmal die Kräfte des Talismans nutzen konnte. Doch in der Zwischenzeit war es vielleicht angeraten, für alle Fälle ein paar Pläne zu machen. Theoretisch wäre es immer noch interessant zu sehen, ob er Azari, den Thronerben, zu einem hilflosen, geistlosen *Ding* machen konnte – wie er es beabsichtigt hatte, bevor sich ihm andere Wege eröffnet hatten. Berichte über Ifryns wachsendes Unbehagen hatten Verkhos Ohren erreicht, und ihre Labilität könnte ihm behilflich sein. Würde die Kaiserin beispielsweise, falls Azari solch ein entsetzliches Schicksal ereilte, sich nicht selbst die Schuld geben und in ihrer Depression vielleicht sogar an Selbstmord denken? Dann bliebe nur noch, Southan aus dem Weg zu schaffen, so daß Azari Kaiser wäre und Verkho der Regent – und de facto Kaiser. Falls es nötig würde – und falls der Schutzschild des Talismans sich weiterhin seinen Bemühungen widersetzte – hätte ein solches Arrangement ganz offenkundig seine Vorteile. Das Reich war in einem desolaten Zustand, und es wäre so viel einfacher, wenn seine Führung ganz in den Händen des Kanzlers läge, ohne daß er Unterwürfigkeit gegenüber Southan heucheln mußte. Verkho lächelte. Es waren einige Vorbereitungen zu treffen.

In den letzten Tagen hatte Verkho sein Arbeitszimmer nur selten verlassen, und wenn er es doch getan hatte, dann nur in einem Gerät, das er selbst erfunden hatte. Dabei handelte es sich im wesentlichen um einen Stuhl mit Rädern zu beiden Seiten, mit dem ein Assistent ihn durch die Flure des Hofes schieben konnte. Eigentlich wäre diese Art der Fortbewegung nicht nötig gewesen –

abgesehen von einigen Malen, als Verkho sich tatsächlich erschöpft gefühlt hatte –, doch er wollte gerne die Illusion aufrechterhalten, daß er wirklich an den Nachwirkungen eines Giftes litt, und somit seine Energie für lohnendere Arbeiten aufsparen. Der Kanzler sah wirklich erschöpft, wenn nicht sogar ausgezehrt aus, obwohl er selbst sich dieser Veränderung nicht bewußt war. Der Glanz seines schwarzen Haares war ein wenig stumpf geworden, und es hatten sich einige graue Strähnen eingeschlichen. Doch obwohl seine normalerweise glitzernden Augen müde blickten und seine bandagierte Hand immer noch schmerzte und gelegentlich blutete, war Verkhos Verstand so wach wie eh und je.

Der Diener, der ihn begleitete, wenn er den Stuhl benutzte, war einer der Talentierten, die Harios entdeckt hatte. Shinasi war ein großer junger Mann, dessen prächtige Muskeln von seiner Kraft zeugten, dessen Gesicht jedoch den nichtssagenden Ausdruck des wahrhaft Geistlosen zeigte. Einfachen Befehlen konnte er gehorchen, doch sprach er nur in Grunzlauten. Und trotzdem verfügte er über eine außergewöhnliche Fähigkeit, die sogar unter der bizarren Ansammlung von Talentierten im Geheimdienstministerium einzigartig war. Auf Wunsch konnte er alles, was er berührte – in diesem Fall Verkho und seinen Stuhl – mit einer pulsierenden Kuppel aus blauem Licht schützen, die jeden Angreifer, jeden Schlag abwehrte und sogar einen Pfeil abprallen ließ. Man hatte bereits viel Mühen in die Erforschung solcher Schilde gesteckt, doch Shinasis wendiges Anpassungsvermögen war bemerkenswert. Die eigenen Selbstschutzkräfte des Kanzlers waren schon eindrucksvoll genug, doch mit seinem neuen Beschützer fühlte er sich wahrhaft unbesiegbar.

Jetzt ließ Verkho den jungen Mann rufen, setzte sich in seinen Rollstuhl und gestattete dem aufmerksamen Helfer, ihm eine Decke über die Beine zu legen. »Zu meinen Gemächern im Staatsviertel«, befahl Verkho.

Es dauerte einige Zeit, bis Southan in den inneren Zimmern von Verkhos Gemächern angelangt war. Er war bislang nur auf Einladung des Kanzlers dort gewesen, und das plötzliche – und schlechtgelaunte – Eindringen des Kaisers rief Panik unter den Angestellten hervor. Ifryn folgte ihrem Mann, und sie hatte Angst vor seiner Wut, Angst davor, was sie getan hatte, und am meisten davor, daß sie den Ring vielleicht nicht fanden.

Als sie endlich an ihrem Ziel anlangten, war Verkho da, um sie zu empfangen. Er saß in einem beweglichen Stuhl. Er lächelte – ein Anblick, der die Kaiserin erschauern ließ.

»Mein Lord. Das ist ein unerwartetes Vergnügen.«

»Davon gehe ich aus, Kanzler«, erwiderte Southan energisch. »Bitte bringt uns in Eure Bibliothek.«

»Mein persönliches Arbeitszimmer hier bietet nur Bücher über esoterische Themen«, erwiderte Verkho. »Darf ich fragen, warum Ihr Euch dafür interessiert?«

»Bringt uns einfach ihn«, befahl der Kaiser.

Auf ein Zeichen seines Meisters führte Shinasi sie in die Bibliothek. Der Beschreibung nach zu urteilen, die Ifryn bekommen hatte, erkannte sie das Zimmer sofort, und sie sah ohne Zögern in die Ecke auf der anderen Seite. Zu ihrer Enttäuschung sah sie nur das geschwärzte Äußere des Schranks.

»Bitte verzeiht die Unordnung«, sagte Verkho, der ihren Blick bemerkte. »Ihr habt sicher von dem todbringenden Eindringling gehört, der kürzlich hier eingebrochen ist. Eines seiner weniger schweren Verbrechen war, daß er diesen Schrank aufgebrochen hat – wo ich mehrere starke und flüchtige Flüssigkeiten gelagert hatte. Er muß einige der Behälter zerbrochen haben, und die Mischung hat wie Ihr seht ein Feuer ausgelöst. Zum Glück hat es sich nicht ausgebreitet. Viele dieser Bücher sind unersetzlich.«

»Habt Ihr darin einige Ringe aufbewahrt?« fragte Southan streng.

»Ringe? Ich würde Juwelen nicht in der Nähe solcher instabilen Lösungen aufbewahren«, erwiderte der Kanzler und täuschte Überraschung vor.

Southan wandte sich an Ifryn, die sprachlos dastand.

»Darf ich fragen ...« begann Verkho freundlich.

»Nein, Ihr dürft nicht!« fuhr der Kaiser ihn an. Er nahm seine Frau beim Arm und zog sie aus dem Zimmer.

Verkho sah ihnen nach und lächelte wieder.

Kapitel fünfunddreißig

Sie bewohnen eine einfachere Welt und belohnen Freundlichkeit mit bedingungslosem Vertrauen und endloser Hingabe. Doch was wissen wir wirklich über sie? Wissen sie, was Lachen bedeutet? Können sie die Farben der Menschen sehen? Welche Klänge sind Musik in den Ohren der Hunde?

Das Zimmer, in dem Corton gefangengehalten worden war, war inzwischen zum Zufluchtsort für Martyn, Sagar und Bowen geworden – ein kleiner Raum, der nun seit mehreren Tagen ihre Welt war. Dafür gab es zwei Gründe. Der erste war, daß sowohl Martyn als auch Sagar verletzt worden waren, als sie sich ihren Weg aus dem Ministerium erkämpften. Die Wunden waren unangenehm, aber nicht ernst, doch es wäre schwer gewesen, sie irgend jemandem zu erklären.

Der zweite Grund für ihre selbstgewählte Zurückgezogenheit lag darin, daß während des Kampfes mehrere Menschen die Gesichter der Eindringlinge gesehen hatten und einige von ihnen trotz der Umsicht des *Soldaten* immer noch lebten. Es schien also angeraten, sich eine Weile ruhig zu verhalten. Es gab keine Möglichkeit herauszufinden, welche Bedeutung Bowens Flucht für ihre Feinde hatte, doch es war das beste, aus ihrem Blickfeld zu verschwinden.

Die Erinnerung an den Kampf lebte in Sagar weiter. In dem engen Raum war die Überzahl ihrer Feinde weniger von Bedeutung gewesen als die blitzschnellen Reflexe des *Soldaten* und seine rohe Gewaltanwendung. Verglichen mit diesem rücksichtslosen Verbündeten war Sagar praktisch wertlos gewesen, eher eine Last, und selbst der *Soldat* wäre letztlich überwältigt worden, hätte sich nicht ganz unerwartet jemand eingemischt. Auf dem Höhepunkt des Kampfes war Bowen aus seiner Zelle gekommen und hatte geschrien. Er benutzte keine Worte, und der Lärm, den er veranstaltete, war nicht einmal menschlich. Es war eher eine Vibration, ein tiefer, grollender Widerhall, der die Wände zu erschüttern schien und die Soldaten offenbar orientierungslos machte. Danach war es für den *Soldaten* ein leichtes gewesen, sich einen Weg zu bahnen, und nachdem die erste große Hürde genommen war, konnte er die Brüder schließlich in Sicherheit bringen.

Nach des unglaublichen Ausbruchs blieb Bowen still und folgte den beiden Männern gehorsam. Trotz Sagars Bemühungen, ihm eine Reaktion zu entlocken, hatte er in all den Tagen, die seitdem vergangen waren, keinen Laut von sich gegeben.

Inzwischen waren Martyns Wunden beinahe verheilt, und allmählich langweilte er sich. Es würde nicht mehr lange dauern, bis sie wieder ausschwärmten. Dann waren sie vielleicht in der Lage, so hoffte Sagar, Pläne zu machen, damit er und Bowen die Stadt verlassen und ihre lange Reise nach Zalys antreten konnten. Vorher mußte Sagar jedoch noch seinen Schwur gegenüber dem *Soldaten* erfüllen. *Waffenbrüder*. Das war kein sehr angenehmer Gedanke.

Es klopfte an der Tür, und Martyn stand auf, um zu öffnen. Einer seiner Gefährten, ein nervöser Mann, den alle unter dem Namen Ratte kannten, kam mit einem Tablett mit Essen herein.

»Irgend jemand erkundigt sich in den Tavernen in der Gegend nach dir, Martyn«, sagte er. »Und er nennt dich beim Namen.«

»Wer?«

»Ein Mann namens Baylin.«

Martyn und Sagar wechselten Blicke.

»Kein Wort von deinem Bruder?« fragte Ratte.

»Nein.«

»Auf jeden Fall hat er einen gesunden Appetit«, bemerkte Ratte, als Bowen zu essen anfing. Essen war im Augenblick jedoch das letzte, woran Martyn dachte, und als Ratte gegangen war, traf der *Soldat* eine Entscheidung.

»Es sieht so aus, als hätte uns jemand verraten«, sagte er. »Ich glaube, es ist Zeit, Grongar einen Besuch abzustatten.«

Der Zwinger, in dem die kaiserlichen Jagdhunde untergebracht waren, war ein niedriger Holzbau in Form eines L und grenzte an zwei Seiten an den Übungshof. In dem kürzeren Schenkel des L lagen die Einzelställe für trächtige Hündinnen, Mütter mit ihren Welpen und die gelegentlichen Unruhestifter, die vom Rudel isoliert werden mußten. Der Rest des Gebäudes bestand aus einer großen Halle, in der der Großteil der Hunde lebte. An einer Seite gab es eine Latrine, Futtertröge an der anderen. Der Boden war einfach mit Stroh aufgeschüttet. Hier schlief das Rudel, und die warme Luft war erfüllt mit ihrem ranzigen Geruch.

Wenn die Hunde aufgescheucht wurden, konnten sie einen ohrenbetäubenden Lärm erzeugen, so daß ihr Heulen sogar die Dachsparren erzittern ließ. Normalerweise waren sie jedoch relativ still und mit ihrem Los zufrieden und fühlten sich unter ihren Freunden und in der Hierarchie des Rudels sicher. Die meisten Menschen waren Unbekannte, die kamen und gingen, ohne beachtet zu werden, und sich für gewöhnlich durch ihre natürliche Angst verrieten, doch wenn sie sich nicht sehr dumm anstellten, ließen es die Hunde bei einem gelegentlichen Knurren bewenden. Bei Grongar war das anders. Die Hunde, die ihn seit dem Welpenalter kannten, betrachteten ihn als einen der ihren und akzeptierten ihn auf gleicher Ebene wie ihren Anführer, einen wahren Riesen, den Grongar Hai genannt hatte.

Der Barbar war der einzige Mensch, der einige der feindseligeren Tiere berühren durfte. Er prahlte mit der Tapferkeit der Hunde und behauptete, er würde lieber mit sechs von ihnen in eine Schlacht ziehen als mit zwölf Männern. Wenn die anderen sie bei fingierten Kämpfen und Trainingseinheiten im Übungshof sahen, verstanden sie genau, was Grongar damit meinte. Der Nordmann und sein Rudel begegneten sich mit gegenseitigem Respekt, doch die Beziehung ging noch tiefer. Das einzige menschliche Wort, das dieses Verhältnis annähernd genau erfassen konnte, war »Liebe«.

Nachdem sich Grongars Assistenten an jenem Abend zurückgezogen hatten, fühlte er sich ziemlich melancholisch. Er holte ein kleines Faß Leichtbier aus dem umgebauten Stall, den er sein Heim nannte, und kehrte zum Rudel zurück. Er setzte sich in das süß duftende Stroh, lehnte sich gegen die Wand, stach das Fäßchen mit einem einzigen Schlag seiner knorrigen Faust an und tauchte seinen Becher in das dunkle Gebräu. Noch bevor er den ersten Krug geleert hatte, waren mehrere Hunde nähergekommen und lagen oder saßen um ihren Herrn herum. Hai nahm stolz den Platz neben Grongars Schulter ein. Wenn der Hund auf seinen Hinterläufen saß, überragte sein Kopf den des Barbaren. Sein Körper war von rauhem Stoppelfell bedeckt, seine Zunge hing ihm über die Fänge, die ihm seinen Namen gegeben hatten, und mit wachsamen Augen und vorgestellten Ohren betrachtete er sein Rudel. Hai war für alle, außer für Grongar, ein furchterregendes Ungeheuer. Für Grongar war er eine Schönheit.

Nach einem zweiten Becher Leichtbier verspürte Grongar das Bedürfnis, sich seinen Freunden anzuvertrauen.

»Wißt ihr, manche Frauen haben einfach keinen Geschmack«, murmelte er. Seine Liebelei mit Mariella war süß, aber kurz gewesen. Rückblickend war es ein Fehler gewesen, sie in Cortons Gemächer einzuladen, wo das kräftige, ungepflegte Mädchen einen Lebensstandard kennengelernt hatte, von dem es nichts geahnt hatte. Danach war sie mit Grongars unbestrittener Großzügigkeit nicht mehr recht zufrieden gewesen. Und dann, eines Morgens, hatte sie ihm gesagt, daß sie ihn nicht mehr sehen wollte.

Grongar seufzte, und Hai gähnte mitfühlend mit weit aufgerissenem Maul.

»Schade ist daran«, erinnerte sich Grongar, »daß sie soviel Fleisch hatte. Und das meiste davon an den richtigen Stellen.«

Hai klapperte mit den Zähnen, als stimme er ihm zu. Er spürte die Traurigkeit seines Herrn und rieb liebevoll seine Schnauze an Grongars Hals – eine Geste, die die meisten Menschen in Angst und Schrecken versetzt hätte – und ließ sich sein dickes Fell von ihm zausen.

»Dennoch«, fuhr der Nordmann fort, und seine Stimmung wurde ein wenig besser, »wo sie herkam, gibt es noch mehr.«

Auf geheimnisvolle Weise hatte sich sein Becher geleert, also füllte er ihn wieder auf und trank weiter. Einige Zeit später merkte er, daß er Probleme hatte, den Krug wieder zu füllen, also neigte er zunächst das Fäßchen und trank schließlich aus lauter Verzweiflung die letzten Schlucke direkt aus dem Faß. Ein paar Tropfen blieben in seinem Bart hängen und liefen über seine fadenscheinige Tunika, doch das war Grongar egal.

»Pfeife wirklich aus dem letzten Loch, was?« sagte er zu den Hunden und lachte über seinen genialen Witz.

Inzwischen war es ziemlich dunkel geworden, doch das Licht des Mondes fiel in den Hof auf der anderen Seite der Tür, und irgend etwas an diesem kühlen Strahlen rührte eine Saite in Grongars Herz. Die Worte eines alten Liedes kamen ihm in den Sinn, und er konnte nicht anders und mußte die Weise singen. Was der Stimme des Barbaren an angemessener Tonhöhe und Intonation fehlte, machte er mit Lautstärke und Lust wieder wett, mit der er die Geschichte eines legendären Nordlandkönigs und seiner heldenhaften Taten erzählte. Der Refrain hatte keine Worte, sondern war ein wehklagendes Jammern, das man Jodeln genannt hätte, wenn es ein begabter Sänger gesungen hätte – doch Grongars Darbietung klang eher wie der Todeskampf eines kranken und wütenden Bullen. Den Hunden fehlte natürlich dieses musikalische Wahrnehmungsvermögen, und sie fielen begeistert mit ein und heulten, als wollten sie die Toten erwecken.

Daher hörte keiner von ihnen die einsame Gestalt, die jetzt in der Tür stand, nur ein Umriß im Mondlicht. Es war Hai, der ihn zuerst sah – oder roch –, und Grongar spürte die Anspannung in dem großen Hund an seiner Seite. Er mußte sich sehr bemühen, um den Eindringling klar zu erkennen.

»Was wollt Ihr?«

»Kommt heraus und ich sage es Euch.« Die kalte, drohende Stimme kam Grongar bekannt vor.

Er hatte noch genügend Verstand, um sich nicht von der Stelle zu rühren.

»Wer *seid* Ihr?«

»Der Mann, den Ihr verraten habt. Der Mann, der Euch töten wird.«

»Ich habe niemanden verraten!« rief der Barbar und wurde schlagartig nüchtern. »Martyn?«

Die Gestalt an der Tür trat einen Schritt vor. Hai und mehrere weitere Hunde spürten seine Feindseligkeit und knurrten. Das tiefe Grollen beeindruckte sogar den *Soldaten,* und er blieb still stehen.

»Wenn Ihr mich nicht verraten habt, wie kommt es dann, daß Euer Freund Baylin meinen Namen kennt?« erkundigte er sich leise.

»Damit habe ich nichts zu tun.«

»Wer außer Euch kennt meinen Namen?«

»Wenn ich ihn erraten kann, dann können andere es auch. Baylin ist kein Narr, und er ist ein Meister der Verwandlung. Wer sagt, daß Ihr Euch nicht selbst verraten habt?«

Martyn schnaubte verächtlich und hielt seinen abschätzenden Blick weiter auf den Hundeführer geheftet.

»Ihr glaubt, daß ich das akzeptiere?«

»Macht, was Ihr wollt. Es ist mir egal.« Das Rudel hatte sich um ihn herum aufgestellt, und das Bier in seinem Bauch brachte Grongars gewohnt kampfeslustige Zuversicht zurück.

»Was wollte er von mir?« fragte Martyn.

»Baylin? Woher soll ich das wissen? Alle Freunde von Kerrell dürften im Augenblick in der Klemme sitzen. Vielleicht braucht er Eure Hilfe.«

»Weiß Baylin, wo Kerrell ist?« Martyn war jetzt fasziniert, seine Wut verrauchte.

»Wenn er es nicht weiß, weiß es niemand«, erwiderte Grongar.

»Schwört Ihr, daß Ihr ihm nicht gesagt habt, wer ich bin?«

»Ich schwöre es«, sagte der Barbar feierlich. »Als Nordmann und als Euer Freund.«

»Ich könnte Euch von hier aus töten, das wißt Ihr«, sagte der *Soldat* leise. »Mein Messer würde in Eurem Herzen stecken, bevor Ihr mit der Wimper zuckt.«

»Und Ihr wäret tot, bevor Ihr drei Schritte zurückgelegt hättet.« Grongar zeigte auf die Hunde, die sich zum Teil bereits erhoben hatten und Martyn sprungbereit anstarrten.

Die beiden Männer blickten einander fest in die Augen, in einem Wettstreit, den keiner gewinnen konnte.

»Vielleicht sollte ich besser herausfinden, was Baylin von mir will, bevor ich mich um Euch kümmere«, sagte Martyn schließlich. »Ihr werdet nicht immer die Hunde zur Hand haben.«

»Jagdhunde«, murmelte Grongar. »Es sind Jagdhunde.« Schließlich wandte sich sein Gegner zum

Gehen, und als seine Freunde nervös wurden, beruhigte er sie leise. »Ruhig. Ruhig. Laßt ihn gehen.«

Nach wenigen Augenblicken nahm er das leere, kaputte Fäßchen wieder zur Hand und schleuderte es heftig gegen die Wand. Es zerbrach unter lautem Getöse und löste bei den Hunden Gebell und eine plötzliche angespannte Aufmerksamkeit aus.

»Misch dich nie in Politik ein«, sagte er zu Hai. Der Jagdhund beobachtete ihn mit zusammengekniffenen Augen. »Ich weiß. Du hast mir gesagt, ich sollte es lassen. Du hast mehr Verstand als ich.«

Die Kaiserin kochte vor Wut. Ganz plötzlich hatte sich ihre Niedergeschlagenheit in Zorn verwandelt, und ihre Emotionen waren im Bruchteil einer Sekunde übergekocht. Wie konnten sie es wagen, sie wie ein irrationales, hysterisches kleines Mädchen zu behandeln? Wie *konnten* sie es wagen? Sie war die Kaiserin! Es war das erste Mal, daß sie diesen Titel brauchte oder wünschte.

Eine leise innere Stimme beantwortete ihre Frage. *Vielleicht wagen sie es, weil du dich wie ein irrationales, hysterisches kleines Mädchen benimmst.* Sie merkte, daß sie ihre Hände so fest zu Fäusten geballt hatte, daß sich ihre Fingernägel tief in die Handflächen gruben. Sie zwang sich, sich zu entspannen und versuchte, ruhiger zu werden, damit sie nachdenken konnte.

In Wahrheit konnte sie Southan keinen Vorwurf machen. Ihre absurde Geschichte über ein totes Gesicht, das sprechen konnte, sowie die Tatsache, daß sie weiterhin einen geständigen Verräter verteidigte und ihre angeblichen Beweise nicht zu finden waren, das alles hätte auch den vernünftigsten Mann argwöhnisch gemacht. Southan hielt sie ganz eindeutig für verwirrt und glaubte, daß diese Sache sie in eine Art vorübergehenden Wahnsinn getrieben hätte. Er hatte es zwar nicht laut ausgesprochen, doch sein Schweigen sprach Bände.

Noch schlimmer war Ifryns Wissen, den Argwohn eines anderen, weitaus boshafteren Menschen auf sich gezogen zu haben. Verkho wußte nun, wenn nicht von ihrer Gegnerschaft, so doch auf jeden Fall von ihren Vorbehalten. Sie war in Gefahr. Ebenso ihre Familie: Southan, die Mädchen, Azari – ganz besonders Azari.

Doch das alles änderte nichts an der Tatsache, daß Verkho ein Verräter war und Kerrell nicht – ganz gleich, was Southan glaubte. Und dagegen mußte etwas unternommen werden. Doch der Kanzler war ihnen stets einen Schritt voraus – und ohne Beweise konnten sie nur darauf warten, daß er einen Fehler machte.

Ifryn weigerte sich, ihre Hoffnungslosigkeit einzugestehen und dachte darüber nach, welche Kräfte sie für die bevorstehende Schlacht zusammenziehen konnte. Da war ihre eigene Macht als Kaiserin, wie groß diese auch sein mochte. Sie hatte noch nie Anlaß gehabt, sie auszuloten. Sie hatte Verbündete. Kerrell – falls er noch lebte und in Xantium war. Baylin – doch wo war er? Bitter fragte sie sich, ob die beiden Freunde beschlossen hatten, sie aus ihren Plänen auszuschließen. Dann war da noch der *Soldat*. Konnte sie sich mit diesem gefährlichen Verbündeten direkt in Verbindung setzen? Oder über Corton und Grongar? Es *mußte* einen Weg geben, sie alle zusammenzurufen und zu einer Einheit zusammenzuschweißen, die Verkho gegenübertreten konnte.

Ifryn beschloß, die Initiative zu ergreifen und die Kontrolle über ihr Leben und – ein erschreckender Gedanke – über das Reich zu übernehmen. Doch dafür mußte sie Risiken eingehen. Um sich selbst machte sie sich keine Sorgen, aber sie mußte an ihre Kinder und deren Zukunft denken, bevor sie den ersten wahren Zug in dem tödlichsten Spiel machen durfte, das sie je gespielt hatte. Und bevor sie irgend etwas tun konnte, mußte Ifryn Kontakt zu ihren schwer erreichbaren Freunden und mit anderen möglichen Verbündeten aufnehmen. Dazu brauchte sie vor allem einen Menschen. Alasia.

»Es ist bedauerlich, mein Lord«, sagte Verkho ölig, »aber ich verstehe das voll und ganz. Die Kaiserin hat in letzter Zeit unter sehr großer Anspannung gestanden.«

Southan nickte bedrückt. Die Angelegenheiten des Reiches waren alleine für sich schon schlimm genug, doch derartige Probleme in der eigenen Familie machten ihn völlig hilflos.

»Ich bedaure, daß diese Frage nötig ist«, fuhr der Kanzler fort, »aber habt Ihr einmal über die Lage Eures Sohnes nachgedacht?«

»Azari? Was ist mit ihm?«

»Haltet Ihr es für klug, wenn er in der Obhut der Kaiserin bleibt?«

»Ifryn ist seine Mutter!« Southan war entsetzt. »Ihr glaubt doch wohl nicht...«

»Ihr habt selbst gesagt, daß sie labil ist«, sagte Verkho gelassen. »Ich denke nur an die Zukunft des Reiches.«

»Nein. Das ist unmöglich.«

»Es brauchte ja nur für kurze Zeit zu sein«, fuhr der Kanzler fort. »Bis die Kaiserin sich erholt hat und wir nicht mehr unter so unangenehmen Umständen zu leiden haben.«

»Aber...«

»Zu seinem eigenen Schutz«, beharrte Verkho. »Ich wäre bereit, Azari in einem leicht zu bewachenden Zimmer in meinen Gemächern unterzubringen. Und man könnte eine Amme finden.«

»Das wird nicht nötig sein«, erwiderte Southan und suchte seine letzten Überreste von Stolz zusammen. »Falls... falls Azari von seiner Mutter getrennt werden muß, werde ich in meinen eigenen Gemächern für ihn sorgen.«

»Wie Ihr wünscht, mein Lord.«

Der Kanzler widerstand der Versuchung zu lächeln.

Kapitel sechsunddreißig

Der Quell ist verstummt und versiegt. Einst erfreuten Delphine sich inmitten des Funkelns und der Musik des sonnendurchfluteten Wassers. Jetzt schweben sie leblos über dem dunklen, schweigenden Spiegel. Ein Ort von zweierlei Prophezeiungen – die Worte, die einstmals fröhlich klangen, sind jetzt überschattet vom Schicksal.

Wenn die Vorhersehung zwei gegenläufige Willen hervorbringt, welchem soll ich dann folgen?

Nachdem Verkho den Samen des Zweifels in Southan verankert hatte, konnte er sich zufrieden zurücklehnen und abwarten, wie er wuchs und gedieh. In der Zwischenzeit kümmerte er sich nur zu gerne wieder um seinen Talisman. Sein letzter Durchbruch lag schon mehrere Tage zurück, so daß er einen Großteil seiner Kräfte hatte wiederfinden können. Doch dieses Mal mußte er sich vier Tage lang plagen, bis seine Bemühungen belohnt wurden.

Die Sprache dieses Hinweises war ganz besonders nebulös gewesen, bis Verkho schließlich herausfand, daß es sich um einen Kode handelte, den die Astronomen, Mathematiker und Uhrmacher von Kyperounda zu benutzen pflegten, einem alten Königreich der Wüste, das schon seit mehreren Jahrhunderten nicht mehr existierte. Davon ausgehend, konnte er sich endlich den Gehalt der Worte erschließen, die aus einer bizarren mathematischen Gleichung bestanden und sich bei diesem Rätselspruch verschiedener Zahlen und Zeichen sowie Buchstaben bediente. Das Rätsel lautete:

»5 Leben: je länger sie stehen, um so kürzer wachsen sie
+
5 Enden: Nägel, aber nicht aus Metall, Gelenke,
aber nicht aus Holz
x
5 Würfe: 1 bis 6 (Euer Wurf), gemessen an Eurem Takt
=
Der Preis: Ein Erdenzyklus wendet sich für jeden
Schlag.«

Als Verkho sicher war, daß er die Gleichung korrekt übersetzt hatte, schien ihm die Lösung mehr oder weniger offensichtlich – und sehr unangenehm. Er dachte eine Zeitlang darüber nach in der Hoffnung, daß er falsch lag, doch war er sich die ganze Zeit über der Wahrheit bewußt. Der erste Teil war ein bekanntes Rätsel, das auf fünf leuchtende Kerzen hinwies. Das zweite konnte nur fünf Finger bedeuten – oder, weniger wahrscheinlich, Zehen. Fügte man die beiden zusammen, sollte es vermutlich heißen, man solle die Finger in die Flammen halten, und, falls er den dritten Teil korrekt interpretiert hatte, sie eine bestimmte Zeitlang über der Kerze belassen, und zwar die Anzahl der Herzschläge lang, die sich durch den Wurf von fünf sechsseitigen Würfeln ergab. Das allein wäre schon schmerzhaft genug, doch der beunruhigendste Aspekt dieser Gleichung war das Produkt. Falls Verkho es richtig las, bedeutete sie, daß er für jeden Herzschlag einen Erdenzyklus – also ein Jahr – altern würde. Wenn er demnach fünfmal die sechs warf, würde er innerhalb eines Augenblicks ein alter Mann werden – und vielleicht sogar sterben. Diesmal waren das Opfer und das Wagnis wesentlich erschreckender als alle davor.

Andererseits hatte er schon vor langer Zeit gelernt, daß seine bescheidenen, aber gut gebündelten telekinetischen Fähigkeiten den Fall der Würfel beeinflussen konnten. Daher konnte er theoretisch nur fünf Jahre verlieren – ein geringer Preis, wenn die mögliche Belohnung die Unsterblichkeit war. Doch der Kanzler wußte, daß ein derart leichter Ablauf nicht machbar war. Die Kräfte, die den Schutz des Talismans ersonnen hatten, würden es nicht gestatten, daß er sich in die Launen des Schicksals einmischte. Und bei den ersten Würfen hatte er die Zahlen nicht beeinflussen müssen, um den höchstmöglichen Wurf zu erzielen. Konnte er das wieder riskieren? Doch letztlich, das wußte er, hatte er keine Wahl.

Verkho beschloß, es am späten Abend zu versuchen, so daß er direkt danach zu Bett gehen konnte. Nachdem er sein Arbeitszimmer versiegelt hatte, machte er sich an die Vorbereitungen. Fünf weiße Kerzen hatte er so auf dem Schreibtisch angeordnet, daß sie seine ausgestreckten Fingerspitzen berührten. Nachdem er die Kerzen angezündet hatte, nahm er die Bandage von seiner linken Hand ab – die zerschnittene Handfläche hatte sich geweigert abzuheilen – und hielt die Würfel in der rechten Hand. In genau diesem Augenblick hatte er die Eingebung. Der Ausdruck »Euer Wurf« konnte als Wahlmöglichkeit angesehen werden, in diesem Fall als die Wahl, welches der vielen Würfelspiele er spielen wollte. In dem Spiel, das sich *Sonnenstich* nannte, waren die Zweier beliebig verwendbar, und fünf Zweier konnten daher die höchste Kombination bilden. Zehn Jahre. Dann wäre er immer noch relativ jung.

»Ich wähle *Sonnenstich*«, sagte Verkho laut mit Blick auf den Talisman.

Er würfelte und sah voller Furcht zu, doch versuchte er nicht, sie zu beeinflussen. Vier kamen fast sofort zur Ruhe. Es waren alles Zweier. Der letzte wirbelte auf einer seiner abgerundeten Ecken herum. Seine Bewegung wurde beinahe hypnotisch und versetzte ihn gleichzeitig in Wut, doch Verkho zwang sich zur Geduld. Endlich fiel der Würfel, und der Kanzler starrte ungläubig auf die Zahl. Eine *Sechs*. Hatte er etwas falsch gemacht? Lachte der uralte Meister der Rätsel jetzt über ihn? Zweifel befielen ihn, doch schließlich wurde er wieder ruhig. Vierzehn Herzschläge, vierzehn Jahre. *Dann sollte es eben so sein.*

Bedächtig streckte er die Finger seiner linken Hand aus. Blut tropfte aus der zerschnittenen Handfläche auf den Schreibtisch, als er seine Fingerspitzen in die Flammen schob. Schmerz durchfuhr ihn, und das Blut dröhnte in seinen Ohren. *Drei, vier.* Er hatte damit gerechnet, daß sein Herz vor lauter Aufregung rasen würde, doch es schlug weiter in seinem ganz normalen, ruhigen Rhythmus. *Sieben, acht.* Lautlos fletschte er die Zähne, als die Haut seiner Finger verbrannte und aufplatzte. *Zehn, elf.* Verkhos ganzer Körper zitterte, doch er wollte sich nicht ergeben. *Vierzehn.*

Im selben Augenblick zog er seine gemarterte Hand zurück, ballte unter fürchterlichen Qualen die Faust und ließ einen tiefen Schrei zur Decke steigen. Die Kerzen erloschen flackernd. Die Kugel begann zu glühen, und der Kanzler stieß einen Seufzer der Erleichterung aus. Es wäre unerträglich gewesen, hätte er diese Schmerzen umsonst aushalten müssen. Einmal mehr schälte sich die äußere Hülle des Talismans ab und hinterließ nur eine dünne Schicht der klaren Substanz – vielleicht noch zwei Lagen – um das neu beschriftete Zentrum.

So nahe, dachte Verkho und fragte sich dann zum ersten Mal, ob er die Kraft haben würde, die letzten Herausforderungen anzunehmen. Er fühlte sich sehr viel älter als er war.

»Ihr seid ein tapferer Mann. Das muß ich Euch lassen«, sagte Martyn.

Der Morgen dämmerte. Baylin war wie befohlen allein in dem verlassenen Hof erschienen. Hier konnte der Reisende, sollte der *Soldat* es wünschen, niedergestreckt oder von verborgenen Feinden überwältigt werden. Die beiden Männer sahen einander offen an.

»Ich brauche Eure Hilfe«, stellte Baylin schlicht fest. »Wenn ich Euch nicht vertraute, wie könnte ich dann Vertrauen von Euch erwarten?«

»Ihr müßt sehr verzweifelt sein, daß Ihr erneut die Hilfe eines gewöhnlichen Gesetzlosen erbittet.«

»Der *Soldat* ist kein gewöhnlicher Gesetzloser, und ich weiß, daß Ihr der *Soldat* seid.«

Martyn verbeugte sich spöttisch.

»Ich habe die Ehre. Wer hat es Euch erzählt?«

»Ihr selbst. Ich war der alte Kaufmann in der Taverne, als Ihr Grongar ins Vertrauen gezogen habt.«

Martyn lächelte, akzeptierte die Geschichte und erkannte die Fähigkeiten des anderen an.

»Was also wollt Ihr von mir?«

Als Ifryn erwachte, verspürte sie eine unerklärliche plötzliche Hochstimmung. Die letzten Tage, seit sie ihre Entscheidung getroffen hatte, waren gleichermaßen anstrengend wie frustrierend gewesen. Die meiste Zeit hatte sie zu tun gehabt und wo sie nur konnte nach Hilfe gesucht, doch ihre Bemühungen waren durch die übliche Vorsicht der Menschen bei Hofe behindert worden. Kerrell und Baylin gingen ihr wie erwartet immer noch aus dem Weg, doch sie hatte mit Grongar, Corton und vielen anderen reden können – allerdings hatte sie dabei nicht viel erfahren. Selbst Southan mied sie jetzt, und sie hatte ihm auch gar nichts zu sagen – noch nicht. Aber ihre Hauptanstrengungen galten Alasia. Ifryn war zweimal sogar ins Turmviertel hinaufgestiegen und hatte alles ihr Mögliche versucht, um ihre Freundin zu finden, doch vergeblich.

Aber dieser Morgen war irgendwie anders. Irgend etwas würde geschehen! Ifryn beugte sich vor, um nach Azari zu sehen, der friedlich in der Wiege neben ihrem Bett schlief, und sie lächelte.

»Heute!« flüsterte sie ihm zu.

»Heute?« wiederholte eine bekannte Stimme von der anderen Seite des Zimmers her.

Ifryn wirbelte herum, kletterte aus dem Bett und rannte zu Alasia, um sie zu umarmen. Ihre Freundin war noch mit ihrem Knicks beschäftigt, und so prallten sie ungeschickt zusammen, doch das war der Kaiserin gleichgültig.

»Ich bin so froh, dich zu sehen«, stieß sie hervor. »Das kannst du dir nicht vorstellen. Wo *warst* du nur?«

»Geflogen«, erwiderte Alasia so rätselhaft wie immer, während sie ihr zerknittertes Kleid ordnete. »Ich bringe Gefahr.«

»Gefahr? Für mich?«

»Ja. Ich wollte nicht kommen.«

Ifryns Lebensfreude schmolz dahin.

»Warum *bist* du dann gekommen?«

»Du hast gerufen. Ich mußte gehorchen.«

So sollte es eigentlich nicht sein, dachte die Kaiserin, doch ihr Entschluß stand fest. Sie war schon zu weit gegangen. Alasia war ihre Freundin, doch sie war außerdem auch die einzige Verbindung zu den Menschen, die Ifryn unbedingt sehen mußte.

»Weißt du, wo Kerrell ist? Warum hat er mich nicht besucht?«

»Ich fliege oben, er kriecht unten«, erwiderte Alasia. »Sammelt.«

»Sammelt was?« Ifryn war verwirrt.

Alasia zuckte die Achseln.

»Bring mich zu ihm«, flehte die Kaiserin.

»Es ist verboten.«

»Nein!« Es war ein ungläubiger Aufschrei. »Von wem?«

»Von Worten.«

»Bring mich zu ihm!« Jetzt war Ifryn wütend.

Alasia sah immer noch verblüfft aus, und ihre blassen Augen starrten die Kaiserin an, als habe sie sie noch nie gesehen.

»Du befiehlst es?« flüsterte sie.

»Ja!«

»Dann muß ich es tun«, seufzte Alasia. »Komm morgen bei Einbruch der Dämmerung zum Delphin-Brunnen.«

Der Brunnen, der in einem wenig benutzten Teil des Hofes stand, war schon lange baufällig, und am Fuße der Statue stand dunkel das Wasser. Ifryn kam zu früh und setzte sich versteckt in einen kleinen Alkoven. Die Schatten wurden immer länger. Es war sehr still, und sie fragte sich, ob Alasia wohl doch noch beschlossen hatte, dem unliebsamen Befehl nicht zu gehorchen. Weshalb hatte sie sich so gesträubt?

Das knirschende Geräusch von Stein auf Stein ließ sie zusammenzucken und brachte ihr Herz zum Rasen. Neben dem Brunnen hob sich ganz langsam wie eine Falltür eine der Bodenplatten. Alasia weißes Gesicht tauchte auf und sah sich ruckartig wie ein vorsichtiger Vogel um. Ifryn ging schnell zu ihr und folgte ihr die Treppe hinunter in absolute Dunkelheit, und oben glitt die Bodenplatte wieder an ihren Platz. Alasia nahm die Kaiserin an der Hand und führte sie durch einen gewundenen, nach oben führenden Tunnel, der schließlich mitten im Turmviertel an die Oberfläche führte. Dort zeigte sie auf einen der Türme und schickte Ifryn allein weiter.

Die Kaiserin rannte beinahe die gewundene Treppe hinauf, und das Geräusch ihrer Schritte hallte zwischen den Steinen wider, bis sie in ein rundes Zimmer kam, das nur durch das schwache Tageslicht in den kleinen Bogenfenstern beleuchtet wurde. Da war Kerrell. Er lehnte niedergeschlagen an der gegenüberliegenden Wand. Als sie eintrat, sah er hoch, doch er sagte nichts und rührte sich auch nicht.

Ifryn ging zu ihm und legte die Arme um ihn. Zuerst blieb er ganz steif, doch dann gab er nach und umarmte auch sie. Sie konnte sein Herz schlagen fühlen. Einen Augenblick lang war nur das wichtig.

»Oh, mein Geliebter«, flüsterte sie.

»Es kann nicht sein«, sagte er, doch obwohl er sich ein wenig zurückzog, brachte er es nicht über sich, sie loszulassen, sie vollends zurückzuweisen.

»Wie kannst du das sagen? Worte können unsere Liebe nicht verfälschen.«

»Du bist die Kaiserin«, antwortete er, und seine Stimme war voller Schmerz.

»Ich danke ab.«

»Das kannst du nicht!« Die Worte sprudelten wütend aus ihm heraus. »Sag nicht solche Dinge, nicht einmal im Spaß.«

Ifryn wollte ihm sagen, daß sie keine Witze machte, doch es war zu spät. Der Schaden war nicht mehr zu beheben. Sie sammelte so gut sie konnte ihre zerstreuten Gedanken.

»Wo warst du? Was hast du die ganze Zeit gemacht?«

»Meine alten Gefährten von der Armee gesucht«, erwiderte Kerrell lustlos. »Sie ausgehorcht. Hat mir nicht viel genützt. Verkho hat einfach alle in der Hand. Dagegen kommen wir niemals an.«

Ifryn haßte es, die Niederlage aus seiner Stimme herauszuhören.

»Ein paar sind dir doch sicher treu ergeben, oder?«

»Einige wenige«, gab er zu.

»Das ist doch ein Anfang. Welche Neuigkeiten gibt es von Baylin?«

»Er tut so ziemlich dasselbe unter den Mitgliedern des niederen Adels und bei einigen der einflußreicheren Bürger Xantiums – mit etwa denselben Ergebnissen.« In seiner Stimme schwang Bitterkeit mit. »Einige von ihnen haben noch eine Rechnung mit dem Kanzler zu begleichen, doch wenn sich das Blatt nicht wendet, können wir nur auf wenige Verbündete rechnen.«

»Wenn die Wahrheit herauskommt«, ermutigte sie ihn,

»werden wir Verbündete zuhauf haben. Wir brauchen nur Beweise.«

»Die einzige Möglichkeit, an Beweise zu kommen, wäre, daß Verkho einen Fehler macht«, sprach er ihre eigenen Befürchtungen aus.

»Aber das könnte Jahre dauern!« rief sie aus. »Er *macht* keine Fehler.«

»Wie könnten wir sonst –?«

»Warum hast du dich nicht mit mir in Verbindung gesetzt?« unterbrach sie ihn, denn sie konnte nicht länger an sich halten. »Mir gesagt, was los ist?«

»Was wir hier machen, ist gefährlich. Wir wollten dich da nicht mit hineinziehen.«

»Ich habe befürchtet, daß du das sagst«, sagte Ifryn traurig, doch da stieg wieder die Wut in ihr hoch. »Aber das machst du nicht noch mal. Ich bin nicht nur eine alberne, schwache Frau, die man ignorieren kann!«

»Das habe ich auch nie gesagt«, erwiderte er verblüfft.

»Aber du hast mich so behandelt. Außerdem bin ich jetzt auch in Schwierigkeiten.« Sie erzählte ihm von ihrem Streit mit Southan und vom katastrophalen Ergebnis ihres Besuchs in den Gemächern des Kanzlers. Kerrell war entsetzt.

»Das war sehr dumm«, sagte er. »Aber Verkho würde es niemals wagen, offen gegen dich vorzugehen.«

»Ich wünschte, ich wäre mir da auch so sicher. Deshalb müssen wir alle *gemeinsam* gegen ihn kämpfen, wir alle, die wir Grund haben, das Reich von diesem Mann zu befreien. Das ist die einzige Möglichkeit. Was ist mit dem *Soldaten*?«

»Ich glaube nicht. Er ist zu unzuverlässig – und er ist ein Mörder.«

»Glaubst du, Verkho ohne Blutvergießen aufhalten zu können?« fragte sie ungläubig. »Auf jeden Fall wirst du bereits des Verrats beschuldigt. Was kann uns da ein Verbrechen mehr schon bedeuten?«

Kerrell sah sie an, als traue er seinen Ohren nicht.

Sie hatte ihn schockieren wollen – und es war ihr gelungen.

»Wenn wir nur gewinnen können, indem wir Verkho gewaltsam niederringen, dann werden wir es tun«, fuhr sie fort. »Aber wir müssen alle Kräfte *zusammenlegen.*«

Er nickte benommen und fragte sich, wie es die Kaiserin all die Jahre geschafft hatte, unter ihrer Sanftmut dieses Feuer zu verbergen.

»Und versprich mir, daß du mich wissen läßt, was vor sich geht«, fügte sie hinzu. »Ich muß dich sehen.«

»Ich verspreche es«, flüsterte er.

Von unten hörte sie Alasias Stimme.

»Du mußt jetzt gehen, meine Lady.«

Ifryn wollte nicht gehen, konnte es nicht ertragen, ihn zu verlassen, doch sie wußte, ihr blieb nichts anderes übrig.

»Wir treffen uns bald wieder, *General*«, erwiderte sie und küßte ihn schnell auf die Lippen. »Das ist ein Befehl.« Dann zwang sie sich zu einem Lächeln und ging.

Die Trennung zerriß ihnen beiden das Herz, doch durch den Anblick des anderen hatten sie auch neuen Mut geschöpft.

Alasia führte die Kaiserin wortlos zurück. Sie tauchten aus einem anderen Tunnel wieder auf, und sie winkte sie fort.

»Nicht alle Prophezeiungen erfüllen sich«, verkündete sie ganz unerwartet. »Ich habe jetzt zu tun.« Und damit verschwand sie.

Ifryn kehrte tief in Gedanken versunken in ihre Gemächer zurück, doch als sie das Vorzimmer betrat, wurde sie abrupt aus ihren Überlegungen gerissen. Doneta saß auf einem Stuhl, und Vrila und Delmege standen neben ihr.

Das Mädchen hatte auf einer Seite des Gesichts eine große, häßliche Schramme, und sie hatte die Augen geschlossen, und alle drei weinten.

»O Mama, wo warst du?« weinte Delmege und rannte zu Ifryn.

»Es war furchtbar«, fügte Vrila weinend hinzu.

»Was ist passiert?«

»Es tut mir so leid, meine Lady«, sagte Doneta schmerzerfüllt. »Ich konnte sie nicht aufhalten. Ein paar Soldaten haben sich gewaltsam Zutritt verschafft.«

Ifryn spürte, wie alles Blut aus ihrem Gesicht wich. Sie wußte mit schrecklicher Gewißheit, was als nächstes kam.

»O meine Lady«, weinte Doneta noch heftiger, »sie haben den kleinen Azari mitgenommen!«

Kapitel siebenunddreißig

Die Vergangenheit ist niemals gänzlich verloren. Sie ist eingeprägt in Stein und Holz, in Wasser und Luft, ihre Chroniken sind in das Tuch der Welt selbst verwoben. Nur wenige haben das Bedürfnis oder das Wissen, in diesem unendlichen Text zu lesen, und wenn es Möglichkeiten gäbe, aus ihren Geschichten zu lernen, wer bin dann ich zu sagen, welche wegweisend und welche irreführend sind?

Wer hat verfügt, daß meine Augen nur nach vorne blicken dürfen?

»Wir machen Fortschritte«, bemerkte Sagar.

»Glaubt Ihr?« antwortete Martyn. »Mir gefällt diese Art von Arbeit nicht.«

»Warum tun wir sie dann?«

»Verkhos Feinde sind auch meine Feinde.« Plötzlich erhellte ein Grinsen Martyns Gesicht. »Außerdem, wenn die Zeit kommt, macht es viel mehr Spaß.«

Sagar schüttelte den Kopf, denn er konnte Martyns Vorstellung von »Spaß« nur schwer nachvollziehen. Seit dem Treffen mit Baylin vor ein paar Tagen waren sie damit beschäftigt, Männer für nicht näher bestimmte Aufgaben für den immer noch diffusen Feldzug gegen Verkho anzuwerben. Allen Bewerbern hatte man erzählt, daß sie eine Gelegenheit für Unfrieden und Profit erhalten würden. Das kam vielen von ihnen sehr entgegen, da die meisten zu Xantiums krimineller Bruderschaft gehörten. Sie sollten für Ablenkungen sorgen und die Truppen des Kanzlers beschäftigten, während seine Gegner ihren tatsächlichen Zug machten. Die wohlbekannte Fähigkeit des *Soldaten,* in angeblich verbotene Teile der Stadt vorzudringen, machte ihn zum idealen Organisator für ein solches Unterfangen, doch insgeheim schwor sich Martyn, selbst nicht nur ein Ablenkungsmanöver zu sein. Falls Verkho fiel, wäre der *Soldat* dabei.

»Hoffen wir, daß es bald passiert«, sagte Sagar mitfühlend. »Ich möchte meinen Bruder hier fortschaffen.«

»Je eher, desto besser«, stimmte Martyn zu.

Bowen hatte noch immer kein Wort gesagt. Er hatte überhaupt nichts getan, sondern war offenbar völlig immun gegen Langeweile und starrte stundenlang einfach nur in die Luft. Er hatte nicht auf Fragen, Schreien oder Betteln reagiert und ließ es sich demütig gefallen, wenn man sich um seine körperlichen Bedürfnisse kümmerte. Es war offensichtlich, daß das, was von seinem Verstand noch übrig war, fest auf etwas anderes geheftet blieb, und Sagar fühlte sich in seiner Gegenwart unbehaglich.

Seine einzige Hoffnung war, daß sein Bruder sich wieder erholen würde, sobald sie dem verderblichen Einfluß Xantiums erst einmal entkommen waren.

Zum Abendessen kehrten sie in die Taverne zurück, und während Martyn ihre Bestellung aufgab, ging Sagar nach oben, um nach seinem Bruder zu sehen. Einige Augenblicke später kam er atemlos wieder zurück, und jeder Gedanke an Essen war vergessen.

»Er ist weg!« flüsterte er eindringlich, denn er wollte nicht, daß ihn jemand hörte. »Bowen ist weg!«

»Was meint Ihr damit, er wolle nicht gestört werden?« rief Ifryn zornig aus.

Der Wachmann, den sie befragt hatte, zwinkerte nervös und glaubte, soeben die Augen einer Löwin im Gesicht eines Lamms gesehen zu haben. Dennoch wich er nicht von der Stelle. Sein Kollege mit dem eisigen Gesichtsausdruck sagte gar nichts.

»So lauten meine Befehle, meine Lady.«

»Ich bin seine *Frau*, Eure Kaiserin!« kreischte sie.

»Wollt Ihr mir das Recht verwehren, meinen eigenen Mann zu sehen?«

»Nicht ich, meine Lady. Der Kaiser selbst ...« Dem Soldat fiel das Schicksal der Wachen ein, die Ifryn Zugang zu jenem unheimlichen Zimmer gestattet hatten, obwohl Southan ihnen befohlen hatte, es nicht zu tun. Er verspürte nicht den Wunsch, ein ebensolches Los zu erleiden.

»Tretet beiseite«, verlangte die Kaiserin und trat einen Schritt vor, nur um von den Speeren aufgehalten zu werden, die vor ihr gekreuzt wurden. Keiner der Wachen konnte ihr ins Gesicht sehen. »Dafür werdet Ihr bestraft werden!« erklärte sie. »Ich ...«

Hinter der Barriere öffnete sich eine Tür und Southan trat heraus.

»Laßt sie durch«, befahl er müde.

Die Speere wurden zurückgezogen, und Ifryn rauschte vorbei und folgte Southan in eines der Vorzimmer des Kaisers. Sobald sich die Tür geschlossen hatte, begann sie zu toben.

»Verkho hat Azari geholt. Er ...«

»Nein.«

Dieses eine Wort und der grimmige Ausdruck auf dem Gesicht ihres Mannes brachten Ifryn abrupt zum Schweigen. Sie starrte ihn an.

»Azari ist sicher. Er ist in meiner Obhut.«

»In *deiner* Obhut? Warum?« Sie bekam kaum noch Luft.

»Du hast in letzter Zeit sehr unter Anspannung gestanden«, begann Southan, »und Deine Gesundheit hat darunter gelitten ...«

»Ich bin seine Mutter!«

»Und ich sein Vater.« Im Gesicht des Kaisers spiegelten sich Bedauern, aber auch grimmige Entschlossenheit. Er hatte immer Probleme, sich auszudrücken, und jetzt fiel es ihm so schwer wie nie zuvor. »Um es ganz offen zu sagen, ich glaube, daß du labil geworden bist. Ich muß an das Reich denken und an die Sicherheit meines Erben.«

Ifryn fehlten die Worte. Das war unvorstellbarer Verrat. Azaris *Sicherheit*?

»Dein Verhalten in letzter Zeit ...« fuhr Southan unbeholfen fort. »Es braucht ja nur vorübergehend zu sein. Bis du dich erholt hast. Es tut mir wirklich leid, aber nach diesem Abend hatte ich einfach keine andere Wahl.«

»Dieser Abend?« Plötzlich war die Kaiserin von Panik erfüllt. Hatte irgend jemand sie mit Kerrell gesehen? Hatte sie mit ihrem Beharren, ihn zu sehen, zu seinem Ende beigetragen?

»Man hat dich mit dieser Wahnsinnigen gesehen ...«

»Alasia?« Ifryn war ein ganz klein wenig erleichtert. Sicher hatte niemand gesehen, wohin sie gegangen waren.

»Ja. Ich weiß nicht, was ihr getan habt, und ich will es auch nicht wissen, aber ...«

»Sie ist nicht wahnsinnig! Sie ist gut ...« Ifryn hielt inne, als ihr plötzlich die Bedeutung seiner Worte bewußt wurde. »Du hast mich *beobachten* lassen?«

»Ja«, antwortete er beschämt, aber trotzig. »Du hast meinen Sohn allein gelassen, um irgendwelche törichten, unvernünftigen ...«

»Ich habe ihn in guten Händen gelassen! Wir haben Doneta immer vertraut. Und deine Soldaten haben ihr wehgetan.«

»Ich bedaure, daß das nötig war, doch sie hatten keine Wahl.«

»Wo ist mein Sohn?«

»Es ist besser, wenn du es nicht weißt.«

»Gib mir mein Baby zurück!« schrie Ifryn zornig.

»Ich kann nicht. Zu seinem eigenen Schutz.«

»Du bist ein selbstgerechter Trottel«, spie sie ihm giftig entgegen. »Siehst du denn nicht, wer dahintersteckt? Das hat Verkho vorgeschlagen, nicht wahr?« Sie sah, wie Southan ganz kurz zusammenzuckte, und sie wußte, daß ihre Worte den Nagel auf den Kopf getroffen hatten. »Diese Dummheit wirst du noch bereuen«, versprach sie ihm. »Gib mir mein Baby zurück.«

»Nein. Und bitte unterlaß deine Beschuldigungen gegen den Kanzler. Das hilft dir nicht weiter.« Southan blieb ungerührt. »Wir werden darüber reden, wenn du dich beruhigt hast.«

»Du siehst mich vielleicht nie wieder«, warnte Ifryn ihn, drehte sich um und ging hinaus. Sie eilte zurück in ihre eigenen Gemächer und weinte vor Kummer und vor Zorn – und die ganze Zeit merkte sie sehr wohl, daß ihr in diskretem Abstand Wachen folgten.

Am nächsten Morgen fand Verkho die Kraft, das Siegel um sein Arbeitszimmer zu öffnen und nach Dienern zu rufen. Drei Tage waren seit seinem jüngsten, äußerst schmerzhaften Erfolg vergangen, und er hatte fast die ganze Zeit geschlafen. Shinasi zeigte sich nicht überrascht über das Auftauchen des Kanzlers, doch die anderen waren entsetzt über seine Veränderung. Seine Haut war grau und blaß, um die Augen hatten sich Falten gebildet, und er wirkte dünner als vorher. Seine linke Hand war in dicke Bandagen gehüllt und hing in einer improvisierten Schlinge. Am sonderbarsten aber war, daß sein glänzend schwarzes Haar grau geworden war. Doch während seine Bewegungen und seine Stimme schwächer wirkten als sonst, hatte sein Verstand offenbar nichts von seiner Schärfe verloren. Er verlangte Berichte über alles, was sich ereignet hatte, und er lächelte, als er von Southan hörte. Man brachte Essen und Wein, und Verkho schlang alles völlig ausgehungert herunter, wobei er offenbar ein wenig Lebenskraft zurückgewann, doch weigerte er sich, sich von einem Arzt untersuchen zu lassen.

Den ganzen Tag verbrachte er mit Staatsangelegenheiten, mit seinen Angestellten und Offizieren, die er entweder in seinem Arbeitszimmer empfing oder in seinem Rollstuhl aufsuchte. Sein Diener drängte ihn, in seine Gemächer im Staatsviertel zurückzukehren, damit er die Nacht in einem richtigen Bett verbringen konnte, doch er lehnte ab und kehrte in sein Arbeitszimmer zurück, und in seinen Augen leuchtete ein sonderbares, trübes Licht.

Am gleichen Tag ereignete sich Sensationelles beim alten Tempel. Jener Ort wurde nun schon seit einiger Zeit von Geistern heimgesucht und war daher von den Lebenden gemieden worden, doch aus irgendeinem Grund waren die Geister an diesem Nachmittag nicht dort, und über den kleinen Hügel hatte sich eine ganz eigentümliche Stille niedergesenkt. Die Menschen, die in der Umgebung lebten und arbeiteten, bemerkten die Veränderung, doch niemand verspürte den Drang, dieser Sache genauer nachzugehen, bis einige Kinder dem Schweigen die Stirn boten und zu den Ruinen hinaufkletterten. Was sie sahen, überraschte sie, und die Neuigkeit, die sie mitbrachte, verbreitete sich schnell. So viele Menschen zogen zum Tempel hinaus, daß sich dort bald mehr Leute als je zuvor in den vergangenen Jahren versammelten.

Das Spektakel, das die Zuschauer zu sehen bekamen, war ein Mann, der im Schneidersitz auf dem Altar saß, die Augen geschlossen und den Kopf über seine Hände gesenkt. Er hielt sie, als wolle er Wasser schöpfen. Das allein war aber noch keineswegs ungewöhnlich. Der Tempel schien regelmäßig exzentrische Mystiker anzuziehen, doch dieser Mann war von einer Kugel aus schimmerndem weißem Licht umgeben. Hin und wieder brach ein Stück dieses Schildes auf und huschte davon wie eine Sternschnuppe, und die Funken stoben so schnell, daß niemand sehen konnte, wohin sie flogen. Gleichzeitig war die Luft mit kaum hörbaren Geräuschen erfüllt, die niemand einordnen konnte, die sich aber zu einem eigenartigen, unregelmäßigen Summen vereinten. Aber das war noch nicht alles. Der Raum um den Altar herum war von einem unsteten Schein aus ständig sich verändernden bunten Bildern erfüllt. Visionen von Männern, Frauen und wilden Tieren ebenso wie nicht identifizierbare Bilder flackerten auf und verschwanden wieder – so schnell, daß niemand sie deutlich erkennen oder sich richtig an sie erinnern konnte. Es war beinahe, als ziehe die gesamte Geschichte dieses Ortes vorbei, auf der Suche nach einem ganz bestimmten Ereignis.

Es war ein fesselndes Schauspiel, und unvermeidlich erinnerte man sich an Verkhos erstmaliges Erscheinen in Xantium zwölf Jahre zuvor. Doch niemand wußte, wer dieser Mann hier war – bis Harios Kedhara mit einer großen Gruppe von Soldaten erschien. Die Menge zog sich zurück, um sie vorbeizulassen, und die Menschen sahen wie gebannt zu, begierig, diese letzte Episode der Sage mit eigenen Augen zu sehen. Harios blieb vor dem Altar stehen und ignorierte die kurzlebigen Erscheinungen, die um ihn herum aufblitzten.

»Bowen Folegandros, Ihr seid verhaftet«, verkündete er, allerdings eher zur Erbauung der Umstehenden. »Kommt Ihr mit?«

Bowen reagierte nicht, und die Menge flüsterte.

»Holt ihn da runter«, befahl Harios.

Die Soldaten gehorchten, doch näherten sie sich Bowen sehr nervös und zuckten vor den unfaßbaren Bildern zurück, die sie umfingen. Sobald sie Hand an den entflohenen Häftling legten, verschwand das bunte Schauspiel ebenso wie die weiße Aura, und Bowen, der inzwischen die Augen geöffnet hatte, ließ sich demütig vom Altar heben und abführen.

Alasia fühlte Gayes Suchen, spürte deren gemischte Gefühle, als sie sah, wie ein riesiges Chaos aus Bildern von dem Leuchtfeuer angezogen wurde, wie die Vergangenheit in all ihrer Freude und Traurigkeit, ihrem Schrecken und ihrer Rätselhaftigkeit, noch einmal kurz auferstand. Es war kein Wunder, daß sie verwirrt war.

Alasia selbst hatte keine Ahnung, was Bowen da machte, doch er wirkte sehr zielstrebig, und sie war klug genug, sich nicht einzumischen. Sie hatte andere Dinge zu erledigen. Es war Bowen gewesen, der ihr den Weg gezeigt hatte, und jetzt hatte sie wenig Zeit für etwas anderes.

Alasia wußte, wann das Licht des Leuchtfeuers dunkler wurde, und sie spürte seine Furcht und wie er sich in sich selbst zurückzog. Sie wußte, daß auch Gaye es spürte – aber da war noch etwas anderes, etwas weitaus Unheimlicheres. Das Leuchtfeuer war wieder in den Händen seiner Feinde, deren Ignoranz ihnen allen den Untergang bringen würde.

Der Kreis zerbrach allmählich, und Alasia versuchte verzweifelt, es zu verhindern, doch sie wußte nicht, was den Bruch verursacht hatte. Gaye war immer noch dort, doch obwohl sie den Kontakt zu Bowen verloren hatte, konnte sie Alasia hören.

Er braucht dich, sagte sie zu dem Mädchen. *Wir alle brauchen dich. Beeil dich. Wir müssen uns beeilen, oder es ist zu spät.*

Alasia legte all ihre unausgesprochene Angst in diese Worte und wußte, daß Gaye sie verstand, doch mehr Kraft hatte sie nicht. Jetzt lag alles in den Händen der anderen.

Kapitel achtunddreißig

Die Frau schweigt nicht länger, sondern tritt hervor in neuen Kleidern. Kann das Gewand allein den Glanz der Unsichtbarkeit verleihen?

In Xantium gibt es viele Verkleidungen, und es werden immer mehr, jetzt, wo sich die Sturmwolken zusammenbrauen und die Schatten länger werden. Welcher Blitz wird die geheimen Gesichter erleuchten, die verborgenen Pläne? Es gibt keinen harmlosen Blitz.

Nachdem Ifryn ihre Töchter so gut es ging beruhigt und ihr Mädchen getröstet hatte, verbrachte sie eine schlaflose Nacht, denn ihre Gefühle wechselten zwischen Wut, Verzweiflung und Anfällen von Entschlossenheit. Azari war nicht einmal zwei Monate alt. Sein rechtmäßiger Platz war an der Seite seiner Mutter, und sie schwor sich, alles Nötige zu tun, um ihn zurückzubekommen. Alasias Vorahnungen hatten sich als richtig erwiesen, doch das würde Ifryn jetzt nicht mehr davon abhalten, etwas dagegen zu unternehmen. Sie war schon viel zu lange untätig gewesen.

Doch am frühen Morgen erreichte sie eine Nachricht, die alles andere aus ihren Gedanken verbannte. Sie hörte ein schüchternes Klopfen an der Tür und öffnete selbst. Draußen stand Corton. Er sah verängstigt aus und war überrascht, sich sofort der Kaiserin gegenüberzusehen, doch trat er auf ihre Aufforderung hin ein.

»Ihr seid vielleicht in Gefahr, meine Lady«, begann der Kellermeister.

Sagt mir doch etwas, das ich noch nicht weiß, dachte Ifryn. Laut fragte sie: »Wie das?«

»Vor einer Weile kamen zwei Captains zu mir und verlangten Wein«, berichtete Corton. »Sie legten eine entsprechende Anordnung vor, unterzeichnet von einem Tafelmeister des Kaisers, aber es waren Männer des Kanzlers, Geheimdienstoffiziere. Es wurden keine bestimmten Jahrgänge gewünscht, und als ich fragte, welche Weine ich bringen sollte, lachten sie nur und sagten, das sei gleichgültig, Hauptsache, er habe einen starken Geschmack. Das war nicht sehr zufriedenstellend«, fuhr er fort und fiel für einen Augenblick in seine übliche aufgeblasene Art zurück, »und ich fragte, für welchen Anlaß sie den Wein brauchten. Sie sagten, das gehe mich nichts an, also holte ich ein paar Flaschen zum Probieren. Als sie tranken, sagte der eine ›In dem hier wird sie nie etwas schmecken.‹ Das sollte ich wohl nicht hören, doch im Weinkeller hallen Worte auf ganz eigenartige Weise wider. Der andere erwiderte ›Es wird aussehen wie ein gebrochenes Herz. Unter diesen Umständen keine Überraschung.‹«

»Gift.« Ifryn fror und wußte genau, welche ›Umstände‹ gemeint waren.

»Davon gehe ich aus, meine Lady«, sagte Corton aufgeregt. »Natürlich könnten sie auch jemand anderes gemeint haben. Ich hoffe, ich habe nichts falsch gemacht.«

»Nein.« Sie war tief in Gedanken versunken. »Vielen Dank.«

»Ich gehe jetzt lieber. Bitte seid bei jeder neuen Weinlieferung besonders vorsichtig.«

»Ich werde nicht mehr hier sein, um ihn zu trinken«, sagte die Kaiserin leise.

Corton sah sie entsetzt an.

»Was meint Ihr damit? Wie könnt Ihr den Hof verlassen?«

Ifryn erzählte ihm von Azari und von Southans Standpunkt.

»Wohin geht Ihr?« Corton war sprachlos über diese Entwicklung.

»Spielt das eine Rolle?« Sie wußte nur, daß sie aus diesem Alptraum erwachen mußte.

»Ihr werdet Hilfe brauchen. Dort draußen stehen Wachen.«

»Ich weiß. Ihr habt Euch selbst in Gefahr gebracht, als Ihr herkamt.«

Corton achtete nicht darauf, und seine Augen funkelten, als die Angst der Aufregung wich.

»Ich werde Euch helfen, wenn ich kann«, sagte er.

»Wie?«

»Falls wir Erfolg haben, werdet Ihr es innerhalb einer Stunde erfahren«, erwiderte der Kellermeister. »Lebt wohl, meine Lady, und viel Glück.«

Corton ging hinaus, und Ifryn zwang sich dazu, etwas zu tun, und ihre Erschöpfung war vergessen. Sie weckte Doneta auf und erklärte, was geschehen war. Das Mädchen schien eher wütend als verängstigt, und Ifryn war froh über ihre unerschütterliche Unterstützung. Sie weckten die Kinder, sagten ihnen, sie sollten sich auf ein Abenteuer vorbereiten und halfen ihnen, sich anzuziehen. Dann suchte die Kaiserin schnell ein paar Kleidungsstücke und Wertsachen zusammen und versuchte auf Donetas Rat hin, sich ein wenig zu verkleiden. Sie wußte nicht, ob ihr das helfen würde, doch mehr konnte sie im Augenblick nicht tun.

Die Stunde war fast vorbei, als draußen im Flur ein schauerliches Heulen erklang. Ifryn sah die besorgten Gesichter ihrer Begleiterinnen. Ihr wurde klar, daß sich hinter den tapferen Gesichtern ihrer Töchter große Angst verbarg, und sie zwang sich zu lächeln.

»Macht euch auf alles gefaßt«, sagte sie.

Grongar hatte die Idee sofort gefallen. Es war eine Gelegenheit, dem Hof – und seinen vielen Kritikern – zu zeigen, welche Furcht und welchen Schrecken seine Schützlinge überall verbreiten konnten. Natürlich waren die

Gemächer der Kaiserin ziemlich weit vom Zwinger entfernt, daher war es nicht ganz einfach, dafür zu sorgen, daß die Jagdhunde in genau diese Richtung »wegliefen« – doch schließlich hatte er eine bewundernswerte Vorstellung geliefert.

Er hatte nur drei Hunde mitgenommen, unter anderem Hai, und hatte sie an der vorgesehenen Stelle freigelassen. Dann war er hinter ihnen hergejagt und hatte sie vergeblich angebrüllt, sie sollten zurückkommen, während er ihnen mit einer Reihe von Pfiffen die tatsächlichen Anweisungen übermittelte. Angesichts dieses ausgelassenen Ansturms aus Fell, Muskeln und Fängen rannten alle, die ihnen in den Weg kamen, um ihr Leben. Die Jagdhunde hatten dabei großen Spaß und bellten ihr Vergnügen über diese unerwartete Tollerei laut heraus, doch das konnten die Umstehenden nicht wissen. Ein Blick auf ihre schaumbedeckten Zungen und die schrecklichen Fänge war genug.

Selbst die diensthabenden Wachen nahmen Reißaus, als die drei Tiere und Grongar unter wildem Heulen und Fluchen vorbeirannten. Wäre das Spektakel nicht so furchterregend gewesen, hätte es komisch gewirkt, und viele Leute lachten auch – als die Eindringlinge sicher an ihnen vorüber waren.

Als sie sich den Gemächern der Kaiserin näherten, schätzte Grongar ihre Lage ab. An diesem Ende des Korridors standen zwei Wachen, zwei weitere beim Eingang und vermutlich ein weiteres Paar auf der anderen Seite. Die nächststehenden Wachleute starrten voller Entsetzen auf die herumtobenden Hunde. Sie schrien und fuchtelten mit ihren Speeren herum, doch als das nichts nutzte, suchten sie sich ein Versteck. Zu beiden Seiten des Korridors fanden sie hohe Alkoven und sprangen hinein, und die Angst verlieh den beiden Männer ungeahnte Beweglichkeit. Grongar pfiff, und Hais Gefährten blieben unter den Alkoven stehen und sahen hinauf, und sie knurrten ganz tief in der Kehle, obwohl es so aussah, als lächelten sie. Grongar holte sie keuchend ein und tätschelte beiden Hunden den Kopf.

»Gut gemacht«, sagte er zu den Wachen. »Paßt auf diese beiden auf, ja? Ich bin bald zurück.«

Die Soldaten sahen einander über die Köpfe der Hunde hinweg an. Sie hatten nicht die Absicht, sich zu rühren.

Hai sprang herbei, machte große Sätze vor lauter Aufregung über dieses neue Spiel und heulte glücklich, als die beiden Männer vor Ifryns Tür sich verkrampften.

»Nicht laufen!« kreischte Grongar, als er näherkam. »Das macht ihn nur wütend.«

Die Wachen zögerten. Hai heulte weiter.

»Er kann aber niemals Euch beide erwischen!« fügte Grongar hilfsbereit hinzu.

Das reichte. Sie verloren die Nerven und rannten so schnell sie konnten, und der Hund hopste hinter seinen neuen Spielgefährten her. Grongar lief zur Tür und klopfte. Ifryn öffnete sofort.

»Jetzt ist Eure Chance«, keuchte er. »Kommt.«

Die vier traten heraus und warfen nervöse Blicke zum Ende des Korridors, von wo aus Bellen, Schreien und Fluchen zu hören war.

»Hai hat sie jetzt sicher weit genug gescheucht. Gehen wir.«

Sie folgten ihm im Laufschritt. An der Abzweigung lugte Grongar um die Ecke und lauschte.

»In dieser Richtung ist die Luft rein. Ihr seid jetzt auf Euch allein gestellt. Ich muß meine Hunde holen.«

»Vielen Dank«, sagte Ifryn.

Während der Barbar weiterlief, nahmen sie die andere Richtung und eilten über den verlassenen Flur. Es dauerte nicht lange, bis sie den Hof hinter sich und das Staatsviertel erreicht hatten. Niemand achtete auf die Gruppe, und die beiden Frauen, jede mit einem Kind an der Hand, gingen ruhig durch eines der Westtore ins Ringviertel. Jetzt wußte Ifryn zumindest, wohin sie gingen – wenn sie nur den richtigen Weg fand. Sie wußte, daß Baylins Haus irgendwo in diesem Viertel lag, und obwohl sie ahnte, daß sie dort nicht lange bleiben konnten, war es doch zumindest ein vorübergehender Zufluchtsort. Und weiter als bis zu ihrem ersten Ziel hatte sie noch nicht denken können. Es war schon wie ein Wunder für sie, überhaupt so weit gekommen zu sein.

Eine Weile wanderten sie unschlüssig umher und wurden immer nervöser. Die Beschreibung des Reisenden paßte irgendwie nicht mit der Wirklichkeit zusammen. Schließlich gelang es Delmege, das Rätsel zu lösen, indem sie einfach zu einem Straßenverkäufer lief, ihn mit ihren großen braunen Augen anstarrte und fragte, wo Master Baylin Parr wohnte. Der Mann kniete sich nieder, erklärte seiner charmanten kleinen Besucherin den Weg – und schenkte ihr eine Pastete. Stolz lief Delmege zu ihrer Mutter und sagte ihr, wie sie gehen mußten, und großzügig teilte sie die Pastete mit ihrer Schwester.

Die ganze Zeit waren sie ihrem Ziel ganz nahe gewesen, und schon bald erkannte Ifryn den Straßennamen, und sie kamen zu dem bescheidenen Reihenhaus des Reisenden. Die Tür wurde von einer großen Frau mittleren Alters geöffnet, die die Besucher mit kurzsichtigen Augen ansah und alle hineinführte und erfreut über die Kinder mit der Zunge schnalzte.

»Der Herr liegt noch im Bett. Er war gestern abend lange aus«, erzählte die Frau ihnen nachsichtig. »Ich werde ihn wecken. Wen soll ich melden?«

Ifryn, die die untere Hälfte ihres Gesichts mit einem seidenen Schal bedeckt hatte, als sie auf der Straße waren, ließ den Schleier nun fallen, und ihre Gastgeberin starrte sie ratlos an, sie hatte das Gefühl, das Gesicht zu kennen, wußte aber nicht, wo sie es einordnen sollte.

»Witwe Mehtar«, erwiderte Ifryn. Dieses Wort war in der Sprache des Ostens das Wort für »Herrscher«. »Und ihre Kinder aus Idiron. Wir haben Baylin dort vor ein paar Monaten kennengelernt.«

»Willkommen, willkommen. Er wird bald herunterkommen.«

Die Frau eilte geschäftig davon, und während die vier Flüchtlinge in dem kleinen Empfangszimmer warteten, wurde Ifryn vom Ausmaß ihrer Tat überwältigt. Die Angst ihrer Töchter hingegen war inzwischen der Abenteuerlust gewichen.

»Mama, wer war der Mann mit den Hunden?« fragte Vrila.

»Er war lustig«, fügte Delmege hinzu.

»Er ist ein Freund«, lächelte Ifryn. Sie hoffte, daß Grongar keine Schwierigkeiten bekommen würde. Er und Corton hatten um ihretwillen viel riskiert, und sie fragte sich, womit sie ihre Loyalität verdient hatte.

Sie drehten sich um, als sie Schritte hörten, die immer drei Stufen auf einmal die Treppe hinuntersprangen. In der Tür erschien Baylin in einem zerknitterten Gewand, das Haar zerzaust und die Augen noch schläfrig.

»Meine Lady!« rief er aus. »*Das* ist aber eine Überraschung.«

Eine Stunde später machte sich die Gruppe wieder auf den Weg, und diesmal waren es fünf. Die vier Damen des Hofes hatten sich umgezogen, und ihre Gesichter waren zum Teil verdeckt, als sie in die freie Welt des Ebenen Viertels hinaustraten. Ifryn, die ihren Arm bei Baylin eingehängt hatte, konnte sich nicht erinnern, wann sie das letzte Mal außerhalb der inneren Stadtmauern gewesen war.

»Nun, das Ganze hat auch sein Gutes«, bemerkte sie leise. »Zumindest könnt Ihr und Kerrell mich nicht von Sachen fernhalten, die Ihr für zu gefährlich haltet.«

Baylin besaß den Anstand, beschämt dreinzuschauen, doch dann lächelte er.

»Die Umstände haben sich geändert«, gab er zu.

»Wohin gehen wir, Mama?« fragte Vrila hinter ihr.

»Wir sind bald da. Dann siehst du es.«

»Mein Kleid sitzt nicht richtig«, beschwerte sich Delmege.

»Ich richte es dir später«, versprach Doneta.

Keine von ihnen hatte eine Ahnung, woher ihre Kleider stammten oder warum sie überhaupt in Baylins Haus zu finden waren, und Ifryn hatte nicht die Absicht zu fragen. Der Reisende führte sie zielsicher weiter, während sie sich neugierig umsahen. Es war eine ganz neue Welt für die Mädchen, und sie wiesen einander voller Freude auf die verschiedensten Dinge hin und legten ein ungesundes Interesse für die eher erbärmlichen Seiten des Lebens in Xantium an den Tag.

»Wohin gehen wir?« fragte Ifryn leise.

»Zu einem Gasthaus«, erwiderte er. »Es ist ein recht zweifelhaftes Haus, doch da in wenigen Tagen das Große Turnier stattfindet, sind die besseren Häusern fast völlig belegt.«

»Und dort wird man wahrscheinlich auch eher nicht nach uns suchen?«

»Genau. Ich werde alles tun, damit Euer Aufenthalt dort so angenehm und kurz wie möglich wird.«

Einige Zeit später, als die Mädchen sich allmählich beklagten, daß sie so weit laufen mußten, wies Baylin auf eine Taverne.

»*Die Schweigende Frau*«, las Ifryn laut vor. »Ich hoffe, das soll keine Anspielung sein.«

Später an diesem Tag traf sich eine Gruppe verrufen aussehender Männer in einem anderen Wirtshaus, um in verschwörerischem Ton ihre Pläne zu besprechen.

»Dann also morgen, bei Sonnenaufgang«, bestätigte Martyn. »Ihr wißt alle, was ihr zu tun habt?«

Zustimmendes Nicken aller am Tisch.

»Bis dann also«, schloß Martyn.

Bis auf einen standen alle seine Gefährten auf und gingen ihrer Wege.

»Und diesmal«, fügte der *Soldat* im Flüsterton hinzu, »bekommen wir nicht nur Bowen frei. Wenn wir können, stellen wir das ganze Ministerium auf den Kopf.«

»Wollt Ihr wirklich, daß viele wütende Leute die Straßen von Xantium durchkämmen?« fragte Sagar.

»Ja. Sie passen genau hierher«, erwiderte Martyn. »Ganz besonders jetzt. Die ganze Stadt ist voller Verrückter, die auf das Große Turnier warten.« Er hielt inne. »Und wir werden auch Verkhos Experimente beenden, wenn wir können. Welchen Zweck sie auch haben, sie sind mit Sicherheit abscheulich.«

»Werden neun von uns dafür ausreichen?«

»Ihr habt diese Burschen noch nicht bei der Arbeit gesehen«, grinste Martyn. »Gegen sie wirke ich wie ein zahmes Kaninchen.«

Kapitel neununddreißig

Der Blitz schlägt ein. Welcher Fluch lenkt seinen Weg? Welche Verwünschung gestattet dem Feuer, sich umzukehren, so daß weiße Asche zu glühender Kohle wird, glühende Kohle zu dunklem Holz?

Ich kann die Struktur dieser Flammen nicht erkennen.

Nach einer weiteren nervenaufreibenden Nacht im Ministerium war Harios froh, als der Morgen graute. Doch das Gefühl hielt nicht lange an.

Zunächst hielt er es für falschen Alarm. Eine seiner neuesten Errungenschaften war eine Reihe von ausgeklügelten Geräten, mit denen er den Zentralkomplex anläuten und die Wachen vor Eindringlingen warnen konnte. Einige dieser Geräte waren mechanisch, anderen hingen von den speziellen Talenten seiner Helfer ab. Leider war von seinen eigenen Männern einige Male Alarm ausgelöst worden, bevor sie sich an das System gewöhnt hatten – doch jetzt gingen alle Geräte ohne Vorwarnung auf einmal los. Glocken läuteten, Schreie hallten durch die Flure, Metallbarrieren fielen rasselnd zu Boden, Fackeln flackerten auf, eine schrille Kakophonie von allen Seiten gleichzeitig.

Schon bald war klar, daß mehrere Eindringlinge in dem darauffolgenden Inferno getötet oder gefangengenommen worden waren, während andere zum Rückzug gezwungen wurden, doch einige von ihnen waren tatsächlich ins Innere des Komplexes vorgedrungen – und waren offenbar wild entschlossen, so viel Chaos wie möglich anzurichten. Sie legten Feuer, öffneten Zellentüren, und viele der Talentierten liefen Amok. Letztlich wurden alle Eindringlinge entweder getötet oder konnten entkommen, was Harios sehr bedauerte. Gerne hätte er einige von ihnen befragt, denn der Angriff war eindeutig geplant gewesen – doch zumindest hatte er die Wirksamkeit seiner Vorkehrungen bewiesen.

Harios überließ es seinen Untergebenen, das Durcheinander zu beseitigen und die Ordnung wiederherzustellen und eilte in sein Zimmer, um einen Bericht zu verfassen.

»Götter, welch ein Trümmerfeld«, keuchte Sagar.

Er und Martyn hatten sich im Ebenen Viertel getroffen. Keiner von beiden hatte eine Ahnung, was mit ihren Gefährten geschehen war, und so mußten sie warten, bis andere Überlebende mit ihnen in Kontakt traten.

»Was ist passiert?« fragte sich Sagar laut.

»Sie waren auf uns vorbereitet«, preßte Martyn zwischen zusammengebissenen Zähnen hervor. Er blutete aus einer klaffenden Wunde am Arm. Auch sein Schwert, das jetzt unter seinem Umhang verborgen war, hatte vor dem Rückzug Blut geschmeckt. »Euer verdammter Bruder ist der Grund für das alles. Hätte er sich nicht so auffällig zur Schau gestellt und sich wieder festnehmen lassen ...«

»Er ist immer noch gefangen!« explodierte Sagar. »Ist das nicht Strafe genug?«

Martyn knurrte.

»Hoffen wir es. Einige der Talentierten müssen in dem Durcheinander getötet worden sein. Da wir sie überrumpelt haben, waren die Wachen bestimmt nicht wählerisch bei ihrer Verteidigung.«

Sagar sagte nichts.

»Zumindest haben wir ihre Arbeit dort unten zerstört«, schloß Martyn und wirkte ein wenig befriedigt. »Der Gedanke an all die Leute, die ihre Kräfte für Verkho benutzen, widert mich an.«

Der Kanzler starrte ungläubig den Talisman an. War das ein Trick? Er studierte erst seit einem Tag und einer Nacht die Inschrift und hatte noch lange nicht mit Erfolg gerechnet.

Doch jetzt schien er ihm auf einem Silbertablett serviert zu werden.

Er hatte die Störung unter den Talentierten gespürt und gemerkt, wie die Schutzmauer um sein Arbeitszimmer einige Minuten lang gefallen war, sich dann jedoch ohne sein Zutun stärker als zuvor neu geformt hatte. Doch da war noch etwas gewesen, etwas Geheimnisvolles, als habe eine sonderbare Macht ihre Wirksamkeit für einen Augenblick umgekehrt, bevor sie wieder normal arbeitete. Und in diesem flüchtigen Augenblick hatten sich die Worte auf dem Metallschild des Talismans verändert und zeigten sich ihm in der allgemeinen Handelssprache, die er ohne Probleme lesen konnte. Die Markierungen waren jetzt wieder unverständlich, doch ihre unerklärliche Übersetzung war in Verkhos Gedächtnis eingebrannt.

Ich bin Euer Diener.
Bittet mich um eine Erfrischung.
Drei Kelche. Zweimal Wein. Einmal Gift.
Laßt nur das Gift oder Euer Leben.

Der Kanzler hatte keine Ahnung, was das bedeuten sollte, doch er wußte, er würde die Lösung bald finden. Und er wußte ebenfalls, daß es wichtig war zu verstehen, was passiert war. War es möglich, daß die Götter ihm halfen, daß sie selbst seinen Erfolg wollten? Oder hatte irgend etwas – oder jemand – versucht, ihn von der Lösung des Rätsels abzuhalten, und irgendein psychischer Zwang hatte diese Behinderung für einen Augenblick in Hilfe umgewandelt? Wie konnte so etwas nur passiert sein? Verkho entschied, daß er zu dieser Frage am besten Harios befragte, und er war entschlossen, den

Beamten um einen Bericht zu bitten, sobald er dieses letzte Rätsel gelöst hatte.

Oder war dies das Rätsel? Vielleicht mußte es auch übersetzt werden. Einer Eingebung folgend wandte sich Verkho wieder dem Talisman zu.

»Bring mir eine Erfrischung«, befahl er.

Augenblicklich schwebte ein funkelndes Schimmern über seinen Schreibtisch und mit einem Geräusch, als schlügen zwei Schwertklingen gegeneinander, erschienen drei identische silberne Kelche.

Aha, dachte der Kanzler. *Das ist also das Spiel und der Einsatz.* Er wußte, seine Erfolgschancen waren gering. Gegen das Gift der Götter gab es keine Immunität.

Vorsichtig streckte er eine Hand aus und berührte einen der Pokale. Das Metall war kalt und echt, keine Illusion. Von zweien mußte er trinken. Welchen sollte er nehmen? Und hatte er dazu wirklich die Nerven? Er beugte sich vor und erschnüffelte von jedem Kelch das Bouquet, doch alle drei hatten dasselbe verlockende Aroma, und alle drei zeigten dasselbe tiefe Rot. Er konnte nichts Ungewöhnliches spüren – noch ein Beweis, daß seine Kräfte gegen dieses Gift wirkungslos waren. Nur das Glück konnte sein Schicksal entscheiden.

Welche Ironie, grübelte er. *Meine eigenen Methoden gegen mich gewandt.* Plötzlich kam ihm in den Sinn, daß die Kaiserin vielleicht schon an dem vergifteten Wein gestorben war oder gerade im Sterben lag, und er lächelte trotz seiner Angst.

Ganz plötzlich nahm er einen der Kelche hoch, warf den Kopf zurück und leerte den Inhalt mit einem langen Zug. Er wartete und fühlte nur das warme Glühen des Alkohols, schmeckte nur das Vermächtnis des Rebstocks. Verkho atmete tief durch und stellte den Kelch wieder hin. *Noch einer.* Sein Blick glitt von einem zum anderen. *Welcher sollte es sein?*

Er traf seine Wahl und trank. Wieder war es nur Wein. Der Kanzler lachte laut und stand auf, während die

Pokale verschwanden und der Talisman eine weitere Hülle preisgab. Jetzt war nur noch ein sehr dünner Film übrig, und darunter lag noch eine einzige Inschrift. Er hatte es fast geschafft!

Überdies fühlte er sich absolut wundervoll. Dieses Mal wurde seine Hochstimmung nicht durch Schmerzen oder Müdigkeit verdorben. Er war müde – wie jeder Mann seines neu erworbenen Alters es nach einer solchen Anstrengung wäre –, doch sein Geist war wieder jung.

Das Schicksal hatte gesprochen. Und die Worte der Prophezeiung waren ganz nach dem Geschmack des Kanzlers.

Bis zum Abend hatte Verkho alles, was er über die neuesten Ereignisse wissen mußte, erfahren. Ifryns Verschwinden beunruhigte ihn nicht. Azari war immer noch in Southans Obhut, und auf diese beiden kam es ihm an. Ein langes Gespräch mit Harios hatte viel Interessantes zutage gebracht, einschließlich der von den Angreifern verursachten Störungen, doch nichts erklärte den erstaunlichen Umschwung seines Glücks. Vielleicht war es nur ein einmaliger Glücksfall gewesen, einer, der sich nicht so schnell wiederholen würde.

Xantium und das Kaiserreich standen ganz eindeutig kurz vor einem Wendepunkt. Es konnte nicht mehr lange dauern, bis er zu Gewalttätigkeiten kam. Doch er mußte alles noch ein paar Tage zusammenhalten – und dann wäre es gleichgültig. Dann läge der Talisman in seinen Händen.

Am selben Abend besuchte Baylin Ifryn und die Kinder. Sie waren den ganzen Tag im Zimmer geblieben, und die Untätigkeit zerrte an den Nerven der Kaiserin. Sie war sehr froh, ihn zu sehen.

»Azari?« fragte sie sofort.

»Im Augenblick ist er in Southans Gemächern sicher«, sagte der Reisende, »aber er ist offensichtlich Teil von Verkhos Plänen.«

»Ich muß ihn zurückhaben.«

»Ich weiß. Irgendwie wird uns das auch gelingen. Der Kanzler hat sich wieder eingeschlossen, und wenn man den Gerüchten glauben darf, erholt er sich noch, doch er wird sich nicht lange still verhalten.«

»Und deshalb müssen wir schnell handeln«, drängte Ifryn. »Alle, die gegen ihn sind, müssen sich ihm nun gemeinsam widersetzen.«

»Dem stimme ich zu, aber Kerrell ...«

»Kerrell wird das schon begreifen. Das muß er einfach.« Baylin senkte den Blick ob der Leidenschaft in ihrer Stimme, doch die Kaiserin fuhr unerbittlich fort. »Arrangiert ein Treffen. Hier, wenn Ihr wollt. Morgen. Ihr, Kerrell, der *Soldat*, sogar Grongar und Corton, wenn Ihr es für nötig haltet. Ich bin sicher, sie sind unsere Freunde. Und Alasia. Sie weiß mehr als alle anderen. Falls wir eine Chance zur Zusammenarbeit haben, dann müssen wir uns zuerst treffen und darüber reden.«

»Ich versuche es«, versprach Baylin, doch er klang nicht sehr hoffnungsvoll.

»Wie laufen die Anwerbungen? Wir werden eine starke Truppe benötigen, falls wir Azari mit Gewalt befreien müssen.«

»Da sind noch ein paar Leute, mit denen ich reden muß«, sagte er vorsichtig. »Wir werden ein ziemlich bunt zusammengewürfelter Haufen sein.«

Bald darauf ging der Reisende wieder, und Ifryn seufzte hilflos.

»Wenn ich doch nur irgend etwas *tun* könnte!«

»Aber Ihr tut doch was«, sagte Doneta.

Die Kaiserin blickte sie fragend an.

»Ihr bringt Männer dazu, zu tun, was Ihr wollt«, erklärte das Mädchen. »Das ist immer gut.«

Das von Ifryn geforderte Treffen fand zwei Tage später statt. Es war für Mittag angesetzt, im Erdgeschoß eines Privathauses in der Nähe der *Schweigenden Frau.* Ifryn begleitete Baylin und überließ die Kinder Donetas Obhut. Ihr war versichert worden, daß einige der Freunde des Reisenden sie bewachen würden.

Als die Kaiserin eintraf, waren die anderen schon da. Sie saßen schweigend um einen groben Holztisch und beäugten einander argwöhnisch. Außer einem standen alle auf, als Ifryn eintrat, und auch dieser erhob sich widerwillig kurz danach.

»Meine Lady, das hier ist Martyn«, sagte Baylin. »Auch bekannt als der *Soldat*. Und sein Gefährte, Sagar.«

»Schön, daß wir uns treffen, meine Herren«, sagte sie. »Bitte, setzt Euch.« Sie sah zu Kerrell, doch er wich ihrem Blick aus, und sie wußte, jetzt war nicht die richtige Zeit für persönliche Gefühle. Ifryn wußte bereits, daß Baylin Alasia nicht gefunden hatte. Sie war enttäuscht, doch alle anderen waren da, und selbst diese Versammlung von Verbündeten hätte sie sich noch vor wenigen Tagen nicht in ihren kühnsten Träumen vorzustellen gewagt. *Ich mache das hier wohl richtig,* dachte sie bei sich. Laut sagte sie: »Wir haben viel zu besprechen.«

Am späten Nachmittag kehrte Ifryn zu den Kindern und Doneta zurück; sie war müde, aber einigermaßen zufrieden.

»Wie war es?« fragte das Mädchen.

»Recht gut. Aber für meinen Geschmack geht das alles nicht schnell genug.« Sie beschrieb die Versammlung in allen Einzelheiten. Die Teilnehmer hatten sich alle als ziemlich unterschiedlich erwiesen, und manchmal war die Diskussion recht erbittert geführt worden. Besonders Kerrell und Martyn waren mehrere Male aneinandergeraten, und es war eindeutig, daß nur ihr unsterblicher Haß auf Verkho sie dazu brachte, über eine Zusammenarbeit auch nur nachzudenken. Die Berichte von Sagar und dem *Soldaten* über das Ministerium waren dabei nur Teil einer komplizierten Gleichung. Selbst die einzelnen Ziele innerhalb der Gruppe waren unterschiedlich. Ifryns erste Sorge galt Azari, Sagar wollte seinen Bruder retten, Kerrell wollte seinen Namen reinwaschen und das Reich vor dem Untergang bewahren, während Martyn nur den einen Wunsch hatte: Verkho zu töten – und, wenn möglich, das Reich in den Staub zu zwingen. Corton und Grongar waren nicht so engagiert, da sie keine speziellen eigennützigen Zwecke verfolgten. Doch ihre Kenntnis des kaiserlichen Hofes konnte sich zur gegebenen Zeit noch als nützlich erweisen, ganz besonders, falls Grongars Hunde vorteilhaft eingesetzt werden konnten. Alle Anwesenden waren auf die eine oder andere Weise Flüchtlinge in ihrer eigenen Stadt.

Angesichts der vielen Probleme war es Baylins ruhiger Gelassenheit und Ifryns entschlossener Leidenschaft zu verdanken, daß man überhaupt zu einer Übereinkunft gekommen war.

Sehr viel später, als Ifryns Töchter bereits schliefen, betrachtete sie die Verwundung in Donetas Gesicht und seufzte.

»Wißt Ihr, es ist wahrscheinlich sogar gut, daß ich kein Mann bin«, sagte die Kaiserin. »Sonst hätte ich inzwischen vermutlich ein paar Leute umgebracht.«

»Frauen haben da ihre eigenen Möglichkeiten«, erwiderte Doneta. »Wir verlassen uns bloß nicht auf brutale Stärke. Falls jemand getötet werden muß, scheuen auch wir uns nicht, unseren Teil dazu beizutragen.«

In jener Nacht, in der trostlosen Zeit kurz vor dem ersten Morgengrauen, übersetzte Verkho das letzte Rätsel. Er wußte nicht, ob sein plötzlicher Erfolg an seiner wiedergewonnen Vitalität lag, an der List des Schicksals oder an irgendwelchen äußeren Einflüssen, und es war ihm auch gleichgültig. Bislang hatte er es überlebt, und jetzt war er nur noch einen Schritt vom Sieg entfernt. Leider war es ein Schritt, den er vielleicht gar nicht machen würde.

Die letzte Inschrift war passenderweise in der alten Sprache des Xantischen Reiches verfaßt. Obwohl sie zahllose Jahrhunderte alt war, hatte sie lange als Sprache religiöser Vorschriften überlebt. Selbst heute noch versahen einige Fanatiker Grabsteine mit dieser archaischen Schrift, in der Hoffnung, die Götter würden einen ihrer begeisterten Anhänger erkennen und bevorzugen. Dennoch hatte es lange gedauert, bis Verkho die Sprache erkannt hatte. Die eingeritzten Buchstaben waren winzig und reichhaltig mit zahllosen unnötigen Schnörkeln und Verzierungen versehen. Als er sie jedoch erst einmal sauber abgeschrieben hatte, war eine Übersetzung problemlos möglich gewesen. Dieses Mal war es überhaupt kein Rätsel, sondern eher eine Reihe von Anweisungen, die wie ein Gebet formuliert waren.

»Meyu gebietet, daß Ihr jegliche ungebührliche
Gunst ablegt,
Wie es die Götter taten, so sollt auch Ihr es tun.
Wessen Ihr entsagt, das sollt Ihr auf ewig verlieren.
Gar gebietet, daß Ihr zum Spieler werdet, der
Einsatz allen
bekannt ist, und Euer Gegner freiwillig das
Spiel beginnt.
Wie es die Götter taten, so sollt auch Ihr es tun.
Was Ihr gewinnt, müßt Ihr dem Tod zuführen.
Einen letzten Trank erbitte ich sodann, geschöpft
aus dem Herzblut jener Frau.
Was Ihr begehrt, soll Euer sein.«

Wie Verkho diese Worte auch las, sie bedeuteten immer dasselbe. Die Legende von Meyu und Gar, zwei Göttern des alten Pantheon, die auf ihre göttlichen Fähigkeiten verzichtet hatten, um sich in ihrem letzten Kampf allein auf das Glück zu verlassen, war allgemein bekannt. Verkho würde das ebenfalls tun müssen, und das bedeutete, daß er nie wieder seine telekinetischen Fähigkeiten benutzen konnte. Dann mußte er in einem fairen Wettstreit eine Frau besiegen, eine Frau, die wußte, daß ihr Leben auf dem Spiel stand und die sich dennoch freiwillig meldete. Wenn er gewonnen hatte, würde er im Tausch gegen den Talisman ihr verwirktes Blut vergießen.

Der Kanzler hatte keine Skrupel, wenn es um Mord ging, und es machte ihm auch nichts aus, sein Talent preiszugeben, doch wo sollte er eine Frau finden, die ihr Leben aufs Spiel setzte – und noch dazu freiwillig? Unter diesen Umständen würde sein Ruf ihm eher schaden. Alle wußten, daß der Kanzler nicht verlieren konnte. Selbst wenn er öffentlich auf den Gebrauch seines Talents verzichtete, wer würde ihm schon glauben? Der Gedanke, daß all seine Bemühungen und Opfer vielleicht umsonst gewesen sein könnten, ärgerte ihn, ganz besonders, weil es nicht daran lag, daß er einen Fehler gemacht hatte, sondern an seinen besonderen Fähigkeiten! Es kam ihm fast so vor, als hätte der Schöpfer des Talismans gewußt, wer versuchen würde, ihn aus seinem Schutzschild zu befreien.

Doch hatte er eine andere Wahl, als es einfach zu versuchen? Verkho nahm einen Stift zur Hand und setzte eine Proklamation auf. Als er damit zufrieden war, ließ er einen Diener mit trüben Augen kommen und wies ihn an, die Proklamation noch an diesem Morgen zu verteilen und in der ganzen Stadt verlesen zu lassen.

Zumindest, dachte Verkho, *habe ich einen guten Zeitpunkt gewählt. In zwei Tagen beginnt das Große Turnier.*

Falls es im Kaiserreich einen Spieler gab, der verrückt genug war, diese Herausforderung anzunehmen, dann standen die Chancen, daß er sich zur Zeit in Xantium aufhielt, sehr gut.

Kapitel vierzig

Werden alle Dinge an einem Stapel Münzen bemessen – oder an Versprechen? Es gibt soviel, was nicht in dieser Einheit berechnet werden kann. Darf ich mit dem Schicksal feilschen oder um den Preis einer Prophezeiung schachern?

»Ihr braucht einen Fremdenführer, Herr?«

Dsordas sah auf den Mann hinunter. Sein locker sitzendes Gewand war schmutzig, in einem Ohrläppchen trug er einen Ohrring. Seine Augen waren von hellem Blau und funkelten wie bei einem Mann, der das Leben genießt. Während er sprach, ergriff er mit überraschend langen und zarten Fingern einen Zügel des Pferdes.

»Ich glaube nicht«, sagte Dsordas kalt, dem die Art des Mannes mißfiel.

»Ohne mich werdet Ihr kein Zimmer finden«, prophezeite ihm der Mann und ließ den Zügel nicht los. »Die Nacht steht bevor. Ihr wollt doch sicher nicht, daß diese hübschen Damen im Freien übernachten müssen.«

Dsordas zögerte. Sie waren soeben durch das gewaltige Südwesttor geritten, und nach der weiten Ödnis der Deadlands erschien ihnen Xantium chaotisch und beängstigend. In den Straßen drängten sich die Menschen, Lärm und Gestank überwältigten die Neuankömmlinge.

»Macht schon! Beiseite!« erklang hinter ihnen eine gereizte Stimme. »Ihr steht im Weg.«

Dsordas stieg vom Pferd und führte es an die Straßenseite. Die anderen taten es ihm nach. Ihr Möchtegernführer wich ihnen nicht von den Fersen.

»Kommt«, redete er ihnen gut zu. »Ich zeige es Euch. Mein Name ist Acevedo. Ich habe viele Freunde, und ich kann sogar während des Großen Turniers Zimmer für

Euch finden. Gute Zimmer, und das zu fairen Preisen. Einige Gastwirte berechnen Preise, die viermal höher liegen als zu normalen Zeiten.« Er spuckte theatralisch aus, als wolle er seiner Empörung über derartigen Wucher Ausdruck verleihen.

Dsordas konnte nicht anders, er mußte lächeln. Sein Instinkt sagte ihm, er solle den beharrlichen Fremdenführer zum Teufel jagen, doch sie waren alle müde und konnten vielleicht tatsächlich ein wenig Hilfe brauchen.

»Um zu beweisen, daß ich es ehrlich meine«, fuhr Acevedo hartnäckig fort, »nehme ich keine Bezahlung an, bis wir Zimmer finden, die Euch zusagen. Ihr vertraut mir. Ich vertraue Euch, ja? Abgemacht?«

Dsordas dachte zwar, daß er ihm nicht weiter trauen würde, als er einen Stein werfen konnte, doch ihm wurde klar, daß Acevedo zwar anrüchig wirkte, sie ihn aber vermutlich brauchten. Dsordas wandte sich um Rat an die anderen, doch sie zuckten mit den Achseln, und nur Aad nickte leicht.

»Eure Gebühr, falls es Euch gelingt?«

»Es wird mir gelingen, Herr, habt keine Angst. Ich bin der beste Führer in Xantium – und der billigste. Für Euch ...« Er hatte die Gruppe, ihre Kleider und Pferde bereits geschätzt und ihren Reichtum überschlagen. »Für Euch nur fünf Imperial.« Er legte Dsordas kumpelhaft eine Hand auf die Schilder.

Der Inselbewohner lachte spöttisch und sah, daß Aad einen Finger ausstreckte.

»Ich gebe Euch einen halben Imperial«, sagte er, denn er war sicher, daß der Gastwirt Acevedo ebenfalls bezahlen würde – und den Reisenden einen Preis in Rechnung stellen würde, der ohne Zweifel heftig überzogen war.

Der Führer wirkte tödlich beleidigt.

»Bitte, beleidigt mich nicht. Vier.«

»Es gibt auch noch andere Führer, wißt Ihr«, machte Dsordas ihn aufmerksam.

»Pah. Dann nehmt einen von denen. Dann werdet Ihr

ein Vermögen für eine rattenverseuchte Bruchbude bezahlen.« Acevedo tat so, als wolle er gehen, doch er drehte sich noch mal um und ergriff erneut den Zügel. »Mein Freund hat auch Ställe«, sagte er. »Dreieinhalb.«

Nach einer Weile einigten sie sich auf anderthalb Imperial, und als der Handel beschlossen war, änderte sich das Verhalten des Führers schlagartig. Er war nicht mehr so aggressiv, redete aber eifrig weiter und sparte nicht mit Lob über die Taverne, zu der er sie führte, zeigte ihnen auf dem Weg dorthin interessante Sehenswürdigkeiten und riet ihnen, welche Straßen sie meiden sollten. Er plapperte über eine ganze Reihe von Leuten, die an dem Großen Turnier teilnahmen – das dieses Jahr anscheinend größer war als je zuvor.

Er führte sie über eine breite Durchgangsstraße zu einem kleinen Platz. In seiner Mitte stand eine Statue aus weißem Stein, beleuchtet von einem Kreis aus Fackeln.

»Wer ist das?« fragte Fen.

»Kaiserin Ifryn«, erwiderte Acevedo. Er klang überrascht, daß sie das nicht wußten. »Seht Ihr die Inschrift im Sockel?« Die eingemeißelten Worte waren in der alten Imperialen Sprache, und Fen verstand kein Wort, doch sie gab ihre Unwissenheit nicht gerne zu.

»Sie ist sehr schön«, bemerkte sie.

»Natürlich. Wenn Ihr Bildhauerin wärt, würdet Ihr schon dafür sorgen, daß die Kaiserin gut aussieht«, antwortete ihr Führer zynisch. »Macht sie häßlich, und Ihr kriegt keine Aufträge mehr – falls es Euch gelänge, Euren Kopf zu behalten.«

»Ich habe gehört, daß Ifryn tatsächlich eine Schönheit ist«, sagte Aad.

Acevedo zuckte nichtssagend mit den Achseln.

»So heißt es. Hier unten im Ebenen Viertel kriegen wir nicht viel von ihr zu sehen.«

»Wo leben die Geiseln aus den anderen Ländern?« fragte Dsordas. Er ging neben seinem beflissenen Berater, während die anderen noch zu Pferde saßen.

»Sind Freunde von Euch dort?« fragte Acevedo vorsichtig.

»Nein. Reine Neugier.«

»Ihr würdet niemals in ihre Nähe kommen«, erklärte der Führer. »Sie sind alle in einer Enklave im Staatsviertel eingesperrt, oben auf dem Hügel. Niemand bekommt sie zu Gesicht, es sei denn, man hat Freunde bei Hofe oder furchtbar viel Geld.«

»Geld?«

»Wenn Ihr genug habt, kommt Ihr damit überall hin. Xantium wird auf allen Ebenen von Beamten regiert – und jeder hat seinen Preis. Aber um Eindruck zu schinden, müßtet Ihr ein Vermögen besitzen – und selbst dann würdet Ihr vielleicht für Versprechen zahlen, die nicht eingehalten würden.«

»Ich kann mir Besseres vorstellen, um mein Geld auszugeben«, bemerkte Dsordas. Dieses Gespräch war ihm nun weit genug gegangen.

»Ich auch«, stimmte Acevedo lachend zu. »Und falls Ihr das Glück habt, ein Vermögen in einer der Würfelhallen zu gewinnen, laßt es mich wissen. Ich kann Euch besorgen, was Ihr wollt.« Er zwinkerte vertraulich.

»Kennt Ihr eine Dame namens Alasia?« fragte Dsordas plötzlich.

»Alasia?« Ihr Führer blickte neugierig zu dem blinden Mädchen. »Nein. Nie gehört.« Zu Dsordas gewandt flüsterte er: »Hat sie Talent?«

»Nichts, was über einen scharfen Verstand und gutes Aussehen hinausginge«, antwortete der Inselbewohner und versuchte, nicht überrascht zu wirken.

Acevedo nickte nachdenklich.

»Es gibt da ein paar«, sagte er, »die sind blind wie sie und behaupten, den Fall der Würfel vorhersagen zu können.«

»Ein nützlicher Trick.«

»Ja, wirklich – falls man es unbemerkt kann. Die Würfelhallen lassen solche Leute nicht gerne rein.«

Inzwischen waren sie in eine kleinere, aber immer noch breite Straße gelangt, die wie alle anderen voller Menschen war. Fen fühlte sich von der Stadt allmählich ganz überwältigt. Xantium war so laut, so unbarmherzig, so *groß*. Zum ersten Mal, seit die Zalys verlassen hatten, wurde sie ganz plötzlich von heftigem Heimweh gepackt. Ihre Erinnerungen an die Insel kamen ihr in diesem Augenblick so süß vor: das blaue Meer, die heitere Gelassenheit der Berge und das friedliche Landleben, die anheimelnden Gebäude von Nkosa und natürlich ihre Familie und Freunde. Doch es war nichts mehr so wie früher, ermahnte sie sich bitter. Dafür hatten die Kreischer gesorgt. Fen schob ihren Tagtraum mit aller Macht beiseite und konzentrierte sich auf das Leben um sich herum. Eine Bekanntmachung, die an einen Pfosten in der Mitte einer Kreuzung angeschlagen war, erregte ihre Aufmerksamkeit. Sie war überschrieben mit »Aufruf.«

»Was ist das?« fragte sie.

»Das? Der alte Verkho ist nun doch verrückt geworden, wenn Ihr mich fragt.«

»Verkho?« Dsordas blieb vor dem Anschlag stehen.

»Verkho. Der Kanzler«, antwortete der Führer, und sein Tonfall schien zu fragen: *Wißt Ihr denn überhaupt nichts*?

Fen stieg vom Pferd und trat an Dsordas' Seite, und schweigend lasen beide den Text.

»Selbst für das Große Turnier ist das verrückt«, erklärte Acevedo. »Hat ziemlich für Unruhe gesorgt, als es gestern aufgehängt wurde. Die Leute reden immer noch darüber«, fügte er mit der Überlegenheit eines Mannes hinzu, der das Thema nicht weiter für erwähnenswert hielt.

»Um das Leben einer Frau spielen?« flüsterte Fen. »Das ist ja krank.«

»Und was soll das heißen: ›einzige Chance, den Fall der Würfel zu bestimmen‹?« fragte Dsordas.

»Wißt Ihr das nicht? Verkho hat viele Talente, und

eines davon befähigt ihn, die Würfel so fallen zu lassen, wie er es will.«

»Aber nicht bei diesem Spiel?« Fen war verwirrt.

»Das sagt er jedenfalls, aber das glaubt ihm niemand.«

»Und man kann selbst den Gewinn bestimmen«, fuhr Dsordas fort. »›Alles ist gestattet, was in der Macht des Xantischen Reiches liegt.‹ Er muß wirklich verzweifelt sein.«

»Viele werden die Wette nicht annehmen«, sagte Acevedo zuversichtlich voraus. »Die meisten Leute sind während des Turniers ein bißchen verrückt, aber niemand ist *so* dumm. Das wäre Selbstmord. Ich weiß nicht, warum Verkho sich überhaupt die Mühe macht.«

Jetzt hatten die Reisenden einen weiteren Grund anzunehmen, daß sie sich an einem völlig unbekannten Ort befanden. Daß irgend jemand, noch dazu eine offenbar so wichtige Person, um einen solchen Preis spielen wollte, nur um des Spiels willen – welchen Grund hätte es sonst dafür geben können? –, machte ihnen deutlich, wie korrupt und dekadent das Xantische Reich war.

Acevedo führte sie weiter, und als sie in die erste von mehreren kleinen Gassen einbogen, wußten sie allmählich zu schätzen, daß sie einen guten Führer hatten. In diesem Irrgarten hätten sie sich leicht verlaufen können.

»Ist es noch weit?« fragte Dsordas.

»Nein«, antwortete ihr Führer fröhlich. »Sind fast da.«

Die Taverne, die Acevedos ›Freund‹ gehörte, erwies sich als großes, baufälliges Gebäude mit dem Namen *Ingols Ofen*. Der Eigentümer, ein gewisser Ingol Norcas, war ein großer ehemaliger Bäcker mit roter Nase, der wie Acevedo zuerst das Äußere der Reisenden abschätzte, bevor er einen Preis für seine Zimmer nannte. Nach einer weiteren Runde der Feilscherei – die trotz der theatralischen Worte des Gastwirts im wesentlichen friedlich verlief – gelangte man zu einer Einigung und mietete zwei Zimmer an. Acevedo ließ sie nur ungern allein, selbst nachdem er seinen Lohn erhalten hatte, und er wiederholte sein Versprechen, ihnen alles zu besorgen, was sie brauchten. Er sah immer wieder Gaye an, und allmählich fragte sich Fen, ob er sich von ihr angezogen fühlte.

»Euch gefallen die Zimmer, ja?« fragte er.

»Ja. Das haben wir ja schon gesagt. Wir kommen jetzt allein zurecht. Vielen Dank.«

»Die Würfelhalle ist nicht weit«, fügte Acevedo hilfsbereit hinzu.

»Gut«, sagte Dsordas und schob ihn sanft zur Seite. »Falls wir Euch brauchen, lassen wir Euch rufen.«

Endlich verstand der Führer und ließ sie allein, aber nicht, ohne ihnen vorher noch einen letzten Rat zu erteilen.

»Vergeßt nicht: laßt Euch nicht dazu verführen, Eure Pferde zu verwetten«, grinste er.

»Warum?«

»Weil Ihr, wenn Ihr alles andere verloren habt, mit ihnen immer noch nach Hause kommt.«

Kapitel einundvierzig

Ich sehe eine Wetterfahne in windstiller Zeit, eine Sonnenuhr bei Nacht. Was ist zu sehen? Macht erschafft ihre eigenen Bewegungen in der Luft, die Steine werfen ihre eigenen Schatten.

Ich bin mit anderen Dingen beschäftigt. Und die Zeit wird knapp.

Die Energien der Reisenden hatten sich so lange darauf konzentriert, ihr Ziel Xantium zu erreichen, daß sie eine sonderbare Lethargie überkam, als sie sich in ihrem Zimmer eingerichtet hatten. Es war kaum zu glauben, daß sie wirklich angekommen waren, in der sagenhaften Stadt im Herzen des Kaiserreiches, und noch schwerer vorstellbar war der Grund, warum sie hergekommen waren. Alle waren total übermüdet, doch bevor sie zu Bett gingen, versammelten sich die sechs in einem ihrer Zimmer.

»Und jetzt?« fragte Yeori.

»Das ist ganz einfach«, erwiderte Dsordas. »Wir gewinnen riesige Summen bei dem Turnier und bestechen jeden Beamten bei Hofe, so daß wir die Geiseln rausholen können.«

»Jetzt ist nicht die Zeit, schnippische Witze zu machen«, fuhr Gaye ihn an.

»Tut mir leid.« Erschöpft ließ er sich niedersinken.

»Wir alle brauchen ein wenig Schlaf«, sagte Fen. »Morgen früh haben wir noch Zeit genug, um Pläne zu machen.«

»Wir können uns ein wenig umsehen«, schlug Nason eifrig vor. »Die Enklave finden und nach meinen Brüdern erkundigen.«

»Und nach Alasia«, fügte Fen hinzu.

»Ich versuche, mit ihr Kontakt aufzunehmen«, sagte Gaye. »Sie wird uns helfen.«

»Ruh dich zuerst einmal aus.« Nason klang ernsthaft besorgt. »Du weißt, wie sehr dich das anstrengt.«

»Genau«, stimmte Fen zu und lächelte den Jungen an, der seine natürliche Impulsivität überwunden hatte. Gaye rief bei allen diesen Beschützerinstinkt hervor.

»Was wohl gerade auf Zalys passiert?« fragte sich Yeori leise. Eine Zeitlang sagte niemand ein Wort, und alle außer Aad waren in Gedanken über ihre Heimatinsel versunken.

»Wie ich Skoulli und Maus kenne, haben sie inzwischen eine Möglichkeit gefunden, die Kreischer zu bekämpfen«, sagte Dsordas optimistisch. »Ich wünschte nur, wir könnten irgend etwas tun, um ihnen zu helfen.«

»In Nadal hat es einige ungewöhnlich starke Gezeitenschwankungen gegeben«, bemerkte Yeori, »doch offenbar ist niemand der Ansicht, daß mit dem Meer sonst noch etwas nicht stimmen könnte. Und entlang der Küste des Festlands gab es bislang keine Hinweise auf die Kreischer. Ich sehe nicht, wie wir helfen könnten. Am besten helfen wir so gut es geht den Geiseln und fahren dann schnell wieder nach Hause.«

»Aber Alasia hat gesagt, daß auch diese Stadt ihre Kreischer besäße«, sagte Gaye. »Was sie damit wohl gemeint haben mag?«

»Es ist wichtig, daß wir hier sind«, fügte Fen hinzu. »Ich spüre es.«

Dsordas warf ihr einen sonderbaren Blick zu.

»Ich fühle nur, wie bedrückend dieser Ort ist und wie er uns zusetzt.«

»Ich auch«, fügte Gaye hinzu. »Aber Fen hat recht. Alasia hat auch gesagt, daß Xantium das Zentrum vieler Kreise ist und daß wir herkommen müßten, um es zu verstehen.« Sie versuchte, so sachlich wie möglich zu klingen, da sie sich schmerzlich bewußt war, daß niemand Bowens Namen aussprechen wollte.

»Also, jetzt sind wir hier«, schloß Yeori. »Und wir werden tun, was wir können. Kommt, ihr zwei.« Nason und Aad wünschten Gutenacht und folgten ihm hinaus.

Später lag Dsordas neben Fen und sah zu Gaye hinüber, die bereits auf ihrem Strohlager schlief, und er seufzte.

»Mir graut davor, wie sie reagieren wird, falls wir herausfinden, daß Bowen tot ist – oder falls wir abreisen müssen, ohne ihn überhaupt gefunden zu haben«, flüsterte er.

»Er lebt. Da ist sich Gaye sicher.«

»Ist das nicht nur Wunschdenken?«

»Ich glaube nicht. Und sie wird nicht eher zurückgehen, als bis sie ihn gefunden hat.«

»Aber sie kann nicht allein hierbleiben!«

»Das wird sie aber, falls es sein muß.«

»Das schlimmste ist, daß wir hier so isoliert sind«, sagte Dsordas einige Zeit später. »Wir kennen niemanden und können niemandem vertrauen. Was können wir nur tun?« Er klang ein wenig hilflos.

»Wir können es nur versuchen. Wir sind schon zu weit gekommen, um jetzt aufzugeben.«

»Glaubst du wirklich, daß wir hier sein sollten?«

»Ja. Das habe ich gespürt, seit wir die Stadt zum ersten Mal erblickt haben. Erinnerst du dich, wie die Glocken läuteten?«

»Ein Willkommensgruß oder eine Warnung?«

»Vielleicht beides«, flüsterte Fen. »Das werden wir noch früh genug erfahren.«

Mitten in der Nacht wachte Gaye vom Lärm einiger Nachtschwärmer auf der Straße auf. Einige Augenblicke lang war sie orientierungslos und wußte nicht, wo sie war. Doch als es ihr wieder einfiel, überkam sie eine Sehnsucht, eine Versuchung, der sie nicht widerstehen konnte. Sie fühlte sich gut erholt. Es war Zeit zu beginnen. Leise stand sie auf und lauschte auf den regelmäßigen Atem von Fen und Dsordas, und sie ertastete sich ihren Weg zum Tisch, wo das Gepäck stand. Sie fand sofort die Tasche mit dem Amberin, als werde sie magisch davon angezogen, und sie nahm eine Kette mit Anhänger und schlüpfte wieder ins Bett. Dort legte sie den Anhänger in ihre Hand und bat um Hilfe.

Zunächst wurde sie von zahllosen Bildern ergriffen, von Kreisen in Kreisen, die sich so schnell bewegten, daß es ihr unmöglich war, irgend etwas davon zu begreifen. War dies das jenseitige Xantium, der riesige komplexe Mittelpunkt, den die Menschen Magie nannten? Oder einfach nur eine Halluzination, eine Tarnung, die dafür sorgte, daß sie diese Vision niemals würde deuten können? Wo war Bowen? Oder Alasia? Warum antworteten sie nicht auf ihre Rufe?

Doch ganz allmählich ließ das Wirbeln nach und rückte in den Hintergrund und verschwand schließlich ganz, als das gesamte Reich unter einer gewaltigen grauen Decke begraben wurde, so tief wie das Meer, so weit wie der Himmel. Sie drohte Gaye zu zerquetschen, und so ließ diese den Amberin los und kehrte in ihre eigene dunkle Welt zurück. Jetzt wußte sie, daß die graue Masse – worum es sich dabei auch handeln mochte – die Kraft war, die so schwer auf ihren und Dsordas' Schultern lag.

Sie legte sich wieder schlafen, niedergeschlagen und entmutigt – und fand sich im Alptraum eines anderen wieder.

Der Kreischer kam direkt auf sie zu, und die wellenartigen Flügelschläge straften die Geschwindigkeit Lügen, mit der das Ungeheuer sich vorwärts bewegte. Eine kleine Stimme rief *Geh weg*!, und die Nacht war erfüllt von dünnen, schneidenden Geräuschen. Der Kreischer kam näher. Er war jetzt riesig und wurde immer größer, und er hatte die grausamen Zähne gefletscht, und die wahnsinnigen Augen starrten ins Nichts. Ein Schrei durchschnitt die Luft, und die Kreatur scheute wie ein erschrecktes Pferd und schoß mit unglaublicher Geschwindigkeit hinauf in den Himmel.

Dieselbe Person sagte mit schläfriger Stimme *Danke,* und dieses Mal erkannte Gaye sie.

Natali?

Ich fliege, sagte er arglos. *Mit meinen Freunden. Sie machen, daß die Bösen weggehen.*

Die Kreischer?

Ja. Da sind noch mehr. Ich mag sie nicht.

Geht es Mama gut? fragte Gaye. *Und den anderen?*

Sie weinen viel, antwortete Natali, als könne er nicht verstehen warum. *Alle sind unglücklich.*

Gayes Herz wurde ihr bleischwer. Die Lage in Zalys wurde immer schlimmer. Genau das hatten sie erwartet und befürchtet.

Wann kommt ihr nach Hause?

Ich weiß es nicht, mein Kleiner.

Tarin sagt, wenn ihr nicht bald heimkommt, ist von Zalys nichts mehr übrig. Das stimmt nicht, oder?

Natürlich nicht. Gaye spürte den Kummer ihres Bruders. *Es ist sehr albern von Tarin, so etwas zu sagen.* Insgeheim fragte sie sich, wie Tarin auf diesen Gedanken gekommen war. Ein zehnjähriger Junge erfand so etwas schließlich nicht von sich aus.

Da kam der Kreischer zurück und tauchte aus dem Himmel auf wie ein bösartiger Blitz. Eingehüllt in den Traum spürte Gaye, wie Natali sich duckte, und sie schleuderte dem Ungeheuer mit hoher Stimme ihren instinktiven Trotz entgegen. Sie hatte gerade noch genug Zeit, es abdrehen zu sehen, als sie in die Wirklichkeit zurückgezerrt wurde, weil Fen sie an der Schulter rüttelte.

»Wach auf, Gaye. Es war nur ein Alptraum. Du bist in Sicherheit. Wir sind hier.« Dsordas stand hinter Fen, und im schwachen Licht des heraufziehenden Morgens war sein Gesicht ganz bleich.

Gaye merkte, daß sie ihre Faust um den Amberin geballt hatte, und ihr wurde klar, daß sie ihn im Schlaf festgehalten hatte.

»Es geht mir gut«, flüsterte sie. »Ich habe mit Natali gesprochen.«

Im Zimmer nebenan lächelte Aad im Schlaf. Er hatte von dem Schrei, der Fen und Dsordas geweckt hatte, nichts gehört.

Als der neue Tag anbrach, sprachen die Inselbewohner über Gayes Verbindung zu Natali. Niemand hatte auch nur den geringsten Zweifel, daß es eine echte Verbindung gewesen war und nicht nur ein Traum, doch abgesehen von der faszinierenden Möglichkeit, daß sie und ihr Bruder auf diese Weise wieder Nachrichten austauschen konnten, waren die Neuigkeiten deprimierend – und dazu wenig aussagekräftig. Der einzige Hoffnungsschimmer bestand in Natalis fliegenden ›Freunden‹, die die Kreischer verscheuchten. Gaye beschloß, ihn nächstes Mal zu fragen, wer seine Freunde waren – falls es ein nächstes Mal gab. Meinte er womöglich die Fledermäuse, deren Welt Gaye auch schon gesehen hatte, und die ihr Schiff von Nkosa aus begleitet hatten? Doch was vermochten Fledermäuse gegen derart monströse Kreaturen auszurichten? Das war sehr mysteriös.

»Ich verstehe nicht, wieso ich mit Natali in Kontakt treten konnte, der so weit weg ist, aber nicht zu Bowen oder Alasia, die beide hier in Xantium sind«, zweifelte Gaye kurz. »Sie *sind* doch hier, oder?«

»Genau das wollen wir herausfinden«, erwiderte Dsordas. Seine Ehrlichkeit zwang ihn, ihr nichts vorzumachen.

»Vielleicht gibt es etwas in Xantium . . .« begann Fen, doch sie hielt inne, als Gaye plötzlich nach Luft schnappte. »Was ist los?«

»Wo ist er?«

»Wer?«

»Der Geist. Ich fühle ihn.«

Eine schimmernde Gestalt trat durch die verschlossene Tür und sah die Gruppe an. Dsordas und Fen starrten das durchsichtige Bild des Mannes in Militäruniform an. Er hatte ein strenges Gesicht mit einer Narbe auf der linken Wange.

»Er ist hier«, flüsterte Fen.

»Ich will keine neuen Rätsel!« brach es aus Gaye heraus. »Wenn Ihr gekommen seid, um uns zu helfen, dann drückt Euch klar und deutlich aus, ich flehe Euch an.«

Die Lippen der geisterhaften Erscheinung bewegten sich, doch nur Gaye hörte die stille Erwiderung.

Worte haben ihre eigenen Gesetze.

»Wer seid Ihr?«

Mein Name war Coulson Adjeman, als ich noch in Eurer Welt lebte.

»Was wollt Ihr?«

Es gibt eine Macht –

»Ich weiß«, schnitt Gaye ihm ungeduldig das Wort ab. »Sie taucht aus einem uralten Traum auf. Um ihr entgegenzutreten –«

Euer Gedächtnis ist gut, unterbrach sie nun der Geist. *»Ich füge das hier hinzu. Genau diese Macht ist für die Scheußlichkeit verantwortlich, die Ihr die Kreischer nennt, doch der Kern jener Macht liegt hier in Xantium. Deshalb wurdet Ihr hierher geführt.*

»Hier? Wie kann irgend etwas in Xantium für die Kreischer verantwortlich sein?«

Fen und Dsordas, die ohnehin schon entmutigt waren, weil sie nur eine Seite der Unterhaltung hören konnten, wurden bei diesen Worten noch nervöser.

Die Macht schläft noch, erwiderte der Geist und ignorierte ihre Frage. *Aber schon bald wird sie erwachen. Wir alle müssen tun, was wir können, um das zu verhindern. Sonst gibt es für uns alle nur wenig Hoffnung, ganz besonders für jene, die Ihr zu retten hofft.*

»Bowen?« rief sie in plötzlicher Panik aus. »Die Geiseln?«

Die Kreischer sind nicht das einzige Übel.

»Aber ...«

Eure Zeit ist knapp, schloß das Phantom und klang sehr erschöpft.

Dann verschwand der Geist, und Gaye wußte es, auch ohne sehen zu können. Sie war viel zu erschöpft, um zu protestieren, und sie fragte sich, ob derartige Gespräche für den Geist genauso mühsam waren wie für sie. Vielleicht konnte er deshalb nur kurz bleiben, konnte deshalb keine Fragen beantworten. Zumindest hatte sie diesmal mit seinem rätselhaften Rat auch ein wenig Ermutigung erfahren. Ihre Reise nach Xantium war offensichtlich nötig gewesen. Doch wie sollten sie gegen eine Macht ankämpfen, die sie nicht einmal erkennen konnten und die ihren bösen Einfluß bis nach Zalys erstreckte?

»Was hat er gesagt?« drängte Dsordas.

Irgendwie fand Gaye die Kraft, ihm alles zu erzählen.

Kapitel zweiundvierzig

Die Gewinnchancen der Würfel sind für alle Menschen gleich. Aber sind alle Menschen vor den Würfeln gleich? Tanzen und wetten wir, solange wir können. Wie lange wird es dauern, bis wir alle im größten Turnier gefangen sind?

»Was hat das hier zu bedeuten?« verlangte Southan zu wissen, als er in das Arbeitszimmer des Kanzlers stürmte und mit einer Kopie der Proklamation wedelte.

Verkho wirkte immer noch gebrechlich, doch war das Funkeln in seine Augen zurückgekehrt.

»Mein Lord, ich bitte um Verzeihung, daß ich Euch nicht zu Rate gezogen habe«, sagte er. »Ich wollte Euch nicht mit einer Sache belästigen, die in diesen schwierigen Zeiten vielleicht lediglich eine Lappalie ist.«

Die anscheinend ernstgemeinte Entschuldigung überraschte Southan, und seine Wut verrauchte. Er war bereits außer sich wegen des Verschwindens von Ifryn und den Mädchen und gab sich selbst dafür die Schuld. Ihre letzten Worte verfolgten ihn – *Vielleicht siehst du mich nie wieder.* Vielleicht hatte er, was Azari anging, übereilt gehandelt. Doch bewies Ifryns Flucht andererseits nicht, daß sie wirklich labil war? Southan wußte nicht, wie er mit dieser Situation umgehen sollte.

»Schwere Zeiten, das ist wahr«, sagte er. »Zuerst Kerrell, jetzt die Kaiserin. Und Ihr – Ihr solltet eigentlich alles unternehmen, um sie zu finden, doch Ihr verschwendet Eure Zeit hiermit!«

»Ich lasse jeden verfügbaren Mann nach Eurer Frau suchen, mein Lord«, sagte Verkho ruhig. »Wir werden sie bald finden, da bin ich sicher. Aber Ihr seht sicher, daß wir ... in solchen Dingen ... diskret sein müssen.«

»*Das* können wir kaum in einer Proklamation verbreiten«, stimmte der Kaiser verbittert zu. »Wir konnten auch den verdammten Hundeführer nicht finden, um ihn zu fragen, ob er sie beim Verlassen des Hofes gesehen hat. Offenbar verschwinden hier *alle*!«

»Euer Sohn ist sicher. Das ist die Hauptsache.«

»Das nehme ich auch an«, sagte Southan niedergeschlagen. »Ich kann kaum noch sagen, was wichtig ist und was nicht.« Er hielt inne, denn ihm fiel der Grund wieder ein, warum er den Kanzler überhaupt aufgesucht hatte. »Das hier ist es nicht, so viel zumindest weiß ich.« Er wedelte wieder mit dem Plakat. »Was *ist* das?«

»Während meiner jüngsten Studien habe ich eine uralte Prophezeiung entdeckt, aus der hervorgeht, daß ein solches Spiel den Einsatz wert wäre.«

»Erklärt mir das!«

»Der Text sagt, daß ein Reich am Rande der Katastrophe vielleicht durch den loyalen Schwur einer Frau gerettet werden könnte, die freiwillig ihr Leben aufs Spiel setzt. Ich versuche lediglich, diese Bedingung zu erfüllen.«

»Ihr glaubt solchen Unsinn?«

»Normalerweise würde ich nur wenig darauf geben, aber der Text beschreibt unsere Lage mit bemerkenswerter Genauigkeit. Krieg an den Ostgrenzen, der Verrat eines hochrangigen Offiziers, Zwietracht in der kaiserlichen Familie ... soll ich weiterreden?«

»Nein.«

»Ich könnte Euch das Originalmanuskript zeigen, wenn Ihr es wünscht«, erbot sich Verkho. »Es ist in einem alten Dialekt geschrieben, schwer zu übersetzen.«

»Aber darin steht nicht, daß die Frau tatsächlich sterben muß?« fragte Southan unsicher.

»Nein. Ihr Leben muß nur verwirkt sein. Dann wird sie Euch reuig Loyalität schwören. Und das«, schloß der Kanzler, »stellt laut Prophezeiung sicher, daß die Herrschaft des Reiches für zahllose Jahrhunderte in Eurer Dynastie verbleibt.«

»Und falls die Bedingungen nicht erfüllt werden?«

»Darüber gibt die Prophezeiung keine Auskunft, mein Lord.«

»Aber wir müssen das Schlimmste annehmen?«

Verkho antwortete nicht. Nach außen wirkte er ernst, doch innerlich lachte er. *Eine uralte Prophezeiung*! dachte er. *Genau das richtige, um mit diesem schwachsinnigen Narren fertigzuwerden.*

»Laßt es mich wissen, sobald sich jemand gemeldet hat.« Der Kaiser legte das Plakat auf den Schreibtisch und wandte sich zum Gehen. Er war verwirrter als je zuvor.

»Bislang niemand«, sagte der Kanzler mit echtem Bedauern, »aber ich bin guten Mutes.« Im stillen fügte er hinzu: *Und Ihr werdet der letzte sein, der es erfährt,* falls *ich Erfolg habe.*

Die Gemächer der Kaiserin standen nun schon seit mehreren Tagen leer, wirkten vernachlässigt und verloren. Southan war nicht der einzige, den Ifryns Flucht beunruhigte. Ihre Mutter stand plötzlich ohne ihre einzige richtige Freundin da, und ihre Depression wurde immer schlimmer. Da Zephia nichts Besseres zu tun hatte, begann sie, in der Hoffnung zu trinken, ihren Kummer ertränken zu können.

Das funktionierte jedoch nur selten, und während man sich bei Hofe mit anderen Problemen beschäftigte, war sie ihrer einsamen und unglücklichen Existenz überlassen.

An dem Morgen, als das Große Turnier beginnen sollte, war es um Zephias Gemächer noch stiller als sonst, und sie wanderte durch die verlassenen Korridore, bis sie zu den Zimmern ihrer Tochter kam. Sie ging hinein und durchsuchte die Räume ohne zu wissen, wonach sie suchte. Es gab Anzeichen einer überstürzten Abreise, doch nichts verriet, wohin Ifryn gegangen sein könnte.

Zephia ging zurück ins Vorzimmer und setzte sich auf einen Stuhl, denn sie hatte eine Karaffe mit Rotwein auf dem Tisch stehen sehen. Vermutlich stand sie dort, seit die Kaiserin verschwunden war.

Wie auch immer, Ifryn hatte jetzt keine Verwendung mehr dafür. Zephia fand einen Kelch, goß sich ein, lehnte sich zurück und trank. Einige Augenblicke später war sie tot.

Als Southan aus Verkhos Arbeitszimmer zu seinen eigenen Gemächern zurückkehrte, wartete einer seiner Diener bereits nervös auf ihn. Mehrere hohe Armeeoffiziere standen herum.

»Was geht hier vor?« fragte der Kaiser hoffnungsvoll. »Gibt es Neuigkeiten über die Kaiserin?«

»Nein, mein Lord. Aber das hier ist soeben bei Hofe abgegeben worden.« Der Diener händigte dem Kaiser ein versiegeltes Pergament aus. Das Wachs trug das Siegel von Kerrells Ring.

Southan riß das Pergament auf und überflog die kurze Nachricht.

Einer der Generäle trat näher.

»Welche Neuigkeiten, mein Lord?«

»Äh ... Kerrell ist verschwunden ... er hat Xantium verlassen«, erwiderte Southan stotternd, während er das Papier zusammenfaltete.

»Dann haben wir ein wenig mehr Luft zum Atmen«, stellte der General fest.

Southan nickte und betrat seine Gemächer. Er wollte allein sein. Dann las er die Nachricht noch einmal.

»Mein Lord, ich bin nicht der Verräter, für den Ihr mich haltet. Falls Ihr in Eurem Herzen noch ein wenig Liebe für mich verspürt, so wie ich in dem meinen für Euch, kommt um Mitternacht zum Turmviertel. Ich werde Euer Urteil akzeptieren. Kerrell.«

Southan starrte auf die vertraute Unterschrift, und ihm wurde klar, daß er bereits entschieden hatte, allein zu gehen. Welche Verbrechen Kerrell auch begangen hatte, das war er ihm schuldig.

Der Eröffnungstag des Großen Turniers war der bunteste Tag des Jahres in Xantium. Anders als bei den Feierlichkeiten zwei Monate zuvor handelte es sich hier nicht um eine zeremonielle Angelegenheit. Die Leute huldigten ausschließlich der Freiheit, ein Vermögen zu gewinnen oder alles zu verlieren, was sie besaßen – eine Freiheit, die theoretisch jedem Bürger der Stadt offenstand, vom ärmsten Straßenbettler bis zum reichsten Adligen. Es gab keine offiziellen Prozessionen, keinen großartigen Pomp, doch die Straßen der Stadt waren trotzdem eine einzige riesige Parade.

Jeder spielte seine Rolle im Rahmen der eigenen Möglichkeiten. Viele hatten sich in phantasievolle Kostüme gehüllt, die zumeist so prunkvoll wie möglich waren. Einige hatten das Thema des Festes aufgenommen und sich als Spielkartenfiguren verkleidet – Skelette, Liebhaber, Eremiten, Meremädchen. Die kühnsten von ihnen kamen als der Rote Henker, und sobald sich zwei von ihnen auf der Straße über den Weg liefen, gab es einen Wettstreit und übertriebene Balgereien – sehr zum Vergnügen der Umstehenden. Andere verkleideten sich als riesige Würfel oder Spieltische oder als Tiere, die von Spielern als Glücksbringer betrachtet wurden – Schlangen, Fledermäuse und Fische. Gemeinsam mit Musikern,

Akrobaten, Jongleuren und Clowns bildeten sie einen nie versiegenden Strom der Unterhaltung, der durch die Straßen der Stadt floß – improvisierte Paraden, die sich mit immer neuen Teilnehmern bildeten und wieder auflösten.

Auf vielen Plätzen und an anderen Orten unter freiem Himmel fanden andere Spektakel statt, die sich auf diesen einen Ort beschränkten. Mystiker liefen mit nackten Füßen durch Flammen, Schauspieler stellten Helden und Schurken uralter Geschichten dar, und die besseren von ihnen wurden durch Beifall, Lachen und Weinen, belohnt, während für die anderen Hohn, Spott und faules Obst übrigblieb. Große Musikgruppen, einschließlich der stets einfallsreichen Trommler aus den südlichen Ebenen, spielten für ihr Publikum, das tanzte und applaudierte.

Hunderte von Verkäufern wanderten in der Menge umher und boten alle Arten von Speisen an, einschließlich des traditionellen Turniergerichts aus gewürzten Knödeln und ›Rauch‹, einem kräftigen Schnaps, der seinen Namen der Veränderung der Zutaten beim Ausschank verdankte. Mischte man ihn mit Wasser, nahm er eine rauchgraue Farbe an und war sogar noch stärker als pur.

Auch Wein und Leichtbier flossen in Strömen, und die Restaurants, Gasthäuser und Bordelle machten bei den vielen Menschen in der Stadt reißenden Umsatz. Räuber und Taschendiebe profitierten ebenfalls trotz der sporadischen Kontrollen der Wachen von dem allgemeinen Überfluß. Xantium war wohl kaum ein passender Ort für Angsthasen.

Als die Festlichkeiten erst einmal begonnen haben, gab es kein Halten mehr. Zwar ermatteten die Menschen mit der Zeit und brauchten ein wenig Schlaf, doch die ausschweifende Orgie hedonistischen Vergnügens ging mehrere Tage und Nächte lang unablässig weiter.

Der eigentliche Ort des Vergnügens waren die Spielhallen – von diskreten Privaträumen, wo die Einsätze nur durch den Reichtum und die Phantasie der Spieler beschränkt waren, zu den Tischen auf den Straßen, wo die Armen der Stadt ihrem Laster nachgehen konnten und mit wenigen kleinen Münzen auf unzählige Glücks- und Geschicklichkeitsspiele wetten konnten.

Das unangefochtene Herz des Ganzen war und blieb indes die Große Würfelhalle, der größte und aufwendigste Spieltempel im ganzen Reich. Der riesige Mittelraum mit seinen Marmorsäulen, den Oberlichtern aus geätztem Glas und den polierten Mahagonimöbeln legte Zeugnis ab von der Verführungskraft, die Risiko und Geld besaßen. Normalerweise war nur den Reichen oder Privilegierten der Zugang zu diesem heiligen Ort gestattet. Die Leitung der Halle war äußerst bemüht, die Unparteilichkeit der Spiele zu garantieren, denn man brauchte keine unlauteren Mittel, um riesige Gewinne zu erwirtschaften. Man hatte sogar Talentierte angestellt, deren besondere Sensibilität sofort erspürte, falls jemand sich irgendeiner Form von Magie bediente, um das eigene Spiel zu verbessern. Außerdem wurde strikt die Vorschrift durchgesetzt, daß im Gebäude keine Waffen getragen werden durften.

Der berühmteste Wettbewerb des gesamten Turniers wurde darum selbstverständlich in der Großen Würfelhalle abgehalten. Es handelte sich um eine gediegenere Version des Würfelspiels *Das Vermögen des Kaisers,* ein Spiel, bei dem jeder Spieler all seine Fähigkeiten aufbieten mußte: die Fähigkeit, Gewinnchancen zu kalkulieren – und sie, falls nötig, zu ignorieren –, gute Nerven, Beobachtungsgabe und nicht zuletzt Glück. Der Einsatz in der ersten Runde betrug bereits einhundert Imperial, eine Summe, deren möglicher Verlust nur Reichen und Narren nicht den Spaß verdarb. Es gab viele Vorrunden, die »Tribute« genannt wurden und deren Eingangseinsatz für zehn hoffnungsvolle Spieler nur zehn Imperial betrug, die um alles oder nichts spielten. Der glorreiche

Sieger dieser Spiele gewann dadurch das Geld, um am Hauptturnier teilnehmen und einen Sitzplatz in der großen Halle beanspruchen zu können. Die letzte Runde des *Vermögens des Kaisers* wurde um wahrhaft umwerfende Einsätze zwischen den zehn Siegern vieler voriger Runden ausgespielt. Das war der Höhepunkt des Großen Turniers.

Der Endsieger galt automatisch als Held und war plötzlich auf einen Schlag überaus reich.

Dieses Ereignis lag jedoch noch einige Tage in der Zukunft. Die Festlichkeiten hatten gerade erst begonnen, und zwei Gruppen unter den Tausenden von Menschen in Xantium unternahmen gerade erst ihren ersten Ausflug in die fiebrigen Straßen.

Allmählich forderte die dahinschleichende Zeit und Ifryns erzwungene Abhängigkeit von unvereinbaren Verbündeten ihren Tribut. Ifryn verzweifelte fast angesichts ihrer eigenen Untätigkeit und wünschte sich leidenschaftlich, sie hätte eine Armee zur Verfügung, mit der sie den kaiserlichen Hof stürmen und ihren Sohn zurückholen könnte. Ihre Sehnsucht nach Azari war nicht nur eine seelische Qual, sondern auch eine körperliche. Die Mädchen litten nicht minder und wurden unruhig und weinerlich, je länger ihre anscheinend endlose Unfreiheit dauerte. Das Neue ihrer Situation war schon lange nicht mehr interessant, und durch den Lärm der Feierlichkeiten draußen wurde es nur noch schlimmer. Letztlich wußte Ifryn, daß sie sich nicht länger verstecken konnten.

»Kommt«, kündigte sie an. »Wir gehen.«

Delmege und Vrila sprangen sofort auf, und Doneta lächelte. Sie hatte ihr Bestes getan, um die Stimmung aufzuheitern, doch auch sie litt und ging mittlerweile lieber das Risiko ein, gesehen zu werden, als sich weiterhin im Haus zu verstecken.

»Jongleure!« rief Delmege aus. »Ich will die Jongleure sehen.«

Auf dem Weg nach draußen erzählte Ifryn Baylins Gefährten, was sie vorhatte, wies aber jedes Angebot, sie zu begleiten, zurück. Die Kaiserin verhüllte wieder die untere Hälfte ihres Gesichts, die anderen durften ohne Schleier gehen.

Sie glaubte nicht, daß man sie in dieser Menschenmenge erkennen würde.

Die bunten, in der Sonne leuchtenden Farben auf der Straße blendeten sie beinahe, und eine Woge aus Lärm und Gerüchen schlug über ihnen zusammen.

Sie schlenderten dahin und genossen die berauschende Atmosphäre und ihre Freiheit, und schließlich fanden sie sehr zum Entzücken von Delmege eine Gruppe von Jongleuren und blieben stehen, um ihnen zuzusehen.

Genau an diesem Morgen wagten sich auch die Reisenden aus Zalys mutig in das Treiben auf der Straße. Nach einigen Diskussionen hatte sich Gaye überreden lassen, im Gasthaus zu bleiben und Nason hatte sich bereiterklärt, an diesem ersten Morgen bei ihr zu bleiben. Er war hin- und hergerissen gewesen zwischen der Notwendigkeit, Gaye zu beschützen und seinen echten Gefühlen für sie einerseits und seinem Wunsch, mit der Suche nach seinem Bruder zu beginnen andererseits. Die anderen beschlossen, ihre erste Erkundungstour zu Fuß in Zweiergruppen durchzuführen: Fen mit Dsordas und Yeori mit Aad. Sie trennten sich am Eingang zur Taverne und wollten sich gegen Mittag wieder dort treffen. Eine Stunde später was Dsordas erschöpft und frustriert, er schwitzte fürchterlich und litt unter bohrenden Kopfschmerzen.

»Es ist hoffnungslos«, klagte er. »Wie sollen wir *hier* irgend etwas finden?«

Mit wem sie auch gesprochen hatten, niemand hatte Zeit für etwas anderes als für das eigene Vergnügen.

»Es kann ja nicht ewig so weitergehen«, versuchte Fen ihn zu beruhigen. »Wir müssen es einfach immer wieder versuchen. Du kannst noch nicht aufgeben!«

»Wir müssen auf den Hügel«, sagte er nachdenklich. »Näher ans Zentrum. Falls diese Macht tatsächlich in Xantium ist, dann sicher dort oben.«

»Du hast recht. Aber ich glaube, wir sollten jemanden wie Acevedo mitnehmen.«

»Vielleicht.«

Sie waren an einer Straßenecke stehengeblieben, wo ein paar Jongleure ihre Künste vorführten und mit leidenschaftlicher Hingabe bunte Bälle und Kegel hochwarfen. Fen sah eine Weile zu und bewunderte ihre fließenden Bewegungen, und ihre Aufmerksamkeit wurde von den Zuschauern auf der anderen Straßenseite angezogen. Zwei Frauen, jede mit einem Mädchen an der Hand, sahen ebenfalls zu. Eine der Frauen bedeckte mit einem Schal den unteren Teil ihres Gesichts, und als Fen sie ansah, blickten die braunen Augen hoch und erwiderten den Blick einige Momente lang.

Als Fen die Frau ansah, spürte sie augenblicklich eine Verbindung zu ihr, ein Mitgefühl, das sie nicht erklären konnte. Wie konnte eine völlig Fremde sie so stark ansprechen? Ihre Augen trafen sich nur für wenige Augenblicke, dennoch kam es ihr vor, als fände in dieser kurzen Zeit ein umfangreicher Austausch zwischen ihnen statt. Die verschleierte Frau wandte ihren Blick zuerst ab, und Fen wollte sie schon Dsordas zeigen, als die Jongleure abtraten und eine neue Vorführung begann. Die extravagant gekleideten Tänzer verstellten ihr den Blick, und als sie wieder zur Seite wichen, waren die Frau und ihre Begleiterinnen gegangen. Aber so sehr Fen es auch versuchte, sie konnte sie nicht aus ihren Gedanken verbannen. Obwohl die Fremde dunkle Haare und braune Augen hatte, konnte Fen – die blondes Haar und blaue Augen hatte – sich nicht des Eindrucks erwehren, in einen Spiegel geblickt zu haben.

»Es ist schon nach Mittag«, sagte Dsordas, der nicht merkte, wie tief Fen in Gedanken versunken war.

Mitternacht rückte näher. Die fortwährenden Vergnügungen hallten in der ganzen Stadt wider, doch im Turmviertel war es ganz ruhig. Die Lichter von Xantium glommen unter dem Hügel wie ein Teppich aus Licht. Southan hatte einige Zeit gebraucht, bis er einen Weg dort hinein gefunden hatte, und jetzt ließ er seinen Blick über das Labyrinth aus Stein schweifen und fragte sich, wie er Kerrell hier finden sollte. Schon bald hatte er sich total verlaufen und zweifelte allmählich an der guten Absicht des Generals. Southan war ein tapferer Mann und hatte keine Angst, sich einem Gegner im fairen Kampf zu stellen, doch dieser sonderbare Ort bot reichlich Gelegenheit für einen Hinterhalt. *Glaube ich wirklich, daß Kerrell so etwas tun würde?* fragte sich der Kaiser und hielt eine Hand am Heft seines Schwertes. *Falls er wirklich ein Verräter ist, warum hat er dann dieses Treffen vorgeschlagen? Ich hätte das Turmviertel umstellen und ihn gefangennehmen lassen können.*

In diesem Augenblick sah Southan in einem der Türme ein schwaches Licht. Es war nicht heller als die Sterne über ihm, doch es war das Zeichen, das er gesucht hatte. Er fand den Eingang und stieg müde die Treppen hoch. Kerrell wartete in dem runden Zimmer hoch über der Stadt auf ihn, und als der Kaiser eintrat, kniete der General sich mit ausgestreckten Armen nieder.

»Mein Lord, ich bin unbewaffnet. Ich bitte nur um die Möglichkeit, mit Euch zu sprechen.« Kerrell hielt den Kopf gesenkt.

»Die Bitte sei Euch gewährt«, antwortete Southan steif. »Steht auf.«

Kerrell erhob sich, und die beiden Männer standen

sich im schwachen Licht der Lampe von Angesicht zu Angesicht gegenüber. Der General war nervös. Er war nicht sicher gewesen, daß Southan allein kommen würde – oder ob er überhaupt kommen würde. Er wußte auch nicht, welche Gefühle der Kaiser angesichts eines Treffens mit einem angeblichen Verräter hegte. Bislang war alles so verlaufen, wie Kerrell es sich erhofft hatte, doch das Schwierigste stand ihm noch bevor.

»Mein Lord, ich bin gekommen, um Frieden mit Euch zu schließen«, begann er. »Wie es Euch auch erscheinen mag, ich habe niemals ein Komplott gegen Euch oder das Reich geschmiedet. Mein einziges Verbrechen ist ein Verrat ganz anderer Art.«

»Aber dennoch Verrat?« fragte Southan leise.

»Ja, mein Lord, und daher ist mein Leben verwirkt. Ich hätte es Euch bereitwillig hingegeben, wenn nicht Ihr und das Reich von einem noch größeren Verrat bedroht wärt.«

»Verkho?« fragte Southan skeptisch.

»Ja, mein Lord.«

»Ihr und Ifryn seid also offenbar einer Meinung. Habt Ihr irgendeinen Beweis für diesen Wahnsinn?«

»Nur meine Kenntnis von der Wahrheit.«

»Und Euer eigener Verrat?«

»Er betrifft die Kaiserin.«

»Ifryn?« Jetzt wurde Southan neugierig und trat einen Schritt vor. »Ihr wißt, wo sie ist?«

»Nein, mein Lord.« Kerrell hatte es sorgfältig vermieden, Baylin danach zu fragen, wo Ifryn zur Zeit wohnte. »Ich ...«

Doch weiter kam er nicht, denn in diesem Augenblick wurde die Lampe zu Boden geworfen, und das Mondlicht, das durch die Bogenfenster fiel, wurde gebrochen. Die Luft war voller winziger flatternder Flügel, und beide Männer waren verblüfft und verteidigten sich so gut sie konnten gegen die dunkle Invasion. Southan zog sein Schwert und schlug wild um sich gegen die unsichtbaren Feinde, während Kerrell von unten das Rufen mehrerer Stimmen hörte. Er sah aus dem Fenster und erkannte Fackeln, die sich durch das Turmviertel bewegten und auf den Turm zuhielten. Also war Southan doch nicht allein gekommen. Er schlüpfte am Kaiser vorbei, der immer noch mit den räuberischen Fledermäusen beschäftigt war, und rannte die Wendeltreppe hinunter. Wenn er es nur bis zu den Tunneln schaffte ...

Mittlerweile hatte Southan endlich sein Entsetzen überwunden und lief zum Fuße des Turms hinunter, wo er von mehreren Soldaten mit gezückten Schwertern in Empfang genommen wurde. Zwei von ihnen hielten die hilflose Gestalt einer kleinen, blassen Frau fest, und alle waren erstaunt, den Kaiser zu sehen.

»Mein Lord, was tut Ihr hier?« keuchte der Anführer.

»Ich könnte Euch dieselbe Frage stellen, Captain.«

Der Mann gewann schnell seine Haltung zurück, und er antwortete energisch. »Befehl vom Kanzler, mein Lord. Wir suchen sie schon seit einiger Zeit. Wir wußten, daß sie von Zeit zu Zeit hierher kommt, also haben wir eine Wache postiert, doch sie ist uns immer entkommen.« Er hielt inne, und fügte dann stolz hinzu: »Dieses Mal aber nicht.«

Southan sah die Gefangene an, und seine Gedanken wirbelten voller Wut und Verwirrung durcheinander. Alasia sah den Kaiser nicht an. Aus ihren Augen war alles Licht verschwunden.

Kapitel dreiundvierzig

Was sagen diese Augenzahlen voraus? Wenn Tod und Gefahr zu gleichen Teilen drohen, überwiegt die Macht die unbekannte Liebe der Sterne. In anderen Reichen gehen vier Monde auf, doch auch sie können sich verdunkeln.

Kann ich überhaupt irgend etwas am Schwung der Zeitenense messen?

Dsordas betrachtete die ernsten Gesichter seiner Gefährten.

»Also, um es noch einmal zusammenzufassen. Gestern haben wir lediglich herausgefunden, daß niemand auf irgend etwas achtet, während das Große Turnier stattfindet. Wir können nicht ins Kreisviertel, geschweige denn ins Staatsviertel, weil alle Tore bewacht sind.«

Yeori nickte.

»Ganz besonders jetzt«, bestätigte er. »Da so viele Fremde in der Stadt sind, ist man besonders vorsichtig. Natürlich gibt es immer Möglichkeiten.«

»Zum Beispiel?« fragte Fen.

»Sich von einem hochrangigen Offizier einladen lassen oder von einer Person bei Hofe. Oder indem man ein angemessen hohes Bestechungsgeld an einen der Torwächter zahlt.«

»Schon jemanden zum Sprechen zu bringen, kostet Geld«, warf Aad ein. »Unsere Mittel werden nicht ewig reichen.«

»*Eure Zeit ist knapp*«, zitierte Gaye leise.

»Geld ist hier offensichtlich das einzige, was zählt«, stellte Yeori fest.

»In Ordnung«, stellte Dsordas entschlossen fest. »Dann besorgen wir uns welches.«

Dsordas brauchte fast den ganzen Morgen, bis er noch einen freien Platz bei einem Tribut gefunden hatte. Er hatte sich ausgerechnet – und die anderen waren seiner Meinung gewesen –, daß es den Einsatz von zehn Imperial wert war. Falls er gewann, würde das Geld ihnen ein wenig mehr Spielraum verschaffen. Als Fen einwandte, ein möglicher Gewinn würde auch die Aufmerksamkeit auf sie ziehen, überraschte Dsordas sie mit den Worten, daß sie vielleicht genau das brauchten.

Als die Entscheidung erst einmal getroffen war, gab sich Aad ganz begeistert. Er und Yeori hatten die Große Würfelhalle am Tag zuvor ausgekundschaftet und kannten sowohl ihre Räumlichkeiten als auch ihre Gefahren. Jeglicher Gedanke daran, Gayes Talente zu benutzen, damit Dsordas gewann, wurde sofort verworfen, denn offenbar gab es keine Möglichkeit, dies unbemerkt zu tun. Daraufhin hatte Gaye beschlossen, in ihrem Zimmer zu bleiben und wieder zu versuchen, zu Bowen oder Alasia Kontakt aufzunehmen. Yeori erbot sich freiwillig, bei ihr zu bleiben. Fen begleitete Dsordas, und Nason und Aad liefen hinter ihnen her in der Hoffnung, einen günstigen Platz zum Zuschauen zu finden.

Während Dsordas darauf wartete, an die Reihe zu kommen, hatte er die verschiedenen Spiele beobachten können, die gerade in einem der äußeren Räume der Großen Würfelhalle im Gange waren, und er hatte sich mit den Regeln dieser speziellen Version von *Das Vermögen des Kaisers* vertraut gemacht. Die Spieler saßen an eigens entworfenen Tischen, jeder mit vierzig Spielmarken im Wert von je einem Viertel Imperial vor sich. Jeder Spieler hatte, ebenso wie die elfte Person am Tisch – ein Beamter der Halle, der sich Werfer nannte –, einen Satz von sieben Würfeln, die mit sieben Symbolen gekennzeichnet waren, und auf jedem Würfel fehlte jeweils ein Symbol. Die Zeichen hießen in der Reihenfolge ihrer Wertigkeit Krone oder Kaiser, Schädel, Halbmond, Meereswellen, Stern, Sichel und Laterne. Wahrsager sprachen all diesen Symbolen bestimmte Bedeutungen zu, doch niemand hier maß dem irgendeine Bedeutung bei.

Vor jeder Runde setzte jeder Spieler den Mindesteinsatz auf den inneren Tisch und warf dann seine Würfel in ein geschickt abgeschirmtes Kästchen, das seinen Wurf vor den Blicken der anderen Spieler verbarg. Dann wählte er drei seiner Würfel aus, legte die anderen beiseite und schloß den Deckel des Kästchens. Es folgte eine zweite Wettrunde, bei der diesmal gegeneinander gewetteifert und der erste Wurf eingeschätzt wurde. Die ungewöhnlichsten Würfe waren in dieser Runde zwei Paare oder dreimal dasselbe Symbol, wobei die höchstmöglichen Symbole zusammengezählt wurden. Hatte jemand soviel Glück, viermal dasselbe Symbol zu werfen, ließ er sie natürlich liegen. Einige Spieler, die dumm oder verzweifelt genug waren, ließen vier verschiedene Würfel liegen, in der Hoffnung auf den höchstmöglichen Wurf, je einmal jedes Symbol – der Kreis –, doch standen die Chancen dafür äußerst schlecht.

Dann war der Werfer an der Reihe. Er wählte zufällig zwei seiner eigenen Würfel und würfelte sie vor den Augen aller in die Mitte des Tisches. Dieses Ergebnis galt für alle anderen Mitspieler und wurde zu ihrem eigenen Wurf hinzugezählt. Nach einer weiteren Wettrunde würfelte der Werfer ein weiteres Mal, dann wurde erneut gewettet, es folgte ein letzter Wurf und eine letzte Wettrunde. Dann legten die im Spiel verbliebenen Spieler ihre verborgenen Würfe offen, und derjenige mit dem höchsten Ergebnis, entweder durch seinen eigenen oder auch unter Gebrauch der allgemein gültigen Würfel des Werfers, gewann den ganzen Einsatz. Es dauerte nicht lange, bis die schwächeren oder unglücklichen Spieler ihr ganzes Geld verloren hatten und ausschieden und nur der Gewinner mit den gesamten Einsätzen am Tisch saß.

Für erfahrene Spieler bestand die Schönheit des Spiels jedoch darin, daß man nicht den besten Wurf haben mußte, um zu gewinnen. Bei jeder Wettrunde hatte jeder

Spieler die Möglichkeit, aufzugeben und seinen bisherigen Einsatz zu vergessen, anstatt erst am Ende alles zu verlieren. Wenn also ein Spieler seinen Mitspielern vormachen konnte, daß er den stärksten Wurf hatte, konnte er allein dadurch gewinnen, daß die anderen aufgaben. Um bei dieser Version des Spiels erfolgreich zu sein, waren nicht nur Strategie und Glück nötig, sondern auch psychologisches Geschick.

Dsordas entschied sich, schon früh auszuscheiden, denn er kam zu dem Schluß, daß man bei so vielen Spielern einen sehr guten Wurf haben mußte, um zu gewinnen. Nichts, was er bisher geworfen hatte, war hoch genug gewesen, und die Zeit zum Bluffen würde später kommen – falls er durchkam. Er nutzte die Zeit, seine Gegner zu beobachten, ihre Manierismen und Reaktionen auszukundschaften, und hoffte, dieses Wissen später zu seinem Vorteil nutzen zu können. Zwei Spieler schieden in dieser frühen Phase aus und machten ihre Gegner reicher und damit mächtiger.

Endlich bekam Dsordas den Wurf, auf den er gewartet hatte. Er konnte drei Schädel behalten, die bestmögliche Kombination mit einem Kaiser. In dieser Runde wettete er als letzter, und keiner der vorherigen sieben Spieler setzte einen großen Betrag. Dsordas wettete zwei Imperial. Das war genug, um die meisten seiner Gegner abzuschrecken, doch zwei von ihnen hielten mit. Der Werfer würfelte einen Schädel und einen Stern und verbesserte den Wurf des Inselbewohners weiter. Er wettete weitere zweieinhalb Imperial. Beide Gegner hielten mit, und Dsordas versuchte, seine Nervosität nicht zu zeigen. Wenn er jetzt verlor, würde er sich davon vermutlich nicht wieder erholen. Der nächste Wurf brachte eine nutzlose Sichel. Alle drei Spieler fügten minimale Wetten hinzu. Der letzte Würfel war ein Kaiser, so daß Dsordas jetzt vier Schädel und zwei Kaiser hatte – ein mächtiger Satz, der nur überboten werden konnte, wenn einer seiner Gegner viermal dasselbe Symbol oder drei Kaiser hatte, oder wenn jemand durch einen glücklichen Zufall den Kreis erwischt hatte.

Nichts davon war sehr wahrscheinlich, ganz besonders, weil die ersten Wetten nur halbherzig gewesen waren. Es war an der Zeit, das Spiel zu machen.

Dsordas versuchte, neutral zu blicken und schob seine restlichen Spielmarken auf den Tisch. Jetzt galt alles oder nichts. Einer seiner Gegner dachte lange nach und schied dann aus. Dsordas faßte neue Hoffnung. Der andere verbliebene Spieler war ein kleiner Mann mit scharfen Gesichtszügen. Er hieß Rack. Er hatte mehr als genug Spielmarken, um gegen Dsordas anzutreten, denn er hatte bereits zweimal gewonnen. Er betrachtete Dsordas sorgfältig, bevor er seinen Einsatz auszählte und riß dann den Deckel seines Kästchens auf. Es waren drei Schädel und ein Stern zu sehen. Innerlich seufzte Dsordas erleichtert auf. Er hatte gewonnen, denn er hatte zwar nur vier Schädel, doch seine zwei Kaiser schlugen die Sterne seines Gegners. Dsordas öffnete sein Kästchen. Die Zuschauer murmelten anerkennend, während der Werfer ohne die Miene zu verziehen dem Gewinner den großen Stapel Spielmarken hinschob. Nachdem Dsordas nun gezeigt hatte, daß man mit ihm als Spieler rechnen mußte, bekam er langsam Spaß an der Sache. Er hatte auch mehr Glück und gewann ein Spiel mit einem sehr schwachen Satz, indem er aggressiv bluffte. Es dauerte nicht lange, bis nur noch drei Spieler übrig waren. Dann warf Rack den dritten Gegner aus dem Spiel.

»Nun, Fremder, jetzt sind nur noch wir beide übrig.« In dem Wissen, daß er beinahe zweimal so viele Spielmarken hatte wie Dsordas, verzog er sein kantiges Gesicht zu einem Lächeln, von dem er sich einen psychologischen Vorteil erhoffte. Der Inselbewohner, der kein unnötiges Wort gesprochen hatte, seit er sich gesetzt hatte, nickte nur.

Die nächsten Runden verliefen ruhig, und der eine oder andere schied aus und wartete auf eine bessere

Möglichkeit zum Angriff. Dsordas gewann mehr als er verlor und glich die Stapel ein wenig aus.

Der entscheidende Wurf schließlich war dramatisch. Dsordas hatte zwei Paare, Kaiser und Monde. Der Würfel des Werfers zeigte zuerst einen Kaiser und einen Mond, dann eine Laterne und dann – sehr zur Erbauung der faszinierten Zuschauer – einen weiteren Kaiser. Inzwischen war der Einsatz ganz besonders hoch, denn beide Männer waren offensichtlich der Meinung, mit ihren Würfen gewinnen zu können. Dsordas' vier Kaiser und drei Monde waren sehr hoch, doch es bestand die Gefahr, daß Racks Kästchen drei Kaiser verbarg und ihn somit auf insgesamt fünf brachte. Schließlich entschied Dsordas, daß er nie eine bessere Gelegenheit bekommen würde und setzte sämtliche Spielmarken. Rack hielt inne, dann zog er gleich und deckte drei Monde und einen Kaiser auf. Mit diesem Satz von vier zu drei hatte er ein hohes Bild und war nur wenig schwächer als Dsordas. Das Spiel war damit so gut wie zu Ende, und Racks letzte Hoffnungen waren bald zerstört.

»Ihr spielt gut«, gestand er Dsordas am Ende zu. »Ich hoffe, das Glück bleibt Euch im Großen Turnier hold.«

Dsordas lächelte über dieses zweideutige Kompliment. »Danke«, erwiderte er. »Ihr wart ein würdiger Gegner.«

»Es gibt noch weitere Tribute«, sagte Rack philosophisch. »Ich hoffe, wir sehen uns noch einmal wieder.«

Der Werfer fragte Dsordas, ob die Würfelhalle seine einhundert Imperial als Ersteinsatz zum Großen Turnier behalten sollte, und Dsordas hörte sich einwilligen. Das hatte er zwar nicht vorgehabt, doch irgendwie erschien ihm dies nun unvermeidlich.

Fen gratulierte ihm als erste, nachdem die Spieler aufgestanden waren, und auch Nason und Aad ließen sich nicht lange bitten. Bald merkten sie, daß mehrere Leute gerne die Bekanntschaft des Fremden machen wollten, der gerade zum Großen Turnier zugelassen worden war.

Kapitel vierundvierzig

Ich habe viele Male zu Zidon gebetet. Um Führung, um Wahrheit, um Befreiung. *Hat sie mich gehört, hat sie geantwortet oder mein Flehen ignoriert? Alle Orakel geben sich gerne undurchsichtig, und nur die unveränderlichen Gesetze überleben ihre Schöpfer.*

Während die anderen in der Großen Würfelhalle waren, hatten Gaye und Yeori sich an eigene Nachforschungen gemacht. Gaye war entschlossen, ihre besonderen Talente wirkungsvoll einzusetzen – warum sonst war sie hierher gekommen? –, und sie ließ sich von Yeori versprechen, daß er sie nicht unterbrach, ganz gleich, was geschah. Widerwillig fügte er sich, doch Gayes Ausflug war recht kurz und verlief äußerlich problemlos. Sobald sie den Amberin umklammert hatte, war Bowen da – als hätte er auf sie gewartet. Freude überwältigte sie, doch er gab ihr nicht die Gelegenheit, sie zu zeigen. Zwar spürte sie auch in ihm die Sehnsucht, doch war er von einer noch größeren Dringlichkeit getrieben und hatte nur Zeit, ihr einige Anweisungen zu geben.

Du mußt zum alten Tempel gehen, zu den Steingesichtern, begann er. *Ich habe es versucht, doch sie haben mich mein Werk nicht vollenden lassen. Du mußt es tun.*

Was tun?

Herausfinden, was geschehen ist, als Meyu Gar besiegt hat.

Die Götter? rief Gaye ungläubig aus. *Das ist nur eine Legende, aus der Zeit, als Xantium noch nicht erbaut war.*

Das spielt keine Rolle, drängte er sie. *Ihre Geschichte ist überall dort verewigt, wo man ihnen gehuldigt hat. Du mußt es finden.*

Ich kann nicht.

Doch, du kannst es! Du hast es schon in der Arena getan, flehte er sie an.

Gaye fiel der Ratschlag des Geistes von der Insel wieder ein. *Suche dir eine Geschichte aus. Laß sie Wirklichkeit werden.* Es kam ihr vor, als läge das Jahre zurück, in einer anderen Welt. *Das ist etwas anderes*! widersprach sie.

Was wir jetzt brauchen, ist Wissen, beharrte er.

Wozu?

Als Gar besiegt wurde, schickte man ihn ins Exil. Selbst Götter können andere Götter nicht töten. Aber er kehrte zurück, und der Schlüssel zu seiner Befreiung liegt hier in Xantium.

Das also war die Macht, vor der der Geist sie gewarnt hatte, die Macht, die die Kreischer hervorgebracht hatte. Das konnte Gaye nur schwer verstehen.

Wir müssen Verkho davon abhalten, den Schlüssel zu benutzen! fügte Bowen hinzu, er klang verzweifelt.

Verkho?

Wenn wir ihn nicht aufhalten, wird er das Böse entfesseln. Ich habe es versucht, aber ... es reicht nicht. Zum ersten Mal war seine Angst zu hören. *Die Kreise reichen nicht.* Bowens Gedanken verwirrten sich immer mehr, je näher das graue Tuch kam, um ihn einzuhüllen. *Das flatternde Laken. Geh zum Tempel.* Jetzt war er fast verschwunden. *Ich liebe dich.*

Nichts blieb, außer einem dumpfen, blinden Schmerz in Gayes Verstand. Bowens letzte Worte hallten in ihrem Kopf wider wie ein Lebewohl.

»Ich liebe dich auch«, flüsterte sie laut, als sie den Anhänger fallenließ.

»Geht es dir gut?« fragte Yeori. »Was ist passiert?«

»Ich erzähle es dir auf dem Weg.«

»Auf dem Weg? Wohin?«

»Zum alten Tempel. Ich muß mit den Göttern reden.«

Selbst zu Pferde brauchten sie länger zum Tempel, als sie erwartet hatten. Doch schließlich hatten sie es geschafft, sich einen Weg durch die feiernden Massen gebannt und den kleinen Hügel zu den ruhigen, verlassenen Ruinen erklommen. Yeori, der das Pferd die letzten Meter am Zügel geführt hatte, hielt Gaye die Hand, während sie über den rauhen Untergrund zur gepflasterten Mitte gingen.

»Steingesichter«, sagte sie leise. »Ich spüre, wie sie mich ansehen.« Yeori beobachtete sie nervös.

»Kann ich hier irgendwo sitzen?« fragte sie. Er führte sie zum Altar, und sie setzte sich auf den Boden und lehnte sich gegen den uralten zerfressenen Stein.

»Tritt ein wenig zurück. Du mußt beobachten, was passiert.« Gaye spürte, wie er zögerte. »Geh schon. Ich schaffe das schon – und du kannst besser sehen als ich!«

»In dieser Hinsicht nicht«, erwiderte er und kam ihrer Aufforderung nur widerwillig nach. In den letzten Wochen hatte Yeori viele Dinge gesehen, die seine Weltsicht verändert hatten, und er war nicht mehr der Skeptiker, der er früher gewesen war, dennoch konnte er seine schreckliche Nervosität nicht verbergen. Was Gaye da versuchen wollte, war Wahnsinn.

»Fertig?« rief sie.

»Ja.« *So gut es geht,* fügte er im stillen hinzu.

Gaye nahm den Anhänger aus ihrer Tasche und berührte die kühle, glatte Oberfläche des Steins. Dieses Mal wollte sie keinen Kontakt herstellen, sondern sie entspannte sich und ließ sich auf die Erinnerungen dieses Ortes ein. In ihrem Kopf flackerten Bilder auf, Augenblicke der Geschichte. Sie sah eine Zeit, als der Tempel ein wahrhaft wunderbares Gebäude und seine vergoldeten Hallen voller gläubiger Menschen gewesen war. Dann folgten die einzelnen Bauabschnitte und schließlich eine Zeit, bevor die Menschen an diesen Ort gekommen waren. Der kleine Hügel stand inmitten eines riesigen Waldes, die funkelnden Windungen des großen

Flusses waren durch die Blätter hindurch kaum zu sehen, und in der Ferne erhoben sich sanft grüne Hügel. Schon damals war dieser Ort hier ein heiliger Ort gewesen. Gaye fiel der Kontrast zwischen dieser Vision und der Beschreibung ein, die man ihr von den Deadlands gegeben hatte. Sie spürte auch, daß sie nicht allein war, daß irgendwelche *Führer* bei ihr waren. Doch das alles war vergessen, als die Stimmen erklangen – Stimmen, die den ganzen Himmel zu erfüllen schienen. Ihre Worte erschütterten die ganze Welt – und dennoch konnte Gaye nichts vor ihrem inneren Auge sehen. Die Sprecher waren unsichtbar für sie.

Die Schicksalsgötter haben gesprochen, erklärte Meyu.

Ich beuge mich deinem Urteil, Bruder, erwiderte Gar mit offenkundig falscher Demut.

Für deine Verbrechen wirst du auf ewig unter dem luftlosen Meer eingeschlossen.

Auf ewig? Jetzt war Furcht in Gars Stimme zu hören. *Du verweigerst mir sogar die Möglichkeit auf Elcars Feuer? Das kann nicht sein!*

Ich verfüge es, brüllte Meyu. *Du hast den Schutz der Gesetze für dich verwirkt.*

Muß es so sein? Was sagst du, Zidon?

Die Vorsehung hält die Gesetze aufrecht. War in dieser weiblichen Stimme eine Ahnung von Komplizenschaft zu hören? *Für alle.*

Nein! bellte Meyu wütend.

Du mußt mich in der Welt der Lebenden lassen, stellte Gar triumphierend fest. *Dort ist nichts unsterblich, nichts ist* auf ewig.

So überlasse ich dein Schicksal den Menschen, sagte Meyu plötzlich ganz ruhig. *Ich werde dir Elcars Feuer gewähren, falls ein Mensch diese Aufgabe erfüllen kann.* Die Wirklichkeit zuckte. *Wenn er jedoch scheitert, bist du verdammt. So wird dem Gesetz genüge getan. Was sagt das Orakel der Welt jetzt?*

So sei es, sagte Zidon.

Verrat! rief Gar und erschütterte den Himmel und die Erde. *Welcher Mann könnte dies erreichen?*

Das ist nicht die Frage, antwortete sein Bruder grimmig.

Die Gesetze einem Glücksspiel zu opfern, alles für jämmerliches menschliches Leben! fuhr Gar fort. *Das ist barbarisch. Des Pantheons nicht würdig.* Jetzt war er verzweifelt.

Dein Leben war menschlich, als du gewürfelt hast, rief Meyu.

Das Glück kann sich wenden, Bruder, knurrte Gar in einem letzten Anflug von Trotz. *Die Zeit wird mein Ende anfechten.*

Für den Augenblick aber ist es beschlossen, sagte Meyu unbarmherzig. *Und damit du deinen Sturz nicht mit ansehen mußt, wirst du blind unter das Meer gebracht.*

Gars Schrei hallte durch die endlosen Jahrhunderte wider, ein Kreischen, das alle Todesqualen aus allen gepeinigten Schreien jeder einzelnen lebenden Kreatur zu enthalten schien. Gaye ließ den Kristall fallen und zitterte heftig, während das schreckliche Geräusch sie wie ein eisiger Wind durchfuhr. Wenige Augenblicke später war Yeori an ihrer Seite und legte seine Arme um sie.

»Ich bin hier«, murmelte er. »Geht es dir gut?«

Gaye nickte schwach. Vor lauter Erschöpfung war ihr schwindlig, dennoch war sie aufgewühlt. Sie hatte die Antwort bekommen, die Bowen gesucht hatte. Erst jetzt kam ihr in den Sinn, was diese Antwort bedeuten konnte.

»Hast du sie gehört?« flüsterte sie.

»Ich habe nichts gehört. Aber ich habe etwas gesehen.« Er klang ehrfürchtig.

»Erzähl es mir.«

»Zuerst gab es ein wildes Durcheinander von Bildern, nichts war deutlich zu erkennen. Dann ... erschienen die Geister ... Hunderte von ihnen, überall.«

»Sie haben mich geführt.«

»Danach verschwanden die Mengen und drei Gestalten traten auf, zwei Männer und eine Frau. Zumindest sahen sie so aus«, fügte Yeori unsicher hinzu. »Einer von ihnen funkelte so hell, daß ich ihn kaum ansehen konnte.«

Meyu, dachte Gaye. *Der Sonnengott.*

»Der andere Mann hatte ein Geweih auf dem Kopf und Hufe anstelle von Füßen.«

Gar, der Schutzheilige aller lebenden Wesen.

»Die Frau konnte ich jedoch kaum erkennen«, fuhr Yeori fort. »Ihr Gewand wehte um sie herum – und sie veränderte sich ständig.«

Zidon, die Göttin der Prophezeiung.

»Ich konnte sehen, daß sie sich stritten und wütend gestikulierten, doch ihre Worte konnte ich nicht hören. Dann verschwanden alle, und du hast den Stein fallenlassen.«

»Sind die Geister auch verschwunden?«

»Alle bis auf einen«, gab er unglücklich zu.

Bin ich so schwach, daß ich sie nicht mehr erspüren kann? fragte sie Gaye. Laut fragte sie: »Coulson?«

Ich bin hier.

»Könnten wir es schaffen?« fragte sie. »Können wir ihn schlagen?«

Die Prophezeiung hat den Heiler gewählt, für uns alle zu würfeln.

»Aber kann er gewinnen?«

Eurem Zweck ist vielleicht gedient. Alasia gehört jetzt zu den Geiseln. Sie bittet Euch um Hilfe, genau wie ich.

Gaye saß schweigend eine Weile da.

»Er ist verschwunden«, sagte Yeori schließlich.

»Bring mich zurück zur Taverne«, sagte sie. »Ich muß mit Dsordas reden.«

»Das meinst du doch nicht ernst!« flehte Dsordas und war beinahe sprachlos über Gayes Bericht.

»O doch, das tue ich«, gab sie zurück. »Es ist unsere einzige Chance. Verstehst du denn nicht? Das löst all unsere Probleme. Wenn du Verkho besiegst, kann er die Macht niemals freisetzen und Gar wird wieder unter das Meer verbannt. Er wird niemals durch Elcars Feuer wiedergeboren werden. Die Kreischer werden verschwinden, und Zalys ist gerettet. Und du kannst die Freilassung *aller* Geiseln einfordern, nicht nur die von Bowen und den anderen aus Zalys. Dadurch wiederum wird das Reich so geschwächt, daß es niemals mehr in der Lage sein wird, alle Völker der Welt zu unterdrücken!«

Gaye war ganz entflammt für die Dinge, die sie gehört hatte, für die Erinnerungen des Ortes und für Coulson. Sie wußte, daß alles zusammenpaßte. Genau deshalb waren sie nach Xantium gekommen.

»Und wenn ich verliere?« fragte Dsordas hilflos.

»Das kannst du nicht. Es wurde prophezeit. Du *mußt* es tun.«

»Verkho ist derjenige, der nicht verlieren kann«, erwiderte Dsordas. »Du hast gehört, was Acevedo gesagt hat. Gegen ihn zu spielen, wäre Wahnsinn.«

»Nein. Er muß ehrlich sein. Das ist Teil der Abmachung.«

»Und du glaubst das?« fragte Yeori.

»In der Großen Würfelhalle gibt es Talentierte, die den Gebrauch von Magie erspüren können. Das hast du selbst gesagt.«

»Verkho ist der Kanzler!« rief Dsordas aus. »Glaubst du nicht, daß er ein paar folgsame Talentierte kaufen könnte, damit sie sagen, was er will?«

»Mich kann er nicht kaufen«, sagte Aad völlig unerwartet. Alle sahen ihn an.

»Ich kann zwar keine magischen Dinge *tun*«, erklärte er. »Aber ich erspüre Magie. Du hattest recht, Yeori. Meine Hände kitzeln immer, wenn ich in der Nähe von magischen Vorgängen bin.« Während die anderen noch diese außergewöhnliche Aussage verdauten, raste Gayes Verstand schon voraus.

»Ich glaube zwar nicht, daß er bei der Wette sein Versprechen brechen *kann*, aber wir können dafür sorgen, daß das Spiel so öffentlich wie möglich stattfindet, nur um ganz sicherzugehen.«

Für Dsordas ging das alles viel zu schnell.

»Aber selbst wenn er nicht betrügt«, wandte er ein, »könnte ich verlieren.«

»Alasia würde uns nicht in die Irre führen«, erwiderte Gaye zuversichtlich. »Und Bowen auch nicht. Das hier *soll* passieren.«

Dsordas fühlte sich hin- und hergerissen und hatte sich nicht mehr unter Kontrolle. Seine Fähigkeiten im Spiel um Geld zu testen, war eine Sache, ein derart erschreckender Einsatz eine andere. Zalys und die Geiseln auf einen Streich zu retten, war eine verlockende Aussicht, doch der Preis eines Versagens war unvorstellbar. Doch Gaye war unerbittlich von der Sache überzeugt und würde ihn nicht im Stich lassen.

»Wenn du es nicht tust«, sagte sie, »wird Verkho früher oder später jemanden finden, der bereit ist, das Risiko einzugehen. Und dann wird er gewinnen. Wir *müssen* ihn aufhalten. Verstehst du das nicht?«

Dsordas hatte das Gefühl, als würde die graue Masse ihn strangulieren, die sich über ihn legte, und Schmerz schoß durch seinen Kopf. Dachte er *tatsächlich* darüber nach, daß von ihm die größte Katastrophe abhing, die die Welt je gesehen hatte? Konnte er es riskieren, eine jahrhundertealte boshafte Kraft freizusetzen, gegen die die Kreischer wie spielende Kätzchen wirkten? Und konnte er so obszön sein, um das Leben einer Frau zu wetten?

Als lese sie seine Gedanken, sprach Gaye sanft weiter. »Ich wäre gerne dein Einsatz.«

»Nein«, widersprach Fen ihrer Schwester. »Wenn Dsordas sich der Herausforderung von Verkho stellen muß, dann wird er um mein Leben spielen und um kein anderes.«

Kapitel fünfundvierzig

Das Schicksal gibt uns keine Straßenkarte mit auf den Weg. Wir alle müssen unseren Weg durch das Labyrinth mit seinen Fußangeln und Sackgassen selbst wählen. Ist es mein Fehler, wenn die Wegweiser ignoriert werden? Oder die meisten Hinweise unleserlich sind, selbst für jene, die sehen können?

Wer kann dem Pfeil des Schicksals ausweichen?

Die Neuigkeit, daß irgend jemand – noch dazu ein *Fremder* – es tatsächlich wagte, Kanzler Verkhos Herausforderung anzunehmen, raste durch Xantium wie ein Waldbrand im Sommer. Das Gerücht wurde noch zusätzlich durch die noch bemerkenswerteren Berichte über den Einsatz des Fremden angefacht. Die meisten Leute hätten erwartet, daß jemand, der wahnsinnig genug war, gegen Verkho anzutreten, um eine unvorstellbar hohe Summe Geld gespielt hätte oder zumindest um die Herrschaft über mehrere Länder. Doch dieser Dsordas Nyun, der *alles* hätte verlangen können, hatte die Freilassung aller Geiseln der Stadt gefordert – und sonst nichts. Natürlich rechnete niemand damit, daß er gewann, nichtsdestoweniger war man allgemein der Meinung, daß er entweder verrückt oder hoffnungslos unwissend war – oder vermutlich sogar beides. Da Verkho in die Bedingungen eingewilligt hatte, fand sich die allgemeine Ansicht um so mehr bestätigt, daß der Kanzler gewinnen würde. Dennoch fieberte man dem Zusammentreffen entgegen, mehr noch als der Entwicklung des Großen Turniers, und alles bemühte sich verzweifelt, Zutritt zur Großen Würfelhalle zu erlangen, wo das Spiel stattfinden sollte.

Auf Verfügung des Kanzlers sollte der Wettbewerb eine Stunde vor Mittag stattfinden, einen Tag, nachdem er die Nachricht erhalten hatte, daß er einen Gegner gefunden hatte. Da dies der dritte Tag des Großen Turniers war, mußte in aller Eile der Veranstaltungsplan in der Großen Würfelhalle geändert werden, und das Personal stürzte sich fieberhaft in Vorbereitungen. Die zentrale Halle wurde bis auf einen Tisch leergeräumt, und man errichtete Tribünen, damit so viele Menschen wie möglich einen guten Blick auf das Spiel hatten. Die besten Werfer und Aufseher wurden für die Überwachung des Spiels eingeteilt und weiteres Personal angewiesen, alles herbeizuschaffen, was der Bequemlichkeit der beiden Kontrahenten diente. Der Geschäftsführung der Halle gebührte Bewunderung, daß alles schon vor der festgelegten Stunde bereit war.

Dsordas war selbst überrascht, daß er gut und traumlos geschlafen hatte. Seine Kopfschmerzen waren auf wunderbare Weise in dem Augenblick verschwunden, als er seine Entscheidung getroffen hatte, die Herausforderung anzunehmen, doch obwohl ihn das ein wenig tröstete, konnte er die Bedeutung dieser Tatsache nicht erklären. War es ein Zeichen, daß er das Richtige tat? Oder nur, daß er nach der wachsenden Frustration der letzten Tage endlich etwas Gutes tat? Heilte er sich auf unbegreifliche Weise selbst?

Solche Fragen konnte Dsordas nicht beantworten, und so konnte er nur seine vielen Ängste besänftigen, indem er daran dachte, wie leidenschaftlich Gaye von dieser Sache überzeugt war.

Als er schließlich am frühen Morgen erwachte, fühlte er sich wie ausgehöhlt, und sein ganzer Körper war eine große, schmerzende Leere, als ihm wieder bewußt wurde, daß er Fens Leben und nicht sein eigenes aufs Spiel setzen würde. Alles andere wurde unwichtig, als er sie neben sich liegen sah, nach einer Nacht zärtlicher Leidenschaft – wobei Gaye so getan hatte, als sei sie taub.

Alles andere, all die Schrecken und Hoffnungen, bedeuteten nichts verglichen mit seiner Liebe zu ihr.

»Ich kann das nicht tun«, flüsterte er.

»Du mußt«, erwiderte sie.

Ihr Lächeln sagte ihm, daß es kein Zurück mehr gab.

Verkho war natürlich außer sich vor Freude. Er wußte jetzt, daß sein Leben genau auf diesen Wettbewerb zugesteuert war, und zwar seit den Enthüllungen, die er als Junge erfahren hatte, und die sein Leben verändert und ihn auf den Weg zu ultimativen Macht gebracht hatten. Er war sicher, daß er selbst ohne Benutzung seines Talents gewinnen konnte – das war sein Schicksal –, und er wußte, daß dieser Wettstreit alle Anstrengungen wert war, eine angemessene Bühne, auf der er sein überragendes Können vor dem Volk von Xantium zur Schau stellen konnte. Daher war er nur zu gerne bereit, Dsordas' Bedingungen bezüglich Austragungsort und Spiel zu akzeptieren. Er hätte auch von sich aus *Das Vermögen des Kaisers* gewählt – nicht zuletzt, weil der Name so passend war –, und ein Anfangseinsatz von einhundert Imperial war völlig in Ordnung. Das Geld bedeutete ihm natürlich nichts, es war nur ein Mittel, um den Spielstand festzuhalten. Der wahre Einsatz war weitaus bedeutsamer. Verkho wußte, daß der Herausforderer sich bereits einen Namen gemacht hatte, weil er ein Tribut gewonnen hatte, und das war um so besser. Die Götter wollten bestimmt einen würdigen Gegner sehen.

Er rief nach Shinasi und setzte sich in seinen Rollstuhl. Dann machte sich der Kanzler in Begleitung seines Dieners und eines Trupps Soldaten auf den Weg zur Großen Würfelhalle. Schon bald folgten ihm viele Höflinge und andere Interessierte. Als er das Kreisviertel verließ, umfaßte die Prozession mehrere hundert Menschen, und im übervölkerten Ebenen Viertel wurde sie noch größer. Für die meisten dieser Menschen bestand keine Hoffnung, persönlich Zeuge dieser schicksalhaften Konfrontation zu werden, doch es war schon ein Erlebnis, einem solchen Ereignis überhaupt nahezukommen, eine besondere Attraktion inmitten der Vergnügungen des städtischen Karnevals.

Der *Soldat* wartete in einem Fenster auf dem obersten Korridor eines Gebäudes entlang des Weges, den der Kanzler nehmen würde. Eine mächtige Armbrust lag geladen auf seinem Schoß. Er wußte, daß Verkho bald vorbeikommen würde, und diese Gelegenheit war viel zu gut, um sie verstreichen zu lassen. Martyn wußte nicht, was der Kanzler mit dieser närrischen Herausforderung bezweckte, doch es mußte per definitionem böse sein – und daher war es eine besonders lohnende Aussicht, ihn zu töten, bevor er die Würfelhalle überhaupt erreichte. Martyn hatte seit dem letzten Treffen nicht mit seinen mutmaßlichen Verbündeten gesprochen, außer mit Sagar, und daher hatte er keine Ahnung, ob sie etwas planten und wenn ja, was. Kerrell und die anderen hatten offenbar Angst davor, etwas zu unternehmen, und auf jeden Fall arbeitete der *Soldat* lieber allein.

Endlich näherte sich die Parade, und ihr eilte der Lärm einer großen Anzahl aufgeregter Menschen voraus. Am Kopf der Prozession schob Shinasi den Kanzler. Martyn war überrascht, seinen Feind als Invaliden zu sehen, doch das würde den Schuß um so leichter machen. Er öffnete die Fensterläden ein wenig weiter, stand auf und hob die Armbrust.

Die Soldaten, die Verkho begleiteten, sahen sich sorgfältig um und gestatteten es niemandem, ihrem Herrn allzu nahe zu kommen, doch Martyn wußte, daß sie ihn erst sehen würden, wenn es zu spät war. Als sein Ziel näherkam, nahm der *Soldat* sorgfältig Maß. Dann zögerte er. Um den Kanzler herum schien ein schwaches blaues Licht zu leuchten, im hellen Sonnenschein kaum erkennbar, aber dennoch vorhanden. War das wieder so ein widerlicher Zauber? Der *Soldat* verwarf den Gedanken. Auf diesen Augenblick hatte er schon zu lange gewartet. Er drückte den Abzug und spürte, wie der Bogen zurückprallte, als der Pfeil nach unten raste, direkt auf Verkhos Herz zu. Der *Soldat* jubelte innerlich, während er den Flug des Pfeils verfolgte, doch dann, im letzten Augenblick, leuchtete ein blauer Blitz auf, der Pfeil geriet aus der Bahn und schoß am Kanzler vorbei. Schreie und Rufe brandeten auf, als der abgelenkte Pfeil in die Brust eines Soldaten einschlug und seine Brustplatte durchbohrte, als sei sie aus Leinen. Er starrte dümmlich auf den Schaft, der aus seinem Körper herausragte, und brach zusammen. Der Captain der Truppe reagierte schnell, und die Soldaten rannten auf das Gebäude zu, während die Zivilisten sich zerstreuten.

Martyn fluchte, warf die nutzlose Armbrust fort und rannte. Er konnte kaum glauben, was er da gerade gesehen hatte.

Verkho warf gelassen einen Blick auf das leere Fenster und lächelte, bevor er dem ebenfalls keineswegs beunruhigten Shinasi weiterzufahren befahl.

»Seid Ihr bereit?« fragte Acevedo.

»Ja«, erwiderte Dsordas, obwohl er wie ein Mann klang, den man zum Galgen geschickt hatte.

»Es ist mir gelungen, Euren Aufenthaltsort geheimzuhalten«, fügte sein Führer stolz hinzu, »doch wir müssen einen Umweg machen, wenn wir den Massen entgehen wollen.«

»Alles, was Ihr für richtig haltet«, sagte Dsordas gleichgültig.

Acevedo hatte Dsordas' Antwort auf Verkhos Herausforderung überbracht, und er hatte dabei die üblichen Schichten von Bürokratentum umgangen, die den Kanzler normalerweise umgaben. Er ergötzte sich an seinem erstaunlichen Glück, der selbsternannte Mentor dieser Leute geworden zu sein, die schon bald berühmt sein würden.

»Dann kommt«, sagte er und legte eifrig eine Hand auf Dsordas' Arm. »Ihr vergeßt mich doch nicht, falls Ihr gewinnt, oder, Herr?«

»Wenn er gewinnt«, beruhigte ihn Fen, »werdet Ihr hundert Imperial bekommen.«

Acevedo strahlte, dann wandte er sich um und ging voraus. Alle sechs Reisenden folgten ihm den qualvollen Weg, für den sie durch mehrere schmutzige Gassen kamen, die so schmal waren, daß sie im Gänsemarsch gehen mußten, sowie durch eine Reihe von Gebäuden, deren Bewohner sie entweder ignorierten oder Acevedo uninteressiert zuwinkten.

Als sie schließlich den Seiteneingang der Großen Würfelhalle erreichten und sich auswiesen, ließ man sie schnell hinein und brachte sie in einen Privatraum, wo sie vom leitenden Geschäftsführer mit Erfrischungen begrüßt wurden. Niemand außer Acevedo hatte Lust, etwas zu essen, doch Yeori stürzte einen großen Kelch Wein hinunter.

Es dauerte nicht lange, bis ein Bote sie in Kenntnis setzte, daß der Kanzler bald eintreffen würde, und man brachte sie in die zentrale Halle zu ihren Sitzplätzen, Dsordas am Tisch, Fen auf einem alleinstehenden Stuhl hinter ihm. Die anderen saßen auf einer Bank vor den vollen Tribünen. Als sie sich trennen mußten, küßte Gaye Dsordas und lächelte. Yeori wünschte ihm viel Glück, doch Aad und Nason verschlug es vor so vielen Menschen die Sprache. Fen umarmte ihn als letzte, und sie spürte die Blicke aller auf ihnen beiden ruhen. Sie lächelte entschlossen und blickte in seine besorgten Augen.

»Du wirst gewinnen«, sagte sie leise. »Ich weiß es. Du hast mich nicht vor Farrags Gift gerettet, um mich dann so zu verlieren.«

Dsordas antwortete nicht. Er wußte schon lange nicht mehr, was er sagen sollte.

»Stell dir vor, deine Mutter sähe zu«, fügte Fen grinsend hinzu. »Wenn sie hier wäre, würdest du es nicht wagen zu verlieren!« Mit diesen Worten küßte sie ihn und nahm ihren Platz ein. Doch wie fröhlich sie sich auch nach außen hin gab, sie fühlte sich wie die Opferjungfrau am Tempel.

Als Verkho eintrat, standen alle auf, und Dsordas starrte voller Entsetzen die verhüllte Gestalt im Rollstuhl an. Es war eine Reinkarnation von Farrag, dieselben schrecklichen Augen, die anscheinend unbesiegbare Zuversicht, dasselbe überwältigende Gefühl des *Bösen.* Da hörte er eine kleine Stimme in seinem Kopf. *Du hast ihn schon einmal geschlagen. Du kannst es wieder schaffen.*

Der Kanzler saß allein am Tisch Dsordas gegenüber. Er wußte, daß er hier in der Großen Würfelhalle keinen besonderen Schutz brauchte.

Gespannte Stille senkte sich über die Anwesenden, als der Werfer die offizielle Herausforderung und die Annahme vorlas, die Einsätze aufzählte, um die gespielt wurde, und die Spieler bat, die Richtigkeit der Einzelheiten zu bestätigen. Verkho sah Fen direkt an.

»Ihr gebt freiwillig Euer Leben, falls ich gewinne?« fragte er.

»Das tue ich«, erwiderte sie und war überrascht, daß ihre Stimme nicht zitterte.

»Dann laßt uns beginnen.« Der Kanzler nahm einen Satz Würfel in seine gesunde Hand und sah seinen Gegner an. Dsordas holte tief Luft und hielt dem funkelnden Starren so gut er konnte stand und nahm dann seine eigenen Würfel auf.

Zum Erstaunen des Inselbewohners – das er so gut es ging verbarg – brachte sein erster Wurf vier Sicheln. Daher setzte er ziemlich viel ein und fügte dem vereinbarten Minimum von einem Imperial fünf hinzu. Verkho hielt mit. Die beiden ersten Würfel des Werfers zeigten ein Paar Monde. Dieses Mal wettete Verkho zuerst und die Rollen waren vertauscht. Der Kanzler schob fünf weitere Spielmarken auf den Tisch.

Das gab Dsordas Gelegenheit zum Nachdenken. Bluffte Verkho in der Hoffnung, einen psychologischen Vorteil zu erhalten? Oder hatte er selbst zwei Monde, die ihn mit den beiden anderen jetzt in Vorsprung bringen würden? Andererseits gab es noch eine gute Chance, daß noch weitere Sicheln fielen. Dsordas hielt mit. Der nächste Wurf brachte einen Stern und eine Laterne, die für Dsordas beide unbrauchbar waren. Der Kanzler setzte weitere fünf Imperial und erhöhte den Einsatz damit auf achtzehn einschließlich der beiden, die nach dem vorletzten Wurf gesetzt wurden.

Wenn ich jetzt aufgebe, dachte Dsordas, *verliere ich nur dreizehn – aber dann hat er mich durchschaut. Und es könnte immer noch sein, daß er blufft.* Fatalistisch setzte er fünf Imperial und öffnete sein Kästchen.

»Vier Sicheln«, verkündete der Werfer und wandte sich dann an Verkho, der sein eigenes Kästchen öffnete und zwei Paare aufdeckte – Wasser und Monde. Als der Werfer dieses Ergebnis verkündete, waren von den Zuschauern ein paar Schreie und vereinzelter Applaus zu hören.

Dsordas' Herz sank wie Blei. Nur ein Spiel, und schon hatte er fast ein Fünftel seines gesamten Einsatzes verloren. Das war kein glücklicher Anfang.

Die nächsten Spiele waren nicht annähernd so dramatisch, und es wurde viel niedriger gewettet. Dsordas' Zuversicht stieg ein wenig mit gelegentlichen kleinen Gewinnen, und er bewies damit, daß er es konnte, doch alles in allem wurde sein Stapel Spielmarken ganz allmählich immer kleiner. Das Publikum sah gebannt zu und war ganz gefesselt von dem Drama, das sich vor ihnen entwickelte, und von den Folgen für die Männer. Der Anblick von Fen, die ganz allein dasaß, schön und verletzlich, reizte die Zuschauer um so mehr.

Nachdem sie eine weitere halbe Stunde gespielt hatten, verlor Dsordas mit einem starken Satz – vier Kaiser und zwei Monde –, als der letzte Wurf Verkho den fünften Schädel brachte. Dadurch wurde der Stapel Spielmarken des Inselbewohners noch kleiner, und er überschlug schnell, daß er jetzt weniger als fünfzig Imperial besaß. Sein Gegner hatte dreimal soviel. Wenn Dsordas nicht bald etwas tat, würde er verlieren. Ein Blick in die wilden Augen des Kanzlers und auf das leichte Lächeln, das seine Lippen verzerrte, sprach Bände.

Beim nächsten Wurf sah Dsordas erschreckt, daß er jedes Symbol je einmal geworfen hatte – der Kreis. Eine große Ironie bei dieser Version des Spiels war, daß dieser Wurf – der bestmögliche – am Anfang des Spiels nutzlos war. Legte man drei davon zur Seite, war es der schwächste Wurf. Dsordas gab die drei niedrigsten ab, ein Stern, eine Sichel und eine Laterne, und machte sich darauf gefaßt auszuscheiden. Doch als Verkho nur einen Imperial setzte, beschloß er mitzuhalten. Er hatte immer noch die geringe Chance, seinen Kreis wiederaufzufüllen.

Der Werfer würfelte mit zwei Würfeln. Zu Dsordas' Erstaunen fielen eine Sichel und eine Laterne. Jetzt hatten sich die Chancen dramatisch verändert. Sie standen immer noch gegen ihn, doch falls einer der beiden verbleibenden Würfel ein Stern war, hätte er ein unbesiegbares Ergebnis. Jetzt war er an der Reihe, den Einsatz zu bestimmen. Er schob einen Stapel von zehn Imperial auf den Tisch.

Verkho sah ihn lange an.

»Eure Würfe sind plötzlich besser geworden«, bemerkte er schließlich, »aber ich glaube, Ihr habt Euch eine schlechte Zeit zum Bluffen ausgesucht.« Er hielt mit, erhöhte um weitere zehn und drängte den Inselbewohner damit in die Ecke. Riskierte er weitere zehn? Ein Verlust würde ihm fast das Ende bereiten. Er brauchte einen Stern, einen Stern, den die Wahrsager als Zeichen für die

Liebe oder für das Unbekannte werteten. Ging es hier nicht genau darum? Dsordas hielt mit, und der Kanzler zog eine Augenbraue hoch und lächelte böse.

Der Werfer würfelte.

»Ein Stern«, erklärte er.

Ein Stern. Dsordas konnte sein Glück kaum fassen, doch er setzte alles daran, seine Gefühle nicht zu zeigen. Jetzt konnte er nicht mehr verlieren, und sein erster Impuls war, sofort alles zu setzen, was er hatte – doch er mußte seinen Gegner davon überzeugen, soviel wie möglich zu setzen. Es war Zeit für ein wenig Theatralik.

Verkho setzte fünf Imperial. Dsordas wartete so lange wie möglich, dann zuckte er die Achseln, hielt mit und setzte weitere fünf. Als der Kanzler mit fünf weiteren mithielt, lachte Dsordas nervös. Die Zuschauer flüsterten und fragten sich, ob der Fremde jetzt die Kontrollc über sich verloren hatte.

Der Werfer warf den letzten Würfel und erzielte eine weitere Sichel. Das war für Dsordas bedeutungslos, doch er zuckte und unterdrückte seine Reaktion dann eilig, und er wußte, daß Verkho die kleine Bewegung bemerkt hatte. In der Hoffnung, daß die Sichel das Ergebnis seines Gegners verbesserte und ihn so um so eher dazu veranlaßte weiterzuwetten, machte Dsordas einen großen Akt daraus, sich unentschlossen zu zeigen und drehte sich auf seinem Stuhl um. Der Blick, den er Fen zuwarf, als ersuche er sie um Rat, war so voller Traurigkeit und Bedauern, daß viele im Publikum bestürzt waren. Der Fremde hatte tatsächlich die Nerven verloren. Fens Herz klopfte wie wild. Sie war hilflos, unfähig, seine wahren Absichten zu erkennen. Dsordas wandte sich langsam wieder dem Tisch zu und schob bedächtig seine gesamten Spielmarken in die Mitte. Die Zuschauer holten wie ein Mann tief Luft und erfüllten die Halle mit ihrem Flüstern. Hier war der erste und vielleicht letzte Höhepunkt der Vorstellung. Während die Spekulationen langsam verebbten, saß Verkho bewegungslos da.

Nimm den Köder, drängte ihn Dsordas im stillen. *Bitte, nimm den Köder!*

»Ihr müßt ein wahrhaft wunderbares Ergebnis haben«, sagte sein Gegner sarkastisch. »Das möchte ich lieber selbst sehen.«

Verkho zählte die erforderlichen Spielmarken auf den Tisch und öffnete sein Kästchen, das zwei Sicheln, einen Stern und einen Kaiser zum Vorschein brachte, so daß er alles in allem vier Sicheln und zwei Sterne hatte. Dsordas zeigte sofort seine eigenen Würfel, und als der Werfer das Ergebnis verkündete und mit einem dramatischen »Der Kreis!« endete, tobte die Menge los. Hinter sich konnte Dsordas seine Freunde rufen und lachen hören, doch er traute sich nicht, sich wieder zu Fen umzudrehen. Seine Aufgabe war noch lange nicht erledigt – doch zumindest hatte er jetzt beinahe wieder einen Gleichstand erreicht. Verkho war der einzige in der ganzen Halle, der anscheinend ungerührt blieb. Während der nächsten Würfe kehrte das Spiel zum früheren Katz-und-Maus-Spiel zurück. Doch jetzt hatte sich die Atmosphäre verändert. Dsordas spürte die Unsicherheit seines Gegners und glaubte sogar, ein paar Fehleinschätzungen zu bemerken. Der Inselbewohner gewann ein paar kleinere Beträge und bekam damit einen leichten Vorteil.

Mehr als eine Stunde war vergangen, als eine erste Wettrunde hoffen ließ, daß der nächste Wurf wichtig werden könnte. Der Kanzler zählte zwanzig Imperial auf den Tisch. Dsordas betrachtete seine eigenen Würfel – drei Monde und einen Schädel –, bevor er sein Kästchen schloß und selbst zwanzig Imperial setzte.

Der erste Wurf des Werfers ergab einen Mond und einen Schädel, wodurch Dsordas' Ergebnis stark verbessert wurde. Er setzte weitere zwanzig, und Verkho hielt sofort, fast ungeduldig, mit und gab dem Werfer das Zeichen fortzufahren. Der Würfel schien sich eine Ewigkeit auf dem Tisch zu drehen, bevor er endlich fiel und die Krone des Kaisers zeigte.

Verkho brauchte sein Kästchen nicht zu öffnen, um zu wissen, was dort lag. Obwohl noch ein Wurf ausstand, hatte er einen starken Satz, der so gut wie sicher gewinnen konnte. In der Halle herrschte absolutes Schweigen, als der Kanzler seinen gesamten Stapel Spielmarken in die Mitte des Tisches schob und zu Dsordas aufsah. Er hoffte, daß er mithielt, doch rechnete er damit, daß diese große Wette ihn abschreckte.

Doch Dsordas hatte bereits vier Monde und zwei Schädel, die für sich genommen schon ein guter Satz waren, den er nur ungern aufgeben wollte. Ihm war klar, daß sein nächster Zug kritisch war. Er glaubte, die ersten Zeichen der Verzweiflung bei Verkho gespürt zu haben, und er wußte, er würde vielleicht nie wieder die Chance bekommen, den Kanzler in einem schnellen Angriff niederzustrecken. Er hielt mit und behielt nur wenige Spielmarken für sich. Das gesamte Publikum, das den Atem angehalten hatte, seufzte jetzt auf und murmelte anerkennend. Sie sahen fasziniert zu, während sie darauf warteten, daß der Werfer die Runde beendete.

Doch den nächsten Zug machte Verkho. Da er wußte, daß die Wetten beendet waren, klappte er hastig sein Kästchen auf und riß einige Zuschauer zu überraschten Schreien hin.

»Drei Schädel und ein Kaiser«, stellte er fest. »Könnt Ihr das überbieten?« Der Kanzler grinste höhnisch über das Entsetzen im Gesicht seines Gegners. Im Geiste hielt er den Talisman bereits in der Hand.

Dsordas wurde schlecht. Man hatte ihn ausmanövriert. Verkhos vier Schädel und zwei Kaiser bedeuteten so gut wie sicher den Gewinn. Nur ein Mond, der Dsordas' Satz auf fünf Monde erhöhte, konnte Fen jetzt noch retten. Eine Chance von nur eins zu sechs. Und es war sogar möglich, daß der ausgewählte Würfel nicht einmal einen Mond zeigte und Dsordas damit überhaupt keine Chance mehr hatte.

Der Werfer griff in den undurchsichtigen Satinbeutel,

in dem zwischen den einzelnen Würfen seine Würfel lagen, und machte sich bereit.

»Hier gibt es Magie.«

Auf die Worte der Aufseherin erstarrten die Teilnehmer ebenso wie die Zuschauer. Alle hatten die Anwesenheit der Talentierten vergessen, eine kleine, dunkelhäutige Frau, die auf einer der vorderen Bänke an der Seite des Tisches gegenüber dem Werfer saß.

»Wer gebraucht hier Zauberkräfte?« fragte er.

»Niemand. Es kommt von draußen.«

Bei diesen Worten sah sich der verwirrte Werfer um, als suche er Rat, denn eine solche Situation hatte er noch nicht erlebt. Der leitende Geschäftsführer trat vor und war bereit einzugreifen, doch die Aufseherin ergriff erneut das Wort.

»Die Spieler sind unschuldig«, verkündete sie in einer Art Sprechgesang. »Der Einfluß ist rückläufig, und jetzt ist er verschwunden. Ihr könnt weitermachen.«

Dsordas' letzte Hoffnung schwand dahin. Hätte man Verkho beim Betrügen erwischt, hätte Dsordas den Sieg für sich beanspruchen können. Jetzt konnte er sich nur noch auf sein Glück verlassen. Dieses Mal brauchte er nicht den Stern der Liebe, sondern den Halbmond, der für andere Welten stand.

Der Werfer ließ den Würfel fallen. Unter dem Blick von Hunderten von Menschen rollte er über die glatte Oberfläche. Dsordas betete, während er den Würfel anstarrte, und zunächst glaubte, daß das, was er sah, eine Art selbsterzeugte Halluzination war – doch dann wurde es immer deutlicher. Eine geisterhafte Hand, durchsichtig und flüchtig, stieg aus dem soliden Tisch auf und tippte den Würfel an, als er an ihr vorbeirollte und versetzte ihm damit einen winzigen Drall. Dann verschwand sie wieder.

Dsordas war hilflos und wie hypnotisiert. Warum kam kein Aufschrei von der Aufseherin, von Aad, von den anderen? Hatte er als einziger die Einmischung des Geistes gesehen? Im selben Augenblick fragte er sich, wie ein Geist überhaupt einen Würfel in der Welt der Lebenden beeinflussen konnte. Das war nicht möglich. *Andere Welten*?

Der Würfel wurde langsamer, kippte noch einmal um und blieb schließlich liegen. Dsordas merkte, wie er auf den ersehnten Mond starrte und wagte kaum zu atmen. Er wartete auf Einwände, auf Proteste gegen die Einmischung des Phantoms – doch nichts geschah. Alle sahen ihn an.

»Eure Würfel, Sir?« gab der Werfer das Stichwort. »Dürfen wir sie sehen?«

Wie im Traum öffnete Dsordas den Deckel.

»Fünf Monde!« erklärte der Werfer. »Das Spiel ist zu Ende.«

Kapitel sechsundvierzig

Sie haben kein Feuer, und das ist ihre Stärke und gleichzeitig ihre Schwäche. Gemeinsam können sie heller leuchten als jedes Leuchtfeuer.

Parallele Wege können *sich kreuzen. Es ist nur eine Frage der Perspektive.*

In der Halle brach Jubel los. Niemand konnte so recht glauben, daß Verkho verloren hatte, doch je tiefer die Wahrheit ins Bewußtsein der Menschen einsank, um so lauter wurde der Lärm. Fen war nach vorne gelaufen, und sie und Dsordas führten einen wilden Freudentanz auf. Ihre Freunde drängten sich um sie herum, und einige Leute aus dem Publikum rotteten sich um sie zusammen, obwohl die völlig überraschten Angestellten ihr Bestes taten, das zu verhindern. Einige liefen zu den Ausgängen, um die erstaunliche Nachricht in ganz Xantium zu verbreiten. Verkho blieb wie festgewachsen am Tisch sitzen und brachte kein Wort heraus. Schließlich machte er Shinasi ein Zeichen und verließ das Haus, und die Soldaten bahnten ihm einen Weg durch die Menschenmengen.

Endlich wurden Dsordas und seine Begleiter in die Abgeschiedenheit des Privatraums gebracht. Acevedo folgte ihnen. Der große Jubel war überwältigend, und alle umarmten sich nacheinander.

»Wir haben es geschafft! Wir haben es geschafft!« sang Fen.

»Bowen«, hauchte Gaye und fügte mit unbewußter Ironie hinzu: »Ich werde ihn bald wiedersehen.«

»Ich bin reich, ich bin reich!« schrie Acevedo. Er hatte vorsichtshalber Dsordas' Gewinn an sich genommen.

Die anderen brachten nicht einmal zusammenhängende Sätze zustande, sondern jauchzten und kreischten bloß wie Verrückte. Aber Dsordas machte sich trotz seiner Freude immer noch Gedanken. Schließlich gelang es ihm, Aad in die Ecke zu drängen.

»Hast du gegen Ende irgend etwas gespürt?«

»Ja«, erwiderte der Junge. »Ich war zuerst nicht sicher, denn es war nur sehr schwach, aber da war etwas, ganz fern und kaum zu spüren. Die Aufseherin muß sehr gut sein, daß sie es so schnell gemerkt hat.«

»Und hinterher, als sie sagte, es sei verschwunden?«

»Nichts. Warum?«

»Nichts weiter.«

»Wann werden die Geiseln entlassen?« fragte Gaye.

»Heute nachmittag«, erwiderte Nason. »Bevor Verkho ging, hat er den Geschäftsführer angewiesen, es zu verkünden. Sie kommen aus dem Südtor des Kreisviertels.« In seiner Stimme war die Vorfreude zu hören, die ihn beim Gedanken an das Wiedersehen mit seinem Bruder erfaßte.

»Glaubt ihr, daß er seine Zusage einhalten wird?« formulierte Yeori den ersten Zweifel.

»Er muß!« stellte Gaye fest. »Und wir werden die Geiseln empfangen.«

»Zuerst müssen wir hier raus«, sagte Dsordas. »Und das wird nicht leicht sein.« Er wandte sich an Acevedo.

»Überlaßt das mir, Master Dsordas«, sagte der Führer und grinste glücklich.

Als Baylin die Große Würfelhalle verließ, war er ebenso erstaunt wie alle anderen, die Zeuge von Dsordas' Sieg geworden waren. Sein grelles Kostüm und der falsche Bart dienten als Verkleidung, doch fiel das in einer Stadt, in der es von ausgefallenen Attraktionen wimmelte, nicht weiter auf. Er ging sofort zu Ifryn und berichtete ihr in vollem Umfang von den Geschehnissen.

»In ungefähr einer Stunde wird die Nachricht in der ganzen Stadt bekannt sein«, schloß Baylin, »aber ich glaube trotzdem nicht, daß irgend jemand versteht, was da vor sich geht. Warum haben sie das getan?«

»Alle, die sich gegen Verkho stellen, könnten mögliche Verbündete für uns sein«, erwiderte die Kaiserin.

»Aber falls er die Geiseln tatsächlich freiläßt, wird er Xantium maßlos schwächen.«

»Das ist mir mittlerweile egal. Das Kaiserreich wird früher oder später ohnehin fallen. Ich will nur meinen Sohn wiederhaben und Verkhos Machenschaften ein Ende bereiten. Ich will diese Leute kennenlernen.«

»Mal sehen, ob ich etwas arrangieren kann.«

»Habt Ihr schon Kerrell davon erzählt?«

»Nein. Dazu hatte ich noch keine Gelegenheit. Er ist gestern nicht am vereinbarten Treffpunkt aufgetaucht.«

»Glaubt Ihr, daß ihm etwas zu gestoßen ist?« Ifryn war sofort besorgt.

»Ich weiß es nicht«, erwiderte Baylin ehrlich. »Aber er ist schon früher manchmal nicht zu Treffen erschienen. Ich glaube nicht, daß wir uns Sorgen machen müssen.«

Die Tür der Kerkerzelle wurde mit Wucht aufgerissen, und Verkho schritt mit einer Lampe in der Hand herein. Alasia scheute vor seiner Wut und vor dem plötzlichen hellen Licht zurück.

»Es ist etwas passiert, nicht wahr?« wollte er wissen. »Hattet Ihr etwas mit dem letzten Wurf zu tun?«

»Ich kann mich nicht in anderen Welten bewegen«, erwiderte sie mit zitternder Stimme.

»Aber Ihr könnt in sie hineinsehen, oder? Sagt mir, was Ihr gesehen habt, oder ich lasse Euch in tausend Stücke schneiden.«

Alasia hatte ihren ersten Schock überwunden und ließ sich von seiner Drohung nicht aus der Ruhe bringen.

»Ich werde fortfliegen«, sagte sie sanft.

Tief aus der Kehle des Kanzlers entrang sich ein gurgelndes Geräusch, als würge er an seiner eigenen Bosheit. Nachdem die Aufseherin erklärt hatte, daß die Magie verschwunden war, hätte er sich lächerlich gemacht, wenn er gegen seine Niederlage protestiert hätte. Aber *irgend etwas* hatte sich eingemischt, da war er sicher. Der Handel war nicht eingelöst worden, daher hatte er sicher noch eine weitere Chance. Doch dazu mußte er zumindest die Geiseln mit großem Tamtam freilassen. Wenn er jetzt sein Wort brach, gab es keine Hoffnung mehr, daß sich ein weiterer Freiwilliger meldete. Verkho fluchte angewidert und schlug beim Hinausgehen die Tür der Zelle heftig ins Schloß.

Irgendwie hatte Acevedo ein Zimmer in einer Taverne mit Ausblick auf das Südtor des Kreisviertels beschafft. Dort warteten Dsordas, Fen und Gaye, während Yeori, Nason und Aad sich draußen unter die Menge mischten, als die Geiseln langsam herauskamen. Sie kamen in kleinen Gruppen oder zu zweit und sahen sich nervös um, offensichtlich verwirrt über den plötzlichen Wandel ihres Schicksals. Nur wenige freuten sich über ihre neugewonnene Freiheit – es war einfach zu sonderbar. Fen beobachtete die Prozession, und ihr Herz war gleichzeitig von Mitleid und Vorfreude erfüllt. Xantium war verantwortlich für den Mißbrauch so vieler Menschen, so vieler Kinder: Sagar und die anderen Geiseln, die man aus ihrem Heim gerissen hatte, als die meisten noch viel zu klein waren, um es zu verstehen. Eismann und die anderen mißhandelten Fernrufer. Selbst Natali und die anderen Kinder in Zalys, mit denen Farrag experimentiert hatte.

Als mit der Zeit immer weniger Geiseln durch das Tor kamen, machten sich die Inselbewohner allmählich Sorgen. Von Bowen oder Sagar war nichts zu sehen gewesen – oder von den anderen Geiseln aus Zalys. Auch schien –

zumindest nach Gayes Beschreibung – Alasia nicht unter den Freigelassenen zu sein.

»Er wird kommen. Er *muß* kommen«, wiederholte Gaye immer wieder und war wütend, daß sie nicht selber Ausschau halten konnte.

Nach einer langen, qualvollen Pause, in der niemand mehr durch das Tor gekommen war, schritt ein Mann den Torweg entlang, den sie als leitenden Geschäftsführer der Großen Würfelhalle erkannten.

»Damit ist die Wette eingelöst!« verkündete er der versammelten Menge. »Ich habe die Geiselenklave selbst überprüft, sie ist jetzt leer. Alle Geiseln sind entlassen worden.«

»Nein!« kreischte Gaye. »Nein!«

Fen lief zu ihrer Schwester, um sie tröstend in die Arme zu nehmen, und sah zu Dsordas hoch, während Gaye hilflos schluchzte. Er konnte nur kläglich die Achseln über Verkhos Betrügerei zucken. *Damit hätten wir rechnen müssen,* dachte er. *Aber was machen wir jetzt*? Voller Kummer betrachtete er die beiden Schwestern, drehte sich plötzlich auf dem Absatz um und verließ das Zimmer. Wenige Augenblicke später sahen die anderen ihn auf den Geschäftsführer zugehen, der noch am Südtor stand und mit dem Captain sprach. Dsordas protestierte offensichtlich, doch der Mann schüttelte den Kopf und wandte sich ab und weigerte sich, noch etwas zu unternehmen. Dsordas blickte zu Fen hoch, die am Fenster wartete. Sie konnte die Verzweiflung und die Niederlage, die in sein Gesicht geschrieben standen, nicht ertragen.

Southan schäumte vor Wut. Er hatte feststellen müssen, daß er Verkho nicht zu sehen bekommen konnte, doch diesmal lag es nicht daran, daß der Kanzler sich in sein geschütztes Arbeitszimmer eingeschlossen hätte. Niemand, nicht einmal sein leitender Diener wußte, wo er sich derzeit aufhielt. Über drei Dinge wollte der Kaiser dringend sprechen. Erstens, und das war bei weitem die wichtigste Frage, ging es um die Freilassung der Geiseln. Southan hoffte inbrünstig, daß das eine List war, daß man dafür gesorgt hatte, die Gefangenen wieder einzusperren, denn falls nicht, war diese Tat der reine Wahnsinn, ein Wahnsinn, der eine der Säulen der Macht des Xantischen Reiches unterminieren konnte. Zweitens war da Zephias Tod – durch Gift. Southan verstand das überhaupt nicht. Wer könnte die alte Frau ermorden wollen? Und warum? Und wie konnte das in Ifryns Gemächern geschehen? Drittens hatte er durch Zufall etwas im Arbeitszimmer des Kanzlers gefunden. Es sah aus wie ein Briefbeschwerer aus Glas, in den eine Spielkarte eingearbeitet war, aber sonderbarerweise sah das Bild auf der Karte wie eine bemerkenswert realistische Darstellung von Fyles aus, Ifryns verstorbenem Vater. Vielleicht war es nur eine unbedeutende Kleinigkeit, doch das bezweifelte Southan.

Überhaupt war Southan plötzlich von Zweifeln über Verkho erfüllt. Er sehnte sich nach jemandem, dem er vertrauen konnte, nach jemandem, mit dem er sich aussprechen konnte. Doch sie hatten ihn alle verlassen.

Baylin kehrte schweren Herzens in die *Schweigende Frau* zurück. Die Nachricht, die er brachte, war nicht das, was Ifryn hören wollte. Der Abend brach an, und Delmege und Vrila schliefen bereits, als er das Zimmer betrat.

»Was gibt es?« fragte Ifryn sofort, als sie seinen traurigen Gesichtsausdruck sah.

»Meine Lady, es tut mir leid ... Eure Mutter ist tot.«

»Oh.« Einen Augenblick lang spürte sie nur Erleichterung, und dafür schämte sie sich. Sie hatte Angst um Azari gehabt und um Kerrell.

»Sie ist mit Wein vergiftet worden – in Euren Gemächern.«

»Also hatte Corton recht«, sagte Ifryn leise. »Arme Mama.« Sonderbarerweise verspürte sie nicht den Wunsch zu weinen. Zephia war sicher glücklicher, wenn sie wieder mit Fyles vereint war, und Ifryn hatte zu viele andere Dinge im Kopf. Zum Trauern würde sie später noch Zeit haben. Nach langem Schweigen fragte sie: »Habt Ihr Dsordas Nyun gefunden?«

»Jawohl. Eher mit viel Glück als durch Können. Wir können ihn sofort aufsuchen, falls Ihr es wünscht.«

Sie überließen die Kinder Donetas Obhut und gingen durch die immer noch lebhaften Straßen zu der Taverne in der Nähe des Südtores. Baylin hatte zuerst Acevedo angesprochen und dann Yeori, der entschieden hatte, daß man den Mann anhören müsse. Als sie ankamen, war es also kein Problem, an den unauffälligen Zivilwachen vorbeizukommen, die der Führer postiert hatte, damit sie seine Kunden bewachten.

Die Zimmertür wurde ihnen von Yeori geöffnet, und alle sechs Reisenden warteten dort auf sie. Fen und Ifryn erkannten einander sofort.

»Ihr!« riefen sie gleichzeitig aus.

»Das hier ist Lady Mehtar ...« begann Baylin.

»Nein«, sagte Ifryn leise. »Sie weiß, wer ich bin.«

»Ifryn?« flüsterte Fen. »*Kaiserin* Ifryn?«

Die Frau senkte bestätigend den Kopf.

Als sich das erste Erstaunen gelegt hatte, erzählten beide Gruppen ihre Geschichte. Meistens redeten Fen und Ifryn, die sich instinktiv mochten und einander vertrauten. Die Reisenden waren überrascht und erschrocken angesichts eine Seite von Xantium, die sie sich niemals hätten vorstellen können, und die Kaiserin war ebenso berührt von ihren Geschichten über Gefahren und Trennung, Magie und Prophezeiung. Schon bald bestand zwischen ihnen alle die unausgesprochene Übereinkunft, gemeinsam für die Befreiung von Azari und Bowen zu arbeiten auch gemeinsam gegen ihren gemeinsamen Feind vorzugehen. Sie sprachen gerade über ihre nächsten Schritte, als sie von einer weiteren Besucherin überrascht wurden, die durch den Fußboden auftauchte und allen einen Schock versetzte.

»Mama«, hauchte Ifryn.

Zephias Geist blickte ihre Tochter finster an, und ihre Lippen bewegten sich.

»Was?« fragte Gaye.

Die geisterhafte Gestalt wandte sich dem blinden Mädchen zu und sprach leise weiter.

»Ich verstehe nicht«, antwortete Gaye.

»Ihr könnt sie hören?« Ifryn war erstaunt, doch die anderen brachten sie zum Schweigen.

Im nächsten Augenblick verschwand das Phantom, ohne ihre Tochter noch einmal eines Blickes zu würdigen.

»Was hat sie gesagt?« wollte Ifryn wissen.

»Sie hat sich beklagt, daß sie ihren Mann nicht finden konnte«, berichtete Gaye. »Sie sagte, er sollte dort irgendwo sein, aber er sei verschwunden. Sie klang, als habe er das absichtlich getan, um vor ihr zu fliehen.«

»Mein Vater ist vor einiger Zeit gestorben«, erzählte Ifryn. »Er sollte wirklich dort sein.«

»Wie kann ein Geist verschwinden?« fragte sie Fen, doch niemand antwortete ihr. Im nächsten Augenblick klopfte es an der Tür, und alle zuckten zusammen, doch als sie Acevedos Stimme hörten, entspannten sie sich wieder.

»Ich bin's nur«, rief er.

Yeori öffnete die Tür, und der Führer trat ein.

»Ich habe gerade ein paar Neuigkeiten gehört«, berichtete er. »Ich dachte, Ihr solltet es wissen. Noch jemand hat Verkhos Herausforderung angenommen. Es wird ein neues Spiel geben.«

Kapitel siebenundvierzig

Vergebt mir. Gerade ich hätte wissen müssen, wie Prophezeiungen arbeiten. Ich hätte zu Meyu beten sollen, nicht zu Zidon.

Ich kann nicht mehr fliegen. Ist das Strafe genug? Was wird sich noch verändern, bis mein Ende kommt?

»Nein!« schrie Gaye. »Das darf nicht sein!« Ihre ganzen Anstrengungen konnten doch nicht umsonst gewesen sein. »Was ist schiefgegangen?«

Dsordas glaubte es zu wissen, und er berichtete den anderen, was er gesehen hatte. Aad war verwirrt.

»Aber wenn tatsächlich noch mehr Magie im Spiel war, warum habe ich es dann nicht gespürt? Warum hat die Aufseherin nichts gesagt?«

»Und warum hat sonst niemand die Hand gesehen?« fragte sich Fen.

»Ich bin nicht einmal sicher, daß *ich* sie gesehen habe«, sagte Dsordas.

»Vielleicht *solltest* du sie als einziger sehen«, warf Gaye ein. Schweigend dachten alle darüber nach. Schließlich kam man zu dem Schluß, daß man keinen Sinn dahinter erkennen konnte und wandte sich dringenderen Angelegenheiten zu.

»Wißt Ihr, wer der Herausforderer ist?« fragte Baylin.

»Jemand mit Namen Martyn Waysinger«, erwiderte Acevedo.

»Götter!«

»Der *Soldat*?« rief Ifryn aus. *Das war wirklich ein gefährlicher Verbündeter.*

»Wir müssen ihn aufhalten«, sprach Baylin aus, was alle im Zimmer dachten.

»Jetzt ist es zu spät«, sagte Acevedo. »Das Spiel ist für heute um Mitternacht angesetzt, in weniger als einer Stunde. Die Halle ist sicher schon voll.«

»Ich muß es versuchen«, entschied Baylin und wandte sich dann an Ifryn. »Ihr bleibt hier?«

Die Kaiserin nickte, und Baylin ging eilig hinaus. Niemand rechnete damit, daß es ihm gelingen würde. Jetzt konnten sie nur noch hoffen, daß Martyn gewann.

»Worum spielt er?« fragte Ifryn.

»Um Verkhos Leben«, antwortete der Führer.

Martyn war den Soldaten ganz leicht entkommen und hatte später von Dsordas' Sieg durch jemanden gehört, der behauptete, persönlich dabeigewesen zu sein. Der *Soldat* schwelgte beim Gedanken an den schweren Schlag, den das Kaiserreich erlitten hatte, doch er bedauerte, daß man Verkho keine größeren Zugeständnisse abgerungen hatte. Schließlich gab er sich Spekulationen hin. Wenn Dsordas gewonnen hatte, warum sollte es ihm dann *nicht* gelingen? Je länger er darüber nachdachte, um so mehr sprach die Idee den Spieler in ihm an. Nach dem gescheiterten Attentatsversuch war er bereit, alles auf eine Karte zu setzen.

Er suchte eine Bekannte auf, deren Haß auf den Kanzler ebenso tief war wie sein eigener. Sie war außerdem sehr krank, lebte in jämmerlicher Armut und verfügte nur über ein mageres Einkommen als Hure. Es dauerte eine Weile, bis er sie davon überzeugt hatte, ihr Leben auf seine Fähigkeiten zu setzen, doch die in doppelter Hinsicht angenehme Aussicht auf Verkhos Tod und die große Summe Geld, die Martyn außerdem für sie verlangen würde, überzeugten sie schließlich. Danach war es leicht gewesen, dem Kanzler eine Nachricht zukommen zu lassen – der die Gelegenheit begierig ergriffen hatte.

Jetzt saß Martyn am Tisch in der Großen Würfelhalle, umgeben von einer Menschenmenge, die ihr Glück über dieses doppelte Vergnügen kaum fassen konnte, und war sehr zuversichtlich. Er bedauerte nur, daß er sein Schwert nicht hatte mitnehmen können. Es hätte ihm äußerste Freude bereitet, Verkho vor einem Publikum wie diesem abzuschlachten, doch die Regeln der Halle sorgten dafür, daß er damit warten mußte.

Die Zuschauer gerieten in Bewegung, als Verkho in seinem Stuhl hereinfuhr, doch sobald er die Halle betreten hatte, erhob er sich und schritt an den Tisch, wo neue Spielmarken lagen. Zum zweiten Mal an diesem Tag wurden die Bedingungen des Spiels verkündet.

»Falls ich gewinne«, formulierte Martyn, »ist Euer Leben verwirkt. Ich darf Euch töten, ohne Angst vor einer Bestrafung durch das Gesetz. Ihr willigt ein?«

»Jawohl«, erwiderte Verkho ruhig. »Falls ich gewinne, darf ich ebenso mit dem Leben der Frau tun, wie mir beliebt.«

»So sei es.«

»Ist sie einverstanden?«

Die Frau erhob sich von ihrem Platz und schob die Kapuze zurück, die ihr Gesicht bedeckte.

»Jawohl. Erinnert Ihr Euch an mich, Kanzler?«

Einen langen Augenblick sprach Verkho kein Wort. Als er schließlich sprach, klang seine Stimme überrascht.

»Maissa?«

Elf Jahre zuvor hatte Verkho Maissa Uldara verführt und sie dann zusammen mit ihrem fälschlicherweise in Ungnade gefallenen Vater verbannt. Danach hatte er die Position ihres Vaters im Imperialen Schatzamt eingenommen – einer seiner ersten Schritte auf dem Weg zur Macht.

»Ich wußte nicht, daß du von deinen Reisen zurückgekehrt bist«, sagte der Kanzler liebenswürdig.

Die Zuschauer brannten darauf, mehr über diese neue Intrige zu erfahren, während Maissa sich ohne ein weiteres Wort setzte; das Spiel begann. Zu Anfang spielten beide Männer sehr vorsichtig, doch trotz seiner äußerlichen Ruhe war bald klar, daß der Kanzler durch die Anwesenheit der Besucherin aus der Vergangenheit beunruhigt war. Martyns Spielmarken wurden immer mehr, und seine Zuversicht stieg weiter – doch dann, als Martyn immer mehr von den Gedanken des *Soldaten* beherrscht wurde, wendete sich das Blatt durch ein paar kühne Wetten und unkluge Bluffs. Doch der *Soldat* konnte nicht zu Martyns eher einfühlsamem Spiel zurückkehren, und die erfahreneren Spieler unter den Zuschauern waren sich bereits sicher, wie das Spiel enden würde.

Als Martyn schließlich gezwungen war, seine sämtlichen restlichen Spielmarken auf fünf Sterne zu setzen, war er sicher, daß er wieder eine Chance hatte. Doch für die anderen kam es nur wenig überraschend, daß Verkho fünf Sterne *und* zwei Kaiser hatte. Das Spiel war vorbei.

Verkho stand auf und machte seiner Eskorte ein Zeichen. Als die Soldaten Maissa fortzerrten, kreischte sie und wehrte sich, doch die Männer waren stärker. Der Kanzler schenkte Martyn einen letzten giftigen Blick, der so deutlich, als hätte er es ausgesprochen, sagte: *Ich werde Euch nicht vergessen*. Dann stolzierte er aus der Halle, und der *Soldat* blieb sprachlos und wie gelähmt zurück.

Unter Shinasis Schutzschild bahnte sich Verkho seinen Weg zurück ins Staatsviertel. Jetzt, da ihm der Erfolg sicher war, setzte er einige schon lange geplante Vorhaben in die Tat um. Er ließ verschlüsselte Nachrichten an »seine« Männer in der ganzen Armee und anderen Teilen der Verwaltung schicken. Das Reich würde bald unter seiner Herrschaft stehen. Und zwar unter seiner Alleinherrschaft.

Southan wurde aus seinem einsamen Bett geholt und unter Arrest gestellt. Azari blieb in den Gemächern des Kaisers, und ein Wachmann wurde an der Tür postiert. Alle, die stur genug waren, sich Southan gegenüber loyal zu zeigen, wurden entweder bei den wenigen Kämpfen ermordet, die am ganzen Hofe und im Staatsviertel ausbrachen, gefangengenommen oder gezwungen, in die äußeren Regionen der Stadt zu fliehen. Die führenden Befehlshaber des Putsches waren entzückt über den Erfolg ihrer Strategie und konnten sich schon bald auf den Weg zum Arbeitszimmer des Kanzlers machen, um ihm von ihrem Triumph berichten. Doch sie bekamen keinen Zutritt. Verkho hatte sich mit Maissa eingeschlossen.

»Ich kam zu spät«, erklärte Baylin. »Ich konnte nichts mehr tun.«

Es war eine sonderbare Gruppe, die sich jetzt im Zimmer der Inselbewohner versammelt hatte. Ihre Gesichter waren grimmig, und die Luft knisterte bedrohlich. Auf dem Weg zurück von der Großen Würfelhalle hatte Baylin Kontakt zu Kerrell aufnehmen können, der sich inzwischen zu ihnen gesellt hatte. Der General war schmutzig und zerzaust, denn er hatte die vergangenen beiden Tage in den tieferen Tunneln unter dem Haupthügel von Xantium verbracht. Er und Ifryn begrüßten einander herzlich, und Fen war nicht die einzige, die den Ausdruck in ihren Augen sah, als sie sich umarmten.

Von den Geschehnissen bei Hofe hatten sie noch nichts gehört, doch selbst Kerrell, der nur das wußte, was Gaye ihm berichtet hatte, war sich im klaren darüber, daß sie schnell handeln mußten oder gar nicht.

»Es geht also los«, stellte er nüchtern fest. »Ich hatte gehofft, daß es nicht nötig würde, doch jetzt haben wir keine Wahl mehr. Wenn Southan doch nur Vernunft angenommen hätte.«

»Wir haben es ihm nicht leicht gemacht«, stellte Ifryn fest und fügte dann prophetisch hinzu: »Er wird schon bald den Preis für seine Dummheit bezahlen.«

»Das hilft uns jetzt auch nichts mehr«, stimmte Baylin

zu. »Falls wir eine Chance haben wollen, Verkho aufzuhalten, müssen wir kämpfen.«

»Was ist mit Martyn?« fragte Ifryn. »Auf ihn können wir jetzt doch sicher nicht mehr zählen?«

»Wir werden uns mit seinem Stellvertreter in Verbindung setzen«, antwortete Baylin. »Er soll die Verbündeten des *Soldaten* organisieren.«

»Wo ist er?« wollte Kerrell wissen.

»Sagar? Ich kann ihn bei Myla finden ...«

»Habt Ihr Sagar gesagt?« brach es aus Nason hervor. »Sagar Folegandros?«

Baylin blickte in die erstaunten Gesichter der Inselbewohner.

»Ja. Kennt Ihr ihn?«

»Er ist mein Bruder.«

»Und Bowens Bruder«, fügte Gaye hinzu.

»Wir dachten, er sei bei den Geiseln«, erklärte Dsordas.

»Das war er früher vielleicht, aber jetzt nicht mehr.«

»Ich komme mit Euch, wenn Ihr ihn aufsucht«, sagte Nason. Niemand dachte auch nur daran, mit dem Jungen darüber zu diskutieren.

»Dann laßt uns gehen«, sagte Kerrell mit ernster Entschlossenheit.

»Wie können wir Euch helfen?« fragte Dsordas eilig.

»Das wird eine häßliche Sache«, sagte der General. »Seid Ihr sicher, daß Ihr dabei mitmachen wollt?«

»Ja.« Dsordas sprach voller Gewißheit für sie alle.

»So sei es denn. Und willkommen.« Kerrell mochte und respektierte die Inselbewohner schon jetzt, obwohl er noch nicht alles verstand, was sie ihm erzählt hatten. »Ich hoffe, wenn das hier vorbei ist – so oder so – können wir alle unter glücklicheren Umständen noch einmal zusammenkommen.«

Es folgte eine kurze Diskussion, dann gingen alle ihrer eigenen Wege.

Der Bürgerkrieg begann.

Der Talisman lag auf dem Schreibtisch des Kanzlers und wartete.

Ein letztes Trankopfer, dachte er. *Was du wünschst, soll dein sein.*

Er sah zu der bemitleidenswerten Kreatur, dem Mittel für seine Zwecke, und verspürte kein Mitgefühl, nur Abscheu. Er konnte sich nicht vorstellen, daß er sie jemals attraktiv gefunden hatte. Maissa kauerte jetzt zitternd und weinend da, doch als er ihr befahl, zu ihm zu kommen, sprang ihn der nackte Haß aus ihren rotgeränderten Augen an.

»Ich bin nicht mehr bereit«, zischte sie.

»Das ist nicht von Bedeutung. Du warst bereit, als der Handel abgeschlossen wurde. Du hast keine Wahl, du mußt dich an dein Versprechen halten.«

»Mörder!« kreischte sie. »Ich verfluche dich. Ich habe dich jede Minute meines Lebens gehaßt. Ich werde dir auch jetzt nicht helfen.«

Verkho lächelte.

»Diesen Augen konntest du noch nie widerstehen.« Während er sprach, konnte sich Maissa ihm nicht widersetzen, sondern sie versank einmal mehr in seinem funkelnden Blick. Jeglicher Wille schwand dahin, sie machte einen Schritt auf ihr Verderben zu und wußte, daß sie sterben würde, ohne sich je an ihm rächen zu können.

Die schwere, rasiermesserscharfe Klinge erfüllte ihren Zweck, und Verkho füllte einen silbernen Trinkbecher mit dem hellroten Blut, während die letzten Augenblicke in Maissas Leben dahinschwanden. Der Kanzler drehte sich um. Sein Opfer hatte er schon vergessen, als er die warme Flüssigkeit über den Talisman goß. Als sie die Kugel unter weißglühendem Lodern berührte, verdampfte sie. Nachdem der Becher geleert war, starrte Verkho fasziniert auf die Kugel. Die letzte der glasähnlichen Schutzschichten war verschwunden, und als er jetzt an der Kugel kratzte, ließ sich das Metallschild, auf dem zuvor die Rätsel geschrieben standen, wie die Haut einer

Schlange abziehen und gab darunter den Blick auf einen milchig-weißen Ball frei.

Im nächsten Augenblick war das Zimmer erfüllt von dem grauenhaftesten Lärm, den Verkho je gehört hatte, eine Mischung aus wilder Wut, plötzlicher heftiger Freude und tausendfachem Heulen barbarischster Schmerzen. Inmitten dieser Kakophonie sagte eine uralte Stimme: »Du gehst blind unter das Meer.« Ein Fluch, so alt wie die Welt, wurde aufgehoben und umgekehrt.

Der Talisman *zwinkerte.* Gars einzelnes Auge öffnete sich und blickte erneut auf die Welt.

Kapitel achtundvierzig

Es nimmt langsam Gestalt an. Das formlose Grau hat einen Namen und eine Identität. Krieg bringt ein falsches Erwachen, getragen von einer warmen Brise. In diesem Licht kann nicht einmal ein Leuchtfeuer Bestand haben.

Auf einem stinkenden Abfallhaufen in der Nähe des Stadions bewegte sich etwas.

Ganz in der Nähe liefen die Tiere, die für Kämpfe in der Metzelgrube gehalten wurden, ruhelos in ihren Käfigen auf und ab und schnüffelten, als läge ein neuer Duft in der Welt. Der Leiter der Kampfarena hatte wilde und blutgierige Kreaturen für die Gladiatorenkämpfe gegen die Schlächter zusammengesammelt, einer der von der Öffentlichkeit besonders ungeduldig erwarteten Wettkämpfe des Großen Turniers. Und es würde wahrlich eine gute Vorstellung werden, denn sogar der Leiter der Kampfarena gab zu, daß sie mit dem Kampf zwei Monate zuvor nicht vergleichbar sein würde. Damals hatte das Schauspiel in dem Erscheinen eines »See-Drachen« gegipfelt, einer monströser Echse von ungeheuerlicher Kraft und mit giftigen Zähnen. Sie hatte den Massen großartige blutrünstige Unterhaltung geboten und mehrere der besten Schlächter der Stadt getötet, bevor sie sich den Bogenschützen und Schwertern geschlagen geben mußte.

Nachdem der Seedrachen getötet worden war, hatte der Kampfleiter herausgefunden, daß es ein Weibchen gewesen war. In dem verstümmelten Kadaver hatte er ein halbes Dutzend Eier mit weicher, ledriger, aber undurchdringlicher Haut gefunden. Er hatte sie einige Zeit in der Hoffnung warm gehalten, daß sie schlüpfen und würdige Gegner sein würden, doch nichts war passiert, und schließlich hatte er aufgegeben und sie fortgeworfen.

Jetzt ließen sich die verformbaren Schalen, die allen Klingen widerstanden hatten, von innen ganz leicht von schwarzen Klauen durchschneiden. Die frisch ausgebrüteten Ungeheuer waren bereit, die Welt zu erkunden. Sie waren neugierig, furchtlos und besessen von unnatürlicher Kraft und Geschwindigkeit. Und sie waren sehr hungrig.

Eine unheimliche Stille war über den Komplex des Ministeriums hereingebrochen, und die Wachen und Beamten sahen einander in Erwartung des Schlimmsten an. Doch nichts geschah. Alle Talentierten waren verstummt. Es war kein Schreien mehr zu hören, kein hysterisches Gelächter, keine wahnsinnigen Monologe. Aber sie schliefen nicht. Alle, die nicht an einem Experiment teilnahmen, waren offenbar in einen katatonischen Zustand gesunken und starrten einfach in die Luft. Sie atmeten kaum, und ihre Körper waren steif. Einige atmeten nicht einmal, sie starben einfach, zerstört durch eine Macht, die niemand verstand. Harios war außer sich. Was ging da vor? In jeder Zelle war es dasselbe, als wäre der schlimmste Alptraum über ihn hereingebrochen. Wovor sie auch Angst gehabt hatten, es war da.

Alles war still. Aber Harios, der sich noch vor kurzem inbrünstig eine solche Situation gewünscht hätte, empfand die Stille jetzt als Täuschung und konnte sich des Gefühls nicht erwehren, daß ihnen eine Explosion bevorstand. Die Atmosphäre war zum Zerreißen gespannt.

Einer der Talentierten war noch wach. Im Gegensatz zu sonst war Bowen plötzlich munter – und merkte hilflos, daß sein gesunder Verstand für einen Augenblick zurückgekehrt war. Er wußte, wo er war, doch die vergangenen zwei Monate waren für ihn nicht mehr als ein undurchsichtiger Nebel. Magie hatte dabei ihre Rolle gespielt, das wußte er – doch das lag ihm jetzt ganz fern. Ihm war nur klar, daß er verschwinden mußte, fliehen, und zu Gaye zurückfinden. *Gaye*! Er flüsterte laut ihren Namen, spürte noch einmal die Todesqualen ihrer Trennung und geriet in Zorn über die Ungerechtigkeit, die man ihnen angetan hatte. Er sehnte sich danach, sie in den Armen zu halten, ihr zu sagen, wie sehr er sie liebte. Bowen fror und hatte Angst.

Was soll ich jetzt tun?

In diesem Augenblick sah er verblüfft, wie ein Mann durch die Mauer seiner Zelle kam. Er brachte die Erinnerungen an Zalys zurück, die unerwünschten Gefühle und nur zum Teil mitgehörten Gespräche. Der Mann, der in Militäruniform gekleidet war, machte dem Gefangenen ein Zeichen, und Bowen hörte nicht, sondern spürte eher die folgenden Anweisungen. Die geisterhafte Erscheinung glitt durch die geschlossene Tür.

Folgt mir.

Leichter für Euch als für mich.

Bowen drückte vorsichtig die Klinke hinunter und stellte zu seiner Verwunderung fest, daß die Tür nicht verschlossen war. Er öffnete sie und folgte dem Geist den Flur hinunter. Alles war ruhig, und seine Schritte hallten auf den Steinen wider.

Sie bogen viele Male ab, liefen Treppen hinauf und hinunter und kamen schließlich zu einem naßkalten Tunnel, der noch unwirtlicher wirkte als der Rest der Anlage. Er war älter als die anderen Räumlichkeiten, und die Stangen der Zellentüren bestanden aus dickem Eisen. Der geisterhafte Führer zeigte auf einen der Räume und verschwand.

Als Bowen durch die Gitterstäbe sah, erkannte er auf der anderen Seite verblüfft das Gesicht einer Frau, nur eine Handbreit von ihm entfernt. Sie lächelte.

»Immer noch ein echtes Leuchtfeuer.«

»Was?«

»Ihr seid ein Leuchtfeuer«, erklärte sie geduldig zusammenhanglos. »Ihr müßt lernen, Euer Licht klug einzusetzen.«

»Wer seid Ihr?« flüsterte er. Irgend etwas an ihr kam ihm vertraut vor, doch er konnte sich nicht erinnern, warum.

»Mein Name ist Alasia. Ihr seid der Erbauer von Kreisen.«

»Kreisen?« In Bowens neu erwachtem Verstand ordneten sich langsam einige Dinge. Er hatte sich mit anderen verbunden und versucht, etwas zu verhindern ... aber was? Das kalte Gefühl des Versagens überschwemmte ihn.

»Magie verlangt ihren eigenen Preis«, sagte Alasia. »Ein Kreis hat nur eine Seite, doch Ihr könnte in zwei Richtungen um ihn herumreisen. Und wenn er zerbricht, gibt es eine Störung im Stoff der Welt, die von der Normalität korrigiert wird – aber so schnell und so heftig, daß für einen winzigen Augenblick genau das Gegenteil dessen bewirkt wird , was eigentlich beabsichtigt war.«

»Ein Gegenschlag?« fragte Bowen. »Ihr meint, ich hätte versucht ... aber dann wurde ich aufgehalten ... Ich habe tatsächlich *geholfen*?« Schon der Gedanke allein verursachte Abscheu in ihm. Seine eigenen Bemühungen waren gegen ihn verwendet worden.

»Verkho hat diesen Gegenschlag benutzt.« Alasia gefiel das Wort. »Jetzt müssen wir es ihm gleichtun.«

»Nein! Ich kann nicht.« Bowens ganzer Körper und ganze Seele rebellierten. Er wollte nichts tun, wollte nichts damit zu tun haben. Er wollte sich nur in Sicherheit bringen. »Ich kann nicht!«

Er rannte blicklos davon. Alasia sah ihm nach, und ihr Blick war traurig.

»Baylin! Den Göttern sei Dank, daß Ihr hier seid«, brach es aus Sagar heraus. »Was geht eigentlich vor? Ich ...« Er hielt abrupt inne und starrte den anderen Besucher an.

Baylin hatte geglaubt, daß er sie einander vorstellen müsse, doch er sah in ihren Augen, daß sie sich erkannten. Sie waren sieben und dreizehn Jahre alt gewesen, als sie sich zum letzten Mal gesehen hatten, doch es gab keinen Zweifel, daß sie Brüder waren.

»Du bist gewachsen«, sagte Sagar.

»Du auch«, erwiderte Nason.

Der unbeholfene Augenblick endete damit, daß sich zwei junge Männer in den Armen lagen, sprachlos, weil sie so viel zu sagen hatten.

Zumindest hat dieses ganze Unglück ein bißchen Gutes bewirkt, dachte Baylin.

»Zum Reden habt Ihr später Zeit«, sagte er mit fester Stimme. »Jetzt haben wir Dringenderes zu erledigen. Unter anderem müssen wir versuchen, Euren Bruder zu befreien!«

Alle Männer waren verschwunden. Gaye saß kläglich und in sich zusammengesunken da, während Fen aus dem Fenster starrte und zu erfassen versuchte, was draußen vor sich ging. Sie war bedrückt, daß sie zurückgeblieben war, doch einer von ihnen mußte bei Gaye bleiben, und leider waren die anderen bei einem bewaffneten Schwertkampf mehr von Nutzen als sie. Dennoch ...

Plötzlich erklang ein Klopfen an der Tür, gefolgt von Acevedos Stimme.

Er klang atemlos.

»Hier ist eine Besucherin für Euch.«

Fen öffnete die Tür und sah Ifryn, deren Gesicht vor Groll ganz rot war.

»Euch haben sie also auch hier gelassen!« rief die Kaiserin aus. »Männer!«

»Eine Schlacht ist nichts für Damen«, versuchte Acevedo sie zu beruhigen.

Fen betrachtete ihn nachdenklich.

»Glaubt Ihr?« Sie wechselte ein paar Blicke mit Ifryn. »Acevedo, bleibt hier bei Gaye. Ihr sollt Euch um sie kümmern, versteht Ihr das?«

Gaye sagte nichts, doch instinktiv griff sie nach ihrem Anhänger.

»Wartet!« rief der Führer aus. »Wohin geht Ihr?«

»Mein Baby zurückholen«, sagte Ifryn.

Beim alten Tempel verschob sich die Wirklichkeit.

Niemand war dort, um Zeuge der Vorgänge zu werden, doch Gaye – die jetzt ihren Amberinanhänger umfaßt hielt – hörte die Stimmen und war entsetzt.

Du hast die ewigen Gesetze gebrochen, erklärte Zidon. *Jetzt wird deine Torheit gegen dich gerichtet, und du mußt den Preis zahlen.*

Ich habe die Gesetze geachtet, widersprach Meyu. *Wäre der Würfel anders gefallen ...*

So lautete der Handel, konterte die Göttin. *Elcars Feuer läßt sich nicht betrügen. Deine Hand ist nun befleckt. Gar* wird *zurückkehren. Du hast dich umsonst eingemischt, und schon bald wirst du dich ihm erneut stellen müssen.*

In diesem Augenblick erkannte Gaye, daß sogar ein Gott Angst haben konnte.

Die Nachricht von Southans Verhaftung verbreitete sich in Windeseile, denn Verkho hatte es entsprechend verfügt. Damit hatte er sich verrechnet. Der Kanzler hatte zwar die Armee fest im Griff, ganz besonders die Einheiten, die im Staatsviertel stationiert waren, doch Kerrell gewann zugleich mehr Rekruten, da die kaiserliche Souveränität direkt angegriffen wurde. Nur wenige unvoreingenommene Bürger freuten sich darauf, von Verkho regiert zu werden, und so war der Ruf zu den

Waffen seitens des abtrünnigen Generals erfolgreicher als erwartet.

Dennoch wußte Kerrell, daß er nur einen Bruchteil der Kräfte zusammenziehen konnte, die man gegen ihn gerichtet hatte – und daß sein Feinde den Vorteil hatten, aus den inneren Mauern heraus zu kämpfen. Seine einzige Hoffnung bestand darin, einen konzentrierten Schlag gegen Verkho persönlich zu führen. Tötete er den Kanzler, hatte er alle Chancen, daß sich der Wind drehen würde.

Nachdem die ersten schicksalsträchtigen Schritte unternommen waren, merkte der General rasch, daß er die Entwicklung des Kampfes nicht kontrollieren konnte. Seine »Armee« bestand nicht aus gut ausgebildeten und disziplinierten Soldaten, sondern aus einem Haufen zusammengewürfelter loyaler Beamter, aus ausgesuchten Unzufriedenen und einigen Adligen, die über mehr Ehrgeiz als Phantasie verfügten, sowie aus einer großen Anzahl von Bürgern, die gerade zur Hand gewesen waren. Je mehr sich die Kämpfe über den reichen Distrikt des Kreisviertels ausbreiteten, um so mehr verlegten sich die Kämpfe auf das verzweifelte Bemühen, die berechtigten Interessen derer zu schützen, die sich Sorgen um Plünderungen machten, anstatt sich weiterhin der Frage zu widmen, wer auf dem kaiserlichen Thron sitzen sollte.

Die Situation wurde noch verworrener, als auch die äußeren Garnisonen in der Nähe der Großen Tore und um die äußeren Mauern herum sich einmischten. Anfangs hatten sich die meisten von ihnen auf Verkhos Seite geschlagen, doch einige Einheiten meuterten, als sie die Meinung des Volkes spürten, entledigten sich der Lakaien des Kanzlers und suchten sich ihre Verbündeten selbst.

Im Ebenen Viertel, wo nur wenige Kämpfe stattfanden, dafür aber die Gerüchteküche überkochte, versteckten sich die meisten Bürger hinter geschlossenen Türen und Fenstern. Den Grund für den Konflikt verstanden sie nicht – und sie wußten auch nicht, wer auf wessen Seite stand.

Selbst jene, die sich in die Schlacht einmischten, konnten nur selten sicher sein, wer Freund oder Feind war. In einer einzigen Nacht war die Ausgelassenheit des Karnevals in die schreckliche Unsicherheit des Krieges umgeschlagen.

Nachdem Fen das Gasthaus verlassen hatte, ließ sie sich von Ifryn führen. Es war schließlich ihre Stadt. Warum die beiden Frauen einander vertrauten und soviel für einander empfanden, war keiner von beiden klar – doch es war zweifellos der Grund, warum sie jetzt zusammen waren. Fen war genauso entschlossen wie Ifryn, Azari freizubekommen – und die Kaiserin würde alles tun, um der Sache der Inselbewohner zu helfen.

»Wohin gehen wir?« fragte Fen.

»Grongar suchen. Er hat drei seiner Hunde bei sich.«

»Hunde? Wie können die uns helfen?«

Eine Weile später betrachtete Fen Hai und die beiden anderen Jagdhunde, die ihr Herr an der Leine hielt.

»Oh«, sagte sie. »Ich verstehe.«

»Im Kreisviertel ist es selbst im Augenblick noch recht einfach – wenn wir den richtigen Weg nehmen«, sagte Grongar. »Falls wir es ins Staatsviertel hinein schaffen, und den Rest der Meute holen ...«

»Die Weinkeller!« Auch Corton war hier, er sah blaß und verängstigt aus. »Ich kann Euch einen Weg ins Staatsviertel zeigen. Die Türen sind verschlossen, aber ich habe noch die Schlüssel.«

Grongar sah seinen Freund an und lächelte.

»Wir machen noch einen Krieger aus dir. Kommt.«

Und so führte der Kellermeister sie unter der Erde in die kalten gemauerten Tunnel, hinauf zu den riesigen, hallenden Weinkellern – die jetzt verlassen dalagen –

und dann hinauf zum Hof. Als sie wieder über der Erde waren, sah sich Grongar vorsichtig um.

»Wo sind wir?«

»Im südöstlichen Viertel des Hofes«, erwiderte Ifryn. »Die Geiselenklave liegt in der Richtung dort. Der Eingang zum Hof ist dort unten.«

»Wohin soll es gehen?« wollte der Barbar wissen.

»Wer bleibt hier?« fragte Fen eilig. »Einer von uns muß hierbleiben, damit wir hinterher auch wieder hinauskommen.«

»Ich«, meldete sich Corton freiwillig. »Ich kann die Türen verschließen und nach Euch Ausschau halten.«

»Gut. Wir sind hier zu weit von den Zwingern entfernt«, fuhr Grongar fort. »Wir müssen mit diesen drei auskommen.« Die Hunde knurrten und jaulten und zerrten an ihren Leinen. Aus irgendeinem Grund hatte er Probleme, sie zu kontrollieren.

»Die Geiselenklave ist jetzt leer, oder?« fragte Fen. »Können wir von dort aus in den Hof gelangen?«

»Wir können es versuchen«, erwiderte Ifryn und ging voran.

Am südlichen Eingang der Enklave stand ein sechsköpfiges Wachkommando, obwohl das Wachhäuschen eigentlich leer sein sollte. Grongar ließ die Hunde frei, und auf seinen Befehl hin griffen sie wild an. Einer der Männer wurde zu Boden geworfen und seine Kehle zerrissen, und die anderen flohen in Panik, die wütenden Hunde hinterdrein. Grongar rannte hinterher und versuchte, die Hunde zurückzurufen, doch sie gehorchten einfach nicht und ließen ihren Herrn mit Leichtigkeit hinter sich.

Fen und Ifryn waren allein, und der Weg in die Enklave lag offen vor ihnen. Resigniert warfen sie einen Blick auf den zerfetzten und blutenden Körper und auf die immer kleiner werdende Gestalt des Barbaren, und sie trafen eine Entscheidung. Die Kaiserin nahm dem Toten sein Kurzschwert ab – Fen hatte bereits ihr Messer zur Hand genommen –, und sie traten durch das Tor in eine fremde Welt, die offensichtlich hastig verlassen worden war. Die Enklave umfaßte ein großes Gebiet, und die beiden Frauen brauchten einige Zeit, um die anderen Ausgänge zu finden, doch schließlich gelang es ihnen zu ihrer eigenen Überraschung, ungehindert den kaiserlichen Hof zu erreichen. Der Ausgang durch die äußere Mauer war unbewacht.

»Wo kann Azari sein?« fragte Fen.

»In den Gemächern meines Mannes. Zumindest *war* er dort. Hier entlang.«

Kerrell und zwei seiner Offiziere standen auf einer Zinne der Außenmauer des Staatsviertels und blickten nach innen über den kaiserlichen Hof und zum Turmviertel dahinter. In der Nähe, verwirrt durch den Verlauf der ersten Kämpfe, standen Dsordas, Yeori und Aad beisammen und warteten ab, was als nächstes geschehen würde. Kerrell plante ihre Routen über und unter der Erde, die seine Streitkräfte durch das Staatsviertel und zum Angriff auf die Verteidigungsanlagen des Hofes nehmen sollten. Doch bevor die eilige Beratung beendet war, stieß Aad einen Schrei aus und starrte zuerst auf seine Hände und dann auf den Hügel. Alle Augen folgten dem Blick des Jungen.

»Zu spät«, flüsterte Dsordas.

Eine riesige, durchsichtige Kuppel war dort aufgetaucht, und sie schloß den ganzen Hof bis zu seiner Außenmauer sowie das anschließende Turmviertel ein. Sie blitzte und flackerte wie flüssiges Feuer und warf einen rötlichen Schimmer über die ganze Stadt. Eine warme Brise wehte zu ihnen den Hügel hinunter.

Kapitel neunundvierzig

Erinnerungen werden wach wie ein schmelzender Gletscher, und fließen in eisigen Strömen dahin. Welche Chancen haben Ameisen vor einer solchen Flut?

Verkho nahm ehrerbietig den zu neuem Leben erweckten Talisman in die Hand. Ganz vorsichtig berührte er ihn und erwartete fast, daß er weich und feucht sei, doch das Auge war kalt, trocken und so hart wie Stein. Gar und der Kanzler sahen einander an.

»Ihr gehört mir«, frohlockte Verkho. »Eure Macht ist die meine!«

Das Auge zwinkerte erneut. Der Gott war blind gewesen und hatte so lange geschlafen, daß er seine mißliche Lage vergessen hatte. Er würde seinem menschlichen Retter eine Weile seinen Willen lassen – bis er in der Lage war, sich selbst einen neuen Körper zu erschaffen. Dann würde dieser Mensch alles über das *wahre* Wesen der Macht lernen.

Gar erinnerte sich bereits an die Welt, spürte ihre Wirkung. Doch er konnte es sich leisten zu warten. Das würde ihm Spaß machen. Nach dem aussichtslosen Reich des dunklen Meeres war der Ort seines Erwachens recht interessant. Es war wie ein Ameisenhaufen, in dem es vor unbedeutenden Sterblichen nur so wimmelte, die hin und her huschten, um ihre mitleiderregenden Besorgungen zu tätigen. Schon bald konnte er sie auf ihre Plätze verweisen. Sobald er bereit war.

Der Lärm der Kämpfe lenkte Verkho ab. Er legte den Talisman nieder – Gar gestattete die Berührung dieser Hände, weil er wußte, daß *dieser* Mensch ihm eine Zeitlang nützlich sein konnte – und ging zum Fenster. Die

Anzeichen der Kämpfe machten den Kanzler zornig. Wer wagte es, sich ihm zu widersetzen? Das würden sie teuer bezahlen!

Er nahm das Auge wieder hoch und fühlte die nahezu unendliche Macht in seinen Händen. Mit nur einem Bruchteil dieser Macht verfuhr er nach lange geübter Kunst. Die Gruppe komatöser Talente sammelte die Energie wie schon zuvor, als sie das Arbeitszimmer des Kanzlers und andere kleinere Räume geschützt hatten. Diesmal jedoch gab es keinen Grund für derartige Einschränkungen. Verkho gab die Anweisungen und spürte eine Woge des Triumphes, als der Kreis ihm gehorchte, alle Macht aufnahm, die er brauchte und eine massive Kugel erschuf, die sich wie eine Kuppel über den gesamten kaiserlichen Hof und das Turmviertel legte und sogar unter der Erde einige der Tunnel erfaßte, die unter dem Komplex des Ministeriums entlangliefen. Ihr rotes Feuer würde ihn vor allen Feinden jenseits ihrer Grenzen schützen, und er brauchte sich nur noch um jene innerhalb der Kugel zu kümmern. Außerdem war sie ein Zeichen seiner Unbesiegbarkeit für alle, die sehen wollten.

Verkho lachte. *Ich habe die Macht eines Gottes!*

Doch noch als ihm der Gedanke durch den Kopf schoß, fragte sich sein Verstand in einem winzigen Eckchen, das er nach Kräften zu ignorieren suchte, ob diese Macht ihm nur unter stillschweigender Duldung verliehen worden sein konnte.

Der Kanzler schob diese kleinlichen Gedanken beiseite und machte sich daran zu demonstrieren, daß es nicht angeraten war, sich seinem Willen zu widersetzen.

Als die Morgendämmerung die Welt draußen erreichte, schlüpften Fen und Ifryn vorsichtig in einen offenen Hof, und der Himmel war rot geworden. Voller Entsetzen starrten sie auf die Membrane aus flüssigem, scharlachrotem Feuer – doch diese Sorge wich sofort einem viel dringenderen Problem. Zwei Soldaten hatten auf der gegenüberliegenden Seite den Hof betreten und blickten ebenfalls zu der Kuppel hoch, doch es war nur eine Frage der Zeit, bis sie die Frauen sahen.

»Kommt«, sagte Ifryn entschlossen.

»Aber ...«

»Folgt mir einfach.« Sie schritt voran, und Fen folgte ihr dichtauf. Die Wachen sahen sie und starrten die Kaiserin erstaunt an.

»Wie Ihr seht, bin ich wieder da«, verkündete Ifryn. »Niemand wird der Rache meines roten Feuers entkommen.« Sie wandte sich an Fen, als die Männer sie weiter wie einfältige Idioten anstarrten. »Zauberin, bringt Feuer herab. Verbrennt diese zwei«, befahl sie.

Als Fen ihre Arme in den scharlachroten Himmel erhob, blitzte das Licht wie Blut auf der Klinge ihres Messers auf. Sie sang unsinnige Silben vor sich hin, doch die Männer warteten das Ergebnis nicht ab. Sie ließen ihre Speere fallen und rannten davon.

»Gehen wir«, sagte Ifryn und lief weiter.

»Das war ein großes Risiko«, rief Fen, während sie hinter ihr her eilte, »ich kann mir niemanden vorstellen, der weniger magische Kräfte hätte als ich. Was hätten wir gemacht, wenn sie sich nicht darum gekümmert hätten?«

»Ich hätte sie getötet«, erwiderte Ifryn schlicht.

Sie gingen weiter. Sie waren ihrem Ziel jetzt nahe, und es gelang ihnen, jeglicher Aufmerksamkeit zu entgehen, doch um zu Southans Quartieren zu kommen, mußten sie einen vollbesetzten Wachraum passieren. Die Männer, die von den neuesten Ereignissen draußen noch nichts wußten, genossen das Wissen, daß Verkho Übernahme problemlos verlaufen war und freuten sich auf die Belohnung dafür, daß sie die richtige Seite gewählt hatten.

»Ich bin dran«, entschied Fen. Sie nahm zwei volle Öllampen von ihren Halterungen an der Wand und schlich zu der offenen Tür. Mit einer fließenden, schnellen Bewegung warf sie beide Lampen auf die Türschwelle. Flammen loderten wild auf, und die Männer fluchten überrascht.

»Feuer der Zauberin!« übertönte Fen den Lärm. »Es zu berühren bedeutet Tod!«

Die beiden Frauen liefen weiter einen anderen Flur hinunter. Der Eingang zu den Gemächern des Kaisers war jetzt nicht mehr weit. Mit verstohlenem Blick stellte Fen fest, daß zwei Wachen an der Tür standen, und es gab keine Möglichkeit, sich unbemerkt anzuschleichen.

»Ich glaube, es ist Zeit, daß die Kaiserin *tatsächlich* zurückkehrt«, sagte Ifryn.

Mit diesen Worten ging sie kühn auf die Männer zu, und Fen folgte ihr wieder dichtauf. Die Soldaten nahmen Haltung an, hielten ihre Speere bereit und waren nicht sicher, was sie von dieser Invasion halten sollten.

»Ich wünsche meinen Mann und meinen Sohn zu sehen«, befahl Ifryn mit aller Autorität, die sie aufbringen konnte.

Die Wachleute waren sprachlos. Keiner ihrer Befehle sah das Wiederauftauchen der Kaiserin vor.

»Niemand darf eintreten«, erwiderte einer von ihnen unsicher. »Southan und Azari stehen unter Arrest.«

»Dann verhaftet mich ebenfalls«, sagte Ifryn ungeduldig. »Aber laßt mich vorbei.«

»Hier hat inzwischen ein neuer Herr das Sagen, meine ... Lady«, sagte der andere. »Ich habt keine Befehlsgewalt mehr über uns.«

»Ich *werde* meinen Sohn sehen«, versicherte sie ihm. »Wagt Ihr es, mich daran zu hindern?« Sie war nur noch ein paar Schritte entfernt. Die Männer senkten drohend ihre Speere, aber sie zögerten. Ifryn ging weiter. Plötzlich schwang sie ihr Schwert mit sicherem Hieb, und ein Speer zerschmetterte, als er dem Soldaten aus der Hand fiel. Die Kaiserin wandte sich dem anderen zu, und in ihren Augen funkelte wütende Entschlossenheit.

»Aus dem Weg!«

Jahrelanger Gehorsam ließ ihn weichen, doch jetzt versuchte der andere Wachmann, sein Schwert zu ziehen. Fen warf sich auf ihn, und ihr blondes Haar wehte, als ihr Messer ihn am Arm traf, und die Wucht ihres Angriffs warf beide zu Boden. Gleichzeitig trat Ifryn zur Seite, um einem halbherzigen Speerangriff auszuweichen, und sie holte aus und legte all ihre Kraft in den Schlag. Der verwirrte Wachmann versuchte, ihren Schlag zu parieren, doch er konnte ihn nur nach oben abwehren. Das Schwert grub sich tief in seinen Hals, und das Blut schoß aus der Wunde, als er zusammenbrach.

»Ich *werde* mein Kind sehen«, unterstrich Ifryn noch einmal, zog das Schwert aus dem Mann und sah, daß auch Fen ihr Duell gewonnen hatte. Ihr Messer war blutbefleckt vom tödlichen Stich in das Herz des Mannes. Die Kaiserin nahm ihre Freundin bei der Hand und zog sie hoch, und ihr fielen Donetas Worte ein. *Frauen haben da ihre eigenen Möglichkeiten. Falls jemand getötet werden muß, schrecken auch wir nicht davor zurück, unseren Teil dazu beizutragen.*

Der Schlüssel steckte im Schloß, und Ifryn schloß auf und riß die Tür auf.

Beunruhigt durch den Lärm des Kampfes, stand Southan mit einem Stuhlbein als Keule da, bereit, sich und seinen Erben mit jeder verfügbaren Waffe zu verteidigen. Er holte beinahe reflexartig aus, doch da erkannte er, um wen es sich handelte.

»Ifryn«, rief er, warf das Stuhlbein fort und umarmte sie, und das blutige Schwert fiel ihr aus der Hand.

»Azari«, drängte sie. »Wo ist er?«

Southan zeigte es ihr, und sie eilte zu ihrem Sohn, während der Kaiser die ihm unbekannte Fen anstarrte, die jetzt an der Tür stand und beobachtete, wie weitere Wachen herbeieilten. Im angrenzenden Zimmer lag Azari in seiner Wiege, die Amme kauerte in einer Ecke. Ifryn achtete nicht auf die Frau, hob ihr Baby hoch und lief zurück. Southan war immer noch sprachlos. Es gab soviel, wofür er sich entschuldigen, was er erklären mußte, daß er nicht wußte, wo er anfangen sollte. Seine Frau sah die vertraute Verwirrung in seinen Augen.

»Als erstes«, sagte sie, »müssen wir hier verschwinden.«

Acevedo hatte Gaye die düsterrote Kuppel beschrieben, doch sie brauchte seine ehrfürchtigen Worte eigentlich gar nicht. Sie hielt immer noch den Amberinkristall fest und war gefangen in der Unterwelt, und dort war die Kuppel der Macht deutlich zu sehen, wie ein schmutziger Fleck auf der Welt. Sie wußte auch, daß Bowen dort drinnen war – und ihre einzige Sorge galt der Frage, wie sie ihn dort hinausbekommen sollte. Sie ignorierte alles andere, konzentrierte sich auf ihn und flehte inständig, daß er sie hörte.

Bowen war wieder im Komplex des Ministeriums, jener Umgebung Xantiums, die ihm am vertrautesten war, falls man das so nennen konnte. Es war immer noch sehr still, und in mehreren Räumen lagen Grüppchen bewußtloser Talente unnatürlich verrenkt in ihrem Blut. Bowen achtete nicht auf sie. Eine entfernte Stimme in seinem Kopf sagte ihm, was er zu tun hatte, und sie war die einzige, auf die er hören würde. Er fand das Zimmer, in dem die Kröten gehalten wurden. Es war niemand zu sehen, und so schlüpfte er hinein und nahm eine der Phiolen, die in einem Holzregal aufbewahrt wurden. Mit großer Sorgfalt entfernte er den Stöpsel und schnüffelte an der Flüssigkeit. Dann versiegelte er die Phiole wieder und verschwand.

Das Auftauchen der roten Kuppel hatte die Kämpfe draußen ein wenig zum Erliegen gebracht. Als die Kuppel entstand und sich fast genau dem Kreis der Außenmauer anpaßte, waren viele von Verkhos Männern auf der einen oder anderen Seite geblieben. Die Wucht der Kuppel hatte einige von ihnen gar von der Mauer gestoßen. Diese offensichtliche Mißachtung der eigenen Männer sowie die ständig wachsenden Zweifel an Verkhos wahren Absichten und seine unmenschliche Zauberei brachte viele zu dem Schluß, daß sie nicht in diesem Konflikt kämpfen sollten. Zwar blieb die Situation unübersichtlich, doch wurde hier und da Waffenstillstand geschlossen, und je mehr Menschen erkannten, wo ihre Vorteile lagen, um so weniger Gewalt wurde angewendet. Diese Erkenntnis verbreitete sich immer schneller, als sich auch noch ein paar Stücke roten Feuers aus der Kuppel lösten, wie Sternschnuppen herbeiflogen und in verschiedenen Stadtteilen landeten. Die folgenden Feuer waren klein, aber heftig, und einige breiteten sich schnell aus und verschlimmerten das allgemeine Durcheinander.

Kerrell saß immer noch auf seinem Aussichtspunkt auf der Mauer des Staatsviertels, als die Feuerkugeln erschienen. Boten kamen und gingen und hielten ihn über den Fortschritt der immer weniger werdenden Kämpfe auf dem laufenden.

»Götter! Was jetzt?« rief der General aus, als ein roter Blitz über ihm dahinflog.

»Wie kann man dagegen ankämpfen?« fragte Yeori leise.

»Irgendwie müssen wir es«, sagte Dsordas.

Sie wurden von Grongar unterbrochen, der sich ganz außer Atem die Treppe hinaufschleppte. Zwischen mehreren heftigen Atemzügen berichtete er, wie er Fen und Ifryn geholfen hatte, doch jetzt waren die Hunde, nachdem er die Geiselenklave erreicht hatte, nicht mehr zu halten.

»Sie drehen durch«, sagte der Barbar. »Ich kann nichts mit ihnen anfangen.« Er klang verblüfft über den unerklärlichen Verrat der Hunde.

Die anderen hatten bestürzt zugehört, doch jetzt wandten sie sich wieder ihrer Hauptsorge zu.

»Sind Fen und Ifryn mit Euch zurückgekommen?« fragte Kerrell.

»Wo sind sie jetzt?« wollte Dsordas wissen.

Widerwillig zeigte Grongar den Hügel hinauf.

»Dort drinnen.«

Kapitel fünfzig

Das Steinerne Auge beobachtet meine Freunde. Solange sie noch fliegen, bin ich frei, aber wie lange kann ich sie noch beschützen, jetzt, wo diese sonderbaren Winde wehen?

Gaye wußte jetzt, daß sie Verkho niemals schlagen konnten. Die Macht, die er kontrollierte, war so unvorstellbar riesig, und wenn er lernte, sie wirkungsvoll einzusetzen ...

Um sich ihr zu widersetzen, benötigte man einen Kreis um die ganze Welt. Gaye fielen die Worte des Geistes wieder ein, aber sie verwarf sie als unmöglich. Sie hatte jetzt ihre eigenen Prioritäten, die sie nicht mehr ignorieren konnte.

Sie hielt den Amberin fest in ihrer Hand und konzentrierte sich auf Bowen, denn sie wußte, er würde sie hören – aber nur ganz leise. In der Leere waren noch andere Stimmen zu hören, die bettelten und sie um Hilfe anflehten, doch kümmerte sie sich nicht mehr um sie. Selbst wenn die Welt untergehen sollte, war ihr nur noch wichtig, daß sie und Bowen sie gemeinsam untergehen sahen.

Wähle eine Geschichte. Laß sie wahr werden.

Dieses Mal kam die Geschichte aus ihrer eigenen Erinnerung. Sie brauchte keinen Rat von einem Geist. Diese Geschichte war für sie selbst.

Bowen war an einem Punkt angelangt, von dem es kein Zurück mehr gab. Auf seinem Weg durch die Flure des Ministeriums hatte er nur ein paar nervöse Beamte gesehen – die ihn ignoriert hatten – und hatte einen kurzen Blick auf einen Mann erhascht, den er aus jüngster

Zeit zu erkennen glaubte. Den mit dem Namen Martyn. Aber jetzt war er allein. Der Tunnel vor ihm war durch einen pulsierenden roten Schild blockiert, der wie das Blut der Berge pulsierte. Er spürte, wie seine Macht sein Näherkommen abwehrte, spürte den Druck, den Schmerz und die Bosheit, die gegen ihn gerichtet waren. Er ging weiter, bis er es nicht mehr ertragen konnte, und blieb dann ungefähr sechs Schritt entfernt stehen.

Jetzt, drängte ihn die Stimme in seinem Kopf. *Du brauchst das Feuer jetzt.*

Er nahm die Phiole zur Hand, entfernte den Stöpsel und schluckte den ekelhafte grauen Nektar hinunter, bevor er noch Zeit gehabt hatte, genauer darüber nachzudenken. Seine Hände zuckten, als er das Brennen in seinen Adern spürte, das ihn mit Todesqualen erfüllte.

Gayes ferne Stimme begann mit einer Erzählung über das weiße Feuer, das das Siegel zwischen den Welten brach, damit andere entfliehen konnten. Doch dieses Mal nahm die Geschichte eine sonderbare Wendung. Dieses Mal war es der Träger des weißen Feuers selbst, der entkam und sich mit seinem Schmerz einen Weg bahnte.

Bowen spürte die Flammen, sah das Licht, das er erschuf, von den Mauern, von der Decke, vom Boden reflektieren. Selbst das rote Hindernis bekam einen rosa Farbton. In all seinem Schmerz bemühte er sich, die Geschichte zu hören und an sie zu glauben. Eine plötzliche Vision von einer Vielzahl von Geistern – sowohl im alten Tempel in Xantium als auch in der Arena in Zalys – gab ihm Kraft. Er machte einen Schritt vorwärts, taumelte und fiel beinahe hin. Noch einen Schritt. Der Schmerz wurde doppelt so stark. Er wollte sich umdrehen und sich verstecken, doch die unbarmherzige Stimme trieb ihn weiter. Noch zwei Schritte. Jetzt war er fast da. Weiße Glut und rotes Feuer berührten sich beinahe.

Noch ein Schritt. Die Qualen waren jetzt unerträglich, jeder Nerv schrie auf. Bowen sah nur den Schleier aus brennendem Blut. Nur ganz langsam konnte er seine Füße unter Schmerzen vorwärts schieben.

Feuer traf auf Feuer und explodierte in Scherben aus Licht, Hitze und Schmerz. Bowen schrie auf und warf sich vorwärts und brach zitternd und erschöpft zusammen. *Außerhalb* des Schildes. Die weißen Flammen brannten nieder und ließen ihn ausgezehrt zurück. Er kroch weiter, weg von dem roten Glühen. Als er der unmittelbaren Bosheit entronnen war, blieb er liegen und wollte nur noch schlafen. Aber die Stimme war immer noch da, und er wußte, er konnte er ihr nicht widerstehen, bis er bei ihr war. Das allein zählte jetzt. Ganz langsam stand Bowen auf, jede seiner Bewegungen von stechendem Schmerz begleitet, und begann zu laufen.

Der Talisman beobachtete Verkho mit grausamer, aber nachsichtiger Belustigung. Gars Retter sah so wenig, obwohl er nun Zugang zu so vielen Dingen hatte. Wie begrenzt sein Ehrgeiz war! Warum hatte er all die Schmerzen und Schwierigkeiten auf sich genommen, wenn er nicht in der Lage war, seinen Erfolg zu genießen? Außer um Kraft für den Schutzschild hatte Verkho nur um Dinge gebeten, die ihm nicht gewährt werden konnten: seine verlorenen vierzehn Lebensjahre, seine telekinetischen Fähigkeiten, sogar die einfache Heilung seiner verletzten Hand – all das war durch dem uralten Handel verwirkt und konnte nicht bewilligt werden.

Der Kanzler für seinen Teil wußte, daß er vorsichtig mit seinen Wünschen sein mußte. Jeder Wunsch machte es erforderlich, daß er die dadurch freigesetzten Kräfte auch kontrollieren konnte, denn jeder konnte ungeahnte Folgen mit sich bringen. Der unbedachte Wunsch nach Unsterblichkeit konnte ihn beispielsweise dazu verdammen, in einem auf ewig verfallenden Körper zu leben, von endlosen Schmerzen und Krankheit gezeichnet. Je mehr er darüber nachdachte, um so mehr Fußangeln entdeckte er, Fußangeln, an die er nicht gedacht hatte, solange er die Geheimnisse des Talismans zu lüften suchte. Doch in seiner brennenden Kugel war er sicher und war es zufrieden, zu warten und langsam zu lernen.

Und die ganze Zeit lernte Gar mit ihm. Der Gott war besonders fasziniert von den Fledermäusen. Sie hätten seine Kreaturen sein sollen – wie alle anderen –, doch irgendwie entzogen sie sich seinem Einfluß. Er machte sich einen Spaß daraus, merkwürdige Winde zu erschaffen, die sie vom Kurs abbrachten. Und wartete.

Zunächst war die scharlachrote Kuppel für die geplagten Bürger von Xantium ein faszinierendes Spektakel gewesen. Für viele ähnelte er dem geschwungenen Dach eines besonders eindrucksvollen Tempels, und die kaum zu erkennenden Umrisse des Turmviertels darin machten es noch geheimnisvoller. Eine Zeitlang bot sie Nahrung für Klatsch und Spekulationen, Verwunderung und Angst. Doch je mehr Tage vergingen, um so mehr veränderte sich die Sichtweise der Betrachter. Die ersten Feuerbälle verursachten nur begrenzte Schäden, doch demonstrierten sie die feindlichen Absichten – oder zumindest urzeitliche Gleichgültigkeit – gegenüber der Bevölkerung von Xantium.

Doch auch das schien an Bedeutung zu verlieren, je mehr sich Gerüchte über Drachen verbreiteten. Alle hatten entweder den Seedrachen gesehen, der zwei Monate zuvor in der Metzelgrube so tückisch gekämpft hatte, oder von ihm gehört. Jetzt, so flüsterte man, liefen weitere dieser Tiere frei in der Stadt herum, fraßen alles, was lebte, und wuchsen mit unglaublicher Geschwindigkeit. Es hieß, ihre Fänge enthielten ein Gift, das so tödlich war, daß schon ein kleiner Kratzer das Ende bedeutete.

Die meisten Menschen taten solche Geschichten als phantastisch ab, als schwachsinnigen Unfug, bis sie merkten, daß es noch andere Veränderungen gab. Riesige Ratten und anderes Ungeziefer wurden immer verwegener und gingen sogar bei Tageslicht auf Raubzug. Einige der für die Metzelgrube bestimmten Tiere waren entkommen und sorgten damit für weitere wilde Geschichten, und der Leiter der Kampfarena war nirgends zu finden. Schwärme von Hornissen und andere stechende Insekten machten den Aufenthalt im Freien zusätzlich zu einer gefährlichen Angelegenheit, und selbst die gezähmten Haustiere wurden unruhig, gehorchten nicht mehr und neigten zu plötzlicher Angriffslust.

Als die gelegentlich heftigen Blitze aus der Kuppel am späten Vormittag zunächst zu einem stetigen Strom aus Blitzen und schließlich zu einem ständigen Schein magischer Brandstiftung wurden, machte sich in der Stadt Panik breit. Es gab nicht genug Wasser – in Xantium stets ein kostbarer Besitz –, um die vielen Feuer zu löschen, und schon bald waren manche Bezirke, deren Gebäude hauptsächlich aus Holz erbaut waren, dem Erdboden gleichgemacht. Flammen sprangen über die schmalen Gassen, während die Menschen sich in sichere Gegenden flüchteten und so viele Habseligkeiten mit sich schleppten wie möglich.

Ein warmer Wind blies vom roten Hügel herunter und brachte den Wahnsinn mit sich. Ganz Xantium wurde von einer Bosheit durchdrungen, die alles anderes als menschlich war.

Selbst innerhalb des kaiserlichen Hofes, wo die Bewohner vor diesen Gefahren sicher waren, hatten die Menschen Angst. Sie hatten Verkho unterstützt, weil sie selbst macht- oder geldgierig waren, aber *das* hatte niemand erwartet. Die Barriere, hinter der sie in der Falle saßen, förderte jede Art von Schrecken, und als Folge davon gingen nur sehr wenige in ihre Nähe.

Daher war niemand da, um die Flüchtigen aufzuhalten, als sie durch eine Kombination aus Heimlichkeit und gelegentlichen entschlossenen Angriffen Fens und des neuerdings heldenhaften Southan das südliche Tor des Staatsviertels erreichten. Allerdings wurde ihnen dort der Weg von dem roten Feuer versperrt. Es erstreckte sich über das offene Tor wie ein Film aus lebendem Blut, bösartig, unnachgiebig und anscheinend undurchdringlich.

Der Kaiser kam ihm am nächsten, als er sich den Weg durch pure körperliche Gewalt zu bahnen versuchte – jedoch vergebens. Als er noch vier oder fünf Schritte entfernt war, mußte er sich zurückziehen. Aber er weigerte sich aufzugeben. Er rannte auf das Hindernis zu und schwang sein Schwert, als wolle er sich den Weg durch brennende Luft bahnen, nur um heftig abzuprallen und zu sehen, wie seine Klinge wie ein Zweig im Wind zur Seite geschleudert wurde. Fen und Ifryn halfen ihm hoch und waren froh, daß er nur ein paar Schnitte und blaue Flecken erlitten hatte. Sie zogen sich in den vorübergehenden Schutz eines verlassenen Wachhäuschens zurück, um zu beobachten und zu hoffen.

»Was machen wir jetzt? Wir können doch nicht einfach hier sitzen, bis Verkho uns findet.« Fen hielt inne und wünschte, irgend jemand würde etwas sagen. »Oder?«

Kapitel einundfünfzig

Die Lungen der Welt atmen …

Der Sturm bricht los, das Gewitter hallt im Labyrinth wider. Aber es ist noch mehr zu hören als die Geräusche des Zorns. Kann ich die Musik des Windes hören, das Singen des Regens? Es muß doch da sein. Ich muß nur hinhören.

Sie atmen ein … und aus … sie atmen Feuer.

Von vereinzelten Zwischenfällen abgesehen, waren die Kämpfe zum Erliegen gekommen. Der Streit war jetzt bedeutungslos, denn die Ereignisse hatte ihn überholt. Die Bürger von Xantium hatten nur noch eine Sorge: ihr Überleben.

Baylin, dicht gefolgt von Sagar und Nason, kam mit schlimmen Nachrichten zu Kerrells Aussichtspunkt.

»Alle Tunnel zum kaiserlichen Hof sind blockiert«, berichtete er. »Die Kuppel reicht bis unter die Erde.«

»Niemand kann in ihre Nähe kommen«, bestätigte Kerrell bitter. Boten aus dem ganzen Staatsviertel hatten ihm schon dasselbe berichtet.

Dsordas stöhnte innerlich auf. Die Tunnel waren ihre letzte Hoffnung gewesen. Als Grongar ihnen erzählt hatte, daß Fen innerhalb des Hofes war, hatte Dsordas sie sofort retten wollen, doch der General – der sich ebenso viele Sorgen um Ifryn machte – hatte ihm zur Geduld geraten, um weitere Erkenntnisse über den roten Schutzschild abzuwarten. Jetzt hatten sie diese Erkenntnisse – und waren nur um so sicherer, daß eine Rettung unmöglich war. Der feuerspeiende Schild war undurchdringlich. Dsordas' Angst, durchmischt mit Zorn gegen sein Schicksal, war ein glühendheißer Schmerz, den er so gut es ging unterdrückte. Selbst die Wiedervereinigung mit

Sagar konnte seinen Kummer oder den klopfenden Schmerz in seinem Kopf nicht lindern.

Als er schon glaubte, es nicht länger ertragen zu können, wurde die Welt um ihn herum still, als sei er plötzlich taub geworden. Seine Beine gaben unter ihm nach, und er kniete sich auf den Boden. Andere wollten ihm zu Hilfe eilen, doch sie zögerten, als vor ihm auf den Zinnen eine geisterhafte Erscheinung auftauchte. Und zu ihrer aller Erstaunen war die Luft um sie herum voller Fledermäuse, obwohl es hellichter Tag war.

»Mutter!« schnappte Dsordas nach Luft. »Hilf mir.«

Fen braucht Hilfe. In den geisterhaften Augen seiner Mutter war Geduld und Liebe zu lesen und tiefe Sorge.

»Ist sie verletzt?« fragte er schnell. »Wie kann ich helfen?«

Höre auf die Fledermäuse.

»Was?« Jetzt war er völlig verwirrt, genauso wie alle Umstehenden, die nur seine Seite des Gesprächs hören konnten.

In das Schweigen drang ein komplexes Gespinst, ein Spinnennetz aus Echos, die seinen Kopf zuerst mit Bildern, dann mit Worten füllten. Die Schwingungen der Fledermausschreie wurden für Dsordas zu einer neuen Sprache, einer neuen Stimme.

Sie sprechen für mich, innen und außen. Dieses Mal sprach nicht seine Mutter.

»Wer seid Ihr?«

Ich bin Alasia, erwiderte die Stimme ungeduldig. *Ihr habt zu tun, Heiler. Ihr müßt den Kreis durchbrechen. Die Weiße hätte es tun sollen, doch sie hat mich verlassen. Ebenso das Leuchtfeuer.*

»Ich verstehe nicht. Welcher Kreis?« Dsordas fragte sich, ob mit »die Weiße« Gaye gemeint war.

Als Alasia ihm den Kreis zeigte, schreckte er vor der Bosheit zurück. Sie war riesig, korrupt und übelkeiterregend. Innen lagen die Geiseln von Zalys in ihrem eigenen Blut, und blaues Feuer mischte sich mit Scharlachrot.

Heilt sie.

»Ich kann nicht. Wartet!«

Aber Alasia und die Stimmen der Fledermäuse waren verschwunden, und Dsordas blickte allein in das erwartungsvolle Gesicht seiner schon lange verstorbenen Mutter.

Du bist ein Heiler, sagte sie. *Nutze deine Fähigkeiten.*

Er fühlte sich wieder wie ein Kind, doch wie ein Kind mit einer Verantwortung, die kein Kind tragen sollte. Wie *konnte* er sie denn heilen? Sie waren weit weg, und ihre Krankheit durchdrang alles.

Er blickte hinauf zur Kuppel. Wie konnte er auch nur daran denken, diesen widerlichen Schild zu durchbrechen? Und doch, Fen war dort drinnen . . .

Dsordas schloß die Augen, streckte seinen Geist in die andere Welt aus, er merkte nicht einmal mehr, wie Aad die anderen bat, ihn nicht zu stören. *Hilf mir*. Er fand die Geiseln, doch wußte er nicht, wo er anfangen sollte. Es ist zu schwer, jammerte er innerlich und spürte sofort die Mißbilligung seiner Mutter. Auch sie war Heilerin gewesen, und sie erwartete, daß ihr Sohn alles tat, was in seiner Macht stand. *Elf Geiseln*, sagte er zu sich selbst. *Beginne mit einem.*

Dsordas erweiterte sein Bewußtsein und lenkte es auf eines der Opfer, und er spürte einen fürchterlichen Anfall von Übelkeit. Wie konnten sie das nur ertragen? Er ließ seine Bewußtseinsranken langsam und vorsichtig in den betäubten Körper gleiten, spürte, wie der Körper angesichts dieser fremdartigen Berührung erzitterte, und wie er reagierte. Ganz allmählich verlor das Gift seine Wirkung, und der Schnitt am Handgelenk der Geisel schloß sich ganz allmählich, bis kein Blut mehr floß. Das Feuer verlosch zu einem Bruchteil. *Einer geheilt. Noch zehn.* Dsordas machte weiter. Schon jetzt war er erschöpft.

»Nicht anfassen!« rief Aad. »Mischt euch da nicht ein! Es ist wichtig.«

Die anderen starrten wie gebannt auf die kniende Gestalt, den gelassenen Geist und die schwirrenden Fledermäuse, die ihn umflogen. Plötzlich drehte sich Aad auf dem Absatz um und rannte ohne Erklärung los. Niemand rührte sich, bis sich Yeori nach einem kurzen unentschlossenen Augenblick losriß und hinter dem Jungen herrannte.

Der *Soldat* hielt den Atem an, als zwei Wachen an ihm vorbeigingen, dann schlüpfte er aus seinem Versteck und lief in die entgegengesetzte Richtung. Er fluchte wiederholt leise. Seit er Verkhos Hure getötet hatte, schien er wie vom Pech verfolgt. Alles, was er getan hatte, war schiefgelaufen. Selbst seine wenigen Erfolge hatten sich ins Gegenteil verkehrt. Was hatte sie noch gesagt? *Ihr könnt dort nicht hingehen. Wer das tut, ist verflucht.*

Und jetzt saß er in der Falle, nachdem er am Abend in den Komplex des Ministeriums eingedrungen war. Alle Ausgänge waren von unnatürlichem Feuer blockiert. Der einzige Weg hinaus führte für ihn nach oben, in Richtung kaiserlicher Hof, doch diese Durchgänge waren schwer bewacht. Dennoch hatte der *Soldat* die Absicht, letztlich dort entlang zu gehen, um einen letzten verzweifelten Versuch zu unternehmen, an Verkho heranzukommen. Doch zuvor wollte er noch ein wenig Schaden anrichten.

Alle Talentierten, die er bis dahin gefunden hatte, waren bewußtlos gewesen, und er hatte sie nicht aufwecken können, doch dann fiel ihm Harios' Sektor ein, wo »Experimente« stattfanden. Wenn er diese unterbrechen konnte, würde er damit sicher soviel Ablenkung schaffen, wie er brauchte, und vielleicht würde er sogar die Pläne des Kanzlers zunichte machen. Er war jetzt fast dort und trottete leise durch die stillen Flure, sein Schwert in der Hand. Am Fuße der letzten Treppe blieb er stehen und lauschte. Alles war ruhig. Der erste Raum war leer, doch im nächsten bot sich ihm ein makabrer Anblick. Elf Männer und Frauen, einige fast noch Kinder, lagen mit einem ausgestreckten Arm da, und aus den aufgeschlitzten Handgelenken rann das Blut. Die träge Flüssigkeit lief auf eine Schale in der Mitte der Kammer zu, wo ein magisches Feuer brannte. Der *Soldat* spürte, wie sich ihm die Kehle zuschnürte.

Hier kann ich gleich anfangen, dachte er und merkte, daß einige der Schnitte geheilt waren und nicht mehr bluteten. Während er die Szene weiter beobachtete, schloß sich ein weiterer Einschnitt, und die Helligkeit des Feuers ließ nach.

Beschleunigen wir den Prozeß ein wenig, beschloß er und ergriff eine der hingestreckten Gestalten und schleuderte sie zur Seite.

Fünf, dachte Dsordas und kämpfte gegen seine Erschöpfung an. *Noch sechs.* Er war nicht sicher, daß er es schaffen würde. Verbissen machte er weiter – und er holte keuchend Luft, als er ein anderes Wesen spürte, eine elementare Kraft, die den Kreis zerstörte – aber mit Gewalt, wütend, ohne zu heilen. Die Geiseln wurden von ihrem Steinbett gezerrt und zur Seite geschleudert, und sie erwachten, um einem langsamen und unausweichlichen Tod voller Qualen entgegenzusehen. Diejenigen, die Dsordas geheilt hatte, hatten vielleicht eine Überlebenschance – doch den anderen konnte er jetzt nicht mehr helfen. Der Heiler brach zusammen, sein ganzes Wesen schrie vor Entsetzen auf, denn er wußte nicht, ob er den Kreis erfolgreich unterbrochen hatte.

Der *Soldat* drehte durch. Die Abscheu, die er verspürte, verdoppelte sich jedesmal, wenn er eines der schlafenden Opfer berührte. Diejenigen, die er zur Seite geschleudert hatte, kreischten auf und stöhnten, doch er achtete nicht auf sie und machte immer weiter, als er sah, wie die üble Flamme immer kleiner wurde. Als die letzte Geisel zur Seite fiel, erlosch das Feuer.

Im Flur draußen war plötzlich Lärm zu hören. Die Talentierten wachten alle auf, und im selben Augenblick wurde eine Explosion verschiedener Kräfte freigesetzt, begleitet von Donnerhall, der die Welt zu zerschmettern drohte.

Der *Soldat* rannte aus dem Zimmer, nur um sich von beiden Seiten von Soldaten umzingelt zu sehen. Trotz seiner Kampfeslust war eine Klinge nicht genug gegen sie alle. In einem Strom von Blut verließ das Glück Martyn. Für immer.

Aad rannte und erspürte dabei die Notlage durch seine Hände. Er wurde zum Mittelpunkt der magischen Kräfte geführt, von der Frau, die mit der Stimme von Fledermäusen gesprochen hatte. Atemlos blieb er vor dem südlichen Tor des kaiserlichen Hofes stehen und starrte voller Ehrfurcht auf die rote Barriere. So nahe war er diesem sich ständig verändernden Schleier der Macht noch nie gekommen, und die Bösartigkeit darin machte ihm Angst. Seine Hände pochten schmerzhaft.

Hinter ihm hörte er dumpfe Schritte, doch Aad machte sich nicht die Mühe, sich umzudrehen.

»Was machst du da?« keuchte Yeori. »Was geht hier vor?«

»Ich weiß es nicht. Ich mußte einfach herkommen.«

In diesem Augenblick waren durch den roten Schleier drei Gestalten zu sehen, die aus einem Seitengebäude traten – ein Mann und zwei Frauen, von denen eine ein Baby trug.

»Das ist Fen!« rief Yeori.

»Und Ifryn.«

»Was machen wir jetzt?«

Der Kreis brach zusammen. Dsordas und Martyn hatten gemeinsam genug erreicht. Aad spürte es in seinen Händen, sah das Flackern des Gegenschlags in dem scharlachroten Muster. Die Luft war voller sonderbarer Geräusche.

»Kommt!« schrie er und gestikulierte wie wild. »Kommt jetzt durch! Fen!«

Die drei auf der anderen Seite hörten ihn offensichtlich, doch sie zögerten noch. Für sie sah die Barriere genauso aus wie vorher.

»Schnell!« kreischte Aad verzweifelt und kam näher. »Es *hilft* euch. Das ist eure einzige Chance!«

Yeori legte eine Hand auf den Arm des Jungen und glaubte schon, er sei verrückt geworden.

Doch da reagierte Fen und warf sich gegen den Schutzschild. Sie spürte, wie sie hindurchgesaugt und wieder ausgespuckt wurde und in den Schmutz fiel – auf der anderen Seite. Yeori beugte sich zu ihr hinunter und half ihr hoch, während Southan und Ifryn auf die Barriere zu kamen. Sie bewegten sich viel vorsichtiger und traten auf der anderen Seite trotzdem schneller aus und gerieten ins Taumeln, als eine unbekannte Kraft sie vorwärts schubste.

Dann war es vorbei. Aads Hände spürten, wie die grausame Macht zurückkehrte. Die rote Kuppel formte sich wieder – stärker als je zuvor –, während weitere Kräfte den Kreis wieder schlossen und aus einer fernen Quelle zusätzliche Energie herbeifloß.

In diesem Stadium verstand keiner so recht, was da vor sich ging, doch niemand wollte das eigene Glück in Frage stellen. Sie waren frei. In einer brennenden Stadt.

Kapitel zweiundfünfzig

Allmählich bilden sich die Speichen heraus. Schon bald werden sie in alle Reiche des Bewußtseins reichen, gezeichnet von dem neuen Wind. Wer weiß, wann oder wo der Staub sich legen wird? Meine Kraft zur Prophezeiung kann nicht so weit sehen. Aber ich kann immer noch das Echo der Flammen hören.

Ein Rad ist ein Kreis, nicht wahr?

Das freudigste aller Wiedersehen, die auf den Zinnen des Staatsviertels stattfanden, wurde bei weitem Fen und Dsordas zuteil. Keiner von ihnen hatte Zeit für Fragen, geschweige denn für Vorwürfe. Wichtig war nur, daß sie wieder zusammen waren, und sie hielten sich so fest, daß Yeori witzelte, man müsse sie mit Eisenstangen auseinanderstemmen.

Das Wiedersehen zwischen Southan und Kerrell verlief sehr ernst. Keiner von beiden wußte, was er sagen sollte, doch am Ende ergriff der Kaiser zuerst das Wort.

»Ich schulde Euch mehr Entschuldigungen, als Worte sagen können. Welche Verbrechen Ihr auch begangen zu haben glaubt, ich vergebe Euch. Ihr seid kein Verräter.«

Kerrell kniete nieder, unfähig, den Blicken von Southan oder Ifryn standzuhalten.

»Ich danke Euch, mein Lord.« Mit diesen Worten wurde die Wahrheit begraben, und die Kaiserin spürte einen winzigen Stich in ihrem Herzen. Sie hielt Azari fest und versuchte, ihre Erinnerungen zu unterdrücken.

»Wäre ich doch nur nicht so eitel und so dumm gewesen«, jammerte Southan. »Ihr habt mich beide gewarnt, doch ich wollte ja nicht hören. Jetzt seht, wohin uns diese Narretei gebracht hat.«

Kerrell erhob sich und blickte über die verwüstete

Stadt. Beißender Rauch lag wie Nebel in der Luft, und darüber flackerten noch immer scharlachrote Flammen.

»Einige Menschen sind bereits aus der Stadt geflohen«, berichtete der General, »doch wenn die Evakuierung nicht ordentlich organisiert wird, werden die Deadlands mehr Menschen töten als sämtliche Feuer.«

»Dann muß ich den Rückzug Euch anvertrauen«, antwortete Southan. »Es ist klar, daß wir hier nicht bleiben können.«

Kerrell nickte.

»Ich muß meine Töchter suchen«, fuhr der Kaiser fort. »Wir treffen uns beim Großen Südtor.« Er und Ifryn machten sich auf den Weg.

»Und wir müssen zurück zu Gaye!« sagte Fen.

»Was ist mit Bowen?« rief Nason.

»Falls jemand weiß, wo er ist, dann Gaye.«

Als sie das Zimmer in der Taverne leer vorfanden, waren die Inselbewohner außer sich vor Sorge. Hatten sie Fen nur zurückbekommen, um ihre Schwester zu verlieren? Niemand im Gasthaus wußte etwas über Gayes Aufenthaltsort – die meisten Menschen waren bereits den Hügel hinunter geflohen –, doch als sich die Reisenden wieder an der Tür versammelten, erspähte Yeori auf der Straße eine vertraute Gestalt, die auf sie zurannte.

»Das ist Acevedo!«

»Ich habe ihn bei Gaye gelassen!« rief Fen aus.

Sie eilten dem Führer entgegen. Sein Haar war angesengt und sein Gewand mit Ruß und Schweiß befleckt. Ganz offenbar war er schon seit einiger Zeit im Laufschritt.

»Ich habe mich wie versprochen um sie gekümmert!« keuchte er abwehrend als Antwort auf Fens abrupte Frage. »Aber sie hat mich *gezwungen*, sie dorthin zu bringen.«

»Wohin?« wollte Dsordas wissen.

»Nach Westen. Ein kleiner Park in der Nähe der Ringmauer.«

»Wo genau?«

»Sie sagte, sie würde dort jemanden treffen, doch hat sie mich vorher weggeschickt.«

»Ihr habt sie alleingelassen? In *diesem* Durcheinander?« fragte Fen wütend.

»Sie hat mir befohlen, hierher zurückzukommen und Euch zu sagen, daß es ihr gut ginge und daß ihr Pferd sie beide tragen könnte.«

»Yeori, Nason, holt die Pferde«, befahl Dsordas. »Acevedo, Ihr werdet uns zu diesem Park führen.« Das war ein Befehl, keine Bitte.

Kurze Zeit später machten sich Dsordas, Fen, Acevedo und Sagar –Nason saß hinter ihm – auf den verständlicherweise scheuen Pferden auf den Weg.

Sie ritten so schnell sie konnten durch die kriegsgeschüttelten Straßen, doch waren sie wegen Feuer zu mehreren Umwegen gezwungen oder mußten gelegentlich Banden von bewaffneten und verängstigten Bürgern umgehen. Als sie im Park ankamen, waren Gaye und ihr Pferd nirgends zu sehen. Dsordas hatte schon damit gerechnet.

»Sie ist fort, ebenso Bowen.«

»Wohin?« fragte Fen.

Dsordas zuckte die Achseln und berichtete ihnen von Alasias Worten. *Die Weiße hätte es tun sollen, doch sie hat mich verlassen. Ebenso das Leuchtfeuer.*

»Leuchtfeuer – so hat Alasia Bowen genannt«, bestätigte Sagar.

»Sie gehen bestimmt zum Südwesttor«, sagte Fen. »Dort geht es nach Hause. Wir werden sie dort finden oder auf dem Weg dorthin. Aber warum haben sie nicht auf uns gewartet?«

»Zumindest ist Bowen rausgekommen«, sagte Nason und hoffte, daß es wirklich stimmte.

»Treffen wir uns mit den anderen und gehen wir zum

Tor«, sagte Dsordas. »Wir können Kerrell und Southan immer noch um Hilfe bitten. Und je früher wir aus Xantium heraus sind, um so besser.«

»Hier entlang?« fragte Southan und zeigte auf die absolut verlassene Straße.

»Ja.« Ifryn war jetzt noch nervöser. »Wo *sind* denn nur alle?«

»Holen wir die Mädchen«, sagte ihr Mann. »Komm.«

Die Tür der *Schweigenden Frau* stand offen, doch war niemand zu sehen – bis eine gescheckte Schnauze über die Schwelle lugte. Die wahnsinnigen roten Augen des Seedrachens hielten Ausschau nach dem nächsten Opfer und blieben an Southan hängen. Jetzt wußte der Kaiser, warum die Straße leer war.

Ifryns Schrei hallte in seinen Ohren wider, und er schrie sie an, sie solle weglaufen, und zog zischend sein Schwert aus der Scheide. Das Ungeheuer zuckte mit seinem langen Schwanz, machte jedoch sonst keine Bewegung. Es war nicht wie die Drachen aus den Legenden. Es hatte keine Flügel, keine Schuppen, keinen feurigen Atem – doch es war trotzdem noch schrecklich genug. Es gähnte mit weit aufgerissenem Maul und zeigte mehrere Reihen giftiger Fänge, und dann kam es aus der Tür gewatschelt. Southan wurde ganz steif und konzentrierte sich angespannt auf den Feind.

Die Kreatur schoß mit einer für ein Tier dieser Größe unglaublichen Geschwindigkeit auf ihn zu und schnappte nach Southans Knöchel. Er sprang geschickt beiseite und streifte es mit einem Schlag – der von dem mächtigen Vorderbein abprallte, ohne die lederne Haut auch nur anzukratzen. Damit versetzte Southan das Ungeheuer nur noch mehr in Raserei. Es wirbelte mit der Beweglichkeit einer Schlange herum und griff erneut an. Dieses Mal entkam der Kaiser nur um Haaresbreite und hatte nicht einmal die Chance, einen Schlag zu landen.

Ifryn sah voller Entsetzen zu, während sie sich mit Azari zurückzog, und konnte nur um Erlösung beten.

Das Duell ging weiter, und der Drache griff unbarmherzig immer wieder an, und Southan konnte nicht mehr tun, als seinen tödlichen Klauen und Zähnen ausweichen – bis ein heller Blitz ihre Konzentration durchbrach. Der Feuerball krachte in das Gebäude gegenüber der Taverne, und Gips und Holz regneten nach der Explosion auf sie nieder und entzündeten mehrere kleine Feuer auf dem Kopfsteinpflaster. Southan war selbst viel zu überrascht, um die Abgelenktheit seines Feindes zu seinem Vorteil zu nutzen, doch da sah er eine mögliche Chance und lockte den Drachen auf das nächstliegende Feuer zu. Er paßte einen günstigen Augenblick ab und schlug mit dem Schwert ein Stück Holz ab, das mit magischer Intensität brannte, bevor er sich wieder dem Ungeheuer zuwandte.

Kleine rote Augen beobachteten einen Augenblick lang diese neue Entwicklung, doch dann ließ die Kreatur die Warnzeichen außer acht. Sie sprang wieder vor – doch dieses Mal ging Southan dem Angriff nicht aus dem Weg, sondern warf sich ihm entgegen. Brennendes Holz und Schwert verschwanden im weit aufgerissenen Maul des Ungeheuers, und Southan ließ das Heft des Schwertes los und warf sich zurück, bevor seine Hand sich in den giftigen Zähnen fing. Der Drache schrie auf und konnte die sengenden Flammen und den mörderischen Qualm nicht aus dem Maul befördern. Unter Todesqualen schlug er um sich, doch endlich brach er zusammen, und das Licht in seinen Augen erlosch. Die Luft stank nach verbranntem Fleisch.

Ifryn trat langsam vor und hielt ihren Mann mit ihrem freien Arm umfangen, und ihr Herz pochte wild. Trotz all seiner Fehler war Southan kein Feigling, und es gab keinen Zweifel an seiner Liebe, wenn er seine Familie sogar gegen soviel Böses verteidigte.

Sie gingen in großem Bogen an dem Kadaver vorbei

und eilten in die Taverne. In den unteren Zimmern stank es nach Blut, und überall lagen zerfetzte Leichen. Voller Grauen im Herzen ging Ifryn voran die Treppe hinauf. Ihre Hoffnungen stiegen, als sie sah, daß die Tür zu ihrem Zimmer unversehrt und abgeschlossen war. Sie klopfte laut und rief Donetas Namen. Die Tür wurde aufgerissen, und das Mädchen stieß einen fast unerträglichen Seufzer der Erleichterung aus, während die beiden Kinder hochsprangen, um ihre Eltern zu umarmen. Bald war Southan ebenso tränenüberströmt wie die anderen. Und ausnahmsweise war es ihm egal.

Das Pferd trottete gleichmäßig mit seiner doppelten Last dahin. Gaye hielt sich dicht an Bowen gepreßt, der vor ihr saß und die Zügel in seinen fähigen Händen hielt. Sie hatte ihn nicht sehen können, als er zu ihr kam – aber das brauchte sie auch nicht. Sie kannte jeden Zentimeter an ihm, sein Gesicht, seinen Körper, seine Stimme, sein Lächeln. Ihr Elend hatte ihn entsetzt – doch es war eine Zeit der Schrecken, und viele Menschen hatten Schlimmeres erlitten. Ihr erster Kuß hatte eine Ewigkeit gedauert, und dann hatten sie in schweigendem Einvernehmen die Stadt durch das nächste Tor verlassen und den Braunen Fluß über die westliche Brücke überquert.

Jetzt ritten sie durch die Deadlands gen Nordwesten, doch die Richtung war ihnen egal. Ihre Liebe würde überall gedeihen, wenn es sein mußte auch in der Wüste.

Bowen wußte, daß ein Teil des Wahnsinns wieder von seinem Verstand Besitz ergriffen hatte, doch fühlte es sich jetzt fast normal an. Er und Gaye waren ein seltsames Paar.

Er spürte ihren Atem, die Wärme an seinem Nacken, und er schloß für einen kurzen wonnigen Augenblick die Augen. Nach all den Schrecken, all dem Schmerz, all dem Durcheinander, hatte er hier das einzige, was in seinem Leben sicher war – ein blindes, weißhaariges

Mädchen, das mit Geistern redete und mit Fledermäusen flog. Er liebte sie so sehr, daß es ihn schmerzte – aber es war ein guter Schmerz, einer, den er nur zu gerne den Rest seines Lebens ertragen wollte. Noch erstaunlicher war für ihn, daß er wußte, sie fühlte genauso. Ihre Welt war in Ordnung, solange sie zusammen waren.

Bowen brachte das Pferd für einen Augenblick zum Stehen und drehte sich im Sattel um. Sie lächelte, weil sie wußte, daß er sie ansah. Sie beide wußten, was sie von der Zukunft brauchten.

Ganz egal, was geschehen würde, sie würden jetzt zusammen fliegen, körperlich ebenso wie im Geiste.

Kapitel dreiundfünfzig

Ich wäre in dieser Zelle zufrieden gewesen. Welchen Zweck hat die Freiheit des Körpers, wenn der Geist gefangen ist? Aber die Tür ist unverschlossen, ein Akt der Freundlichkeit von einem verängstigten Mann. Vielleicht glaubt er, ich könnte ihm *bei der Flucht helfen. Aber meine Pflicht, die Glocken zu läuten, hält mich weiter hier fest. Sie sind noch schlimmere Gefängniswärter.*

Verkhos verängstigten, erschöpften und verwirrten Angestellten kam es so vor, als habe er endgültig den Verstand verloren. Zwar war sein Arbeitszimmer nicht mehr von einem Schutzschild umgeben, doch alle, die eintraten, wurden sehr schnell zum Gehen genötigt. Den meisten reichte ein Blick in die unglaublich funkelnden Augen des Kanzlers, doch wer hartnäckiger war, bekam von Verkho eine neue Intoleranz demonstriert. Ein Finger schnellte vor und setzte einen Sturm aus scharlachroten Blitzen frei, die entweder zu den Füßen des Eindringlings detonierten – falls er Glück hatte – oder ihn durch das ganze Zimmer schleuderten, wenn er kein Glück hatte. Schon sehr bald hatten alle verstanden, daß ihr Herr allein sein wollte.

Der Kanzler verbrachte jetzt seine gesamte Zeit damit, im Arbeitszimmer auf und ab zu laufen, murmelnd mit sich selbst zu reden, wild zu gestikulieren und ständig zu dem Talisman hinzusehen, der aufmerksam, aber ruhig auf dem Tisch lag. Verkho wußte, daß die Ereignisse ihm inzwischen aus den Händen geglitten waren, und er kämpfte innerlich mit sich, ob er versuchen sollte, wieder Herr der Lage zu werden. Doch die Fußangeln wurden offenbar immer gefährlicher, und obwohl er es nicht einmal vor sich selbst zugeben wollte, wußte ein Teil seines Verstandes mit lähmender Sicherheit, daß er sich übernommen hatte. Der Talisman hätte sein Sklave sein sollen, doch schon bald würde er sein Herr sein. Es war nur noch eine Frage der Zeit.

Die Evakuierung einer so großen Stadt stellte eine erschreckend schwierige Aufgabe dar, und natürlich ging nicht alles nach Plan. Dennoch warf sich Kerrell mit manischer Energie in die Arbeit und fand viele willige Helfer, nachdem seine selbstverständliche Autorität offiziell wiederhergestellt war. Wenn auch die Dinge nicht so schnell liefen, wie es ihm vorgeschwebt hätte, und wenn es auch zu viele Verluste und interne Querelen gab, so war es immer noch ein kleines Wunder, daß alles so gut ging. Die Armee, die sich angesichts der unausweichlichen Konfrontation mit einem neuen gemeinsamen Feind neu formiert hatte, spielte eine große Rolle bei der Beschaffung von Lebensmitteln, Wasser, Karren und Wagen sowie bei der Hilfe für Flüchtlinge und der Vermeidung von Panik. Pferde waren das größte Problem, da sich sogar die gut ausgebildeten Tiere wild gebärdeten, und die anderen Tiere in der Stadt stellten eine ständige Bedrohung dar. Doch irgendwie ging es immer weiter.

Währenddessen sahen die Geister der Stadt den Lebenden zu. Den Qualen, die das geplagte Fleisch und Blut ertragen mußte, waren sie nicht ausgesetzt, und niemand wußte, warum sie da waren oder überhaupt Interesse zeigten.

Viele Menschen waren schon mehr oder minder gut vorbereitet in die Deadlands geflohen, doch die meisten verließen die Stadt in riesigen Konvois durch die Großen Tore und reisten direkt von der Stadt weg, auf Wegen, die sich wie Speichen eines großen Rades entfalteten. Doch welchen Weg sie auch nahmen, der warme Wind folgte ihnen und blies sie fort vom rotglühenden Zentrum. Einige Bürger entschieden sich jedoch dafür zu bleiben und den vielen Gefahren der Stadt zu trotzen, anstatt sich der Ungewißheit jenseits der Stadttore zu stellen. So wählte ein jeder sein eigenes Schicksal.

Southan und Ifryn beschlossen, gen Süden nach Nadal zu gehen, eine Entscheidung, die von der Tatsache beeinflußt wurde, daß Fen und die anderen Inselbewohner ebenfalls dorthin wollten. Natürlich begleitete Kerrell sie in dem Wissen, daß er für Xantium getan hatte, was er konnte, wenn ihm auch Befriedigung verwehrt blieb, wenn er an all jene dachte, denen er nicht hatte helfen können. Die Arbeit des Generals war allen zu Ohren gekommen, und man nannte ihn einen Helden. Kerrells Meinung nach war das kompletter Unsinn – er war nur ein Soldat, der seine Pflicht tat –, doch er verließ ebenso wie alle anderen Flüchtlinge die Stadt, seine Heimat, mit schwerem Herzen und trauerte um die Zurückgebliebenen innerhalb und außerhalb der Kuppel.

Eine anscheinend endlose Reihe von Pferden – die jetzt immer ruhiger wurden, je weiter sie sich von der Stadt entfernten – zog sich über den Weg nach Südwesten. Ifryn ritt mit Azari in einer Schlinge vor ihrer Brust, und sein winziges Gesicht lag im friedlichen Schlummer, denn das sanfte Schaukeln schläferte ihn ein. Sie wurde eingerahmt von Southan, der seinen linken Arm um Delmege gelegt hatte, und Doneta, an der sich Vrila festklammerte. Was die kaiserliche Familie auch erwarten mochte, sie würden ihrer Zukunft gemeinsam entgegentreten.

Kerrell war direkt hinter ihnen, und sein Blick haftete unverwandt auf Ifryns Rücken. Jetzt, da Zeit zum Nachdenken war, weigerte sich sein Verstand, klar zu denken. Ein Durcheinander aus Erinnerungen, Bedauern und Sehnsucht lösten sich schließlich zu einem sonderbaren Frieden auf. Selbst unter solch außergewöhnlichen Umständen hatte er das Gefühl, daß sein Leben wieder normal wurde. Ihre Geschichte war noch nicht zu Ende, doch selbst wenn er nie mehr diese intensive Freude erleben würde, die er so kurz erfahren hatte, so konnte ihm doch niemand die Vergangenheit nehmen. Es war genug. Zumindest redete er sich das ein.

Ifryn spürte die Wärme seines Blickes, denn sie machte vergleichbare Qualen durch. Sie fühlte sich schuldig, daß sie mit Kerrell und den Kindern – und Southan – entkommen war, während so viele andere leiden mußten. Aber wer wußte schon, was die Zukunft bringen würde? Ihre Geschichte war noch nicht vorbei.

Grongar und Corton hatten das Glück gehabt, einen Platz zwischen Lebensmitteln auf einem der Wagen zu finden, und so reisten sie relativ bequem, ohne sich dem aufwirbelnden Staub aussetzen zu müssen. Der Kellermeister war aller Hoffnungen beraubt. Er hatte Xantium noch nie verlassen, und die erzwungene Aufgabe seines Lebenswerkes bekümmerte ihn zutiefst. Der Barbar andererseits nahm das Ganze leicht.

»Ich fahre natürlich in die falsche Richtung«, bemerkte er. »Ich sollte eigentlich gen Norden reisen.«

»Warum tust du das nicht?« fragte Corton lustlos.

»Konnte dich nicht so gehen lassen«, erwiderte Grongar fröhlich. »Wir haben noch ein Spiel zu Ende zu führen. Irgendwo in Nadal muß es doch ein anständiges Labyrinth-Brett geben.«

Corton sah seinen Freund ungläubig an.

»Wie kannst du nur daran denken ...?« fing er an.

»Und«, fuhr Grongar fort, »ich höre, daß es dort unten auch ein paar anständige Weinberge gibt.«

»Zumeist mit minderwertigen Trauben. Zuviel Säure im Boden«, antwortete der Kellermeister automatisch.

»Du mußt mir mal was darüber beibringen. Ich glaube, es ist Zeit, daß ich ein bißchen meinen Gaumen schule.«

Der Gedanke war so lächerlich, daß Corton tatsächlich lachte – und zu dem Ergebnis kam, daß ihm dieses unbekannte Gefühl gefiel.

»Es gibt dort auch Wälder«, bemerkte er. »Zum Jagen. Deine Talente werden dort sicher gebraucht.«

Grongar nickte und dachte traurig an seine verlorenen Hunde.

»Aber es wird nie wieder so einen wie Hai geben«, beklagte er sich.

»Den Göttern sei Dank!«

Die Inselbewohner traten ihre lange Reise voller Bedauern darüber an, daß sie nicht alles erreicht hatten, was sie sich vorgenommen hatten, doch sie wußten, mehr hätten sie nicht tun können. Jetzt konnten sie den Geiseln nicht mehr helfen, und die Macht, die Verkho freigesetzt hatte, zerstörte sich offensichtlich zusammen mit der Stadt selbst. Gayes Verschwinden machte sie traurig – dennoch hofften sie, sie irgendwo auf dem Weg einzuholen. Fen stellte allerdings fest, daß sie bei Bowen war, und genau das hatte sie immer gewollt. Jetzt wollten die Reisenden nur noch so schnell wie möglich nach Zalys zurückkehren, um zu sehen, was dort vor sich ging. Southan hatte versprochen, ihnen in jeder erdenklichen Weise zu helfen, doch der Kaiser hatte offensichtlich genug eigene Probleme. Das ganze Kaiserreich würde auf absehbare Zeit in beträchtlichem Chaos versinken.

Weil es nicht genügend Pferde gab, ritten Nason mit Sagar, Aad mit Yeori und Fen mit Dsordas. Ungefähr nach einer Stunde bat Fen Dsordas, das Pferd zu wenden, damit sie noch einen Blick auf die Stadt werfen konnte. Es war ein ernüchternder Anblick. Rauch hing wie ein Leichentuch über der Stadt, und das trübe rote Leuchten der Kuppel sah aus wie die untergehende Sonne. Ein kräftiger heißer Wind blies ihnen ins Gesicht, ließ die staubigen Sandebenen zu einem unsteten, auf und ab wogenden Fluß werden, in den die Hufe der Pferde einsanken. Der Wind brüllte in ihren Ohren und stach auf ihrer Haut, so daß sie kaum richtig sehen konnten.

In dieser gewundenen Bewegung lag so etwas wie Magie, aber auch eine Warnung, weiterzureiten und sich nicht umzusehen.

Als sie sich wieder von der Stadt abwandten, erklang in ihren Ohren das Läuten ferner Glocken. Es sollte Xantiums Todesgeläut sein, doch für Fen klang es wie ein Echo der Hoffnung. Ein neuer Anfang.

»Der Kreis beginnt und endet in Zalys«, flüsterte sie leise in Dsordas' Ohr. »Gehen wir nach Hause.«

Epilog

Nur wenige Fischerboote fuhren noch von Zalys auf Fang aus. Das Leben war an Land schon gefährlich genug, auch wenn man den Zorn des Meeres nicht herausforderte. Doch Latchi Irini war sein Leben lang Fischer gewesen und ließ sich nicht zurückhalten. Die alten Sitten und Gebräuche waren tief in seinem Kopf und Herzen verankert, und der alte Mann zeigte eine neue Sicherheit, die die anderen Bewohner des Dorfes bewunderten.

Der Morgen war noch keine zwei Stunden alt, doch schon hatten Latchi und die beiden jüngeren Mannschaftsmitglieder die Netze mehrere Male eingeholt. Sie hatten wenig gefangen – so war es eben in diesen Tagen –, doch der alte Mann machte sich keine Sorgen. Er wartete auf etwas anderes, und seine Augen blickten prüfend zum Horizont.

Es war nicht mehr als ein Fleck in der Ferne, als er es zum ersten Mal sah – doch das änderte sich schon bald, und die beiden anderen Seeleute starrten voller Ehrfurcht das große graue Dreieck an, das sich aus dem Meer erhob. Innerhalb weniger Augenblicke war es größer als ein seegängiges Schiff – und wurde immer noch größer. Es dauerte nicht lange, bis die beiden jüngeren Männer im Boot knieten, ihre Köpfe in den Händen verbargen und um ihr Leben beteten, während Latchi weiter zusah, ein verzücktes Lächeln auf seinem wettergegerbten Gesicht.

Er schätzte, daß es noch eine halbe Wegstunde von ihrem Schiff entfernt war, doch es füllte sein Gesichtsfeld aus und verdeckte den ganzen östlichen Himmel. Es mußte eine Spannweite von einer Wegstunde haben und war in der Mitte fast genauso hoch. Es war ganz wörtlich so groß wie ein Berg, und dennoch bewegte es sich – und seine glänzende graue Oberfläche schlängelte sich heftig wie ein träges, loses Segel in sanftem Wind.

So langsam, wie sich der Berg aus dem Meer erhoben hatte, glitt er auch wieder hinein. Die versteinerten Seeleute blickten auf und wußten, daß die Brandung sie mit Sicherheit überrollen würde, doch Latchi blieb ganz gelassen. Er war zuversichtlich, daß sie überleben würden. Warum sonst hätte man ihm dieses Zeichen gegeben? Und der alte Mann sollte Recht behalten. Die ehrfurchtgebietende Woge trug das Boot auf einer Flutwelle aus silbernem Schaum direkt zurück zur Insel, und dort ließ sie es nicht auf den Felsen zerschellen, sondern schwemmte es unbeschädigt in den Hafen, wo die Seeleute es wieder unter Kontrolle bekommen konnten.

Viele Bewohner der Insel hatten den unmöglichen Berg ebenfalls gesehen, und sie waren entsetzt. Latchi rief sie alle zusammen.

»Es ist ein Zeichen!« verkündete er. »Die alten Sitten kehren zurück. Wenn wir den alten Gesetzen gehorchen, werden wir gesegnet sein und haben nichts zu fürchten.«

»Aber was *war* das?« schrie eine Stimme.

Latchi lächelte breit und zeigte dabei fleckige Zähne und eine lilaschwarz gestreifte Zunge.

»Eine Flügelspitze«, sagte er.

ENDE